밤은 부드러워라

이 도서의 국립중앙도서관 출판예정도서목록(CIP)은 서지정보유통지원시스템 홈페이지(http://seoji.nl.go.kr)와
국가자료종합목록 구축시스템(http://kolis-net.nl.go.kr)에서 이용하실 수 있습니다.
(CIP제어번호: CIP2018013727)

세계문학전집
165

F. Scott Fitzgerald : Tender Is the Night

밤은 부드러워라

F. 스콧 피츠제럴드 장편소설

정영목 옮김

문학동네

나 이미 그대와 함께 있네! 밤은 부드러워라……

……하지만 여기에는 빛이 없구나,

오직 하늘에서 내려온 빛만이 산들바람에 실려

신록의 어둠과 이끼 낀 구불구불한 길을 돌아다닐 뿐.

_「나이팅게일에게 부치는 노래」

제럴드와 세라에게

많은 축제를

일러두기

1. 번역 대본으로는 *Tender Is the Night*(F. Scott Fitzgerald, Scribner, 1962)를 사용했다.
2. 원주 표시가 없는 주석은 옮긴이주다.
3. 본문 중 고딕체는 원서에서 이탤릭체로 강조한 부분이다.
4. 본문 중 볼드체는 원서에서 대문자로 강조한 부분이다.
5. 영어 외의 다른 언어는 세명조체로 표기했다.

차례

제1부

1

프랑스 리비에라의 쾌적한 해안, 마르세유와 이탈리아 국경 사이의 중간쯤 되는 곳에 크고 당당한 장밋빛 호텔이 서 있다. 다소곳하게 늘어선 야자나무들이 붉게 상기된 호텔 정면을 식혀주고, 그 앞으로는 짧지만 눈부신 해변이 펼쳐져 있다. 최근 이곳은 유행을 좇는 유명 인사들이 찾는 여름 휴양지가 되었다. 십 년 전만 해도 4월에 영국인 단골손님들이 북쪽으로 가버리면 텅 비다시피 하던 곳인데. 지금은 해변 옆으로 방갈로들이 다닥다닥 붙어 있지만, 이 이야기가 시작될 때만 해도 고스의 에트랑제 호텔과 거기서 5마일 떨어진 칸Cannes 사이의 빽빽한 소나무숲 틈에서 낡은 빌라 여남은 채의 둥근 지붕들이 수련처럼 썩고 있을 뿐이었다.

호텔과 밝은 황갈색 기도용 깔개 같은 해변은 하나였다. 이른아침이면 멀리 모습을 드러낸 칸, 분홍이 섞인 크림색의 낡은 요새, 이탈리아 국경의 자주색 알프스가 물에 드러누워, 해초들이 맑고 얕은 물 위로 띄워올리는 잔물결과 동그란 파문에 몸을 떨었다. 여덟시가 되기 전 한 남자가 파란 목욕 가운을 입고 해변으로 내려와 차가운 물로 한참 몸을 적시며 시끄럽게 툴툴거리고 씨근덕거리더니 잠시 바다에 들어가 버둥거렸다. 그가 사라지자 해변과 만은 한 시간 동안 조용했다. 상선들이 수평선을 따라 서쪽으로 느릿느릿 기어갔다. 호텔 마당에서는 식당 종업원들이 소리를 질렀다. 소나무에서는 이슬이 말라갔다. 한 시간이 더 지나자 연안 지역과 원래의 프로방스 지방을 구분하는 야트막한 모르산맥의 구불구불 이어지는 도로를 따라 내려오는 자동차들의 경적소리가 들리기 시작했다.

바다로부터 1마일 떨어져 소나무가 잿빛 포플러에 자리를 내주는 곳에는 외떨어진 간이역이 하나 있다. 1925년 6월의 어느 날 아침 이곳에서 빅토리아 자동차가 모녀를 싣고 고스의 호텔로 갔다. 어머니의 얼굴은 예뻤던 자취가 남아 있었지만, 머잖아 터진 실핏줄로 뒤덮일 것 같았다. 그러나 표정은 고요하면서도 빈틈이 없어 좋은 인상을 주었다. 그럼에도 그녀를 보던 눈은 곧바로 딸에게로 옮겨갈 수밖에 없었다. 사랑스러운 불이 밝혀진 그녀의 분홍빛 손바닥과 뺨에서는 마력이 느껴졌다—저녁에 찬물로 목욕을 하고 난 아이의 홍조를 볼 때처럼 전율이 일었다. 고운 이마는 부드럽게 경사를 그리며 올라갔고, 이마가 끝나는 곳에서 머리카락이 문장紋章을 새긴 방패 모양으로 경계선을 그리며 터져나와 옅고 짙은 황금빛 애교머리, 웨이브, 컬로 퍼져나갔다. 크고 맑고 촉촉한 눈은 반짝반짝 빛났으며, 뺨은 싱싱한 심장의 강력한 펌프질로 피부 가까운 곳까지 밀려올라와 부서지는 피의 진짜 빛깔이었다. 몸은 유년의 맨 끝 가장자리에 아슬아슬하게 걸려 있었다—이제 열여덟 살이 다 되어 거의 완성 단계였으나, 아직 이슬 같은 싱그러움이 감돌고 있었던 것이다.

저 아래로 바다와 하늘이 맞닿은 가늘고 뜨거운 선이 나타나자 어머니가 말했다.

"왠지 이곳이 우리 마음에 들지 않을 것 같은 기분이 드는데."

"이렇든 저렇든 집에 가고 싶을 뿐이에요." 딸이 대답했다.

둘 다 명랑하게 이야기하긴 했지만 아무런 방향을 정하지 못한 게 분명했으며, 그 사실 때문에 따분해졌다—더욱이 무턱대고 아무 방향이나 잡아봐야 소용이 없었다. 그들은 강렬한 흥분을 원했지만, 무뎌진 신경에 자극이 필요했기 때문이 아니라 상을 타 방학을 즐길 자격을 갖춘 학생처럼 갈망이 타올랐기 때문이었다.

"여기 사흘 있다가 집에 가는 것으로 하자. 바로 전보를 쳐서 기선표를 예약할게."

호텔에 들어서자 딸은 능숙한, 그러나 마치 외운 것을 기억해내는 듯 단조로운 프랑스어로 방을 달라고 했다. 일층에 방을 잡자 그녀는 햇빛이 강하게 쏟아지는 프렌치 윈도*를 거쳐 호텔의 한 면 전체를 따라 길게 둘러진 석조 베란다로 몇 걸음 나아갔다. 그녀의 걸음걸이는 마치 발레 댄서 같아, 상체가 골반 위로 무너지지 않고 등허리 위로 꼿꼿이 서 있었다. 바깥에 나가자마자 그림자를 짧게 자르는 뜨거운 빛

* 뜰이나 발코니로 통하는 두 짝의 유리로 된 여닫이문.

이 쏟아지는 바람에 그녀는 뒤로 물러섰다—너무 밝아 앞이 보이지 않았다. 50야드 떨어진 곳에서는 지중해가 매 순간 가혹한 햇빛에 자신의 색깔을 하나둘 내주었고, 난간 아래 호텔 진입로에서는 색 바랜 뷰익이 햇볕에 익어가고 있었다.

사실 그 지역 전체에서 움직임이 있는 곳은 오직 해변뿐이었다. 영국인 보모 세 명이 앉아서 마법의 주문처럼 양식화된 뒷공론의 선율에 맞추어 빅토리아시대 영국의 한물간 패턴, 각각 사십년대식, 육십년대식, 팔십년대식 패턴으로 스웨터와 양말을 뜨고 있었다. 바다에 더 다가간 곳에서는 여남은 명이 줄무늬 파라솔 밑에 들어가 두문불출했고, 그들의 자식 여남은 명만 얕은 물까지 나온 겁 없는 물고기를 쫓거나 코코넛 기름을 발라 번쩍이는 벌거벗은 몸을 해 아래 드러낸 채 누워 있었다.

로즈메리가 해변으로 다가가는 순간 열두 살 난 사내아이가 그녀 옆을 지나 달려가더니 환성을 지르며 바다로 뛰어들었다. 그녀는 낯선 얼굴들이 강렬한 눈길로 자신을 꼼꼼하게 뜯어보는 것을 느끼며 목욕 가운을 벗고 사내아이 뒤를 따랐다. 그녀는 엎드린 채 둥둥 떠서 몇 야드를 나아가다 물이 얕다는 걸 알아채고 비틀거리며 일어나, 물의 저항에 맞서 날씬한 다리를 추처럼 끌며 터벅터벅 앞으로 나아갔다. 물이 가슴쯤 올라왔을 때 해변을 흘끗 돌아보았다. 외눈 안경에 타이츠를 입은 대머리 남자가 털 많은 가슴을 쑥 내밀고 돌출한 배꼽을 숨과 함께 쑥 빨아들인 채 그녀를 주의깊게 살피고 있었다. 로즈메리가 마주보자 남자는 외눈 안경을 벗었다. 안경은 아래로 내려가더니 가슴에 난 수염 같은 우스꽝스러운 털 사이로 모습을 감추었다. 남자는 손에 쥔 병에 든 것을 한 잔 따랐다.

로즈메리는 물에 얼굴을 묻고 서툰 네 박자 크롤로 물결을 일으키며 조금씩 헤엄쳐 물에 띄워놓은 뗏목을 향해 나아갔다. 물이 다가와 그녀의 몸을 물 밖의 열기로부터 슬그머니 아래로 끌어내리더니, 머리카락 속으로 스며들고 몸 구석구석으로 달려들었다. 로즈메리는 물속에서 빙글빙글 돌기도 하고 물을 끌어안고 뒹굴기도 했다. 뗏목에 이르자 숨이 가빴다. 몸은 볕에 까맣게 그을리고 치아는 새하얀 여자가 그녀를 굽어보고 있었다. 로즈메리는 갑자기 자신의 있는 그대로 드러난 흰 피부가 의식되어, 얼른 드러누워 물가로 둥둥 떠내려갔다. 그녀가 물에서 나오자 병을 든 털북숭이가 말했다.

"봐요—뗏목 너머에는 상어가 있어요." 국적은 알기 힘들었지만 옥스퍼드식 영어로 느리게 점잔 빼며 말하고 있었다. "어제는 쥐앙만灣에서 함대의 영국 수병 둘을 잡아먹었다던데."

"어머나!" 로즈메리가 소리를 질렀다.

"함대에서 버리는 쓰레기 때문에 들어오는 거라더군."

털북숭이는 그저 경고를 하려고 말을 걸었을 뿐임을 알리려는 듯 바로 눈빛을 죽이며 종종걸음으로 두 발짝 멀어지더니 다시 한 잔을 따랐다.

남자와 대화를 나누는 동안 사람들의 관심이 자기 쪽으로 살짝 이동했고, 로즈메리는 기분 나빠하지는 않으면서 스스로를 의식하며 앉을 곳을 찾았다. 가족마다 파라솔 바로 앞의 좁은 모래밭을 차지하고 있는 게 분명했다. 게다가 가족끼리 서로 찾아가고 이야기를 주고받는 일이 많았다. 이런 공동체 분위기를 침해하면 주제넘은 짓이 될 것 같았다. 좀더 위쪽, 자갈과 죽은 해초가 잔뜩 흩어진 해변에는 그녀처럼 살이 하얀 사람들이 한 무리 앉아 있었다. 그들은 파라솔 대신 작은 양산 밑에 누워 있었으며, 옆의 가족들만큼 이곳에 터를 잡은 사람들처럼 보이지는 않았다. 로즈메리는 검은 사람들과 하얀 사람들 사이에 자리를 찾아 모래 위에 가운을 펼쳤다.

그렇게 누워 있자니 처음에는 사람들 목소리가 들리고, 이어 사람들 발이 그녀의 몸을 피해 가고 사람들 형체가 해와 그녀 사이를 지나가는 게 느껴졌다. 호기심 많은 개의 숨이 그녀의 목에 후텁지근하게 달라붙어 신경을 자극했다. 피부가 열 때문에 약간 따가워지는 걸 느낄 수 있었고, 잦아드는 파도가 지친 목소리로 작게 쏴-쏴아아 하는 걸 들을 수 있었다. 곧 귀가 개별적인 목소리를 구분하면서, "그 노스라는 인간"이라고 경멸적으로 일컬어지는 남자가 톱으로 두 토막을 낼 심산으로 어젯밤 칸의 어느 카페에서 웨이터를 납치했다는 것도 알게 되었다. 그 이야기를 꺼낸 사람은 머리가 하얀 여자였는데, 제대로 차려입은 그녀의 야회복은 어제저녁의 유물이 분명했다. 티아라가 아직 머리에 달려 있고 풀죽은 난이 어깨에서 숨을 거두고 있었기 때문이다. 로즈메리는 그녀와 그 주변 사람들에게 슬그머니 반감이 생겨 고개를 돌렸다.

반대편에 로즈메리와 가장 가까운 곳에서는 여러 개 합쳐 지붕처럼 이어놓은 파라솔 밑에 엎드린 젊은 여자가 모래 위에 펼쳐놓은 책을 보며 물건 목록을 작성하고 있었다. 수영복을 어깨에서 끌어내려, 크림색 진주 목걸이 때문에 도드라져 보이는 혈색 좋게 주황색을 띤 갈색 등이 햇빛에 빛났다. 뻣뻣하게 굳은 어여쁜 얼굴은 애처로워 보였다. 그녀는 로즈메리와 눈이 마주쳤지만, 로즈메리를 보고 있지는 않았다. 여자 뒤에는 승마 모자에 붉은색 줄무늬 타이츠를 입은 세련된 남자가 있었다. 또 로즈메리가 뗏목에서 보았던 여자, 거기서 로즈메리를 마주보았던 여자가 로즈메리 쪽을 보고 있었다. 얼굴이 길쭉하고 머리카락이 사자의 황금빛 갈기 같은 남자는 파란색 타이츠 차림에 모자는 쓰지 않았고, 아주 심각한 표정으로 라틴계임이 분명한 까만색 타이츠 차림의 젊은 남자에게 이야기를 하고 있었는데, 둘 다 모래밭의 해초를 조각조각 잡아뜯고 있었다. 로즈메리는 그들 대부분이 미국인이라고 생각했으나 그녀가 최근에 알고 지낸 미국인들과는 어딘가 달랐다.

잠시 후 로즈메리는 승마 모자가 이 사람들의 무리를 위해 조용히 작은 공연을 펼치고 있다는 걸 깨달았다. 남자는 갈퀴를 들고 엄숙한 표정으로 돌아다니며 겉으로는 자갈을 골라내는 척하면서 동시에 자기들만 이해하는 해학극을 전개해나갔다. 엄숙한 얼굴 때문에 오히려 극의 긴장이 고조되어 아주 작은 변화만으로도 재미를 더했으며, 마침내 그가 무슨 말을 하든 웃음이 터져나왔다. 로즈메리처럼 멀리 떨어져 그의 말이 들리지 않는 사람들조차도 관심을 갖고 촉각을 곤두세워, 마침내 해변에서 그의 해학극에 사로잡히지 않은 사람은 진주 목걸이를 두른 젊은 여자밖에 남지 않게 되었다. 그러나 완전히 자기 일에 몰두할 수는 없는지 여자는 요란하게 즐거운 웃음이 터질 때마다 목록 위로 더 바싹 허리를 굽혔다.

외눈 안경을 끼고 병을 손에 들었던 남자가 로즈메리 위의 하늘에 불쑥 나타났다.

"수영을 굉장히 잘하던데."

그녀는 그렇지 않다고 대꾸했다.

"대단히 훌륭했어요. 나는 캠피언이에요. 여기 한 부인이 지난주에 소렌토에서 아가씨를 봤고 아가씨가 누구인지 안다면서 몹시 만나고 싶어하시는데."

로즈메리가 짜증을 감추며 흘끗 주변을 둘러보니 햇볕에 그을리지 않은 사람들이 기다리고 있는 모습이 눈에 들어왔다. 그녀는 내키지 않았지만 자리에서 일어나 그들에게 다가갔다.

"에이브럼스 부인—매키스코 부인—매키스코 씨—덤프리 씨—"

"우리는 아가씨를 안다우." 야회복을 입은 여자가 나섰다. "아가씨는 로즈메리 호이트잖아. 그게 말이야, 내가 소렌토에서 아가씨를 알아보고 호텔 직원한테 물어봤거든. 그런데 말이야, 우리 모두 아가씨가 더할 나위 없이 훌륭하다고 생각해요. 그래서 말이야, 왜 미국으로 돌아가 훌륭한 활동사진을 더 찍지 않는지 궁금하다우."

불필요한 일이었지만, 그들은 로즈메리가 들어설 자리를 만들어주려고 조금씩 움직였다. 로즈메리를 알아보았던 여자는 성이 주는 느낌과는 달리 유대인은 아니었다. 나이 많은 '호탕한 인간' 부류에 속하는 사람으로, 경험에 영향받지 않고 소화력이 좋은 덕분에 오래도록 잘 보존되어 다음 세대 사람들하고도 잘 어울리고 있었다.

"오자마자 몸이 타버릴까봐 주의를 주고 싶었다우." 여자가 명랑하게 말을 이어갔다. "아가씨 피부는 중요하잖아. 하지만 이 해변은 너무 예의들을 차리시는 분위기라 아가씨가 귀찮아하면 어쩌나 싶었지."

2

"우리는 어쩌면 호이트 양도 플롯에 들어가 있을지 모른다고 생각했어요." 매키스코 부인이 말했다. 눈은 시들어 보였지만 예쁘장한 젊은 여자로 상대를 주눅들게 할 만큼 강렬한 인상이었다. "우리는 누가 플롯에 들어가 있고 누가 안 들어가 있는지 모르거든요. 남편이 특별히 잘해주던 한 남자도 중요한 역인 걸로 드러났지 뭐예요—거의 조연급이었어요."

"플롯이요?" 제대로 이해하지 못한 로즈메리가 물었다. "여기 무슨 플롯*이 있는 건가요?"

"맙소사, 우리야 모르지." 에이브럼스 부인이 경련을 일으키듯, 살찐 여자 특유의 낄낄거리는 웃음을 터뜨리며 말했다. "우리는 안 들어가 있으니까. 우리는 관객이잖아."

아마색 머리카락에 행동이 여성스러운 젊은 남자 덤프리 씨가 "어머님 자체가 하나의 플롯이죠" 하고 말하자, 캠피언이 그에게 외눈 안경을 흔들며 "이봐, 로열, 말하는 게 너무 무시무시하네" 하고 응수했다. 로즈메리는 불편한 마음으로 그들 모두를 바라보며, 어머니가 이곳에 함께 내려오지 않은 걸 못내 아쉬워했다. 그녀는 이 사람들이 마음에 들지 않았다. 게다가 반대편 해변에서 그녀의 관심을 끌었던 사람들과 바로 비교가 되는 상황이었다. 어머니의 대단치는 않지만 그래도 치밀한 사교적 재능 덕분에 그들은 달갑지 않은 상황에서 재빨리 단호하게

* 플롯에는 '음모'라는 뜻도 있다.

빠져나오곤 했다. 그러나 로즈메리는 유명 인사가 된 지 이제 불과 여섯 달밖에 안 된데다가, 가끔 사춘기 초기에 익힌 프랑스식 예법과 그 위에 덧붙여진 미국식 민주적 예법이 뒤섞여 혼란을 일으키는 바람에 바로 이런 일들을 겪게 되었다.

바싹 여위고 불그레한 피부에 주근깨가 많은 서른 살의 남자 매키스코 씨는 '플롯'이라는 화제가 재미없다고 생각했다. 그는 계속 바다만 물끄러미 바라보고 있다가 아내를 빠르게 흘끗 보고 나서 로즈메리를 향해 따지듯이 물었다.

"여기 오래 있었나요?"

"오늘 온 거예요."

"아."

매키스코 씨는 이제 화제가 완전히 바뀌었다고 자신하는 표정으로 다른 사람들을 차례차례 둘러보았다.

"여름 내내 여기 있을 건가요?" 매키스코 부인이 눈치 없이 물었다. "만일 그런다면 플롯이 전개되는 걸 볼 수 있을 텐데."

"맙소사, 바이올렛, 그 얘기는 이제 그만!" 그녀의 남편이 폭발했다. "새로운 우스개 좀 배워, 제발!"

매키스코 부인은 에이브럼스 부인 쪽으로 몸을 기울이더니 다 들리게 소곤거렸다.

"저이는 신경과민이에요."

"나는 신경과민이 아니야." 매키스코가 항변했다. "정말 공교롭게도 나는 전혀 신경과민이 아니란 말이야."

매키스코는 눈에 보일 정도로 활활 타올랐다. 잿빛을 띤 홍조가 얼굴 전체로 퍼져나가면서 어떤 표정을 지어도 바로 녹아 아무런 소용이 없는 상태가 되어버렸다. 매키스코는 갑자기 어렴풋하게나마 자신의 상태를 의식하게 되었는지 일어서서 물로 들어갔고, 부인이 그 뒤를 따랐다. 로즈메리도 기회를 놓치지 않고 뒤따라갔다.

매키스코 씨는 길게 숨을 들이쉬더니 얕은 물에 뛰어들어 뻣뻣한 팔로 지중해를 때려대기 시작했다. 크롤 영법을 보여주려는 게 분명했다. 그는 숨이 차자 일어서서 주위를 둘러보았다. 해변이 보이는 곳을 벗어나지 못했다는 사실이 놀랍다는 표정이었다.

"아직 숨쉬는 걸 못 배웠습니다. 다른 사람들은 도대체 어떻게 숨을 쉬는 건지 이해할 수가 없어요." 그는 묻는 표정으로 로즈메리를 보았다.

"물밑에서 숨을 내쉬는 것 같아요." 로즈메리가 설명했다. "네번째 박자마다 고개를 돌려 숨을 들이쉬고요."

"나한테는 숨쉬는 게 가장 어려워요. 뗏목으로 갈까요?"

물살을 따라 좌우로 기우는 뗏목 위에는 사자 머리의 남자가 몸을 쭉 뻗고 누워 있었다. 매키스코 부인이 손을 뻗는 순간 갑자기 뗏목이 기울면서 그녀의 팔을 툭 쳐올리는 바람에 사자 머리가 놀라서 벌떡 일어나 그녀를 위로 끌어올렸다.

"세게 맞으신 줄 알고 걱정했습니다." 느리고 수줍음을 타는 목소리였다. 그는 로즈메리가 본 가장 슬픈 얼굴의 소유자였다. 인디언처럼 튀어나온 광대뼈, 긴 윗입술, 깊숙이 자리잡은 짙은 황금색의 커다란 눈. 마치 눈에 띄지 않게 우회하여 매키스코 부인에게 이르기를 바라는 것처럼 입 한쪽 귀퉁이로 말을 내보내고 있었다. 잠시 후 그는 물로 뛰어들었고, 긴 몸은 움직이지 않아도 해변을 향해 나아갔다.

로즈메리와 매키스코 부인은 남자를 지켜보았다. 남자는 관성이 사라지자 갑자기 몸을 반으로 접었다. 가느다란 허벅지가 수면 위로 솟아오르는가 싶더니, 물위에 거품 한 점 남기지 않고 완전히 사라졌다.

"수영을 잘하네요." 로즈메리가 말했다.

매키스코 부인은 놀랄 만큼 격한 목소리로 대꾸했다.

"그래봐야 음악은 형편없는걸." 부인은 남편을 돌아보았다. 남편은 두 번 실패 끝에 간신히 뗏목으로 기어올라와 균형 잃은 몸을 지탱하려고 손짓발짓을 했지만 그 바람에 더 비틀거렸다. "에이브 노스가 수영은 잘할지 몰라도 정작 음악은 형편없다는 얘길 하는 중이었어요."

"그래." 매키스코가 툴툴거리는 목소리로 맞장구를 쳤다. 그는 부인의 세계를 만들어주고 그 안에서 거의 자유를 허용하지 않는 게 분명했다.

"나한테는 앤타일*이 최고죠." 매키스코 부인이 도전하듯이 로즈메리를 돌아보았다. "앤타일하고 조이스. 할리우드에 있으니까 그런 사람들 얘기는 많이 못 들어봤겠지만, 우리 남편은 미국에서 처음으로 『율리시스』 비평을 썼어요."

"담배 한 대 피웠으면 좋겠구먼." 매키스코가 가라앉은 목소리로 말했다. "지금 나한테는 그게 더 중요해."

"조이스는 사람 속을 꿰고 있어요—그렇게 생각하지 않아요, 앨버트?"

* 20세기 미국 작곡가.

그녀의 목소리가 갑자기 잦아들었다. 진주 목걸이를 건 여자가 두 아이와 함께 물에 있었는데, 에이브 노스가 물밑에서 한 아이를 목말을 태워 화산처럼 솟아올랐던 것이다. 아이는 두려움과 기쁨이 뒤섞인 비명을 내질렀고 여자는 예쁘고 평온한 표정으로 그 모습을 지켜보았다. 그러나 그녀의 얼굴에 웃음기는 없었다.

"부인인가요?" 로즈메리가 물었다.

"아뇨, 다이버 부인이에요. 저 가족은 호텔에 묵지 않아요." 매키스코 부인의 눈은 사진기처럼 여자의 얼굴에 고정되어 움직이지 않았다. 잠시 후 그녀는 로즈메리 쪽으로 거칠게 고개를 돌렸다.

"전에도 외국에 와봤어요?"

"네—파리에서 학교를 다녔거든요."

"아! 그럼 뭐, 이곳에서 즐기고 싶으면 진짜 프랑스 가족을 사귀는 게 핵심이란 건 알고 있겠네요. 저 사람들처럼 저래가지고 뭘 얻을 수 있겠어요?" 부인은 왼쪽 어깨로 해변을 가리켰다. "그냥 자기들끼리 작은 무리를 이루어 붙어다닐 뿐이지. 물론 우리는 소개장이 있어서 파리에서 가장 훌륭한 프랑스 화가들과 작가들을 모두 만났어요. 아주 근사했죠."

"그랬겠네요."

"있잖아요, 저이는 첫 소설을 마무리하는 중이에요."

로즈메리가 말했다. "어머, 그래요?" 그녀는 아무 생각이 없었다. 그저 어머니가 이 더위에 잠이 들었을까 궁금할 뿐이었다.

"『율리시스』에서 영감을 얻은 거예요." 매키스코 부인이 말을 이어갔다. "다만 저이의 경우에는 스물네 시간이 아니라 백 년에 걸친 이야기라는 게 다를 뿐이죠. 몰락한 늙은 프랑스 귀족을 주인공으로 내세워 기계시대와 대비시키면서—"

"아, 제발, 바이올렛, 만나는 사람마다 그 얘기 좀 하지 마." 매키스코가 막고 나섰다. "책이 나오기도 전에 다 퍼져버리면 어쩌려고 그래."

로즈메리는 헤엄을 쳐서 해변으로 돌아가, 아무렇게나 두었던 가운을 이미 따끔거리는 어깨에 걸치고 다시 햇볕 아래 누웠다. 승마 모자를 쓴 남자가 병과 작은 잔들을 양손에 들고 파라솔을 하나하나 찾아다니고 있었다. 곧 그와 친구들은 활기를 띠며 가까이 모여, 이제 한군데에 몰려 있는 파라솔 밑으로 모두 들어갔다—로즈메리는 그 가운데 누군가가 곧 떠날 예정이라 오늘 해변에서의 마지막 술을 마시는 것이라고 짐작했다. 심지어 아이들도 파라솔 밑에서 뭔가 흥미진진한 일이 벌어지는 걸 알고 그쪽으로 고개를 돌렸다. 로즈메리가 보기에는 그 모든 게 승마 모자를 쓴 남자에게서 시작되는 것 같았다.

정오가 바다와 하늘을 압도했다—5마일 떨어진 칸은 하얀 선조차 희미해지고 싱그럽고 서늘한 신기루만 남았다. 울새 가슴 빛깔의 범선이 바깥쪽 더 짙은 바다를 한 줄 끌고 들어오고 있었다. 이 넓디넓은 해안 어디에도 생명이란 없는 듯했다. 파라솔들로 스며드는 햇빛 아래만 예외였다. 그곳에는 빛깔과 웅성거림이 있었고, 무슨 일인가 벌어지고 있었다.

캠피언이 다가와 몇 걸음 떨어진 곳에 섰다. 로즈메리는 잠든 척 눈을 감았다. 이윽고 반쯤 눈을 뜨자 흐릿한 기둥 두 개가 어렴풋이 서 있었다. 다리였다. 남자는 모래 빛깔 구름 속으로 조금씩 파고들려 했지만, 구름은 둥둥 떠 뜨겁고 드넓은 하늘 속으로 멀어져갔다. 로즈메리는 정말로 잠이 들었다.

땀에 흠뻑 젖어 잠에서 깼을 때 해변에는 승마 모자를 쓴 남자 말고는 아무도 없었다. 그는 마지막 파라솔을 접고 있었다. 로즈메리가 누운 채 눈을 깜빡이는데 그가 가까이 다가와 말했다.

"깨우고 갈 생각이었어요. 한 번에 너무 타버리는 건 좋지 않거든."

"고맙습니다." 로즈메리는 주홍색으로 변한 다리를 내려다보았다.

"맙소사!"

그녀는 명랑하게 웃음을 터뜨려 상대가 더 말을 이어가도록 유도했으나, 딕 다이버는 이미 텐트와 파라솔을 들고 기다리는 차로 걸어가고 있었기 때문에 로즈메리는 땀을 씻어내려고 물에 들어갔다. 다이버가 다시 돌아오더니 갈퀴, 삽, 체를 하나하나 챙겨 바위틈에 쟁여두었다. 그는 남겨둔 것은 없나 확인하려고 해변 아래위를 흘끔거렸다.

"몇시인지 아세요?" 로즈메리가 물었다.

"한시 반쯤 됐어요."

그들은 잠시 함께 바다를 바라보았다.

"나쁜 시간은 아니지." 딕 다이버가 말했다. "하루 중에 최악의 시간은 아니란 겁니다."

그는 로즈메리를 보았고, 잠깐이지만 그녀가 그 눈의 밝고 파란 세계 안에 들어가 있었다. 간절한, 그러나 자신 있는 모습으로. 이윽고 딕 다이버는 마지막 잡동사니를 어깨에 지고 차로 갔다. 로즈메리는 물에서 나와 가운을 흔들어 털고 호텔로 걸어갔다.

3

그들은 두시가 다 되어서야 식당에 들어섰다. 바깥 소나무들의 움직임에 따라 사람 없는 탁자들 위로 광선과 그림자들이 만드는 묵직한 무늬가 좌우로 흔들렸다. 그들이 들어서자, 접시를 쌓으며 이탈리아어로 시끄럽게 이야기하던 웨이터 두 사람이 입을 다물고 이미 김빠진 점심 정식을 내왔다.

"해변에서 사랑에 빠졌어요." 로즈메리가 말했다.

"누구하고?"

"처음엔 친절해 보이는 많은 사람들 전부하고. 그러다가 한 남자하고."

"얘기는 해봤어?"

"조금이요. 아주 잘생겼어요. 머리는 불그스름하고." 로즈메리는 허겁지겁 먹고 있었다. "하지만 결혼했어요—이런 이야기가 대개 그렇듯이."

어머니는 로즈메리의 가장 좋은 친구로서 늘 마지막 가능성까지 모두 염두에 두면서 그녀를 인도했는데, 영화 바닥에서는 어머니가 이러는 것이 그렇게 드문 일이 아니었다. 하지만 엘시 스피어스 부인은 자신의 좌절에 대한 보상을 받으려고 그렇게 하는 게 아니라는 점에서 남다른 데가 있었다. 그녀는 삶에 개인적인 원한이나 악감정이 없었다. 두 번 만족스럽게 결혼생활을 하고 두 번 다 과부가 되었지만, 낙천적인 초연함은 그때마다 더 깊이를 얻었다. 첫번째 남편은 기병대 장교였고 그다음 남편은 군의관이었으며, 두 사람 모두 그녀에게 유산을 약간 남겼고, 그녀는 이것을 그대로 로즈메리에게 물려주려고 애쓰고 있었다. 그녀는 따끔한 말을 아끼지 않아 로즈메리를 단단하게 키웠다. 노력과 헌신 또한 아끼지 않고 로즈메리에게 이상주의를 심어주려 애썼는데, 그것이 지금은 자신을 향하고 있었다. 로즈메리는 어머니의 눈을 통해 세상을 보았다. 그래서 로즈메리는 '순진한' 아이이면서도, 어머니의 갑옷과 그녀 자신의 갑옷이라는 이중의 싸개로 보호를 받고 있었다—사소하고 안이하고 천박한 것들에 대한 성숙한 불신을 품고 있었다. 그러나 로즈메리가 영화에서 갑자기 성공을 거두자 스피어스 부인은 이제 딸이 정신적으로 젖을 뗄 때라고 느꼈다. 이 통통 튀는 듯 숨가쁘고 절박한 이상주의가 어머니 외의 다른 어떤 대상에 초점을 맞추게 된다면 그것은 그녀에게 고통이라기보다는 기쁨이 될 터였다.

"그럼 여기 있는 게 마음에 드는 거니?" 그녀가 물었다.

"저 사람들을 알게 되면 재미있어질지도 모르겠어요. 다른 사람들도 몇 명 있지만 그 사람들은 좋지 않아요. 저를 알아보던데요—어디를 가나 〈아빠의 딸〉은 다들 본 것 같아요."

스피어스 부인은 딸의 자만의 불꽃이 사그라지기를 기다렸다가 사무적으로 말했다. "그러고 보니 생각이 나서 그러는데, 얼 브래디는 언제 만나러 갈 거니?"

"오늘 오후에 가는 거 아닌가 생각했어요—어머니가 푹 쉬셨으면."

"너 혼자 가—나는 안 갈 테니까."

"그럼 내일 같이 가죠 뭐."

"너 혼자 가는 게 좋겠어. 먼길도 아니잖아—네가 프랑스어를 못하는 것도 아니고."

"어머니—내가 꼭 하지 않아도 되는 일은 좀 없을까요?"

"아, 그럼 뭐 나중에 가—하지만 떠나기 전에는 가야 돼."

"알았어요, 어머니."

점심을 먹은 뒤 두 모녀는 외국의 조용한 장소에서 미국인 여행객들에게 찾아오곤 하는 갑작스러운 따분함이 버거웠다. 어떤 자극도 없었고, 밖에서 그들을 부르는 목소리도 없었으며, 문득 다른 사람들의 마음에서 자신이 갖고 있는 것과 똑같은 생각의 조각들을 발견하는 경험을 하지도 못했다. 그래서 그들은 제국의 왁자함을 그리워하면서 이곳에서는 삶이 계속되고 있지 않다고 느꼈다.

"딱 사흘만 있기로 해요, 어머니." 방으로 돌아왔을 때 로즈메리가 말했다. 밖에서는 가벼운 바람이 더위를 이리저리 몰고 다니다 나무들 사이로 밀어넣었다. 그 사품에 덧문을 뚫고 작지만 뜨거운 질풍이 들이닥쳤다.

"해변에서 사랑에 빠진 남자는 어떡하고?"

"저는 어머니 외에는 아무도 사랑하지 않아요."

로즈메리는 로비에서 잠깐 발을 멈추고 고스 영감에게 기차 시간을 물었다. 밝은 갈색에 가까운 카키색 옷을 입고 데스크 옆에서 빈둥거리던 안내원은 딱딱한 표정으로 로즈메리를 응시하다가, 갑자기 자신의 본분에 따른 예의를 기억했다. 로즈메리는 아첨하는 듯한 표정의 웨이터 두 명과 함께 버스를 타고 기차역으로 갔다. 그녀는 그들이 예의를 지켜 입을 다물고 있는 게 민망하여 그들을 다그치고 싶었다. "어서요, 얘기들 나눠요, 즐거운 시간을 보내라고요. 나는 괜찮으니까."

일등칸은 답답했다. 철도 회사의 생생한 광고 엽서—아를의 가르 다리, 오랑주의 원형극장, 샤모니의 겨울 스포츠—가 오히려 바깥의 미동도 하지 않는 긴 바다보다 상쾌했다. 자신의 강렬한 운명에 몰입하여 자신보다 빠르지도 않고 숨을 헐떡거리지도 않는 다른 세계 사람들을 경멸하는 미국 기차들과는 달리, 이 기차는 통과하는 땅의 한 부분이었다. 기차의 날숨은 야자나무 잎에 붙은 먼지를 흔들었고, 재는 정원의 마른 똥과 섞였다. 로즈메리는 창밖으로 몸을 기울이면 손으로 꽃을 딸 수도 있겠다고 생각했다.

칸 기차역 밖에서는 운전기사 여남은 명이 택시 안에서 자고 있었다. 산책로의 카지노, 말쑥한 상점, 커다란 호텔은 표정 없는 철가면처럼 여름 바다를 보고 있었다. 이런 곳이 '시즌'이었다고 믿을 수가 없었다. 로즈메리도 반쯤은 유행에 사로잡혀 있었기 때문에 남의 눈이 약간 의식되었다. 자신이 이곳에서 소멸을 앞둔 것들에 대한 건강하지 못한 취향을 드러내고 있는 것 같았기 때문이다. 왜 그녀가 하필이면 지난겨울의 활기와 다음 겨울의 활기 사이의 가라앉은 시기에 이곳에 왔는지 사람들이 궁금해할 것 같았기 때문이다. 저 북쪽에서 진짜 세상이 천둥소리를 내며 지나가고 있는데.

로즈메리가 잡화점에서 코코넛 기름을 한 병 사들고 나오는데 어떤 여자—로즈메리는 그녀가 다이버 부인임을 알아보았다—가 소파 쿠션을 한아름 안고 앞을 가로질러 거리 아래쪽에 주차한 차로 걸어갔다. 키가 작고 몸통이 긴 검은 개가 그녀를 향해 짖어대자 졸고 있던 운전기사가 화들짝 놀라며 깨어났다. 다이버 부인은 차에 올라탔다.

예쁜 얼굴은 단단하게 제어되고 있었으며, 용감하고 주의깊은 눈은 똑바로 앞을 향했지만 아무것도 보고 있지 않았다. 드레스는 밝은 빨간색이었고 갈색 다리는 맨살이었다. 숱이 많은 짙은 금발은 차우차우의 털 같았다.

로즈메리는 삼십 분 동안 기차를 기다리며 크루아제트 거리의 '카페 데 잘리에'에 앉아 있었다. 나무 때문에 탁자들 위로 녹색 땅거미가 드리워지고, 오케스트라는 니스 카니발의 노래와 작년에 유행하던 미국 선율로 가상의 다국적 청중에게 구애하고 있었다. 그녀는 〈르 탕〉과 어머니에게 줄 〈새터데이 이브닝 포스트〉를 샀고, 레모네이드를 마시며 영어 잡지를 펼치고 러시아 공주의 회고를 읽다가 이제는 희미해진 1890년대 관습들이 지금 프랑스 신문의 표제들보다 가깝고 실감나게 느껴진다는 생각을 했다. 호텔에서도 로즈메리를 짓눌렀던 똑같은 감정이었다. 희극 아니면 비극 어느 한쪽으로 강변되는 대륙의 기괴하기 짝이 없는 사건들을 보는 데 익숙했기 때문에, 또 스스로 본질적인 것들을 분리해내는 훈련이 되어 있지 않았기 때문에, 그녀는 이제 프랑스 생활이 공허하고 식상하다고 느끼기 시작했다. 보드빌에서 곡예사가 나올 때 연주하는 우울한 음악을 떠올리게 하는 오케스트라의 슬픈 곡조를 듣고 있자니 그런 감정이 더욱 강해졌다. 곧 고스의 호텔로 돌아가게 되어 다행이다 싶었다.

로즈메리는 어깨가 너무 타 다음날 수영을 할 수 없었기 때문에 어머니와 함께 차를 빌렸다—프랑스에서 돈의 가치를 배운 그녀는 값을 놓고 한참 실랑이를 했다. 모녀는 차를 타고 리비에라 해변을 따라, 특히 많은 강들을 품고 있는 삼각주를 돌아다녔다. 폭군 이반 시대의 러시아 차르처럼 생긴 운전기사가 여행 안내인을 자처하고 나서자 칸, 니스, 몬테카를로 등 빛나는 이름들이 둔한 위장막을 뚫고 빛을 발하기 시작했다. 그 이름들은 이곳에 와서 근사하게 식사했거나 숨을 거두었던 옛 왕들, 영국의 발레리나를 향해 불상의 눈에 박혀 있던 보석을 던지던 인도의 라자들, 몇 주 동안 이곳을 캐비아를 즐기던 잃어버린 시절의 어둑어둑한 발트해 연안으로 바꾸어놓았던 러시아 제후들의 이야기를 소곤거렸다. 다른 무엇보다도 해안을 따라 러시아인들의 냄새가 났다—문을 닫은 그들의 서점과 식료품점들. 십 년 전 4월에 시즌이 끝났을 때 그리스정교회 예배당은 문을 잠갔고 상점은 그들이 돌아올 날을 기다리며 그들이 좋아하던 스위트 샴페인을 치워놓았다. "다음 시즌에 돌아오겠소." 그들은 그렇게 말했지만 설익은 약속이었다. 그들은 결코 다시 돌아오지 않았다.

늦은 오후에 바다를 굽어보며 차를 타고 호텔로 돌아오는 길은 유쾌했다. 바다는 어린 시절 좋아하던 마노와 홍옥수처럼 신비로운 빛깔이었다. 녹색 우유 같았고, 빨래를 헹군 파란 물 같았고, 짙은 와인 같았다. 문밖에서 식사를 하는 사람들을 지나고, 시골 작은 술집의 포도 덩굴 뒤에서 들려오는 격렬한 기계 피아노 소리를 들으니 기분이 좋았다. 코르니슈 도르에서 방향을 틀어 나무들이 줄줄이 녹색으로 겹쳐 늘어선 채 어두워져가는 비탈을 통과하여 고스의 호텔로 내려갈 때는 폐허가 된 수도교 위에 달이 이미 떠올라 있었다……

호텔 뒷산 어딘가에서 댄스파티가 열리고 있었다. 로즈메리는 모기장으로 파고드는 희미한 달빛에 실려 흘러드는 음악에 귀를 기울이다가, 근처 어딘가에서도 즐거운 일이 벌어지고 있다는 걸 깨달았다. 해변의 좋은 사람들이 생각났다. 아침에 그들을 만날 수 있을지도 모른다는 생각이 들었지만, 그들은 자족적인 작은 집단을 이루고 있는 게 분명했다. 파라솔, 대나무 돗자리, 개, 아이들이 일단 자리를 잡으면 바닷가의 그 구역에는 말 그대로 담장을 쳐놓은 것이나 다름없었다. 로즈메리는 어쨌든 남은 두 번의 아침을 다른 쪽 사람들하고 보내지는 않겠다고 결심했다.

4

문제는 쉽게 해결되었다. 매키스코 부부는 아직 해변에 나오지 않았고, 그녀가 실내복을 펼치자마자 남자 둘—승마 모자를 쓴 남자와 웨이터들을 톱으로 두 토막 내는 버릇이 있는 키 큰 금발—이 무리를 떠나 그녀에게 다가왔다.

"안녕하세요." 딕 다이버가 말하며 쭈그리고 앉았다. "보세요—햇볕에 탔든 타지 않았든, 왜 어제는 따로 놀았나요? 다들 걱정했잖아요."

로즈메리는 일어나 앉았다. 행복하게 터뜨리는 작은 웃음이 그들의 틈입을 환영하고 있었다.

"혹시 오늘 아침에 우리 쪽으로 올 생각 없어요? 우리는 그늘에 들어가고, 또 먹고 마시니까, 꽤 실속 있는 초대인데." 딕 다이버가 말했다.

그는 친절하고 매력적으로 보였다—그의 목소리는 그녀를 돌봐주겠다고, 조금 후에 그녀를 위해 완전히 새로운 세계들을 열고 화려한 가능성들을 끝도 없이 펼쳐 보이겠다고 약속하고 있었다. 그는 소개를 하면서도 그녀의 이름을 언급하지 않아, 모두가 그녀를 알고는 있지만 그녀의 사생활이 절대 침해되지 않도록 존중하고 있다는 사실을 그녀가 금방 알 수 있게 해주었다. 로즈메리는 영화에서 성공을 거둔 뒤로 같은 업계 사람들과 있을 때를 제외하면 이런 예의바른 대접을 받아본 적이 없었다.

니콜 다이버는 진주 목걸이 아래로 갈색 등을 드러낸 채 '치킨 메릴랜드'를 찾아 요리책을 뒤지고 있었다. 스물넷쯤 되었겠구나, 로즈메리는 추측했다. 얼굴은 전형적으로 예쁜 얼굴이라는 말로 묘사할 수 있었다. 보는 사람이 받는 느낌으로 말하자면, 우선 두드러진 구조와 특징만 살려 실물보다 크게 만들어놓은 것 같았다. 이목구비나 생기 있는 이마나 안색 등 우리가 기질이나 성격과 연결시키는 것을 모두 로댕 스타일로 만들어놓은 다음, 예뻐 보이게 하는 쪽으로 방향을 잡고 단 한 번의 실수로도 조각의 힘과 품격이 돌이킬 수 없이 훼손되는 지점까지 깎아나간 듯했다. 이 조각가는 여자의 입에서 필사적인 모험을 했다—그 입은 잡지 표지에 나올 만한 큐피드의 활 모양이면서도, 얼굴의 다른 부분과 특징을 공유하고 있었기 때문이다.

"여기 오래 있을 건가요?" 니콜이 물었다. 목소리는 저음으로, 쉰 듯한 느낌을 주었다.

갑자기 로즈메리의 마음이 한 주 더 있을 수도 있다는 가능성을 받아들이고 있었다.

"그다지 오래는 아니에요." 그녀는 모호하게 대답했다. "우리는 해외에 나온 지 오래됐거든요—3월에 시칠리아에서 하선해 천천히 북쪽으로 올라가고 있어요. 지난 1월에 영화를 찍다 폐렴에 걸리는 바람에 지금 회복중이에요."

"어머나! 어쩌다 그랬어요?"

"그게, 수영을 하다가요." 로즈메리는 개인적인 이야기를 꺼내는 게 약간 내키지 않았다. "어느 날 인플루엔자에 걸렸는데 그걸 모르고 베네치아의 운하에 뛰어드는 장면을 찍었어요. 아주 비싼 세트여서 아침 내내 뛰어들고, 뛰어들고, 또 뛰어들어야 했죠. 어머니가 의사를 불러다놓았지만 소용없었어요—폐렴에 걸리고 만 거예요." 그녀는 사람들이 입을 열기 전에 단호하게 화제를 바꾸었다. "여기가 마음에 드시나요—이곳이요?"

"마음에 들 수밖에 없겠지요." 에이브 노스가 천천히 말했다. "이 사람들이 이곳을 만들었으니까요." 노스가 멋진 머리를 천천히 옆으로 돌려 따뜻한 애정이 담긴 눈으로 다이버 부부를 보았다.

"어머, 그러셨어요?"

"이 호텔이 여름에 문을 연 건 이번이 겨우 두번째예요." 니콜이 설명했다. "우리가 주방장과 웨이터와 벨보이를 한 명씩은 남기라고 고스를 설득했죠—첫해에도 손해는 보지 않았고 올해에는 훨씬 잘되고 있어요."

"하지만 호텔에 묵지는 않으시잖아요."

"집을 지었어요. 저 위 타름에."

"일설에 따르면," 딕이 파라솔을 조정하여 로즈메리의 어깨로 내려오는 사각형의 햇빛을 잘라내며 말했다. "도빌 같은 북쪽 동네는 모두 추위를 꺼리지 않는 러시아인과 영국인이 골라잡은 반면, 우리 미국인들 중 반은 열대지방에서 왔고—그래서 우리는 이곳으로 오기 시작한 거지요."

라틴계 외모의 젊은 남자가 〈뉴욕 헤럴드〉를 넘기고 있었다.

"아니, 이 사람들은 도대체 국적이 뭐야?" 그가 갑자기 묻고는, 프랑스어 억양이 약간 섞인 말투로 읽어내려갔다. "'브베의 팔라스 호텔에 투숙한 사람들은 팡들리 블라스코 씨, 본아스* 부인'—내가 과장하는 게 아닙니다—'코리나 메동카, 파슈 부인, 세라퓜 튈리오, 마리아 아말리아 로토 메, 무아즈 퇴벨, 파라고리스 부인, 아포슨 알레상드르, 욜랑다 요스퀴글뤼, 제네브바 드 모뮈 등이다! 이 여자가 제일 매력적인데—제네브바 드 모뮈. 제네브바 드 모뮈를 한 번 보기 위해서라면 브베까지 뛰어가도 좋겠어."

그는 갑자기 안절부절못하며 일어서더니 몸을 한 번에 힘껏 펼쳐 기지개를 켰다. 그는 다이버나 노스보다 몇 살 아래였다. 키가 크고 몸은 단단했지만 어깨와 팔꿈치 위쪽에 혹처럼 뭉친 근육을 제외하면 지나치게 말랐다. 언뜻 보면 전형적인 미남처럼 보였다—그러나 얼굴에 늘 희미한 혐오가 떠돌고 있어 갈색 눈이 완전히 강렬하게 빛나는 걸 막고 있었다. 그럼에도 그 눈은 다들 나중에도 기억을 했다. 권태를 견디지 못하는 입과 소득 없는 성마른 고통으로 골이 팬 젊은 이마는 잊어도.

"우리가 지난주에 미국인 소식에서 멋진 걸 몇 개 발견했는데," 니콜이 말했다. "에벌린 오이스터** 부인하고—또 누구였더라?"

"S. 플레시*** 씨도 있었지." 다이버도 몸을 일으키며 말했다. 그는 갈

* Bonneasse. '뼈(bone)'와 '엉덩이(ass)'를 합친 말과 비슷하게 들린다.

** Oyster. '굴'을 뜻한다.

*** Flesh. '살'을 뜻한다.

퀴를 잡더니 진지한 표정으로 모래에서 잔돌을 골라내기 시작했다.

"아, 맞아—S. 플레시—그 남자 좀 섬뜩하지 않아요?"

이제 니콜과 조용히 단둘이 있게 되었다—어머니와 있을 때보다 훨씬 조용하다고 로즈메리는 생각했다. 에이브 노스와 프랑스 남자 바르방은 모로코 이야기를 하고 있었고, 니콜은 조리법을 베끼고 나자 바느질거리를 집어들었다. 로즈메리는 그들의 장비를 살펴보았다. 커다란 파라솔 네 개가 지붕을 이루어 그늘을 드리웠고, 운반 가능한 목욕실이 탈의실 역할을 했으며, 바람을 넣어 부풀린 고무 말이 있었다. 로즈메리는 처음 보는 새로운 물건들로, 전후에 처음 제작되어 쏟아져나온 사치품들이었다. 아마 이들이 첫 구매자들인 듯했다. 로즈메리는 이들이 유행을 좇는 사람들이라고 짐작했다. 어머니는 그녀를 기를 때 그런 사람들은 게으름뱅이이니 조심하라고 일렀지만, 로즈메리는 이 사람들에게서는 그런 느낌을 받지 못했다. 그들의 전혀 움직이지 않는 상태, 아침처럼 완전히 움직이지 않는 상태에서도 로즈메리는 어떤 목적, 어떤 것에 대한 작용, 방향성, 그녀가 알고 있던 어떤 것과도 다른 창조 행위를 느꼈다. 그녀의 미성숙한 마음으로는 그들 서로간의 관계의 본질은 전혀 추측하지 못했다. 그저 그들이 자신을 대하는 태도에만 관심이 있을 뿐이었다—그럼에도 그녀는 어떤 유쾌한 상호관계의 망 같은 걸 인식하기 시작해 그들이 아주 즐거운 시간을 보내는 것 같다는 생각이 들었다.

로즈메리는 세 남자를 차례차례 바라보며, 잠시 동안 그들을 마음대로 평가했다. 세 명 모두 각기 다른 방식으로 매력적이었다. 모두 특별히 점잖았는데, 그녀는 그 점이 어떤 사건들 때문이 아니라 그들 삶의 일부로서 과거에도 그랬고 미래에도 그러할 것이라고 느꼈다. 남 앞에서만 사교적인 배우들의 예절과는 완전히 달랐다. 또 그녀의 인생 경험에서 지성인을 대표한다고 할 수 있는 감독들의 거칠지만 금방 형성되는 우호적인 유대감과는 달리 먼 곳까지 챙기는 섬세함을 감지했다. 배우와 감독들—그녀가 아는 남자는 그들뿐이었다. 거기에 이질적이면서도 서로 구별할 수 없는 덩어리를 이루고 있는 대학생들. 지난가을 예일 대학 댄스파티에서 만났던 그들은 오직 첫눈에 반하는 사랑에만 관심이 있었다.

그러나 이들 세 남자는 달랐다. 바르방은 세련된 면은 좀 약하고 회의적이고 조롱하는 면은 강했으며, 예의는 겉치레라고 할 정도로 형식적이었다. 에이브 노스는 수줍어하면서도 언제나 어떻게든 유머를 끼워넣으려 했는데, 그녀는 그것이 재미있기도 하고 곤혹스럽기도 했다. 그녀는 진지한 본성 때문에 자신이 그에게 최고의 인상은 줄 수 없을 거라고 생각했다.

그러나 딕 다이버—그는 그곳에 완벽한 모습으로 존재했다. 그녀는 내심 그를 사모했다. 야외 활동으로 그을린 얼굴색은 불그스름했으며, 짧은 머리도 마찬가지였다—같은 색깔이지만 좀 성긴 털이 팔과 손을 구불구불 덮고 있었다. 눈은 밝고 선명한 파란색이었다. 코는 약간 뾰족한 편이었으며, 그 덕분에 그가 누구를 보거나 누구에게 말하고 있는지 전혀 의심할 여지가 없었다—사실 이렇게 봐주면 기분이 좋다. 누가 우리를 그렇게 보겠는가?—눈길이 우리에게 머물기는 하지만, 얕은 호기심을 드러내거나 무관심할 뿐, 그 이상은 아니다. 아일랜드의 선율이 희미하게 흐르는 목소리는 세상에 구애를 하는 듯했지만,

그녀는 그에게서 단단한 층, 자제와 자기 수양으로 이루어진 층을 느꼈다. 그것은 바로 그녀 자신의 미덕이기도 했다. 아, 그녀는 그를 선택했다. 니콜은 고개를 들다가 로즈메리가 딕을 선택하는 것을 보았고, 그에게 이미 임자가 있다는 사실에 그녀가 작게 한숨 쉬는 소리를 들었다.

정오 무렵 매키스코 부부, 에이브럼스 부인, 덤프리 씨, 캠피언 씨가 해변에 나왔다. 그들은 새 파라솔을 들고 와 다이버 부부 쪽을 곁눈질하며 펼치더니, 만족스러운 표정으로 기어들어갔다—매키스코 부인만 빼고. 그녀는 조롱하는 표정으로 밖에 남아 있었다. 딕은 갈퀴질을 하며 그들 근처를 지나갔다가 다시 파라솔들이 있는 곳으로 돌아갔다.

"젊은 남자 둘이서 함께 『에티켓 안내서』를 읽고 있네." 딕이 낮은 목소리로 말했다.

"상류층과 어울리실 계획인 게지." 에이브가 어눌하게 말했다.

메리 노스, 로즈메리가 첫날 뗏목에서 만났던 새까맣게 그을린 젊은 여자가 수영을 하고 돌아와 짓궂음이 번득이는 웃음을 뿌리며 말했다.

"오호, 네버퀴버* 부부께서 납셨네."

"저 부부는 이 사람 친구들이에요." 니콜이 그녀에게 알려주었다. 이 사람이란 에이브를 가리키는 말이었다. "그런데 왜 이 사람은 가서 이야기를 나누지 않는 걸까요? 에이브, 저 사람들이 매력적이라고 생각하지 않아요?"

"아주 매력적이라고 생각해요." 에이브는 맞장구를 쳤다. "그냥 매

* Neverquiver. '절대 떨지 않는다'는 뜻이다.

력적인 정도가 아니라고 생각하는 거죠. 그뿐입니다."

"그래요, 나도 올여름에는 해변에 사람들이 너무 많다고 느끼긴 했어요." 니콜도 인정했다. "딕이 자갈더미에서 만들어낸 우리 해변인데." 그녀는 잠시 생각하더니, 다른 파라솔 밑에 앉아 있는 세 보모의 귀에 들리지 않도록 목소리를 낮추었다. "그래도 지난여름에 계속 '바다가 파랗지 않아? 하늘이 하얗지 않아? 귀여운 넬리 코가 빨갛지 않아?' 하고 소리쳐대던 그 영국 사람들보다는 나아요."

로즈메리는 니콜을 적으로 삼으면 좋을 게 없을 것 같다는 생각이 들었다.

"그래도 두 사람은 싸우는 건 보지 못했잖아요." 니콜이 말을 이어갔다. "에이브가 오기 전날 저 유부남, 가솔린이나 버터 대용품 같은 이름을 가진 남자—"

"매키스코요?"

"네—글쎄 말다툼을 하다가 여자가 남자 얼굴에 모래를 끼얹지 뭐예요. 그러니까 남자가 아주 자연스럽게 여자 위에 올라타더니 얼굴을 모래에 비벼대더라고요. 우리는—너무 놀라 감전된 줄 알았어요. 내가 딕한테 가서 말리라고 했죠."

"내 생각에는," 딕 다이버가 멍한 표정으로 밀짚 돗자리를 내려다보며 말했다. "가서 저 사람들을 저녁식사에 초대하는 게 좋을 것 같은데."

"아니, 그러지 말아요." 니콜이 얼른 막아섰다.

"그게 아주 좋은 일일 것 같은데. 이왕 여기 온 사람들이잖아—우리가 적응을 하자고."

"우리는 아주 잘 적응돼 있어요." 니콜이 고집을 부리며 웃음을 터뜨렸다. "나는 누가 내 코를 모래에 비벼대는 꼴을 당할 생각이 없어요. 나는 비열하고 고집 센 여자거든요." 니콜은 로즈메리에게 그렇게 설명을 하더니 목소리를 높였다. "얘들아, 수영복 입어!"

로즈메리는 수영이라는 말이 나오면 기억에서 늘 떠오르는 이 수영이 자신의 삶에서 전형적인 것이 되리라는 느낌을 받았다. 모두가 동시에 물을 향해 움직였다. 오랫동안 억지로 가만히 있었기 때문에 완벽하게 준비를 갖추고 있었다. 모두 톡 쏘는 카레를 차가운 화이트 와인과 함께 먹는 듯한 식도락의 느낌으로 더위에서 시원함으로 옮겨갔다. 다이버 부부의 하루는 눈앞의 물질적인 것으로부터 최고의 것을 끌어내고, 모든 이행에 완전한 가치를 부여하던 예전 문명의 하루처럼 적당한 간격을 두고 진행되었다. 이제 수영에 완전히 몰입한 상태로부터 프로방스 점심시간의 수다로 다시 이행이 이루어지겠지만, 로즈메리는 아직 그것을 모르고 있었다. 그러나 딕이 자신을 돌봐주고 있다는 것은 다시 느꼈다. 그녀는 마치 명령을 받아 행동하기라도 하는 듯 그때그때의 움직임에 반응하면서 기쁨을 느꼈다.

니콜은 남편에게 그때까지 손보고 있던 묘한 옷을 건넸다. 그가 탈의 천막으로 들어갔다가 곧 속이 비치는 검은색 레이스 속바지를 입고 나타나는 바람에 소란이 일었다. 그러나 가만히 보면 사실은 안에 살색 천을 대놓았다는 걸 알 수 있었다.

"어이쿠, 저거 호모나 하는 짓 아니야!" 매키스코 씨가 경멸하는 말투로 내뱉었다—그러더니 얼른 덤프리 씨와 캠피언 씨를 돌아보며 덧붙였다. "아, 미안합니다."

로즈메리는 그 수영복을 보고 기뻐서 거품이 보글보글 솟아오르는 느낌이었다. 그녀의 순진함이 다이버 부부의 값비싸면서도 소박한 방식에 온 마음으로 반응하고 있었다. 그러나 그런 물건들이 사실 단순함이라고는 찾아볼 수 없는 아주 복잡한 것이라는 사실, 모두 세계의 시장을 돌아다니며 양보다는 질을 보고 고른 것이라는 사실을 모르고 있었다. 나아가 행동의 소박함 역시, 육아실 같은 평화와 선의, 더 소박한 미덕의 중시, 이런 것들이 신들과 필사적으로 거래를 하는 과정의 일부이며, 로즈메리는 짐작도 할 수 없는 투쟁들을 통하여 얻은 것임을 모르고 있었다. 그 순간 다이버 부부는 외면적으로 한 계급의 진화의 최고 정점을 보여주고 있어, 대부분의 사람들은 그 옆에 가면 어쭙잖아 보였다—그러나 실제로는 그들 부부에게 로즈메리의 눈에는 전혀 보이지 않는 질적 변화가 이미 시작된 상태였다.

로즈메리는 그들과 함께 서 있었고, 그들은 셰리를 마시며 크래커를 먹고 있었다. 딕 다이버가 차갑고 파란 눈으로 그녀를 보았다. 그의 친절하고 강한 입이 사려 깊고 신중하게 움직였다.

"정말로 뭔가 피어나는 것처럼 보이는 아가씨는 오랜만이네요."

나중에 로즈메리는 어머니의 품에서 울고 또 울었다.

"그 사람을 사랑해요, 어머니. 그 사람을 간절히 사랑해요—어떤 사람한테 이런 느낌을 갖게 될 줄은 정말 몰랐어요. 그런데 그 사람은 결혼을 했고, 나는 그 여자도 좋아해요—정말이지 가망 없어요. 아, 나는 그 사람을 이렇게 사랑하는데!"

"궁금해서 한번 만나보고 싶구나."

"금요일 저녁에 우리를 초대했어요."

"사랑에 빠진 거라면 행복해야 마땅하지. 크게 웃어야 마땅하지."

로즈메리는 고개를 들더니 얼굴을 아름답게 바르르 떨며 웃음을 터뜨렸다. 어머니는 늘 그녀에게 큰 영향력을 행사했다.

5

로즈메리는 그녀로서는 더없이 부루퉁한 상태로 몬테카를로로 갔다. 차를 타고 험한 산을 올라가 라튀르비에 이르러, 고몽 영화사의 재건축중인 오래된 촬영장에 도착했다. 창살을 끼운 입구 옆에 서서 명함에 적어 보낸 메시지의 답을 기다리고 있자니, 할리우드 안을 들여다보는 느낌이었다. 최근 촬영한 어떤 영화에서 쓰고 남은 세트의 괴상한 잔해, 쇠락한 인도의 거리 배경, 판지로 만든 커다란 고래, 이국적인 섭리의 힘으로 꽃이 핀 듯 농구공만한 버찌가 달린 괴물 같은 나무. 그럼에도 이 나무는 색이 연한 아마란스, 미모사, 코르크나무, 또는 왜소한 소나무와 마찬가지로 토착 식물처럼 자리잡고 있었다. 간단하게 점심을 먹을 수 있는 오두막과 더불어 헛간 같은 무대 두 개가 있고, 촬영장 어디에나 기대에 차서 차례를 기다리는 화장한 얼굴들이 무리를 짓고 있었다.

십 분 뒤 머리 색깔이 카나리아 깃털 같은 젊은 남자가 서둘러 정문으로 내려왔다.

"어서 오세요, 호이트 양. 브래디 씨는 세트에 있지만, 호이트 양을 꼭 만나뵙고 싶어합니다. 기다리게 해서 죄송하지만, 왜 그 프랑스 귀부인들 몇 사람이 평소보다 심하게 마구 끼어드는 바람에—"

스튜디오 관리자가 무대 건물의 텅 빈 벽에 있는 작은 문을 열었고, 로즈메리는 갑자기 익숙한 환경에 들어서는 반가운 마음으로 그를 따라 어둑어둑한 곳으로 들어갔다. 여기저기서 형체들이 어렴풋이 스며든 빛을 발견하고, 연옥을 통과하는 인간을 지켜보는 영혼들처럼 그녀를 향해 잿빛 얼굴을 들어올렸다. 소곤거림과 작은 목소리들, 그리고 아마도 좀 멀다 싶은 곳에서 작은 오르간의 부드러운 트레몰로가 들려왔다. 무대 배경으로 만든 모퉁이를 돌자 딱딱 소리를 내며 하얀 빛을 내뿜는 무대가 나왔다. 그곳에서는 프랑스인 남자배우—그의 셔츠 가슴팍, 칼라, 커프스는 환한 분홍색으로 물들어 있었다—와 미국인 여배우가 꼼짝도 않고 마주보고 서 있었다. 마치 똑같은 자세로 몇 시간 동안 서 있었던 것처럼 집요하게 서로 노려보고 있었다. 그럼에도 긴 시간 동안 아무 일도 일어나지 않았다. 아무도 움직이지 않았다. 일렬로 늘어선 조명이 날카롭게 쉭 소리를 내며 꺼졌다가 다시 들어왔다. 멀리서 들여보내달라고 애원하듯 애처롭게 탕탕거리는 망치 소리가 들렸다. 위쪽 눈부신 조명들 사이에서 푸르스름한 얼굴이 나타나 더 위쪽의 검은 어둠을 향해 알아들을 수 없는 소리를 질렀다. 그때 로즈메리 앞의 어떤 목소리가 정적을 깼다.

"자기, 스타킹을 벗지 않으면 열 켤레가 더 있어도 모자랄 거야. 그 드레스는 십오 파운드야."

말을 한 사람이 뒷걸음질을 치다 로즈메리와 부딪치자 스튜디오 관리자가 말했다. "보세요, 얼—호이트 양입니다."

그들은 처음 만나는 것이었다. 브래디는 동작이 빠르고 힘이 넘쳤다. 그가 악수를 하며 그녀를 머리에서 발끝까지 훑는 걸 그녀는 알았다. 그녀에게는 익숙한 행동이었으며, 그 때문에 편안해졌다. 나아가 누구든 그런 동작을 하는 사람에게 늘 희미한 우월감을 느끼게 되었다. 만일 몸이 소유물이라면 그녀는 그 소유자에게 자동적으로 따라오는 모든 이점을 챙길 수 있었다.

"조만간 올 줄 알았소." 브래디가 말했다. 개인적인 관계에서 사용하기에는 약간 강압적인 말투였으며, 약간 도전적인 런던 억양이 깔려 있었다. "여행은 괜찮았소?"

"네, 하지만 이제 집에 가게 되어 다행이란 생각이 들어요."

"안 돼지-이-이!" 그가 소리쳤다. "좀더 있어야지—얘기 좀 하고 싶으니까. 그 영화 괜찮았다고 얘기하고 싶었소—그 〈아빠의 딸〉 말이오. 파리에서 봤지. 그 즉시 호이트 양이 계약이 되어 있는지 알아보려고 미국 서해안으로 전보를 쳤소."

"저는 막…… 미안합니다."

"이야, 대단한 영화였어!"

로즈메리는 멍청하게 동의하는 웃음을 짓고 싶지 않아 얼굴을 찌푸렸다.

"평생 영화 한 편으로만 기억되고 싶어하는 사람은 아무도 없어요." 그녀가 말했다.

"물론이지—그 말이 맞소. 계획이 어떻게 됩니까?"

"어머니는 내가 휴식이 필요하다고 생각하세요. 돌아가면 우린 아마 퍼스트 내셔널하고 계약을 하거나 아니면 그냥 페이머스하고 계속 해나갈 거예요."

"우리가 누구요?"

"어머니요. 일 문제는 어머니가 결정하시거든요. 어머니 없이 저 혼자서는 못해요."

그는 다시 그녀를 샅샅이 훑어보았다. 그러는 사이 로즈메리의 뭔가가 그에게로 뻗어나갔다. 좋아하는 마음은 아니었다. 하물며 그날 아침 해변에서 그 남자에게 느꼈던, 자연스럽게 솟아난 사모의 마음도 아니었다. 순간적으로 마음이 통한 것이다. 그는 그녀에게 욕망을 품었고, 처녀의 감정이라는 한계는 있었지만 그녀도 그에게 평정한 마음으로 굴복하는 것을 생각하고 있었다. 그러면서도 그를 떠나고 나서 삼십 분이면 그를 잊게 되리란 걸 알고 있었다—영화를 찍을 때 입을 맞춘 배우를 잊듯이.

"어디 묵고 있소?" 브래디가 물었다. "아, 그래, 고스의 호텔에. 어, 나도 올해에는 다른 계획이 잡혀 있지만, 내가 보낸 편지는 여전히 유효해요. 코니 탈마지가 어렸을 때 이후 처음 있는 일인데, 다른 어떤 여배우보다도 호이트 양과 영화를 찍고 싶은 마음이 들었소."

"나도 마찬가지 생각이에요. 할리우드로 돌아오지 그러세요."

"그 염병할 곳을 견딜 수가 없어. 나는 여기가 좋소. 이 숏이 끝날 때까지만 기다려요. 내가 구경시켜줄 테니까."

브래디는 세트로 걸어가 프랑스 남자배우에게 낮고 조용한 목소리로 이야기하기 시작했다.

오 분이 지났다—브래디는 계속 이야기를 했고, 프랑스 남자는 이따금 발을 들썩이며 고개를 끄덕였다. 갑자기 브래디가 말을 끊고 조명

쪽에 뭐라고 소리를 치자 조명이 깜짝 놀란 듯이 눈부시게 밝아지며 웅웅 소리를 냈다. 이제 로즈메리는 시끌시끌한 로스앤젤레스 한복판에 들어와 있는 느낌이었다. 두려움 없이 그녀는, 그곳으로 돌아가고 싶은 마음을 느끼면서, 얇은 칸막이들로 이뤄진 그 도시를 다시 한번 움직여 다녔다. 그러나 브래디가 촬영을 끝내고 어떤 기분일지 짐작이 되었기 때문에 그를 보고 싶지는 않아 여전히 주문에 걸린 상태에서 촬영장을 떠났다. 스튜디오가 거기 있다는 걸 알게 되자 이제 지중해 세계가 전처럼 적막하지 않았다. 거리에서 만나는 사람들이 마음에 들었다. 그녀는 기차를 타러 가는 길에 에스파드리유* 한 켤레를 샀다.

어머니는 로즈메리가 시킨 일을 꼼꼼하게 해내는 게 기뻤지만, 여전히 딸을 저 밖으로 멀리 떠나보내고 싶어했다. 스피어스 부인은 겉보기에는 생기가 넘쳤지만 지쳐 있었다. 임종은 사람을 정말 지치게 하는데, 그녀는 두 사람 곁에서 그것을 지켜보았던 것이다.

6

니콜 다이버는 점심때 마신 장밋빛 와인에 기분이 좋았기 때문에 어깨의 동백 조화造花가 뺨에 닿을 정도로 높이 팔짱을 끼고 그녀의 잔디 없는 어여쁜 정원으로 나갔다. 정원의 한쪽 면은 집이어서, 정원이 거

* 끈을 발목에 매는 즈크제 샌들.

기에서 흘러나오고 또 그곳으로 흘러드는 느낌을 주었다. 두 면은 오래된 마을과 접해 있었으며, 마지막 한 면은 층을 이루며 바다로 떨어지는 절벽이었다.

마을과 접한 담 쪽에는 전부 먼지가 내려앉아 있었다. 꿈틀거리는 덩굴, 레몬과 유칼립투스나무, 흔히 볼 수 있는 외바퀴 손수레 등 모든 것에. 손수레는 조금 전에 그곳에 놓아두었는데 벌써 길과 하나가 되어 오그라들면서 희미하게 썩어가고 있었다. 니콜은 모란꽃밭을 지나 반대 방향으로 접어들 때마다 녹색이 짙고 서늘하여 잎과 꽃잎들이 부드러운 습기를 머금고 몸을 구부리고 있는 구역이 나온다는 사실에 늘 흠칫 놀라곤 했다.

색을 지워버리는 햇빛 속에서도 목에 묶은 라일락빛 스카프 때문에 그녀의 얼굴은 라일락 빛깔로 물들고 아래쪽의 발도 라일락빛 그림자 속을 움직였다. 표정은 단단하여 엄격해 보일 정도였다. 다만 녹색 눈의 부드러운 광채에는 측은한 의심이 담겨 있었다. 한때 금발이었던 머리카락은 짙은 색으로 변했지만, 그녀는 머리카락이 그녀의 성격보다 밝았던 열여덟 때보다 스물넷인 지금이 더 어여뻤다.

그녀는 하얀 경계석들을 따라 손에 잡히지 않는 안개 같은 꽃들이 피어 있는 길을 따라가다 바다가 내려다보이는 곳에 이르렀다. 랜턴들은 무화과나무 사이에서 잠들어 있고, 시에나에서 산 널따란 점포용 파라솔이 박힌 커다란 탁자 주위에는 고리버들 의자가 놓여 있었다. 이 모두가 정원에서 가장 큰 나무인 거대한 소나무 주위에 모여 있었다. 니콜은 그곳에서 잠시 발을 멈추고 마치 부주의로 한꺼번에 떨어뜨린 씨앗 몇 개에서 솟아난 듯 그 발치에 엉켜 있는 한련 덩굴과 붓꽃을 멍하니 바라보며, 집안의 육아실에서 불평을 하고 야단을 치는 등 다투는 소리에 귀를 기울였다. 그 소리가 여름 바람을 타고 사라지자 니콜은 분홍색 구름처럼 뭉쳐 있는 만화경 같은 모란, 검은색과 갈색 튤립, 과자점 진열장의 설탕으로 만든 꽃처럼 투명한, 엷은 자주색 줄기를 가진 연약한 장미 사이를 계속 걸었다. 마침내 강렬한 색채의 스케르초*가 정점에 이른 듯 갑자기 허공에서 중단되었고, 그곳에서 5피트 아래 평평한 곳까지 축축한 층계가 놓여 있었다.

그곳에는 우물이 있었는데, 그 주위 판자들은 아무리 화창한 날에도 축축하고 미끄러웠다. 니콜은 다른 쪽 층계를 올라가 채소밭으로 들어갔다. 그녀는 약간 빠른 속도로 걸었다. 활동적인 걸 좋아했기 때문이다. 물론 때로는 정적인 인상도 주었는데, 그럴 때면 정지 상태에 있는 듯 보이면서 묘하게 사람 마음을 흔들었다. 그녀가 아는 단어가 적고, 어떤 단어도 믿지 않았기 때문이다. 사람들과 있을 때 그녀는 대체로 말이 없었으며, 정확하게 자기가 해야 할 만큼의 세련된 유머만 던지곤 했는데, 그것은 아주 드문 경우였다. 그러나 낯선 사람들이 이런 과묵 때문에 불편을 느끼는 순간 그녀는 화제를 움켜쥐고 대화를 진행시키기도 했다. 그럴 때면 그녀 자신도 놀라며 열에 들뜨곤 했다. 그러다가는 그걸로 충분하고도 남는다는 듯이 말 잘 듣는 레트리버 개처럼 그 화제를 도로 가져와 소심하다는 느낌이 들 정도로 갑자기 이야기를 끝내버리고 말았다.

그녀가 채소밭의 뿌연 녹색 빛 속에 서 있는데 딕이 앞을 가로질러

---

* 소나타, 교향곡 등의 제3악장에 쓰이는 3박자의 쾌활한 곡.

자신의 작업실로 걸어갔다. 니콜은 그가 완전히 지나갈 때까지 소리 없이 기다렸다가, 장차 샐러드가 될 줄줄이 늘어선 채소 사이를 통과하여, 비둘기들과 토끼들과 앵무새 한 마리가 그녀를 향해 무례하게 잇따라 목청을 높이는 자그마한 동물원으로 갔다. 또다른 단으로 내려가자 굽어진 낮은 담에 이르렀고, 그 너머로 700피트 아래 지중해가 내려다보였다.

그녀는 오래된 산마을인 타름에 서 있었다. 빌라와 그 주변의 터는 원래 절벽 위에 한 줄로 붙어 서 있던 농가들이었다—그녀는 작은 집 다섯 채를 합쳐 한 집으로 만들고 네 채는 부수어 정원을 만들었다. 바깥담들에는 손을 대지 않아 저 아래 도로에서 보면 자주색을 띤 회색 덩어리를 이룬 마을과 구별되지 않았다.

니콜은 잠시 지중해를 내려다보며 서 있었지만, 그녀의 지칠 줄 모르는 손으로도 그 바다는 어쩔 도리가 없었다. 곧 딕이 망원경을 들고 작업실로 사용하는 방 한 칸짜리 집에서 나와 칸Cannes이 있는 동쪽을 바라보았다. 잠시 후 니콜이 헤엄을 치듯 그의 시야로 들어왔다. 그러자 그는 집안으로 사라졌다가 메가폰을 들고 나왔다. 그에게는 자잘한 기계장치들이 많았다.

"니콜," 딕이 소리쳤다. "당신한테 말하는 걸 깜빡했는데, 예수의 제자다운 마지막 행동으로 에이브럼스 부인을 초대했어. 머리가 허연 여자 말이야."

"그럴 거라고 생각했어요. 극악무도한 짓이에요."

자신의 대꾸가 그에게 쉽게 가닿자 그의 메가폰이 우스워지는 것 같아, 그녀는 목소리를 높여 외쳤다. "내 말 들려요?"

"응." 그는 메가폰을 내렸다가 고집스럽게 다시 들어올렸다. "사람들을 좀더 초대하려고 해. 그 젊은 남자 둘도 초대할 거야."

"그래요." 그녀가 차분하게 동의했다.

"정말 나쁜 파티를 열고 싶어. 정말이야. 싸움이 벌어지고 유혹이 생기고 사람들이 감정이 상해 집으로 돌아가고 여자들이 화장실에서 기절하는 파티를 열고 싶어. 두고 봐."

딕은 다시 작업실로 들어갔고 니콜은 그의 가장 특징적인 기분이 그를 사로잡고 있다는 걸 알았다. 다른 사람까지 모두 휩쓸고 빨아들이는 흥분 상태였다. 그리고 여기에는 필연적으로 그 나름의 우울한 상태가 뒤따랐다. 그는 절대 드러내지 않았지만 그녀는 짐작할 수 있었다. 이런 흥분 상태는 실제로 그것을 일으킨 계기의 중요성에 비추어 보자면 과도할 정도로 고조되면서, 딕의 기막히게 탁월한 사람 다루는 재간이 드러났다. 정신이 강인하고 항상 의심이 많은 소수를 제외하면, 딕은 누구나 매혹시켜 자신을 무비판적으로 사랑하게 만드는 힘이 있었다. 그러나 그 과정에서 무절제하게 탕진한 것을 그가 깨달을 때면 반작용이 생겼다. 그는 가끔 자신이 벌여놓은 애정의 사육제들을 돌아보며, 비인간적인 피의 욕구를 충족시키기 위해 명령한 살육의 현장을 바라보는 장군처럼 두려움에 사로잡히곤 했다.

그러나 딕 다이버의 세계에 잠시 들어가보는 것은 놀라운 경험이었다. 사람들은 오랜 세월의 타협에 가려 잘 보이지도 않는 자신의 운명이 자랑스럽고 독특하다는 걸 딕이 알아보고 자신을 특별 대접한다고 믿었다. 딕은 절묘한 배려와 정중함으로 모든 사람의 마음을 금세 얻었는데, 그 과정은 매우 빠르게 직관적으로 진행되었기 때문에 결과로 검증될 뿐이었다. 딕은 그렇게 마음을 얻으면 관계의 첫 꽃봉오리가 시들지 않도록 지체 없이 자신의 즐거운 세계의 대문을 열어젖혔다. 사람들이 그 세계에 전폭적 지지를 보내는 한 그는 그들을 행복하게 해주는 일에 몰두했다. 그러나 모든 것을 포괄하는 그 세계에 의심의 빛을 드러내는 순간 그는 그들의 눈앞에서 사라졌고, 그러고 나면 사람들은 그의 말이나 행동을 남에게 전할 만큼 기억해낼 수가 없었다.

그날 저녁 여덟시 반에 딕은 예의를 차리듯이, 자못 밝은 분위기로 코트를 투우사의 망토처럼 손에 들고 첫손님들을 맞으러 나왔다. 로즈메리와 그녀의 어머니와 인사를 나눈 뒤 그들이 새로운 환경에서 그들 자신의 목소리를 듣고 마음을 안정시킬 기회를 주려는 듯, 먼저 말을 할 때까지 기다린 것도 그다운 행동이었다.

로즈메리의 관점을 다시 이어나가자면, 타름으로 올라오며 신선해진 공기의 마법에 빠진 상태에서 그들 모녀는 감탄하며 주위를 두리번거렸다고 말해야 할 것이다. 표정이 낯설게 변하면 특별한 사람의 개성적 특징이 빛을 잃을 수 있듯이, 빌라 디아나의 치밀하게 계산된 완벽함은 보이지 않던 곳에서 하녀가 갑자기 나타난다거나 코르크 하나가 고집을 부리는 것과 같은 아주 작은 흠으로 인해 순식간에 증발해버렸다. 첫손님들이 밤의 흥분을 몰고 도착하는 동안 낮의 가내 활동은 그들 뒤로 부드럽게 물러났다. 아직 테라스에서 식사를 하고 있던 아이들과 여자 가정교사가 그런 활동의 상징인 셈이었다.

"정말 아름다운 정원이네요!" 스피어스 부인이 소리쳤다.

"니콜의 정원이지요." 딕이 말했다. "가만 내버려두지를 않아요—늘 잔소리를 하고, 병이 든다고 걱정을 합니다. 이러다가 조만간 집사람이 흰가룻병이나 검은점병이나 잎마름병에 걸릴 것 같습니다." 그는 검지로 단호하게 로즈메리를 가리키며 아버지 같은 마음에서 나오는 관심을 감추는 듯한 가벼운 목소리로 말을 이어갔다. "내가 호이트 양이 이성을 잃지 않도록 도와드리죠—해변에서 쓸 모자를 하나 드리겠습니다."

딕은 모녀를 정원에서 테라스 쪽으로 안내하여, 그곳에서 칵테일을 따라주었다. 얼 브래디가 도착하여 로즈메리를 보고 놀랐다. 마치 대문 앞에서 다른 모습으로 변장하고 온 듯 스튜디오에서보다 태도가 부드러웠지만, 로즈메리는 즉시 그를 딕 다이버와 비교해보고 딕 쪽으로 방향을 획 틀었다. 비교해본 결과 얼 브래디는 어딘가 모르게 거칠고, 어딘가 모르게 못 배운 듯했기 때문이다. 그러면서도 감전된 듯 자신이 그의 몸에 반응하는 걸 다시 느낄 수 있었다.

딕은 야외 식탁에서 일어서는 아이들에게 친근하게 말을 걸었다.

"어이, 러니어, 노래 한 곡 어때? 너하고 톱시하고 나한테 노래 한 곡 불러주련?"

"뭘 부를까요?" 꼬마가 프랑스에서 자란 미국 아이들의 묘하게 읊조리는 듯한 억양으로 말했다.

"왜 그 '내 친구 피에로Mon Ami Pierrot' 나오는 거 있잖아."

남매는 전혀 수줍어하는 기색 없이 나란히 섰다. 둘의 목소리가 저녁공기를 타고 달콤하면서도 날카롭게 솟구쳤다.

달빛 속에서

내 친구 피에로

네 펜을 빌려줄래
　　글을 좀 쓰게
촛불이 꺼져버렸는데
　　내게는 불이 없어
문을 열어줄래
　　제발 좀

노래가 끝났고, 아이들은 늦은 해를 받아 이글거리는 얼굴로 차분하게 웃음을 지으며 자신들이 거둔 성공을 바라보고 서 있었다. 로즈메리는 빌라 디아나가 세상의 중심이라고 생각하고 있었다. 그런 무대에서는 뭔가 기억할 만한 일이 일어날 수밖에 없었다. 그녀가 더 환하게 빛나고 있을 때 대문이 딸랑거리며 열리더니 나머지 손님들이 무리를 지어 도착했다—매키스코 부부, 에이브럼스 부인, 덤프리 씨, 캠피언 씨가 테라스로 다가왔다.

로즈메리는 강한 실망감을 느꼈다—그녀는 이런 어울리지 않는 뒤섞임에 대한 설명을 청하듯 얼른 딕을 돌아보았다. 그러나 그의 표정에는 특별한 것이 없었다. 그는 당당한 태도로 새 손님들을 맞이하며, 그들의 아직 알려지지 않은 무한한 가능성을 존중하는 태도를 분명하게 보여주었다. 그녀는 딕을 완전히 믿었기 때문에, 그동안 쭉 만날 것을 예상이라도 한 듯 매키스코 부부가 여기 있는 걸 곧 당연하게 받아들이게 되었다.

"파리에서 만난 적이 있죠." 매키스코가 그들에 뒤이어 부인과 함께 도착한 에이브 노스에게 말했다. "사실 두 번 만났습니다."

"네, 기억합니다." 에이브가 말했다.

"그럼 어디였는지 아세요?" 뭐든 가만히 내버려두지 못하는 매키스코가 따지듯이 물었다.

"어, 내 생각에는—" 에이브는 이 게임에 짜증이 났다. "기억이 안 나는데요."

사람들이 입을 다물고 있는 사이에 그런 대화가 이어지자 로즈메리는 본능적으로 누군가 뭔가 요령 있는 이야기를 해야 한다고 느꼈지만, 딕은 뒤늦게 도착한 사람들로 형성된 무리 짓기를 깨려고 하지 않았다. 심지어 남을 깔보며 즐거워하는 매키스코 부인을 누그러뜨리려고도 하지 않았다. 그가 이런 사교적인 문제를 해결하지 않은 이유는 당장은 중요하지도 않을뿐더러 저절로 풀릴 문제라는 걸 알았기 때문이다. 그는 더 큰 노력이 필요한 때를 대비해 자신의 신선함을 아끼고 있었으며, 손님들이 좋은 시간을 보내고 있다고 의식하게 될 때까지 의미심장한 시간을 조금 더 흘려보냈다.

로즈메리는 토미 바르방 옆에 서 있었다—그는 누군가를 잔뜩 경멸하는 느낌이었으며, 어떤 특별한 자극을 받아 흥분한 듯했다. 그는 아침에 떠날 예정이었다.

"집에 가나요?"

"집이요? 나는 집이 없습니다. 전쟁하러 가요."

"무슨 전쟁이요?"

"무슨 전쟁? 어떤 전쟁이든. 최근에 신문을 안 봐서 모르지만 아마 어딘가에서 벌어지고 있을 겁니다—전쟁은 늘 벌어지니까."

"왜 싸우는지에는 관심이 없나요?"

"전혀—대접만 잘 받는다면. 너무 판에 박힌 생활을 한다 싶으면 다이버 부부를 보러 오지요. 그러면 몇 주 뒤에는 전쟁터로 나가고 싶어 몸이 근질근질해진다는 걸 잘 알거든요."

로즈메리는 몸이 경직되었다.

"바르방 씨는 다이버 부부를 좋아하잖아요." 그녀가 일깨워주었다.

"물론이죠—특히 니콜을—하지만 이 사람들과 함께 있으면 전쟁에 나가고 싶어집니다."

그녀는 이해해보려 했지만, 아무런 소득이 없었다. 그녀의 경우 다이버 부부 옆에 있으면 언제까지나 함께 있고 싶어지니까.

"반은 미국인이시잖아요." 로즈메리는 그것이 문제를 해결해주기라도 하는 듯이 말했다.

"반은 프랑스인이기도 하지요. 교육은 영국에서 받았고 열여덟 살 이후로 여덟 나라의 군복을 입어봤습니다. 그런데 내가 다이버 부부를 좋아하지 않는다는 인상을 주지 않았기를 바랍니다—사실 좋아하거든요. 특히 니콜을."

"누군들 안 좋아하겠어요?" 로즈메리가 간단하게 대꾸했다.

그녀는 그와 거리감을 느꼈다. 그의 말에 담긴 저의에 역겨움을 느꼈으며, 다이버 부부에 대한 자신의 동경이 그의 신랄함에 모독을 당하지 않도록 감추었다. 저녁식사 자리에서 그가 옆자리에 앉지 않아 다행이었다. 그녀는 정원의 탁자로 자리를 옮길 때도 '특히 니콜을'이라는 그의 말을 생각하고 있었다.

정원의 좁은 길에서 잠시 딕 다이버 옆에 있게 되었다. 그의 밝은 면은 단단하면서도 깔끔했기 때문에 그 옆에 있다보면 모든 것이 빛이 바래고 그가 모든 것을 알고 있다는 확신만 남았다. 그녀에게는 영원이라고도 할 수 있는 지난 일 년 동안 그녀는 돈을 많이 벌었고 어느 정도 명성을 얻었으며 유명한 사람들을 만났다. 그러나 이 유명한 사람들은 의사의 미망인과 딸이 파리의 하숙집*에서 알고 지내던 사람들을 영향력이 큰 사람들로 확대해놓은 것에 지나지 않는다는 사실이 드러났다. 로즈메리는 로맨틱한 사람이었으나 그녀가 하는 일은 그 점에서는 만족스러운 기회를 많이 제공하지 않았다. 로즈메리가 배우로서 갈 길을 염두에 두고 있던 어머니는 사방에 넘쳐나는 자극들이 로맨스의 가짜 대체물 노릇을 하는 걸 허용하지 않았다. 사실 로즈메리도 그런 것은 넘어선 상태였다—그녀는 영화에 '출연'하는 것이지 결코 영화에 '빠져' 있는 게 아니었다. 그래서 로즈메리는 어머니의 얼굴에서 딕 다이버를 인정하는 표정을 보았을 때, 그것은 그가 '진짜'라는 뜻이라고 받아들였다. 로즈메리 마음껏 해보라는 허락으로 받아들였다.

"호이트 양을 지켜보고 있었어요." 딕이 말했다. 로즈메리는 그 말이 진심임을 알았다. "우리는 호이트 양을 아주 좋아하게 되었어요."

"저는 다이버 씨를 처음 보는 순간 사랑하게 되었어요." 그녀가 조용한 목소리로 말했다.

그는 못 들은 척했다. 그런 칭찬은 그저 형식적인 것에 불과하다는 듯.

"새로운 친구들과," 그는 중요한 점이라도 지적하듯이 말했다. "함께 있는 게 오랜 친구들과 있을 때보다 즐거운 경우가 외려 많지요."

---

* hôtel-pension. 조식뿐 아니라 모든 식사를 제공하는 작은 규모의 호텔.

로즈메리는 정확하게 이해할 수 없는 그 말을 들으며 탁자에 앉았다. 짙어가는 어스름을 배경으로 느릿느릿 밝혀지는 빛들 덕분에 탁자를 식별할 수 있었다. 딕이 어머니를 자신의 오른쪽에 앉히는 걸 보고 그녀 안에서 기쁨의 노래가 울려퍼졌다. 그녀 자신은 루이스 캠피언과 브래디 사이에 앉았다.

감정이 벅차오른 로즈메리는 속을 털어놓을 요량으로 브래디를 돌아보았으나, 그녀가 딕이라는 이름을 언급하는 순간 억센 불꽃이 튀는 그의 눈을 보고 브래디가 아버지 역할을 거부한다는 걸 알았다. 그녀 또한 그가 그녀의 손을 독점하려 했을 때 똑같이 단호한 태도를 보여주었다. 그래서 그들은 업계 이야기를 나누었다. 아니, 그가 업계 이야기를 하는 동안 그녀는 귀를 기울였다. 그녀의 예의바른 눈은 그의 얼굴을 떠나지 않았지만, 그녀의 마음은 아주 분명하게 다른 곳에 가 있었기 때문에 그녀는 보나마나 브래디가 그 사실을 짐작하리라고 느꼈다. 그녀는 이따금 그가 말하는 문장의 요지를 파악했고 나머지 빈 부분은 그녀의 무의식이 채워넣었다. 시계 종소리를 처음부터 세지 않았더라도 머릿속에 남아 있는 박자만 가지고 중간부터 따라잡아 셀 수 있는 것과 마찬가지였다.

7

대화가 끊어졌을 때 로즈메리는 고개를 돌려 탁자 끝 쪽, 토미 바르방과 에이브 노스 사이에 앉아 있는 니콜을 보았다. 그녀의 차우차우

털 같은 머리카락이 촛불빛을 받아 보글보글 거품을 일으키는 듯했다. 로즈메리는 가끔 들리는 그녀의 또박또박 발음하는 풍성한 목소리에 이끌렸다.

"가엾은 사람." 니콜이 소리쳤다. "왜 그 사람을 톱으로 두 토막 내고 싶었던 거예요?"

"당연히 웨이터 안에 뭐가 들었는지 보고 싶었던 거지요. 다이버 부인은 웨이터 안에 뭐가 들었는지 알고 싶지 않으세요?"

"낡은 메뉴판들이 있겠죠." 니콜이 짧게 웃음을 터뜨렸다. "또 깨진 그릇 조각하고 팁하고 몽당연필도."

"바로 그겁니다—하지만 핵심은 그걸 과학적으로 입증하는 거였어요. 물론 악기로 쓰는 톱으로 했으면 지저분한 것도 보지 않을 수 있었을 테지요."

"수술을 하면서 톱 연주를 할 생각이었나요?" 토미가 물었다.

"거기까지는 가지도 못했어요. 비명소리에 놀랐거든요. 웨이터의 어디가 파열된 줄 알았어요."

"나한테는 죄다 아주 야릇하게 들리네요." 니콜이 말했다. "음악가가 다른 음악가의 톱을 사용해서……"

탁자에 삼십 분 정도 앉아 있자 눈에 띄는 변화가 일어나기 시작했다—한 사람 한 사람씩 뭔가를 포기한 것이다. 걱정거리, 불안, 의심. 그러자 이제 각자 가장 훌륭한 면만 남았고, 다이버 부부의 손님이 되었다. 친근한 태도로 관심을 보이지 않으면 다이버 부부의 마음을 상하게 할 거라고 생각했는지 모두 애쓰고 있었고, 이를 본 로즈메리는 모두가 마음에 들었다—매키스코만 빼고. 그는 용케도 이 파티에 동화되지 않은 구성원으로 남아 있었다. 악의가 있어서라기보다는 도착했을 때의 좋은 기분을 와인의 힘을 빌려 유지하겠다고 마음먹고 있기 때문이었다. 매키스코는 등받이에 등을 기대어 누운 자세로 한쪽 옆에 앉은 얼 브래디에게 영화에 관하여 기죽이는 말을 몇 번 했고, 다른 쪽 옆에 앉은 에이브럼스 부인하고는 아무 말도 하지 않았다. 지금은 둘 사이에 앉아 통렬하게 비꼬는 표정으로 탁자 건너편의 딕 다이버를 노려보다 가끔 그런 표정을 거두고 대각선으로 대화를 나누려 시도하곤 했다.

"밴 뷰런 덴비하고 친구 사이 아닙니까?" 그는 그런 식으로 말을 건넸다.

"모르는 사람 같은데요."

"댁이 그 사람 친구인 줄 알았는데." 그는 짜증스럽게 묻고 늘어졌다.

덴비 씨라는 화제가 자체의 무게 때문에 가라앉으면 매키스코는 그와 마찬가지로 별 관계가 없는 다른 주제를 던졌고, 그때마다 딕이 깍듯하고 정중하게 관심을 보이는 바람에 더 말을 잇지 못하고 마비되고 말았다. 그러면 그의 방해 때문에 잠시 썰렁하게 중단되었던 대화가 그를 빼고 이어져나갔다. 매키스코는 다른 대화에도 불쑥 끼어들려 했으나, 그때마다 이미 벗어놓은 빈 장갑과 계속 악수를 하고 있는 꼴이 되고 말았다—결국 그는 마치 애들 사이에 끼어 있다 생각하고 체념한 듯 오직 샴페인에만 관심을 쏟았다.

로즈메리는 다른 사람들이 미래의 의붓자식이기라도 한 것처럼 그들이 이 시간을 즐기기를 간절히 바라는 마음으로 이따금 탁자 주위를 흘끔거렸다. 향긋한 패랭이꽃이 담긴 단지에서 퍼져나오는 은근한 탁자등 불빛은 에이브럼스 부인의 얼굴에 떨어졌는데, 그 얼굴은 뵈브 클리코 샴페인이 딱 적당하게 달구어놓아 힘, 관용, 사춘기의 선의로 가득차 보였다. 그녀 옆에는 로열 덤프리 씨가 앉았는데 그의 소녀 같은 예쁘장함도 저녁의 쾌락 세계 속에서는 그다지 튀어 보이지 않았다. 그 옆은 바이올렛 매키스코였다. 어여쁨이 표면까지 흘러나온 그녀는 아직 출세하지 못한 출세주의자의 부인이라는 모호한 지위를 현실적인 것으로 만들어보려고 애쓰는 일을 잠시나마 멈추고 있었다.

그 옆은 딕으로, 그는 온 힘을 다해 전체적인 분위기를 다잡는 일을 하느라 자신의 파티에 깊이 몰입해 있었다.

그 옆은 그녀의 어머니, 언제나 완벽했다.

그 옆의 바르방은 어머니에게 세련되고 유창하게 이야기를 했기 때문에 로즈메리는 그가 다시 마음에 들었다. 그 옆은 니콜이었다. 로즈메리는 갑자기 그녀를 새로운 각도에서 보게 되었고, 그 결과 그녀가 자신이 아는 사람들 중 가장 아름답다고 꼽을 만하다는 걸 알았다. 그녀의 얼굴, 성자의 얼굴, 유리로 만든 바이킹 성모상 같은 얼굴은 촛불에 반사되어 눈처럼 보이는 희미한 티끌들 사이로 빛을 발했다. 얼굴의 홍조는 소나무 사이의 와인빛 랜턴들로부터 끌어온 것이었다. 그녀는 더없이 고요했다.

에이브 노스가 그녀에게 자신의 도덕률을 이야기하고 있었다. "물론 나한테도 그런 게 하나 있지요." 그가 강하게 말했다. "남자가 도덕률 없이 살 수는 없는 거 아닙니까. 내 도덕률은 마녀 화형에 반대한다는 겁니다. 마녀가 화형당할 때마다 내 옷깃 아래 살이 뜨거워져요." 로즈메리는 브래디에게서 에이브 노스가 화려하게 때 이른 출발을 했지만

칠 년째 한 곡도 쓰지 못하고 있는 음악가라는 이야기를 들었다.

그 옆은 캠피언으로, 어쩐 일인지 심하게 노골적인 여성적 태도는 자제하고, 가까이 있는 사람들에게 심지어 어떤 공평무사한 어머니 같은 태도마저 보여주고 있었다. 그 옆은 메리 노스로, 표정이 몹시 명랑하여 거울 같은 그 하얀 치아들을 보며 마주 웃어주지 않기란 불가능한 일이었다—벌어진 입 주변 전체가 자그마하고 어여쁜 기쁨의 원을 그리고 있었다.

마지막은 브래디였다. 그는 기운찬 사람으로 처음에는 자신의 정신 건강을 어쭙잖게 과시하고 또 과시하거나, 다른 사람들의 허약한 면과 거리를 둠으로써 그것을 유지하는 듯했으나, 시간이 갈수록 사교적으로 변해갔다.

버넷 부인*의 잔인한 얇은 책들 가운데 한 권에 나오는 아이처럼 믿음의 이슬을 머금은 로즈메리는 조롱과 외설로 얼룩진 즉흥연기들이 판치는 변경을 떠나 돌아가게 될 것이라고 귀향을 확신하게 되었다. 개똥벌레가 어둠을 타고 날았고, 멀리 떨어진 절벽의 낮은 단에서 개 한 마리가 길게 짖었다. 기계 조작으로 움직이는 댄스 무대처럼 탁자가 하늘을 향해 약간 솟아오른 듯했다. 그 때문에 탁자에 앉은 사람들은 어두운 우주에 그들만 존재한다는 느낌을 받았다. 그곳에만 있는 음식으로 영양을 공급받고, 그곳에만 있는 빛의 온기로 몸이 따뜻해지는 듯했다. 매키스코 부인의 묘하게 숨죽인 웃음소리가 세상과 그렇게 거리를 두게 되었다는 신호인 듯, 다이버 부부가 갑자기 온기와 빛을

* 『비밀의 화원』 『소공자』 『소공녀』 등을 쓴 영국 출신 미국 작가.

뿜으며 팽창했다. 이미 은근한 방식으로 자존감을 심어준 손님들, 예의로 한껏 비위를 맞춰준 손님들에게 그들이 멀리 떠나온 나라에서 아직도 혹시 아쉬워하는 게 있다면 그것을 다 보상해주겠다는 듯한 태도였다. 한순간 다이버 부부는 탁자의 모든 사람과 따로 또 같이 이야기를 나누며, 그들에게 친근함과 애정을 확실하게 보여주는 것 같았다. 어느 순간 부부를 향해 쳐든 얼굴들이 크리스마스트리 옆의 가난한 아이들 얼굴처럼 보였다. 그러다 갑자기 식사가 끝났다—주인들의 대담한 노력 덕분에 손님들은 흥겨운 연회의 분위기보다 한 단계 위에 있는, 그보다 훨씬 흔치 않은 정서적 분위기로 진입했지만, 그들이 불경하게 그 공기를 숨쉬기 전에, 그런 것이 있다는 사실을 미처 깨닫기도 전에 그 순간은 끝나버렸다.

그러나 뜨겁고 달콤한 남쪽의 마법은 흩어져 다이버 부부 속으로 물러났다—발소리를 내지 않는 부드러운 밤과 저 아래 지중해의 희미한 파도 소리—마법은 이런 것들을 남기고 그들 안으로 녹아들어가 그들의 일부가 되었다. 로즈메리의 눈앞에서 니콜은 로즈메리가 감탄했던 노란색 야회용 핸드백을 어머니에게 떠안기며 말했다. "물건들이란 그걸 좋아하는 사람에게 가야 한다고 생각해요." 그러더니 핸드백 안에 그녀의 눈에 띄는 모든 노란 물건들, 연필, 립스틱, 작은 공책을 쓸어 담으며 말을 이었다. "다 함께 어울리는 것들이니까."

니콜이 사라졌고, 곧 로즈메리는 딕도 그 자리에 없다는 걸 알아챘다. 손님들은 정원 여기저기로 흩어지거나 테라스로 서서히 자리를 옮겼다.

"화장실 가고 싶지 않아요?" 바이올렛 매키스코가 로즈메리에게 물었다.

그 순간에는 갈 생각이 없었다.

그러나 매키스코 부인은 밀어붙였다. "나는 화장실에 가고 싶어요." 솔직하고 거리낌없는 여자인 그녀는 자신의 비밀을 뒤에 질질 끌며 집을 향해 걸어갔고, 로즈메리는 질책하는 눈으로 그 뒤를 좇았다. 얼 브래디가 방파제까지 산책을 하자고 제안했지만, 딕 다이버가 다시 나타나면 이제 자신이 그와 잠시 함께 있을 차례라고 느낀 로즈메리는 슬쩍 빠지면서 매키스코가 바르방과 말다툼하는 소리에 귀를 기울였다.

"왜 소련과 싸우기를 바라는 거요?" 매키스코가 말했다. "인류 역사상 가장 위대한 실험인데? 그리고 리프족*과는 왜? 내가 보기에는 정의의 편에서 싸우는 게 더 영웅적인 것 같은데."

"어느 쪽이 정의의 편인지 어떻게 압니까?" 바르방이 딱딱하게 물었다.

"뭐—보통 똑똑한 사람은 누구나 알지."

"댁은 공산주의자요?"

"사회주의자요." 매키스코가 말했다. "러시아에 동조하지."

"아, 나는 군인이오." 바르방이 유쾌하게 대꾸했다. "내 일은 사람을 죽이는 거지요. 나는 유럽인이기 때문에 리프족과 싸웠소. 내 소유를 빼앗으려 하기 때문에 공산주의자들과 싸웠고."

"하고많은 편협한 핑계들 가운데 하필이면." 매키스코는 다른 사람도 조롱에 끌어들이려 주위를 둘러봤지만 성공하지 못했다. 그는 자신

* 모로코 북쪽의 산악 지대 원주민으로 제1차세계대전 후 독립운동을 일으켜 프랑스, 스페인 군대와 전쟁을 치렀다.

이 바르방의 어떤 면에 반대하는 것인지 스스로 알지 못했다. 바르방의 일련의 견해의 단순성도, 그가 받은 훈련의 복잡성도 알지 못했다. 매키스코도 견해들이 어떤 것인지는 알았으며, 정신이 성장하면서 점점 많은 견해를 인식하고 정리할 수 있었다—그러나 그가 보기에 '멍청한' 사람, 견해로서 인식할 수 있는 걸 하나도 찾을 수 없는 사람, 그럼에도 어쩐 일인지 개인적으로 자신이 우월하다고 느낄 수는 없는 사람과 맞닥뜨리자, 바르방이 낡은 세계의 마지막 산물이며, 그렇기 때문에 가치가 없다는 결론으로 비약해버렸다. 매키스코는 미국에서 군주처럼 군림하는 계급들과 접촉하면서 그들의 자신 없고 서툰 우월주의, 무지를 기뻐하고 의도적으로 무례하게 구는 태도에 강한 인상을 받았다. 모두 영국인으로부터 베낀 것이지만 그들은 영국인이 속물근성과 무례함을 의도적으로 사용하는 이유에는 관심을 기울이지 않고, 약간의 지식과 예의만 있으면 세상 그 어느 곳에서보다 많은 걸 얻을 수 있는 땅—이는 1900년 무렵의 '하버드식 태도'에서 정점에 이르렀다—에 무턱대고 적용해버렸다. 매키스코는 이 바르방이 그런 유형이라고 생각했으며, 술에 취한 까닭에 경솔하게도 자신이 그를 두려워하고 있다는 사실을 잊어버렸다—이로 인해 곧 그는 곤경에 처하게 된다.

로즈메리는 매키스코가 왠지 창피했기 때문에 겉으로는 평온해 보였지만 속으로는 뜨겁게 타오르며 딕 다이버가 돌아오기를 기다렸다. 다들 일어나고 바르방, 매키스코, 에이브만 남아 있는 탁자에서 그녀는 고개를 들어 어둠에 싸인 도금양과 양치류 사이로 석조 테라스까지 이어지는 좁은 길을 바라보았다. 그녀가 불이 밝혀진 문에 기댄 어머니의 옆모습을 보고 가슴이 뭉클하여 그쪽으로 가려는 순간 매키스코 부인이 종종걸음으로 집에서 내려왔다.

그녀는 잔뜩 흥분한 모습이었다. 아무 말 없이 의자를 빼내 앉으며 눈앞을 말끄러미 바라보고 입을 약간 움직이는 것만 보아도 그녀가 전하고 싶은 소식 때문에 안달이 났다는 걸 알 수 있었다. 자연스럽게 그녀의 남편에게서 "무슨 일이야, 바이?" 하는 말이 나왔고, 모든 눈이 그녀 쪽으로 움직였다.

"맙소사—" 그녀는 모두를 향해 말하다가, 로즈메리를 보며 말을 이어갔다. "맙소사—아무것도 아니에요. 정말이지 한마디도 할 수가 없어요."

"여기는 다 친구들끼리잖아요." 에이브가 말했다.

"그게 말이에요, 위층에서 엄청난 걸 목격했어요, 맙소사—"

그녀는 알 듯 모를 듯한 표정으로 고개를 저으며 다행히도 거기에서 말을 끊었다. 토미가 자리에서 일어서며 그녀에게 정중하지만 날카롭게 말했기 때문이다.

"이 집안에서 벌어지는 일을 두고 이러니저러니 하는 건 바람직하지 않습니다."

8

바이올렛은 소리까지 내어 힘겹게 큰 숨을 쉬더니 애써 다른 표정을 지었다.

마침내 딕이 나타나 빈틈없는 본능적 감각으로 바르방과 매키스코 부부를 갈라놓은 다음 매키스코 앞에서 문학에 대한 엄청난 무지와 호기심을 드러냈다—그럼으로써 매키스코가 요구하던 우월의 순간을 안겨준 것이다. 다른 사람들은 딕이 램프를 위로 나르는 걸 도와주었다—어둠을 헤치고 램프를 나르는 일을 도우니 기분이 좋지 않을 사람이 어디 있으랴? 로즈메리도 도우면서, 한편으로는 로열 덤프리의 할리우드에 대한 끝없는 호기심에도 참을성 있게 대꾸해주었다.

이제—그녀는 생각하고 있었다—그와 단둘이 있을 시간을 벌었어. 딕의 법칙도 어머니가 나한테 가르쳐준 법칙과 같으니까 딕도 그걸 알고 있을 게 틀림없어.

로즈메리가 옳았다—곧 딕은 그녀를 테라스에 있는 사람들로부터 떼어냈고, 그들은 단둘이 남아 집으로부터 바다 쪽 담으로 걸음을 옮겼다. 그곳에는 계단이라기보다는 불규칙한 높낮이의 빈 공간이 있었다. 그녀는 그 가운데 몇 개는 딕의 손에 이끌려 통과했고, 일부는 바람에 떠밀려 날듯이 통과했다.

그들은 지중해를 내다보았다. 저 아래 레린제도에서 출발한 마지막 유람선이 하늘을 자유롭게 떠가는 독립기념일 풍선처럼 둥둥 떠서 만을 가로질렀다. 배는 검은 섬들 사이를 떠가며 거무스름한 조수를 부드럽게 갈랐다.

"왜 어머니를 그렇게 극진하게 생각하는지 이해했어요." 그가 말했다. "어머니가 따님을 대하는 태도가 아주 훌륭한 것 같더라고요. 어머니는 미국에서는 보기 드문 지혜로운 분이에요."

"어머니는 완벽해요." 로즈메리가 기도하듯이 말했다.

"어머니한테 내 계획을 이야기했어요—그랬더니 두 분이 프랑스에 얼마나 있느냐는 호이트 양에게 달렸다고 하시던데."

다이버 씨한테 달렸죠. 로즈메리는 하마터면 그렇게 소리 내어 말할 뻔했다.

"그러니까 여기 아래쪽은 이제 다 끝났으니……"

"끝나요?" 로즈메리가 물었다.

"어, 여긴 끝났어요—여름의 이 시기는 끝이 났지요. 지난주에는 니콜의 언니가 떠났고, 내일은 토미 바르방이 떠나요. 월요일에는 에이브와 메리 노스가 떠나고. 올여름에 놀 일이 더 생길 수도 있지만, 이렇게 노는 건 이제 끝났어요. 나는 이런 즐거움이 감상적으로 희미해지는 게 아니라 갑자기 딱 끝나기를 바라요—그래서 이 파티를 연 거예요. 내가 하려는 말은—니콜하고 나는 미국으로 떠나는 에이브 노스를 전송하러 파리로 갈 생각인데—혹시 호이트 양도 우리와 같이 갈 생각이 있느냐는 거예요."

"어머니는 뭐라셔요?"

"괜찮다고 생각하시는 것 같던데요. 어머니는 가고 싶어하지 않아요. 딸이 혼자 가기를 바라시더라고요."

"어렸을 때 떠나고 나서 파리를 다시 보지 못했어요." 로즈메리가 말했다. "함께 파리를 보고 싶어요."

"고마운 말씀이네요." 그의 목소리가 갑자기 금속성으로 변한 것은 그녀의 상상일까? "물론 우리는 호이트 양이 해변에 온 순간부터 열광했지요. 그 활력, 우리는 그게 직업적인 것이라고 확신했어요—특히 니콜이 그랬죠. 절대 한 사람에게나 한 집단에 다 소모되어버리지 않을 활력이에요."

그가 그녀를 서서히 니콜에게 넘기려 한다고 그녀의 본능이 소리를 질러댔다. 그녀는 자기 방식으로 제동을 걸면서 똑같이 굴레를 씌워 나갔다.

"나도 여기 계신 분 모두를 알고 싶었어요—특히 다이버 씨를. 처음 보는 순간 사랑하게 되었다고 말했잖아요."

로즈메리는 그렇게 곧바로 달려들었다. 그러나 하늘과 땅 사이의 공간이 그의 마음을 식히고, 그녀를 이곳에 데려온 충동을 부수었다. 그래서 그녀의 너무 뻔한 호소를, 연습하지 않은 장면과 익숙하지 않은 대사로 힘들어하는 모습을 의식하게 되었다.

그는 이제 그녀에게 집으로 돌아가고 싶은 마음이 들게 하려고 애를 썼으나 쉽지 않았다. 게다가 그녀를 꼭 보내고 싶은 것도 아니었다. 딕은 명랑하게 농담을 했지만 그녀는 불어오는 바람만 느낄 뿐이었다.

"호이트 양은 자신이 원하는 게 뭔지 몰라요. 가서 어머니한테 자신이 원하는 게 뭔지 물어봐요."

로즈메리는 괴로웠다. 그의 몸에 손을 댔다. 제의祭衣 같은 검은 코트의 부드러운 천이 느껴졌다. 그녀는 당장이라도 무릎을 꿇게 될 것 같았다—그 자세에서 마지막 시도를 해보았다.

"나는 다이버 씨만큼 멋진 사람을 만난 적이 없는 것 같아요—어머니만 빼고요."

"눈이 로맨틱하네요."

그가 터뜨린 웃음이 그들을 테라스로 밀고 올라갔고, 그곳에서 딕은 로즈메리를 니콜에게 넘겼다……

어느새 갈 시간이 되었고, 다이버 부부는 사람들이 모두 빨리 떠날 수 있도록 도와주었다. 다이버의 커다란 이소타 자동차에는 토미 바르방이 짐을 들고 탈 예정이었다—그는 아침 일찍 기차를 타기 위해 호텔에 묵기로 했다. 에이브럼스 부인, 매키스코 부부, 캠피언도 함께 타기로 했다. 얼 브래디는 몬테카를로로 가는 길에 로즈메리와 어머니를 내려주기로 했고, 다이버의 차가 꽉 찼기 때문에 로열 덤프리도 얼 브래디의 차에 타기로 했다. 아래쪽 정원에서는 랜턴들이 그들이 식사를 했던 탁자를 여전히 비추고 있었으며, 다이버 부부는 대문에 나란히 서 있었다. 니콜은 활짝 피어나며 우아한 분위기로 밤을 가득 채웠고, 딕은 모두의 이름을 부르며 작별인사를 했다. 로즈메리는 그들을 집에 남겨둔 채 차를 타고 떠나 가슴이 무척 아렸다. 그러다가 매키스코 부인이 화장실에서 무엇을 보았는지 다시 궁금해졌다.

9

맑고 검은 밤이었다. 흐릿한 별 하나에 걸린 바구니 안에 밤이 쏙 들어와 있는 듯했다. 앞서가는 차의 경적이 밀도 높은 공기의 저항에 막혔다. 브래디의 운전사는 차를 천천히 몰았다. 모퉁이를 도는 앞차의 미등이 가끔 보였다—그러다 전혀 보이지 않게 되었다. 그러나 십 분이 지나자 다시 나타나 길가에 멈추었다. 브래디의 운전사는 그 뒤로 속도를 늦추어 다가갔으나, 앞차가 천천히 앞으로 움직이기 시작했기 때문에 그냥 추월해 지나쳤다. 추월하는 순간 과묵하게 움직이는 리무진 뒤쪽에서 흐릿하게 번진 목소리들이 들렸고, 다이버 부부의 운전사가 싱글거리는 모습이 보였다. 그들은 계속 달렸다. 번갈아가며 길게 늘어선 짙은 어둠과 옅은 밤을 빠른 속도로 통과하여 마침내 롤러코스터를 타듯이 몇 번을 급강하하다가 몸집이 커다란 고스의 호텔에 이르렀다.

로즈메리는 세 시간 풋잠을 자다가 깨어나 누워 있었다. 달빛 속에 떠 있는 듯했다. 그녀는 에로틱한 어둠으로 몸을 감싼 채 재빨리 미래를 꼼꼼히 따져보았다. 일어날 수 있는 일들을 다 생각해보면 결국 키스에 이를 수도 있었으나, 키스 자체는 영화에 나오는 것처럼 흐릿했다. 로즈메리는 침대에 누운 자세를 바꾸어보았다. 평생 처음 겪어보는 불면증의 징후였다. 그녀는 어머니의 마음으로 문제를 생각해보려 했다. 그러다보면 반쯤 흘려들었던 오래전 대화까지 기억나면서, 그녀의 경험을 넘어서는 혜안이 생기기도 했기 때문이다.

로즈메리는 자라면서 일이라는 것에 대한 감을 키웠다. 스피어스 부인은 먼저 세상을 떠난 두 남편이 남긴 얼마 되지 않는 유산을 딸의 교육에 썼으며, 딸이 열여섯 살에 그 놀라운 머리카락과 함께 활짝 피어나자 얼른 엑스레뱅*으로 데려가 그곳에서 건강을 회복중이던 미국인 제작자의 스위트에 예고도 없이 딸을 앞세우고 쳐들어갔다. 제작자가 뉴욕으로 갈 때는 그들도 함께 갔다. 이렇게 로즈메리는 업계 입학시험을 통과했다. 뒤이은 성공과 거기에 따른 상대적으로 안정된 생활에 대한 전망이 있었기 때문에 스피어스 부인은 오늘밤에 마음놓고 암묵적으로 자신의 뜻을 전달할 수 있었다.

---

* 프랑스의 온천 휴양지.

"너는 일을 하도록 키웠어—꼭 결혼하지 않아도 되도록. 이제 너는 처음으로 네가 깨야 할 단단한 호두를 손에 쥐게 되었는데, 그건 좋은 호두야—그러니 어서 깨보고 어떻게 되든 그것을 좋은 경험으로 삼아. 너 자신이나 그 사람에게 상처를 줘—무슨 일이 일어나든 너를 망치지는 못하니까. 경제적으로 너는 여자애가 아니라 남자애거든."

로즈메리는 어머니의 한없는 완벽성을 생각할 때를 제외하면 생각이란 것을 별로 해본 적이 없었기 때문에, 어머니가 이렇게 결정적으로 탯줄을 잘라버리자 잠을 설쳤다. 이른새벽의 흐릿한 빛* 때문에 높다란 프렌치 윈도로 비치는 하늘이 밝아지는 듯하자 그녀는 일어서서 테라스로 걸어나갔다. 맨발에 닿는 테라스는 따뜻했다. 공중에서 은밀한 소리들이 들렸지만, 테니스코트 위의 나무들 사이에서 새 한 마리가 어김없이 심술궂게 승리를 거두었다. 호텔 뒤쪽 원형 진입로를 따라 발소리들이 들렸다. 사람들은 흙길, 쇄석을 깔아놓은 길, 시멘트 계단을 차례차례 밟으며 다른 소리를 내더니, 반대의 순서로 멀어졌다. 잉크빛 바다 너머, 저 높고 거무스름한 언덕을 한참 올라간 곳에 다이버 부부가 살았다. 그녀는 그들 부부를 함께 생각했다. 그들은 지금도 연기처럼 피어오르는 노래를 나지막이 부르고 있었다. 찬가 같았다. 아주 먼 옛날 아주 먼 곳의 노래. 그들의 자녀들은 자고 있었고, 밤 동안 대문은 닫혀 있었다.

로즈메리는 안으로 들어가 가벼운 가운을 입고 에스파드리유를 신은 다음 다시 문밖으로 나가 쭉 이어지는 테라스를 따라 호텔 앞문으

* false dawn. '헛된 기대'라는 뜻도 있다.

로 향했다. 잠이 뿜어져나오는 방들이 테라스에 면해 있다는 사실을 알고 빠르게 움직였다. 그녀는 정면 입구의 넓고 하얀 층계에 앉아 있는 형체를 보고 걸음을 멈추었다—이윽고 그 형체가 루이스 캠피언이라는 걸 알았다. 그는 울고 있었다.

캠피언은 소리는 내지 않았지만 속에서 복받치는지 여자처럼 몸의 여러 곳을 떨며 울고 있었다. 그녀는 작년에 어떤 역을 맡았을 때 찍었던 한 장면이 걷잡을 수 없이 밀려오는 바람에 앞으로 나아가 그의 어깨를 어루만졌다. 그는 컹컹하는 소리를 내다가 그녀를 알아보았다.

"왜 그러세요?" 그녀의 눈은 흔들림이 없고 다정했을 뿐, 강한 호기심으로 그를 파고들지는 않았다. "제가 좀 도와드릴까요?"

"아무도 날 도와주지 못해. 이럴 줄 알고 있었어. 누구를 탓하겠어. 늘 똑같아."

"무슨 일인데요—저한테 말씀을 좀 해보시겠어요?"

그는 고개를 들어 그녀를 보았다.

"아니." 그는 결정을 내렸다. "아가씨도 나이가 들면 사랑을 하는 사람이 어떤 고통을 겪는지 알게 될 거예요. 그 고뇌를. 사랑을 하느니 차라리 어리고 차가운 게 나아. 전에도 있었던 일이지만 그래도 이런 식은 아니었어—너무 돌발적이야—모든 게 잘되고 있었는데."

밝아오는 빛 속에서 그의 얼굴은 역겨웠다. 그렇다고 로즈메리가 자신이 느낀 갑작스러운 혐오—무엇에 대한 혐오인지는 몰라도—때문에 마음이 흔들렸다거나, 몸을 조금이라도 움직였던 건 아니다. 그럼에도 예민한 캠피언은 그걸 알아채고 갑자기 화제를 바꾸었다.

"에이브 노스가 여기 어디 있을 텐데요."

"네? 그분은 다이버 댁에서 주무실 텐데!"

"그렇지. 하지만 일어났지요—무슨 일이 있었는지 모르는 거예요?"

갑자기 두 층 위 어떤 방의 덧문이 열리더니 영국인 목소리가 침을 뱉듯이 또박또박 내뱉었다.

"제에발 입 쪼옴 다물어줄래요!"

로즈메리와 루이스 캠피언은 미안해하며 계단을 내려가 해변으로 이어지는 길가의 벤치로 갔다.

"그럼 무슨 일이 있었는지 모른다는 거예요? 맙소사, 정말 희한한 일이……" 그는 이제 곧 밝히려는 일을 붙들고 뜸을 들이고 있었다. "그렇게 갑작스럽게 일이 벌어지는 건 본 적이 없어요—나는 늘 폭력적인 사람들을 피해왔죠—그런 사람을 만나면 속이 뒤집혀서 며칠씩 자리보전을 하기도 했으니까."

캠피언은 의기양양한 표정으로 그녀를 보았다. 로즈메리는 그가 무슨 이야기를 하는 건지 도무지 알 수 없었다.

"맙소사." 캠피언이 갑자기 소리치며 그녀의 허벅지에 손을 올리더니, 그 손이 제멋대로 불쑥 튀어나간 것이 아님을 보여주려고 온몸을 그녀 쪽으로 기울였다—그는 아주 자신만만했다. "결투가 벌어질 거예요."

"네-에?"

"이 결투는…… 아직 뭘 위한 건지는 모르고."

"누가 결투를 하는데요?"

"처음부터 얘기하는 게 낫겠네." 그는 깊은 숨을 마시더니, 마치 이것이 그녀에게 수치스러운 일이지만 그렇다고 그녀를 나쁘게 보지는 않겠다는 투로 말을 이어갔다. "물론 아가씨는 다른 차에 타고 있었죠. 그러니 어떤 면에서는 운이 좋았던 거예요—나는 수명이 적어도 이 년은 줄었는데. 너무 갑작스러웠거든요."

"무슨 일이었는데요?" 그녀가 다그쳤다.

"나도 뭣 때문에 시작되었는지는 모르겠어요. 처음에 그 여자가 말을 시작했죠—"

"누가요?"

"바이올렛 매키스코가." 캠피언은 벤치 밑에 누가 있기라도 한 듯 목소리를 낮추었다. "하지만 다이버 부부한테 얘기하지는 마세요. 누구든 이야기하면 가만 안 두겠다고 협박을 했으니까요."

"누가 협박을 해요?"

"토미 바르방이요. 그러니 내가 이야기를 했다는 말도 하면 안 돼요. 하지만 우리 누구도 바이올렛이 무슨 말을 하려고 했던 건지 알아낼 수 없었어요. 그 사람이 계속 바이올렛의 말을 끊었으니까요. 그러다 바이올렛의 남편이 끼어들고, 그래서 이제, 맙소사, 결투가 벌어지게 된 거예요. 오늘 아침—다섯시에—한 시간 뒤에." 그러더니 그는 갑자기 자신의 슬픔이 생각나는지 한숨을 쉬었다. "차라리 나였으면 하는 마음이에요. 이제 살아야 할 목적이 없으니 차라리 죽는 게 나아요." 그는 말을 끊더니 슬픔에 겨워 몸을 앞뒤로 흔들어댔다.

다시 위에서 쇠 덧문이 열리더니 똑같은 영국인 목소리가 말했다.

"저엉말이지, 다앙장 그만 쯤 하라구."

그와 동시에 약간 혼란스러운 표정의 에이브 노스가 호텔에서 나오다가 바다 위 하얀 하늘을 등지고 앉아 있는 그들을 발견했다. 로즈메리는 그가 무슨 말을 하기 전에 주의를 주려고 고개를 흔들었다. 그들 셋은 길의 더 아래쪽에 있는 다른 벤치로 자리를 옮겼다. 로즈메리는 에이브가 약간 긴장하고 있다는 걸 알았다.

"안 자고 뭐하는 겁니까?" 에이브가 물었다.

"방금 일어났어요." 그녀는 웃음을 터뜨렸으나, 위에서 들리던 목소리를 기억하고 자제했다.

"나이팅게일*이 괴롭혀서." 에이브가 말하고 나서 다시 되풀이했다. "보나마나 나이팅게일이 괴롭혔겠군. 이 재봉 봉사회 회원께서 무슨 일이 있었는지 말해줬나요?"

캠피언이 위엄 있게 말했다.

"나는 내 귀로 들은 것만 알 뿐입니다."

그는 일어서더니 얼른 자리를 떴다. 에이브가 로즈메리 옆에 앉았다.

"왜 저분한테 그렇게 심하게 구세요?"

"내가요?" 그가 놀란 목소리로 물었다. "저 사람은 새벽 내내 여기서 돌아다니며 울었습니다."

"뭐, 무슨 슬픈 일이 있는지도 모르잖아요."

"그럴지도 모르지요."

"결투는 어떻게 된 거예요? 누가 결투를 하는 거예요? 그 차 안에서 무슨 이상한 일이 있었나봐요. 그게 사실이에요?"

"터무니없기는 하지만 사실은 사실인가봅니다."

---

* 속어로 '밀고자'라는 뜻도 있다.

10

문제는 얼 브래디의 차가 길가에 멈춘 다이버의 차를 추월했을 때 시작되었습니다—에이브의 이야기는 사람에게서 나오는 이야기가 아닌 것처럼 웅성거리는 어둠 속으로 녹아들었다—바이올렛 매키스코는 에이브럼스 부인에게 다이버 부부에 관해 알아낸 것을 이야기하고 있었지요—그 집에서 위층으로 올라갔다가 어떤 일과 마주치고 강렬한 인상을 받은 겁니다. 그러나 토미는 다이버 부부의 감시견이지요. 사실 매키스코 부인은 사람을 자극하는 만만치 않은 여자예요—하지만 매키스코 부인만 그런 게 아니지요. 게다가 다이버 부부가 함께 걸리는 일은 친구들에게 생각보다 훨씬 중요하게 다가옵니다. 물론 어느 정도 희생도 무릅쓰지요—그 사람들이 때로는 그냥 발레에 등장하는 매혹적인 인물들처럼 보이고, 그래서 발레에 기울이는 관심 정도만 기울여주면 그만일 것 같지만, 사실 그 이상이에요—그런 사정을 아셔야 합니다. 어쨌든 토미는 딕이 니콜에게 넘긴 남자들 가운데 하나인데, 매키스코 부인이 계속 니콜의 이야기를 암시하자 토미가 주의를 주었습니다.

"매키스코 부인, 다이버 부인 이야기는 그만하시지요."

"댁한테 얘기하던 게 아니거든요." 매키스코 부인은 그렇게 맞섰지요.

"그분들 얘기는 빼시는 게 좋다고 봅니다."

"그 사람들이 그렇게 신성한가요?"

"그분들은 빼세요. 다른 얘기를 하십쇼."

토미는 캠피언 옆의 좁은 두 좌석 가운데 한 곳에 앉아 있었습니다.

캠피언이 나에게 이 이야기를 해주었지요.

"어머, 정말 고압적이시네요." 바이올렛이 응수했습니다.

밤늦게 차 안에서 대화가 어떤 식으로 이어지는지 알잖습니까. 어떤 사람들은 중얼거리고 어떤 사람들은 파티 뒤에 지치거나 지루하거나 졸려서 관심을 안 가지잖아요. 그러니 그들 누구도 차가 멈추고 바르방이 모든 사람의 몸을 흔들 만한 목소리, 기병대한테 명령을 하는 듯한 목소리로 외치기 전까지는 무슨 일이 일어나고 있는지 몰랐습니다.

"여기서 내리고 싶은가—호텔까지는 겨우 1마일 남았으니 걸어갈 수도 있을 거다. 아니면 내가 거기까지 끌고 가주지. 입 다물고 당신 부인 입도 다물게 해!"

"이 사람 깡패로군." 매키스코가 말했습니다. "당신이 나보다 근력이 세다고 해서 이러는 모양인데, 나는 당신이 두렵지 않아—이럴 때 필요한 게 결투 규약인데……"

바로 그게 매키스코의 실수였지요. 토미는 프랑스 사람이기 때문에 몸을 기울여 매키스코를 한 번 가볍게 치는 것으로 결투 의사를 전달했지요. 그러자 운전사가 다시 차를 움직였습니다. 그때 호이트 양이 탄 차가 추월을 한 겁니다. 그러자 여자들이 난리를 치기 시작했습니다. 차가 호텔에 도착했을 때도 여전히 그 상태였습니다.

토미는 칸의 어떤 사람에게 전화해 입회인으로 와달라고 했고, 매키스코는 캠피언을 입회인으로 삼지 않겠다고 했습니다. 뭐 캠피언도 어차피 하고 싶어 안달한 건 아니었고요. 그래서 매키스코가 나한테 전화해 아무 말도 하지 말고 바로 와달라고 한 겁니다. 바이올렛 매키스코는 쓰러졌고, 에이브럼스 부인은 매키스코 부인을 방으로 데려가 브롬화물*을 먹였습니다. 매키스코 부인은 침대에서 편안하게 잠들었지요. 나는 도착해서 토미와 이야기를 해보려 했습니다만 토미는 사과가 아니면 받아들이지 않겠다고 하고, 매키스코는 꽤 투지가 넘쳐 사과를 하지 않겠다고 하더군요.

에이브가 말을 끝내자 로즈메리가 생각에 잠긴 표정으로 물었다.

"다이버 부부도 이걸 알고 계시나요?"

"아니요—앞으로도 자기들이 이 일과 관련되어 있다는 건 알지 못할 겁니다. 저 염병할 캠피언은 자기가 뭐라고 로즈메리한테 이야기를 했는지 몰라도. 하지만 이미 말을 해버렸으니—나는 운전사한테는 만일 이 일에 관해 입을 놀리면 그 연주용 톱을 꺼내겠다고 말해두었습니다. 이건 두 남자 사이의 싸움입니다—사실 토미한테 필요한 건 괜찮은 전쟁이에요."

"다이버 부부가 몰랐으면 좋겠어요." 로즈메리가 말했다.

에이브가 시계를 들여다보았다.

"올라가서 매키스코를 만나야겠습니다—같이 가실래요?—그는 친구가 없다고 느끼는 것 같던데—틀림없이 잠도 못 잤을 겁니다."

로즈메리는 바짝 긴장하고 엉망진창인 그 남자가 절망에 빠져 밤을 새우는 모습을 떠올릴 수 있었다. 동정심과 역겨움 사이에서 잠시 갈등하다가 그녀는 가겠다고 했고, 아침 에너지로 가득차 에이브와 나란

* 진정제.

히 층계를 사뿐사뿐 올라갔다.

매키스코는 손에 샴페인잔을 들었지만, 알코올에서 나온 전투적인 태도는 완전히 사라진 모습으로 침대에 앉아 있었다. 작고 찌무룩하고 창백해 보였다. 밤새 글을 쓰고 술을 마신 게 분명했다. 그는 혼란스러운 표정으로 에이브와 로즈메리를 물끄러미 바라보다가 물었다.

"시간이 된 겁니까?"

"아니요, 삼십 분 뒤입니다."

탁자는 종이로 뒤덮여 있었다. 매키스코는 그것을 모아 힘겹게 순서를 맞춰 장문의 편지 한 통으로 만들었다. 마지막 몇 페이지의 글씨는 아주 크고 알아볼 수 없었다. 희미해지는 전기 램프들의 약한 불빛을 받으며 그는 아래쪽에 자신의 이름을 휘갈기고, 편지를 봉투에 넣은 다음 에이브에게 건네주었다. "집사람한테 전해주세요."

"머리를 찬물에 푹 담그면 좋을 겁니다." 에이브가 제안했다.

"그게 좋을 거라고 생각하세요?" 매키스코가 의심스럽다는 표정으로 물었다. "정신이 너무 맑아지는 건 바라지 않아요."

"뭐, 지금 아주 안 좋아 보이시니까."

그러자 매키스코는 순순히 욕실로 들어갔다.

"모든 걸 엉망으로 내버려둔 채 떠나는군요." 그가 소리쳤다. "바이올렛이 어떻게 미국으로 돌아갈지 모르겠네요. 내 앞으로 들어놓은 보험도 전혀 없는데. 보험을 들 생각은 못했거든요."

"말도 안 되는 소리 하지 마세요. 한 시간 뒤에 바로 여기서 아침을 먹고 있을 겁니다."

"그럼요, 나도 알죠." 매키스코는 머리가 축축하게 젖은 채 돌아와 마치 처음 보는 듯한 표정으로 로즈메리를 보았다. 갑자기 그의 눈에 눈물이 솟았다. "소설을 끝내지도 못했는데. 그것 때문에 마음이 너무 아프네요. 호이트 양은 나를 좋아하지 않지요." 그는 로즈메리에게 말했다. "하지만 그건 어쩔 수 없습니다. 나는 무엇보다도 문인이에요." 그는 낙담하여 알아들을 수 없는 소리를 웅얼거리더니 무력하게 고개를 저었다. "살면서 실수를 많이 했습니다—아주 많이 했지요. 하지만 그래도 나는—어떤 면에서는—가장 저명한 사람 가운데 하나로서……"

매키스코는 말을 중단하고 꺼진 담배를 빨았다.

"매키스코 씨를 좋아해요." 로즈메리가 말했다. "하지만 결투를 해야 한다고는 생각하지 않아요."

"그래요, 그때 두들겨패주든가 했어야 하는 건데. 하지만 지금은 끝난 얘기죠, 뭐. 아무런 권리도 없는 일에 말려든 셈이에요. 나는 성질이 아주 격하거든요……" 그는 자신이 한 말에 이의가 제기될 걸 예상하듯 에이브의 표정을 자세히 살폈다. 그러더니 겁에 질린 웃음을 터뜨리며 차가운 담배꽁초를 들어올려 입으로 가져갔다. 그의 숨이 가빠졌다.

"문제는 내가 결투를 하자고 했다는 겁니다—바이올렛이 입만 다물고 있었어도 어떻게 해볼 수 있었을 텐데. 물론 지금이라도 그냥 떠나버릴 수 있지요. 아니면 그냥 느긋하게 앉아서 그 모든 일을 웃어넘기든가—하지만 그랬다간 바이올렛이 다시는 나를 존경하지 않을 것 같아요."

"아니, 존경할 거예요." 로즈메리가 말했다. "오히려 더 존경할 거예요."

"아니—호이트 양은 바이올렛을 몰라요. 그 사람은 우위에 서 있을 때는 아주 완강해져요. 우리는 결혼 십이 년째입니다. 일곱 살짜리 딸이 있었는데 죽었어요. 그뒤로는 어떤지 아시겠지요. 우리 둘 다 주변을 기웃거리며 조금씩 한눈을 팔았지요. 뭐 심각한 일은 없었지만 조금씩 멀어졌습니다—간밤에는 거기서 나더러 겁쟁이라고 하더군요."

로즈메리는 곤혹스러워 대꾸를 하지 못했다.

"뭐, 가능한 한 피해를 줄이도록 애를 쓸 겁니다." 에이브는 말하면서 가죽 상자를 열었다. "이게 바르방의 결투용 권총입니다—매키스코 씨가 익숙해질 수 있도록 빌려왔지요. 그 친구는 이것들을 옷가방에 넣고 다닙니다." 그는 무게를 재듯 그 낡은 무기 중 한 점을 손바닥에 올렸다. 로즈메리는 마음이 편치 않아 외마디 소리를 내뱉었고 매키스코는 불안한 눈으로 권총을 바라보았다.

"뭐—마주서서 서로 45구경으로 마구 쏴대는 것하고는 좀 다르겠네요." 매키스코가 말했다.

"글쎄요." 에이브가 냉정하게 말했다. "총열이 길면 조준도 잘할 수 있거든요."

"거리는 얼마나 되지요?" 매키스코가 물었다.

"그것도 물어봤습니다. 상대를 확실하게 없애고자 할 때는 여덟 걸음으로 합니다. 몹시 화가 났다면 스무 걸음이고, 그냥 명예만 지키려는 거라면 마흔 걸음입니다. 바르방의 후견인이 마흔으로 하는 데 동의했습니다."

"잘됐네요."

"푸시킨의 소설에 멋진 결투가 나오죠." 에이브가 말했다. "두 사람다 벼랑 끝에 서는 겁니다. 맞으면 무조건 끝장이지요."

그 말이 매키스코에게는 너무 학구적이고 먼 이야기로 느껴졌다. 그는 에이브를 물끄러미 보며 말했다. "네?"

"잠깐 물에 들어가 기분 전환 좀 할래요?"

"아니—아닙니다. 난 수영 못해요." 매키스코가 한숨을 쉬었다. "이게 다 뭔지 모르겠어요." 그는 무력하게 말했다. "내가 왜 이런 짓을 하고 있는지 모르겠습니다."

그가 살면서 처음 몸으로 겪어보는 일이었다. 사실 그는 감각적 세계가 존재하지 않는 듯 살아가는 축이었기 때문에 이제 구체적 사실과 마주하자 엄청나게 놀라고 있었다.

"가는 게 좋겠습니다." 매키스코의 기분이 약간 처지는 걸 보고 에이브가 말했다.

"좋습니다." 매키스코는 아무것도 타지 않은 브랜디 남은 것을 마저 마시고, 술병을 주머니에 집어넣더니 잔혹하다는 느낌마저 드는 말투로 물었다. "내가 그 사람을 죽이면 어떻게 됩니까—감옥에 가게 되나요?"

"내가 이탈리아 국경 너머까지 태워다드릴 겁니다."

매키스코는 로즈메리를 흘끗 보더니—에이브에게 사과하는 투로 말했다.

"나가기 전에 단둘이 하고 싶은 이야기가 있습니다만."

"두 분 다 다치지 않기를 바라요." 로즈메리가 말했다. "이건 굉장히 어리석은 일이고, 따라서 중단시켜야 한다고 생각해요."

11

그녀는 아래층 텅 빈 로비에서 캠피언을 만났다.

"아까 위층으로 올라가는 걸 봤는데." 그가 흥분해서 말했다. "그 사람은 괜찮던가요? 결투는 언제 한대요?"

"모르겠어요." 그녀는 캠피언이 결투를 마치 매키스코가 비극적 어릿광대로 등장하는 서커스라도 되는 듯 이야기하는 데 화가 났다.

"나하고 같이 갈래요?" 그가 마치 자리라도 잡아놓은 것처럼 물었다. "호텔 차를 빌려놨어요."

"가고 싶지 않아요."

"왜요? 그걸 보면 수명이 몇 년은 줄겠지만 그래도 나는 절대 놓치고 싶지 않은데요. 멀찌감치 떨어져서 구경하면 되잖아요."

"덤프리 씨하고 함께 가시는 게 어때요?"

캠피언의 외눈 안경이 툭 떨어져나왔으나 이번에는 그걸 감춰줄 수염이 없었다—캠피언은 허리를 똑바로 세웠다.

"그 사람은 두 번 다시 보고 싶지 않아요."

"어, 저는 못 갈 것 같아요. 어머니가 좋아하시지 않을 거예요."

로즈메리가 방에 들어가자 스피어스 부인이 졸린 표정으로 몸을 들썩이며 그녀에게 소리쳤다.

"어디 갔다 왔니?"

"그냥 잠이 안 와서요. 주무세요, 어머니."

"내 방으로 들어와라." 로즈메리는 어머니가 침대에서 일어나 앉는 소리를 듣고 안으로 들어가 있었던 일을 이야기해주었다.

"가서 보는 게 어때?" 스피어스 부인이 말했다. "꼭 가까이 가지 않아도 되잖아. 나중에 혹시 네가 도움이 될 수도 있어."

로즈메리는 자신이 구경꾼이 된 모습이 마음에 들지 않아 싫다고 했지만, 스피어스 부인은 의식이 여전히 잠에 취한 채 의사 부인이던 시절 죽은 사람이나 재난을 당한 사람에게 야간 왕진을 하던 일을 떠올렸다. "네가 나 없이 너 혼자 돌아다니고 이런저런 일도 하면 좋겠어—레이니가 홍보를 한답시고 별난 짓을 할 때는 훨씬 힘든 일도 했잖아."

그래도 로즈메리는 자기가 가야 할 이유를 알 수 없었지만, 파리 오데옹 극장의 무대 입구로 열두 살이었던 그녀를 들여보내고 나올 때 다시 맞이해주던 때와 같은 확고하고 분명한 목소리에 복종했다.

로즈메리는 층계를 내려가다 에이브와 매키스코를 태운 차가 떠나는 걸 보고 형 집행정지를 받았다고 생각했다—그러나 잠시 후 호텔 차가 모퉁이를 돌아 나타났다. 루이스 캠피언은 기뻐서 귀에 거슬리는 소리를 내지르며 그녀를 자기 옆으로 끌어들였다.

"우리를 오지 못하게 할지도 몰라 저기 숨어 있었죠. 무비카메라도 가져왔어요, 보세요."

로즈메리는 난감한 나머지 웃음이 나왔다. 그가 너무 끔찍해서 이제는 끔찍한 수준을 벗어나 그저 비인간적인 사람이라는 생각만 들 뿐이었다.

"매키스코 부인이 왜 다이버 부부를 좋아하지 않는지 모르겠어요." 그녀가 말했다. "아주 잘해주던데."

"아, 그게 아니에요. 부인이 본 것 때문이에요. 바르방 때문에 뭘 본건지 들을 수는 없었지만."

"그럼 캠피언 씨도 그것 때문에 슬퍼하신 게 아니로군요."

"아, 아니죠." 그의 목소리가 부서지고 있었다. "그건 우리가 호텔로 돌아왔을 때 벌어진 다른 일 때문이었어요. 하지만 지금은 상관없어요—완전히 끝냈어요."

그들은 앞서간 차를 따라 동쪽으로 해안길을 달려, 새 카지노의 골조가 올라가는 쥐앙레팽을 지나갔다. 네시가 지났기 때문에 푸르스름한 잿빛 하늘 아래 첫 어선들이 삐거덕거리며 연한 청록색 바다로 나아가고 있었다. 이윽고 그들은 큰길을 버리고 시골로 접어들었다.

"골프 코스네." 캠피언이 소리쳤다. "틀림없이 그곳으로 가는 거야."

그의 말이 맞았다. 에이브의 차가 앞쪽에서 멈추었을 때 빨간색과 노란색 크레용으로 칠해놓은 듯한 동쪽 하늘은 무더운 하루를 예고하고 있었다. 호텔 차 운전사에게 소나무숲에 차를 대라고 말한 뒤 로즈메리와 캠피언은 나무 그늘을 벗어나지 않고 표백된 페어웨이를 에둘러 걸어갔다. 에이브와 매키스코는 페어웨이를 오르락내리락했다. 매키스코는 이따금 냄새 맡는 토끼처럼 고개를 쳐들었다. 곧 더 멀리 떨어진 티그라운드 쪽에서 움직이는 형체들이 나타났고, 구경꾼들은 그들이 바르방과 프랑스인 입회인임을 알아보았다—입회인은 겨드랑이에 권총 상자를 끼고 있었다.

매키스코는 섬뜩해졌는지 슬쩍 에이브 뒤로 가 브랜디를 한참 들이켰다. 그 바람에 술이 목에 걸려 숨도 제대로 못 쉬면서 계속 걸어갔다. 그냥 내버려두었으면 상대방이 있는 곳까지 곧바로 가버렸을 것이다. 그러나 에이브가 그를 막더니 프랑스인과 이야기를 하러 앞으로 나섰다. 지평선 위로 해가 올라와 있었다.

캠피언이 로즈메리의 팔을 잡았다.

"견딜 수가 없네요." 그는 거의 목소리를 내지 못하고 끽끽거렸다. "무리예요. 나는 이러다가는……"

"놓으세요." 로즈메리가 단호하게 말했다. 그녀는 프랑스어 기도문을 미친듯이 읊조렸다.

결투의 장본인들이 마주보고 섰다. 바르방은 소매를 걷어올린 모습이었다. 해를 받은 눈이 불안하게 빛을 발했지만, 그는 의식적으로 바지 솔기에 손바닥을 닦았다. 브랜디를 마셔 무모해진 매키스코는 휘파람이라도 불듯 입술을 오므리고 태연한 표정으로 자신의 긴 코를 사방으로 찔러댔다. 마침내 에이브가 손수건을 들고 앞으로 나섰다. 프랑스인 입회인은 고개를 돌리고 서 있었다. 로즈메리는 강한 동정심에 사로잡혀 숨을 죽이고 바르방에 대한 증오로 이를 악물었다. 그 순간, "하나—둘—셋!" 에이브가 긴장된 목소리로 셋을 셌다.

그들은 동시에 총을 쏘았다. 매키스코의 몸이 흔들리다 이내 바로 섰다. 둘 다 빗나간 것이다.

"자, 이걸로 됐습니다!" 에이브가 소리쳤다.

결투자들이 중간 지점으로 다가왔고, 모두 대답을 기다리는 표정으로 바르방을 보았다.

"나는 불만족을 선언합니다."

"뭐라고? 당연히 만족이지." 에이브가 짜증 섞인 목소리로 말했다. "스스로 모르고 있을 뿐."

"그쪽 당사자는 다시 쏘는 것을 거부합니까?"

"젠장, 그래요, 토미. 당신이 고집을 부려서 이 짓을 하게 된 거고 내

의뢰인은 내키지 않았지만 하자는 대로 해주었잖아."

토미는 경멸 섞인 웃음을 터뜨렸다.

"이렇게 먼 거리에서 총을 쏘는 게 애당초 말이 안 됐습니다." 그가 말했다. "나는 이런 웃기는 짓에는 익숙하지 않아요—그쪽 당사자는 자기가 지금 미국에 있는 게 아니란 걸 기억해야 할 겁니다."

"미국을 건드려봐야 아무 소용 없어." 에이브가 약간 날카롭게 받아쳤다. 그러다 좀 누그러진 목소리로 말했다. "이것도 이미 지나친 일이었어요, 토미." 그들은 잠시 활발하게 이야기를 주고받았다—이윽고 바르방은 고개를 끄덕이더니 결투 상대였던 사람에게 차갑게 고개를 숙였다.

"악수는 안 하고?" 프랑스 의사가 말했다.

"이미 아는 사이인데요, 뭐." 에이브가 말했다.

에이브는 매키스코를 돌아보았다.

"자, 여기서 나갑시다."

성큼성큼 걸어나가던 매키스코는 기쁨에 겨워 에이브의 팔을 잡았다.

"잠깐!" 에이브가 말했다. "토미가 권총을 돌려받고 싶어할 겁니다. 다시 필요할지 모르니까."

매키스코는 권총을 건네주었다.

"그런 자식 따위." 매키스코가 힘이 들어간 목소리로 말했다. "그 사람한테 가서……"

"한번 더 쏘잔다고 전할까요?"

"아, 이미 했잖아요." 매키스코가 에이브와 나란히 걸어가며 소리쳤다. “그것도 잘했잖아요, 안 그래요? 얼굴이 누레지진 않았잖아요.”

“술이 꽤 취했지요.” 에이브가 무뚝뚝하게 대꾸했다.

“아니, 그렇지 않아요.”

“그래요, 그럼, 술 취하지 않았다고 하죠, 뭐.”

“내가 한두 잔 마셨다고 한들 그게 무슨 상관이 있습니까?”

자신감이 솟구치는지 매키스코는 분개한 표정으로 에이브를 보았다.

“그게 무슨 상관이 있느냐고요?” 매키스코가 되풀이했다.

“스스로 알지 못한다면 설명해보았자 아무 소용이 없지요.”

“전쟁중에는 모두가 술에 취해 있었다는 거 몰라요?”

“아, 그만합시다.”

그러나 일은 아직 끝난 게 아니었다. 그들 뒤의 헤더 꽃 덤불에서 다급한 발소리가 들리더니 의사가 그들 옆으로 따라붙었다.

“실례합니다.” 의사가 숨을 헐떡였다. “내 보수 문제를 해결해야지요. 물론 의사 역할에 대해서만 받는 겁니다. 바르방 씨는 천 프랑짜리 지폐밖에 없어 못 주겠다고 하고 또 한 사람은 지갑을 집에 두고 왔다지 뭡니까.”

“누가 프랑스 사람 아니랄까봐서.” 에이브가 말하고 나서 의사를 돌아보았다. “얼마요?”

“이건 내가 내겠어요.” 매키스코가 말했다.

“아니, 내가 냅니다. 우리 모두 비슷한 위험에 처해 있었으니까요.”

에이브가 의사에게 돈을 주는 동안 매키스코가 갑자기 덤불 안으로 들어가 토했다. 이윽고 매키스코는 아까보다 창백해진 얼굴로 에이브와 함께 이제 장밋빛인 아침공기를 뚫고 차를 향해 으스대며 걸어갔다.

캠피언은 관목숲 안에 숨을 헐떡이며 누워 있었다. 이 결투의 유일한 부상자인 셈이었다. 로즈메리는 갑자기 히스테리에 사로잡힌 듯 웃음을 터뜨리며 에스파드리유로 그를 계속 걷어찼다. 집요하게 차대자 캠피언이 마침내 깨어났다—이제 그녀에게 유일하게 중요한 일은 몇 시간 뒤면 그녀가 마음속에서 여전히 '다이버 부부'라고 부르는 사람을 해변에서 보게 된다는 것이었다.

12

그들은 부아쟁에서 니콜을 기다리고 있었다. 로즈메리, 노스 부부, 딕 다이버, 프랑스 음악가 두 명 등 모두 여섯 명이었다. 그들은 레스토랑의 다른 손님들을 건너다보며 그들 가운데 침착한 사람이 있는지 찾아보고 있었다—딕이 자신을 제외한 미국 남자에게는 침착성이라는 것이 없다고 말했기 때문에 다른 사람들이 그의 말을 반박할 예를 찾으려는 것이었다. 그러나 암담한 상황이었다—레스토랑에 들어와서 십 분 안에 얼굴로 손을 들어올리지 않는 남자가 한 명도 없었기 때문이다.

"계속 콧수염에 왁스를 발라 고정시키고 살았어야 했어." 에이브가 말했다. "그래도 딕이 침착한 유일한 남자는 아니야—"

"아, 아니지, 유일해."

"—물론 술 취하지 않은 남자 가운데는 유일하게 침착하다고 할 수 있지."

옷을 잘 차려입은 미국인이 여자 둘과 함께 레스토랑으로 들어왔다. 여자들은 거리낌없이 들이닥쳐 퍼덕거리며 탁자 하나를 차지했다. 남자는 갑자기 자신이 주목받고 있음을 알았다—그러자 발작을 일으키듯이 손을 들어올려 넥타이의 불거지지도 않은 곳을 매만져 바르게 폈다. 자리에 앉지 않은 다른 일행 속의 한 남자는 면도한 뺨을 계속 손바닥으로 토닥였고, 그와 함께 있는 남자는 꺼진 시가 토막을 기계처럼 들었다 놓았다 했다. 운이 더 좋은 남자들은 안경이나 수염을 어루만졌고, 맨얼굴인 남자들은 밋밋한 입가를 쓰다듬었으며, 심지어 귓불을 필사적으로 잡아당기기도 했다.

유명한 장군이 들어오자 에이브는 그가 웨스트포인트*에서 보냈을 첫해를 확신하고—생도는 첫해에 그만둘 수 없고 아무도 그 일 년의 충격에서 완전히 벗어나지 못한다—딕과 오 달러 내기를 했다.

장군은 두 손을 자연스럽게 옆으로 늘어뜨린 자세로 자리 안내를 기다렸다. 그러다 앞으로 펄쩍 뛰려는 사람처럼 장군의 두 팔이 갑자기 뒤로 빠졌고, 딕은 그가 통제력을 상실했다고 생각하여 "아!" 하는 소리를 냈다. 그러나 장군은 통제력을 회복했고 그들은 다시 숨을 쉬었다—괴로운 시간은 거의 끝났다. 웨이터가 장군이 앉을 의자를 뒤로 빼고 있었기 때문이다……

그러나 그 순간 정복자는 약간 성이 난 듯 손을 위로 쑥 들어올려 매끈하게 다듬은 잿빛 머리를 긁었다.

"봤지." 딕이 으스대며 말했다. "내가 유일하다니까."

---

* 미국 육군사관학교.

로즈메리는 그 점을 확신하고 있었다. 이보다 나은 청중이 없다는 걸 깨달은 딕이 이 그룹을 아주 밝은 분위기의 집단으로 만들어놓아, 로즈메리는 그들 일행의 탁자에 앉지 않은 모든 사람을 성마르게 무시해버리는 마음이 생겼다. 그들은 파리에 온 지 이틀이 되었지만, 실제로는 여전히 해변의 파라솔 밑에 있는 것이나 마찬가지였다. 전날 밤 코르데파주의 댄스파티에 갔을 때처럼 아직 할리우드에서 메이페어 호텔 파티에 참석해보지 않은 로즈메리가 주위 환경에 밀리는 느낌이 들 때면 딕은 소수의 사람, 말하자면 정선된 사람들하고만 인사를 하여—다이버 부부는 아주 많은 사람을 아는 것 같았지만 그 사람들은 마치 이 부부를 아주 오랫동안 보지 못했던 듯 완전히 충격을 받은 표정으로 "와, 도대체 어디 숨어 있는 거예요?" 하고 말했다—건사할 수 있는 범위 내로 행동반경을 좁히곤 했다. 그런 다음 그 반경 외부에 있는 사람들을 결정적인 비꼼 한 방으로 부드럽게, 그러나 영원히 파괴하여 자신의 일행의 통일성을 다시 이루어냈다. 곧 로즈메리는 자기 자신이 과거 비참했던 시기에 그 사람들을 알았으나, 이제 그들의 속을 알게 되어 거부하고 버린 듯한 느낌이 들었다.

딕과 로즈메리 일행은 엄청나게 미국적이었지만 또 가끔은 거의 미국적이지 않았다. 딕이 그들에게 돌려주는 것은 바로 그들 자신, 아주 오랜 세월의 타협으로 흐릿해진 그들 자신이었다.

역 식당의 가공하지 않은 음식 냄새가 진하게 풍기는 어둡고 뿌연 레스토랑 안으로 바깥 날씨 한 조각이 길을 잃고 흘러드는 것처럼 니콜의 하늘색 정장이 미끄러져들어왔다. 일행의 눈을 통해 자신이 얼마나 아름다운지 본 그녀는 광채가 나는 감사의 미소로 그들에게 응답했다. 그들은 한동안 모두 아주 좋은 사람들이었다. 매우 정중하기 짝이 없었다. 그러다 싫증이 나는지 익살을 부리고 신랄해지다가, 마지막에는 많은 계획을 세웠다. 그들은 여러 가지에 웃음을 터뜨렸지만 나중에는 무슨 일이었는지 분명히 기억하지도 못했다—어쨌건 많이 웃었고, 남자들은 와인 세 병을 마셨다. 탁자의 여자 삼인조는 격동하는 미국의 삶을 대표하고 있었다. 니콜은 자수성가한 미국 자본가의 손녀이자 리페 바이센펠트 백작 집안의 손녀였다. 메리 노스는 도배 숙련공의 딸이자 타일러 대통령의 후손이었다. 로즈메리는 중간계급에서도 중간 출신으로, 어머니에 의해 할리우드의 미답의 고지대에 갑자기 올라섰다. 그들이 서로 닮은 점, 동시에 그들이 수많은 미국 여자들과 다른 점은 남자의 세계에 사는 데서 행복을 느낀다는 것이었다—그들은 남자에게 대립하는 게 아니라 남자를 통해 각자의 개성을 보존했다. 출생이라는 우연이 아니라 자신의 남자를 찾거나 찾지 못하는 더 큰 우연에 의해 훌륭한 창부가 될 수도 있고 훌륭한 아내가 될 수도 있는 여자들이었다.

그래서 로즈메리는 그 점심식사가 유쾌한 파티 같다고 생각했다. 일곱 명밖에 없다는 게 더 좋았다. 이 정도가 좋은 파티의 한계였기 때문이다. 한편으로는 그녀가 그들의 세계에 새로 들어왔다는 것이 서로에 대한 그들의 해묵은 의구심이 모두 드러나도록 촉발시키는 일종의 촉매제 역할을 하는 듯했다. 일행이 탁자에서 일어서고 난 뒤 웨이터 한 명이 로즈메리를 프랑스 모든 레스토랑에 있는 어두운 오지 같은 곳으로 안내했고, 그곳에서 로즈메리는 침침한 주황색 전구 불빛의 도움으로 전화번호를 찾아내 프랑코-아메리칸 영화사에 전화를 했다. 그럼요, 〈아빠의 딸〉 필름이 한 벌 있지요—지금은 여기 없지만, 주 후반에 생트장주 거리 341번지에 갖다놓도록 하겠습니다—크라우더 씨를 찾으세요.

한쪽이 뚫린 전화부스에서는 옷보관소가 내다보였다. 로즈메리는 전화를 끊었을 때 늘어선 코트들 반대편, 그녀에게서 다섯 걸음도 떨어지지 않은 곳에서 두 사람의 낮은 목소리를 들었다.

"—그러니까 나를 사랑하는 거야?"

"아, 그럼요!"

니콜이었다—로즈메리는 전화부스 입구에서 머뭇거렸다—그때 딕이 말하는 소리가 들렸다.

"당신을 몹시 원해—지금 호텔로 가." 니콜은 헐떡거리듯 작은 한숨을 쉬었다. 잠시 로즈메리는 말 자체에서는 아무것도 눈치채지 못했다—그러나 어조에서 알 수 있었다. 엄청난 은밀함이 그녀에게까지 떨림으로 전달되었다.

"당신을 원해."

"네시에 호텔에 있을게요."

로즈메리는 가쁜 숨을 누르며 서 있었고 목소리들은 멀어졌다. 처음에는 깜짝 놀라기까지 했다. 그녀는 두 사람이 서로 개인적 절박함이 없는 사람들로서 관계를 유지하고 있다고—이보다 차가운 관계라고 보았던 것이다. 이제 어떤 강한 감정의 물결이 그녀의 몸속에 흘렀다. 무엇인지 알 수 없지만 아주 깊은 감정이었다. 그녀는 자신이 매혹된 것인지 혐오감을 느낀 것인지 알지 못했다. 다만 감정적으로 깊이 흔들렸다는 것만 알 뿐이었다. 그녀는 매우 외롭다고 느끼며 레스토랑으로 돌아갔지만, 다시 돌이켜 생각하자 가슴이 뭉클해졌고, 니콜의 "아, 그럼요!"라는 대답에 담긴 뜨거운 고마움이 그녀의 마음에 메아리쳤다. 방금 들은 그 말의 특정한 분위기를 그녀 자신은 아직 겪어본 적이 없고, 그런 경험과 거리가 멀기는 했지만 그녀는 그것 때문에 뱃속이 울렁거리거나 하지는 않았다—영화의 어떤 사랑 장면을 연기할 때 느꼈던 반감은 전혀 없었던 것이다.

그녀는 그런 분위기와 멀리 떨어져 있는 사람임에도 지금은 돌이킬 수 없이 말려들고 있었으며, 니콜과 쇼핑을 하면서 당사자인 니콜보다 그 약속을 훨씬 의식하고 있었다. 그녀는 새로운 각도에서 니콜을 보며, 그녀의 매력을 평가해보았다. 물론 니콜은 로즈메리가 만나본 가장 매력적인 여자였다—견고함, 헌신, 의리, 그러면서도 어딘가 파악하기 힘든 면. 이제 로즈메리는 이것들을 어머니의 중간계급의 눈으로 보면서 돈에 대한 그녀의 태도와 연결시키고 있었다. 로즈메리가 쓰는 돈은 자신이 번 돈이었다—그녀가 여기 유럽에 온 건 1월의 그날 풀에 여섯 번이나 들어간 덕분이었다. 이른아침에 이미 37도를 넘었던 체온은 어머니가 촬영을 멈추게 했을 때는 39도가 넘었다.

니콜의 도움을 받아 로즈메리는 자기 돈으로 드레스 두 벌과 모자 두 개와 신발 네 켤레를 샀다. 니콜은 두 페이지에 이르는 엄청난 목록의 물건들을 사들였고, 그것 말고도 진열장에 있는 것을 더 샀다. 마음에는 들지만 자신이 쓸 일이 없는 물건은 친구에게 줄 선물로 샀다. 색깔이 들어간 구슬, 접는 해변용 깔개, 조화造花, 꿀, 손님용 침대, 가방, 스카프, 모란앵무, 인형 집을 꾸미기 위한 작은 모형들, 참새우 색깔의 새로운 천 3야드. 거기에 수영복 십여 벌, 고무 악어, 금과 상아로 만든 여행용 체스 세트, 에이브에게 줄 커다란 리넨 손수건, 그리고 에르메스에서 파란 물총새 빛깔과 빨간 회나무 빛깔의 새미 가죽 재킷 한 벌씩을 샀다—이 모든 것들을 고급 창부가 속옷과 보석을 사는 것과는 전혀 다른 방식으로 샀다. 창녀에게 그런 것은 모두 직업적인 장비이자 보험이었다. 그러나 니콜은 완전히 다른 관점에서 샀다. 니콜은 많은 독창성과 노력의 산물이었다. 그녀를 위해 기차가 시카고에서 달리기 시작하여 미대륙의 둥근 배를 가로질러 캘리포니아로 갔다. 치클 공장이 연기를 뿜고 공장에서 링크 벨트가 링크를 연결시키며 늘어났다. 남자들은 큰 통에 치약을 섞었고 커다란 구리통에서 구강청정제를 뽑았다. 젊은 여자들은 8월에 빠른 동작으로 토마토를 캔에 담거나 크리스마스이브에도 잡화점에서 무례한 태도로 일을 했다. 브라질 커피 플랜테이션에서는 혼혈 인디언들이 노역을 했고 몽상가들은 새로운 트랙터의 특허권을 빼앗겼다—이들은 니콜에게 십일조를 내는 사람들 가운데 일부에 지나지 않았다. 퍼져가는 불길 앞에서 자기 자리를 지키는 소방수의 얼굴이 달아오르듯, 흔들리고 큰 소리를 내며 앞으로 나아가는 전체 체제의 영향으로 그녀의 이런 대량 구매가 열꽃처럼 피어났다. 그녀는 불운한 운명일랑 자기 내부에 꾹 담아둔 채 아주 단순한 원칙들을 지키는 모습을 보여주었다. 대신 아주 정확하게 보여주었기 때문에 그 과정에 우아함이 있었으며, 곧 로즈메리는 그것을 모방하게 되었다.

네시가 다가왔다. 니콜은 모란앵무를 어깨에 얹고 가게 안에 서서 보기 드물게 말을 한참 쏟아냈다.

"그런데, 로즈메리가 그날 풀에 들어가지 않았으면 어떻게 되었을까—가끔 그런 게 궁금해져요. 전쟁 직전 우리는 베를린에 있었어요—나는 열세 살이었고, 어머니가 돌아가시기 직전이었죠. 언니는 궁정 무도회에 갈 예정이었고 춤을 출 상대를 기록하는 카드에는 왕자 세 사람이 적혀 있었어요. 시종 같은 사람들이 알선해준 것이었죠. 그런데 언니가 출발 삼십 분 전에 옆구리에 통증이 시작되면서 열이 나기 시작했어요. 의사는 충수염이라면서 수술을 해야 한다고 했죠. 하지만 어머니는 이미 계획을 짜놓았기 때문에 베이비는 무도회에 가서 야회복 밑에 얼음주머니를 차고 두시까지 춤을 추었어요. 그리고 다음날 아침 일곱시에 수술을 받았죠."

따라서 엄격한 것이 좋은 것이었다. 훌륭한 사람들은 모두 자신에게 엄격했다. 하지만 네시였기 때문에 로즈메리는 지금 호텔에서 니콜을 기다릴 딕 생각만 날 뿐이었다. 니콜은 호텔에 가야 했다. 그를 기다리게 하면 안 될 일이었다. 로즈메리는 계속 "왜 안 가는 거예요?" 하고 생각하다가, 갑자기 "가고 싶지 않으면 내가 가게 해줘요" 하는 말이 나올 뻔했다. 그러나 니콜은 한 곳에 더 들러 로즈메리와 자신을 위해 코르사주를 사고, 메리 노스에게도 하나를 보냈다. 그제야 그녀는 기억이 난 듯 갑자기 망연자실하여 택시를 불렀다.

"잘 가요." 니콜이 말했다. "우리 재밌었죠?"

"아주 재미있었어요." 로즈메리가 말했다. 사실은 생각보다 힘들었으며, 니콜이 차를 타고 떠나자 로즈메리는 온몸으로 재미없었다고 부정했다.

13

딕은 방벽 모퉁이에서 방향을 틀어 나아갔다. 판자가 깔린 참호를 따라 계속 걷고 있었다. 잠망경에 이르렀을 때에는 잠시 눈을 대보았다. 이윽고 발판에 올라서 흉장 너머를 살폈다. 정면 우중충한 하늘 밑이 보몽 아멜이었다. 왼쪽은 비극적인 티에발산이었다. 딕은 쌍안경으로 그곳들을 살피다가 슬픔 때문에 목이 메었다.

참호를 따라 계속 나아가니 다음 방벽에서 기다리고 있는 다른 사람들이 보였다. 딕은 잔뜩 흥분하여 이 흥분을 사람들과 나누고 싶었고, 그들이 이것을 이해해주기를 바랐다. 실제로 전투 현장을 본 사람은 에이브 노스이지 딕은 아니었지만.

"그해 여름에는 이 땅을 몇 뼘 차지하려고 스무 명씩 죽어나갔지요." 딕이 로즈메리에게 말했다. 그녀는 그의 말을 듣고 육 년 동안 자란* 키 작은 나무들만 있을 뿐 헐벗은 편에 가까운 녹색 평원을 얌전하게 내다보았다. 이날 오후 딕이 지금 우리가 폭격을 당하는 중이라고 덧붙였다면 로즈메리는 그 말을 믿었을 것이다. 그녀의 사랑은 이제 마침내 불행해지기 시작하는, 절박해지기 시작하는 지점에 이르러 있었다. 그녀는 어쩌야 좋을지 몰랐다—어머니와 이야기를 하고 싶었다.

"그후로 또 많은 사람들이 죽었고 우리도 곧 모두 죽을 거야." 에이브가 위로하듯이 말했다.

로즈메리는 긴장한 채 딕이 말을 이어가기를 기다렸다.

---

* 제1차세계대전은 1919년에 끝났고 소설 속 현시점은 1925년이다.

"저기 저 작은 냇물을 봐요—저기까지 걸어서 이 분이면 갈 수 있습니다. 하지만 영국군이 저기까지 가는 데는 한 달이 걸렸어요—제국 전체가 앞에서는 죽어나가고 뒤에서는 앞으로 밀면서 느릿느릿 걸어갔지요. 또다른 제국은 피 묻은 주검을 바닥 깔개처럼 백만 구 깔아놓고 하루에 몇 인치씩 천천히 뒷걸음질쳤어요. 이 세대에는 어떤 유럽인도 다시는 그러지 못할 겁니다."

"왜, 터키에서 끝이 난 것도 바로 얼마 전인데." 에이브가 말했다. "그리고 모로코에서도……"

"그건 다르지. 이 서부전선의 상황은 다시 되풀이될 수 없어. 아주 오랫동안. 젊은 사람들은 그럴 수 있다고 생각하지만, 사실은 그럴 수 없어. 제1차 마른전투는 또 할 수 있겠지만 이건 안 돼. 여기에는 종교가 걸려야 했고, 긴 세월에 걸쳐 이루어진 엄청난 보증이 수도 없이 필요했고, 계급들 사이에 정확하게 당시와 같은 관계가 설정되어야 했어. 러시아군과 이탈리아군은 이 전선에서 아무 쓸모가 없었어. 여기에는 기억할 수 없는 옛날로부터 전해내려오는, 마음에서 우러나온 정서적 장치가 있어야 했어. 크리스마스를 기억해야 했고, 황태자와 그의 약혼녀의 그림엽서를 기억해야 했고, 발랑스의 작은 카페와 운터덴린덴의 옥외 맥줏집과 프랑스 시청에서의 결혼식을 기억해야 했고, 더비 경마에 갔던 일을 기억해야 했고, 할아버지의 구레나룻을 기억해야 했어."

"1865년에 그랜트 장군이 피터즈버그에서 이런 종류의 전투를 만들어냈지."

"아니, 그게 아니야—그랜트가 만들어낸 건 그저 집단 살육일 뿐이야. 이런 종류의 전쟁은 루이스 캐럴과 쥘 베른과 누구인지 몰라도 『운

디네』를 쓴 사람, 그리고 볼링을 하는 시골 부사제와 마르세유의 대모들과 뷔르템베르크와 베스트팔렌의 뒷골목에서 유혹을 당한 젊은 여자들이 만들어낸 거야. 봐, 이건 사랑의 전투였네—이곳에서 중간계급의 한 세기에 걸친 사랑이 소진되었지. 이것이 마지막 사랑의 전투였어."

"자네는 이 전투를 D. H. 로런스에게 넘기고 싶어하는군." 에이브가 말했다.

"나의 모든 아름답고 예쁘고 안전한 세계가 이곳에서 고성능 폭약 같은 사랑이 터지며 불어닥친 강한 질풍과 함께 날아가버렸어." 딕은 집요하게 애도의 분위기를 이어갔다. "그게 사실 아닌가요, 로즈메리?"

"모르겠어요." 그녀는 무거운 얼굴로 대답했다. "딕은 모르시는 게 없네요."

그들은 다른 사람들 뒤에 처졌다. 갑자기 흙덩어리와 자갈이 소나기처럼 퍼부었다. 에이브가 다음 방벽에서 소리쳤다.

"나는 다시 전쟁의 정신에 사로잡혔다. 내 뒤에는 백 년에 걸친 오하이오의 사랑이 있다. 나는 이 참호를 폭파시키겠다." 그의 머리가 둑 위로 튀어나왔다. "자네는 죽었어—규칙 몰라? 방금 그건 수류탄이었다고."

로즈메리는 웃음을 터뜨렸고 딕은 보복을 하려고 돌을 한줌 집어들었다가 도로 내려놓았다.

"여기서 장난을 칠 수는 없지." 그가 사과하는 투로 말했다. "은줄이 풀어지고 금그릇이 깨졌지만,* 나 같은 늙은 낭만주의자가 그걸 어쩌지

* 「전도서」 12장 6절.

는 못하지."

"나도 낭만주의자예요."

깔끔하게 복구된 참호에서 나오니 뉴펀들랜드 전사자 추모비가 앞에 서 있었다. 로즈메리는 비문을 읽다가 갑자기 울음을 터뜨렸다. 대부분의 여자들처럼 그녀도 자신이 어떻게 느껴야 하는지 가르침받는 걸 좋아했으며, 딕이 터무니없는 것과 슬픈 것을 구분해주는 게 좋았다. 그러나 무엇보다도 자신이 그를 사랑한다는 것을 그가 알아주기를 바랐다. 지금은 그 사실로 인해 모든 것이 뒤죽박죽이었기 때문이고, 짜릿한 꿈 속에서 전장을 걷고 있었기 때문이다.

그뒤에 그들은 아미앵으로 돌아가려고 차에 올라타 출발했다. 새로 자란 볼품없는 숲과 덤불 위로 가늘고 따뜻한 비가 떨어졌고, 그들은 육 년 동안 땅에 버려져 있다 수거된 불발탄, 탄피, 폭탄, 수류탄, 장비, 철모, 총검, 개머리판, 썩은 가죽들이 거대한 화장용 장작더미처럼 쌓여 있는 곳을 지나갔다. 그러다 모퉁이를 도는 순간 묘석들이 하얀 포말처럼 올라온 거대한 무덤의 바다가 보였다. 딕이 운전사에게 멈추어 달라고 말했다.

"그 아가씨가 있군—여전히 화환을 들고 있어."

그들은 딕이 차에서 내려 젊은 여자에게 다가가는 것을 보았다. 여자는 화환을 손에 든 채 정문 옆에 어쩔 줄 모르고 서 있었다. 그녀의 택시가 기다리고 있었다. 오늘 아침에 기차에서 만난 테네시 출신의 붉은 머리 여자로, 오빠의 무덤에 기념물을 바치려고 녹스빌에서부터 온 것이었다. 그녀는 애가 타서 눈물을 흘리고 있었다.

"육군부에서 번호를 잘못 알려준 게 분명해요." 여자가 훌쩍였다.

"가보니 다른 이름이더라고요. 두시부터 찾았지만 무덤이 너무 많아서."

"내가 아가씨라면 이름을 보지 않고 아무 무덤에나 그걸 올려놓겠습니다." 딕이 조언했다.

"제가 그래야 한다고 생각하세요?"

"오빠는 그래주기를 바랄 것 같은데요."

날은 어두워지고 빗줄기는 굵어졌다. 여자는 문으로 들어가서 첫번째로 나온 무덤에 화환을 올려놓고, 딕의 제안을 받아들여 택시는 보내고 그들과 함께 아미앵으로 가기로 했다.

로즈메리는 그 작은 불행을 들었을 때 또 눈물을 흘렸다—전체적으로 눈물이 많은 날이었지만, 그래도 정확히 뭔지는 몰라도 뭔가를 배운 듯한 느낌이었다. 나중에 그녀는 그날 오후의 모든 시간이 행복했다고 기억했다—특별한 사건이 없어 그 순간에는 그저 과거의 기쁨과 미래의 기쁨을 잇는 고리에 지나지 않는 듯 보였지만 나중에 가서 그 자체가 기쁨이었던 것으로 드러나는 그런 시간이었다.

아미앵은 소리가 울려퍼지는 자주색 도시로, 몇몇 철도역, 예를 들어 파리 북역과 런던 워털루역처럼 아직 전쟁의 슬픔이 깔려 있었다. 낮에 이런 도시에 가면 기운이 빠진다. 성당 앞의 자갈을 깔아놓은 커다란 회색 광장을 이십 년 전의 작은 전차가 가로지르고 있다. 날씨 자체가 과거의 특성을 지닌 듯, 낡은 사진처럼 바랜 느낌이다. 그러나 어둠이 깔리고 나면 프랑스 생활에서 가장 만족스러운 것들이 모두 다시 사진 속으로 밀려들어온다—활기 넘치는 헤픈 여자들, 카페에서 수도 없이 '그렇지'를 외치며 말다툼하는 남자들, 머리를 맞대고 어디에도 없는 만족스럽고 값싼 곳을 찾아 떠도는 쌍쌍들. 그들은 기차를 기다리며 커다란 아케이드 안에 앉아 있었다. 아케이드는 연기와 잡담과 음악을 위로 방출할 만큼 천장이 높았으며, 오케스트라가 친절하게 〈네, 바나나는 없어요〉를 연주하기 시작했다—지휘자 자신이 무척 즐거워하는 것 같아 그들은 박수를 쳤다. 테네시 아가씨도 슬픔을 잊고 즐거워했다. 열대식으로 눈을 흘기고 손으로 건드리며 딕과 에이브에게 아양을 떨기도 했다. 그들도 가볍게 받아넘기며 그녀를 놀렸다.

이윽고 뷔르템베르크 부대, 프로이센 근위대, 알프스 산악보병들, 맨체스터 공장 노동자들, 이튼 졸업생들 가운데 작디작은 부분이 따뜻한 비를 맞으며 계속 영원히 해체되어가도록 내버려둔 채 그들은 파리행 기차를 탔다. 기차역 식당에서 만든, 모르타델라 소시지와 벨 파에제 치즈를 넣은 샌드위치를 먹고, 보졸레를 마셨다. 니콜은 멍한 표정으로 불안하게 입술을 깨물며 딕이 가져온 전장 안내책자들을 읽었다—사실 그는 그 전투 전체를 미리 잠깐 공부해두었다. 그런 후 단순하게 만드는 과정을 거듭했기 때문에, 그것은 결국 어딘지 모르게 그가 여는 파티와 닮았다는 느낌을 주게 되었다.

14

파리에 도착했을 때 니콜은 너무 피곤해서 계획과는 달리 장식예술 전람회의 조명쇼를 보러 갈 수 없었다. 그들은 니콜을 루아 조르주 호텔에 내려주었다. 유리문 밖으로 비치는 로비의 불빛들이 만들어내는 서로 엇갈리는 평면들 사이로 니콜이 사라지자 로즈메리를 짓누르던 압박감도 사라졌다. 니콜은 하나의 힘—그녀의 어머니와는 달리 반드시 호의적이거나 예측 가능하다고 할 수는 없는—엄청난 힘이었다. 로즈메리는 그녀를 약간 두려워했다.

열한시에 로즈메리는 딕, 노스 부부와 함께 센강에 막 문을 연 수상 카페에 자리를 잡았다. 강은 다리의 불빛을 받아 희미하게 반짝이며 차가운 달을 여러 개 끌어안고 몸을 흔들었다. 파리에 살던 시절 로즈메리는 일요일이면 가끔 어머니와 함께 작은 기선을 타고 쉬렌까지 올라가며 미래의 계획을 이야기하곤 했다. 그때는 돈이 거의 없었지만 스피어스 부인은 로즈메리의 아름다움에 확신을 갖고 그녀에게 아주 큰 야심을 심어주었으며, 딸의 '우월한 점'에 기꺼이 돈을 걸었다. 로즈메리는 로즈메리대로 첫걸음을 내딛게 되었을 때 어머니에게 보답을 했다……

파리에 도착한 이후로 에이브 노스는 와인 빛깔의 얇은 모피를 두르고 다니는 것 같았다. 눈은 햇빛과 와인 때문에 충혈된 상태였다. 그가 술을 마시러 늘 술집을 들락거린다는 걸 처음으로 알게 된 로즈메리는 메리 노스가 그것을 어떻게 받아들이는지 궁금했다. 메리는 말이 없었다. 자주 웃음을 터뜨릴 뿐 너무 말이 없어 로즈메리는 그녀에 관해서는 알아낸 게 거의 없었다. 뒤로 빗어넘겨 자연스러운 작은 폭포를 이루며 정리된 곧고 거무스름한 머리는 마음에 들었다—가끔 머리카락이 나풀거리며 비스듬하게 흘러내려와 관자놀이를 스치면서 거의 눈에 이를 때면 그녀는 머리를 뒤로 젖혔고, 그러면 머리카락은 다시 제자리를 찾았다.

"우리 오늘밤에는 일찍 들어가 쉬기로 해요, 에이브. 이것만 마시고." 메리의 목소리는 가벼웠지만 근심이 언뜻언뜻 비쳤다. "배 위에서 찬물을 뒤집어쓰는 일은 당신도 원치 않을 것 아니에요."

"이제 꽤 늦었는걸." 딕이 말했다. "다 같이 일어나는 게 좋겠어."

고상하고 위엄 있는 에이브의 얼굴에 어떤 고집스러움이 나타났다. 그가 단호하게 말했다.

"아, 아니야." 그가 엄숙한 표정으로 잠시 말을 끊었다. "아, 아니야, 아직 아니야. 샴페인 한 병만 더 마시는 거야."

"나는 이제 됐네." 딕이 말했다.

"나는 로즈메리에게 말한 거야. 로즈메리는 타고난 알코올중독자지—욕실에 진 한 병을 보관해두고 그러거든—로즈메리 어머니가 다 말해줬어."

에이브는 첫번째 병에 남은 것을 로즈메리의 잔에 다 따랐다. 로즈메리는 파리에 온 첫날 레모네이드를 잔뜩 마시고 속이 몹시 안 좋았기 때문에 그뒤로는 그들과 있을 때 아무것도 먹지 않았지만, 지금은 샴페인잔을 들어올려 마시려 했다.

"어라, 이게 뭐야?" 딕이 소리쳤다. "술 안 마신다고 했잖아요."

"절대 마시지 않을 거라고는 안 했어요."

"어머니가 뭐라 하실 텐데."

"이거 한 잔만 마실 거예요." 로즈메리는 그 술을 마시는 것이 어쩐지 불가피하다고 느끼고 있었다. 딕은 술을 마셨다. 지나치게 많이 마시지는 않았지만 어쨌든 마셨다. 어쩌면 이 술이 그녀를 그와 가깝게 만들지도 몰랐다. 그녀가 해야 할 일을 하기 위한 준비 가운데 하나가 될지도 몰랐다. 그녀는 빠르게 들이켜다 목이 멨다. 이윽고 그녀가 말했다. "게다가, 어제는 내 생일이었어요—이제 열여덟이에요."

"왜 말하지 않았어?" 사람들이 분개했다.

"여러분이 그걸 큰일처럼 생각하고 그러다보면 내가 폐를 많이 끼치게 되리라는 걸 알았거든요." 그녀는 샴페인을 마저 마셨다. "이걸로 축하하고 끝내요."

"물론 그렇게는 안 되지." 딕이 그녀에게 분명하게 말했다. "내일 저녁이 로즈메리의 생일 파티가 될 거니까 잊지 말아요. 열여덟—이야, 그거 정말 중요한 나인데."

"나는 열여덟이 되기 전에는 아무래도 상관없다고 생각하곤 했어요." 메리가 말했다.

"맞아." 에이브도 맞장구를 쳤다. "하지만 그뒤에도 똑같지."

"에이브는 배를 타기 전에는 아무래도 상관없다고 생각해요." 메리가 말했다. "이번에는 뉴욕에 가서 뭘 할지 정말로 계획을 다 짜놓았더라고요." 그녀는 마치 자신에게는 이제 아무런 의미가 없는 것들을 말하는 것이 지겹다는 듯이, 그녀와 남편이 따랐던, 아니, 따르지 못한 길이 현실에서는 모두 그저 작정으로만 끝나버리고 만 것처럼 말했다.

"저이는 미국에 가서 곡을 쓰고 나는 뮌헨에서 노래 공부를 할 거예요. 그래서 다시 만나면 둘이 못할 일이 없겠죠."

"멋져요." 로즈메리는 샴페인 기운을 느끼며 맞장구를 쳤다.

"자, 로즈메리에게 샴페인을 조금 더. 그럼 로즈메리도 림프샘의 활동을 술 탓이라고 더 쉽게 합리화할 수 있을 거야. 림프샘은 열여덟이 돼야 비로소 기능을 시작하지."

딕은 너그럽게 에이브를 향해 웃음을 터뜨렸다. 그는 에이브를 사랑했고, 오래전에 이미 그에 대한 희망을 버렸다. "그건 의학적으로 부정확한 이야기야. 어쨌든 우린 갈 걸세." 에이브는 그에게서 은근한 윗사람 행세를 눈치채고 가볍게 대꾸했다.

"어쩐지 자네가 과학 논문을 완성하는 것보다 내 음악이 브로드웨이에 올라가는 게 훨씬 빠를 것 같은데."

"그러길 바라지." 딕이 차분하게 말했다. "그러기를 바라. 나는 심지어 자네가 말한 내 '과학 논문'을 포기할지도 모르네."

"오, 딕!" 메리는 깜짝 놀라 충격을 받은 목소리였다. 로즈메리는 딕의 얼굴에서 표정이 완전히 사라진 것을 처음 보았다. 그래서 그 발언이 뭔가 중대한 것이라고 느꼈으며, 메리처럼 "오, 딕!" 하고 소리치고 싶었다.

그러나 딕이 갑자기 다시 웃음을 터뜨리며 말을 덧붙였다. "—그건 포기하고 다른 걸 쓴다는 거지." 그는 자리에서 일어났다.

"하지만 딕, 앉아봐. 알고 싶은 게 있는데……"

"언젠가 말해주지. 잘 자게, 에이브. 잘 자요, 메리."

"안녕히 가세요, 딕." 메리는 남은 사람이 거의 없는 보트에 그렇게 앉아 완벽한 행복을 누리겠다는 듯이 웃음을 지었다. 그녀는 용감하고 낙천적인 여자였다. 그녀는 남편을 따라 어딘가로 가면서 이런 사람 저런 사람으로 자신을 바꾸고 있었지만, 남편을 그의 길에서 단 한 걸음도 끌어내지 못했다. 오히려 가끔 그녀가 나아갈 방향이 꽁꽁 싸놓은 비밀로서 남편의 가슴속 깊숙이 감추어져 있다는 사실을 깨닫고 낙담하곤 했다. 그럼에도 그녀에게는 행운의 분위기가 감돌았다. 그녀 자신이 행운의 증표이기나 한 것처럼……

15

"뭘 포기하신다는 거예요?" 로즈메리가 택시에서 진지한 표정으로 딕을 마주보며 물었다.

"별거 아니야."

"과학자세요?"

"의학박사지."

"오-오!" 로즈메리는 기뻐서 웃음을 지었다. "우리 아버지도 의사였는데. 그런데 왜—" 그녀는 말을 멈추었다.

"비밀 같은 건 없어. 한창때 불명예스러운 일이라도 당해 리비에라에 숨거나 한 건 아니니까. 그저 진료를 하지 않을 뿐이야. 알 수 없지, 언젠가 다시 진료를 하게 될지도."

로즈메리는 키스를 받으려고 조용히 얼굴을 들어올렸다. 그는 이해 못하겠다는 듯 잠시 그녀를 보았다. 그러더니 한 팔로 그녀를 안고 그녀의 부드러운 뺨에 자기 뺨을 비비고 나서 다시 한참 그녀를 굽어보았다.

"정말 사랑스러운 아이야." 딕이 엄숙한 표정으로 말했다.

로즈메리는 딕을 쳐다보며 웃음을 지었다. 으레 그러듯이 그녀의 두 손은 그의 코트 옷깃을 어루만지고 있었다. "나는 딕과 니콜을 사랑하게 되었어요. 사실 그건 나만의 비밀이에요—누구에게도 이야기할 수 없어요. 두 분이 얼마나 멋진지 더 많은 사람들이 아는 걸 바라지 않거든요. 솔직히—나는 딕과 니콜을 사랑해요—정말로."

—딕은 이런 말을 수도 없이 들었다—심지어 말하는 방식도 똑같았다.

갑자기 그녀가 그에게 다가갔다. 그의 두 눈의 초점 안으로 들어가면서 그녀의 어린 모습이 사라져버렸다. 그는 로즈메리의 나이는 아무래도 좋다는 듯이 숨가쁘게 입을 맞추었다. 이윽고 로즈메리가 그의 팔에 기대 누우며 한숨을 쉬었다.

"딕을 포기하기로 결심했어요." 그녀가 말했다.

딕은 깜짝 놀랐다—로즈메리가 내 어떤 부분을 소유하고 있다고 암시하는 말을 내가 했던가?

"하지만 그건 아주 못된 짓인데." 딕은 그런대로 가볍게 들리도록 말할 수 있었다. "나는 이제 막 관심을 가지게 되었는데."

"나는 딕을 무척 사랑했어요—" 마치 오랜 세월 그랬다는 것 같았다. 로즈메리는 이제 조금 울고 있었다. "무-우-척 사랑했어요."

웃음을 터뜨려야 하는 대목이었으나, 딕은 자기도 모르게 말하고 있었다. "로즈메리는 아름다울 뿐 아니라 어쩐지 아주 큰 사람이라는 느낌이 들어. 무엇을 하든, 사랑에 빠진 척하든 아니면 수줍은 척하든 다 통해."

니콜과 함께 산 향수 냄새가 풍기는 어두운 동굴 같은 택시 안에서 로즈메리는 그에게 다시 바싹 다가가 매달렸다. 그는 키스를 하면서도 그것을 즐기지 못했다. 열정이 있다는 것은 알았다. 그러나 그녀의 눈이나 입에는 열정의 그늘이 전혀 없었기 때문이다. 그녀의 숨결은 샴페인을 살짝 뿌려놓은 듯했다. 그녀가 간절하게 더 가까이 매달리자 그는 다시 한번 키스를 했으나 그녀의 키스의 순수함에, 입술이 닿는 순간 그를 넘어 밤의 어둠, 세계의 어둠을 내다보는 눈길에 몸이 싸늘해졌다. 광채는 심장에 있는 어떤 것임을 그녀는 아직 모르고 있었다. 그녀가 그것을 깨닫고 우주의 열정 속으로 녹아들어가는 순간 그는 아무런 의문이나 후회 없이 그녀를 받아들일 수 있을 터였다.

그녀의 호텔방은 다이버 부부의 방에서 대각선으로 건너편이었으며, 엘리베이터에서 더 가까웠다. 방문에 이르렀을 때 그녀가 갑자기 말했다.

"나를 사랑하지 않는다는 걸 알아요—기대하지도 않고요. 하지만 아까 내가 생일 이야기를 미리 하지 않았다고 뭐라고 하셨죠? 그래도 어쨌든 하기는 했잖아요. 그러니 이제 생일 선물로 내 방에 잠깐 들어왔으면 좋겠어요. 할 이야기가 있어요. 잠깐이면 돼요."

그들은 안으로 들어갔다. 딕이 문을 닫았다. 로즈메리는 그에게 가까이 서 있었지만 손을 대지는 않았다. 밤이 그녀의 얼굴에서 색깔을 앗아갔다—그녀는 이제 아주 창백했다. 댄스파티 뒤에 남은 흰 카네이션이었다.

"로즈메리가 웃음을 지을 때면—" 딕은 이제 아버지 같은 태도를 되찾았다. 소리는 들리지 않지만 니콜이 가까이 있기 때문인지도 몰랐다. "늘 젖니가 빠진 곳이 보이는 것 같아."

그러나 이미 늦었다—로즈메리가 바싹 다가와 쓸쓸하게 소곤거렸기 때문이다.

"해주세요."

"뭘 해줘?"

딕은 놀라서 몸이 굳어버렸다.

"어서요." 로즈메리가 소곤거렸다. "아, 제발 어서요. 사람들이 하는 게 뭐든 간에. 그게 내 마음에 들지 않는다 해도 상관없어요—마음에 들 거라고 생각한 적도 없어요—생각하는 것조차 늘 싫어했어요. 하지만 지금은 안 그래요. 딕이 해주기를 바라요."

로즈메리는 자기 자신에게 깜짝 놀랐다—자신이 이렇게 말할 수 있을 거라고 상상해본 적이 없었다. 그녀가 수녀원 부속 학교에서 보낸 십 년 동안 읽고, 보고, 꿈꾼 것들이 떠오르고 있었다. 갑자기 그녀는 이것이 자신의 가장 큰 역할 가운데 하나라는 것을 깨닫고, 그 역에 더 정열적으로 뛰어들었다.

"이래서는 안 되지." 딕이 신중하게 말했다. "그저 샴페인 때문에 이러는 거 아닌가? 이제 그만하자고."

"아, 아니에요. 지금. 지금 해주면 좋겠어요, 해줘요, 보여줘요, 나는 온전히 당신 거예요. 그러고 싶어요."

"우선, 이게 니콜한테 얼마나 상처를 줄지 생각해봤어?"

"니콜은 모를 거예요—이건 니콜하고는 아무런 관계가 없어요."

딕은 상냥하게 말을 이어갔다.

"그리고 내가 니콜을 사랑한다는 사실이 있잖아."

"하지만 딱 한 사람만 사랑할 수 있는 건 아니잖아요, 안 그래요? 내가 어머니를 사랑하면서 당신을 사랑하는 것처럼—더 사랑하는 것처럼. 지금은 당신을 더 사랑해요."

"—그리고 네번째로, 네가 지금은 나를 사랑하지 않지만 나중에 사랑하게 될 수도 있잖아. 그러면 네 인생은 엉망인 상태에서 시작하는 꼴이 되는 거야."

"아니, 다시는 당신을 안 보겠다고 약속할게요. 어머니를 불러서 바로 미국으로 갈게요."

딕은 그 말을 묵살했다. 그녀의 입술의 젊음과 생기를 자신이 너무 생생하게 기억하고 있었다. 그는 말투를 바꾸었다.

"너는 그냥 지금 그런 기분에 사로잡혔을 뿐이야."

"아, 제발, 아기를 갖는다 해도 상관없어요. 영화사의 여자애처럼 멕시코로 갈 수도 있어요. 아, 이건 내가 지금까지 생각했던 어떤 것과도 달라요—전에는 사람들이 나한테 진지하게 키스하면 싫었거든요." 딕은 로즈메리가 여전히 이 일을 반드시 해내고야 말겠다는 생각을 하고 있다는 것을 알았다. "그 가운데 몇 명은 이가 아주 컸어요. 하지만 당신은 완전히 다르고 아름다워요. 당신이 해줬으면 좋겠어요."

"사람들이 키스하는 방식이 다 다르다고 생각하니까 나한테도 한번 해보라는 것 같은데."

"아, 놀리지 마세요—나는 아기가 아니에요. 딕이 나를 사랑하지 않는다는 건 나도 알아요." 그녀는 갑자기 겸손해지고 차분해졌다. "나도 그 정도는 예상했다고요. 나도 내가 딕의 눈에는 있으나마나 한 사람으로 보일 거라는 걸 알아요."

"말도 안 돼. 하지만 어려 보이는 건 사실이야." 그는 머릿속으로 덧붙였다. "—너한테 가르쳐줘야 할 게 아주 많을 것 같아."

로즈메리는 기다렸다. 딕이 입을 열 때까지 진지한 표정으로 숨만 쉬고 있었다. "그리고 마지막으로 이게 네가 원하는 대로 되기에는 그럴 만한 조건이 마련되지가 않았어."

로즈메리는 당황하고 실망하여 풀이 죽었고 딕은 반사적으로 말했다. "우리는 그냥 단순하게……" 그는 말을 중단하고 그녀를 따라 침대로 가서 그녀가 우는 동안 옆에 앉아 있었다. 딕은 갑자기 혼란을 느꼈다. 이 일의 윤리 때문이 아니었다. 이 일이 불가능하다는 것은 어느 면에서 보나 금세 드러났다. 그럼에도 그냥 혼란스러웠다. 그래서 순간적으로 평소의 품위, 균형에서 오는 장력張力이 사라졌다.

"이러실 줄 알았어요." 로즈메리는 흐느꼈다. "그냥 허망한 희망이었을 뿐이에요."

딕은 일어섰다.

"잘 자라, 얘야. 이건 젠장, 부끄러운 일이야. 그냥 잊어버리기로 하자." 그런 뒤에 그는 병원에서 잘 자라고 다독일 때 흔히 쓰는 주문을 두 줄 남겼다. "아주 많은 사람들이 너를 사랑할 거고, 또 네가 첫사랑을 말짱한 채로 만나는 것도 좋은 일이잖아, 감정적으로도 말이야. 구식 사고방식이지, 좀?" 로즈메리는 그를 쳐다보았고, 그는 문 쪽으로 한 걸음 내디뎠다. 그녀는 그를 보고 있었지만 그의 머릿속에 무엇이 있는지는 전혀 알지 못했다. 그가 느린 동작으로 한 걸음 더 내딛다가 몸을 돌려 그녀를 다시 보는 것이 눈에 들어왔다. 잠시 그를 안고 삼켜버리고 싶었다. 그의 입, 그의 귀, 그의 옷깃을 원했다. 그를 완전히 감싸고, 그를 완전히 가두어버리고 싶었다. 그의 손이 손잡이를 잡는 게 보였다. 이내 그녀는 포기하고 침대에 쓰러졌다. 문이 닫히자 그녀는 일어서서 거울 앞으로 가, 코를 조금 훌쩍거리며 머리를 빗기 시작했다. 로즈메리는 평소처럼 백오십 번 빗은 다음 백오십 번을 더 빗었다.

팔이 아플 때까지 빗고, 팔을 바꾸어 또 빗었다……

16

로즈메리는 차갑게 식은 몸으로 수치감을 느끼며 잠에서 깼다. 거울에 비친 자신의 아름다움을 보아도 안심이 되기는커녕 어제의 아픔만 생각날 뿐이었다. 어머니가 전해준 편지, 지난가을 그녀를 예일 대학 댄스파티에 데려가준 남자아이가 지금 파리에 있다고 알리려고 보낸 그 편지도 도움이 되지 않았다—그 모든 것이 멀게 느껴졌다. 로즈메리는 방을 나와 다이버 부부를 만나는 시련, 귀찮은 일까지 겹쳐 더욱 무겁게 느껴지는 그 시련에 맞섰다. 하지만 니콜과 함께 가봉을 하러 다닐 때 그 문제는 니콜의 덮개만큼이나 뚫고 들어갈 수 없는 덮개로 감추어져 있었다. 니콜이 당황해서 제정신이 아니었던 여점원 이야기를 할 때는 위안이 되기도 했다. "사람들은 대부분 자기 자신에 관해 남들이 실제보다 더 민감하게 느낀다고 생각해요—자신에 관한 다른 사람들의 의견이 좋게 보는 것과 나쁘게 보는 것 사이에서 커다란 호를 그리며 격렬하게 왔다갔다한다고 생각하는 거죠." 보통 대범한 편인 로즈메리는 어제였다면 그런 말을 못마땅하게 여겼을 것이다—그러나 오늘은 벌어진 일을 최소화하고 싶은 마음 때문에 그 말을 열렬히 환영했다. 그녀는 니콜의 아름다움과 지혜에 감탄했고, 생전 처음으로 질투를 느꼈다. 고스의 호텔을 떠나기 전 어머니는 지나가는 말—로즈메리는 거기에 어머니의 가장 의미심장한 의견들이 감춰져 있다는 것을 알고 있었다—처럼 니콜이 대단한 미인이라고 말했는데, 그 말엔 로즈메리는 그렇지 못하다는 뜻이 솔직하게 내포되어 있었다. 그러나 로즈메리는 그 말에 마음을 쓰지 않았다. 자신이 매력적이라는 사실도 최근에야 조심스럽게 알게 되었다. 그래서 자신의 예쁜 모습도 결코 그녀 자신의 것으로 느껴지지 않고, 마치 프랑스어 실력처럼 나중에 얻은 것 같았다. 그럼에도 택시에서 로즈메리는 니콜을 보며 자신을 그녀와 비교해보았다. 그 어여쁜 몸과, 어느 때는 꼭 다물려 있고 어느 때는 뭔가 기대하듯이 세상을 향해 반쯤 열려 있는 섬세한 입에는 로맨틱한 사랑을 향한 잠재력이 한껏 담겨 있었다. 니콜은 어렸을 때도 미인이었으며, 나중에 높이 자리잡은 광대뼈들을 덮은 피부가 팽팽하게 늘어나도 미인일 터였다—기본적인 구조가 갖춰져 있었기 때문이다. 그녀는 백인-색슨족-블론드였지만 머리카락이 구름 같았을 때보다 지금처럼 색이 어두워지니 더 아름다웠다. 전에는 머리카락이 그녀보다 더 아름다웠다.

"우린 저기 살았어요." 로즈메리가 갑자기 생페르 거리의 한 건물을 가리켰다.

"묘한 일이네. 나는 열두 살 때 어머니하고 베이비하고 저기서 겨울을 보낸 적이 있는데." 그녀는 거리를 사이에 두고 바로 건너편에 있는 호텔을 가리켰다. 두 건물의 우중충한 앞면이 그들을 물끄러미 바라보고 있었다. 소녀 시절의 잿빛 메아리였다.

"막 레이크포리스트 집을 지은 터라 절약을 할 때였거든요." 니콜이 말을 이어갔다. "어쨌든 베이비하고 나하고 가정교사는 절약을 했어요. 어머니는 여행을 다녔지만."

"우리도 절약을 했어요." 로즈메리는 말하는 순간 그 말이 그들에게는 의미가 다르다는 걸 깨달았다.

"어머니는 늘 아주 조심스럽게 저걸 작은 호텔이라고 불렀어요—" 니콜은 매력적인 작은 웃음을 짧게 터뜨렸다. "—그러니까 '싸구려' 호텔이라고 말하지 않았다는 거예요. 잘사는 친구들이 우리 주소를 물으면 우리는 절대 이렇게 말하지 않았어요. '우리는 수돗물이 나오는 것만 해도 고마운 깡패 동네의 우중충한 작은 구덩이 같은 곳에 살아'—대신 이렇게 말하곤 했죠. '우리는 작은 호텔에 살아.' 큰 호텔은 죄다 우리가 살기에는 너무 시끄럽고 천박하다는 듯이 말이에요. 물론 친구들은 늘 다 꿰뚫어보고 동네방네 소문을 내고 다녔지만, 어머니는 늘 그렇게 해야 우리가 유럽에 익숙하다는 걸 보여줄 수 있다고 말했어요. 어머니는 물론 익숙하셨죠. 독일 국민으로 태어났으니까. 하지만 외할머니는 미국인이었고 어머니는 시카고에서 자랐어요. 유럽인이라기보다는 미국인이었죠."

이제 이 분 뒤면 다른 사람들을 만날 예정이었다. 로즈메리는 뤽상부르공원 건너편 기느메르 거리에서 택시를 내리면서 다시 한번 자신을 다잡았다. 그들은 울창한 녹색 나뭇잎들보다 높은 층에 있는 노스의 아파트에서 점심을 먹기로 했다. 짐은 이미 다 빼낸 빈집이었다. 로즈메리에게는 이날이 전날과 완전히 다르게 느껴졌다—그녀가 그의 얼굴을 정면으로 보았을 때 둘의 눈길이 만나더니 새의 날개처럼 스쳐지나갔다. 그뒤로 모든 것이 괜찮았고, 모든 것이 멋졌다. 그녀는 그가 자신을 사랑하기 시작했다는 것을 알았다. 그녀는 미칠 듯이 행복했고, 펌프질을 한 듯 따뜻한 감정의 즙이 몸 전체로 퍼져나가는 느낌이었다. 그녀 안에서 서늘하고 맑은 자신감이 깊이 자리를 잡으면서 노래를 부르고 있었다. 그녀는 딕 쪽을 거의 보지 않았지만 모든 것이 괜찮다는 것을 알았다.

점심식사 뒤 다이버 부부와 노스 부부와 로즈메리는 프랑코-아메리칸 영화사에 갔다. 로즈메리가 전화를 했던 뉴헤이븐*에서 온 청년 콜리스 클레이도 합류했다. 그는 조지아 사람이었으나, 북부에서 교육받은 남부 사람들 특유의 질서 잡힌, 심지어 형판型板으로 찍어낸 듯한 느낌을 주는 사고방식의 소유자였다. 지난겨울 로즈메리는 그가 매력적이라고 생각했다—한번은 뉴헤이븐에서 뉴욕으로 가는 자동차 안에서 손을 잡기도 했다. 그러나 이제 그녀에게 그는 존재하지 않았다.

영사실에서 기술자가 〈아빠의 딸〉의 릴을 거는 동안 로즈메리는 콜리스 클레이와 딕 사이에 앉았다. 프랑스인 영화사 간부는 그녀 주위에서 퍼덕거리며 미국 속어를 써가면서 이야기하려고 애를 쓰고 있었다. 영사기에 문제가 생기자 그가 말했다. "그래, 꼬마야. 나한테는 베네나가 없어."** 이윽고 불이 꺼지고 갑자기 딸깍 소리와 함께 지지직거리는 소리가 나자, 그녀는 마침내 딕과 단둘이 있게 되었다. 그들은 반쯤 어두워진 곳에서 서로 마주보았다.

"나의 로즈메리." 그가 중얼거렸다. 그들의 어깨가 스쳤다. 니콜이 끝자리에서 불안하게 몸을 들썩였고 에이브가 발작적으로 기침을 하며 코를 풀었다. 이윽고 모두 잠잠해지고 영화가 시작되었다.

그녀가 나왔다—일 년 전의 학생 모습이었다. 등뒤로 드리운 머리

---

* 예일 대학의 소재지.

** 〈네, 바나나는 없어요〉라는 1920년대 초 미국 히트곡을 빗대서 한 말.

는 타나그라인형의 단단한 머리카락처럼 뻣뻣하게 물결치며 퍼져나갔다. 그녀가 나왔다—정말 어리고 순수했다—어머니의 애정 어린 보호의 산물이었다. 그녀가 나왔다—미국인들의 미성숙함의 상징으로서, 그들의 매춘부 같은 텅 빈 마음 앞을 지나갈 새 종이인형 노릇을 하고 있었다. 로즈메리는 그 드레스를 입었을 때 어떤 느낌이었는지 기억이 났다. 닳지 않은 새 실크를 입으니 자신도 특별히 싱싱하고 새로워진 느낌이었다.

아빠의 딸. 쪼그맣고 용감한 아이네? 아이가 고생을 하네? 우우-우우-기여워, 정말 기여운 아이, 저 아이 넘 기여운 거 아냐? 그녀의 아주 작은 주먹 앞에서 욕정과 부패의 힘들은 멀리 굴러가버렸다. 아니, 운명의 행진 자체가 멈추었다. 불가피한 것이 피할 수 있는 것이 되었다. 삼단논법, 변증법, 모든 합리성이 무너져내렸다. 여자들은 집에서 설거짓거리를 잊고 울었다. 영화 속에서도 한 여자가 너무 오래 우는 바람에 로즈메리에게 가야 할 시선을 빼앗을 뻔했다. 그녀는 엄청난 돈을 들인 세트 도처에서 울었다. 덩컨 파이프 가구가 놓인 만찬장에서도, 공항에서도, 딱 두 번 플래시 컷에만 사용된 요트 경주에서도, 지하철에서도, 마지막으로 욕실에서도 울었다. 그래도 로즈메리가 승리를 거두었다. 그녀의 훌륭한 인품, 용기, 한결같은 태도는 천박한 세상으로부터 공격을 당했고, 로즈메리는 아직 가면처럼 변하지 않은 얼굴로 그런 세상이 빼앗아간 것이 무엇인지 보여주었다—그 과정이 실제로 무척 감동적이어서 줄에 앉은 사람들 모두가 영화를 보면서 이따금 그녀를 동정했다. 중간에 휴식이 한 번 있어 불이 들어왔다. 칭찬하는 말들이 쏟아진 뒤 딕이 진지하게 말했다. "정말 놀랐어요. 최고의 여배우로 손꼽히게 될 겁니다."

다시 〈아빠의 딸〉로 돌아갔다. 이제 아까보다 행복한 시절이었다. 마지막은 로즈메리와 아버지가 만나는 아름다운 장면이었는데, 아버지 콤플렉스가 너무 분명하게 드러나는 바람에 딕은 모든 심리학자를 대표하여 그 지독한 감상주의에 질려버렸다. 화면이 사라지고 불이 들어왔다. 그리고 그 순간이 왔다.

"한 가지를 더 준비했어요." 로즈메리가 사람들 전체를 향해 말했다. "딕을 테스트하기로 했어요."

"뭐?"

"스크린 테스트요. 지금 찍을 거예요."

끔찍한 정적이 흘렀다—노스 부부가 참지 못하고 깔깔거렸다. 로즈메리는 딕이 그녀의 의도를 파악하려고 애쓰는 모습을 지켜보았다. 그의 얼굴은 처음에는 아일랜드인 방식으로 움직였다. 그러자 그녀는 자신이 중요한 패를 쓰는 과정에서 어떤 실수를 했다는 걸 깨달았다. 그럼에도 여전히 그 패가 잘못된 것이라고는 생각하지 않았다.

"나는 그런 테스트 받고 싶지 않아요." 딕이 단호하게 말했다. 그러더니 전체 상황을 보고 가볍게 말을 이어갔다. "로즈메리, 실망스럽네요. 영화는 여자한테는 좋은 일거리예요—하지만 맙소사, 나를 찍을 수는 없어요. 나는 사생활의 테두리 안에서만 살아가는 늙은 과학자예요."

니콜과 메리는 짐짓 기회를 놓치지 말라고 다그쳤다. 둘 다 스크린 테스트 요청을 받지 못한 것에 약간 발끈하여 딕을 놀려댔다. 그러나 딕은 배우에 대한 약간 신랄한 이야기로 그 화제를 끝냈다. "아무것도 없는 곳에 가장 힘센 경비원을 두는 법입니다. 어쩌면 텅 빈 상태가 탄

로나는 게 너무 창피해서인지도 모르지요."

로즈메리는 딕, 콜리스 클레이와 함께 택시를 타고 가는 길에—콜리스는 중간에 내려주고 딕과 로즈메리는 차를 마시러 가기로 했으며, 니콜과 노스 부부는 에이브가 마지막까지 하지 않고 미뤄둔 일을 마무리하기 위해 가지 않기로 했다—딕을 책망했다.

"테스트 결과가 좋으면 캘리포니아에 가지고 가려고 했단 말이에요. 혹시 그게 그쪽 사람들 마음에 들면 딕이 영화에서 나하고 함께 주연을 맡을 수도 있잖아요."

딕은 망연자실했다. "정말이지 멋진 생각이지만, 나는 그냥 로즈메리를 보는 쪽이 좋아요. 로즈메리는 내가 영화에서 본 가장 멋진 인물이라고 할 수 있지."

"훌륭한 영화입니다." 콜리스가 말했다. "나는 네 번 봤어요. 뉴헤이븐의 아는 애 하나는 열두 번을 봤대요—한번은 그걸 보러 하트퍼드까지 가더라고요. 그런데 내가 로즈메리를 데리고 뉴헤이븐에 가니까 너무 수줍어서 만나러 오지도 못하더군요. 놀라운 일 아닌가요? 이 작은 여자가 죄다 때려눕힌 겁니다."

딕과 로즈메리는 서로 마주보았다. 둘만 있고 싶었다. 그러나 콜리스는 상황을 파악하지 못했다.

"가시는 곳에 내려드리고 가겠습니다." 콜리스가 말했다. "나는 루테티아 호텔에 묵고 있거든요."

"먼저 내리시지요." 딕이 말했다.

"먼저 내리시는 게 더 편할 텐데요. 저는 불편할 거 전혀 없습니다."

"우리가 내려드리는 게 나을 것 같습니다."

"하지만……" 콜리스가 입을 열었다. 그러다 마침내 상황을 파악하고 로즈메리와 언제 다시 볼 수 있는지 이야기하기 시작했다.

마침내 콜리스가 사라졌다. 그늘에 가려 있고 중요하지 않았지만 그럼에도 불쾌한 제삼자의 존재감이 사라진 것이다. 딕이 알려준 주소에 택시가 생각보다 빨리 도착하는 바람에 좀 아쉬웠다. 딕이 길게 숨을 들이쉬었다.

"안으로 들어갈까?"

"아무래도 좋아요." 로즈메리가 말했다. "하자는 대로 뭐든 할 거예요."

딕은 생각해보았다.

"나는 들어가야 할 입장이야—돈이 궁한 친구가 있는데, 니콜이 그 사람 그림을 몇 점 사주었으면 하거든."

로즈메리는 그녀의 감정을 표현하듯 헝클어져버린 머리카락을 잠깐 매만졌다.

"오 분만 있기로 하지." 딕이 말했다. "로즈메리는 이 사람들이 마음에 들지 않을 거야."

로즈메리는 그 사람들이 지루하고 뻔한 사람들일 것이라고, 아니면 상스럽고 술 취한 사람들일 것이라고, 아니면 짜증스럽고 집요한 사람들일 것이라고, 아니면 어떻든 다이버 부부가 피하는 종류의 사람들일 것이라고 생각했다. 그녀는 이제 보게 될 장면에서 받게 될 인상에 전혀 대비가 되어 있지 않았다.

17

므시외 거리에 있는 레츠 추기경 관저를 개조한 집이었다. 그러나 일단 문안으로 들어가자 과거의 흔적은 전혀 없었다. 그렇다고 로즈메리가 아는 현재가 있는 것도 아니었다. 바깥 껍질은 석조물로, 오히려 미래를 담고 있는 듯 보였다. 그래서 문턱—그렇게 부를 수 있다면—을 넘어 푸르스름한 강철과 은박으로 장식하고, 테두리를 묘하게 비탈지게 깎은 거울을 곳곳에 붙여놓아 반사면이 수도 없이 반짝거리는 긴 현관으로 들어서면서 감전 같은 충격을 받게 되었다. 그것은 오트밀과 해시시로 이루어진 아침식사처럼 도착적이기는 했지만, 신경을 건드리는 경험임은 틀림없었다. 그 효과는 장식예술전시회에서도 느껴볼 수 없는 것이었다—그 앞이 아니라 안에 사람들이 있었기 때문이다. 로즈메리는 마치 세트에 있는 것처럼 몰입하지 못한 상태에서 일부러 꾸며낸 흥분을 맛보는 느낌을 받았으며, 그 자리에 있는 다른 사람들도 모두 같은 느낌일 것이라고 짐작했다.

안에 있는 사람은 약 서른 명이었는데 대부분 여자였으며, 모두 루이자 M. 올컷이나 세귀르 부인*이 묘사한 옷차림이었다. 날카롭게 깨진 유리 조각을 집는 인간의 손처럼 다들 이 세트에서 조심스럽고 정확하게 기능하고 있었다. 자신이 소유할 수도 있는 예술작품은 아무리 불가해하다 해도 결국 지배하게 되는 법인데, 개인으로서도 또 군중으로서도 그들은 환경을 지배한다고 말할 수 없었다. 이 방은 아무도 무

* 각각 19세기 미국과 프랑스 작가.

는 의미인지 몰랐다. 뭔가 다른 것, 절대 방은 아닌 것으로 진화하고 있었기 때문이다. 이 방 안에 있기란 아주 반들반들하게 광택을 낸 에스컬레이터에서 걸어가는 일만큼이나 어려웠다. 앞서 말했듯이 깨진 유리 사이를 움직이는 손처럼 움직이지 않는다면 누구도 제대로 있을 수가 없었다—그런 움직임이 그곳에 있는 다수를 규정하고 그들의 한계를 이루고 있었다.

이들은 두 종류였다. 한 종류는 봄과 여름 내내 흥청망청하며 힘을 소진해 이제는 순수하게 신경을 자극하는 일만 골라 하는 미국인들과 영국인들이었다. 이들은 어떤 시간에는 아주 조용히 늘어져 있다가도, 갑자기 폭발하여 말다툼을 하고 정신없는 춤을 추고 유혹을 했다. 착취자라고 부를 수도 있는 다른 부류는 스펀지처럼 타인을 빨아먹는 존재들로 이루어져 있었는데, 상대적으로 덜 취하고 진지했으며, 인생에 목적이 있고 바보짓을 싫어하는 사람들이었다. 이들은 그 환경에서 최대한 균형을 유지했으며, 조명의 효과가 방을 새로운 방식으로 살려내기는 했지만, 그 외의 방 분위기는 그들이 지배하고 있었다.

프랑켄슈타인 같은 방은 한입에 꿀꺽 딕과 로즈메리를 삼켜버렸다—그들은 즉시 따로따로 갈라졌으며, 로즈메리는 갑자기 자신이 목의 위쪽 음역에서 나오는 소리로 버티면서 어서 감독이 와주기만 바라는 불성실하고 눈에 띄지 않는 자그마한 존재가 되어버린 것을 알았다. 그러나 방에서는 온갖 날개들이 거칠게 퍼덕이고 있어, 로즈메리는 자신이 다른 사람들보다 특히 더 어울리지 않는 처지에 있다는 느낌은 받지 않았다. 나름으로 훈련받은 것이 있던 그녀는 더 나아가서 마치 반半군인이라도 된 듯 몇 번 잇따라 방향을 틀고, 교대를 하고, 행진을 했다. 그러다가 어여쁜 소년 같은 얼굴의 단정하고 늘씬한 소녀와 이야기를 나누게 되었지만, 실제로는 대각선 맞은편으로 네 걸음 떨어진, 포금砲金으로 만든 사다리 같은 곳 위에서 벌어지는 대화에 정신을 빼앗기고 있었다.

그곳 벤치에는 젊은 여자 셋이 앉아 있었다. 모두 키가 크고 늘씬했으며, 작은 머리는 마네킹처럼 단장했다. 그들은 이야기를 하면서 짙은 색 맞춤 정장 위로 고개를 우아하게 흔들어, 그 모습이 줄기가 긴 꽃처럼 보이기도 했고 코브라의 머리처럼 보이기도 했다.

"아, 그 사람들 정말 볼만하죠." 한 여자가 울림이 풍부한 저음으로 말했다. "파리에서 가장 볼만하다고 할 수 있을 것 같은데요—그건 절대 부정하고 싶지 않아요. 하지만 결국……" 그녀는 한숨을 쉬었다. "그 남자가 계속 되풀이해서 사용하는 구절대로예요—'쥐한테 뜯어먹히는 가장 늙은 거주자.' 한 번은 웃게 되지요."

"나는 굴곡진 삶을 살아가는 사람들이 더 좋아요." 두번째 여자가 말했다. "그래서 그 여자는 마음에 안 들어요."

"나는 정말이지 그 사람들, 또는 그들을 따라다니는 사람들을 보고는 마음이 별로 움직이지 않아요. 그래, 예를 들어, 완전히 액체 같은 노스 씨를 보세요."

"그 사람은 꽝이에요." 첫번째 여자가 말했다. "하지만 지금 말하는 그 사람들이 지금까지 만나본 가장 매력적인 인간들이라는 건 인정해줘야 돼요."

그것이 로즈메리에게는 그들의 화제가 다이버 부부라는 사실의 첫번째 힌트였으며, 그 순간 그녀의 몸은 분노로 긴장했다. 하지만 로즈메리와 이야기를 나누던, 포스터에서 나온 듯한 젊은 여자가 귀찮게 굴고 있었다. 그녀는 반짝이는 파란 눈에 빰은 붉었으며, 풀을 먹인 파란 셔츠에 아주 짙은 회색 정장 차림이었다. 그녀는 로즈메리가 자신을 보지 못할까봐 필사적으로 그들 사이에 놓인 것을 계속 쓸어내고 있었다. 그렇게 마구 쓸어내는 바람에 곧 그 여자를 감추는 금방 바스러질 듯한 유머의 베일조차 남지 않게 되었다. 로즈메리는 그녀의 드러난 모습을 보며 혐오감을 느꼈다.

"점심 같이 드실 수 없나요? 아니면 저녁? 아니면 내일 점심이라도?" 여자가 간청했다. 로즈메리는 딕을 찾아 두리번거렸다. 그는 여주인과 함께 있었다. 들어온 이후로 줄곧 그녀와 이야기를 나누던 중이었다. 눈이 마주치자 딕은 살짝 고개를 끄덕였고, 동시에 코브라 같은 여자 셋이 로즈메리의 존재를 알아차렸다. 그들의 긴 목이 그녀를 향해 쭉 뻗었으며, 꼼꼼하게 흠을 잡아내는 눈길이 그녀에게 고정되었다. 로즈메리는 도전적으로 여자들을 마주보아, 그들이 나눈 이야기를 들었음을 알려주었다. 이어 로즈메리는 최근에 딕에게서 배운 정중하지만 딱 부러지는 작별인사로 성가신 상대를 물리치고 딕에게로 갔다. 여주인—조국의 번영이라는 산책로를 태평하게 거니는 또 한 명의 키 크고 부유하고 젊은 미국 여자였다—은 딕에게 고스의 호텔에 관해 수도 없이 질문을 던졌다. 그 호텔로 가고 싶은 것이 분명했다. 그녀는 딕의 주저하는 태도를 집요하게 두들겨대고 있었다. 로즈메리가 나타나자 그녀는 자신이 여주인으로서 지켜야 할 규칙을 따르지 않았음을 깨닫고 주위를 흘끔거리며 말했다. "재미있는 사람은 만났나요? 혹시……" 그녀의 눈이 로즈메리의 흥미를 끌 만한 남성을 더듬어 찾고 있었지만, 딕은 가야 한다고 말했다. 그들은 즉시 자리를 떠, 미래의 경계선에 있는 짧은 문턱을 넘어 순식간에 바깥의 과거로 나아갔다. 그곳에는 돌로 만든 건물 앞면이 버티고 있었다.

"끔찍하지 않았어?" 딕이 물었다.

"끔찍했어요." 그녀가 순순히 그 말을 되풀이했다.

"로즈메리?"

그녀는 "네?" 하고 경외감에 사로잡힌 목소리로 중얼거렸다.

"나는 이게 정말 끔찍하게 느껴져."

로즈메리는 소리가 들릴 정도로 고통스럽게 흐느끼며 몸을 떨었다. "손수건 있어요?" 그녀가 더듬거렸다. 그러나 울 시간이 없었다. 이제 연인이 된 그들은 빠르게 흘러가는 순간들에 게걸스럽게 달려들었다. 택시의 창밖에서는 녹색과 크림색이 섞인 어스름이 흐릿해지면서 고요하게 내리는 빗줄기 사이로 불 같은 빨간색, 가스 같은 파란색, 유령 같은 녹색 간판이 뿌옇게 빛을 발하기 시작했다. 여섯시가 코앞이었다. 거리는 활발하게 움직이고, 비스트로는 불을 밝혔다. 택시가 북쪽으로 방향을 틀자 콩코르드광장이 분홍색으로 웅장하게 스쳐갔다.

그들은 마침내 서로 바라보며 주문처럼 이름을 불렀다. 두 이름은 허공에서 부드럽게 미적거리다, 다른 말보다, 다른 이름보다 느리게 스러져갔다. 마음속의 음악보다도 느리게.

"어젯밤에는 도대체 뭐에 씌었던 건지 모르겠어요." 로즈메리가 말했다. "그 샴페인 한 잔 때문일까요? 전에는 그런 적 없거든요."

"그냥 나를 사랑한다고 말했을 뿐이야."

"정말로 사랑해요—그건 달리 어쩔 수가 없어요." 이제 울어야 할 시간이었다. 그래서 그녀는 손수건에 얼굴을 묻고 조금 울었다.

"나도 로즈메리를 사랑하는 것 같아." 딕이 말했다. "그게 최선은 아닌데 말이야."

다시 서로의 이름—이어 그들은 택시가 흔들린 듯 함께 몸을 기울였다. 로즈메리의 가슴이 그에게 닿아 납작하게 짓눌렸다. 공동의 소유가 된 그녀의 입은 완전히 새롭고 따뜻했다. 그들은 거의 고통스러운 안도감을 맛보며 생각하기를 멈췄다. 보는 것도 멈췄다. 그저 숨을 쉬며 서로를 찾았다. 둘 다 가벼운 숙취 같은 피로의 부드러운 잿빛 세계 안에 들어가 있었다. 신경들이 피아노 현처럼 다발째 이완되다가 갑자기 고리버들 의자처럼 딱딱 소리를 내는 순간. 생살처럼 드러나 예민해진 신경은 다른 신경과 반드시 결합해야 한다. 입술은 입술과, 가슴은 가슴과……

그들은 아직 사랑의 비교적 행복한 단계에 있었다. 서로에 대한 멋진 환상, 엄청난 환상으로 가득했기 때문에, 다른 인간관계는 전혀 문제가 되지 않는 수준에서 자아와 자아의 교류가 이루어지는 것 같았다. 그들 둘 다 이럴 의도가 전혀 없었음에도 이 상태에 이른 듯했다. 마치 완전히 우연이라고밖에 할 수 없는 일이 잇따라 일어나며 두 사람을 여기까지 함께 몰아오기라도 한 것처럼. 그런 우연이 너무 많아 마침내 두 사람은 서로가 서로를 위해 존재한다 결론을 내릴 수밖에 없었다. 그들은 떳떳이 여기에 이르렀다. 단순한 호기심이나 은밀한 행동과는 아무 상관이 없었다. 어쨌든 그렇게 보였다.

그러나 딕에게 그 단계는 짧았다. 전환점은 호텔에 도착하기도 전에 찾아왔다.

"어쩔 수가 없어." 그가 공포를 느끼는 듯한 목소리로 말했다. "나는 너를 사랑하지만 그렇다고 내가 어젯밤에 말한 게 바뀌는 건 아냐."

"지금 그건 중요하지 않아요. 나는 그저 당신이 나를 사랑하게 하고 싶었을 뿐이에요—당신이 나를 사랑하면 모든 게 괜찮아요."

"불행하게도 나는 너를 사랑해. 하지만 니콜이 알면 안 돼—조금이라도 낌새를 채면 안 돼. 니콜과 나는 계속 함께 가야만 해. 어떤 면에서는 그게 계속 함께 가고 싶으냐 아니냐보다 중요해."

"한번 더 키스해주세요."

딕은 그녀에게 키스했지만, 잠시 그녀를 떠나 있었다.

"니콜이 고통을 겪으면 안 돼—니콜은 나를 사랑하고 나도 니콜을 사랑해—너도 그걸 알잖아."

로즈메리도 알았다—그런 부분이야말로 그녀가 잘 이해하는 것이었다. 사람들에게 상처를 주지 않는 것. 로즈메리는 다이버 부부가 서로 사랑한다는 것을 알았다. 그것이 그동안 그녀의 첫번째 전제이기도 했기 때문이다. 그러나 로즈메리는 그것이 약간 식은 관계라고, 사실상 자신과 어머니의 사랑과 비슷하다고 생각했다. 사람들이 외부 사람들에게 그렇게 잘해줄 여력이 있다는 것은 내적인 강렬함이 부족하다는 표시 아닐까?

"내 말은 우리가 사랑한다는 거야." 딕은 그녀의 생각을 짐작하고 말했다. "진행중인 사랑이야—설명할 수 없을 정도로 복잡해. 그 제정신이 아닌 결투도 다 그것 때문이었고."

"결투는 어떻게 아셨어요? 딕한테는 비밀로 하기로 했는데."

"에이브가 비밀을 지킬 수 있을 것 같아?" 딕의 아이러니가 섞인 말투에는 가시가 돋쳐 있었다. "비밀을 라디오에 말해도 좋고, 타블로이드 신문에 말해도 좋지만, 하루에 서너 잔 이상 술을 마시는 남자한테는 절대 말하지 마."

로즈메리는 여전히 그에게 바싹 붙은 채 동의의 웃음을 터뜨렸다.

"그러니까 나와 니콜의 관계가 복잡하다는 걸 이해하는 거지? 니콜은 별로 강하지 않아—강해 보이지만 그렇지 않아. 그래서 좀 엉망이 되고 마는 거야."

"아, 그 이야기는 나중에 해요! 지금은 나한테 키스만—지금은 나를 사랑하는 것만. 나는 당신을 사랑할 거고, 절대 니콜이 알지 못하게 할 거예요."

"사랑스러운 것."

그들은 호텔에 도착했고, 로즈메리는 그를 사모하고, 그를 숭배하는 마음으로 약간 뒤처져 걸었다. 마치 어떤 큰일을 마치고 서둘러 다른 큰일을 하러 가는 것처럼 그의 걸음걸이에는 긴장이 팽팽했다. 배타적이고도 명랑한 분위기의 조직자, 화려하게 장식된 행복의 관리자. 그는 완벽한 모자를 쓰고 묵직한 지팡이를 들고 노란 장갑을 끼고 있었다. 로즈메리는 생각했다. 오늘밤 그와 함께 있으면 모두가 얼마나 좋은 시간을 보낼 수 있을까.

그들은 위로 올라갔다—층계 다섯 개. 그들은 첫번째 층계참에서 발을 멈추고 키스했다. 로즈메리는 다음 층계참에서는 조심했고, 세번째 층계참에서는 더 조심했다. 다음에는—두 개가 더 있었다—중간에 멈추어 스치듯이 작별 키스를 했다. 그가 조르는 바람에 그녀는 그와 함께 잠시 한 층 아래까지 걸어내려갔다—그런 뒤에 다시 위로, 위로 올라갔다. 마침내 작별이었다. 기울어진 난간 위에서 만난 그들의 두 손은 서로 어루만지다, 이윽고 아래위로 미끄러지며 떨어졌다. 딕은 저녁에 할 일 때문에 준비를 할 것이 좀 있다며 다시 아래로 내려갔다—로즈메리는 방으로 달려가 어머니에게 편지를 썼다. 어머니가 전혀 그립지 않았기 때문에 양심의 가책을 느꼈다.

18

다이버 부부는 많은 사람들이 따르는 유행에는 정말로 무관심했지만, 그럼에도 유행에 담긴 동시대의 박자와 장단을 내치기에는 너무 민감한 사람들이었다—딕의 파티는 모두 흥분과 관련되어 있었으며, 이따금 마시는 신선한 밤공기는 흥분의 사이사이에 잠깐 경험하는 것이기에 더욱 귀중했다.

그날 밤 파티는 슬랩스틱코미디의 속도로 움직였다. 열두 명이었다가, 열여섯 명이 되어, 네 명씩 차에 나누어 타고 파리 전체를 빠르게 돌아다니는 오디세이에 나섰다. 모든 것이 이미 예측된 바였다. 사람들은 마법에 이끌린 듯 합류했으며, 전문가로서, 거의 안내자로서 그들과 동행했고, 저녁의 한 단계를 거치면 떨어져나가고 다른 사람들이 그 뒤를 이었다. 마치 각 사람이 신선함을 하루종일 아껴두었다가 그들을 위해 발산하고 떠나는 듯한 느낌을 주었다. 로즈메리는 할리우드의 어느 성대한 파티와 비교해도, 이 파티는 다르다는 점을 높이 샀다. 페르시아 샤*의 자동차도 이곳의 많은 오락거리 가운데 하나였다.

딕이 이 차를 어디에서 징발했는가, 뇌물을 얼마나 썼는가 하는 것들은 아무런 상관이 없었다. 로즈메리는 그것을 지난 이 년간 그녀의 삶을 가득 채워온 아주 멋진 것의 새로운 면이거니 하고 받아들였다. 이 차는 미국에서 특수 차대를 이용해 제작한 것이었다. 바퀴는 은이었으며, 냉각장치도 마찬가지였다. 차체 내부에는 브릴리언트컷으로 다듬은 가짜 보석이 헤아릴 수 없이 많이 박혀 있었는데, 다음주에 차가 테헤란에 도착하면 궁중 보석 담당자가 진짜 보석으로 바꿀 예정이었다. 뒤쪽에는 앉을 수 있는 의자가 하나밖에 없었다. 샤는 혼자 탔기 때문이다. 그래서 사람들은 번갈아 의자에 앉고, 거기 못 앉은 사람은 바닥에 깔린 담비 모피에 앉았다.

그러나 딕은 늘 빠지지 않았다. 로즈메리는 그녀가 항상 품고 다니는 어머니의 이미지를 향해 이제까지 한 번도, 한 번도 그날 밤 딕처럼 멋진, 그렇게 완벽하게 멋진 사람은 만난 적이 없다고 장담했다. 그녀는 에이브가 꽤나 신중하게 '헹기스트 소령과 호사 씨'**라고 부른 두 영국 남자, 또 스칸디나비아제국 왕위 상속자와 러시아에서 막 돌아온 소설가, 또 자포자기한 듯하면서도 재치가 있는 에이브, 또 어디에선가 합류하여 계속 함께 다닌 콜리스 클레이를 딕과 비교해보았다—그 결과 비교가 안 된다고 느꼈다. 그의 연기 전체의 바탕에 자리잡고 있는 열의, 사심 없는 태도를 보며 그녀는 황홀했다. 다양한 유형의 수많은 사람들이 꼼짝도 하지 않고, 보병 대대가 보급품에 의존하듯 관심의 공급에 의존하고 있었지만, 딕은 놀라운 기술로 힘 하나 들이지 않

* 이란어로 '왕'을 뜻함.

** 헹기스트와 호사는 5세기에 브리튼섬 침략을 지휘한 게르만족 형제의 이름이다.

고 그들을 움직이는 것 같았다. 그래서 그는 시간이 흐른 뒤에도 여전히 모든 사람을 위해 자신의 가장 개인적인 자아의 조각들을 남겨두고 있는 듯 보였다.

—나중에 로즈메리는 가장 행복했던 몇 순간을 떠올렸다. 첫번째는 딕과 춤을 추던 때였다. 그녀는 키 큰 딕의 단단한 몸 곁에서 자신의 아름다움이 밝게 반짝거린다고 느꼈다. 그들은 즐거운 꿈 속에 등장하는 사람들처럼 둥둥 떠다녔다—딕은 그녀가 마치 쉰 개의 눈 앞에 전시되는 환한 꽃다발, 귀중한 천이라도 되는 것처럼 아주 섬세하게 몸을 틀 방향을 제시하며 여기저기로 움직여 다녔다. 춤을 추지 않고 그저 둘이 달라붙어만 있는 순간도 있었다. 새벽 언제인가 둘만 남았을 때, 그녀의 분을 바른 눅눅한 젊은 몸이 늘어진 옷을 구기며 그에게 바싹 다가붙어 그 자리에 그대로 머물렀다. 그들의 무게에 뒤에 걸려 있던 다른 사람들의 모자와 외투가 짓눌렸다……

그녀가 가장 많이 웃었던 것은 나중에, 그날 끝까지 남은 가장 고귀한 인물들, 그러니까 그들 가운데도 정예라고 할 수 있는 여섯 명이 리츠 호텔의 여명이 깔리는 정문 로비에서 야간 관리인에게 밖에 계신 퍼싱 장군*의 요청이니 어서 캐비어와 샴페인을 내놓으라고 말했을 때였다. "장군님은 조금이라도 늦어지는 것을 견디지 못해요. 모든 사람, 모든 총이 장군님 명령에 따라 바로 움직입니다." 그러자 어디에선가 웨이터들이 나타나 미친듯이 날뛰며 로비에 식탁을 차렸다. 퍼싱 장군 역의 에이브가 들어오고 사람들은 일어서서 그를 향해 기억나는 대로

* 제1차세계대전 당시 미국의 유럽 원정군 사령관.

전쟁 노래 몇 토막을 웅얼거렸다. 이 용두사미 같은 결말에 웨이터들이 기분이 상해 그들을 무시하자, 그들은 웨이터들을 잡을 덫을 만들었다—이것은 로비의 모든 가구로 만들어진 거대하고 환상적인 장치로 골드버그의 만화에 나오는 괴상한 기계처럼 작동했다. 에이브는 미심쩍다는 표정으로 고개를 저었다.

"차라리 어디서 연주용 톱을 훔쳐오는 게 나을—"

"됐어요." 메리가 말을 끊었다. "에이브가 저 얘기를 꺼내면 집에 갈 때가 됐다는 거예요." 메리가 불안한 표정으로 로즈메리에게 털어놓았다. "에이브를 집에 데려가야겠어요. 임항열차가 열한시에 떠나요. 이건 아주 중요한 일이에요—에이브가 그 기차를 타느냐 못 타느냐에 미래 전체가 걸려 있다는 느낌이 들어요. 하지만 나랑 말다툼을 하게 되면, 그이는 정반대로 해버려요."

"내가 한번 설득해볼게요." 로즈메리가 나섰다.

"그럴래요?" 메리가 미심쩍다는 표정으로 말했다. "어쩌면 로즈메리가 해낼지도 모르죠."

이윽고 딕이 로즈메리에게 다가왔다.

"니콜하고 나는 집에 갈 거예요. 혹시 로즈메리도 우리와 함께 가고 싶어할지 몰라서."

이른새벽의 흐릿한 빛 속에서 로즈메리의 얼굴이 피로로 창백했다. 낮에 색조가 어려 있던 뺨에는 거무스름한 자국만 하나씩 남아 있었다.

"못 가요." 로즈메리가 말했다. "메리 노스한테 같이 있겠다고 약속했어요—아니면 에이브가 절대 자러 가지 않을 거라서요. 혹시 딕이라면 어떻게 좀 해볼 수도 있을 텐데."

“사람들은 어떻게 해볼 수가 없다는 걸 모르나요?” 딕이 조언했다. “에이브가 대학 시절 내 룸메이트라면, 생전 처음으로 취한 거라면, 그럼 다르겠지요. 하지만 지금은 할 수 있는 일이 없어요.”

“글쎄요, 나는 여기 있어야겠어요. 에이브는 우리가 중앙시장까지만 함께 가주면 그다음에는 자러 가겠대요.” 로즈메리가 반항하듯이 말했다.

딕은 그녀의 팔오금에 얼른 입을 맞추었다.

“로즈메리 혼자 집에 가게 하지 마세요.” 떠나면서 니콜이 메리에게 소리쳤다. “우리 모두 로즈메리 어머니에게 책임감을 느끼잖아요.”

—나중에 로즈메리와 노스 부부와 뉴어크 출신의 말하는 인형 제조업자와 어디에나 빠지지 않는 콜리스와 화려하게 차려입은 커다란 몸집의 석유 갑부 인디언 조지 T. 호스프로텍션은 당근을 잔뜩 실은 시장 수레를 타고 갔다. 어둠 속에서 당근 수염에 묻은 흙냄새가 향긋하고 달콤했다. 로즈메리는 당근더미 위 높은 곳에 앉아 있었기 때문에, 가끔 가로등이 비쳐들 때를 제외하면 계속 어둠에 묻혀 있는 다른 사람들은 거의 볼 수 없었다. 그들의 목소리가 멀리 떨어진 곳에서 들려왔다. 다른 머나먼 곳에서 그녀와는 다른 경험을 하고 있는 사람들 같았다. 그녀는 마음속의 딕과 함께 있었기 때문이다. 노스 부부와 함께 온 것이 후회되었다. 복도 건너에서 딕이 자고 있는 호텔에 있고 싶었다. 아니면 반대로 따뜻한 어둠이 흘러내려가는 이곳에, 그녀 옆에 그가 있었으면.

“올라오지 말아요.” 로즈메리가 콜리스에게 소리쳤다. “당근이 다 굴러떨어질 거예요.” 그녀는 마부 옆에 노인처럼 뻣뻣하게 앉아 있는 에이브를 향해 당근을 하나 던졌다……

로즈메리는 날빛이 환해지고서야 마침내 집으로 향했다. 비둘기들이 벌써 생쉴피스 성당 위로 날아오르고 있었다. 모두 자기도 모르게 웃음을 터뜨리기 시작했다. 거리의 사람들은 덥고 환한 아침이라는 착각에 빠져 있었지만, 그들은 지금이 여전히 어젯밤임을 알고 있었기 때문이다.

'마침내 나도 화끈한 파티를 해보았구나.' 로즈메리는 생각했다. '하지만 딕이 없으니까 재미가 없어.'

로즈메리는 배신감과 슬픔을 약간 느꼈지만, 곧 움직이는 물체가 눈에 들어왔다. 거대한 마로니에나무가 꽃을 활짝 피운 채 샹젤리제로 향하고 있었다. 꽁꽁 묶여 긴 트럭 안에 들어가 있으면서도 그저 웃음을 터뜨리며 몸을 흔들고 있었다—볼품없는 자세이지만 그럼에도 자신이 여전히 사랑스럽다는 점만큼은 믿어 의심치 않는 사랑스러운 사람 같았다. 로즈메리는 매혹에 사로잡혀 마로니에를 보다 자신을 마로니에와 동일시하고, 마로니에와 함께 웃음을 터뜨렸다. 갑자기 모든 것이 찬란해 보였다.

19

에이브는 생라자르역에서 열한시에 떠났다—그는 1870년대, 수정궁* 시대의 유물인 더러워진 유리 돔 밑에 홀로 서 있었다. 불과 스물네 시간 만에 흐릿한 잿빛이 되어버린 두 손은 떨리는 손가락을 감추려고 코트 주머니에 넣고 있었다. 모자를 벗었기 때문에 머리의 맨 꼭대기층만 뒤로 빗어넘긴 것이 분명하게 드러났다—옆머리는 완강하게 측면을 향해 뻗어 있었다. 이 주 전 고스의 해변에서 헤엄을 쳤던 사람이라고는 보기 힘들었다.

시간이 일렀다. 그는 눈으로만 좌우를 살폈다. 몸의 다른 부분을 사용하려고 했다면 신경의 힘들이 통제를 벗어났을 것이다. 새것으로 보이는 가방이 그의 옆을 지나갔다. 곧이어 배를 타려는 거무스름하고 덩치가 작은 승객들이 나타나 소리를 질렀다. "어-어-이-주-울스!" 어둡고 날카로운 목소리들이었다.

역 식당에서 한잔할 시간이 있을까 없을까 생각하며 주머니 안의 축축한 천 프랑짜리 지폐 뭉치를 움켜쥐는 순간, 그의 축 처진 눈길 끝자락이 층계 꼭대기에 유령처럼 나타난 니콜에게 내려앉았다. 에이브는 그녀를 지켜보았다—그녀는 작은 표정들로 자신을 드러내고 있었다. 기다리던 사람이 나타났을 때 자신의 모습을 감춘 채 멀리서 지켜보면 그 사람의 표정으로 속생각을 읽을 수 있다는 느낌이 드는 법이다. 그녀는 얼굴을 찌푸리고 아이들을 생각하고 있었다. 그러나 흡족한 마음이라기보다는 그저 동물적으로, 빠진 아이는 없는지 헤아리는 정도였다—앞발로 새끼들을 확인하는 고양이처럼.

에이브를 보자 니콜의 얼굴에서 그런 분위기가 사라졌다. 천창으로 들어오는 아침빛은 칙칙했고, 에이브는 눈 밑의 주홍빛으로 그을린 피부를 뚫고 올라온 다크서클 때문에 우울해 보였다. 그들은 벤치에 앉

* 1851년 런던에 철골과 유리로 만들어 세웠던 만국박람회용 건물.

았다.

"에이브가 와달라고 했잖아요." 니콜이 방어적으로 말했다. 그러나 에이브는 왜 그녀에게 와달라고 했는지 잊어버린 듯했고, 니콜은 지나가는 여행객들을 구경하는 것만으로도 충분히 만족하고 있었다.

"저 사람이 에이브의 배에서 가장 아름다운 여자가 될 것 같은데요—모든 남자가 작별인사를 하고 있는 저 여자 말이에요—저 여자가 왜 저 드레스를 샀는지 알겠죠?" 니콜의 말은 점점 빨라졌다. "왜 세계 유람선의 미녀 말고는 아무도 저걸 안 사는지 알겠죠? 알겠어요? 몰라요? 잠 깨요! 저건 이야기 드레스예요—저 특별한 재료는 이야기를 하고 있고, 세계 유람을 나선 누군가는 그 이야기를 듣고 싶을 만큼 외로울 거란 말이에요."

니콜은 마지막 말들을 잘근잘근 씹어 마무리했다. 그녀치고는 말이 너무 많았다. 에이브는 그녀의 심각하게 굳은 얼굴에서 그녀가 무슨 말을 했다는 흔적조차 찾기가 힘들다고 느꼈다. 에이브는 힘을 기울여 일어서는 듯한 자세로 몸을 일으켰다. 그러나 실제로는 그대로 앉아 있었다.

"그날 오후에 나를 웃기는 댄스파티에 데려갔지요—있잖아요, 생트 준비에브……" 에이브가 말을 시작했다.

"기억나요. 재미있었죠, 안 그래요?"

"나는 재미없었어요. 이번에는 니콜과 딕을 보면서도 재미가 없었어요. 두 사람 모두 지겨워요. 하지만 두 사람이 나를 훨씬 더 지겨워하기 때문에 그게 드러나지가 않는 거예요—무슨 말인지 알겠지요. 나한테 조금이라도 의욕이 있다면, 새로운 사람들을 찾아나섰을 겁니다."

니콜의 벨벳 장갑에 거친 보풀이 있었다. 그녀가 마주 쏘아붙였다.

"불쾌하게 구니 좀 바보 같아 보이네요, 에이브. 어쨌거나 그건 에이브의 진심이 아니잖아요. 왜 에이브가 모든 걸 포기했는지 모르겠어요."

에이브는 생각에 잠겼다. 기침을 하거나 코를 풀지 않으려고 애를 썼다.

"지루해진 것 같습니다. 어딘가에 이르기 위해 다시 돌아가기에는 갈 길이 너무 멀기도 하고요."

남자는 여자 앞에서 무력한 아이 역할을 하는 경우가 많지만, 자기가 진짜로 무력한 아이 같다는 느낌이 강하게 들 때면 오히려 그 역할을 제대로 해내지 못한다.

"그건 변명이 될 수 없죠." 니콜이 딱딱한 어조로 대꾸했다.

에이브는 시간이 갈수록 기분이 나빠졌다—불쾌감을 주는 아주 신경질적인 말 외에는 아무것도 떠오르지 않았다. 니콜은 지금 자신이 취해야 할 자세는 두 손을 무릎에 올려놓고 앉아 똑바로 앞을 보는 것이라고 생각했다. 잠시 그들 사이에는 아무런 대화가 없었다—각자 상대로부터 먼 쪽으로 달음박질치며, 앞쪽에 파란 공간, 상대에게는 보이지 않는 하늘이 나타날 때에만 숨을 쉬었다. 연인들과는 달리 그들에게는 과거가 없었다. 부부와는 달리 그들에게는 미래가 없었다. 그럼에도 오늘 아침까지 니콜은 딕을 제외한 그 누구보다 에이브를 좋아했다—그리고 에이브는 오랫동안 그녀에 대한 사랑으로 마음이 무겁고, 뱃속부터 차오르는 두려움을 느꼈다.

"여자들의 세계가 지겹습니다." 에이브가 갑자기 내뱉었다.

"그럼 자신만의 세계를 만들지 그래요?"

"친구들이 지겨워요. 요는 아침꾼만 있으면 된다는 거예요."

니콜은 역 시계의 분침을 억지로 앞으로 돌리고 싶은 마음이었으나, 그가 "동의해요?" 하고 다그쳤다.

"나는 여자고, 내 일은 모든 걸 끌어모아두는 거예요."

"내 일은 그걸 헤쳐놓는 겁니다."

"에이브는 취하면 다른 건 다 놔두고 오로지 자신만 헤쳐놓죠." 그녀는 이제 차가워졌다. 겁에 질렸고 자신이 없었다. 역에는 사람들이 들어찼지만 그녀가 아는 사람은 아무도 오지 않았다. 잠시 후 그녀의 두 눈이 고마움을 드러내며 밀짚색 머리카락을 철모 모양으로 다듬은 키 큰 젊은 여자에게 머물렀다. 여자는 우체통에 편지 몇 통을 집어넣고 있었다.

"난 저 여자랑 이야기를 나누어야 해요, 에이브. 에이브, 잠 깨요! 이런 바보!"

에이브는 참을성 있게 눈으로 니콜을 따라갔다. 여자는 놀라면서 니콜을 돌아보고 인사를 했다. 에이브도 파리 어딘가에서 그 여자를 본 기억이 났다. 그는 니콜이 없는 틈을 타 손수건에 대고 구역질이라도 할 것처럼 크게 기침을 한 다음 큰 소리를 내며 코를 풀었다. 아침이 평소보다 따뜻하여, 속옷이 땀에 푹 젖었다. 손이 너무 심하게 떨려 담배에 불을 붙이는 데 성냥개비를 네 개나 써야 했다. 역 식당에 가서 한잔하는 것이 절대적으로 필요한 일 같았으나, 곧 니콜이 돌아왔다.

"실수였어요." 니콜이 싸늘하게 말했다. "자기를 보러 와달라고 간청해놓고는 지금은 멋지게 냉대를 해버리네요. 나를 마치 타락한 사람처럼 보더라고요." 그녀는 흥분해서 작은 웃음을 터뜨렸다. 손가락 두

개로 음계의 높은 곳을 누른 것 같았다. "사람들이 당신에게로 오게 할 지어다."

에이브는 담배로 인한 기침이 그치자 말했다.

"문제는 술이 깨면 사람들을 보고 싶지 않고, 술에 취하면 사람들이 보고 싶어하지 않는다는 거지요."

"누구를, 나를?" 니콜은 다시 웃음을 터뜨렸다. 무슨 이유에서인지 조금 전의 만남에서 기운을 얻은 것 같았다.

"아니—나를."

"나는 달라요. 나는 사람들을 좋아해요, 많은 사람들을—나는—"

로즈메리와 메리 노스가 보였다. 천천히 걸으며 에이브를 찾고 있었다. 니콜은 상스럽게 큰 소리로 "어이! 안녕! 어이!" 하고 소리치며 웃음을 터뜨리고 에이브를 위해 산 손수건 무더기를 흔들어댔다.

그들은 에이브의 거대한 존재에 짓눌린 불편하고 작은 집단을 이루고 서 있었다. 그는 그들을 가로질러 누운 난파한 갤리언*처럼 자리를 잡고 있었으며, 그 당당한 존재감 때문에 그의 약점과 방종, 편협과 원한은 하찮아 보였다. 모두들 그가 풍기는 엄숙한 위엄, 그리고 단편적이고, 도발적이며, 지금은 뒤로 밀려난 그의 성취를 의식하고 있었다. 그러나 그에게 남아 있는 의지에는 겁을 먹었다. 한때는 살려는 의지였으나, 이제는 죽고자 하는 의지가 되어버렸기 때문이다.

딕 다이버가 다가오면서 곁에서부터 멋진 광채를 뿜어냈다. 안도한 세 여자는 원숭이들처럼 소리를 지르며 그 광채를 향해 뛰어올라 그의

* 15~18세기 초 스페인이나 지중해의 큰 돛배.

어깨에, 그의 모자의 아름다운 꼭대기에, 그의 지팡이의 황금 손잡이에 홰를 틀었다. 이제 그들은 잠시 에이브라는 거대한 외설스러운 광경을 무시할 수 있었다. 딕은 재빨리 상황을 살펴보고 조용히 파악했다. 딕은 그들을 각자의 내부로부터 끌어내 역에 관심을 갖게 했다. 그때부터 역의 경이로운 것이 눈에 띄게 되었다. 근처에서 미국인 몇 명이 크고 낡은 욕조를 채우는 물의 박자를 흉내낸 목소리로 작별인사를 했다. 파리를 등지고 역 안에 서 있으니, 그들 대신 이미 대양에 나가 바다 쪽으로 몸을 조금 기울이고 있는 느낌이었다. 벌써 바다로 인한 변화가 일어나는 듯했다. 원자들이 자리를 바꾸며 이리저리 움직이고 기본 분자들을 바꾸어 사람을 새로 빚어내는 것 같았다.

그렇게 수많은 부유한 미국인들이 역을 거쳐 숨기는 것 없는 새로운 얼굴로 플랫폼에 나섰다. 똑똑하고, 사려 깊고, 생각 없고, 생각을 자극하는 얼굴이었다. 그들 사이로 이따금 보이는 영국인의 얼굴은 예리하고 두드러져 보였다. 미국인들은 처음에는 흠잡을 데 없고 돈이 많아 보였지만, 플랫폼에서 어느 정도 무리를 이루자 개별적 인상이 희미해지면서 하나의 국민이라는 흐릿한 어스름 속에 잠겨버렸다. 이 어스름 때문에 그들 자신이나 그들을 관찰하는 사람들 모두 눈이 먼 듯 세밀한 면들을 제대로 분간하지 못하게 되었다.

니콜이 딕의 팔을 잡고 소리쳤다. "저기 좀 봐요!" 딕은 제때에 고개를 돌렸기 때문에 삼십 초 뒤에 일어난 일을 볼 수 있었다. 열차 두 량 다음에 있는 풀먼 침대차 입구에서 수많은 작별의 기조와는 동떨어진 장면이 생생하게 벌어지고 있었다. 니콜이 이야기를 나누었던, 머리 모양이 철모 같은 젊은 여자가 그때까지 이야기를 나누던 남자로부터 묘하게 몸을 이리저리 피해 달아나면서 정신없이 핸드백에 손을 쑤셔 넣었다. 이어 리볼버 총소리가 좁다란 플랫폼 공간의 공기를 두 번 찢었다. 동시에 기관차가 날카로운 경적을 울리며 열차가 움직이기 시작했다. 순간적으로 총소리가 별것 아닌 것처럼 느껴졌다. 에이브는 무슨 일이 일어났는지도 모르고 다시 창에서 손을 흔들었다. 그러나 배웅하던 사람들은 다른 사람들이 모여들기 전에 총알이 효력을 발휘하는 것을 보았다. 총이 노렸던 인물이 플랫폼에 주저앉았던 것이다.

기차가 멈추는 데 백 년은 걸린 것 같았다. 니콜, 메리, 로즈메리는 군중의 주변에서 기다렸고, 딕은 뚫고 들어가려고 안간힘을 썼다. 오 분이 지나서야 딕은 일행을 다시 찾아냈다—이제는 군중이 두 무리로 나뉘어 각각 들것에 실린 남자와, 괴로운 표정의 경찰들 사이에서 창백한 얼굴이지만 단호하게 걸어가는 여자를 쫓아갔다.

"마리아 월리스야." 딕이 급하게 말했다. "여자가 쏜 남자는 영국인이고—경찰이 신원을 파악하지 못해 어려움을 겪고 있어. 총알이 남자의 신분증을 뚫고 지나갔거든." 그들은 군중에 휩쓸려 이리저리 움직이며 기차로부터 빠르게 멀어지고 있었다. "여자를 어느 경찰서로 데려가는지 알아냈으니 거기 가서—"

"하지만 그 여자 언니가 파리에 살잖아요." 니콜이 항변했다. "전화를 하는 게 어때요? 아무도 그 생각을 못했다니 이상하네. 그 여자 남편이 프랑스 사람이니, 우리보다 할 수 있는 일이 많을 거예요."

딕은 망설이다가 고개를 젓더니 경찰서로 출발했다.

"잠깐!" 니콜이 뒤에 대고 소리쳤다. "바보짓이에요—당신이 무슨 도움이 되겠어요—당신 프랑스어로?"

"적어도 그 여자한테 무도한 짓을 못하게 할 수는 있겠지."

"당연히 그 여자를 붙잡아두겠죠." 니콜이 딱딱한 목소리로 힘주어 말했다. "그 여자는 남자를 쐈잖아요. 바로 로라한테 전화를 하는 게 최선이에요—로라가 우리보다 많은 일을 할 수 있어요."

딕은 그 말을 선뜻 받아들이지 못했다—게다가 로즈메리 때문에 자기를 과시하고 있었다.

"당신 기다려요." 니콜이 단호하게 말하고 서둘러 전화부스로 갔다.

"니콜이 일단 일을 처리하겠다고 나서면 더 어쩔 도리가 없지." 딕은 애정 어린 말투로 빈정거렸다.

딕은 그날 아침 처음으로 로즈메리를 보았다. 그들은 눈길을 교환하며 전날의 감정을 찾아내려 했다. 잠시 두 사람은 서로에게 비현실적으로 여겨졌다—그러다가 느리고 따뜻한 사랑의 웅성거림이 다시 시작되었다.

"모든 사람을 도와주고 싶어하시네요, 안 그래요?" 로즈메리가 말했다.

"그러는 척할 뿐이지."

"어머니는 모든 사람을 도와주고 싶어하죠—물론 딕만큼 많은 사람을 돕지는 못하지만요." 로즈메리는 한숨을 쉬었다. "가끔 내가 세상에서 가장 이기적인 사람이라는 생각이 들어요."

로즈메리의 어머니 이야기가 나오자 딕은 처음으로 즐겁지가 않고 짜증이 났다. 그는 그녀의 어머니를 완전히 치워버리고 싶었다. 로즈메리가 유아 시절을 기반으로 집요하게 쌓아올린 모든 것을 없애버리고 싶었다. 그러나 그는 이런 충동이 통제력 상실임을 깨달았다—잠시라도 긴장을 푼다면 그를 향한 로즈메리의 강한 충동은 어떻게 될 것인가. 딕은 그녀와 벌인 연애가 서서히 미끄러져 멈추는 것을 지켜보며 두려움이 없지 않았다. 가만히 멈춰 있을 수는 없었다. 계속 가거나 아니면 돌아갈 수밖에 없었다. 딕은 처음으로 로즈메리가 자신보다 권위 있는 태도로 이 상황에 임하고 있다는 생각이 들었다.

딕이 앞으로 일을 풀어갈 방향을 생각하기 전에 니콜이 돌아왔다.

"로라하고 얘기했어요. 나한테서 처음 듣는 거였어요. 목소리가 계속 희미해시다 다시 커지더라고요—기절하려다가 정신을 차리는 것처럼. 오늘 아침에 무슨 일이 생길 줄 알았다고 하더라고요."

"마리아는 댜길레프*하고 함께 있어야 돼." 딕이 사람들을 다시 평온한 상태로 돌리려고 부드러운 어조로 말했다. "마리아는 장식 감각이 훌륭해—박자 감각은 말할 것도 없고. 앞으로 우리 모두 기차가 떠나는 걸 볼 때마다 총소리를 듣게 되는 거 아닐까?"

그들은 넓은 철제 계단을 쿵쿵거리며 내려갔다. "그 가엾은 남자가 안됐어요." 니콜이 말했다. "물론 그래서 마리아가 아까 나한테 말하는 게 이상했던 거였지만—총을 쏠 준비를 하고 있었던 거예요."

그녀는 웃음을 터뜨렸다. 로즈메리도 웃음을 터뜨렸다. 그러나 둘 다 겁을 먹고 있었다. 둘 다 딕이 이 일을 자신들에게 맡겨두지 말고 뭔가 교훈적인 논평을 해주기를 바랐다. 이런 소망이 완전히 의식적인 것은 아니었다. 특히 로즈메리의 경우는. 그녀는 그런 사건들의 파편이 날카로운 소리를 내며 머리 옆을 지나가는 데 익숙했다. 그러나

* 러시아 예술평론가이자 발레 프로듀서.

그녀 내면에서도 그동안 쌓인 충격이 그 전모를 드러내고 있었다. 그럼에도 당장은 딕이 새롭게 인식한 감정의 힘에 너무 휘둘리는 바람에 상황을 휴가의 패턴으로 가볍고 즐겁게 정리해내지 못하여, 여자들은 뭔가를 아쉬워하며 막연하게 편치 않은 상태로 빠져들었다.

그러나 이내, 마치 아무 일도 없었던 것처럼, 다이버 부부와 친구들의 삶은 바깥 거리로 흘러나갔다.

하지만 일어날 일은 다 일어났다—에이브가 출발했고, 메리가 오후에 바로 잘츠부르크로 출발할 예정이었기 때문에 파리에서 보내는 시간은 끝이 났다. 어쩌면 총격, 아무도 모르는 어떤 암흑물질을 끝낸 충격이 그 시간도 끝냈다. 그 총알은 그들 모두의 생활로 파고들었다. 폭력의 메아리가 보도까지 그들을 좇아왔고, 그곳에서 그들이 택시를 기다리는 동안 옆에서 짐꾼 두 명이 사후 분석을 하고 있었다.

"그 리볼버 봤어? 아주 작은 진짜 보물이야—장난감 같더라고."

"그래도 효과는 제대로잖아!" 다른 짐꾼이 현자 같은 표정으로 말했다. "그 사람 셔츠 봤어? 전쟁중에나 흘릴 것 같은 피였어."

20

그들이 역을 나와 만난 광장에서는 7월의 태양이 허공에 걸린 가솔린 배기가스 덩어리를 천천히 달구고 있었다. 끔찍했다—시골로 탈출하고 싶은 마음을 품게 하는 순수한 열기와는 달리 이것은 어디를 가나 더러운 천식으로 막힌 도로뿐일 것이라 암시했다. 뤽상부르공원 건너 야외에서 점심을 먹는 동안 로즈메리는 생리통이 시작되어 안달이 났으며, 짜증 섞인 무기력을 주체하지 못했다—역에서 이기적 태도를 자책했던 것도 그런 분위기의 전조였다.

딕은 급격한 변화를 전혀 눈치채지 못했다. 그는 우울한 느낌에 깊이 사로잡혀 있었다. 그로 인해 자기중심적 태도가 확대되면서 잠시 주위에서 벌어지는 일을 보지 못했고, 판단을 내릴 때 늘 의존하던 길고 큰 파도 같은 상상력이 사라져버렸다.

커피를 마실 때 합석했던 이탈리아인 성악 선생이 역까지 데려다주겠다며 메리 노스와 함께 떠나자 로즈메리도 일어섰다. "임원 몇 명을 만나러." 스튜디오에서 약속이 있었던 것이다.

"아, 참—" 그녀가 말했다. "콜리스 클레이, 왜 그 남부 청년 있잖아요—여기 앉아 계신 동안 그 사람이 오면 그냥 내가 기다리고 있을 수가 없었다고 좀 전해주세요. 내일 연락하라고요."

너무 안이한 태도였다. 조금 전의 혼란에 대한 반작용으로 그녀는 어린아이의 특권을 내세우고 있었다—그 때문에 다이버 부부는 오히려 자신들의 자녀에 대한 비할 데 없는 사랑을 떠올리게 되었다. 로즈메리는 여자들 사이에 오간 짧은 대화에서 날카로운 질책을 받았다. "웨이터한테 메시지를 남기는 게 좋겠네요." 니콜에게서 조절되지 않은 엄한 목소리가 나왔다. "우리도 바로 일어날 거예요."

로즈메리는 무슨 말인지를 이해했고, 상처받지 않고 그것을 받아들였다.

"그럼 그냥 놔두죠. 두 분 다 안녕."

딕이 계산서를 달라고 했다. 다이버 부부는 긴장을 풀고 마음을 정하지 못한 듯 이쑤시개를 씹고 있었다.

"그럼……" 그들이 동시에 입을 열었다.

딕은 니콜의 입가에 언짢은 기색이 스치는 것을 보았다. 아주 짧은 순간이라 그 혼자만 눈치챘을 것이기 때문에 못 본 척하고 지나갈 수 있었다. 니콜은 무슨 생각을 할까? 로즈메리는 딕이 지난 몇 년간 '철저히 연구한' 여남은 사람 가운데 한 명이었다. 여기에는 프랑스의 서커스 어릿광대, 에이브와 메리 노스 부부, 무희 한 쌍, 작가 한 명, 화가 한 명, 그랑 기뇰 극단 출신 여배우 한 명, 러시아 발레단의 반미치광이 남아성애자, 밀라노에서 일 년간 보살펴준 유망한 테너 등이 포함되어 있었다. 니콜은 이런 사람들이 딕의 관심과 의욕을 얼마나 진지하게 받아들이는지 잘 알고 있었다. 동시에, 자식을 낳았을 때를 제외하면 딕이 결혼 후 단 하룻밤도 자신을 혼자 둔 적이 없다는 것도 알고 있었다. 반면 그에게는 사람의 비위를 맞춰주는 면도 있었는데, 꼭 그 면을 써먹으려 들었다—그런 비위 맞추는 면이 있는 사람들은 계속 그런 면을 드러내야 하는 모양이었고, 그 과정에서 아무짝에도 쓸모없는 사람들이 따라붙게 되었다.

이제 딕은 단단하게 굳어 있었고 그들 둘이 하나라는 믿음을 보여주는 행동도 없이, 또 그들 둘이 하나라는 사실에 계속 새삼 놀라는 기색을 보여주지도 않고 시간을 흘려보내고 있었다.

남부 출신 콜리스 클레이가 빽빽하게 놓인 탁자들 사이를 뚫고 다가와 거칠 것 없는 태도로 다이버 부부에게 인사했다. 딕은 그런 인사를 받으면 늘 깜짝 놀랐다—얼굴만 아는 사람들이 그들에게 "어이!" 하고 인사를 하거나, 둘 가운데 한 명한테만 말을 하는 경우였다. 그는 사람들을 심하게 의식했기 때문에 자신이 냉담해진 순간에는 감추어진 채로 있는 쪽을 좋아했다. 어떤 사람이 그가 있는 자리에서 허물없는 태도를 과시하는 것은 그가 살아가는 기조에 대한 도전이었다.

콜리스는 자신이 낄 자격이 없는 자리라는 걸 알지 못하고 이런 말로 도착을 알렸다. "내가 늦은 것 같네요—새는 이미 날아갔군요." 딕은 쓰린 가슴을 잠시 다독이고 나서야 콜리스가 먼저 니콜에게 예의를 갖추지 않은 것을 용서할 수 있었다.

니콜은 거의 즉시 자리를 떴고, 딕은 콜리스와 함께 앉아 얼마 남지 않은 와인을 마저 마셨다. 그는 콜리스를 좋아하는 편이었다—콜리스는 '전후' 세대였다. 십 년 전 뉴헤이븐에서 알고 지냈던 대부분의 남부 사람들만큼 까다롭지 않았다. 딕은 즐거운 마음으로 파이프에 느릿느릿 담배를 깊이 눌러담으며 이어지는 대화에 귀를 기울였다. 이른 오후였다. 아이들과 보모들이 뤽상부르공원으로 걸어들어갔다. 몇 달 만에 처음으로 딕은 하루 가운데 이 시간을 통제하길 그만두어버렸다.

그러다 갑자기 콜리스가 속을 털어놓는 독백이 무슨 내용인지 깨닫고 피가 차갑게 얼어붙었다.

"—아마 그애가 생각하시는 것만큼 차갑지는 않을 겁니다. 솔직히 오랫동안 차갑다고 생각했죠. 하지만 부활절에 뉴욕에서 시카고까지 갔는데 그애가 내 친구하고 문제를 일으키더라고요—힐리스라는 친군데, 그애는 힐리스가 그만하면 뉴헤이븐에서는 아주 화끈한 수준이라고 생각했나봐요—그애는 원래 내 사촌과 한 칸에 탔는데, 힐리스하고 단둘이 있고 싶어했습니다. 그래서 오후에 사촌이 우리 칸에 와서 카드놀이를 했죠. 그러다 두 시간쯤 뒤 가봤더니 로즈메리하고 빌 힐리스가 연결 통로에 서서 차장하고 싸우고 있더라고요—로즈메리는 얼굴이 백지장처럼 하얬고요. 아마 둘이 문을 잠그고 블라인드를 내렸던 것 같아요. 뭔가 심각한 일이 벌어지고 있을 때 차장이 표 검사를 하러 와서 문을 두드렸던 모양이에요. 둘은 우리가 장난친다고 생각해서 처음에는 문을 열어주지 않았죠. 그러다 마지못해 문을 여니까 차장이 무척 화가 난 거예요. 차장은 힐리스한테 거기가 그 친구 칸이 맞냐고, 두 사람이 문을 잠그고 있던데 결혼한 사이가 맞느냐고 물었어요. 힐리스는 잘못한 일이 없다고 설명을 하다 성질을 냈죠. 차장이 로즈메리를 모욕했다면서 한번 붙어보자고 하더군요. 하지만 그 차장은 마음만 먹으면 골치 아프게 굴 수 있는 사람이었어요—정말이지 뜯어말리느라 꽤 애를 먹었습니다."

모든 세세한 면들을 상상하다가, 심지어 그 한 쌍이 연결 통로에서 이룩한 불행한 공동체를 질투하기까지 하다가, 딕은 자신의 내부에서 변화가 일어나는 것을 느꼈다. 제삼자의 이미지, 심지어 지금은 사라져버린 사람의 이미지가 그와 로즈메리의 관계에 들어오는 것만으로도 그는 균형을 잃고 고통, 불행, 욕망, 절망의 파도에 휩쓸리게 되었다. 로즈메리의 뺨을 어루만지는 손이 생생하게 그려졌다. 가빠진 숨, 외부에서 바라보았을 때 느껴지는 백열의 흥분 상태, 내부의 침해할 수 없는 은밀한 온기.

—커튼을 쳐도 될까?

—쳐줘. 여기는 너무 밝아.

콜리스 클레이는 이제 똑같은 어조로, 똑같이 힘을 주어 뉴헤이븐의 남학생 클럽의 정치를 이야기하고 있었다. 딕은 콜리스가 딕 자신은 도저히 이해 못할 어떤 묘한 방식으로 로즈메리를 사랑하고 있다고 짐작해왔다. 그러나 힐리스와 로즈메리 사이의 일은 콜리스에게 로즈메리도 '인간'이라는 즐거운 확신을 준 것 외에는 아무런 감정적 인상을 심어주지 못한 것 같았다.

"본스*에는 훌륭한 사람들이 모였죠." 그가 말했다. "사실 우리 모두 마찬가지였어요. 뉴헤이븐은 이제 너무 커져서 우리가 배제할 수밖에 없는 사람들이 생겼다는 게 슬퍼요."

—커튼을 쳐도 될까?

—쳐줘. 여기는 너무 밝아.

……딕은 파리를 가로질러 거래하는 은행에 들렀다—수표를 쓰는 도중에 책상에 줄지어 앉아 있는 사람들을 훑어보면서 누구한테 내밀고 승인을 받을지 생각해보았다. 수표를 쓸 때는 물질적인 행위에 몰두하여 꼼꼼하게 펜을 살피고, 유리를 덮은 높은 책상에서 공들여 썼다. 우편 부서 쪽으로 멍한 눈을 한번 들어올리고 나서는 자신이 다루고 있는 대상들에 집중함으로써 정신까지 멍하게 만들었다.

그럼에도 아직 누구한테 수표를 내밀지 결정을 내리지 못했다. 저 줄에 앉은 사람들 가운데 내가 빠져든 불쾌한 곤경을 가장 짐작하지 못할 사람이 누구일까? 또 누가 떠벌릴 가능성이 가장 적을까? 페린은 아메리칸 클럽에서 점심을 먹자고 했던 유순한 뉴욕 사람이다. 스페인 사람 카사수스는 얼굴을 보면 서로 아는 친구—그의 인생에서 십여 년 전에 사라진 친구이긴 했지만—에 관해 이야기를 나누었다. 무흐하우

* 예일 대학 남학생 클럽의 하나.

제는 늘 부인의 돈을 인출하겠느냐 아니면 그 자신의 돈을 인출하겠느냐고 물었다.

딕은 수표 부본에 액수를 기록하고 밑에 두 줄을 그은 뒤 그가 조금만 연기를 해도 되는 젊은 피어스에게 가기로 했다. 사실 연기는 보는 것보다는 하는 것이 쉬운 경우가 많았다.

그는 우선 우편 부서 데스크로 갔다—그를 상대하던 여자가 책상에서 떨어지려는 종이를 가슴으로 밀어올리는 것을 보며 딕은 여자들이 남자와는 매우 다르게 몸을 사용한다는 생각을 했다. 그는 받은 편지들을 옆으로 가져가 개봉했다. 독일 업체에서 보낸 정신의학 책 열일곱 권에 대한 청구서, 브렌타노 서점이 보낸 청구서, 버펄로에 사는 아버지가 보낸, 해가 갈수록 판독하기 어려워지는 필체로 쓴 편지가 있었다. 페스의 소인이 찍힌 토미 바르방의 카드에는 익살맞은 내용이 담겨 있었다. 취리히의 의사들이 보낸 편지는 둘 다 독일어였다. 칸의 미장이가 보낸 논란의 여지가 있는 청구서며, 가구장이가 보낸 청구서, 볼티모어의 의학 정기간행물 출판사가 보낸 편지, 잡다한 통지서, 거기에 갓 데뷔한 화가의 전시회 초대장도 있었다. 니콜에게 온 편지도 세 통, 그의 전교轉交로 로즈메리에게 온 편지도 한 통 있었다.

—커튼을 쳐도 될까?

피어스에게 갔더니 그는 어떤 여자를 상대하고 있었다. 딕은 발돋움을 하여 보고 상대하는 사람이 없는 옆자리의 카사수스에게 수표를 내밀어야 한다는 것을 알았다.

"안녕하세요, 다이버?" 카사수스는 온화했다. 그가 자리에서 일어섰다. 웃음을 짓자 콧수염이 펼쳐졌다. "며칠 전에 페더스톤 이야기를 하다가 선생님 생각이 났습니다—페더스톤은 지금 캘리포니아에 나가 있습니다."

딕은 눈을 크게 뜨고 허리를 약간 숙였다.

"캘리포니아에요?"

"그렇게 들었습니다."

딕은 수표를 공중에 들고 있었다. 그렇게 카사수스의 관심을 그쪽으로 끌어당겨놓고 피어스의 책상 쪽을 보다가, 삼 년 전 피어스가 리투아니아의 백작부인과 엮였을 때를 상기시키는 오랜 농담을 던진 뒤 친근하게 눈을 찡긋하여 그의 눈을 잠시 붙들어두었다. 피어스는 싱글거리는 웃음으로 응대했다. 이윽고 카사수스는 수표를 승인했고, 딕을 좋아하지만 더 잡아둘 수단이 없자 코안경을 들고 일어서서 다시 말했다. "그래요, 캘리포니아에 있습니다."

딕은 페린이 책상 맨 앞줄에서 세계 헤비급 챔피언과 이야기를 나누고 있는 것을 보았다. 페린의 눈이 옆으로 쏠리는 걸 보고 딕은 그가 자신을 불러 챔피언을 소개할까 생각하다 결국 그러지 않기로 한 것을 알았다.

딕은 유리 책상에서 축적해놓은 강렬함으로 카사수스의 사교적인 분위기를 잘라내며—즉 수표를 뚫어져라 살펴보고, 카사수스의 머리 오른쪽 첫번째 대리석 기둥 너머에 무슨 심각한 문제들이라도 있는 것처럼 거기에 눈을 고정하고, 손에 든 지팡이와 모자와 편지를 힘겹게 움직인 것이다—작별인사를 하고 밖으로 나갔다. 문지기는 오래전에 매수해놓았다. 그래서 타고 갈 택시가 갓돌 옆으로 바로 튀어왔다.

"필름스 파르 엑셀랑스 스튜디오로 가고 싶소—파시의 작은 거리에 있소. 뮈에트역으로 갑시다. 거기서부터 가는 길을 알려드리리다."

딕은 지난 마흔여덟 시간의 사건들로 매우 자신 없는 상태가 되었기 때문에 자신이 무엇을 하고 싶은지도 잘 알지 못했다. 그는 뮈에트역에서 택시 요금을 내고 내린 다음 스튜디오 방향으로 걷다가, 건물에 이르기 전에 맞은편으로 건너갔다. 훌륭한 옷에 훌륭한 액세서리까지 걸쳐 위엄 있는 모습이었지만, 그럼에도 짐승처럼 동요하며 몰리고 있었다. 사실 위엄은 과거를, 지난 육 년간의 노력을 뒤집어엎을 때만 얻을 수 있었다. 그는 타킹턴*의 소설에 나오는 사춘기 소년처럼 얼이 빠져서 부리나케 그 블록을 둘러가, 로즈메리가 스튜디오에서 나오는 것을 놓칠까봐 시야가 확보되지 않는 곳은 서둘러 통과했다. 우울한 동네였다. 스튜디오 옆문에는 '셔츠 1000장'이라는 간판이 붙어 있었다. 실제로 셔츠가 진열장에 가득했다. 셔츠는 쌓여 있거나, 넥타이를 둘렀거나, 안에 뭔가를 쑤셔넣어 부풀렸거나, 진열장 바닥에 언뜻 우아해 보이는 자태로 드리워져 있었다. '셔츠 1000장'—세어보라! 그 양옆에는 이런 간판이 있었다. '문구점' '과자점' '할인 판매' '특가품'—그리고 〈덧없는 것Déjeuner de Soleil〉에 출연한 콘스턴스 탈마지의 모습이 보였고, 멀리 좀 칙칙한 간판들이 있었다. '성직자복' '사망신고' '장의사'. 삶과 죽음.

딕은 지금 자신이 하고 있는 일이 인생의 전환점을 이룬다는 사실을 알았다—그전의 모든 것에서 벗어나는 일이었다—심지어 자신이 로즈메리에게 주고 싶은 영향과도 맞지 않았다. 로즈메리는 늘 그를 올

* 『위대한 앰버슨가』 등을 쓴 미국 소설가.

바름의 표본으로 보았다—그런 그가 이 블록을 돌아다니는 것은 침입이었다. 그러나 딕은 그의 내부에 가라앉아 있는 어떤 현실의 투사投射 때문에 지금처럼 행동할 수밖에 없었다. 셔츠 소매는 손목에 딱 맞고, 코트 소매는 슬리브 밸브처럼 셔츠 소매를 둘러싸고, 옷깃은 목의 굴곡을 따라 흐르고, 붉은 머리카락은 정확한 길이로 자르고, 손은 멋쟁이답게 작은 서류 가방을 쥔 모습으로, 그 동네를 걷거나 거기 서 있을 수밖에 없었다—베옷을 입고 재를 뒤집어쓴 채 페라라의 한 성당 앞에서서 참회할 수밖에 없다고 생각했던 어떤 사람과 똑같이 필연적인 이유로. 딕은 잊히지 않고, 죄의 사함을 받지 못하고, 삭제되지 않는 것들에 경의를 표하고 있었던 셈이다.

21

그는 사십오 분 동안 서성이다 갑자기 원치 않게 다른 인간과 접촉하게 되었다. 그런 종류의 일은 오히려 아무도 보고 싶지 않은 기분일 때 일어나기 십상이었다. 그는 가끔 자의식이 노출되는 것을 지나치게 엄격히 경계하는 바람에 거꾸로 그런 목적을 달성하는 데 실패하고 말았다. 자신의 역을 눈에 띄지 않게 연기하는 배우가 오히려 관객의 목을 앞으로 쭉 빼게 만드는 것, 관객이 자극을 받아 감정적 관심을 보이게 만드는 것과 마찬가지다. 그렇게 함으로써 보는 사람 쪽에서 그가 열어놓은 공간을 건너 그에게 다가갈 능력이 생겨나는 것 같다. 비슷한 연유로 우리는 동정심을 요구하고 원하는 사람들에게는 안쓰러움을 느끼지 않는다—다른 수단으로 동정심이라는 추상적 기능을 사용하게 만드는 사람들을 위해 우리는 그런 감정을 아껴둔다.

어쩌면 딕 자신도 그뒤에 이어진 사건을 그렇게 분석했을지 모른다. 생트장주 거리를 걷고 있을 때 얼굴이 홀쭉한 미국인이 말을 걸었다. 서른쯤 되었을까. 상처를 입은 듯한 분위기에 희미한, 그러나 불길한 미소를 띠고 있었다. 딕은 그의 요청대로 불을 빌려주면서 그가 자신이 아주 어렸을 때부터 의식해오던 유형에 속한 사람이라고 판단했다—담뱃가게 카운터에 팔꿈치를 괴고 빈둥거리며 어딘지 모르게 아주 좁게 벌어진 정신의 틈으로 가게에 들락거리는 사람들을 지켜보던 유형. 자동차 정비소와 아주 친하여 그곳에서 작은 목소리로 수군거리며 잘 알 수 없는 일을 처리하고, 이발소, 극장 로비 같은 곳들도 제집처럼 편하게 여기는 사람—어쨌든 딕은 그가 그런 장소에 어울린다고 보았다. 가끔 태드*의 잔인한 만화에서 그런 얼굴이 쑥 튀어나오기도 했다—어린 시절 딕은 그런 사람이 서 있는 범죄의 흐릿한 접경지대를 불안한 눈으로 흘끔거리곤 했다.

"형씨, 파리는 마음에 드쇼?"

그 사람은 답을 기다리지도 않고 딕의 걸음에 보조를 맞추려 했다. "어디 출신이오?" 그가 친근하게 물었다.

"버펄로."

"나는 샌안토니요—하지만 전쟁 후에는 줄곧 여기 있었소."

"군에 있소?"

* 미국 만화가 태드 도건.

"굳이 말하자면 과거에는 그랬다고 해야겠지. 84사단—그 부대 들어봤소?"

남자는 딕보다 조금 앞서 걸어가다가 위협적인 느낌을 주는 눈으로 딕을 뚫어져라 바라보았다.

"형씨, 파리에 좀 있을 거요? 아니면 그냥 거쳐가는 길인가?"

"그냥 거쳐가는 길이오."

"어느 호텔에 있소?"

딕은 속으로 웃음을 터뜨렸다—이 작자가 오늘밤 내 방을 털려는구나. 그의 생각이 아무런 자의식 없이 드러난 모양이었다.

"형씨 같은 몸집이면 나를 무서워할 필요는 없잖수. 미국 관광객만 노리고 매복해 있는 부랑자들이 주변에 많지만, 나 같은 사람을 무서워할 필요는 없지."

딕은 지겨워져서 걸음을 멈추었다. "그냥 댁이 어쩌다 이렇게 시간이 남아돌게 되었는지 궁금해하고 있을 뿐이오."

"나는 여기 파리에서 사업을 하고 있소."

"어느 쪽 사업이오?"

"신문을 팔지."

얕잡아보기 힘든 태도와 온건한 직업 사이의 대조가 터무니없을 정도였다—하지만 남자는 다음 말로 그 차이를 메꾸었다.

"걱정 마쇼. 작년에는 많이 벌었으니까—육 프랑짜리 〈서니 타임스〉를 십 프랑, 이십 프랑에 팔아서."

그는 낡은 지갑에서 신문 스크랩을 꺼내어 이제 함께 산책하는 꼴이 된 사람에게 건네주었다—만화는 금을 실은 정기선에서 배와 부두를 잇는 다리를 건너 물줄기처럼 쏟아져나오는 미국인을 보여주고 있었다.

"이십만 명이오—여름 한철에 천만을 쓰지."

"여기 파시에서는 뭘 하는 거요?"

함께 걷는 사람은 조심스럽게 주위를 둘러보았다. "영화." 그가 어두운 표정으로 말했다. "저기에 미국 스튜디오가 하나 있소. 거기에는 영어를 할 줄 아는 사람들이 필요해. 기회가 오기를 기다리고 있소."

딕은 그를 재빨리 단호하게 떨쳐냈다.

로즈메리는 그가 이미 살펴보고 지나온 곳으로 빠져나갔거나, 아니면 그가 동네에 들어오기 전에 떠났다는 것이 분명해졌다. 딕은 모퉁이의 비스트로로 들어가 공중전화용 납 토큰을 하나 사고, 주방과 지저분한 화장실 사이의 벽감으로 비집고 들어가 루아 조르주 호텔로 전화를 했다. 그는 자신의 호흡에 체인스토크스 증상*이 나타난 것을 알아차렸다—그러나 다른 모든 것과 마찬가지로 이 증상도 그가 내면의 감정을 들여다보게 하는 역할을 했다. 그는 호텔의 번호를 댔다. 그런 뒤에 수화기를 붙들고 서서 카페 안을 물끄러미 바라보았다. 한참 뒤에 귀에 선 작은 목소리가 여보세요, 하고 말했다.

"딕이야—전화를 할 수밖에 없었어."

그녀는 입을 다물었다—이윽고 용감하게, 그의 감정에 보조를 맞춘 목소리로 말했다. "전화해주셔서 기뻐요."

"스튜디오로 너를 만나러 왔어—지금 파시에 있어. 스튜디오 건너

* 호흡과 무호흡이 교대로 일어나는 이상 호흡.

편에. 부아*에 드라이브라도 갈까 했었지."

"아, 잠깐 있다 나왔어요! 정말 아쉽네요." 침묵.

"로즈메리."

"네, 딕."

"이봐, 나는 너 때문에 특별한 상황에 빠졌어. 아이가 중년 신사를 혼란스럽게 할 수 있을 때는—일이 까다로워져."

"당신은 중년이 아니에요, 딕—세상에서 가장 젊은 사람이에요."

"로즈메리?" 침묵이 흘렀고 그는 싼 축에 속하는 프랑스 술이 담겨 있는 선반을 물끄러미 보았다—오타르, 럼 세인트제임스, 마리 브리자르, 펀치 오렌지에이드, 앙드레 페르네 블랑코, 셰리 로셰, 아르마냐크 병들.

"혼자 있어?"

—커튼을 쳐도 될까?

"내가 누구와 함께 있고 싶어할 거라고 생각하세요?"

"나도 바로 그런 상태야. 지금 너하고 함께 있고 싶어."

침묵, 이어 한숨과 대답. "당신이 지금 나하고 함께 있으면 얼마나 좋을까."

전화번호 뒤에 그녀가 누워 있는 호텔방이 있고, 그녀 주위에서 음악이 작은 질풍처럼 흐느꼈다.

그리고 둘이서—차茶를.

---

* 프랑스어로 '숲'이라는 뜻.

너에게는 나
나에게는 너
두-울이서만.

그녀의 그을린 얼굴에 바른 분이 기억났다—그가 키스했을 때 그녀의 얼굴은 머리카락과 만나는 곳 근처가 촉촉했다. 그의 얼굴 아래로 하얀 얼굴이 스쳐갔다. 동그스름한 한쪽 어깨도.

"불가능해." 그는 속으로 말했다. 잠시 후 그는 거리로 나와 뮈에트 역을 향해 급하게 걸어갔다. 아니, 거기에서 멀어져간 것인지도 몰랐다. 작은 서류 가방은 여전히 손에 들고 있었다. 손잡이를 금으로 만든 지팡이는 검처럼 끝을 들어올리고 걸었다.

로즈메리는 책상으로 돌아가 어머니에게 쓰던 편지를 마저 썼다.

"—잠깐 봤을 뿐이지만 그 사람이 멋지게 생겼다고 생각했어요. 나는 그 사람을 사랑하게 되었어요(물론 나는 '딕을 가장 사랑'하지만 어머니는 내 말이 무슨 뜻인지 아시잖아요). 그 사람은 정말로 영화를 감독할 거고 곧 할리우드로 떠나요. 우리도 떠나야 할 것 같아요. 콜리스 클레이가 이곳에 왔어요. 클레이는 괜찮은 사람이지만, 다이버 부부 때문에 자주 보지는 않았어요. 다이버 부부는 비범해요. '내가 이제까지 알던 이들 중 가장 멋진 사람들'이라고 할 수 있어요. 오늘은 몸이 안 좋아서 '약'을 먹었어요. 그럴 필요는 '없었지만'. '어머니를 만나서 말해야지 여기서 있었던 일을 글로 다 쓰겠다고는 생각조차 할 수 없어요!!!' 그러니까 이 편지를 받으면 전보, 전보, 전보를 치세요! 북쪽으로 오실래요, 아니면 내가 다이버 부부하고 남쪽으로 갈까요?"

여섯시에 딕은 니콜에게 전화했다.

"특별한 계획 있어?" 그가 물었다. "조용한 걸 좀 하고 싶어—호텔에서 저녁을 먹고 나서 연극 어때?"

"그러고 싶어요? 뭐든지 당신 하고 싶은 걸 해요. 조금 전에 로즈메리한테 전화를 했는데 저녁은 자기 방에서 먹겠다네. 우리 모두에게 속상한 일 아니에요, 안 그래요?"

"나는 속상하지 않아." 그가 항변했다. "여보, 당신 몸이 피곤하지 않으면 뭐 좀 하자고. 안 그러면 나중에 남쪽으로 가서 한 일주일은 왜 우리가 그때 부셰*를 보지 않았을까 하고 후회할 거야. 마음앓이를 하느니 차라리……"

이것은 실수였고 니콜은 날카롭게 닦아세웠다.

"뭐 때문에 마음앓이를 하죠?"

"마리아 윌리스 말이야."

그녀는 연극을 보러 가기로 했다. 너무 피곤하다는 이유로 하지 못하는 일은 절대 없도록 하자는 것이 그들 사이의 오랜 약속이었으며, 그렇게 하면 하루하루가 전체적으로 더 나아지며 저녁도 더 정연하게 마무리된다는 것을 그들은 알았다. 불가피하게 기분이 처질 때에는 다른 사람들의 싫증과 피로를 탓했다. 그들은 파리에서 찾아볼 수 있는 가장 멋진 부부의 모습으로 외출하면서 로즈메리의 방문을 가볍게 두드렸다. 답이 없었다. 그들은 로즈메리가 잔다고 생각하고 따뜻하고

* 프랑스 배우.

요란한 파리의 밤으로 걸어들어가, 푸케 호텔 바의 어두운 곳에서 베르무트 앤드 비터스를 서둘러 마셨다.

22

니콜은 느지막이 일어나, 잠과 엉킨 긴 속눈썹들을 들어올리기 전에 꿈에 대고 뭔가 웅얼거렸다. 딕의 침대는 비어 있었다—잠시 후에야 그녀는 자신이 응접실 문을 두드리는 소리에 잠을 깼음을 깨달았다.

"들어와요!" 그녀가 소리쳤지만 답이 없었다. 잠시 후 니콜은 가운을 걸치고 문을 열러 갔다. 경찰이 정중한 태도로 그녀를 마주보다가 문 안쪽으로 들어왔다.

"아프간 노스 씨—여기 있습니까?"

"네? 없어요—미국에 갔어요."

"언제 떠났습니까, 부인?"

"어제 아침에요."

경찰은 고개를 젓더니 그녀를 향해 검지를 흔들었다. 박자가 점점 빨라졌다.

"그 사람은 어젯밤에 파리에 있었습니다. 이곳 숙박부에 등록을 했지만 방은 사용하지 않았습니다. 다들 이 방에 와서 물어보는 게 좋을 거라고 하더군요."

"아주 이상한 얘기네요—어제 아침에 임항열차 타는 것을 전송했는데요."

"그렇다 해도 그 사람은 오늘 아침 이곳에서 목격되었습니다. 심지어 신분증도 발견되었습니다. 이것 보세요."

"우리는 전혀 모르는 일이에요." 니콜은 놀란 목소리로 분명하게 말했다.

경찰은 생각에 잠겼다. 잘생겼지만 악취가 나는 사람이었다.

"어젯밤에 그 사람과 함께 있었던 적은 없나요?"

"없어요."

"검둥이 하나를 체포했습니다. 우리는 마침내 제대로 체포한 거라고 확신하고 있지요."

"분명히 말씀드리는데, 도대체 무슨 말인지 전혀 모르겠어요. 지금 말하는 사람이 에이브러햄 노스, 우리가 아는 그 사람이라면, 글쎄요, 그 사람이 어젯밤 파리에 있었다 하더라도 어쨌든 우리는 모르고 있었어요."

남자는 고개를 끄덕이고 윗입술을 빨았다. 그녀의 말을 믿었지만 실망하고 있었다.

"무슨 일이 생긴 거죠?" 니콜이 다그쳤다.

남자는 두 손바닥을 보이며 다문 입을 불룩하게 부풀렸다. 비로소 그녀가 매력적이라는 생각을 하기 시작한 그의 눈이 그녀를 향해 깜빡이고 있었다.

"뭘 바라십니까, 부인? 여름에 늘 벌어지는 일이죠. 아프간 노스 씨가 강도를 당해서 민원을 제기했습니다. 우리는 범인을 체포했고요. 아프간 씨가 와서 그자를 확인해주고 정식으로 고발을 해야 합니다."

니콜은 가운을 바싹 여미고 딱딱한 말투로 경찰을 내보냈다. 그녀는 어리둥절한 상태에서 목욕을 하고 옷을 입었다. 그러고 나자 열시가 지났다. 로즈메리에게 전화를 했지만 받지 않았다—그런 뒤에 호텔 사무실에 전화해서, 에이브가 실제로 아침 여섯시 반에 체크인을 했다는 걸 확인했다. 그러나 방에는 아직 들어오지 않았다. 그녀는 딕에게서 소식이 있을 것이라고 기대하여 스위트의 응접실에서 기다렸다. 그러다 막 포기하고 나가려는데, 호텔 사무실에서 전화하여 프랑스어 발음이 섞인 영어로 말했다.

"미스테어 크로쇼가 뵙자고 합니다, 흑인입니다만."

"무슨 일로요?" 니콜이 따지듯이 물었다.

"부인과 독테어를 안다고 합니다. 온 세상의 친구인 미스테어 프리먼이 감옥에 가게 생겼다고 하네요. 부당한 일이기 때문에 자기도 체포되기 전에 미스테어 노스를 보고 싶다고 하는데요."

"우리는 전혀 모르는 일이에요." 니콜은 모든 것을 부정하고 수화기를 쾅 내려놓았다. 에이브가 이런 괴상한 방식으로 다시 나타나자 그녀는 자신이 그의 방종에 얼마나 피곤을 느끼는지 분명히 알게 되었다. 그녀는 마음에서 에이브를 몰아낸 뒤 외출했다가 양장점에서 우연히 만난 로즈메리와 함께 리볼리 거리에서 조화와 다채로운 색깔의 구슬이 달린 목걸이를 샀다. 니콜은 로즈메리가 어머니에게 줄 다이아몬드를 고르는 걸 도와주었으며, 일 때문에 아는 캘리포니아 사람들에게 주기 위해 귀국길에 가져갈 스카프와 신기한 담배 케이스를 고르는 것도 도와주었다. 니콜은 아들에게 줄 그리스와 로마 병정 인형을 샀는데, 한 부대를 다 사느라 천 프랑 이상이 들었다. 이번에도 그들은 서로 다른 방식으로 돈을 썼으며, 이번에도 로즈메리는 니콜의 소비 방식에 감탄했다. 니콜은 자신이 쓰는 돈이 그녀 자신의 것이라고 믿었다—그러나 로즈메리는 여전히 자신의 돈이 기적적으로 빌린 것이라고 생각했으며, 따라서 아주 조심할 수밖에 없었다.

외국 도시에서 햇빛을 받으며 돈을 쓰는 것은 재미있었다. 그들의 건강한 몸은 얼굴로 물줄기처럼 색깔을 올려보냈다. 그들은 팔과 손, 다리와 발목을 자신 있게 뻗었다. 남자들에게 어여뻐 보이는 여자들의 자신감으로 손을 내밀고 걸음을 내디뎠다.

호텔로 돌아와 만난 딕이 아침을 맞아 찬란하고 새로운 모습을 보여주자, 둘 다 아이처럼 완전한 기쁨의 순간을 누렸다.

딕은 방금 에이브에게서 들리다 말다 하는 전화를 받았다. 에이브는 어디에 숨어서 오전을 보낸 것 같았다.

"평생 이런 특별한 전화 통화를 해본 적이 없는 것 같아."

딕은 에이브만이 아니라 다른 사람 여남은 명과도 이야기를 했다. 전화에서 이 나머지 사람들은 보통 이런 식으로 등장했다. "……선생님과 이야기를 나누고 싶어하는 사람은 테폿 돔*에 관련되어 있습니다. 아, 자기 말로는 그렇다고 하는데—대체 그게 뭡니까?"

"보세요, 누군지 몰라도, 입다물어요—어쨌든 그 사람은 어떤 샨들인지 스캔들인지에 얽혀 있어 도저히 고향에 갈 수가 없답니다. 나 자신의 신분이—내 신분은 그 사람이……" 꿀꺽 소리가 들리고, 그뒤로 잠잠해지면서 그 사람이 하려던 말은 알 수 없게 되었다.

전화기를 잡은 사람이 추가로 제안을 내놓기도 했다.

* 티폿 돔을 이상하게 발음한 것으로, 티폿 돔 스캔들은 1920~1923년에 미국에서 일어난 뇌물 사건.

"어쨌든 선생님은 심리학자니까 여기에 흥미가 있을 거라고 생각했습니다." 그런 말을 한 모호한 인물은 결국 오랫동안 전화를 붙들고 있었으나, 그뒤에 이어진 말은 심리학자 딕의 흥미를 끌지 못했다. 사실 딕의 다른 어떤 면도 호기심을 느끼지 못했다. 에이브와 나눈 대화는 이런 식으로 흘러갔다.

"여보세요."

"흠?"

"흠, 여보세요."

"누구세요?"

"흠." 코를 킁킁거리는 웃음소리가 끼어들었다.

"흠, 다른 사람을 바꿔줄게요."

가끔 딕은 에이브의 목소리를 들을 수 있었다. 거기에는 드잡이 소리, 수화기를 떨어뜨리는 소리, 또 멀리서 "아니, 나는 아닙니다, 노스 씨……" 같은 단편적인 소리들이 따라왔다. 그러다가 건방지고 단호한 목소리가 말했다. "당신이 노스 씨 친구라면 이리 와서 데려가쇼."

에이브가 엄숙하고 묵직한 목소리로 끼어들어, 굳은 결심이 섞인 목소리로 다른 목소리들을 모두 잠재웠다.

"딕, 내가 몽마르트르에서 인종 폭동을 일으켰네. 내가 가서 프리먼을 감옥에서 빼낼 거야. 만일 코펜하겐 출신의 구두약을 만드는 검둥이가—여보세요, 내 말 들리나—흠, 이보게, 만일 누가 거기 가면……" 다시 수화기에서 헤아릴 수 없이 많은 선율의 합창이 흘러나왔다.

"왜 파리에 돌아온 건가?" 딕이 따졌다.

"에브뢰까지 갔지만, 비행기를 타고 돌아와 생쉴피스하고 비교해보기로 했네. 내 말은 생쉴피스를 파리로 다시 가져오겠다는 게 아니야. 심지어 바로크 이야기를 하는 것도 아니야. 내 말은 생제르맹이야. 제발 조금만 기다려봐, 벨보이를 바꿔줄 테니까."

"제발, 그러지 마."

"이보게—메리는 잘 떠났나?"

"그래."

"딕, 오늘 아침에 여기서 만난 사람하고 한번 이야기해보게. 해군 장교 아들인데 유럽의 의사란 의사는 다 찾아가봤대. 내가 그 사람 이야기를 해주지……"

딕은 이쯤에서 전화를 끊어버렸다—어쩌면 이것은 배은망덕일 수도 있었다. 딕은 정신의 제분 활동에 쓸 곡물이 필요한 사람이었기 때문이다.

"에이브가 전에는 아주 괜찮았는데." 니콜이 로즈메리에게 말했다. "아주 괜찮았어요. 오래전—딕하고 내가 처음 결혼했을 때는. 로즈메리도 그때 그 사람을 알았다면 좋았을걸. 우리집에 와서 몇 주씩 있다 가곤 했는데, 우리는 그 사람이 집에 있다는 것도 잘 몰랐다니까. 가끔 연주를 했지—가끔 소리를 죽인 피아노가 있는 서재에 틀어박혀 쉬지 않고 그걸 사랑해주었는데—딕, 그 하녀 기억나요? 하녀는 에이브가 유령이라고 생각했어요. 에이브는 가끔 복도에서 그 하녀를 만나면 음매 하고 울음소리를 냈죠. 그 바람에 한번은 들고 오던 차를 그 자리에 떨어뜨리기도 했어요—하지만 우리는 아랑곳하지 않았죠."

아주 재미있었다—아주 오래전에는. 로즈메리는 그들이 느꼈을 재미를 부러워하며, 자신의 생활과는 다른 유유자적한 생활을 상상했다. 그녀는 그런 유유자적함은 거의 알지 못했지만, 전혀 그것을 누려보지 못한 사람 특유의 존중하는 마음이 있었다. 그녀는 그것을 쉬는 것이라고 생각했을 뿐, 사실 다이버 부부는 로즈메리와 마찬가지로 긴장을 푸는 것과는 거리가 먼 사람들이라는 건 깨닫지 못했다.

"그런데 그 사람은 왜 이렇게 된 거예요?" 로즈메리가 물었다. "왜 술을 마시게 된 거죠?"

니콜은 고개를 좌우로 흔들어 그 문제에 대한 책임을 부인했다. "요즘에는 똑똑한 사람이 박살이 나는 경우가 아주 많잖아."

"언제는 안 그랬나?" 딕이 말했다. "똑똑한 사람들은 그럴 수밖에 없기 때문에 한계 가까이까지 밀고 나가—하지만 그런 사람들 가운데 몇몇은 그걸 견디지 못하지. 그래서 그만두는 거야."

"그보다는 깊은 이유가 있는 게 분명해요." 니콜은 자신의 이야기에 매달렸다. 딕이 로즈메리 앞에서 자신의 말에 반대하는 것에 짜증이 나기도 했다. "예술가들, 예를 들어—음, 페르낭 같은 예술가는 알코올에 탐닉할 필요가 없는 것 같아요. 왜 꼭 미국인들만 방탕하게 구는 거죠?"

이 질문에 대한 답은 너무 많아 딕은 그냥 내버려두기로 했다. 니콜의 귀에서 그 질문이 의기양양하게 울려대는 것도 좋겠다고 생각했다. 그는 이즈음 그녀를 매우 비판적으로 보게 되었다. 그녀를 자신이 본 가장 매력적인 인간이라고 생각하기는 했지만, 그녀로부터 필요한 모든 것을 얻기는 했지만, 멀리서 전투의 냄새를 맡았기 때문에 그는 무의식적으로 매시간 자신을 단단하게 굳히며 무장하고 있었다. 그는 자기 좋을 대로 행동하거나 생각하는 사람이 아니었음에도 이 순간 그런 태도에 빠져서는, 니콜이 로즈메리에 대한 그의 감정적 흥분 정도만 짐작하고 있을 것이라는 희망에 눈이 멀어 자신이 꽤나 볼품없는 짓을 하고 있다는 생각이 들었다. 사실 그는 자신이 없었다—어젯밤 극장에서 니콜은 신랄한 어조로 로즈메리를 어린아이라고 언급했기 때문이다.

세 사람은 아래층에 내려가 패드를 넣은 옷을 입은 웨이터들이 카펫 위를 돌아다니는 환경에서 점심을 먹었다. 웨이터들은 그들이 최근에 식사를 했던 식당과는 달리 음식을 얼른 식탁에 가져오려고 빠른 걸음으로 쿵쾅거리며 걷지 않았다. 이곳에는 주위의 미국인 가족들을 둘러보며 서로 대화를 나누려고 노력하는 미국인 가족들이 있었다.

옆 탁자에는 그들이 파악할 수 없는 사람들 한 무리가 있었다. 그곳에는 상냥하고, 약간 비서 같은, 미안하지만 다시 말해주시겠습니까, 하고 말할 것 같은 젊은 남자 하나와 여자 스무 명이 있었다. 여자들은 젊지도 늙지도 않았고 특정 사회 계급에 속하지도 않았다. 그럼에도 그들은, 예를 들어 남편들의 직업적 회합 때문에 어쩌다 한군데 모이게 된 부인들보다는 더 밀접하게 연결된 하나의 집단이라는 인상을 주었다. 물론 어떤 관광객 무리보다도 훨씬 강하게 결합된 하나의 집단이었다.

본능적으로 딕은 혀 위에서 생겨나고 있던 신랄한 조롱을 삼켜버렸다. 그는 웨이터에게 그들이 누구인지 알아봐달라고 부탁했다.

"골드 스타 어머니*들입니다." 웨이터가 설명했다.

* 제1차세계대전에서 자식을 잃은 어머니들의 모임.

세 사람은 크고 나지막한 소리로 감탄했다. 로즈메리의 눈에 눈물이 고였다.

"젊은 여자들은 아마 어머니가 아니라 부인이겠지." 니콜이 말했다.

딕은 와인잔 너머로 그들을 다시 보았다. 그들의 행복한 얼굴, 그 일행을 둘러싸며 그들에게 스며들고 있는 위엄에서 그는 나이든 축에 속하는 미국인들의 성숙을 감지했다. 죽은 자를, 돌이킬 수 없는 것을 애도하러 온 차분한 여자들 때문에 한동안 방이 아름다웠다. 순간적으로 딕은 다시 아버지의 무릎에 앉아 모즈비*와 함께 말을 달리는 느낌이 들었다. 오랜 의리와 헌신이 그의 주위에서 계속 싸움을 벌이고 있었다. 상당한 노력을 기울인 뒤에야 함께 탁자에 앉은 두 여자를 돌아보고 자신이 믿고 있는 완전히 새로운 세계를 다시 마주볼 수 있었다.

—커튼을 쳐도 될까?

23

에이브 노스는 여전히 리츠 호텔 바에 있었다. 아침 아홉시부터 줄곧 그곳에 있었다. 그가 피난처를 찾아 이곳에 도착했을 때는 창문들이 열려 있었고 굵은 빛살들이 뿌연 카펫과 쿠션으로부터 먼지를 끌어모으느라 바빴다. 의무에서 벗어나 해방된 벨보이들은 복도를 신나게 돌아다니고 있었다. 이 순간만큼은 깨끗한 공간 속에서 움직이고 있었

* 미국 남북전쟁 때 남군의 유명한 장교.

다. 본래의 바 건너편에 있는, 여자들이 앉을 수 있는 바는 아주 작았다—오후에 얼마나 많은 무리를 수용할 수 있을지 상상하기 어려웠다.

바의 운영자인 유명한 폴은 아직 도착하지 않았지만, 재고를 확인하던 클로드가 예의에 벗어나게 놀라는 기색 없이 하던 일을 멈추고 에이브에게 기운을 차릴 만한 술을 만들어주었다. 에이브는 벽에 붙인 벤치에 앉았다. 두 잔을 마시자 기분이 나아지기 시작했다—매우 나아졌기 때문에 이발소로 올라가 면도를 했다. 바로 돌아가니 폴이 와 있었다—주문 제작한 자동차를 타고 왔으며, 어김없이 카퓌신대로에서 내렸다. 폴은 에이브를 좋아하여 다가와 이야기를 나누었다.

"아침에 귀국선을 탔어야 하는데." 에이브가 말했다. "어제 아침에. 오늘 아침이든 어제 아침이든."

"왜 안 갔나요?" 폴이 물었다.

에이브는 생각을 해보고, 마침내 한 가지 이유가 떠올랐다. "『리버티』에서 연재물을 읽고 있는데 마침 여기 파리에서 다음 호가 나오는 날이더라고—만일 배를 타고 가면 그걸 놓치는 거지—그럼 그걸 다시는 읽지 못하게 되는 거고."

"아주 훌륭한 이야기였나보군요."

"형편없는 이야기였지요."

폴은 낄낄거리며 일어서다가 동작을 멈추고 의자 등받이에 몸을 기댔다.

"정말 떠나고 싶으면, 노스 씨, 내일 프랑스호를 타는 노스 씨 친구들이 있는데—그 사람 이름이 뭐더라—또 한 사람은 슬림 피어슨인데. 뭐더라—생각해보겠습니다—새로 턱수염을 기르고 키가 큰 사람인데."

"야들리." 에이브가 대신 이야기해주었다.

"맞아요, 야들리 씨. 두 사람이 프랑스호를 타고 간답니다."

폴이 일을 하러 가려 하자 에이브가 붙들었다. "내가 꼭 셰르부르를 거쳐가야 하는 게 아니라면 그것도 좋겠지. 하지만 수하물이 그쪽으로 갔거든."

"수하물은 뉴욕에서 찾으면 되죠." 폴이 말하고 물러났다.

그 제안의 논리가 점차 에이브의 태도에 스며들어갔다—그는 돌봄을 받는 것에, 아니 그보다는 무책임한 상태를 연장시키는 것에 상당히 의욕을 보이게 되었다.

그동안 다른 손님들도 바로 흘러들어왔다. 처음에는 에이브가 어딘가에서 만난 적이 있는 거대한 덴마크인이 들어왔다. 덴마크인은 바를 가로질러 건너편 자리에 앉았는데, 에이브가 보기에는 하루종일 그곳에서 술을 마시고, 점심을 먹고, 이야기를 하고, 신문을 읽을 것 같았다. 에이브는 그보다 더 오래 있고 싶은 욕구를 느꼈다. 열한시가 되자 남자 대학생들이 들어왔다. 그들은 서로 지갑이 다 털리지 않도록 조심스럽게 속도를 냈다. 이때쯤 에이브는 벨보이를 시켜 다이버 부부에게 전화를 하게 했다. 그들과 연락이 되었을 즈음에는 다른 친구들하고도 연락이 닿았다—그는 직감적으로 여러 전화로 그들 모두와 동시에 통화를 해야겠다고 생각했다—그 결과는 약간 애매했다. 가끔 그의 마음이 어서 가서 프리먼을 감옥에서 꺼내야 한다는 사실로 돌아갔지만, 결국 모든 사실을 악몽의 일부로 여기고 털어내버렸다.

한시가 되자 바는 만원이 되었다. 그로 인한 목소리들의 뒤섞임 속에서 웨이터들이 움직이면서 고객들에게 술과 돈이라는 현실을 일깨워주었다.

"그러면 스팅어 두 잔이네요…… 그리고 한 잔 더…… 마티니 두 잔하고…… 이제 그만드십니까, 쿼털리 씨…… 그럼 세 잔이네요. 칠십오 프랑입니다, 쿼털리 씨. 셰퍼 씨가 이것을 드시겠다고—손님은 다 드셨다고……저는 손님이 말씀하시는 것만 할 수 있습니다…… '증'말 감사합니다."

혼란 속에서 에이브는 앉았던 자리를 뺏겼다. 이제 그는 서서 가볍게 흔들리며 전에 관계가 있었던 사람들 몇 명과 이야기를 나누었다. 테리어 한 마리가 그의 다리에 끈을 감았지만 에이브는 개를 놀라게 하지 않고 다리를 빼냈으며, 넘치는 사과를 받았다. 곧 그는 점심 초대를 받았지만 사양했다. 이제 곧 브리글리트*에 가야 하며, 브리글리트에서 할 일이 있다고 설명했다. 잠시 후 에이브는 죄수나 하인의 태도와 비슷한 알코올중독자 특유의 태도로 한 지인에게 작별인사를 하고 돌아서다가, 바의 멋진 순간이 시작될 때와 마찬가지로 갑작스럽게 끝났다는 것을 알았다.

건너편의 덴마크인과 동석자들은 점심을 주문해놓았다. 에이브도 마찬가지였지만 거의 손을 대지 않았다. 그런 다음 과거 속에 사는 것이 행복하여 그냥 앉아 있었다. 술은 과거의 행복한 것들이 현재와 같은 시간에 존재하게 해주었다. 그것들이 지금도 계속되는 것 같았다. 술은 심지어 과거의 행복한 것들이 곧 다시 일어날 것처럼, 미래와 같은 시간에 존재하게도 해주었다.

---

* 감옥.

네시에 종업원이 다가왔다.

"율스 페테르손이라는 이름의 유색인을 만나고 싶으신가요?"

"맙소사! 그 사람이 나를 어떻게 찾은 거야?"

"손님이 계시다고 말하지는 않았어요."

"그럼 누가 말한 거야?" 에이브는 잔들 위로 쓰러졌지만 곧바로 일어났다.

"아까부터 미국인 바와 호텔을 다 뒤지고 다녔다는데요."

"나 여기 없다고 해—" 종업원이 몸을 돌릴 때 에이브가 물었다. "그 친구가 여기 들어와도 되나?"

"알아볼게요."

폴은 질문을 받자 어깨 너머를 흘끗 보더니 고개를 저었다. 그가 에이브를 보며 다가왔다.

"미안해요. 그건 허락할 수 없어요."

에이브는 힘겹게 일어서서 캉봉 거리로 나갔다.

24

리처드 다이버는 자그마한 가죽 서류 가방을 손에 들고 제7구 경찰서에서 걸어나와—그곳에서 마리아 월리스에게 '디콜'이라고 서명한 메모를 남기고 왔다. 이 이름은 그와 니콜이 처음 사랑을 시작했던 시절 편지에 하던 서명이었다—그가 쓰는 돈에 어울리지 않게 직원들이 안달을 하며 비위를 맞춰주는 셔츠 맞춤 가게로 갔다. 훌륭한 품행으로, 경제적 안정으로 가는 열쇠를 쥐었다는 분위기로 그 가난한 영국인들에게 그렇게 큰 기대감을 품게 하는 것이 부끄러웠고, 재단사에게 실크 셔츠의 소매 길이를 1인치 바꾸게 하는 것이 부끄러웠다. 그런 뒤에는 크리용 호텔의 바로 가서 커피와 진을 작은 잔으로 마셨다.

호텔로 들어서자 현관이 부자연스러울 정도로 밝게 느껴졌다. 호텔을 나오면서 밖이 이미 어두워졌기 때문임을 깨달았다. 바람이 많이 부는 네시의 밤이었다. 숱이 준 샹젤리제의 잎들은 사납게 펄럭이며 노래를 부르다 늘어지곤 했다. 딕은 방향을 틀어 리볼리 거리로 내려가 지붕이 있는 광장 두 개를 지나 우편물이 있는 은행으로 갔다. 그런 뒤에 택시를 타고 그의 사랑을 품은 채 홀로 앉아 후드득 떨어지는 첫비를 뚫고 샹젤리제를 올라가기 시작했다.

앞서 두시에 루아 조르주 호텔로 돌아갔을 때 복도에서 본 니콜의 아름다움을 로즈메리의 아름다움과 비교해보니, 마치 레오나르도 다 빈치가 그린 소녀의 아름다움을 삽화가가 그린 소녀의 아름다움과 비교하는 느낌이었다. 딕은 빗속을 계속 움직였다. 귀신처럼 보이기도 했고 겁에 질린 것처럼 보이기도 했다. 그의 내부에는 많은 남자들의 열정이 있었고, 그의 눈에 보이는 어떠한 것도 단순하지 않았다.

로즈메리는 다른 누구도 알지 못하는 감정들로 가득한 상태에서 문을 열었다. 그녀는 이제 사람들이 가끔 "귀엽지만 제멋대로인 계집애"라고 부르는 존재가 되어 있었다—스물네 시간 꼬박 아직 내부의 통일을 이루지 못한 채, 혼돈을 가지고 노는 데 몰두하고 있었다. 마치 자신의 운명이 그림 맞추기 퍼즐인 것처럼—그녀는 묵주의 각 단을 넘어가듯 딕, 니콜, 어머니, 어제 만난 감독에 머물렀다가, 이익을 따지고, 희망을 따져보았다.

딕이 문을 두드렸을 때 그녀는 막 옷을 입고 비를 바라보면서 어떤 시詩, 그리고 베벌리힐스의 물이 가득찬 배수구를 생각하고 있었다. 문을 열었을 때 그는 늘 그랬던 것처럼 어떤 고정된 존재, 신 같은 존재로 보였다. 젊은 사람들 눈에 나이든 사람들이 흔히 그렇게 비치듯이 경직되고 순응성이 없는 것처럼 보였다. 딕은 그녀를 보며 불가피하게 실망감을 맛보았다. 그녀의 무방비 상태의 달콤한 미소에, 아직 꽃봉오리지만 곧 개화할 것이라는 믿음을 심어줄 수 있도록 1밀리미터 단위까지 계산되어 있는 그녀의 몸에 응답하는 데 잠시 시간이 걸렸다. 딕은 욕실 문앞에서부터 바닥 깔개에 쭉 찍혀 있는 그녀의 젖은 발자국을 의식하고 있었다.

"미스 텔레비전." 딕은 실제로 느끼는 것과는 달리 가볍게 말했다. 그는 장갑, 서류 가방을 화장대에 내려놓고, 지팡이를 벽에 기대두었다. 턱이 입 주위의 고통의 주름들을 장악하여 이마와 눈초리 쪽으로 밀어올렸다. 사람들 앞에서는 내보일 수 없는 두려움을 감추는 것 같았다.

"와서 내 가까이 무릎에 앉아." 그가 작은 소리로 말했다. "네 예쁜 입을 보고 싶어."

로즈메리는 다가와 무릎에 앉았고, 밖에서 빗방울이 뚝뚝 듣는 속도가 느려지는 동안—뚝—뚜-우-욱, 자신이 창조한 아름답고 차가운 이미지에 입술을 갖다댔다.

곧 그녀는 그의 입에 몇 번 키스를 했다. 그녀의 얼굴이 그에게 다가

오면서 커졌다. 딕은 그녀의 고운 피부만큼 아찔한 것은 본 적이 없었다. 가끔 아름다움은 가장 훌륭한 생각들을 자극하기 때문에, 딕은 니콜에 대한 책임, 복도 건너 문 두 개를 지나 있는 그녀에 대한 책임을 떠올렸다.

"비가 그쳤군." 딕이 말했다. "슬레이트 지붕 위로 해가 보여?"

로즈메리는 일어서서 딕을 향해 아래로 몸을 숙이더니 그녀로서는 가장 신실한 말을 했다.

"아, 우리는 대단한 배우예요—당신하고 나."

로즈메리는 화장대로 갔다. 그녀가 빗을 머리에 수평으로 갖다대는 순간 느리고 집요하게 문을 두드리는 소리가 들렸다.

그들은 충격 때문에 꼼짝도 하지 못했다. 문을 두드리는 소리는 고집스럽게 되풀이되었다. 그 순간 로즈메리는 문이 잠겨 있지 않다는 것을 깨닫고 한 번의 빗질로 머리 손질을 끝낸 다음, 함께 앉아 있던 침대의 이불을 확 잡아당겨 주름을 편 딕을 향해 고갯짓을 하고 나서 문으로 향했다. 딕은 너무 크지 않게 자연스러운 목소리로 말했다.

"—그러니까 밖에 나가고 싶은 기분이 아니면 내가 니콜한테 말을 하죠. 우리는 마지막 저녁을 아주 조용하게 보낼 거예요."

그러나 이런 조심은 불필요했다. 문밖에 있는 사람들은 너무 괴로운 상황에 처해 있었기 때문에, 자신들과 관련이 없는 문제에 관해서는 그때그때 순간적인 판단을 할 뿐 모두 제쳐놓고 있었기 때문이다. 그곳에는 지난 스물네 시간 동안 몇 달은 나이를 더 먹은 에이브, 그리고 에이브가 스톡홀름의 페테르손 씨라고 소개한, 잔뜩 겁에 질린 근심 어린 표정의 유색인이 서 있었다.

"이 사람은 끔찍한 상황에 처했는데 그게 다 내 잘못이야." 에이브가 말했다. "훌륭한 조언이 좀 필요해."

"우리 방으로 가세." 딕이 말했다.

에이브가 로즈메리도 가야 한다고 고집을 부렸기 때문에 그들은 모두 함께 복도를 건너 다이버 부부의 스위트로 갔다. 경계 주*에 살며 공화당을 지지하는 얌전한 흑인 스타일의 작고 품위 있는 검둥이 율스 페테르손이 뒤를 따랐다.

이자는 이른 아침 몽파르나스에서 벌어진 분쟁의 법적 증인인 듯했다. 그는 에이브를 따라 경찰서로 가서, 어떤 검둥이가 그의 손에서 천 프랑짜리 지폐를 빼앗아갔다는 에이브의 주장을 뒷받침해주었다. 그리고 그 검둥이의 신원을 확인하는 것이 이 사건의 여러 쟁점 가운데 하나였다. 에이브와 율스 페테르손은 경찰관과 함께 비스트로로 돌아가 성급하게 한 검둥이를 범인으로 지목했는데, 한 시간 뒤에 확인된 바에 따르면 그 검둥이는 에이브가 떠나고 나서 그곳에 왔다. 아주 이른 시간에 알코올이 섞인 안개를 뚫고 잠시 흘러들었다 사라졌을 뿐인, 저명한 레스토랑 경영자인 검둥이 프리먼을 경찰이 체포하는 바람에 상황은 더 복잡해졌다. 진짜 범인은, 그의 친구들이 전하는 바에 따르면, 에이브가 주문한 술값을 내기 위해 오십 프랑짜리 지폐를 징발했을 뿐이라고 주장하고 있었는데, 조금 전에야 약간 불길한 역을 맡아 현장에 다시 나타났다.

간단히 말해 에이브는 한 시간이라는 짧은 시간 동안 파리 카르티에

* 노예제를 채택한 남부의 주들 가운데 북부와 맞닿아 있던 주.

라탱에 사는 한 아프리카계 유럽인과 세 아프리카계 미국인의 개인 생활, 양심, 감정과 뒤얽혀버렸다. 거기에서 빠져나올 방법은 전혀 찾을 수 없었으며, 예기치 않은 장소에서 또 예기치 않은 모퉁이를 돌았을 때 낯선 검둥이의 얼굴들이 튀어나오고, 전화로 검둥이의 목소리가 집요하게 들려오는 분위기에서 하루가 지나갔다.

그럼에도 에이브는 율스 페테르손만 빼고는 그들 모두를 직접 만나는 일을 피할 수 있었다. 페테르손은 백인을 도운 우호적인 인디언의 위치에 있다고 볼 수 있었다. 그의 배신 때문에 고생하게 된 검둥이들은 에이브를 쫓는다기보다는 페테르손을 쫓고 있었으며, 페테르손은 최대한 보호를 받기 위해 에이브를 열심히 쫓아다녔다.

페테르손은 스톡홀름에서 작은 구두약 제조업체를 운영하다 실패하여, 지금은 제조 비법과 작은 상자에 들어갈 만한 작업용 연장밖에 남은 것이 없었다. 그러나 그의 새로운 보호자는 새벽에 그에게 베르사유에서 사업을 하게 해주겠다고 약속했다. 에이브의 운전사였던 사람이 그곳에서 구두를 만들었다. 에이브는 페테르손에게 우선 이백 프랑을 건네주었다.

로즈메리는 이 복잡하고 장황한 이야기를 들으며 혐오감을 느꼈다. 이 일의 그로테스크한 면을 제대로 보려면 그녀보다는 튼튼한 유머 감각이 필요했다. 휴대용 공장을 들고 다니는 작은 남자, 가끔 휘둥그레지며 공포에 질린 하얀 반원을 드러내는 위선적인 눈. 에이브의 모습. 그의 얼굴은 그 여위고 섬세한 선들에도 불구하고 흐릿하게 번져 보였다—이 모든 것이 그녀에게는 몸의 질병만큼이나 멀었다.

"나는 그저 인생에서 한 번의 기회를 원할 뿐입니다." 페테르손이 식민지 나라들 특유의 또박또박하면서도 왜곡된 억양으로 말했다. "내 사업 방식은 소박합니다. 내 제조법이 너무 좋아서 스톡홀름에서 쫓겨난 겁니다. 그것을 처분하라는 요구를 들어주지 않아서 망한 거지요."

딕은 정중한 태도로 그를 보았다—관심이 생겼다가 이내 사라지고, 그는 에이브에게로 눈길을 돌렸다.

"어디 호텔에라도 가서 좀 자게. 자네가 멀쩡해진 다음에 페테르손 씨가 자네를 만나러 갈 걸세."

"페테르손이 얼마나 곤란한 상황에 처했는지 모르는 건가?" 에이브가 항변했다.

"복도에서 기다리지요." 페테르손 씨가 얌전하게 말했다. "내가 있는 데에서 내 이야기를 하기는 어려우실 테니까요."

그는 프랑스식 절을 짧고 형편없게 흉내낸 뒤에 물러났다. 에이브는 기관차처럼 신중하게 몸을 일으켜세웠다.

"내가 오늘은 인기가 별로 없나보군."

"인기는 있지만 이야기가 그럴듯하지 않은 거지." 딕이 조언했다. "내 충고는 이 호텔을 떠나라는 걸세—원한다면 바에 들렀다 가. 샹보르로 가게. 만일 서비스가 많이 필요하면 머제스틱으로 가고."

"술 한잔 폐를 끼쳐도 되겠나?"

"여기에는 전혀 없네." 딕이 거짓말을 했다.

체념한 에이브는 로즈메리와 악수를 했다. 그는 천천히 얼굴 표정을 가라앉히고, 오랫동안 그녀의 손을 잡고 무슨 말을 하려 했으나 잘 나오지 않았다.

"로즈메리는 최고의—최고라고 할 수 있는—"

그녀는 안타까웠지만, 그의 더러운 손에는 약간 역겨움을 느꼈다. 그러나 교육을 잘 받은 사람처럼 웃어주었다. 사람이 느린 꿈 속을 걸어다니는 모습을 지켜보는 것이 그녀에게는 별로 특별한 일이 아니라는 듯이. 사람들은 종종 술 취한 사람에게 묘한 존경심을 드러낸다. 순박한 종족이 미친 사람에게 보여주는 존경심과 비슷한 것이다. 두려움이라기보다는 존경심이다. 모든 억제를 놓아버린 사람, 뭐든지 저지를 수 있는 사람은 왠지 경외심을 불러일으킨다. 물론 우리는 그가 우월한 위치에 서는 순간, 당당해 보이는 순간에 대한 대가를 나중에 톡톡히 치르게 하지만. 에이브는 딕을 돌아보며 마지막으로 호소했다.

"호텔에 가서 뜨거운 증기도 쐬고 빗질도 하고 또 잠도 좀 자고, 이 세네갈 사람들도 떨쳐버리고 나면—그럼 와서 난롯가에서 저녁을 보내도 되는 건가?"

딕은 그에게 고개를 끄덕였다. 그러나 동의보다는 조롱에 가까웠다. "자네는 현재의 자네 능력을 높게 평가하는군."

"니콜이 여기 있다면 내가 돌아오게 해줄 거라고 장담하네."

"좋아." 딕은 여행 가방을 올려둔 곳으로 가서 상자 하나를 응접실 방 가운데 탁자로 가져왔다. 안에는 헤아릴 수 없이 많은 판지 글자들이 담겨 있었다.

"철자 바꾸기 게임을 하고 싶다면 와도 좋아."

에이브는 상자의 내용물을 보며 진짜로 욕지기를 느꼈다. 귀리를 먹듯이 그 글자들을 먹으라는 요구를 받기라도 한 것 같았다.

"철자 바꾸기는 웬 철자 바꾸기? 조금 전까지도 온갖 이상한 일들을 겪었—"

"조용한 게임이야. 이 글자들로 단어를 만들 수 있어—알코올을 제외한 어떤 단어라도."

"당연히 알코올도 만들 수 있지." 에이브는 글자들 사이로 손을 집어넣었다. "알코올을 만들 수 있으면 돌아와도 돼?"

"철자 바꾸기를 하고 싶으면 돌아와도 돼."

에이브는 체념하여 고개를 저었다.

"자네의 태도가 그렇다면 아무 소용 없어—나는 그저 방해만 될 거야." 그는 질책하듯 딕을 향해 손가락을 흔들었다. "하지만 조지 3세가 한 말을 기억하게. 그랜트 장군이 주정뱅이라면 다른 장군들을 물어뜯어버렸으면 좋겠다고 하지 않았나."*

에이브는 황금빛 눈초리로 마지막으로 간절하게 로즈메리를 보더니 밖으로 나갔다. 그는 복도에 페테르손이 보이지 않는 것을 확인하고 안도했다. 에이브는 집도 없고 길도 잃은 심정으로 폴에게 아까 말했던 배의 이름이 무엇인지 물으러 돌아갔다.

25

그가 비틀거리며 나가자 딕과 로즈메리는 잠깐 포옹했다. 둘의 몸에

---

* 조지 2세는 휘하의 울프 장군이 미치광이라는 말이 돌자, 그런 훌륭한 미치광이라면 다른 장군들도 물어 미치광이로 만들어주었으면 좋겠다고 응수했다. 링컨 대통령은 이 이야기를 원용하여 휘하의 그랜트 장군을 옹호했다고 하는데, 에이브는 이런 일화를 뒤섞고 조지 2세를 조지 3세로 잘못 이야기하고 있다.

는 파리의 먼지가 덮여 있었으며, 그들은 그 먼지를 통해 서로의 냄새를 맡았다. 딕의 만년필의 고무 덮개, 로즈메리의 목과 어깨에 아른거리는 온기의 아주 희미한 냄새. 딕은 삼십 초 더 이 상황에 매달렸다. 로즈메리가 먼저 현실로 돌아왔다.

"나는 가야 한다오, 젊은이." 그녀가 말했다.

그들은 점점 넓어지는 공간을 사이에 두고 서로를 향해 눈을 깜빡였다. 로즈메리는 어렸을 때 배운 대로 무대에서 퇴장했다. 어떤 감독도 군이 고쳐주려 한 적이 없는 퇴장 연기였다.

그녀는 자신의 방문을 열고 바로 책상으로 가다가 갑자기 손목시계를 두고 나갔다 왔다는 것을 깨달았다. 시계는 그곳에 있었다. 그녀는 시계를 차며 어머니에게 매일 쓰는 편지를 흘끗 보고 마음속에서 마지막 문장을 마무리했다. 그러고 나서 서서히, 고개를 돌려보지도 않고, 방에 자기 혼자가 아니라는 사실을 깨달았다.

사람이 있는 방에는 어렴풋이만 인식되면서 빛을 굴절시키는 물체들이 있다. 광택이 나는 목재, 어느 정도 윤을 낸 청동이나 은이나 상아. 이런 것들 외에도 수많은 물체들이 빛과 그림자를 전달하지만 뚜렷하게 보이지가 않아 보통은 빛의 전달자로 여기지 않는다. 액자의 윗부분, 연필이나 재떨이나 수정이나 도자기 장식물의 모서리가 그런 것들이다. 이런 굴절의 총체—이것은 시각의 반사작용만이 아니라, 시각만큼이나 미묘하게 작동하는, 우리가 잠재의식 속에 간직하고 있는 연상의 조각들, 유리를 맞추는 사람이 언젠가는 소용이 닿을지 몰라 보관하는 불규칙한 유릿조각들과 흡사한 그 조각들에도 가닿는다—어쩌면 이 사실이 로즈메리가 눈으로 확인하기도 전에 이미 방안에 사람이 있다는 것을 '깨달은' 신비한 경험을 설명해줄 수 있을지도 모른다. 그것을 깨달았을 때 그녀는 발레 스텝을 밟듯이 빠르게 몸을 돌렸고, 죽은 검둥이가 그녀의 침대에 뻗어 있는 것을 보았다.

그녀는 "아아오우우!" 하고 소리를 질렀다. 아직 제대로 차지 않은 손목시계가 책상에 쾅 부딪혔다. 그녀는 그것이 에이브 노스라는 터무니없는 생각을 하며 문으로 달려가 복도를 가로질렀다.

딕은 정돈을 하고 있었다. 그날 끼었던 장갑을 살핀 다음 여행 가방 구석의 더러워진 장갑 더미에 던졌다. 코트와 조끼를 걸고, 셔츠는 다른 옷걸이에 모양을 잡아 걸었다—그만의 비법이었다. '약간 더러워진 셔츠는 입어도 구겨진 셔츠는 입지 않는다.' 니콜이 들어와 에이브의 특이한 재떨이 가운데 하나를 쓰레기통에 버리는데 로즈메리가 방으로 뛰어들어왔다.

"딕! 딕! 이리 좀 와보세요!"

딕이 복도를 가로질러 로즈메리의 방으로 달려들어갔다. 그는 페테르손의 심장 쪽으로 무릎을 꿇고 맥을 짚어보았다—시신은 따뜻했다. 살아서는 괴로움에 시달리고 속을 드러내지 않았던 얼굴이 죽어서는 원한을 품은 것처럼 보였고 상스러웠다. 도구 상자를 한쪽 겨드랑이에 끼고 있었지만, 침대 가장자리 너머로 대롱거리는 구두는 광택이 사라졌고 바닥은 구멍이 날 정도로 닳았다. 프랑스 법에 따르면 딕은 시신에 손을 댈 권리가 없었지만 그래도 뭔가를 살펴보기 위해 시신의 팔을 조금 옮겼다—녹색 이불에 얼룩이 있었다. 그렇다면 그 밑의 담요에도 피가 희미하게 번져 있을 터였다.

딕은 문을 닫고 서서 생각에 잠겼다. 복도에서 조심스러운 발소리가 들리고, 이윽고 니콜이 그의 이름을 불렀다. 그는 문을 열며 소곤거렸다. "우리 침대의 이불하고 맨 위의 담요 좀 가져와—아무도 보지 못하게." 그런 뒤에 니콜의 긴장된 표정을 보고 얼른 덧붙였다. "여보, 이것 때문에 흥분하면 안 돼—이건 그저 깜둥이들 싸움일 뿐이야."

"어서 끝났으면 좋겠어요."

딕이 들어올린 몸은 가볍고 영양 상태가 형편없었다. 그는 상처에서 계속 흘러나오는 피가 남자의 옷 안에 고이도록 시신을 들고 있었다. 딕은 그것을 침대 옆에 눕히고 이불과 담요를 벗긴 다음 문을 살짝 열고 귀를 기울였다—복도 끝에서 접시가 덜거덕거리는 소리가 들리더니 선심 쓰듯이 "감사합니다, 부인" 하는 큰 소리가 났다. 그러나 방을 나온 웨이터는 반대 방향, 종업원용 계단 쪽으로 갔다. 딕과 니콜은 복도에서 얼른 꾸러미를 교환했다. 딕은 로즈메리의 침대에 담요와 이불을 펼친 뒤 따뜻한 어스름 속에 서서 땀을 흘리며 생각에 잠겼다. 시신을 살펴보고 나서 몇 분이 지나자 몇 가지가 분명해졌다. 첫째, 에이브의 첫번째 적대적 인디언이 우호적인 인디언을 따라왔다가 복도에서 그를 발견했고, 우호적인 인디언이 필사적으로 로즈메리의 방으로 피신하자 거기까지 따라와 그를 죽였다. 둘째, 상황이 있는 그대로 전개되도록 놓아두면 지상의 어떤 힘으로도 로즈메리에게서 오점을 제거할 수 없다—아버클 사건*의 여파가 아직 가시지 않았기 때문이다. 엄격하게 예외 없이 계속 '아빠의 딸'로서 행동한다는 의무를 지켜야 그녀의 계약이 유지된다.

---

* 1921년에 할리우드 스타인 로스코 아버클이 살인 혐의로 체포된 사건.

딕은 소매 없는 속옷 차림이었음에도 자동적으로 소매를 걷어올리는 습관적인 동작을 한 다음 시신 위로 몸을 굽혔다. 코트 어깨에 잡을 만한 곳을 확보한 다음 뒤꿈치로 문을 차서 열고 얼른 시신을 복도의 그럴듯한 위치에 끌어다놓고는, 로즈메리의 방으로 돌아와 벨벳 바닥 깔개의 결을 쓰다듬어 정돈했다. 그런 뒤에 자기 방으로 가서 호텔의 지배인 겸 소유주에게 전화를 했다.

"맥베스?—나 닥터 다이버요—아주 중요한 일이오. 이 전화 누가 엿듣지 않는 거요?"

그전에 특별한 노력을 기울여 맥베스 씨와 사이를 단단하게 굳혀놓은 것이 다행이었다. 딕이 두 번 다시 만날 일도 없는 그 많은 사람들의 비위를 열심히 맞추어온 것의 쓸모가 이렇게 하나 발견된 셈이었다……

"방에서 나오다 죽은 검둥이를 보았소…… 복도에서…… 아니, 아니, 민간인이오. 잠깐 기다리시오—혹시나 시신이 다른 손님 눈에 띄는 걸 댁이 원치 않을 것 같아 전화를 드리는 거요. 물론 내 이름은 빼달라고 부탁을 드려야겠지만. 내가 그 사람을 발견했다는 이유만으로 프랑스의 복잡한 관료제에 얽혀드는 건 싫거든."

호텔 입장에서는 얼마나 절묘한 배려인가! 맥베스 씨는 이틀 전 밤 닥터 다이버에게서 그런 배려하는 면모를 자기 눈으로 직접 보았다는 이유 하나만으로 아무 의문 없이 그 이야기를 믿을 수 있었다.

곧 맥베스 씨가 도착했고, 바로 이어서 경찰도 나타났다. 그러나 경찰이 오기 전에 맥베스가 딕에게 소곤거렸다. "손님의 이름은 보호받을 것이라고 약속할 수 있습니다. 이렇게 수고를 해주신 데 감사드릴 뿐입니다."

맥베스 씨는 즉시 그 내용은 상상에 맡길 수밖에 없는 조치를 취했고, 그 영향으로 경찰관은 불안과 탐욕에 사로잡혀 미친듯이 콧수염을 잡아당겼다. 그는 형식적으로 메모를 하고 경찰서에 전화를 했다. 그동안 시신은 율스 페테르손 자신도 사업가로서 충분히 이해했을 만한 빠른 속도로 세계에서 가장 높은 계층에 속하는 사람들만이 묵는 이 호텔의 다른 방으로 옮겨졌다.

딕은 자신의 방으로 돌아갔다.

"어떻게 된 거예요?" 로즈메리가 소리쳤다. "파리의 미국 사람들은 모두 언제나 자기들끼리 그냥 총을 쏴대는 건가요?"

"지금은 사냥 허가 기간인 것 같군." 딕이 대답했다. "니콜은 어디 있어요?"

"욕실에 있는 것 같은데요."

로즈메리는 자신을 구해준 딕을 흠모했다—이 사건에 수반될 수도 있었을 재난들이 그녀의 머릿속을 예언처럼 스쳐갔다. 그녀는 맹렬히 숭배하는 마음으로 그것을 미리 수습한 그의 강하고 확고하고 정중한 목소리에 귀를 기울였다. 그러나 로즈메리가 영혼과 몸을 한들거리며 그에게 가닿기도 전에 그의 관심은 다른 것에 초점이 맞춰졌다. 그는 침실로 들어가 욕실로 향했다. 이제 로즈메리도 인간의 목소리 같지 않은 말소리가 점점 커지는 것을 들을 수 있었다. 그 소리는 열쇠구멍과 문틈을 뚫고 나와 방안을 휩쓸며 또렷한 말이 되어 공포를 불러일으켰다.

로즈메리는 니콜이 욕실에서 넘어져 다쳤다고 생각하여 딕의 뒤를 따라갔다. 그러나 그녀의 눈에 드러난 것은 그런 상황이 아니었다. 딕은 거칠게 어깨로 그녀를 밀어내며 그녀의 시야를 가렸다.

니콜은 욕조 옆에 무릎을 꿇고 좌우로 심하게 몸을 흔들고 있었다. "당신이야!" 그녀는 소리쳤다. "—내게 세상에서 하나뿐인 사적인 공간에 침입한 건 당신이야—빨간 피가 묻은 시트를 들고. 나는 당신을 위해 그걸 입을 거야—부끄럽지 않아. 정말 가련하긴 했지만. 만우절 All Fools Day에 우리는 취리히 호수에서 파티를 열었지. 바보들이 모두 all the fools 거기에 있었어. 나는 시트를 드레스로 입으려 했지만 사람들이 허락하지 않았어……"

"진정해!"

"……그래서 욕실에 앉아 있었더니 사람들이 도미노*를 가져와서 입으래. 입었지. 내가 달리 어쩔 수 있었겠어?"

"진정하라니까, 니콜!"

"당신이 날 사랑할 거라고 기대하지도 않았어—너무 늦었어—욕실에 들어오지만 말아줘. 여긴 내가 혼자 있을 수 있는 유일한 곳이잖아. 빨간 피가 묻은 시트를 질질 끌고 와 나한테 처리하라고 하지 말아줘."

"진정해. 일어나—"

응접실로 나온 로즈메리는 욕실 문이 쾅 소리를 내는 것을 들으며 몸을 떨었다. 이제 그녀는 바이올렛 매키스코가 빌라 디아나의 욕실에서 본 것이 무엇인지 알았다. 로즈메리는 전화벨이 울리자 수화기를 들었고, 콜리스 클레이가 전화한 것을 알고는 안도감에 울 뻔했다. 콜

---

* 가장무도회에서 입는 후드가 붙은 겉옷과 눈을 가리는 가면.

리스는 로즈메리를 추적하여 그녀가 다이버의 방에 있다는 걸 알아냈던 것이다. 그녀는 모자를 챙겨야 하니 올라와달라고 부탁했다. 자신의 방에 혼자 들어가기가 두려웠기 때문이다.

제2부

1

1917년 봄 처음 취리히에 도착했을 때 닥터 리처드 다이버는 스물여섯 살, 남자로서 좋은 나이였다. 사실 독신남으로서는 절정이었다. 전시였지만 딕에게는 좋은 시절이었다. 이미 그는 총에 맞아 사라지기에는 너무 귀중하고, 자본 투자가 많이 이루어진 존재였다. 세월이 흐른 뒤 돌이켜보니, 이런 피난처에서도 그는 전쟁에서 가볍게 달아나지 못했고, 전쟁을 피하는 문제에 관해 서로 결코 한 번도 확실하게 마음을 정한 적이 없는 것 같다는 느낌이 들었다—그러나 1917년에는 피하느니 어쩌느니 하는 생각에 웃음을 터뜨리며, 전쟁이 자신을 전혀 건드리지 않는다고 사과하듯이 말했다. 어쨌든 그의 지역 위원회의 지침은 계획대로 취리히에서 공부를 다 끝내고 학위를 받으라는 것이었다.

스위스는 한쪽 면은 고리치아 주위의 천둥 같은 파도에 쓸리고 다른 면은 솜강과 엔강을 따라 떨어지는 폭포수에 쓸리는 섬이었다. 한때는 음모를 꾸미는 낯선 사람들이 병들어서 온 낯선 사람들보다 스위스 여러 주에 많은 듯했지만, 진실이 뭔지는 알 수 없는 일이었다—베른과 제네바의 작은 카페에서 소곤거리는 남자들은 다이아몬드 영업사원이나 상업적 목적으로 출장 온 사람들일 수도 있었다. 그러나 콩스탕스와 뇌샤텔 두 빛나는 호수 사이를 서로 엇갈려 지나가는, 눈이 멀거나 다리가 하나뿐인 사람들 또는 죽어가는 몸통을 태운 긴 열차들은 누구의 눈에도 분명하게 보였다. 맥주홀과 상점 진열장에는 1914년*에 스위스가 국경을 방어하던 모습을 보여주는 화려한 포스터들이 붙어 있었다—청년들과 노인들이 산 위에서 마음을 설레게 하는 사나운 눈길로 유령처럼 흐릿한 프랑스인과 독일인을 내려다보고 있었다. 그것의 목적은 누구나 쉽게 공감하는 그 시절의 영광을 함께 나누었다는 사실을 스위스인의 마음에 확인시켜주는 것이었다. 그러나 대학살이 계속되면서 포스터들은 시들어버렸고, 미합중국이 서툴게 전쟁에 뛰어들었을 때 그 자매 공화국 스위스보다 놀란 나라는 없었다.

닥터 다이버는 그때까지 전쟁의 가장자리만 보았다. 그는 1914년에 코네티컷 출신의 로즈 장학생으로 옥스퍼드에 유학했다. 귀국하여 존스 홉킨스에서 마지막 학년을 마치고 학위를 받았다. 1916년에는 서두르지 않으면 위대한 프로이트가 공습으로 죽을지도 모른다는 느낌 때문에 빈으로 갔다. 그때도 빈은 죽음을 목전에 둔 늙은이 같았지만 딕은 이럭저럭 석탄과 기름을 구하여 다멘슈티프 거리의 방에 앉아 팸

* 제1차세계대전이 시작된 해.

플릿들을 쓸 수 있었다. 그는 나중에 이 팸플릿들을 없애버렸지만, 그것들을 다시 정리한 것이 1920년 취리히에서 출간한 책의 뼈대가 되었다.

우리 대부분은 인생에서 가장 좋아하는 시기, 영웅적 시기가 있는데, 그때가 딕 다이버에게 그런 시기였다. 우선 그는 자신이 매력적이라는 것, 그가 주는, 또 남들에게서 일으키는 애정이 건강한 사람들 사이에서는 흔치 않은 것임을 몰랐다. 뉴헤이븐에서 보낸 마지막 해에 어떤 사람이 그를 '러키 딕'이라고 불렀다—그 말이 그의 머릿속을 떠나지 않았다.

"러키 딕, 너는 대단한 놈이야." 그는 방에서 불타오르는 마지막 장작들 주위를 걸으며 자신에게 소곤거리곤 했다. "너는 해냈어, 인마. 네가 나타나기 전에는 아무도 그런 게 거기 있다는 걸 몰랐거든."

1917년 초 석탄을 구하기가 어려워지자 딕은 그동안 모은 교과서 거의 백 권을 땔감으로 썼다. 그러나 한 권 한 권을 불에 내려놓을 때마다 자신이 책 안에 든 것의 요약본이라는 자신감, 그럴 가치가 있는 책이라면 앞으로 오 년 후에도 요약 정도는 할 수 있다는 자신감이 내면에서 낄낄거렸다. 이런 일은 필요할 때마다 시간을 가리지 않고 계속되었다. 그는 그때마다 바닥 깔개를 어깨에 두르고 세상 모든 것 가운데 하늘의 평화에 가장 가까운, 학자의 순수한 고요를 맛보았다—그러나 곧 이야기하게 되겠지만, 이런 고요는 끝이 날 수밖에 없었다.

그나마 일시적으로라도 지속된 것은 뉴헤이븐에서 링운동을 했고 이제는 겨울 다뉴브강에서 수영을 하는 그의 몸 덕분이라고 생각했다. 그는 대사관 이등 비서관 엘킨스와 집을 함께 썼는데, 그곳으로 멋진 여자 둘이 찾아오곤 했다—그러나 그걸로 끝이었으며 그 자체도 지나칠 정도는 아니었다. 대사관과도 지나치게 얽히지 않았다. 딕은 에드 엘킨스와 어울리면서 마음속에서 처음으로 자신의 정신 작용의 수준에 관한 의심이 흐릿하게 피어올랐다. 자신의 정신 작용이 엘킨스와 심오하게 다르다고 생각할 수 없었다—지난 삼십 년간 뉴헤이븐의 쿼터백을 거쳐간 모든 사람의 이름을 읊어대곤 하던 엘킨스와.

"—그러니 러키 딕은 그런 똑똑한 사람들에 낄 수가 없어. 그렇게 되려면 이렇게 말짱하면 안 돼. 약간이라도 파괴되어야지. 만일 러키 딕의 인생에 그런 일이 생기지 않는다면, 병에 걸리거나 상심하거나 열등감에 빠진다고 해서 달라지는 건 없어. 부서진 곳을 쌓아올려 원래의 구조물보다 낫게 만드는 게 멋진 일이기는 하지만 말이야."

그는 자신의 추론을 조롱하여 그것이 허울만 그럴듯하고 '미국적'이라고 평했다—'미국적'이란 그가 우둔한 말이 나열된 것을 발견할 때 사용하는 표현이었다. 그러나 그는 자신의 말짱함의 대가가 불완전함이라는 걸 알고 있었다.

"아이야, 내가 너한테 빌어줄 수 있는 최선은 약간의 불행이란다." 새커리의 『장미와 반지』에 나오는 블랙스틱 요정도 그렇게 말하지 않았던가.

기분에 따라서는 자신의 추론에 불평을 하기도 했다. 탭 데이*에 모두가 피트 리빙스턴을 찾느라고 난리가 났을 때 정작 그애는 로커룸에 앉아 있었는데, 내가 어떻게 해볼 수 있었을까? 그래서 내가 뽑혔던 건

* 예일 대학에서 남학생 클럽 상급생이 하급생 회원을 뽑는 날.

데, 그렇지 않았다면 나는 아는 사람이 거의 없기 때문에 엘리후*에도 들어갈 수 없었을 거야. 피트 리빙스턴은 선하고 올바른 아이지. 따라서 내가 대신 로커룸에 앉아 있었어야 해. 내가 뽑힐 가능성이 있다고 생각했다면 그랬을지도 몰라. 사실 그 몇 주 동안 머서가 계속 내 방에 찾아오기는 했지. 그래, 나도 가능성이 있다는 걸 알고는 있었던 것 같아, 그래. 하지만 그랬다면 샤워를 하며 내 배지를 삼키고 갈등을 일으키는 등의 대가를 치러야만 했을 거야.

대학에서 강의를 들은 뒤에 그는 젊은 루마니아 지식인과 이 점을 놓고 토론하곤 했으며, 그는 딕을 다독였다. "괴테가 현대적인 의미의 '갈등'을 했다는 증거는 없습니다. 또는 예를 들어 융 같은 사람도요. 선생님은 로맨틱한 철학자가 아닙니다—선생님은 과학자예요. 기억, 힘, 성격—특히 양식良識. 그게 선생님한테 문제가 될 겁니다—자신에 대한 판단 말입니다—전에 내가 알던 사람은 아르마딜로의 뇌를 이 년 동안 연구하면서, 자기가 조만간 아르마딜로의 뇌를 누구보다 잘 알게 될 거라고 생각했지요. 나는 계속 그 사람한테 사실 당신은 인간 지식의 영역을 확대하는 것이 아니라고 말했습니다—너무 자의적이었거든요. 아니나 다를까, 그 사람은 의학 저널에 연구 결과를 보냈지만 게재를 거부당했습니다—같은 주제에 관한 다른 사람의 논문을 이제 막 게재하기로 했다는 이유로요."

딕은 지네에게 있는 만큼은 아니지만 그래도 꽤 많은 아킬레스건을 갖고 취리히에 갔다—영원한 힘과 건강이라는 환상, 사람들의 본질적

* 좌익 남학생 클럽으로 평판이 낮았으며, 따라서 들어가기가 가장 쉬웠다.

인 선이라는 환상 등이었다. 이는 그가 태어난 나라의 환상, 오두막 문 밖에 이리가 없다고 꾸며서 노래할 수밖에 없었던 몇 세대에 걸친 변경 지대 어머니들의 거짓말이었다. 딕은 학위를 취득한 뒤 바르쉬르오브에서 창설되는 신경학 부대에 입대하라는 명령을 받았다.

프랑스에서 그가 한 일은 실무적이라기보다는 행정적인 것이었고, 그 사실에 그는 역겨워했다. 그러나 그 대가로 짧은 교과서를 완성하고 다음 기획을 위한 자료를 모을 시간을 얻었다. 그는 1919년 봄 제대와 함께 취리히로 돌아갔다.

이런 이야기는 전기와 같은 느낌을 주면서도, 그랜트 장군의 전기를 읽을 때와 같은 만족감을 주지는 않는다. 그랜트 장군 같은 영웅은 그가 일하던 걸리나의 잡화점에 나른하게 늘어져 있으면서도 사실은 복잡한 운명의 부름을 받을 준비를 갖추고 있었음이 밝혀지지만, 우리 주인공의 경우는 그렇지 않기 때문이다. 더욱이 원숙한 성숙기에 알게 된 사람의 젊은 시절 사진을 우연히 보고, 사납고 강인하고 눈빛이 독수리 같은 낯선 모습을 만나게 되면 충격을 받고 마음이 혼란스러워지는 법이다. 따라서 안심을 시켜주는 것이 좋겠다—딕 다이버의 인생에서 중대한 시기는 이제부터 시작이었다.

2

4월의 어느 습한 날이었다. 알비스호른 위에는 긴 구름들이 비스듬히 떠 있고 저지대의 물은 꼼짝도 하지 않았다. 취리히는 미국의 도시와 다르지 않다. 딕은 이틀 전에 도착한 이후로 줄곧 뭔가 허전했는데, 프랑스의 한정된 골목길들에서 느꼈던, 이곳 말고는 없다는 느낌이 사라졌기 때문임을 깨달았다. 취리히에는 취리히 외에도 많은 것이 있었다—지붕은 시선을 딸랑거리는 소리가 나는 위쪽 소 방목지로 이끌고, 그러면 산꼭대기들은 위로 더 높이 올라갔다—이렇게 삶이란 우편엽서에 나올 듯한 하늘나라를 향해 수직으로 출발하는 것이었다. 장난감과 케이블카의 고향, 회전목마와 가냘프게 울리는 차임벨의 고향인 알프스 시방은 포도나무가 땅을 디딘 발을 덮으며 자라는 프랑스와는 달리 여기에 존재하는 것이 아니었다.

딕은 잘츠부르크에서 백 년 동안 사들이고 빌려온 음악이 덧씌워져 있다는 느낌을 받은 적이 있었다. 또 취리히 대학 실험실에서는 뇌의 경부를 조심스럽게 찌르다 마치 장난감 제작자가 된 듯한 느낌을 받기도 했다. 이 년 전 홉킨스 대학에서만 해도 입구 현관에 있는 거대한 그리스도의 아이러니를 참지 못하고 뛰쳐나가 회오리바람처럼 붉은색의 낡은 건물들 사이를 빠르게 달려갔는데.

그럼에도 딕은 취리히에 이 년 더 있기로 결정했다. 무한한 인내심과 무한한 정확성으로 장난감을 제작하는 일의 가치를 과소평가하지 않았기 때문이다.

오늘은 취리히 호수 옆의 돔러 병원으로 프란츠 그레고로비우스를 만나러 왔다. 날 때부터 발도파*이고 딕보다 몇 살 위인 병원의 레지던트 병리학자 프란츠가 전차 정거장까지 마중을 나왔다. 프란츠는 칼리

* 12세기에 피에르 발도가 창시한 엄격한 성서 중심의 기독교 분파.

오스트로[*]처럼 어둡고 당당한 분위기를 풍겼지만, 거룩한 눈은 그런 면과 대조를 이루었다. 프란츠는 그레고로비우스 3세였다—그의 할아버지는 역사의 어둠으로부터 정신의학이 막 떠오를 때 크레펠린[**]을 가르친 적이 있었다. 프란츠는 당당했으며, 불같고, 양 같았다—그는 자신이 최면술사라고 생각하기를 좋아했다. 가계에 전해지는 독창적인 천재성이 약간 시들었다 해도, 프란츠가 훌륭한 임상의가 되는 데에는 아무런 문제가 없었다.

프란츠가 병원으로 가는 길에 말했다. "전쟁에서 겪은 일 좀 이야기해주게. 자네도 다른 사람들처럼 변했나? 사실 자네 얼굴도 다른 미국인들처럼 멍청해 보이고 안 늙었거든. 물론 나는 자네가 멍청하지 않다는 걸 알지만 말이야, 딕."

"나는 전쟁은 전혀 보지 못했는데—내가 보낸 편지에서 짐작했겠지만 말이야, 프란츠."

"보건 안 보건 상관없어—여기에는 멀리서 공습 소리만 듣고도 전쟁신경증에 걸린 사람도 있으니까. 신문만 읽고 그렇게 된 사람도 몇 명 있네."

"터무니없는 소리로 들리는걸."

"그럴지도 모르지, 딕. 하지만 여기는 부자들의 병원이거든—여기서는 터무니없다든가 하는 말은 쓰지 않아. 솔직히, 나를 보러 온 건가, 아니면 그 여자를 보러 온 건가?"

그들은 눈만 옆으로 돌려 서로를 보았다. 프란츠는 수수께끼 같은

---

* 18세기 이탈리아의 악명 높은 사기꾼.

** 독일 정신의학자.

미소를 띠고 있었다.

"물론 처음 보낸 편지들은 나도 다 봤지." 프란츠가 공식적인 말을 할 때 사용하는 저음으로 말했다. "하지만 변화가 시작되고 난 다음부터는 예의상 더 뜯어보지 못하겠더군. 사실 이제 자네 환자가 된 셈이잖아."

"그래, 그 여자는 잘 있나?" 딕이 다그치듯 물었다.

"아주 잘 있지. 내가 그 여자를 책임지고 있네. 사실 영국과 미국에서 온 환자는 대부분 내가 책임져. 그 환자들은 나를 닥터 그레고리라고 부르지."

"내가 그 여자 이야기를 해주지." 딕이 말했다. "나는 그 여자를 딱 한 번 봤어. 그게 사실이야. 프랑스로 가기 직전 자네한테 작별인사를 하러 왔을 때. 그때 처음 군복을 입었는데 내가 참 가짜 같다는 느낌이 들었지—돌아다니며 사병들하고 경례를 하니 뭐니 하니까 말이야."

"왜 오늘은 입고 오지 않았나?"

"이봐! 이미 삼 주 전에 제대한 몸이야. 어쨌든 어쩌다가 그 여자를 우연히 보게 되었어. 자네하고 헤어져서 자전거를 가지러 호숫가에 있는 건물 쪽으로 걸어가던 중이었지."

"—'삼목관杉木館' 쪽으로?"

"—멋진 밤이었잖아—저 산 위에 달이 걸리고—"

"크렌체크 봉우리야."

"—걷다보니 간호사와 젊은 여자가 나타났네. 나는 그 여자가 환자일 거라곤 생각하지 않았어. 간호사한테 전차 시간을 묻고 셋이서 함께 걸어갔지. 나는 그렇게 예쁜 여자는 본 적이 없었네."

"지금도 여전히 예뻐."

"그 여자는 미군복을 본 적이 없었대. 우리는 이야기를 했지. 하지만 그뿐이고, 특별히 무슨 생각을 했던 건 아닐세." 딕은 눈에 익은 풍경을 발견하고 말을 끊었다가 다시 이어나갔다. "—다만, 프란츠, 나는 아직 자네만큼 비정하지가 못하다네. 그렇게 아름다운 껍질을 보게 되면 그 안에 있는 것에 안타까움을 느낄 수밖에 없어. 분명히 말하는데 그게 전부였어—편지가 오기 전까지는."

"그건 그 여자한테 일어날 수 있는 가장 좋은 일이었네." 프란츠가 호들갑스럽게 말했다. "가장 운좋은 전이轉移야. 그래서 내가 몹시도 바쁜 날이지만 자네를 마중하러 나온 걸세. 그 여자를 만나기 전에 내 사무실로 가서 길게 이야기를 했으면 하네. 사실 그 여자는 취리히에 심부름을 보냈네." 그의 목소리는 의욕 때문에 긴장되어 있었다. "사실 간호사도 없이 보냈어. 그 여자보다 덜 안정적인 환자하고 함께. 나는 이 사례를 매우 자랑스러워하고 있네. 자네가 우연히 지원을 해주고 내가 다룬 이 사례를 말이야."

차는 취리히 호숫가를 따라 소 방목지와 낮은 언덕들에 샬레들이 뾰족뾰족 솟아 있는 비옥한 지역으로 들어섰다. 해가 파란 바다 같은 하늘로 헤엄쳐나오는 순간 스위스의 골짜기가 가장 멋진 모습을 드러냈다—유쾌한 소리와 웅얼거림, 그리고 건강하고 쾌활한 느낌을 주는 싱그러운 좋은 냄새.

돔러 교수의 요양소는 약간 높은 언덕과 호숫가 사이의 낡은 건물 세 동과 새 건물 두 동으로 이루어져 있었다. 십 년 전 처음 건립되었을 때 이곳은 최초의 현대적인 정신병원이었다. 일반인은 이곳이 이 세상의 망가진 사람들, 불완전한 사람들, 위협적인 사람들의 피난처임을 한눈에 알아볼 수 없었다. 그러나 그 건물 가운데 두 동은 부드러운 덩굴로 덮여서 높이도 알기 힘든 담으로 둘러싸여 있었다. 남자 몇 명이 햇빛을 받으며 갈퀴질을 하고 있었다. 차는 구내로 들어갔다. 환자 옆에 붙어 길을 걷던 간호사의 옷이 흰 깃발처럼 휘날렸다.

프란츠는 딕을 사무실로 안내하고는 삼십 분 동안 자리를 비웠다. 혼자 남은 딕은 방을 어슬렁거리며 책상의 어지러운 물건들, 프란츠의 책과 그의 아버지와 할아버지의 책, 벽에 걸린 그의 아버지의 거대한 클라레 와인 색깔 사진, 스위스의 신앙을 보여주는 듯한 사진을 살피며 그 모든 것으로부터 프란츠를 재구성해보려 했다. 방에는 담배 연기가 자욱했다. 딕이 프렌치 윈도를 열자 햇빛이 원뿔 모양으로 쏟아져들어왔다. 갑자기 그의 생각이 그 환자에게로, 그 여자에게로 훌쩍 건너갔다.

딕은 여덟 달 동안 그녀로부터 편지를 쉰 통 정도 받았다. 첫번째 편지는 사과조로, 젊은 여자들이 알지 못하는 군인에게 편지를 쓰기도 한다는 이야기를 미국 쪽에서 들었다고 설명했다. 그녀는 닥터 그레고리로부터 이름과 주소를 얻었으며, 가끔 위문편지를 보내도 기분 나쁘게 생각하지 말아달라는 등의 이야기를 했다.

그때까지는 편지의 분위기를 쉽게 인식할 수 있었다—『키다리 아저씨』나 『거짓말쟁이 몰리』 등 미국에서 유행하던 명랑하고 감상적인 서간 모음집의 분위기였다. 그러나 그런 유사성은 거기에서 끝났다.

편지는 두 종류로 구분되었다. 대략 휴전 시기까지 이어지는 첫번째 종류는 뚜렷하게 병적인 경향을 띠었으며, 그후 현재까지 이어지는 두

번째 종류는 완전히 정상적인 것으로, 풍요롭게 성숙해가는 인격을 보여주었다. 바르쉬르오브에서 보낸 지루한 마지막 몇 달 동안 딕은 두 번째 종류에 속하는 편지를 간절히 기다리게 되었다—그러나 첫번째 종류의 편지에서도 프란츠라면 추측할 수 없었을 이야기를 짜맞출 수 있었다.

나의 대위님

군복을 입은 모습을 보았을 때 아주 잘생겼다고 생각했어요. 그러다가 프랑스인도 또 독일인도 상관없다고 생각했어요. 대위님도 내가 예쁘다고 생각했지만 나는 전에도 그런 말을 들었고 오랫동안 그것을 견뎠어요. 그런 저열하고 범죄적인 태도로 다시 여기에 오시면, 내가 막연하게나마 신사의 역할이라고 떠올리고 있는 걸 행동으로 옮기실 생각 없이 오시면, 그때는 내가 가만있지 않을 거예요. 하지만 대위님은 다른 사람들보다

(2)

조용한 것 같아요. 커다란 고양이처럼 부드러워요. 나는 좀 계집애 같은 남자애들만 좋아하게 되었어요. 대위님은 계집애 같은가요? 어딘가에 그런 사람들이 있었어요.

다 용서해주세요. 이게 내가 대위님한테 쓰는 세번째 편지예요. 바로 부치거나 아니면 영원히 안 부칠 거예요. 달빛 생각도 많이 했어요. 여기서 나갈 수만 있다면 많은 증인을 찾을 수 있을 거예요.

(3)

대위님이 의사라고들 하더라고요. 하지만 대위님이 고양이인 한

은 얘기가 달라요. 머리가 너무 아파요, 그러니 실례지만 평범한 사람처럼 하얀 고양이와 함께 거기까지 걷는 것이 설명해줄 거예요, 아마도. 나는 세 나라 말을 할 수 있어요. 영어까지 넷이네요. 대위님이 프랑스에서 그런 일을 준비하시면 틀림없이 통역하는 데 쓸모가 있을 거예요 수요일에 그랬던 것처럼 모든 사람을 벨트로 묶고 모든 것을 통제할 수 있을 게 틀림없어요. 지금은 토요일이고

(4)

대위님은 멀리 있고, 어쩌면 전사했겠죠.

언젠가 나한테 돌아오세요. 나는 늘 여기 이 녹색 언덕에 있을 테니까. 무척 사랑하는 내 아버지한테 편지 쓰는 걸 허락하지 않는 한.

용서해주세요. 오늘 나는 평소의 내가 아니에요. 좀 나아지면 쓰도록 할게요.

안녕

니콜 워런

다 용서해주세요.

다이버 대위님

나처럼 신경이 아주 예민한 상태인 사람에게는 자기반성이 좋지 않다는 것은 알아요. 하지만 내가 어떤 처지에 있는지 아셨으면 좋겠어요. 작년인가 하여튼 전에 시카고에서 내가 하인한테 이야기도 못하고 거리에서 걷지도 못하게 되었을 때 누가 나한테 말해주기를 계속 기다렸어요. 그게 이해하는 사람의 의무예요. 눈먼 사람은 이끌어줘야만 해요. 그런데 아무도 나한테 모든 걸 말해주려 하지 않

았어요—그냥 반만 말해주는데 나는 이미 너무 흐리멍덩해져서 2 더 하기 2도 못했어요. 한 사람은 착했어요—그 사람은 프랑스 장교였고 이해를 했어요. 나한테 꽃을 주면서 그게 "더 작고

(2)

더 어수룩하다"고 말했어요. 우리는 친구였어요. 그런데 그 사람이 그걸 가져가버렸어요. 나는 점점 더 아팠고, 나한테 설명해줄 사람이 없었어요. 잔 다르크에 관한 노래가 있었는데 나를 보며 그걸 부르곤 했어요. 정말 못됐죠—그럼 나는 그냥 울기만 했어요. 그때는 내 머리에 아무런 문제가 없었거든요. 계속 스포츠 이야기도 했지만, 그때는 나도 상관하지 않았어요. 그래서 그날 미시간 대로를 오랫동안 계속 걸었고 마침내 사람들이 차로 나를 쫓아왔지만, 나는 타려고 하지 않았

(3)

어요. 마침내 사람들이 나를 끌어다 태웠고 안에는 간호사들이 있었어요. 그때 이후로 모든 걸 깨닫기 시작했어요. 다른 사람들한테서 무슨 일이 벌어지는지 느낄 수 있었거든요. 그러니 이제 내가 어떤 상태인지 아시겠죠. 이곳에서는 의사들이 계속 내가 극복하러 온 것들을 되풀이해 이야기해요. 그런데 여기 머무는 게 무슨 도움이 되겠어요. 그래서 오늘은 아버지한테 와서 나를 좀 데려가달라고 편지를 썼

(4)

어요. 다이버 대위님이 사람들을 진찰하고 돌려보내는 데 그렇게 관심이 있다니 기뻐요. 아주 재미있을 것 같아요.

그리고 또다른 편지에서.

대위님이 다음 진찰을 거절하시고 나한테 답장을 쓸지도 모르겠네요. 내가 배운 걸 잊지 말라고 사람들이 축음기 레코드 몇 장을 보내주었는데 다 부숴버렸더니 간호사가 나한테 말을 하지를 않아요. 레코드는 간호사들이 알아듣지 못하도록 영어로 녹음되어 있었어요. 시카고의 한 의사는 내가 허세를 부린다지만, 그 사람 말의 진짜 의미는 내가 쌍둥이 6호라는 거고, 그 사람이 그런 쌍둥이를 전에 본 적이 없다는 거예요. 하지만 나는 그때 미쳐 있느라 아주 바빠서 그 사람이 한 말에는 상관하지 않았어요. 나는 미쳐 있느라 아주 바쁠 때에는 보통 사람들이 무슨 말을 하든 상관하지 않거든요. 내 속에 여자가 백만 명 들어 있다 해도 안 해요.

대위님은 그날 밤에 나한테 노는 법을 가르쳐준다고 했죠. 글쎄요, 내 생각에는 사랑

(2)

만 있을 뿐이고 또 그래야 한다고 봐요. 어쨌든 진찰에 대한 관심 때문에 계속 바쁘시다니 기쁘네요.

존경하는 마음을 담아

니콜 워런

무력한 중간 휴지 안에 더 어두운 운율들이 웅크리고 있는 편지들도 있었다.

다이버 대위님께

달리 의지할 사람이 없어 편지를 써요. 이런 우스꽝스러운 상황이 나처럼 아픈 사람에게도 분명하게 보인다면 틀림없이 대위님한테도 분명하게 보이겠죠. 정신적 고통은 기승을 부리고, 그것 말고도 완전히 무너지고 수모를 당하고 있어요. 그게 사람들이 원하는 건지도 모르지만. 우리 가족은 창피스럽게도 나를 무시했어요. 그 사람들한테 도움이나 동정을 구해봤자 소용없어요. 나는 참을 만큼 참았어요. 내 머리의 문제를 치료할 수 있는 척하는 건 그저 내

(2)

건강을 해치고 내 시간만 잡아먹을 뿐이에요.

나는 여기 반半정신병자 병동처럼 보이는 곳에 있어요. 모두들 나에게는 어떤 진실도 말해줄 수 없다고 생각하기 때문이죠. 예전에도 지금 아는 것처럼 무슨 일이 벌어지고 있는지 알기만 했다면 그건 견딜 수 있었을 것 같아요 나는 아주 강하니까요. 하지만 마땅히 알려주었어야 할 사람들이 나에게 알리는 게 좋다고 보지 않았어요.

(3)

그리고 이제, 내가 알게 되고 또 아는 과정에서 그런 큰 대가를 치른 뒤에, 그 사람들은 아무 하는 일 없이 너저분하게 살면서 내가 전에 믿었던 것들을 그냥 믿어야 한다고 말해요. 특히 한 사람이 그러는데, 나도 이제 다 알아요.

나는 늘 외롭고 대서양 건너 친구들이나 가족과 멀리 떨어져 있고 반쯤 멍한 상태로 온 데를 돌아다녀요. 대위님이 나한테 통역 자

리를 얻어줄 수 있다면(저는 프랑스어와 독일어를 원어민처럼 하고, 이탈리아어도

(4)

잘하고 스페인어는 조금 해요), 아니면 적십자 야전병원이나 전문 간호사 자리를 얻어줄 수 있다면, 교육을 받아야 하겠지만 대위님은 저한테 큰 축복을 주는 게 될 거예요.

또.

뭐가 문제인지 설명하는 내 이야기를 받아들이려 하지 않으신다 해도 적어도 대위님 생각이 어떤 건지 나한테 설명해주실 수는 있겠죠. 대위님 얼굴은 착한 고양이 같으니까. 또 여기에서 그렇게 인기를 얻고 있는 그런 웃긴 얼굴은 아니니까. 닥터 그레고리가 대위님 스냅사진을 줬어요. 군복을 입고 있을 때처럼 잘생겨 보이지는 않지만 더 젊어 보이네요.

나의 대위님

대위님 엽서를 받으니 좋네요. 간호사들 자격을 박탈하는 데 그렇게 관심이 있으시다니 정말 반가워요—아, 대위님 메모는 정말이지 아주 잘 이해했어요. 다만 대위님을 만난 순간부터 대위님은 다르다고 생각했을 뿐이에요.

대위님께

오늘은 이런 걸 내일은 저런 걸 생각해요. 사실 내 문제는 그게 다예요. 미친 듯한 반항과 균형 상실을 빼면요. 대위님이 제안하시는 정신과의사라면 기꺼이 환영할 거예요. 이곳에서 의사들은 욕조에 누워 '네 뒷마당에서 놀아라' 하고 노래를 부르고 있을 뿐이에요. 마치 나한테 놀 뒷마당이나 있는

(2)

것처럼 아니면 뒤나 앞을 보면 마당을 찾을 수 있을 것처럼. 과자점에서 또 나를 어쩌려고 해서 저울추로 그 사람을 때리려 했지만, 사람들이 말렸어요.

이제 대위님한테 편지를 쓰지 않을 거예요. 저는 너무 불안정해요.

그뒤 한 달 동안 편지가 오지 않았다. 그러다 갑자기 변화가 생겼다.

—천천히 생활로 돌아가고 있어요……

—오늘은 꽃과 구름이……

—전쟁이 끝났지만 나는 전쟁이 있는지도 거의 몰랐어요……

—대위님은 얼마나 친절하셨는지! 하얀 고양이 같은 얼굴 뒤에는 큰 지혜가 있는 게 틀림없어요. 닥터 그레고리가 준 사진에서는 그렇게 보이지 않지만……

—오늘 나는 취리히에 갔어요, 도시를 다시 보니 느낌이 아주 낯설었어요.

—오늘 우리는 베른에 갔어요, 시계들이 있으니 너무 좋았어요.

—오늘 우리는 아스포델과 에델바이스를 볼 수 있을 정도로 높이

올라갔어요……

그뒤로 편지는 점점 줄었지만, 딕은 모두 답장을 했다. 이런 편지도 한 통 있었다.

아프기 오래전에 남자애들이 그랬던 것처럼 누가 나를 사랑해주면 좋겠어요. 하지만 그런 걸 생각이라도 할 수 있기까지 오랜 세월이 걸리겠죠.

하지만 어떤 이유에서든 딕의 답장이 늦어지면 걱정이 씰룩거리다 터져나왔다—연인의 걱정처럼. "내가 대위님을 지루하게 했나보네요." 또 "제가 주제넘었나보네요." 또 "밤이면 계속 대위님이 그동안 아팠을 거라는 생각을 하고 있어요."

실제로 딕은 인플루엔자에 걸려 아팠다. 회복이 된 후에도 남은 피로 때문에 서신에서 형식적인 부분을 제외하면 모두 희생시킬 수밖에 없었으며, 그 직후에는 바르쉬르오브 본부의 위스콘신 출신 전화교환수라는 생생한 존재가 그녀에 대한 기억을 덮었다. 전화교환수는 입술이 포스터 그림처럼 붉었으며, 식당에서는 '교환대'라는 외설적인 별명으로 입에 오르내렸다.

프란츠는 자부심을 느끼며 사무실로 돌아왔다. 딕은 그가 훌륭한 임상의가 될 거라고 생각했다. 간호사나 환자의 규율을 잡는 그의 당당한 또는 톡톡 끊어지는 말투는 신경계가 아니라 해로울 것 없는 엄청난 허영심에서 나오는 것이었기 때문이다. 그의 진짜 감정은 더 질서

정연했으며 겉으로 잘 드러나지 않았다.

"자, 이제 그 여자 얘긴데, 딕." 그가 말했다. "물론 자네에 관해서도 알고 싶고 내 이야기도 하고 싶지만, 우선은 그 여자야. 그 여자 얘기를 할 기회를 아주 오래 기다렸거든."

프란츠는 캐비닛을 뒤져 찾아낸 서류 뭉치를 잠시 뒤적이다가 오히려 방해가 된다는 걸 깨닫고 책상에 내려놓았다. 대신 그는 딕에게 이야기를 해주었다.

3

일 년 반 전쯤 닥터 돔러는 로잔에 사는 미국인 신사로부터 모호한 편지를 한 통 받았다. 시카고의 워런 가문에 속하는 데버로 워런 씨라는 사람이었다. 두 사람은 만나기로 했고, 어느 날 워런 씨가 열여섯 살 난 딸 니콜과 함께 병원에 도착했다. 니콜은 한눈에 보아도 상태가 좋지 않았다. 함께 온 간호사가 니콜을 데리고 구내를 산책하는 동안 워런 씨는 상담을 했다.

워런은 마흔이 안 되어 보이는, 눈에 띄게 잘생긴 남자였다. 어느 모로 보나 훌륭한 미국인 유형으로, 키가 크고, 어깨가 널찍하고, 균형이 잡혀 있었다—닥터 돔러가 프란츠에게 묘사한 대로 '아주 세련된 남자'였다. 큰 회색 눈은 제네바 호수에서 배를 타고 노를 저었기 때문에 햇빛에 충혈되어 있었으며, 이 세상의 가장 좋은 것만 알고 살았다는 특별한 분위기가 풍겼다. 대화는 독일어로 이루어졌다. 그가 괴팅겐에서 교육을 받았다는 사실이 드러났기 때문이다. 그는 신경이 예민했으며, 자신의 용건 때문에 마음이 크게 흔들리고 있는 게 분명했다.

"돔러 선생님, 딸아이는 머리가 정상이 아닙니다. 지금까지 많은 전문가와 간호사를 만나보았고, 안정 치료도 두어 번 받았지만, 이제는 내가 감당할 수 없을 정도로 문제가 커지고 말았습니다. 그런데 사람들이 선생님을 강력하게 추천하더군요."

"좋습니다." 닥터 돔러가 말했다. "처음부터 시작해서 모든 걸 말씀해주시시요."

"처음이랄 게 없습니다. 내가 알기에 친가나 외가나 양쪽 집안에는 정신병이 없어요. 니콜 엄마는 아이가 열한 살 때 세상을 떴기 때문에, 내가 저 아이한테는 아버지이자 어머니인 셈이지요. 여자 가정교사의 도움을 받았지만, 내가 아버지이자 어머니입니다."

그는 이 말을 하면서 마음이 크게 흔들리는 표정이었다. 닥터 돔러는 그의 눈가에 눈물이 고인 것을 보았으며, 처음으로 그의 숨결에서 위스키 냄새를 맡았다.

"어렸을 때 저애는 귀여웠습니다—모두들 홀딱 반했지요. 아이를 만나는 모두가요. 아이는 똑 부러지게 똑똑했고 늘 아주 행복했습니다. 읽거나 그리거나 춤을 추거나 피아노 치는 걸 좋아했지요—뭐든 다 좋아했어요. 집사람은 우리 애들 가운데 밤에 절대 울지 않는 유일한 아이라고 말하곤 했습니다. 저애 언니도 있고, 죽은 아들도 있었지만, 니콜은—니콜은—니콜—"

그는 말을 잇지 못했고, 닥터 돔러가 거들었다.

"완벽하게 정상적이고 밝고 행복한 아이였군요."

"완벽하게요."

닥터 돔러는 기다렸다. 워런 씨는 고개를 젓고 길게 한숨을 내쉬더니 얼른 닥터 돔러를 흘끔거리고 다시 바닥을 보았다.

"한 여덟 달 전, 아니 어쩌면 여섯 달 전, 어쩌면 열 달 전인지도 모릅니다—계속 생각해보지만 저애가 웃기는 짓—미친 짓을 시작할 때 우리가 어디 있었는지 정확하게 기억나지가 않는군요. 그 일을 나한테 처음 전한 사람은 저애 언니였습니다—내가 보기에는 니콜이 늘 똑같았거든요." 그는 누가 그의 탓이라고 비난이라도 한 것처럼 서둘러 덧붙였다. "—변함없이 다정하고 귀여운 딸이었습니다. 첫번째 사건은 하인 일이었습니다."

"아, 그렇군요." 닥터 돔러가 말하며, 마치 이 시점에서는 하인, 오직 하인이 등장할 수밖에 없다고 예측이나 한 듯 기품이 넘치는 머리를 셜록 홈스처럼 끄덕였다.

"나한테는 하인이 한 명 있었습니다—오래되었지요—그런데 스위스 사람입니다." 그는 애국심에 기대는 것처럼 고개를 들어 닥터 돔러를 바라보았다. "그랬는데 니콜이 그 친구에 관해 말도 안 되는 생각을 하게 된 겁니다. 그애는 그 친구가 자기한테 접근한다고 생각한 거예요—물론 당시에는 딸아이 말을 믿고 그 친구를 내보냈지요. 지금은 모든 게 말도 안 되는 소리였다는 걸 알고 있습니다만."

"따님은 그 사람이 뭘 했다고 주장하던가요?"

"그게 첫번째 문제였습니다—의사들도 그애한테서 자세한 이야기를 듣지 못했죠. 그애는 마치 그 친구가 뭘 했는지 당연히 알고 있어야 한다는 듯이 의사들을 빤히 바라보기만 했습니다. 물론 아이의 태도로 볼 때 그 친구가 그애한테 음란하게 접근했다는 것은 분명했지요—딸애는 그 점에는 의심의 여지를 남기지 않았습니다."

"알겠습니다."

"물론, 외로움을 타게 된 여자들이 침대 밑에 남자가 있느니 어떠니 하는 생각을 한다는 이야기도 읽어봤습니다만, 도대체 왜 니콜이 그런 생각을 해야 합니까? 원하는 젊은 남자를 다 가질 수 있는데. 우리는 레이크포리스트에 있었습니다—시카고 근처의 여름 별장지인데 우리도 그곳에 집이 하나 있지요—니콜은 그곳에서 하루종일 밖에 나가 남자아이들하고 골프나 테니스를 쳤습니다. 게다가 그 아이들 가운데 몇 명은 그애한테 완전히 빠져 있었습니다."

워런이 이야기를 하는 동안 메마르고 늙고 왜소한 닥터 돔러는 마음 한구석에서 이따금 시카고를 떠올렸다. 그는 젊은 시절 대학 특별 연구원이자 강사로서 시카고에 갈 기회가 있었다. 갔다면 그곳에서 부자가 되어, 병원의 힘없는 주주에 불과한 존재가 되는 대신 자기 병원을 소유할 수도 있었을 것이다. 그러나 자신의 얄팍한 지식으로 그 지역 전체, 그 모든 밀밭, 그 끝없는 초원을 감당해야 한다는 생각에 가지 않겠다고 결정했다. 그럼에도 그 무렵 시카고에 관해, 아머, 파머, 필드, 크레인, 워런, 스위프트, 매코믹을 비롯한 수많은 봉건적인 큰 가문에 관해 읽었으며, 그후 시카고와 뉴욕의 그런 집안 출신의 환자들이 적잖이 그를 찾아왔다.

"아이는 점점 나빠졌습니다." 워런이 말을 이어갔다. "발작 같은 걸 일으켰지요—하는 말도 점점 더 미친 소리가 되어갔고요. 그애 언니가 몇 가지를 받아적었습니다—" 그는 여러 번 접은 종이를 의사한테 내밀었다. "거의 언제나 자기를 공격하는 남자들, 자기가 아는 남자들, 거리의 남자들에 관한 거였습니다—누구든 상관없었습니다—"

그는 그런 상황에서 가족이 겪은 놀라움과 괴로움, 공포, 미국에서 그들이 했던 헛된 노력, 마지막으로 환경 변화에 기대를 걸고 잠수함 봉쇄를 뚫어 딸을 스위스로 데려오게 된 과정을 이야기했다.

"—미합중국 순양함을 타고요." 그는 약간 거만한 태도로 구체적으로 덧붙였다. "내가 손을 쓸 수 있었지요. 운이 좋아서 말입니다. 그리고 덧붙이자면," 그가 사과하듯 미소를 지었다. "흔히들 말하듯이, 돈은 문제가 안 되거든요."

"당연히 그렇겠지요." 돔러가 무뚝뚝하게 맞장구쳤다.

돔러는 이 사람이 왜 그리고 무엇에 관해 자신에게 거짓말을 하고 있는지 궁금했다. 또는, 만일 자신의 그런 생각이 잘못된 것이라면 방 전체에, 또 트위드 양복을 입고 운동선수처럼 편안하게 의자에 몸을 뻗고 앉아 있는 이 잘생긴 몸에 만연한 허위의 분위기는 무엇인지. 2월의 이날, 저 밖에 있는 아이는 비극이었다. 어떻게 된 건지 몰라도 날개가 꺾여버린 어린 새였다. 반면 여기 안에 있는 남자는 너무 얄팍했다. 너무 얄팍하고 완전히 엉터리였다.

"지금 좀—따님하고—잠깐 얘기를 하고 싶습니다." 닥터 돔러가 말했다. 워런에게 더 가까워지려는 듯 영어를 사용하고 있었다.

나중에 워런이 딸을 남겨두고 로잔으로 돌아가고 며칠이 지났을 때 돔러와 프란츠는 니콜의 카드에 이렇게 기록했다.

Diagnostic: Schizophrénie. Phase aiguë en décroissance.

La peur des hommes est un symptôme de la maladie, et n'est point constitutionnelle. . . . Le pronostic doit rester réservé.*

그런 뒤에 날이 갈수록 점점 관심을 갖게 된 그들은 워런 씨가 약속한 대로 다시 찾아오기를 기다렸다.

그러나 기다려도 워런 씨는 오지 않았다. 이 주 뒤 닥터 돔러는 편지를 썼다. 워런 씨 쪽에서 계속 아무런 답이 없었기 때문에 그는 당시에는 '터무니없는 짓'으로 여겨지던 수단을 선택했다. 브베의 그랜드 호텔로 전화를 한 것이다. 그는 하인으로부터 워런 씨가 그 순간 미국으로 가는 배를 타려고 짐을 싸고 있다는 걸 알게 되었다. 전화 요금으로 병원 돈 40스위스프랑이 지출될 것이라는 말을 들었음에도, 아직 튈르리 근위대의 피가 식지 않았던 닥터 돔러는 워런 씨를 불러 전화를 받게 했다.

"반드시—오셔야만 합니다. 따님의 건강—모든 게 달려 있습니다. 나는 아무런 책임도 질 수 없습니다."

"하지만 이보세요, 선생님, 그래서 의사가 있는 거 아닙니까. 나는 빨리 집으로 오라는 연락을 받았단 말입니다!"

그때까지 그렇게 멀리 있는 사람과 이야기를 해본 적이 없는 닥터 돔러이지만, 그가 전화에 대고 아주 단호하게 최후통첩을 하자 반대편에 있던 번민에 사로잡힌 미국인은 굴복했다. 워런은 취리히 호수를 이렇게 두번째로 방문하게 되자 삼십 분 뒤에 무너졌다. 격렬한 흐느

* 진단: 정신분열증. 급성에 악화 국면. 남자에 대한 공포는 병의 증상이며 전혀 체질적인 것이 아니다…… 예후의 진단은 유보되어야 한다. (원주)

낌 때문에 몸에 편하게 맞는 코트 속의 멋진 어깨가 흔들리고, 두 눈은 제네바 호수의 태양보다 붉어졌다. 의사들은 끔찍한 이야기를 듣게 되었다.

"그냥 그렇게 되어버렸습니다." 워런이 쉰 목소리로 말했다. "모르겠습니다—모르겠어요.

아주 어려서 엄마가 죽고 나서 아이는 매일 아침 내 침대로 들어왔고, 가끔 내 침대에서 자기도 했습니다. 나는 이 귀여운 것이 안쓰러웠어요. 아, 그런 뒤에, 우리는 자동차나 기차를 타고 어디 갈 때마다 손을 잡았지요. 아이는 나한테 노래를 불러주곤 했어요. 우리는 말했지요. '오늘 오후에는 다른 누구한테도 관심을 갖지 말자—그냥 둘이만 있자—오늘 아침에는 네가 내 거니까.'" 그의 목소리에 드문드문 자조의 기색이 번졌다. "사람들은 우리가 멋진 부녀라고 말했습니다—눈물을 훔치면서 말이에요. 우리는 그냥 연인 같았습니다—그러다 갑자기 진짜 연인이 됐습니다—그 일이 있고 나서 십 분 뒤에 그냥 총으로 자살을 해버릴 수도 있었을 텐데—하지만 염병할 타락한 인간이어서 그런지 그럴 배짱이 없었습니다."

"그럼 뭡니까?" 닥터 돔러가 말하며, 다시 시카고와 더불어 삼십 년 전 취리히에서 그를 살펴보던, 코안경을 걸친 온유하고 창백한 얼굴의 신사를 떠올렸다. "그 일이 계속된 건가요?"

"아, 아닙니다! 그애는 거의—그애는 바로 얼어붙는 것 같았습니다. 그애는 그냥 말할 뿐이더군요. '괜찮아요, 괜찮아요, 아버지. 상관없어요. 괜찮아요.'"

"아무런 영향은 없었고요?"

"없었습니다." 그는 한 번 짧게 발작적으로 흐느끼더니 여러 번 코를 풀었다. "지금에 와서 많은 영향이 있다는 것 외에는."

이야기가 끝나자 돔러는 방의 중심을 차지하는 중간계급 특유의 팔걸이의자에 등을 기대며 날카롭게 혼잣말을 했다. "상스러운 것!"—이는 이십 년 동안 그가 입 밖으로 내뱉은 몇 안 되는 매우 세속적인 비판 가운데 하나였다. 이어 그가 말했다.

"취리히의 호텔로 가서 주무시고 아침에 나를 만나러 오시면 좋겠습니다."

"그런 다음에는요?"

닥터 돔러는 어린 돼지를 안을 수 있을 만큼 두 팔을 넓게 펼쳤다.

"시카고로 가는 거지요." 그가 말했다.

4

"그래서 어떤 상황인지 알게 된 걸세." 프란츠가 말했다. "돔러는 만일 워런이 딸한테서 무기한, 무조건 최소한 오 년은 떨어져 있는 데 동의한다면 환자를 맡겠다고 말했지. 워런은 처음 무너지고 난 뒤에는 주로 그 이야기가 미국으로 새어나갈까봐 걱정했네.

우리는 니콜을 위해 일과를 짜놓고 기다렸지. 예후는 나빴네—알다시피, 치료의 가능성은, 이른바 사회적 치료라 해도, 그 나이에는 아주 낮으니까."

"처음 온 편지들은 나빠 보이더군." 딕도 동의했다.

"아주 나빴지—아주 전형적이었고. 사실 첫번째 편지를 병원 밖으로 내보내는 건 망설여졌어. 그러다가 우리가 여기서 어떻게 해나가는지 자네가 아는 것도 좋겠다고 생각했지. 자네가 답장을 보내준 건 너그러운 행동이었네."

딕은 한숨을 쉬었다. "니콜은 아주 예뻤거든—자기 스냅사진을 많이 동봉했더군. 게다가 한 달 동안 나는 아무 할 일이 없었네. 내가 답장에서 한 말이라고는 '착하게 굴고 의사들 말을 잘 들어' 정도밖에 없었어."

"그걸로 충분했네—그 덕분에 니콜한테 바깥에 생각할 사람이 생긴 거지. 한동안은 아무도 없었거든—별로 친한 것 같지 않은 언니 하나밖에 없었지. 게다가 니콜의 편지를 읽는 게 여기 우리에게도 도움이 되었네—그게 니콜의 상태를 가늠하는 척도였지."

"다행이로군."

"이제 무슨 일이 있었던 건지 알겠나? 니콜은 자기 탓도 있다고 느꼈던 거지—하지만 그건 중요하지 않아. 다만 우리가 니콜의 궁극적인 안정성과 인격의 강인함을 재평가하고 싶을 때만 거론되는 거지. 어쨌든 처음에는 그것 때문에 충격을 받았지. 그러다가 니콜은 기숙학교로 떠나 여자애들이 말하는 걸 들었네—그래서 순수하게 자기를 보호하기 위해 자기 탓이 아니었다는 생각을 하게 되었지—그리고 거기에서 모든 남자가 악하다는, 그것도 좋아하고 믿는 남자일수록 더 악하다는 망상의 세계로 미끄러지는 건 쉬운 일이었네……"

"니콜이 그—끔찍한 이야기를 직접 한 적이 있나?"

"아니. 사실 니콜이 정상으로 보이기 시작했을 때, 10월쯤인데, 우리는 곤경에 처했네. 만일 니콜이 서른 살이었다면 알아서 혼자 적응하게 했을 거야. 하지만 너무 어려서 안에 모든 것이 꼬인 상태로 굳어버릴까봐 걱정이 되었네. 그래서 닥터 돔러가 니콜한테 솔직히 말했지. '이제 네 의무는 너 자신을 돌보는 거야. 이게 절대 뭐가 끝났다는 뜻은 아니야—네 인생은 이제 막 시작이야.' 그런 식으로 이런저런 이야기를 했지. 니콜은 정말 머리가 좋았기 때문에 돔러는 프로이트를 좀 읽으라고 줬네. 아주 많이는 아니고. 니콜은 큰 관심을 보이더군. 사실 여기서 니콜은 애완동물 같은 존재가 되었지. 하지만 니콜은 말이 없었네." 프란츠는 덧붙였다. 그리고 망설였다. "그래서 우리는 궁금해하고 있었네. 니콜이 최근에 취리히에서 자네에게 직접 부친 편지에서 혹시 자신의 정신 상태나 미래 계획을 밝혀줄 만한 이야기를 하지 않았는지."

딕은 생각을 해보았다.

"그렇기도 하고 아니기도 해—원한다면 그 편지들을 여기로 가져오지. 니콜은 희망에 차 있고 또 인생을 살고 싶다는 정상적인 허기를 느끼는 것 같아—심지어 약간 로맨틱하기도 하고. 가끔 감옥에 있던 사람들의 말투로 '과거' 이야기를 하기도 하네. 하지만 그게 범죄를 가리키는지 수감 생활을 가리키는지 그 경험 전체를 가리키는지는 절대 모를 일일세. 결국 나는 니콜의 인생에서 일종의 헝겊 인형에 불과하지."

"물론이지, 나도 자네 입장을 정확하게 이해하고 있어. 그래서 다시 한번 감사하네. 그것 때문에 자네가 니콜을 보기 전에 내가 자네를 보고 싶었던 거야."

딕이 웃음을 터뜨렸다.

"니콜이 내 몸을 향해 날듯이 뛰어오를 거라고 생각하는군?"

"아니, 그건 아니야. 하지만 아주 부드럽게 다가가라고 부탁하고 싶네. 자네는 여자들한테 매력이 있어, 딕."

"그렇다면 하느님이 나를 가엾게 여기시기를! 그래, 부드럽고 역겨운 인간이 되지—니콜을 보러 갈 때마다 마늘을 씹고 까칠한 턱수염을 기르겠네. 니콜이 나를 보면 몸을 숨기도록 만들겠네."

"마늘은 안 돼!" 프란츠가 딕의 말을 진지하게 받아들여 대꾸했다. "자네도 자네 경력을 망치고 싶지는 않을 거 아닌가. 하지만 완전히 진담은 아니겠지."

"—또 조금 절뚝거릴 수도 있고. 또 내가 사는 곳에는 어차피 진짜 욕조도 없거든."

"완전히 농담하는 거로군." 프란츠는 긴장을 풀었다—아니, 긴장을 푼 사람의 자세를 보여주었다. "자, 이제 자네 이야기, 자네 계획 이야기를 해보게."

"하나밖에 없네, 프란츠. 그건 좋은 심리학자가 되는 거야—어쩌면 역사상 최고의 심리학자가 되는 걸 수도 있지."

프란츠는 유쾌하게 웃음을 터뜨렸지만, 이번에는 딕이 농담을 하는 것이 아님을 알았다.

"그거 아주 좋군—그리고 아주 미국적이야." 그가 말했다. "우리한테는 더 어려운 일이지." 그는 일어서서 프렌치 윈도로 갔다. "나는 여기 서서 취리히를 보네—저기 그로스뮌스터 교회의 첨탑이 있지. 그 지하 묘지에는 우리 할아버지가 묻혀 있네. 거기에서 다리를 건너면 우리 조상 라바터가 누워 있는데, 그는 어떤 교회에도 묻히려 하지 않았지. 근처에는 다른 조상의 조각상이 있네. 하인리히 페스탈로치. 그리고 닥터 알프레트 에셰르의 조각상도 있고. 그리고 그 모든 것 위에 언제나 츠빙글리*가 있네—나는 이곳에서 만신전을 꽉 채울 만한 영웅들과 끊임없이 마주하게 돼."

"그래, 알겠네." 딕은 일어섰다. "그냥 허풍을 떤 것뿐일세. 모든 걸 이제 막 시작했을 뿐이야. 프랑스의 미국인들 대부분은 집에 가고 싶어 미칠 지경이지만 나는 안 그래—나는 대학 강의만 출석하면 올해 나머지 기간 동안 군대에서 보수를 받아. 미래의 위인들을 알아보고 정부가 대폭 선심을 쓴다고나 할까? 그런 다음 집에 가서 아버지를 뵙고 한 달 동안 지내야지. 그런 뒤에 돌아올 거야—일자리 제안을 받았거든."

"어디에서?"

"자네 경쟁자들한테서—인터라켄의 기슬러 병원."

"거기는 건드리지 말게." 프란츠가 충고했다. "거기는 젊은 사람들을 일 년에 여남은 명이나 뽑았어. 기슬러 자신은 조울병 환자이고, 병원은 부인과 부인의 애인이 운영해—물론 이건 우리끼리 얘기라는 건 알고 있겠지."

"미국에 진출하겠다는 자네의 옛날 계획은 어떻게 됐지?" 딕이 가볍게 물었다. "우리 함께 뉴욕에 가서 억만장자들을 위한 최신식 병원을 만들기로 했잖나."

"그건 학창 시절 이야기지."

---

* 스위스 종교개혁가.

딕은 구내 한구석에 있는 프란츠의 작은 집에서 그의 신부, 고무 타는 냄새가 나는 작은 개와 함께 식사를 했다. 막연하게 답답한 느낌이었지만, 수수한 절약의 분위기 때문도 아니고, 사실 어느 정도 예측이 가능했던 그레고로비우스 부인 때문도 아니었다. 프란츠의 시야가 갑자기 줄어들었고, 그가 그런 좁은 지평에 너무 쉽게 타협한 것 같았기 때문이었다. 딕의 경우에는 금욕주의의 경계선이 다르게 표시되어 있었다—딕은 금욕주의를 목적에 이르는 수단으로 볼 수 있었다. 심지어 금욕 자체가 제공하는 명예를 맛보며 실행에 옮기는 것이라고 생각할 수도 있었다. 그러나 물려받은 옷이 한 벌이니 거기에 맞게 생활 규모를 줄인다는 식으로 생각하기는 힘들었다. 프란츠와 그의 부인이 비좁은 공간에서 보여주는 가정적인 행동에는 우아함과 모험이 결여되어 있었다. 전후에 프랑스에서 보낸 몇 달, 그리고 그곳에서 미국의 영광의 보호를 받으며 이루어진 방탕한 전후 청산이 딕의 인생관에 영향을 준 것이다. 게다가 그곳의 남자들과 여자들은 그를 높이 떠받들었다. 어쩌면 그가 훌륭한 스위스 시계의 중심지로 돌아온 것도 그 분위기가 진지한 사람에게는 별로 좋을 게 없다는 직관 때문인지 몰랐다.

딕은 케테 그레고로비우스가 스스로 매력적이라고 느끼게 만들어주었지만, 어디에나 나타나는 꽃양배추 같은 이 여자 때문에 점점 불안해졌다—동시에 자신도 모르던 이런 천박한 태도가 생겨난 것 때문에 자기 자신도 혐오스러워졌다.

'맙소사, 나도 결국 나머지 사람들과 같은 것인가?'—그는 밤에 깜짝 놀라 잠을 깨고 그런 생각을 하곤 했다—'나도 나머지 사람들과 같

은가?'

이것은 사회주의자에게는 별 볼 일 없는 질문이었지만, 세상에서 찾아보기 힘든 귀한 일을 많이 하는 사람들에게는 중요한 질문이었다. 사실 몇 달 동안 그는 이제 아무도 믿지 않게 된 것을 위해 죽느냐 사느냐가 결정되는 젊음의 구간을 통과해왔다. 취리히에서 새하얀 시간에 그는 가로등의 불빛 위쪽 너머 모르는 사람 집의 식료품실을 바라보며 선해지고 싶다고, 착해지고 싶다고, 용감하고 지혜로워지고 싶다고 생각하곤 했다. 그러나 그 모두가 아주 어려웠다. 그는 또, 사랑받고 싶었다. 자신이 그럴 만한 사람인지는 몰라도.

5

중앙 건물의 베란다는 열린 프렌치 윈도로부터 빛을 받고 있었다. 길고 가느다란 조각을 붙인 듯한 벽의 검은 그림자와 글라디올러스 꽃밭 안으로 미끄러져들어간 철제 의자들의 환상적인 그림자들만 빛을 벗어나 있었다. 방들 사이를 발을 끌며 오가는 인물들 사이에서 워런 양이 처음에는 어렴풋이, 이어 선명하게 나타났다. 그녀는 그를 보았다. 그녀는 문지방을 넘으면서 방의 마지막 빛을 얼굴에 담아 밖으로 나왔다. 그녀는 박자에 맞추어 걸었다—그 주 내내 그녀의 귀에는 노랫소리가 들렸다. 열정적인 하늘과 황량한 그늘을 소재로 한 여름 노래였다. 그가 도착하면서 노랫소리가 너무 커져 그녀는 그 노래를 따라 부를 수도 있을 것 같은 기분이었다.

"안녕하세요, 대위님." 그녀는 눈이 그에게 얽혀버린 듯, 그에게서 어렵게 눈을 떼어내며 말했다. "여기 밖에 앉을까요?" 그녀는 가만히 서 있었다. 그녀의 눈길이 잠시 주위를 서성거렸다. "여름이나 다름없네요."

한 여자가 그녀를 따라 밖에 나와 있었다. 숄을 걸친 땅딸막한 여자였다. 니콜은 딕을 소개했다. "—부인이에요."

프란츠는 실례한다며 자리를 떴고, 딕은 의자 세 개를 한곳에 모았다.

"아름다운 밤이네요." 부인이 말했다.

"아주 아름다워요." 니콜도 스페인어로 맞장구를 쳤다. 이어 딕에게 말했다. "여기 오래 계셨나요?"

"취리히에 오래 있었습니다. 그걸 물어본 거라면."

"사실상 진정한 봄의 첫날밤이네요." 부인이 말했다.

"계속 계실 건가요?"

"적어도 7월까지는."

"저는 6월에 떠나요."

"이곳의 6월은 아름답죠." 부인이 말했다. "6월에는 여기 있다가 정말 더워지는 7월에 떠나는 게 좋아요."

"어디로 갑니까?" 딕이 니콜에게 물었다.

"언니하고 어디론가요—흥미진진한 어딘가이기를 바라요. 그동안 아주 많은 시간을 손해보았기 때문에. 하지만 사람들은 아마 내가 처음에는 조용한 데로 가야 한다고 생각할 거예요—코모 같은 데로요. 코모로 오시지 그래요."

"아, 코모는—" 부인이 입을 열었다.

건물 안에서 삼중주단이 주페의 〈경기병〉을 연주하기 시작했다. 니콜은 그 틈을 타 일어섰으며, 그녀의 젊음과 아름다움이 딕에게 점점 강한 인상으로 다가와, 마침내 그의 내부에서 응축된 감정이 발작처럼 터져나왔다. 그녀는 웃음을 지었다. 세상의 모든 잃어버린 젊음을 닮은 웃음, 마음을 흔드는 아이 같은 웃음이었다.

"음악이 너무 커서 이야기가 잘 안 들리네요—좀 걸으면 어떨까요. 안녕히 가세요, 부인."

"안녕히—안녕히."

그들은 좁은 길을 따라 두 걸음을 내디뎠다—그러자 곧 그림자 하나가 길을 가로질렀다. 그녀가 그의 팔을 잡았다.

"미국에서 언니가 보내준 축음기 레코드가 몇 장 있어요." 그녀가 말했다. "다음에 여기 오시면 틀어드릴게요—축음기 갖다놓을 만한 데를 알아요. 아무한테도 들리지 않는 곳이에요."

"그거 좋군요."

"〈힌두스탄〉 아세요?" 그녀가 동경하는 표정으로 물었다. "처음 들어보는 건데 마음에 들어요. 그리고 〈왜 그들을 베이비라고 부를까?〉하고 〈너를 울게 할 수 있어 좋아〉도 있어요. 아마 파리에서는 그 모든 곡에 맞추어 춤을 추셨겠죠?"

"파리에는 안 가봤어요."

걸어가면서 파란색이나 회색으로 번갈아 색깔이 바뀌는 그녀의 크림색 드레스, 그녀의 짙은 금발에 딕은 눈이 부셨다—그가 돌아볼 때마다 그녀는 슬쩍 웃음을 지었다. 길가의 아크등 빛 안으로 들어서면 그녀의 얼굴이 천사처럼 환해졌다. 그녀는 그에게 여러 가지로 고맙다고 말했다. 마치 그가 무슨 파티에라도 데려온 것처럼. 딕은 그녀와 자신의 관계에 대한 확신을 점점 잃어갔고 반대로 그녀의 자신감은 커졌다—그녀는 세상의 모든 흥분을 반사하듯이 흥분하고 있었다.

"나는 어떤 구속도 받지 않아요." 그녀가 말했다. "〈암소들이 집으로 올 때까지 기다려〉하고 〈안녕, 알렉산더〉라는 멋진 두 노래를 틀어드릴게요."

다음에, 일주일 뒤에 그는 약속 시간에 늦었고, 니콜은 그가 프란츠의 집으로부터 걸어나와 지나가게 될 길목에서 그를 기다리고 있었다. 귀 너머로 빗어넘긴 머리카락이 어깨를 쓸어 얼굴이 마치 머리카락으로부터 둥실 떠오른 듯한 느낌을 주었다. 바로 이 순간 마치 그녀가 숲에서 맑은 달빛 안으로 들어온 것 같았다. 미지의 세계가 그녀를 내놓은 듯했다. 딕은 그녀에게 아무런 내력이 없기를, 그저 그녀를 보내준 밤 외에는 아무런 주소도 없는 길 잃은 소녀이기를 바랐다. 그들은 그녀가 축음기를 숨겨둔 곳으로 갔다. 작업실 옆으로 모퉁이를 돌고, 바위를 기어올라 낮은 담 뒤에 앉았다. 앞에는 굽이치는 밤이 끝도 없이 펼쳐져 있었다.

그들은 이제 미국에 있었다. 딕을 대책 없는 바람둥이로 보는 프란츠조차도 그들이 그렇게 멀리 갔으리라고는 짐작도 못했을 것이다. 그들은 너무 안쓰러웠어, 자기. 그들은 택시를 타고 서로를 만나러 갔어, 내 사랑. 그들은 좋아하는 미소가 있었고 힌두스탄에서 만났지. 하지만 그 직후 틀림없이 싸운 모양이야. 아무도 몰랐고 아무도 관심 없는 것 같았지만—그러다 마침내 둘 가운데 하나가 떠나고 남은 사람은 울었어. 그냥 우울했고, 그냥 슬펐어.

잃어버린 시간과 미래의 희망을 연결시키고 있는 가냘픈 선율들이 발레주州의 밤 위로 구불거렸다. 축음기 소리가 잠잠해지면 귀뚜라미 한 마리가 하나의 음으로 이 장면을 유지했다. 곧 니콜은 축음기를 트는 대신 그에게 노래를 불러주었다.

일 달러 은화를
땅에 놓고
굴러가는 걸 봐
은화는 둥그니까—

그녀의 입술이 열리기만 할 뿐 숨결은 나오지 않았다. 딕이 갑자기 일어섰다.

"왜 그래요? 마음에 들지 않나요?"

"당연히 마음에 들지요."

"고향에 있는 우리 주방장이 가르쳐준 거예요.

남자를 떠나보낸 뒤에야
여자는 알게 된다네
얼마나 좋은 남자를 놓쳤는지……

마음에 들어요?"

그녀는 그를 보며 웃음 지었다. 그녀는 그 웃음에 그녀 안의 모든 것을 모아 그를 향해 보내고 있었다. 자신에 대한 아주 작은 반응만 있다면, 그의 심장이 고동치기만 한다면, 그의 안에 그녀에게 공명하는 떨림이 있다는 보장만 있다면 자신을 그에게 내놓겠다고 진심에서 우러나오는 약속을 하고 있었다. 조금씩 시간이 흐르면서 버드나무에서, 어두운 세상에서 달콤함이 빠져나와 그녀에게로 흘러들었다.

그녀도 일어섰다. 비틀거리며 축음기를 넘어가 잠시 그에게 기댔다. 그의 둥근 어깨 속의 우묵한 공간으로 파고들었다.

"레코드가 한 장 더 있어요." 그녀가 말했다. "—〈안녕, 레티〉 들어보셨어요? 들어보셨을 것 같아요."

"솔직히, 이해를 못하는 것 같은데—나는 하나도 들어본 적이 없어요."

안 적도 없고, 냄새 맡아본 적도 없고, 맛본 적도 없어요. 그렇게 덧붙일 수도 있었을 것이다. 오직 뜨겁고 은밀한 방에 빰이 뜨거운 여자들뿐이었어요. 그가 1914년에 뉴헤이븐에서 알았던 젊은 처녀들은 키스를 하고 나서 남자를 밀어내려고 두 손을 남자 가슴에 얹으며 '거기까지!' 하고 말하곤 했다. 그런데 이제 이 구원받지 못한 고난의 방랑자가 그에게 대륙의 정수를 보여주고 있었다……

6

딕이 다음에 그녀를 만난 것은 5월이었다. 취리히에서 함께 점심을 먹었는데 경고를 받는 회의에 참석한 기분이었다. 그의 삶의 논리가 그녀로부터 멀어지는 쪽으로 방향을 잡은 게 분명했다. 그러나 어떤 낯선 사람이 근처 식탁에서 그녀를 물끄러미 바라보다 두 눈이 어디에서도 본 적 없는 불온한 빛으로 타오르자, 그는 남자를 돌아보며 세련된 협박으로 그 눈길을 끊어버렸다.

"저 사람은 그냥 훔쳐보려는 것뿐이에요." 그가 명랑하게 설명했다. "그저 니콜의 옷을 보고 있을 뿐이죠. 왜 그렇게 옷이 가지각색으로 많은 겁니까?"

"언니 말이 우리는 아주 부자래요." 그녀가 겸손하게 말했다. "할머니가 죽은 이후로요."

"그럼 용서해드리죠."

그는 니콜보다 나이가 한참 많았기 때문에 그녀의 젊은 허영심과 기쁨을 즐겁게 바라볼 수 있었다. 예를 들어 그녀가 레스토랑을 떠나면서 현관 거울 앞에 아주 잠깐 멈추어 부패하지 않는 수은에 자신의 모습을 비춰볼 때라든가. 이제 자신이 아름답고 부유하다는 걸 알게 된 그녀가 새로운 옥타브로 손을 뻗는 것을 볼 때도 그는 기쁨을 느꼈다. 그는 그녀를 봉합해놓은 사람은 바로 자신이라는 강박으로 그녀를 옭아매지 않으려고 마음을 다해 노력했다—그녀가 그와 상관없는 곳에서 행복과 자신감을 쌓아가는 것을 보면 기뻤다. 그러나 문제는 결국 니콜이 모든 것을 그의 발치로 가져온다는 점, 희생제의 암브로시아*도 선물하고, 숭배하는 마음으로 도금양도 바친다는 점이었다.

딕은 여름이 시작되는 주에 다시 취리히에 자리를 잡았다. 소논문들

---

* 신의 음식.

과 군대에서 한 모든 작업을 하나의 틀에 넣어, 이를 바탕으로 『정신의학자들을 위한 심리학』을 개정할 생각이었다. 그는 출판을 할 수도 있을 것으로 보았고, 독일어 오류를 바로잡아줄 가난한 학생과도 연락을 해두었다. 프란츠는 경솔한 행동이라고 생각했으나, 딕은 그 주제가 오만하지 않기 때문에 사람들이 경계심을 풀 것이라고 주장했다.

"두 번 다시 이 분야를 이렇게 잘 알 수는 없을 거야." 그는 고집을 부렸다. "내 느낌으로는 이 분야가 기초적인 것으로 자리잡지 못한 이유는 한 번도 그 재료가 검증되지 않았다는 거야. 이 직업의 약점은 약간 장애를 겪고 망가진 사람을 끌어들인다는 거야. 이런 사람이 자신의 직업의 벽 안에 갇혀 임상적인 것, '실용적인' 것에 전념하여 부족한 데를 보충하지—그렇게 싸움 없이 전투에서 이기는 거야.

반면 자네는 좋은 사람이야, 프란츠. 자네가 태어나기 전에 운명이 자네를 선택하여 이 직업을 갖게 했으니까. 자네한테 '소질'이 없었다는 것을 신에게 감사하는 게 좋을 걸세—내가 정신과의사가 될 수밖에 없었던 건 옥스퍼드의 세인트 힐다 칼리지에 같은 강의를 듣던 여자가 있었기 때문일세. 진부한 이야기를 늘어놓는 건지는 모르지만, 나는 지금의 내 생각들을 맥주 몇십 잔과 함께 흘려버리고 싶지 않아."

"알았네." 프란츠가 대답했다. "자네는 미국인이야. 이렇게 해도 자네 직업에 해가 되지 않을 걸세. 나는 이런 일반적인 얘기를 하는 게 마음에 들지 않아. 자네는 이제 곧 『비전문가를 위한 깊은 생각』이라는 제목의 소소한 책들을 쓸 걸세. 아주 단순해서 무슨 일이 있어도 독자가 생각을 하도록 자극하지 않는 책들 말일세. 만일 우리 아버지가 살아 계시면 자네를 보면서 투덜거리실 거야, 딕. 냅킨을 집어서 이렇게 접고, 냅킨 링을 잡고, 바로 이걸 말이야—" 그는 냅킨 링을 들어올렸다. 갈색 목재에 멧돼지 머리가 조각되어 있었다—"그러면서 이러실 거야. '글쎄 내가 받은 인상은 말이지—' 그러다가 자네를 보고 갑자기 이렇게 생각하시겠지. '이게 다 무슨 소용이 있겠어?' 그래서 그만두고 다시 툴툴거리시겠지. 그러는 사이에 식사가 끝나버리는 거지."

"나는 오늘은 혼자야." 딕이 퉁명스럽게 말했다. "하지만 내일은 혼자가 아닐지도 모르지. 그렇게 되면 내 냅킨을 자네 아버지처럼 접고 둘툴거릴 걸세."

프란츠는 잠시 기다렸다.

"우리 환자는 어떤가?" 그가 물었다.

"모르겠네."

"어, 지금쯤은 알아야지."

"그 아이가 마음에 드네. 매력적이지. 내가 어떻게 하기를 바라나—에델바이스가 있는 곳으로 데리고 올라갈까?"

"아니, 자네가 과학책에 관심을 가지기에 무슨 생각이 있을지도 모른다고 생각했지."

"—내 인생을 그 아이한테 바칠까?"

프란츠가 부엌에 있는 부인을 불렀다. "어이쿠야! 여보, 딕한테 맥주 한 잔만 가져다줘요."

"돔러를 만나야 한다면 그만하겠네."

"우리는 계획이 있는 게 최선이라고 생각하네. 넉 주가 지났어—그 아이는 자네를 사랑하는 게 분명해. 우리가 바깥세상에 있다면 그건 우리가 알 바 아니지만, 여기 병원에서는 그 문제에 이해관계가 걸려 있네."

"닥터 돌러가 하라는 대로 하겠네." 딕이 동의했다.

그러나 그에게는 돌러가 그 문제에 많은 빛을 던져주리라는 믿음이 거의 없었다. 그 자신이 이 문제와 관련되어 있는 계산 불가능한 요소였다. 그 자신의 의식적인 의지력 행사 없이 이 일은 그의 두 손 안에 흘러들어와버렸다. 어린 시절의 한 장면이 떠올랐다. 집안의 모든 사람이 은식기를 보관하는 장의 열쇠가 사라졌다며 찾고 있었는데, 딕은 그 열쇠를 어머니의 장 맨 위 서랍의 손수건들 밑에 감추어두고 시치미를 뗐다. 그때 그는 철학적인 초연함이 생기는 것을 경험했다. 프란츠와 함께 돌러 교수의 방에 갔을 때도 그 느낌이 되풀이되었다.

멋진 고저택의 덩굴로 뒤덮인 베란다처럼 직선으로 뻗은 구레나룻을 기른 아름다운 교수의 얼굴을 보자 딕은 마음이 풀려버렸다. 딕은 돌러보다 재능이 많은 사람은 몇 명 알았지만, 질적으로 그보다 우월한 부류에 속하는 사람은 알지 못했다.

—여섯 달 뒤 죽은 돌러를 보았을 때도 똑같은 생각을 했다. 베란다의 불은 꺼진 상태였다. 덩굴 같은 구레나룻은 빳빳한 하얀 옷깃을 간질이고 있었다. 틈새 같은 작은 눈 앞에서 벌어졌던 수많은 싸움은 약하고 섬세한 눈꺼풀 밑에 영원히 잠잠하게 가라앉아 있었다—

"……안녕하십니까, 선생님." 그는 군대에 있던 시절로 돌아간 듯 제대로 예의를 갖추고 서 있었다.

돌러 교수는 차분하게 깍지를 꼈다. 프란츠는 반쯤은 연락관 비슷하게, 반쯤은 비서 비슷하게 말을 했는데, 교수가 중간에 자르고 들어왔다.

"우리 생각대로 일은 어느 정도 진행이 되었소." 그가 온화하게 말했다. "지금 우리를 가장 잘 도울 수 있는 건 바로 선생, 닥터 다이버요."

그 말에 내몰린 느낌을 받아 딕은 고백했다. "저는 아직 입장을 분명히 정하지 않았는데요."

"선생의 개인적 반응에는 아무런 관심이 없소." 돔러가 말했다. "하지만 이른바 이 '전이'." 그는 빈정대는 기색이 스치는 표정으로 프란츠를 슬쩍 보았고, 프란츠도 같은 표정으로 마주보았다. "이것이 끝나야 한다는 사실에는 큰 관심이 있소. 니콜 양은 잘하고 있지만, 자신이 비극이라고 받아들일 수도 있는 상황을 견뎌낼 수 있는 상태는 아니오."

프란츠가 다시 입을 열려고 했지만, 닥터 돔러가 손짓으로 입을 다물게 했다.

"그간 선생의 입장이 어려웠다는 것은 알겠소."

"네, 그랬습니다."

교수는 등을 뒤로 기대고 웃음을 터뜨리더니, 웃음이 끝나자마자 바로 이어서 날카롭고 작은 잿빛 눈을 빛내며 말했다. "어쩌면 선생이 감상적으로 얽혀든 것인지도 모르지."

자신을 살살 꾀어들이고 있다는 걸 알고 딕도 웃음을 터뜨렸다.

"니콜 양은 예쁜 아가씨입니다—누구나 어느 정도는 그 점에 반응하지요. 제 의도는 전혀—"

다시 프란츠가 말을 하려 했으나—이번에도 돔러가 딕을 향해 날카로운 질문을 던짐으로써 그 말을 막았다. "떠나는 건 생각해봤소?"

"떠날 수는 없습니다."

닥터 돔러가 프란츠를 돌아보았다. "그럼 우리가 워런 양을 내보낼 수도 있지."

"돔러 교수님, 교수님이 누구보다 잘 알고 계시겠지만," 딕은 인정했다. "확실히 어떤 일이 생겼습니다."

돔러 교수는 다리 없는 사람이 목발에 의지하여 일어서듯이 몸을 일으켰다.

"하지만 이건 전문가의 입장에서 봐야 할 상황이오." 교수가 조용하지만 강한 목소리로 외쳤다.

그는 한숨을 쉬며 다시 의자에 앉아 방안에 울려퍼지는 천둥이 잠잠해지기를 기다렸다. 딕은 이제 돔러의 감정이 절정에 올라갔음을 알았지만, 자신이 살아남은 것인지는 알 수가 없었다. 천둥소리가 줄어들었을 때 프란츠가 끼어들 수 있었다.

"닥터 다이버는 성품이 훌륭한 사람입니다." 그가 말했다. "상황을 제대로 보기만 한다면 정확하게 대처할 거라고 봅니다. 제 의견으로는 딕은 여기 머물면서 협조할 수 있습니다. 누구도 떠나지 않고 말입니다."

"이 말은 어떻게 생각하시오?" 돔러 교수가 딕에게 물었다.

딕은 이런 상황에 직면하자 예의를 갖추고 싶은 마음이 사라졌다. 동시에 돔러가 입장을 분명히 밝힌 뒤 침묵 속에서 어정쩡한 상태를 무한정 유지할 수는 없다는 걸 깨달았다. 갑자기 그는 모든 것을 쏟아냈다.

"저는 반쯤 사랑에 빠졌습니다—결혼 생각이 머릿속을 지나가기도 했습니다."

"쯧! 쯧!" 프란츠가 낸 소리였다.

"잠깐." 돔러가 주의를 주었다. 그러나 프란츠는 멈추려 하지 않았다. "뭐! 그래서 주치의나 간호사 노릇을 하면서 인생의 반을 바치겠다고—절대 안 돼! 이런 사례가 어떤 건지 나는 잘 알아. 처음 한 번 발병으로 끝이 나는 건 스무 번에 한 번이야—다시 그 여자를 보지 않는 게 좋아!"

"어떻게 생각하시오?" 돔러가 딕에게 물었다.

"물론 프란츠 말이 맞습니다."

7

늦은 오후가 되어서야 딕이 어떻게 해야 하느냐 하는 문제에 관한 토론이 마무리되었다. 그는 아주 친절하게 행동하면서, 동시에 자신을 지워야 했다. 의사들이 마침내 일어섰을 때 딕의 눈은 창밖 가벼운 비가 떨어지고 있는 곳에 가닿았다—저 빗속 어딘가에 니콜이 기대하는 마음으로 기다리고 있었다. 그는 방수복의 단추를 목까지 채우고 모자의 챙을 끌어내리며 바로 나갔고, 나가자마자 바로 중앙 출입구 지붕 밑에서 그녀와 마주쳤다.

"우리가 갈 수 있는 새로운 곳을 알고 있어요." 그녀가 말했다. "나도 아플 때는 저녁에 다른 사람들과 함께 안에 앉아 있어도 상관없었어요—그 사람들이 하는 말은 다른 모든 것과 다를 게 없어 보였어요. 물론 지금 나는 그 사람들이 아프다고 보고 또 그게—그게—"

"니콜은 곧 떠나게 될 거예요."

"아, 곧. 언니 베스는, 사람들이 늘 베이비라고 불렀지만, 언니는 몇 주 뒤에 와서 나를 어디론가 데려갈 거예요. 그뒤에 이곳으로 돌아와 마지막으로 한 달 동안 여기에 있을 거예요."

"언니?"

"아, 저보다 훨씬 나이가 많은 언니예요. 스물넷—거의 영국 사람이죠. 고모와 함께 런던에 살고 있어요. 영국 남자하고 약혼했지만 남자가 전사했어요—나는 한 번도 못 봤지만."

비를 헤치고 나오려 안간힘을 쓰고 있는 흐릿한 석양을 배경으로 그녀의 상앗빛이 감도는 황금색 얼굴에는 딕이 전에 보지 못했던 미래의 약속이 담겨 있었다. 불거진 광대뼈, 약간 창백하게 질린 듯한 느낌, 뜨겁다기보다는 서늘해 보이는 얼굴은 장래가 유망한 망아지의 골격을 떠올리게 했다—점점 잿빛으로 변해가는 스크린에 젊음만 투사하는 게 아니라, 진정한 성장을 약속하는 삶을 살아가는 생명체. 그 얼굴은 중년이 되어도 잘생겨 보일 것이다. 노년에도 잘생겨 보일 것이다. 그렇게 될 수 있는 핵심적인 구조와 질서가 거기에 있었다.

"뭘 보고 있어요?"

"그냥 니콜이 좀 행복해질 거라고 생각하고 있었을 뿐이에요."

니콜은 겁에 질렸다. "제가요? 그래요—지금까지보다 더 나빠질 수는 없는 거니까."

그녀가 그를 이끌고 간, 지붕이 있는 목재 헛간에서 그녀는 골프화를 신은 채 책상다리를 하고 앉았다. 바바리코트가 그녀의 몸을 감싸고 두 뺨은 축축한 공기 때문에 빛깔이 생생하게 살아 있었다. 그녀는 엄숙하게 그의 눈길을 받아냈으며, 기대고 있는 나무 기둥에 완전히 몸을 맡기지 않는 그의 약간 오만한 자세를 편하게 받아들였다. 그녀는 그의 얼굴을 들여다보고 있었다. 그의 얼굴은 그 나름의 기쁨과 조롱으로 빠져든 뒤에는 늘 다시 주의깊고 진지하게 정리되어갔다. 그의 불그레한 아일랜드인 피부색에 어울리는 것처럼 보이는 그 기쁨과 조롱이 그녀가 가장 모르는 부분이었다. 그녀는 그 부분이 두려웠지만, 그럼에도 탐색하고 싶어 안달이었다—그것이 그의 남성적인 면이었다. 다른 부분, 훈련받은 부분, 예의바른 눈에 담긴 배려는 대부분의 여자들과 마찬가지로 그녀도 아무런 의문 없이 수용해버렸다.

"적어도 이 시설은 언어 면에서는 훌륭했어요." 니콜이 말했다. "의사 두 명하고는 프랑스어로 말했고, 간호사들과는 독일어로 말했고, 세탁부 두 명하고 환자 한 명하고는 이탈리아어, 어쨌든 그 비슷한 걸로 말했고, 다른 환자한테서는 스페인어를 많이 배웠어요."

"잘됐네요."

그는 어떤 태도를 내보이려 했지만, 그런 태도를 만들어낼 논리가 바로 떠오르지 않았다.

"—음악도. 제가 래그타임*에만 관심이 있다고 생각하지 않았으면 좋겠어요. 저 매일 연습했어요—지난 몇 달간. 취리히에서는 음악사 강좌를 들었어요. 사실 가끔은 오직 그것 때문에 버틸 수 있었어요—음악과 그림 그리기 때문에." 그녀는 갑자기 몸을 기울이더니 신발 바닥에서 떨어져나온 조각을 비틀어 떼어내고 고개를 들었다. "지금 계신 이 모습 그대로 한번 그려보고 싶어요."

* 재즈 음악의 시초에 해당하는 음악.

그녀가 그의 칭찬을 들으려고 자신이 이룬 일을 이야기할 때면 그는 슬펐다.

"부럽네. 지금 나는 내 일 말고는 어떤 것에도 관심을 둘 수 없는 형편인데."

"아, 남자는 그래도 좋은 것 같아요." 그녀가 얼른 대꾸했다. "하지만 여자는 여러 가지 자잘한 소양을 쌓았다가 자식들한테 전해줘야 할 것 같아요."

"그런 것 같군." 딕이 짐짓 무관심한 태도로 말했다.

니콜은 말없이 앉아 있었다. 딕은 자신이 찬물을 끼얹는 편한 역할을 할 수 있도록 그녀가 계속 말해주기를 바랐지만, 이제 그녀는 말없이 앉아 있었다.

"니콜은 아주 건강해요." 그가 말했다. "과거는 잊도록 해요. 한 일 년 정도는 무리하지 말고. 미국으로 돌아가 사교계에 데뷔하고 사랑을 해요—그리고 행복하게 살아요."

"나는 사랑을 할 수 없어요." 그녀의 상처 난 구두가 그녀가 앉아 있는 통나무를 긁자 먼지가 고치 모양으로 피어올랐다.

"당연히 할 수 있지." 딕이 강하게 말했다. "일 년 정도는 못할지 모르지만, 조만간 하게 될 거예요." 이어 그는 잔인하게 덧붙였다. "니콜은 집안 가득한 아름다운 후손들에 둘러싸여 완벽하게 정상적인 삶을 살 수 있어요. 그 나이에 완전하게 회복될 수 있었다는 바로 그 사실이 니콜한테는 촉발 요인들 외에 다른 것은 거의 없었음을 증명하는 거예요. 아가씨, 아가씨는 친구들이 비명을 지르며 쓸려나간 뒤에도 오랫동안 자기 역할을 다하며 살 수 있을 거예요."

—그러나 그 쓴 약, 가혹한 일깨움을 받아들이는 그녀의 눈에는 고통이 번졌다.

"내가 앞으로 오랫동안 결혼할 만한 사람이 될 수 없다는 걸 잘 알고 있어요." 그녀는 겸손하게 말했다.

딕은 너무 마음이 아파 더 말을 하지 못했다. 바깥의 밭을 내다보며 단단하고 뻔뻔스러운 태도를 회복하려 했다.

"괜찮을 거예요—여기 모두 니콜을 믿고 있어요. 봐요, 닥터 그레고리는 니콜이 너무 사랑스러워 아마—"

"난 닥터 그레고리 싫어해요."

"어, 그럼 안 되죠."

니콜의 세계는 박살이 났지만, 사실 그것은 이제 막 창조된 나약한 세계에 불과했다. 그 밑에서 그녀의 감정과 본능은 계속 싸우고 있었다. 허리띠에 코르사주를 꽂듯이 희망을 품고 입구에서 기다리던 게 한 시간 전이었던가?

……드레스는 그를 위해 여전히 구김 없는 상태를 유지하고 있고, 단추는 그대로 달려 있고, 수선화꽃도—공기는 여전히 고요하고 달콤하고.

"다시 재미있게 지내면 좋겠죠." 그녀가 더듬더듬 말을 계속했다. 잠시 그녀는 자신이 얼마나 부자인지, 얼마나 큰 집에서 사는지 알려주고 싶다는, 사실 자신은 가치 있는 소유물이라고 말하며 필사적으로 매달리고 싶다는 생각에 사로잡혔다—잠시 자신을 자신의 할아버지, 말 장사꾼 시드 워런으로 탈바꿈했던 것이다. 그러나 그녀는 모든 가치를 뒤섞어버리고 싶은 유혹을 이겨내고, 그것들이 있어야 할 빅토리아시대의 곁방에 그 모든 걸 집어넣고 문을 닫아버렸다—공허와 고통 외에 그녀에게 집이라 할 만한 곳이 남아 있지 않았음에도.

"병원으로 돌아가야겠어요. 이제 비가 그쳤네요."

딕은 그녀 옆에서 걸으며, 그녀의 불행한 마음을 느꼈다. 그녀의 뺨을 어루만지는 빗물을 마시고 싶었다.

"새 레코드가 몇 장 있어요." 그녀가 말했다. "어서 들어보고 싶어 못 견디겠어요. 이거 아세요—"

*

딕은 그날 저녁식사 후에 이제 결별을 마무리해야겠다고 생각했다. 이런 지저분한 일에 자신을 끌어들인 셈인 프란츠의 엉덩이를 걷어차고 싶었다. 그는 현관에서 기다렸다. 그의 눈이 베레모를 좇았다. 그러나 니콜의 베레모처럼 기다리다가 비에 젖은 게 아니라, 최근에 수술을 받은 두개골을 덮고 있었다. 베레모 밑에서 한 인간의 눈이 주위를 살피더니, 그를 보고 다가왔다.

"안녕하세요, 선생님."

"안녕하세요."

"날씨 좋네요."

"네, 정말 좋군요."

"앞으로 여기 계실 겁니까?"

"아니요, 하루만 있을 겁니다."

"아, 그렇군요. 그럼—또 뵙겠습니다."

베레모를 쓴 가엾은 사람은 인간과 또 한번 만나 살아남은 걸 기뻐하며 자리를 떴다. 딕은 기다렸다. 곧 간호사가 아래층으로 내려오더니 메시지를 전했다.

"워런 양이 실례해야겠다고 하네요, 선생님. 누워 있고 싶답니다. 오늘밤에는 위층에서 저녁을 먹고 싶대요."

간호사는 워런 양의 태도가 병적이라는 암시가 그에게서 나올 것이라고 반쯤 예상하며 그의 답을 기다렸다.

"아, 알겠어요. 그럼—" 딕은 침을 한 번 삼키고 심장의 박동을 재조정했다. "몸이 좋아지기를 바란다고 전해주세요. 고마워요."

딕은 혼란스럽고 불만스러웠다. 어쨌든 그걸로 이제 그는 자유로워졌다.

그는 프란츠에게 저녁식사에서 빼달라는 메모를 남기고 시골길을 걸어 전차역으로 갔다. 봄의 어스름이 철로와 슬롯머신의 유리를 따라 미끄러지는 플랫폼에 이르렀을 때 역, 병원이 구심력과 원심력 사이에 둥둥 떠 있다는 느낌이 들기 시작했다. 겁이 났다. 이윽고 발밑에서 취리히의 단단한 조약돌이 다시 달그락거리자 반가웠다.

다음날 니콜에게서 연락이 오리라고 기대했지만 아무런 소식이 없었다. 혹시 아픈가 해서 병원으로 전화하며 프란츠와 이야기를 나누었다.

"어제하고 오늘 아래층에 내려와 점심을 먹었네." 프란츠가 말했다. "구름 속에 들어가 있는 것처럼 약간 멍하더군. 어떻게 된 거야?"

딕은 양성兩性 사이에 놓인 알프스의 크레바스를 훌쩍 뛰어넘으려고 했다.

"우리는 걱정할 단계까지 가지는 않았네—어쨌든 내가 보기에는 그래. 거리를 두려고 했지만, 사실 그 아이의 태도를 바꿀 만한 게 있었다고는 생각하지 않네. 깊어졌다 해도 말이야."

어쩌면 관계를 끝내기 위해 최후의 일격을 가할 필요도 없었다는 것 때문에 그가 허영심에 상처를 입은 건지도 몰랐다.

"그애가 간호사한테 말한 몇 가지로 보아 나도 그애가 이해했다고 생각하는 쪽이네."

"알았네."

"이게 최선이라고 할 수 있겠지. 그애는 지나치게 흥분하지는 않은 것 같네—그냥 약간 구름 속에 있을 뿐이야."

"그럼 됐군."

"딕, 곧 다시 보세."

8

다음 몇 주 동안 딕은 엄청난 불만에 시달렸다. 연애가 병적으로 시작되어 기계적으로 좌절되자 무미건조하고 금속 같은 맛만 남았다. 니콜의 감정은 부당하게 이용당했다—그 감정이 결국 그 자신의 감정이었다면? 불가피하게 그는 행복으로부터 잠시 벗어나 있을 수밖에 없었다—꿈에서 그는 그녀가 넓은 밀짚모자를 흔들며 병원 오솔길을 걸어가는 것을 보았다……

한번은 진짜로 그녀를 보기도 했다. 팰리스 호텔을 지나 걸어가는데 당당한 롤스로이스가 커브를 그리며 반달형 입구로 들어섰다. 니콜과 그녀의 언니로 보이는 젊은 여자가 앉아 있었다. 거대한 차 안에 있으니 작아 보였고, 쓸모없는 백 마력의 힘에 의해 허공에 둥둥 떠 있는 것처럼 보였다. 니콜은 그를 보는 순간 겁에 질린 표정으로 입술을 벌렸다. 딕은 모자를 슬쩍 움직여 인사를 하고 지나갔지만, 순간적으로 그 주변의 공기가 그로스뮌스터 안의 모든 악귀가 빙빙 도는 소리로 시끄러워진 듯한 기분이었다. 그는 마음속에 있는 것을 털어내기 위해 그녀가 받아야 할 엄한 양생과 훈련에 관한 자세한 비망록을 적어보려 했다. 세상에서 불가피하게 받을 수밖에 없는 스트레스로 인한 또 한번의 '발작' 가능성 때문이었다—전체적으로 그것을 쓴 그를 제외하면 다른 모든 사람에게는 설득력이 있는 비망록이 되었을 것이다.

이런 노력은 그가 감정적으로 얼마나 깊이 말려들었는지 다시 한번 깨닫게 해주었다는 점에서만 가치가 있었다. 그래서 그는 단호하게 해독제 몇 가지를 복용했다. 하나는 바르쉬르오브에서 만난 전화교환수 아가씨였다. 지금 그녀는 다시 오지 않을 즐거운 시절에 알게 된 남자들을 어떻게든 다시 불러모으려고 니스에서 코블렌츠까지 유럽을 순방하고 있었다. 또하나는 8월에 정부 수송 수단을 이용해 고향에 갈 준비를 하는 것이었다. 세번째는 그러기 위해 이번 가을에 독일어권 정신의학계에 내놓을 책의 교정 작업에 박차를 가하는 것이었다.

딕은 이제 그 책보다 성장했다. 이제 그는 기초 작업을 더 할 수 있기를 바랐다. 교환 연구원 자격을 얻으면 일상적으로 이루어지는 작업 성과도 많이 이용할 수 있었다.

한편 그는 새로운 일을 기획했다. 현대의 다양한 학파의 용어로 진단

될 수 있는 크라펠린 이전과 이후 천오백 개 사례 검토에 기초하고—그리고 또하나의 당당한 구절이 있었다—독립적으로 발생한 세분화된 의견의 연대기를 갖춘 신경증과 정신병의 균일하고 실용적인 분류 시도.*

독일어로 보면 이 제목은 기념비적 업적을 표현하는 것으로 보였다.

딕은 천천히 페달을 밟아 몽트뢰로 들어가며 유겐호른을 볼 때마다 입을 떡 벌렸다. 호숫가 호텔들 사이에 난 길로 호수가 흘끗 보이면 눈이 부셨다. 그는 영국인 그룹들을 의식하고 있었다. 그들은 사 년 만에 나타나 탐정소설에 나오는 사람처럼 눈에 의심을 품고 걸어다녔다. 마치 이 수상쩍은 땅에서 곧 훈련된 독일 민병대에게 공격이라도 당할 것처럼. 산에서 쏟아져내린 격류에 의해 형성된 이 암설의 둔덕 위 어디에서나 건축과 각성이 이루어지고 있었다. 딕은 남쪽으로 가는 길에 베른과 로잔에서 올해에 미국인들이 올 것이냐는 열띤 질문을 받았다. "6월은 아니더라도 8월까지는?"

그는 가죽 반바지, 군용 셔츠, 등산화 차림이었다. 배낭에는 면 양복과 갈아입을 속옷이 있었다. 그는 글리온 케이블카 역에서 자전거를 점검하고 역 식당 테라스에서 작은 잔에 든 맥주를 마시며 산의 80도 경사를 기어내려오는 작은 벌레를 살펴보았다. 라투르드페에서는 전력 질주를 했기 때문에 그때 흘러나온 피가 귀에 잔뜩 말라붙어 있

* Ein Versuch die Neurosen und Psychosen gleichmässig und pragmatisch zu klassifizieren auf Grund der Untersuchung von fünfzehn hundert pre-Krapaelin und post-Krapaelin Fällen wie siz diagnostiziert sein würden in der Terminologie von den verschiedenen Schulen der Gegenwart—그리고 또하나의 당당한 구절이 있었다—Zusammen mit einer Chronologie solcher Subdivisionen der Meinung welche unabhängig entstanden sind. (원주)

었다. 그렇게 질주하면서 자신이 망가진 운동선수라는 느낌을 받았다. 그가 알코올을 얻어 귓바퀴를 닦는 동안 케이블카가 역으로 미끄러지듯 들어왔다. 그는 자신의 자전거가 케이블카에 실리는 걸 보고, 배낭을 케이블카의 아래 칸에 던져넣은 후 올라탔다.

산을 오르는 케이블카는 남이 알아보기를 원치 않는 남자의 모자챙과 비슷한 각도의 비탈 위에 세워져 있다. 케이블카 밑의 공간에서 물이 쏟아져나갈 때 딕은 그 발상의 참신함에 감탄했다—이것과 짝을 이루는 케이블카가 이제 꼭대기에서 산의 물로 채워져서, 브레이크가 풀리는 즉시 가벼워진 케이블카를 중력의 힘으로 끌어올릴 것이다. 이는 위대한 영감의 결과물이 틀림없었다. 맞은편 좌석의 영국인 부부는 케이블 자체에 관해 이야기하고 있었다.

"영국에서 만든 건 오륙 년은 가. 이 년 전에 독일인들이 우리보다 낮은 가격으로 입찰한 적이 있어. 그 사람들 케이블이 얼마나 갈 것 같아?"

"얼마나 가는데?"

"일 년 십 개월. 그래서 스위스는 그걸 이탈리아에 팔았어. 이탈리아에서는 케이블을 엄격하게 점검하지 않거든."

"케이블이 끊어지면 스위스에 끔찍한 일이 될 게 뻔한데."

차장이 문을 닫았다. 그가 물결치는 구름들 속에 있는 동료에게 전화하자, 케이블카가 덜컹하며 위로, 에메랄드빛 산의 한 지점을 향해 끌려올라갔다. 낮은 지붕들을 벗어나니 보, 발레, 스위스 사부아, 제네바의 하늘들이 승객들 주위에 원형 파노라마로 펼쳐졌다. 론강의 꿰뚫는 듯한 물살로 식혀진 호수의 중심에 서구 세계의 진정한 중심이 자리잡고 있었다. 그 위에서 백조는 보트처럼, 보트는 백조처럼 둥둥 떠다니다 둘 다 무정한 아름다움 속에서 무無로 사라졌다. 밝은 날이었다. 아래쪽 호숫가 풀밭과 쿠르잘의 하얀 마당에 해가 반짝였다. 마당에 있는 사람들은 그림자를 드리우지 않았다.

시용성城과 살라농섬의 궁전이 시야에 들어오자 딕은 안쪽으로 눈을 돌렸다. 케이블카는 호숫가의 가장 높은 집들보다 위에 있었다. 양쪽에 엉킨 잎과 꽃들이 이따금 흐드러지게 색깔을 뽐내며 모여 있었다. 그곳은 철로 옆을 따라 조성된 정원이었으며, 케이블카 안에는 안내판이 달려 있었다. 꽃을 꺾지 마시오.

올라가는 길에 꽃을 꺾으면 안 되겠지만, 케이블카가 지나가면 꽃들이 안으로 따라들어왔다—도로시 퍼킨스 장미들이 케이블카의 움직임에 맞추어 천천히 몸을 흔들며 각 칸마다 끈질기게 따라오다가, 마지막 순간에 손을 놓고 장미의 무리로 훌쩍 돌아가버렸다. 이 장미의 가지들이 계속 케이블카 안으로 들어왔다.

딕의 칸 앞쪽, 그러니까 위쪽에 있는 칸에는 영국인 한 무리가 일어서서 펼쳐진 하늘에 감탄하고 있었는데, 갑자기 그들 사이에 혼란이 일어났다. 그들은 양옆으로 흩어져, 실례한다며 케이블카의 뒤칸, 즉 딕이 탄 칸으로 급히 건너오는 두 젊은이에게 길을 내주었다. 젊은 남자는 라틴계로, 눈이 박제한 사슴 같았다. 여자는 니콜이었다.

두 등산객은 힘이 드는지 잠시 숨을 헐떡였다. 그들이 의자에 자리를 잡고, 영국인들도 웃음을 터뜨리며 무리를 지어 모퉁이에 자리를 잡았다. 그때 니콜이 소리쳤다. "어머나!" 그녀는 예뻐 보였다. 딕은 즉시 뭔가 달라졌음을 알았다. 곧 그는 그녀의 가늘게 자아낸 듯한 머리카락, 아이린 캐슬처럼 짧게 자르고 곱슬곱슬하게 부풀린 머리 모양 때문임을 알았다. 그녀는 연한 파란색 스웨터에 하얀 테니스 스커트 차림으로, 5월의 첫날 아침 분위기였으며 병원의 흔적은 말끔히 사라진 모습이었다.

"어떡해!" 니콜이 입을 떡 벌렸다. "저기, 저 경비원. 다음 정거장에서 우리를 체포할 거야. 여기는 닥터 다이버, 여기는 마르모라 백작."

"하, 참!" 그녀는 새 머리를 만지작거리며 숨을 헐떡였다. "언니가 일등칸 표를 사줬어요—언니한테는 이게 원칙의 문제죠." 그녀와 마르모라는 눈길을 교환하며 소리쳤다. "그런데 우리는 그 일등칸이라는 게 운전사 뒤의 영구차 싣는 곳이라는 걸 알게 된 거예요—비 오는 날에는 커튼으로 막아버려 아무것도 보이지 않죠. 하지만 언니는 아주 위엄 있는 사람이라—" 다시 니콜과 마르모라는 웃음을 터뜨리며 젊은이들 특유의 친밀감을 드러냈다.

"어디로 가요?" 딕이 물었다.

"코Caux에 가요. 선생님도요?" 니콜은 그의 복장을 보았다. "앞에 실은 게 선생님 자전거인가요?"

"그래요. 월요일에 자전거를 타고 해변 쪽으로 내려갈 생각이에요."

"나를 손잡이 위에 태우고요? 정말 그러고 싶어요—그래줄래요? 그보다 재미있는 일은 없을 것 같아요."

"하지만 내가 품에 안고 내려갈 건데요." 마르모라가 강력하게 이의를 제기했다. "롤러스케이트를 태울 겁니다. 아니면 그냥 던져버리죠, 뭐. 그래도 깃털처럼 천천히 떨어질 거예요."

니콜의 얼굴에 드러난 기쁨—추가 아니라 깃털이 되는, 끌려가는 게 아니라 둥둥 뜨는 기쁨. 그녀를 보고 있자니 카니발을 구경하는 기분이었다—가끔 새침을 떨며 수줍어하고, 포즈를 취하고, 얼굴을 찌푸리고, 손짓을 했다. 때로는 그림자가 드리우면서 오랜 고통이 빚어낸 위엄이 흘러내려 손가락 끝까지 파고들었다. 딕은 그녀로부터 멀어지고 싶었다. 자신을 보고 그녀가 이미 멀리 떠나온 세계를 떠올리게 될까 걱정이 되었기 때문이다. 그래서 다른 호텔로 가기로 결심했다.

케이블카가 멈추었을 때 처음 타본 사람들은 파란 두 하늘 사이에 떠 있는 것에 동요했다. 그러나 그렇게 멈춘 건 그저 올라가는 케이블카의 차장과 내려가는 케이블카의 차장이 뭔지 알 수 없는 대화를 나누기 위해서였다. 이윽고 케이블카는 계속 위로 올라가 숲의 오솔길과 골짜기를 넘어갔다—그러더니 승객으로부터 하늘에 이르는 모든 공간을 수선화가 가득 채운 산을 다시 올라갔다. 호숫가 코트에서 테니스를 치는 몽트뢰 사람들은 이제 점이 되었다. 공기 중에 뭔가 새로운 것이 있었다. 신선함—케이블카가 글리온으로 미끄러져들어가면서 호텔 정원에서 오케스트라 소리를 듣게 되었을 때 그 음악에 구현되어 있는 신선함.

산악 열차로 갈아타는 동안 음악은 수압실에서 방출되어 나오는 물소리가 삼켜버렸다. 바로 머리 위에 코Caux가 있었다. 그곳 호텔의 수많은 창이 저무는 해에 붉게 타올랐다.

그러나 전진하는 방식은 달라졌다—가죽 허파가 달린 기관차는 승객들을 태우고 나선을 뱅글뱅글 돌며 조금씩 밀고 올라갔다. 칙칙폭폭 소리를 내며 낮게 뜬 구름들을 통과하던 도중 딕은 비스듬히 기울어진 채 올라가는 소형 기관차가 뿌린 물보라 때문에 잠시 니콜의 얼굴을 놓쳤다. 둥글게 휘어 앞이 보이지 않는 나선의 줄을 따라 올라가며 한 바퀴 돌 때마다 호텔의 크기가 커졌다. 그러다 마침내 거기, 햇빛 꼭대기에 서게 되었을 때 그들은 깜짝 놀랐다.

도착한 직후 혼잡스러운 사이에 딕이 배낭을 메고 자전거를 가지러 플랫폼을 걸어 앞으로 나아가자 니콜이 옆으로 따라붙었다.

"우리와 같은 호텔에 계시는 게 아닌가요?" 그녀가 물었다.

"절약중이라서."

"내려오셔서 저녁 드실래요?" 수하물 때문에 혼잡이 약간 더 이어졌다. "여기는 우리 언니—여기는 취리히에서 오신 닥터 다이버."

딕은 스물다섯 살의 젊은 여자에게 고개를 숙였다. 키가 크고 자신만만해 보였다. 강한 동시에 약하구나, 딕은 그렇게 판단했다. 입이 꽃 같은, 그러나 재갈을 물어 홈이 파인 것처럼 보이는 다른 여자들이 기억났다.

"저녁 먹고 나서 들르죠." 딕이 약속했다. "우선 여기 적응 좀 하고."

딕은 자전거를 내리며 니콜의 눈이 자신을 따라오는 걸 느꼈고, 그녀의 무력한 첫사랑을 느꼈고, 그 사랑이 그의 내부에서 비틀리며 뱅글뱅글 도는 걸 느꼈다. 비탈을 300야드 더 올라가 다른 호텔로 가서 방을 잡았는가 했는데, 그는 어느새 몸을 씻고 있었다. 그전의 십 분은 기억에 없었다. 오직 취한 듯 붉게 달아오른 상태였다는 느낌, 그리고 이런저런 목소리들, 그가 얼마나 사랑받고 있는지 모르는 하찮은 목소리들이 그 안으로 뚫고 들어오려 한다는 느낌만 남아 있을 뿐이었다.

9

그들은 그를 기다리고 있었다. 그가 없으면 불완전했다. 그는 여전히 계산 불가능한 요소였다. 워런 양과 젊은 이탈리아인도 니콜만큼이나 분명하게 기대감에 차 있었다. 호텔의 살롱은 음향으로 유명한 방이었는데 춤을 추게 하기 위해 안을 텅 비웠지만, 어느 정도 나이가 든 영국 여자들이 몇몇 모여 구경하고 있었다. 목에 장식 끈을 두르고, 머리를 염색했으며, 얼굴에는 분홍빛을 띤 회색 분을 발랐다. 또 어느 정도 나이가 든 미국 여자들로 이루어진 관객도 있었다. 눈처럼 흰 가발을 쓰고 검은 드레스에 체리 색깔의 빨간 입술을 자랑했다. 워런 양과 마르모라는 구석 탁자에 있었고 니콜은 그들에게서 대각선으로 40야드 떨어져 있었다. 딕은 그곳에 들어서면서 그녀의 목소리를 들었다.

"내 목소리 들려요? 그냥 자연스럽게 말하는 건데."

"아주 잘 들려요."

"안녕하세요, 닥터 다이버."

"이게 뭐죠?"

"방 중앙에 있는 사람들한테는 안 들리고 선생님에게만 들린다는 걸 아시겠어요?"

"웨이터가 말해주었어요." 워런 양이 말했다. "구석에서 구석으로 통한다네요—무선 전신 같은 거죠."

산 위에 있으니 마음이 들떴다. 바다에서 배를 탄 것 같았다. 곧 마르모라의 부모도 자리를 함께했다. 그들은 워런 자매를 존중하는 태도를 보였다—딕은 워런의 재산도 관련있는 밀라노의 은행에 그들의 재산도 관련되어 있을 거라고 추측했다. 그러나 베이비 워런은 딕과 이야기를 하고 싶어했다. 변덕을 부리듯 새로운 남자라면 누구에게나 다가가보는 충동 때문이었다. 마치 탄력 없는 끈에 묶인 상태에서 가능한 한 빨리 그 끈이 허용하는 가장 먼 곳까지 가보는 게 좋다고 생각하는 듯했다. 그녀는 키가 크고 불안한 처녀들이 그러듯이 수도 없이 다리를 꼬고 다시 꼬았다.

"—니콜 말이 선생님은 그 아이를 돌보는 일에 관여하셨고 아이를 회복시키는 데도 큰 도움을 주셨다고요. 내가 이해하지 못하는 건 우리가 무엇을 해야 하느냐는 거예요—요양소에서는 아주 불분명하게 이야기하더라고요. 그냥 자연스럽고 명랑해야 한다고만 말해요. 나는 마르모라 가족이 여기 올라와 있다는 걸 알고 티노한테 케이블카로 우리를 마중나와달라고 했어요. 그랬는데 어떻게 되었는지 아시죠—만나자마자 니콜은 티노가 케이블카 문으로 들어가지 않고 옆으로 넘어 들어가게 했어요. 둘 다 미친 것처럼—"

"그거야 완전히 정상이죠." 딕이 웃음을 터뜨렸다. "좋은 징조로 보이는데요. 서로 허세를 떤 거니까요."

"하지만 내가 그걸 어떻게 알겠어요? 취리히에서 저애는 거의 내 눈앞에서, 나도 모르게 머리카락을 잘라버렸어요. 〈배너티 페어〉에 나온 사진 때문에."

"그건 괜찮습니다. 니콜은 분열증이 있어요—영원한 괴짜죠. 그걸 바꿀 수는 없어요."

"그게 뭐죠?"

"방금 말한 대로입니다—괴짜요."

"하지만, 뭐가 괴짜고 뭐가 미친 건지 어떻게 구별할 수 있나요?"

"어떻게 해도 미치는 쪽으로 가지는 않아요—니콜은 아주 생기가 넘치고 행복합니다. 걱정할 필요 없어요."

베이비는 무릎을 이리저리 움직였다—그녀는 백 년 전 바이런을 사랑했던 모든 불만 많은 여자들의 종합이었다. 그러나 근위대 장교와 비극적인 일이 있었음에도, 뭔가 뻣뻣하고 자기애에 빠진 듯한 면이 있었다.

"책임지기 싫어서 이러는 건 아니에요." 그녀가 말했다. "하지만 아직 모르겠어요. 우리 집안에는 지금까지 이런 일이 전혀 없었어요—우리는 니콜이 어떤 일에 충격을 받았다는 걸 알고 있는데, 내가 보기에는 남자애가 관련된 게 틀림없어요. 하지만 우리는 알 수 없어요. 아버지는 찾아낼 수만 있다면 쏴버렸을 거래요."

오케스트라는 〈가엾은 나비〉를 연주하고 있었다. 아들 마르모라는 어머니와 춤을 추고 있었다. 그들 모두에게 꽤 새로운 곡이었다. 딕은 음악에 귀를 기울이고, 머리카락이 피아노 건반처럼 흰색인 아버지 마르모라와 잡담을 나누는 니콜의 어깨를 지켜보면서, 바이올린의 어깨를 생각하다가, 그 수치, 그 비밀을 생각했다. 오, 나비여—순간순간이 흘러 어느덧 몇 시간이 되었구나—

"사실 나한테는 계획이 있어요." 베이비는 사과하듯 완강하게 말을 이어갔다. "선생님이 보시기에는 완전히 비현실적일 수 있지만, 사람들 말이 니콜을 몇 년 동안은 돌봐주어야만 할 거래요. 선생님이 시카고에 대해 아시는지 모르겠지만—"

"모릅니다."

"아, 시카고에는 노스 사이드와 사우스 사이드가 있는데, 서로 거의 분리된 거나 마찬가지예요. 노스 사이드는 세련되고 그런 곳이라서, 우리는 늘 그쪽에서 살았어요. 어쨌든 거기에서 꽤 오래 살았어요. 하지만 많은 오래된 집안들, 시카고의 오래된 집안들, 무슨 말인지 아시겠죠, 그 집안들은 여전히 사우스 사이드에 살아요. 대학도 거기 있고요. 그러니까 거기는 어떤 사람들한테는 답답하지만, 어쨌든 노스 사이드하고는 다르다는 거예요. 이해하실지 모르겠네요."

딕은 고개를 끄덕였다. 조금 집중을 하니 그녀의 말을 따라갈 수 있었다.

"그리고 당연히 우리는 그곳에 연줄이 많아요—아버지는 대학의 교수 자리나 연구원 자리들 같은 걸 쥐락펴락하고 있죠. 그래서 내 생각은 니콜을 집에 데려가 그런 무리가 있는 곳에 던져놓자는 거예요—보다시피 저애는 음악적 재능이 있고 여러 나라 말도 하잖아요—저애 상태에 훌륭한 의사를 사랑하게 되는 것보다 나은 게 뭐가 있겠어요—"

딕은 마음속에서 웃음이 폭발하듯 차올랐다. 워런 가족이 니콜에게 의사를 한 명 사주려고 하는구나—우리가 쓸 만한 좋은 의사 한 명 있나요? 그들이 니콜에게 젊고 좋은 의사, 아직 면허에 잉크도 채 마르지 않은 의사를 한 명 사줄 수 있다면 니콜을 걱정할 필요가 없었다.

"그래서 그런 의사가 있던가요?" 그가 반사적으로 물었다.

"이 기회를 노리고 뛰어올 의사들이 많을 거라고 봐요."

춤을 추던 사람들이 돌아왔지만 베이비는 계속 빠르게 소곤거렸다.

"이게 내가 말하던 계획이에요. 자, 니콜은 어디 있을까—어딘가로 가버렸군요. 위층 자기 방에 있나? 내가 어떻게 해야 하지? 이런 걸 별

일 아니라고 그냥 놔두어야 하는 건지 아니면 내가 가서 찾아봐야 하는 건지 정말 모르겠어요."

"그냥 혼자 있고 싶은 거겠지요—혼자 사는 사람들은 혼자인 것에 익숙해지니까요." 워런 양이 듣지 않는다는 걸 알고 그는 말을 멈추었다. "좀 돌아보고 오겠습니다."

잠시 안개로 둘러싸인 바깥 전체가 커튼을 드리운 봄처럼 보였다. 호텔 근처만 생기를 띠고 있었다. 딕은 웨이터의 조수들이 침상에 앉아 스페인산 와인 1리터를 걸고 카드놀이를 하는 포도주 저장소 창문 몇 개를 지나갔다. 산책로에 다가가자 알프스의 높고 하얀 산봉우리들 틈으로 별이 나오기 시작했다. 니콜이 호수를 굽어보는 말굽 모양 산책로의 두 가로등 사이에 꼼짝 않고 서 있었다. 그는 풀을 가로질러 소리 없이 다가갔다. 그녀는 '이제야 오셨군요' 하는 표정으로 그를 돌아보았고, 그는 나온 것을 잠시 후회했다.

"언니가 걱정하던데."

"아!" 그녀는 감시를 받는 데 익숙했다. 그녀는 힘겹게 설명을 했다. "가끔 나는 좀—좀 견디기 힘들어요. 너무 조용하게 살았어요. 오늘밤에는 음악이 견디기 힘들더라고요. 그걸 듣고 있으니 울고 싶었어요—"

"이해해요."

"끔찍하게 흥분되는 날이었어요."

"알아요."

"나는 반사회적인 행동은 전혀 하고 싶지 않아요—이미 모든 사람한테 폐를 끼칠 만큼 끼쳤어요. 하지만 오늘밤만큼은 떠나고 싶었어요."

딕은 갑자기, 마치 죽어가는 사람이 유언장을 어디 두었는지 말하는 걸 깜빡 잊었다는 생각이 떠오른 것처럼, 니콜이 돔러와 그뒤의 유령 같은 세대들에 의해 '재교육되었다'는 생각이 떠올랐다. 또 그녀가 앞으로도 들어야만 할 이야기가 아주 많을 것이라는 생각도 떠올랐다. 그러나 그는 이런 지혜로운 생각은 자기 마음속에 기록해놓고, 상황의 고집스러운 액면가치에 굴복하여 이렇게 말했다.

"니콜은 좋은 사람이에요—자신에 대한 판단은 스스로 내리도록 해요."

"나를 좋아하세요?"

"물론이지요."

"혹시—" 그들은 200야드 떨어진, 말발굽의 희미한 끝 부분을 향해 함께 걷고 있었다. "내가 아프지 않았다면 혹시 선생님은—내 말은, 내가 선생님이 만나셨을 그런 여자였을 거냐는 뜻이에요—오, 넋두리하고는. 내 말이 무슨 말인지 아시잖아요."

그는 이제 엄청난 비합리성에 사로잡혀 그녀에게 말려들고 있었다. 그녀가 아주 가까이 있는 바람에 자신의 호흡이 바뀌는 걸 느꼈지만, 이번에도 의사로서 받은 훈련 덕분에 소년 같은 웃음을 터뜨리며 진부한 말을 건넬 수 있었다.

"지금 스스로를 놀리고 있는 거예요, 아가씨. 전에 내가 아는 사람이 간호사를 사랑하게 됐어요—" 일화가 두서없이 뻗어나갔고, 그들의 발걸음이 구두점을 찍었다. 갑자기 니콜이 간결한 시카고식 표현으로 그의 말을 끊었다. "빵!"

"그거 아주 저속한 표현인데."

"그게 어때서요?" 니콜은 발끈했다. "선생님은 내가 상식이 없는 사람이라고 생각하잖아요—물론 아프기 전에는 전혀 없었지만, 지금은 있어요. 선생님이 내가 지금까지 만난 가장 매력적인 사람이라는 걸 내가 모르고 있다면, 선생님은 내가 여전히 미쳤다고 생각하셔야만 해요. 이건 내 불행이에요, 좋아요—하지만 내가 모른다는 식으로 행동하진 마세요—나는 선생님하고 나에 관한 모든 걸 아니까요."

딕은 더욱더 불리한 상황에 놓였다. 시카고 사우스 사이드의 지적인 가축수용소에서 구매할 수 있는 젊은 의사들에 관한 언니 워런 양의 이야기가 기억나면서 그는 잠시 마음을 다잡았다. "니콜은 매혹적인 아이지만, 나는 사랑을 할 수가 없어요."

"나한테 기회를 주시지 않는군요."

"뭐!"

그 뻔뻔스러움, 자신이 공격할 권리가 있다는 암시에 그는 깜짝 놀랐다. 그는 니콜 워런에게 주어질 만한 기회로 무정부 상태의 혼란 외에는 아무것도 생각할 수가 없었다.

"지금 저한테 기회를 주세요."

목소리가 낮아지며 그녀의 젖가슴 안으로 가라앉아 심장을 덮은 꼭 끼는 보디스를 팽창시켰다. 그녀가 바싹 다가왔다. 그는 젊은 입술을 느꼈다. 그녀를 안는 팔에 힘이 들어가자 그 팔에 기댄 그녀의 몸이 안도의 한숨을 쉬었다. 이제 계획 같은 건 있을 수 없었다. 딕이 자기 마음대로 결합되어 나뉠 수 없는 원자들로 어떤 해체 불가능한 혼합물을 만들었다면, 그 이상의 계획은 없었다. 모두 내다버릴 수는 있겠지만, 두 번 다시 원자 규모로 되돌릴 수는 없었다. 그는 그녀를 안고 그녀를 맛보았다. 그녀가 몸을 더욱더 구부리며 그에게 파고들었다. 그녀 자신에게도 새로운 그녀의 입술이 사랑에 삼켜져 익사했고, 그러면서도 위로를 받고 승리를 거두었다. 그는 자신이 존재한다는 사실 자체에 감사했다. 설사 그녀의 젖은 눈에 비친 것이 전부라 해도.

"이럴 수가." 그가 숨을 헐떡였다. "너하고 키스하는 건 재미있구나."

딕의 말일 뿐이었지만, 이제 니콜은 그에게서 그 말 이상을 찾아내 꽉 움켜쥐었다. 그녀는 남자를 다룰 줄 아는 여자로 변해 그를 오후의 케이블카 같은 곳에 매달린 채 놓아두고 걸어가버렸다. 그녀는 느꼈다. 그래, 이제 저 사람도 알게 될 거야, 얼마나 자기가 우쭐대고 있는지, 자기가 나를 어떻게 할 수 있는지. 오, 멋지지 않아! 나는 저 사람을 얻었어, 저 사람은 내 거야. 순서로 보자면 이제 달아나야 했지만, 모든 것이 너무 달콤하고 새로워 그녀는 꾸물거렸다. 모든 것을 안으로 받아들이고 싶었다.

그녀는 갑자기 몸을 떨었다. 2천 피트 아래 빛으로 만든 목걸이와 팔찌 같은 몽트뢰와 브베가 보였다. 그 너머에 침침한 펜던트 같은 로잔이 있었다. 그 아래 어디에선가 희미한 댄스 음악이 올라왔다. 이제 냉정해질 만큼 냉정해진 니콜은 머릿속으로 어린 시절의 감상적인 일들을 하나하나 상기해보고 있었다. 남자가 전투 후에 술에 취하는 것처럼 의도적인 행동이었다. 그러나 그녀는 여전히 딕을 두려워했다. 딕은 평소의 그로 돌아가 그녀 근처에 서서 말발굽의 테를 이루는 쇠 담장에 몸을 기대고 있었다. 그 모습을 보자 그녀의 입에서 자기도 모르게 말이 흘러나왔다. "정원에 서서 선생님을 기다리던 게 기억나요—나 자신을 꽃바구니처럼 완전히 품에 안고서. 어쨌든 나한테는 그런 느낌이었어요—나는 내가 착하다고 생각했어요—그 바구니를 선생님한테 드리려고 기다리고 있었으니."

그가 그녀의 어깨 너머로 숨을 쉬는 바람에 그녀는 계속 그 숨을 따라 고개를 돌렸다. 그녀는 그에게 여러 번 키스를 했다. 그녀가 다가올 때마다 그녀의 얼굴이 커졌으며, 그녀의 두 손은 그의 어깨를 잡고 있었다.

"비가 심하게 오네."

갑자기 호수 건너 비탈진 포도밭에서 우르릉거리는 소리가 들렸다. 우박을 품은 구름을 부수려고 대포라도 쏜 것 같았다. 산책로의 불이 꺼졌다가 다시 들어왔다. 이윽고 폭풍이 빠르게 다가왔다. 비가 처음에는 하늘에서 떨어지더니, 곧 두 배로 늘어나 산에서 격류를 이루며 쏟아져 시끄러운 소리를 내며 도로와 돌로 된 도랑을 쓸고 내려갔다. 그와 동시에 어둡고 무시무시한 하늘과 사나운 필라멘트 같은 번개와 세상을 쪼개는 천둥이 찾아왔다. 누더기가 된 구름은 호텔을 지나 달아나고 있었다. 산과 호수는 사라졌다—호텔은 소란, 혼돈, 어둠 속에 웅크리고 있었다.

이때쯤 딕과 니콜은 현관에 이르렀고, 그곳에서는 베이비 워런과 마르모라 가족 세 사람이 불안한 얼굴로 기다리고 있었다. 젖은 안개에서 빠져나가는 건 신나는 일이었다—문들이 쾅쾅 소리를 냈고, 그들은 서서 웃음을 터뜨리며 감정에 겨워 몸을 떨었다. 귀에는 바람, 옷에는 비가 가득했다. 이제 무도회장에서는 오케스트라가 슈트라우스의 왈츠를 연주하고 있었다. 듣는 사람을 혼란스럽게 만드는 높은 소리였다.

……닥터 다이버가 정신병 환자와 결혼한다? 어떻게 하다 그렇게

되었지? 어디에서 시작된 거지?

"옷을 갈아입고 다시 오시지 않겠어요?" 베이비 워런이 꼼꼼히 살피고 나서 말했다.

"반바지 몇 벌 외에는 갈아입을 옷이 없습니다."

그는 빌린 레인코트를 입고 자신이 묵는 호텔로 터덜터덜 걸어가면서 목안에서 조롱의 웃음을 계속 터뜨렸다.

"큰 기회야—오, 그래. 맙소사!—의사 한 명 사주기로 했다고? 글쎄, 누구든 시카고에서 구하게 될 사람을 놓치지 않는 편이 좋을걸." 그는 자신의 잔인함이 역겨워 마음속에서 니콜에게 보상을 해주었다. 그녀의 입술만큼 젊은 것을 느껴본 적이 없다는 걸 기억했고, 그를 위해 흘린 눈물처럼 보이는 빗방울이 은은하게 반짝이는 도자기 같은 뺨에 놓인 걸 기억했다…… 세시경에 그는 폭풍이 멈춘 후의 고요함 속에 잠에서 깨어 창으로 갔다. 그녀의 아름다움이 굽이치는 비탈을 타고 올라와 유령처럼 커튼 사이에서 바스락거리며 그의 방으로 들어왔다……

……그는 다음날 아침 로셰르 드 나예까지 2천 미터를 등반했다. 재미있게도 전날 만난 차장도 쉬는 날을 이용해 산을 올랐다.

그다음에 딕은 몽트뢰까지 내려가 수영을 하고, 저녁 시간에 맞추어 호텔로 돌아갔다. 편지 두 통이 그를 기다리고 있었다.

> 어젯밤 일은 부끄럽지 않아요—그건 내게 일어난 가장 멋진 일이었고, 설사 다시 못 본다 해도, 나의 대위님, 나는 그런 일이 있었다는 걸 기뻐할 거예요.

그것만으로도 마음이 완전히 풀리는 기분이었다—돔러의 묵직한 그림자가 물러나는 것을 느끼며 딕은 두번째 봉투를 열었다.

닥터 다이버 귀하. 전화를 했지만 외출중이시더군요. 부탁을 좀 드려도 될까 모르겠네요. 예측하지 못한 상황 때문에 파리로 돌아가야 하는데 로잔을 거쳐 가면 시간을 절약할 수 있을 것 같아요. 니콜과 함께 취리히까지 가주실 수 있으세요? 월요일에 돌아가신다고 하셔서. 요양소에 좀 데려다주세요. 무리한 부탁인가요?

베스 에번 워런 드림

딕은 격분했다—워런 양은 그에게 자전거가 있다는 걸 알고 있는데도, 거절하는 게 불가능하게끔 편지를 썼다. 우리를 한데 묶으려고! 기분좋게 옆에 붙여놓고 워런의 돈을 과시하겠다고!

그러나 그가 틀렸다. 베이비 워런에게는 그런 의도가 없었다. 그녀는 세속적인 눈으로 딕을 훑어보고, 친영파의 왜곡된 잣대로 그를 재보고, 그가 부족하다고 판단했다—그가 매력적이라고 생각하기는 했지만. 그녀에게는 그가 너무 '지적'이었으며, 그래서 그를 한때 런던에서 알고 지낸 초라한 속물 무리로 분류했다—정말로 올바른 자질을 갖춘 인물이라고 하기에는 너무 애를 쓰고 무리를 했던 것이다. 그녀는 그가 어떻게 해도 자신이 생각하는 귀족으로 바뀔 수는 없다고 생각했다.

게다가 그는 고집스러웠다—그녀와 대화를 나누다 사람들이 흔히 그러는 것처럼 그 역시 묘한 방식으로, 눈으로는 상대를 보면서 실은 그 뒤에서 다른 생각을 하는 걸 그녀는 대여섯 번 보았다. 그녀는 어린 시절 니콜의 자유롭고 편안한 태도를 좋아하지 않았으며, 이제 분별력 있게 니콜을 '구제불능'으로 생각하는 데 익숙해졌다. 어쨌든 닥터 다이버는 그녀가 가족 안으로 들여올 대상으로 그려본 종류의 의사는 아니었다.

그녀는 다른 뜻 없이 그저 그를 편리하게 이용하고 싶을 뿐이었다.

그러나 그녀의 요청은 딕이 그녀가 원하는 바라고 오해했던 결과를 낳았다. 기차를 타고 가는 건 끔찍하고 침울한 일이 될 수도 희극적인 일이 될 수도 있었다. 도주의 실험이 될 수도 있었다. 다른 여행의 예측이 될 수도 있었다. 친구와 함께 보내는 날이 아침에는 좀 급해서 곧 헤어질 것 같다가도 둘 다 배가 고파 함께 음식을 먹는 자리까지 길게 이어질 수 있는 것과 마찬가지였다. 그러다가 여행의 느낌이 희미해지고 죽어가는 오후가 오지만, 끝에는 다시 빨라진다. 딕은 니콜이 충분히 즐겁지 않은 게 슬펐다. 그러나 그녀에게는 자신이 아는 유일한 집으로 돌아가는 게 위안이 되었다. 그들은 그날 사랑을 나누지 않았지만, 그가 취리히 호수의 칙칙한 문밖에서 그녀를 들여보낸 뒤 그녀가 그를 돌아보았을 때, 그는 그녀의 문제가 이제 그들이 영원히 함께 풀어야 할 문제가 되었음을 알았다.

10

닥터 다이버는 9월에 취리히에서 베이비 워런과 차를 마셨다.

"경솔한 것 같은데요." 그녀가 말했다. "솔직히 선생님의 동기를 잘 이해하지 못하겠네요."

"서로 불쾌한 말은 피하기로 하지요."

"어쨌든 나는 니콜의 언니예요."

"그렇다고 불쾌한 말을 할 권리가 생기는 건 아니지요." 딕은 그녀에게 말할 수 없는 것을 아주 많이 알고 있다는 사실이 짜증났다. "니콜은 부자지만, 그렇다고 해서 내가 그걸 탐하는 사람이 되는 건 아닙니다."

"바로 그거예요." 베이비가 완강하게 자기 쪽 이야기를 했다. "니콜은 부자예요."

"도대체 갖고 있는 돈이 얼마나 됩니까?" 그가 물었다.

그녀는 깜짝 놀랐다. 그가 소리 없이 웃음을 터뜨리며 말을 이어갔다. "이게 얼마나 어리석은 대화인지 모르겠어요? 당신 집안의 남자와 이야기하는 게 좋겠군요—"

"모든 게 나한테 맡겨져 있어요." 그녀는 끈질겼다. "우리가 선생님이 돈을 탐하는 사람이라고 생각한다는 게 아니에요. 선생님이 어떤 사람인지 모른다는 거죠."

"나는 의사입니다." 그가 말했다. "아버지는 지금은 은퇴하셨지만 성직자고요. 우리는 버펄로에서 살았어요. 내 과거는 얼마든지 조사해 보셔도 좋습니다. 뉴헤이븐에서 학교를 다녔고, 그뒤 로즈 장학금을 받았습니다. 증조부는 노스캐롤라이나 주지사였고, 매드 앤서니 웨인*

* 미국 독립전쟁 때 활약한 장군. 용감해서 미쳤다는 뜻으로도 쓰이는 'Mad'라는 별명을 얻었다.

이 내 직계 조상입니다."

"매드 앤서니 웨인이 누구죠?" 베이비가 수상쩍다는 표정을 지으며 물었다.

"매드 앤서니 웨인이요?"

"그렇지 않아도 이 일에는 광기가 넘치는 것 같은데."

딕은 절망에 빠진 듯 고개를 저었다. 바로 그때 니콜이 호텔 테라스로 나와 두리번거리며 그들을 찾았다.

"지나치게 광기에 사로잡혀 마셜 필드만큼 돈을 남기지는 못한 분이지요."

"그건 다 좋은데—"

베이비가 옳았고, 그녀도 그걸 알았다. 마주섰을 때, 그녀의 아버지는 거의 모든 성직자보다 우위에 설 수 있는 사람이었다. 그들은 작위만 없다 뿐이지 미국의 공작 가문이었다—그들의 성을 호텔 숙박계에 쓰기만 해도, 소개장에 적기만 해도, 어려운 상황에서 들먹이기만 해도 사람들에게 심리적 변화를 일으켰으며, 그런 변화는 다시 그녀 자신의 지위에 대한 감각을 굳혀주었다. 그녀는 이런 사실들을 이백 년 넘게 그녀의 가문을 알고 있던 영국인들로부터 알게 되었다. 그러나 딕이 두 번이나 결혼 계획을 그녀의 얼굴에 내동댕이쳐 박살낼 뻔했다는 사실은 모르고 있었다. 이번에 아슬아슬하게 그렇게 하지 않은 건 오로지 니콜이 그들의 앉아 있는 모습을 보고는 9월의 오후 속에 희고 싱싱하고 새로운 모습으로 빛을 발하며 멀어져가는 걸 보았기 때문이다.

안녕하세요, 변호사님. 우리는 내일 일주일 예정으로 코모에 갔다가 취리히로 돌아올 거예요. 그래서 변호사님과 언니가 이걸 좀 정리해주셨으면 좋겠어요. 내가 얼마나 받는가는 우리에게 중요하지 않아요. 우리는 이 년 동안 취리히에서 아주 조용히 살 거고, 딕은 우리를 충분히 돌볼 수 있어요. 아니야, 베이비, 나는 언니가 생각하는 것보다 현실적이야—이게 필요한 건 그저 옷 같은 것들 때문이야…… 아니, 그렇게나 많이—우리 재산으로 정말 나한테 그렇게나 줄 여유가 있어? 나는 그걸 절대 다 쓰지 못할 거야. 언니도 그렇게 많이 갖고 있어? 왜 언니가 더 많아—내가 무능력하다고 간주되기 때문이야? 좋아, 그럼 내 몫은 쌓아두지…… 아니, 딕은 이 일에는 절대 상관하지 않으려고 해. 나는 혼자서 우리 두 사람 몫의 배부른 느낌이 들겠네…… 베이비, 언니는 딕이 어떤 사람인지 잘, 잘—내가 어디에 서명하면 되죠? 아, 미안해요.

……함께 있는 게 재미있으면서도 외롭지 않나요, 딕. 가까운 곳이 아니면 갈 수도 없고. 우리 그냥 사랑하고 또 사랑할까요? 아, 하지만 내가 가장 많이 사랑해요. 그리고 당신이 나한테서 떨어져 있으면, 조금이라도 떨어져 있으면 알 수 있어요. 그냥 다른 모든 사람과 비슷하게 사는 게, 침대에서 손을 뻗으면 내 옆에 당신의 따뜻한 몸이 있다는 게 멋지다고 생각해요.

……미안하지만 병원에 있는 제 남편한테 연락해주시겠어요. 네, 그 작은 책은 어디서나 팔아요—사람들은 그게 여섯 개 언어로 나와주기를 바라더라고요. 내가 프랑스어로 번역을 하려고 했지만 요즘에는 피곤해요—쓰러질까봐 걱정이 돼요, 너무 몸이 무겁고 말을 듣지 않아

서—망가져서 똑바로 서지 못하는 오뚝이 같아요. 내 가슴에 닿는 차가운 청진기와 그리고 나에게 가장 강하게 와닿는 말 '아무래도 좋다'—아, 파랗게 질린 아기와 함께 병원에 있는 그 가엾은 여자, 차라리 죽는 게 낫죠. 이제 우리 셋이라는 게 좋지 않나요?

……그건 비합리적인 것 같아요, 딕—우리는 더 큰 아파트를 얻어야 하는 수많은 이유가 있어요. 워런의 돈이 다이버의 돈보다 많다는 이유만으로 우리가 왜 우리 스스로에게 벌을 주어야 해요. 아, 고마워요, 웨이터, 하지만 우리는 마음을 바꿨어요. 이 영국 목사님이 이 집의 오르비에토산 와인이 훌륭하다고 하시네요. 밖으로는 안 내보낸다고요? 그래서 우리가 와인을 아주 좋아하는데도 이 이름을 들어본 적이 없는 거로군요.

호수들이 갈색 진흙 속으로 가라앉았고 비탈에는 복부처럼 주름이 잔뜩 잡혔다. 사진사가 우리에게 내가 나온 사진을 주었다. 내 머리카락이 카프리로 가는 배의 난간 위로 늘어져 있다. 뱃사공이 노래를 불렀다. "안녕, 푸른 동굴이여. 곧- 다시 오라." 나중에 장화 모양인 이탈리아의 그 뜨겁고 불길한 정강이를 따라 내려간다. 바람은 그 괴괴한 성들 주위를 한숨소리를 내며 휘감아돌고, 죽은 자들이 여러 산 위에서 지켜본다.

……이 배는 멋있다. 우리의 뒤꿈치가 함께 갑판을 두들긴다. 이곳은 바람이 센 모퉁이라서 이곳을 돌 때마다 나는 앞으로 몸이 기울어져 바람과 맞서게 된다. 그때마다 딕과 보조를 맞춰 함께 코트를 여민다. 우리는 말도 안 되는 노래를 읊조린다.

오—오—오—오

나 아닌 다른 플라밍고들

오—오—오—오

나 아닌 다른 플라밍고들—

딕하고 사니 재미있다—갑판 의자에 앉은 사람들이 우리를 본다. 어떤 여자는 우리가 부르는 노래를 들으려고 한다. 딕은 그 노래를 부르는 데 싫증이 난다. 그럼 혼자 계속 가세요, 딕. 당신은 혼자서는 다르게 걸을 거야, 여보. 짙은 대기를 통과하고, 의자들의 그림자를 뚫고, 굴뚝에서 뚝뚝 떨어지는 연기를 뚫고 나아갈 거야. 당신을 보는 사람들의 눈에 비친 당신의 모습이 움직이는 게 느껴질 거야. 당신은 이제 격리되어 있지 않아. 하지만 인생으로부터 도약하려면 인생과 닿아 있어야만 한다고 생각해.

이 구명선의 지지대에 앉아 바다 쪽을 보며 머리카락이 바람에 반짝반짝 흩날리게 놓아두고 있다. 나는 하늘을 배경으로 꼼짝도 하지 않으며, 배는 내 형체를 싣고 미래라는 파랗고 모호한 곳으로 들어가게 되어 있다. 나는 갤리선 앞에 경건하게 조각된 팔라스 아테나다. 공중변소에는 물이 찰랑거리고, 마놋빛 잎 같은 물살들이 모양을 바꾸며 고물에 대고 불평을 한다.

……우리는 그해에 여행을 많이 했다—울루물루만灣에서 비스크라까지. 사하라 가장자리에서 메뚜기떼 재앙을 만났을 때 운전사는 친절하게 그게 땅벌이라고 설명해주었다. 밤이면 하늘이 낮아지고, 경계심이 많은 낯선 신의 존재가 그득하게 느껴졌다. 아, 가엾고 조그맣고 벌

거벗은 울레드나일산맥 사람이여. 밤은 세네갈에서 들려오는 북소리와 피리 소리와 낙타 울음소리로 시끄러웠고, 원주민들은 낡은 자동차 타이어로 만든 신발을 신고 철벅거리며 돌아다녔다.

하지만 이 무렵 나는 다시 사라져버렸다—기차와 해변, 그 모두가 하나로 섞였다. 그래서 딕이 나를 데리고 여행을 다녔지만, 두번째 아이, 우리 귀여운 딸 톱시를 낳은 뒤로 다시 모든 것이 어두워졌다.

……나를 여기에 버려두는 것, 무능한 사람들의 손에 맡겨두는 것이 적당하다고 본 남편한테 말을 전할 수 있다면. 당신은 내 아기가 검다고 말하지—웃기는 소리야, 아주 저질스러워. 우리가 아프리카에 간 건 그저 팀가드를 구경하기 위해서였어. 내 삶의 주된 관심사는 고고학이거든. 아무것도 모르는 게, 늘 그걸 깨닫게 되는 게 지겨워.

……건강해지면 당신처럼 훌륭한 사람이 되고 싶어요, 딕—의학을 공부하고 싶지만 그건 너무 늦은 것 같아. 우리는 내 돈을 써서 집을 사야 해요—아파트가 지겹고 당신을 기다리는 게 지겨워요. 당신은 취리히가 따분하고 여기에서는 글을 쓸 시간을 낼 수가 없고 과학자가 글을 쓰지 않는 건 자신이 약하다는 고백이라고 말하잖아요. 나는 지식의 모든 분야를 살펴보고 그중 하나를 골라 그걸 제대로 알고 싶어요. 내가 다시 무너지더라도 거기에 매달릴 수 있게. 당신이 나를 도와주겠죠, 딕, 그러니까 너무 심하게 죄책감 느끼지 않을게요. 우리는 함께 몸을 갈색으로 그을릴 수 있고 젊어질 수 있는 따뜻한 해변 근처에 살 거예요.

……이것은 딕의 작업실이 될 거다. 아, 그런 생각이 동시에 우리에게 떠올랐다. 우리는 타름을 여남은 번 지났는데 여기까지 차를 타고

올라와서야 집들이 비어 있다는 걸 알았다. 마구간 두 개는 빼고. 집을 살 때 프랑스 사람을 중개자로 내세웠지만 해군은 미국인들이 산마을의 일부를 산다는 걸 알고 즉시 이곳으로 첩자들을 올려보냈다. 그들은 건축 자재들 사이에서 대포를 찾아내려 했고, 결국 베이비가 파리의 외무부에 있는 연줄을 동원해야 했다.

여름에는 아무도 리비에라에 오지 않기 때문에 우리는 손님 몇 사람을 맞이하는 것 외에는 일만 할 수 있으리라 예상한다. 여기에는 프랑스 사람들이 몇 명 있다—지난주에는 미스탱게트*가 와서 호텔이 문 연 것을 보고 놀랐고, 피카소와 『입술은 안 돼요』를 쓴 사람도 있다.

……딕, 왜 당신은 닥터 다이버와 다이버 부인이라고 쓰지 않고 다이버 씨와 다이버 부인이라고 쓰는 거예요? 그냥 궁금했어요—그냥 내 머릿속에 그런 생각이 떠다녔어요.—당신은 나한테 일이 모든 것이라고 가르쳤고 나는 당신 말을 믿어요. 당신은 사람은 알아야 하고, 아는 것을 멈추면 다른 여느 사람과 같아지는데, 문제는 아는 것을 멈추기 전에 힘을 얻는 것이라고 말하곤 했지요. 당신이 상황을 뒤죽박죽으로 만들고 싶다면, 좋아요, 하지만 당신의 니콜도 네발로 기어서라도 당신을 따라가야 하나요, 여보?

……토미는 내가 말이 없다고 한다. 나는 건강해진 이래 처음으로 밤늦게까지 딕에게 많은 이야기를 했다. 우리 둘 다 침대에 앉아 담배에 불을 붙이고, 그런 다음 눈으로 빛이 들어오는 것을 막으려고 푸르스름한 새벽으로부터 뛰어내려 다이빙을 하듯이 베개로 파고들었다.

---

* 프랑스의 샹송 가수.

가끔 나는 노래를 부르고, 동물들과 논다. 친구도 몇 명 있다—예를 들어 메리. 메리와 이야기를 할 때는 우리 둘 다 상대의 이야기를 듣지 않는다. 말은 남자들이 하는 것이다. 말을 할 때 나는 스스로에게 아마 나는 딕일 것이라고 말한다. 이미 나는 내 아들이었던 적이 있다. 그 아이가 얼마나 지혜롭고 느긋한지 기억이 난다. 가끔 나는 닥터 돔러이고, 한번은 심지어 당신, 토미 바르방의 한 면일 수도 있다. 토미는 나를 사랑하는 것 같다. 부드럽게 마음 든든하게 해주는 사람이다. 그래서 그와 딕은 서로 못마땅해하기 시작했다. 전체적으로는 모든 것이 이보다 좋을 수는 없었다. 나는 나를 좋아하는 친구들 사이에 있다. 나는 남편과 두 자식과 함께 이 고요한 해변에 있다. 모든 게 괜찮다—이 염병할 메릴랜드식 치킨 요리법을 프랑스어로 번역하는 걸 끝낼 수 있다면. 모래에 묻힌 발가락이 따뜻하다.

"그래요, 알아볼게요. 새로운 사람들을 더—아, 그 여자애—그래요. 그 여자애가 누구를 닮았다 그랬더라…… 아니, 못 봤어요, 여기에서는 새로 나온 미국 영화를 볼 기회가 많지 않아요. 로즈메리 누구? 글쎄, 7월에는 우리가 유행을 따라 살게 되겠군요—내가 보기에는 아주 묘한데요. 네, 그 여자애는 예뻐요. 하지만 사람들이 너무 많을 수도 있어요."

11

닥터 리처드 다이버와 엘시 스피어스 부인은 8월에 카페 데 잘리에의 먼지 낀 나무들의 서늘한 그늘에 앉아 있었다. 달궈진 땅 때문에 운모의 반짝거림이 흐릿하게 느껴졌으며, 아래 해변에서 몇 번 힘차게 불어온 미스트랄*은 빠른 속도로 에스테렐산을 파고들고 항구의 어선들을 흔들었다. 그 바람에 여기저기서 돛대들이 특색 없는 하늘을 가리키며 삐죽삐죽 솟았다.

"오늘 아침에 편지를 받았어요." 스피어스 부인이 말했다. "여러분 모두 그 검둥이들 때문에 정말 끔찍한 시간을 보냈겠네요! 하지만 로즈메리 말로는 여러분이 우리 아이한테 아주 잘해주셨다고 하더군요."

"로즈메리는 정근精勤훈장을 받아야 합니다. 몹시 괴로운 일이었거든요—아무런 지장을 받지 않은 유일한 사람은 에이브 노스였습니다—그 친구는 르아브르로 날아가버렸지요—아직 이 일을 모르고 있을 겁니다."

"다이버 부인이 놀라셨다니 안된 일이에요." 그녀가 조심스럽게 말했다.

로즈메리는 이렇게 썼다.

> 니콜은 '제정신이 아닌' 것 같아요. 저는 그 사람들하고 남쪽으로 가고 싶지 않아요. 딕이 챙겨야 할 일이 너무 많은 것 같아서요.

"지금은 괜찮습니다." 딕이 짜증을 내다시피 말했다. "그러니까 내일 떠나시는 거로군요. 배는 언제 떠나나요?"

---

* 프랑스 남부에서 부는 춥고 거센 국지풍. 겨울과 봄에 흔하다.

"곧바로요."

"맙소사, 이렇게 떠나시게 되니 무척 섭섭하네요."

"여기 오기를 잘했어요. 좋은 시간을 보냈어요. 덕분에 말이에요. 선생님은 로즈메리가 좋아한 첫 남자예요."

질풍이 다시 한번 불어와 반암斑岩이 많은 라나풀의 구릉지 주위를 안간힘을 쓰며 돌아다녔다. 공기를 통해 지구가 다른 날씨로 서둘러 움직이고 있다는 낌새를 챌 수 있었다. 한순간 시간 바깥으로 빠져나온 듯했던 싱그러웠던 한여름은 이미 지나갔다.

"그동안 로즈메리가 남자한테 반한 적이 있기는 하지만, 늘 얼마 지나지 않아 그 남자를 나한테 넘겼어요—" 스피어스 부인이 웃음을 터뜨렸다. "—해부를 해달라고요."

"그러니까 나는 그것을 면했군요."

"내가 할 수 있는 일이 없었어요. 내가 선생님을 뵙기도 전에 선생님을 사랑했으니까. 나는 밀고 나가라고 했죠."

그는 스피어스 부인이 계획을 세우면서 그를 위한, 또는 니콜을 위한 대비를 마련해놓지 않았다는 걸 알았다—또 그녀의 도덕을 초월한 태도가 세상으로부터 물러나 있는 그녀 자신의 처지에서 나온다는 것도 알았다. 그것은 그녀의 권리이며, 그녀의 감정들이 은퇴하며 받는 연금이었다. 여자들은 생존 투쟁에서 필연적으로 거의 무슨 짓이라도 할 능력을 갖추게 되며, 남자들이 만든 '잔혹성' 같은 죄목으로 유죄판결을 받는 일은 거의 없다. 사랑과 고통이 적절하게 담들에 둘러싸인 채 그 안에서 뒤섞이기만 한다면 스피어스 부인은 환관처럼 초연하게 유머를 음미하며 그 광경을 바라볼 수 있었다. 그녀는 심지어 로즈메리가 피해를 볼 가능성마저 고려하지 않았다—아니면 로즈메리가 피해를 볼 리 없다고 확신했던 걸까?

"말씀이 사실이라면 로즈메리에게는 아무런 해가 되지 않았을 거라고 봅니다." 그는 마지막까지도 여전히 로즈메리에 관해 객관적으로 생각할 수 있다는 허세를 유지하고 있었다. "로즈메리는 이미 다 잊었을 겁니다. 그래도—인생의 수많은 중요한 시기들이 겉으로는 부차적으로 보이는 일에서부터 시작하지요."

"이건 부차적인 일이 아니었어요." 스피어스 부인이 힘주어 말했다. "선생님이 첫번째 남자였어요—선생님이 그애의 이상형이었죠. 보내는 편지마다 그 얘기를 했어요."

"아주 예의바르군요."

"선생님하고 로즈메리는 물론 내가 아는 가장 예의바른 사람들이지만, 그애의 말은 진심이에요."

"내 예의바름은 마음의 책략일 뿐입니다."

그 말은 부분적으로는 사실이었다. 딕은 아버지에게서 남북전쟁 후 북으로 간 젊은 남부인이 지닌, 어느 정도 남을 의식하는 예절을 배웠다. 그는 종종 그걸 이용했으며, 또 그만큼 경멸했다. 그것은 이기심이 얼마나 불쾌한가가 아니라 얼마나 불쾌해 보이느냐에 항의하는 태도였기 때문이다.

"나는 로즈메리를 사랑합니다." 그가 불쑥 말했다. "부인에게 이런 말을 하는 건 일종의 자기 방종이지요."

그런 말이 그에게는 아주 낯설고 공식적으로 보였다. 카페 데 잘리에의 탁자와 의자들이 그것을 영원히 기억할 것 같았다. 그는 이 하늘 아래 있으면서 이미 그녀의 부재를 느끼고 있었다. 해변에서 그는 그녀의 햇볕에 그을려 살이 터진 어깨를 기억할 수 있을 뿐이었다. 타름에서는 정원을 가로지를 때 그녀의 발자국을 밟으며 나아갔다. 그때 오케스트라가 〈니스 카니발 송〉을 연주하기 시작했다. 작년에 사라진 화려한 시간들의 메아리였다. 그 연주와 함께 작은 댄스가 시작되었고, 그렇게 벌어진 댄스의 중심에는 그녀가 있었다. 백 시간 만에 그녀는 세상의 모든 흑마법을 소유하게 되었다. 눈을 멀게 하는 벨라도나, 신체적 에너지를 신경 에너지로 전환하는 카페인, 조화를 강요하는 만드라고라.

그는 자신이 초연한 스피어스 부인과 공유하고 있는 허구를 다시 한 번 애써 받아들였다.

"부인과 로즈메리는 사실 닮지 않았죠." 그가 말했다. "로즈메리가 부인에게서 얻은 지혜는 모두 로즈메리의 페르소나, 로즈메리가 세상과 마주할 때 쓰는 가면을 만드는 데 사용되었습니다. 로즈메리는 생각하지 않아요. 로즈메리의 진짜 깊은 곳은 아일랜드적이고 로맨틱하고 비논리적이지요."

스피어스 부인 또한 로즈메리가 섬세하고 연약한 겉모습에도 불구하고 젊은 야생마라는 걸 알았다. 미합중국 군의관 호이트 대위의 피가 눈에 띄게 드러나는 면이었다. 단면도를 그리면 로즈메리는 거대한 심장, 간, 영혼을 드러낼 터였으며, 이것들이 모두 어여쁜 외피 밑에 빽빽하게 모여 있었다.

딕은 작별인사를 하면서 엘시 스피어스의 온전한 매력을 알게 되었다. 그가 내키지 않는 마음으로 포기하는 로즈메리의 마지막 남은 한 조각 이상의 존재였음을 알게 되었다. 로즈메리는 그가 만들어낸 것일 수도 있었다—그러나 그녀의 어머니는 그가 만들어냈을 리 없었다. 떠나가는 로즈메리를 감싸고 있는 외투, 박차, 반짝이는 보석이 그가 준 것이라면, 이와 대조적으로 그녀 어머니의 우아함을 지켜보면서 그것이 그가 마음에서 만들어낸 것은 아님을 분명히 안다는 건 기분좋은 일이었다. 그녀에게는 뭔가 기다리는 것처럼 보이는 분위기가 있었다. 남자가 그녀 자신보다 중요한 일, 서둘거나 방해받으면 안 되는 일, 예컨대 전투나 수술을 다 끝내기를 기다리는 것 같았다. 그녀는 어딘가에서 등받이 없는 높은 의자에 앉아, 안달하거나 초조해하지 않고, 신문을 넘기며 남자가 일을 다 끝낼 때까지 기다리고 있을 것 같았다.

"안녕히 가세요—두 분 다 니콜과 내가 두 분을 얼마나 좋아하게 되었는지 늘 기억해주시기를 바랍니다."

빌라 디아나로 돌아온 딕은 작업실로 들어가 한낮의 강한 햇살을 막으려고 닫아놓은 덧문을 열었다. 그가 책을 쓰는 데 필요한 자료들이 혼란스러워 보이지만 그 나름의 질서에 따라 긴 탁자 두 개에 놓여 있었다. '분류'와 관련된 1권은 지원금을 받아 소량 찍어내 약간 성공을 거두었다. 그는 그 책의 재출간을 위해 협상하고 있었다. 2권은 그가 처음 쓴 소책자 『정신과의사들을 위한 심리학』의 확장판이 될 예정이었다. 그는 다른 수많은 사람들과 마찬가지로 자신에게 아이디어라 할 만한 게 한두 가지밖에 없다는 걸 알았다—지금 독일어로 50판이 나온 그의 작은 소논문 모음집에 그가 생각하거나 알고 있는 모든 것의 맹아가 담겨 있음을 알게 된 것이다.

그러나 지금은 모든 일이 불안하게 느껴졌다. 뉴헤이븐에서 낭비한 세월에도 화가 났지만, 무엇보다도 다이버 부부로서 살아가는 점점 호화로워지는 생활과 거기에 따를 수밖에 없는 과시의 필요성 사이의 괴리감을 강하게 느꼈다. 딕은 루마니아 친구가 해준 이야기, 아르마딜로의 뇌를 오랫동안 연구했던 사람의 이야기를 기억하면서, 끈질긴 독일인들이 무정하게 그를 앞질러 베를린과 빈의 도서관에 책을 집어넣을 수 있는 더 가까운 자리에 앉아 있을 것이라는 생각을 했다. 그래서 그는 현재의 상태에서 작업의 요점을 정리하여, 앞으로 나올 더 학문적인 책들의 머리말 역할을 할 만한 십만 단어짜리 증거 자료 없는 책을 내기로 거의 결심을 굳힌 상태였다.

그는 작업실에서 늦은 오후의 빛살 주위를 걸으면서 이 결심을 굳혔다. 새로운 계획대로라면 봄까지는 일을 끝낼 수 있었다. 그가 보기에 자신과 같은 에너지가 있는 사람이 일 년 동안 점점 커지는 의심에 시달린다면, 그건 계획에 뭔가 흠이 있다는 뜻이었다.

그는 서진으로 쓰는 금박 금속 막대들을 메모 뭉치에 올려놓고 청소를 했다. 하인은 이곳에 들어올 수 없었기 때문이다. 보나미 세제로 화장실을 대충 닦아내고, 방충망을 수리하고, 취리히의 출판사에 책을 주문했다. 그런 뒤에 물을 두 배로 섞은 진을 1온스 마셨다.

정원에 니콜이 보였다. 곧 그녀와 만날 수밖에 없었고, 그 생각에 마음이 납덩이처럼 무거워졌다. 그는 그녀 앞에서 완벽한 겉모습을 유지해야 했다. 지금도 내일도, 내주에도 내년에도. 파리에서는 그녀가 루미놀의 영향으로 얕은 잠에 빠진 동안 밤새도록 그녀를 품에 안고 있었다. 새벽에는 부드러운 보호의 말로 그녀의 혼란이 더 커지기 전에 부수어버렸고, 그녀는 따뜻한 향기가 나는 머리카락을 그의 얼굴에 갖다대고 다시 잠이 들었다. 그는 그녀가 깨어나기 전에 옆방 전화로 모든 것을 정리했다. 로즈메리는 다른 호텔로 옮길 예정이었다. 그녀는 '아빠의 딸'이 되어야 했으며, 심지어 그들과 작별인사를 하는 것도 포기해야 했다. 호텔 소유주 맥베스 씨는 중국 원숭이 세 마리*가 될 것이었다. 딕과 니콜은 물건을 사들이느라 잔뜩 쌓인 상자들과 박엽지들 사이에서 짐을 싸 정오에 리비에라로 떠났다.

그런 뒤에 반응이 왔다. 침대차에 자리를 잡았을 때 딕은 니콜이 그것을 기다리고 있음을 알았다. 그것은 기차가 역을 벗어나기 전에 빠르게 절망적으로 찾아왔다—그에게는 기차가 아직 속도를 내기 전에 뛰어내려, 다시 달려가 로즈메리가 어디에 있는지, 무엇을 하고 있는지 보고 싶다는 본능만 남았다. 그는 책을 펼치고 코안경을 쓴 얼굴을 책장으로 돌리면서, 니콜이 건너편 베개에 머리를 대고 자신을 지켜보고 있다는 사실을 의식하고 있었다. 그는 책을 읽을 수가 없었기 때문에 피곤한 척하며 눈을 감았지만, 그녀는 여전히 그를 지켜보고 있었다. 약기운 때문에 아직도 반쯤 잠이 든 상태였음에도, 그가 다시 그녀의 것이 되었다는 사실에 안도했고 행복에 가까운 감정을 느꼈다.

눈을 감자 더 심각해졌다. 찾고 잃고, 찾고 잃고, 하는 박자가 생겼기 때문이다. 하지만 불안해 보이지 않으려고 그는 정오까지 그렇게 누워 있었다. 점심시간이 되자 좀 나아졌다—늘 훌륭한 식사였다. 여관과 레스토랑, 침대차, 역 식당, 비행기에서의 수많은 점심은 둘이 함께 먹을 만한 든든한 식사였다. 언제나 그렇듯이 서두르는 열차 웨이

* 악한 것을 보지 않고, 듣지 않고, 말하지 않는 세 원숭이.

터들, 작은 병에 든 와인과 광천수, 파리 리옹 간 메디테라네 철도의 우수한 음식은 모든 것이 전과 똑같다는 환상을 주었지만, 니콜과 함께 어딘가로 가는 게 아니라 어딘가를 떠나는 여행을 하는 건 이번이 처음인 듯했다. 딕은 니콜이 마신 한 잔을 빼고 병에 든 와인을 다 마셨다. 그들은 집과 아이들 이야기를 했다. 그러나 그들의 칸으로 돌아오자 그들에게 뤽상부르공원 건너편 식당에서와 같은 침묵이 깔렸다. 슬픔으로부터 물러나려면 그 슬픔으로 데려왔던 걸음을 되짚을 필요가 있는 듯하다. 익숙하지 않은 초조함이 딕을 사로잡았다. 갑자기 니콜이 말했다.

"로즈메리를 그렇게 두고 오다니 너무 심했던 것 같아요—로즈메리가 괜찮을 거라고 봐요?"

"물론이지. 로즈메리는 어디 가든 자신을 잘 챙길 거야—" 딕은 그 말이 니콜은 그렇게 하지 못한다고 얕잡아보는 말처럼 들리지 않도록 덧붙였다. "어쨌거나 로즈메리는 배우잖아. 아무리 어머니가 뒤에 있다 해도, 로즈메리는 스스로 자신을 돌봐야만 해."

"로즈메리는 아주 매력적이에요."

"아기지 뭐."

"그래도 매력적이에요."

그들은 두서없이 말을 주고받았다. 각자 서로를 위해 이야기를 하고 있었다.

"생각만큼 똑똑하지는 않은 것 같아." 딕이 말했다.

"꽤 영리하던데요."

"하지만 수준이 높지는 않아—육아실의 향기가 끈질기게 남아 있어."

"로즈메리는 아주—아주 예뻐요." 니콜은 초연한 태도로 힘주어 말했다. "영화를 보고 아주 멋있다고 생각했어요."

"감독이 잘했지. 다시 생각해보니 별로 개성이 있지는 않았어."

"내가 보기에는 개성이 있던데요. 로즈메리가 남자들한테 얼마나 매력이 있을지 알 수 있을 것 같아요."

그의 심장이 뒤틀렸다. 어떤 남자들한테? 얼마나 많은 남자들한테?

—커튼을 쳐도 될까?

—쳐줘. 여기는 너무 밝아.

지금은 어디에? 누구와 함께?

"몇 년 후면 당신보다 십 년은 늙어 보일 거야."

"반대죠. 어느 날 밤 극장 프로그램에 로즈메리를 그려봤어요. 로즈메리는 오래갈 것 같아요."

밤에는 둘 다 불안했다. 하루이틀 뒤면 딕은 로즈메리의 유령이 그들과 함께 벽 안에 갇히기 전에 쫓아버리려고 노력하겠지만, 당장은 그럴 힘이 없었다. 때로는 고통을 없애는 것이, 너무 강하게 사로잡혀 있어 당장 겉으로는 아무렇지 않은 척하는 것 외에는 달리 어쩔 도리가 없는 기쁨이나 기억을 없애는 것보다 더 힘들다. 이것이 지금 더 어려운 건 그가 니콜 때문에 화가 났기 때문이다. 이렇게 세월이 흘렀으니 그녀도 이제 자신의 내부에서 긴장의 증상들을 알아보고 미리 막을 때도 되지 않았는가. 그런데 이 주 사이에 두 번이나 무너지다니. 타름에서 저녁을 먹던 밤에는 그녀의 방에서 찾아냈을 때 그녀는 완전히 정신을 놓고 미친듯이 웃음을 터뜨리며 매키스코 부인에게 열쇠를 우물에 던졌기 때문에 화장실에 들어가지 못한다고 말하고 있었다. 매키스코 부인은 깜짝 놀라 씩씩거렸다. 그러나 당황하기는 했지만, 어떤 면에서는 이해하고 있었다. 딕은 그때는 별로 불안을 느끼지 않았다. 나중에 니콜이 뉘우쳤기 때문이다. 니콜이 고스의 호텔로 전화를 했지만 매키스코 부부는 이미 떠나고 없었다.

그러나 파리에서 무너진 것은 이야기가 달랐고, 첫번째 사건에도 다른 의미를 부여했다. 새로운 주기, 병의 새로운 발작을 예고하는 듯했다. 톱시를 낳은 뒤 그녀가 오랜 시간에 걸쳐 퇴행하는 동안 그는 전문가답지 못한 고뇌를 겪었기 때문에 부득이 그녀의 문제에 관해 마음을 단단히 먹고, 아픈 니콜과 건강한 니콜 사이에 갈라진 틈을 만들 수밖에 없었다. 이 때문에 이제 직업인으로서의 자기 보호적 거리 두기와 그의 마음에 새로 생겨난 어떤 차가움을 구별하기가 어려웠다. 무관심을 소중하게 여기거나 위축되도록 내버려두면 텅 비어버린 상태에 이르고 만다. 그는 자신의 의지를 거슬러서 부정하고 감정을 무시하는 방식으로 니콜을 도왔으며, 그 결과 그의 마음에서 그녀가 사라지게 되었다. 어떤 사람은 치유된 흉터를 피부에 생기는 병에 느슨하게 비유하지만, 개인의 삶에 그런 것은 없다. 열린 상처가 있을 뿐이다. 때로는 바늘로 찌른 점 크기로 움츠러들지만 그래도 여전히 상처다. 그 고통의 자국은 손가락이나 한쪽 눈의 시력을 잃은 것에 비유하는 편이 더 적당하다. 일 년에 일 분조차 아쉬워하지 않을 수도 있지만, 막상 아쉬워하게 될 경우에는 도무지 어쩔 도리가 없는 것이다.

12

딕은 니콜이 양손을 교차해 어깨에 얹은 채 정원에 있는 걸 보았다. 그녀는 잿빛 눈으로 그를 똑바로 보았다. 경이를 탐색하는 아이의 눈이었다.

"칸에 갔다 왔어." 그가 말했다. "스피어스 부인을 우연히 만났지. 내일 떠난다더군. 여기 와서 당신한테 작별인사를 하고 싶다고 했지만 내가 그 생각을 지워버렸어."

"아쉽네요. 부인을 봤으면 좋았을걸. 그 부인 마음에 들던데."

"내가 또 누구를 봤을 것 같아—바살러뮤 테일러를 봤어."

"설마."

"내가 그 얼굴, 그 노련한 족제비 같은 얼굴을 놓쳤을 리야 없지. 치로의 순회동물원의 터를 살피고 있더군—내년에는 모두 내려올 거야. 에이브럼스 부인이 일종의 전초기지인 것 같았어."

"그래서 베이비는 우리가 여기 온 첫여름에 격분했고요."

"그 사람들은 자기들이 어디 있든 사실 관심이 없어. 그런데 왜 그냥 도빌에 그대로 붙어 있지 않고 내려오는 건지 모르겠어."

"우리가 콜레라가 돈다든가 하는 헛소문을 퍼뜨리면 어떨까요?"

"바살러뮤한테 이곳에서 어떤 종류의 인간들은 파리처럼 죽어나간다고 말했어—단물만 빼는 놈의 목숨은 전장에 나온 기관총사수의 생명만큼이나 짧다고 했지."

"설마."

"맞아, 안 했어." 그도 인정했다. "그 친구 아주 유쾌하더군. 아름다운 광경이었지. 그 친구하고 내가 거기 대로에서 악수를 하다니. 지크문트 프로이트와 워드 매캘리스터*의 만남이라고나 할까."

딕은 더이상 말을 하고 싶지 않았다—일과 미래에 관한 생각이 사랑과 오늘에 관한 생각을 압도할 수 있도록 혼자 있고 싶었다. 니콜도 그것을 알았지만 어둡고 비극적인 쪽으로만 생각했으며, 동물적인 감각으로 그를 약간 미워했다. 그러나 그러면서도 그의 어깨에 몸을 비비고 싶어했다.

"귀여운 것." 딕이 가볍게 말했다.

그는 집안으로 들어갔으나, 안에서 뭘 하고 싶었는지를 잠깐 잊었다가 이윽고 피아노를 치려고 했다는 걸 기억해냈다. 그는 휘파람을 불며 앉아 악보 없이 연주했다.

내 무릎에 앉은 너를 그려보네
둘이서 차를, 차를 마시며 둘이서
너에게는 나, 나에게는 너—

선율이 흘러가던 도중 니콜이 이 노래를 들으면 바로 지난 이 주에 대한 그의 노스탤지어를 짐작할 것이라는 사실을 갑자기 깨닫게 되었다. 그는 아무 코드나 대충 두드려 연주를 중단하고는 피아노 앞을 떠났다.

어디로 가야 할지 알 수가 없었다. 그는 니콜이 만든 집, 니콜의 할

* 19세기 미국의 사교계 인사.

아버지가 돈을 댄 집을 흘끔거렸다. 그의 소유는 작업실과 그 건물이 서 있는 터뿐이었다. 그리고 일 년 삼천 달러 수입과 출판물에서 찔끔찔끔 들어오는 돈으로 옷과 개인 용돈, 포도줏값, 아직은 보모 임금으로 끝나는 러니어의 교육비를 댔다. 딕은 어떤 일을 생각하든 자신이 낼 몫을 계산했다. 그는 조금은 금욕적으로 살고, 혼자일 때는 삼등칸을 타고, 가장 싼 와인을 마시고, 옷을 잘 관리하고, 약간이라도 사치를 할 경우에는 자신에게 벌을 주면서 제한적인 경제적 독립을 유지했다. 하지만 어느 지점을 지나면 어려워졌다—니콜의 돈을 사용하는 문제를 함께 결정하는 일이 잦아질 수밖에 없었다. 당연히 니콜은 그를 소유하고 싶었기 때문에, 그가 영원히 그 자리에 있기를 바랐기 때문에, 그가 조금이라도 느슨해지도록 부추겼고, 그는 계속 조금씩 흘러드는 물자와 돈의 범람에 점점 다양한 방식으로 말려들 수밖에 없었다. 어느 날 하나의 공상으로 이야기를 길게 나누었던 절벽 위의 별장이라는 아이디어가 생겨난 과정이야말로 그들을 취리히의 첫 소박한 살림으로부터 떼어낸 힘의 전형적 예였다.

처음에는 "재미있지 않을까요, 만에 하나—"였지만 그다음에는 "재미있을 것 같아요, 이러면—"이 되었다.

사실 그렇게 재미있지는 않았다. 그의 일은 니콜의 문제들과 혼란스럽게 섞여버렸다. 게다가 최근 들어 그녀의 수입이 급속하게 늘면서 그의 일은 하찮게 여겨졌다. 또 그녀의 치료를 위해 오랫동안 엄격한 가정적인 면을 지닌 척했지만, 실제로는 그런 면에서 멀어지고 있었다. 이렇게 아무런 노력을 기울이지 않고 꼼짝도 않는 상태에서는 그런 척하는 게 더욱 힘들었다. 이런 상태에서는 일거수일투족이 조사를 받을 수밖에 없었다. 딕이 이제 피아노로 자신이 연주하고 싶은 것조차 연주할 수 없다는 건 삶이 하나의 점으로 깎이고 다듬어져 축소되고 있다는 증거였다. 그는 큰 방에 오래 머물며 전기 시계가 웅웅거리는 소리에 귀를 기울였다. 시간에 귀를 기울였다.

11월이 되자 파도는 검은빛으로 변해 바다의 담을 넘어 해안도로까지 치고 들어왔다—그때까지 남아 있던 마지막 여름의 삶마저 사라지고 해변은 미스트랄과 비에 싸여 우울하고 황량해졌다. 고스의 호텔은 수리와 확장을 위해 문을 닫았고 쥐앙레팽의 여름 카지노를 둘러싼 비계飛階는 더 커지고 더 대단해졌다. 딕과 니콜은 칸과 니스로 들어가 새로운 사람들을 만났다. 오케스트라 단원, 레스토랑 주인, 원예 애호가, 선박 건조업자—딕이 작고 낡은 배를 샀기 때문이다—그리고 관광협회 사람들을 만났다. 이들은 다이버 부부의 하인까지 잘 알았으며, 자녀 교육에도 조언을 해주었다. 12월이 되자 니콜은 건강을 되찾은 듯했다. 아무런 긴장도, 꼭 다문 입도, 동기 없는 미소도, 헤아릴 수 없는 발언도 없이 한 달이 지나자, 그들은 크리스마스 휴가를 보내러 스위스 알프스로 떠났다.

13

딕은 모자로 짙푸른 스키복에서 눈을 탁탁 털어내고 안으로 들어갔다. 이십 년간 징 박은 구두에 밟힌 탓에 바닥이 곰보 자국으로 가득한 대강당은 티 댄스*를 위해 치워져 있었으며, 크슈타트 근처 학교들에서 사는 젊은 미국인 팔십 명이 시끌벅적한 〈룰루를 데려오지 마〉에 맞춰 여기저기 뛰어다니기도 하고, 찰스턴 춤곡의 첫 타악기들이 소리를 내면 뛰쳐나와 법석을 떨기도 했다. 이곳은 젊고 단순하고 사치스러운 사람들이 점령하고 있었다—부자들의 돌격대**가 생모리츠를 공격한 것이다. 베이비 워런은 이런 곳에서 다이버 부부와 만났으니 자신으로서는 체념의 제스처를 보여준 셈이라고 생각했다.

딕은 살짝 귀신이 들린 것처럼 부드럽게 흔들리는 방 건너편에서 쉽게 두 자매를 찾아냈다—그들은 포스터 그림 같았다. 방한복을 입은 그들의 모습은 대단했다. 니콜은 하늘빛 파란색, 베이비는 벽돌빛 빨간색이었다. 한 젊은 영국 남자가 그들에게 말을 걸고 있었지만, 그들은 전혀 주의를 기울이지 않고, 사춘기 청소년들의 춤에 홀린 채 물끄러미 앞만 바라보고 있었다.

딕을 보자 차가운 눈 속에 있다가 들어와 따뜻해진 니콜의 얼굴이 더 밝아졌다. "그분은 어디 있어요?"

"기차를 놓쳤대—나중에 마중나갈 거야." 딕은 자리에 앉으며 묵직한 장화를 신은 한쪽 발을 무릎 위로 걸쳤다. "두 사람이 함께 있으니 눈에 금방 띄네. 이따금 두 사람을 보다가 나도 일행이란 걸 잊고 깜짝 놀라곤 해."

베이비는 키가 크고 멋지게 생긴 여자로, 나이가 서른이 다 되어간다는 사실에 완전히 마음을 빼앗기고 있었다. 런던에서 두 남자를 끌

* 오후에 만나 다과를 나누며 춤을 추던 사교행사.

** Sturmtruppen. 원래 제1차세계대전 때 독일의 돌격대를 가리키는 말.

고 온 것도 그 증후였다. 한 남자는 이제 막 케임브리지를 졸업했고, 다른 나이든 남자는 빅토리아시대의 호색가처럼 탄탄해 보였다. 베이비에게는 독신녀의 특징이 몇 가지 있었다—우선 신체 접촉에 익숙지 않았다. 갑자기 누가 몸에 손을 대면 화들짝 놀랐으며, 키스나 포옹 같은 오래 끄는 접촉은 곧바로 살을 통과하여 의식의 중심부로 미끄러져 들어갔다. 그녀는 몸통, 몸의 본체는 거의 움직이지 않았다—대신 주로 발을 구르거나 머리를 홱 젖히는 등 구식으로 보이는 제스처를 하곤 했다. 그녀는 죽음의 맛을 미리 음미했으며, 그 죽음은 주로 친구들에게 찾아온 재앙의 형태로 미리 선을 보였다. 또 그녀는 니콜의 비극적 운명이라는 생각에 집요하게 매달렸다.

스키장에서 베이비가 데려온 젊은 영국인은 적당히 경사진 곳을 따라 내려가며 여자들의 보호자 노릇을 하다 얼음이 덮인 곳에 가면 그들을 괴롭혔다. 딕은 지나치게 야심만만한 텔레마크식 회전을 하다 발목을 접질렸기 때문에, 고마운 마음으로 아이들과 함께 '어린이용 슬로프'에서 빈둥거리거나 호텔에서 러시아 의사와 함께 크바스*를 마셨다.

"좀 즐거워해봐요, 딕." 니콜이 다그쳤다. "오후에는 여기 쪼끄만 계집아이들 몇 명을 만나 함께 춤이나 추지 그래요?"

"내가 그애들한테 무슨 말을 하겠어?"

그녀의 낮고 거의 쉰 목소리가 몇 음 올라가더니 애처롭게 아양떠는 흉내를 냈다. "이렇게 말해요. '야, 쪼끄만 계집아이야, 네가 쎄상에서

---

* 러시아의 호밀 맥주.

까장 예뻐.' 당신은 뭐라고 말할 것 같아요?"

"나는 쪼꼬만 계집아이를 좋아하지 않아. 캐스틸 비누하고 페퍼민트 냄새가 나거든. 그애들하고 춤을 추면 유모차를 미는 기분이 들 거야."

위험한 주제였다—그는 자신의 행동을 의식할 만큼 조심스러운 태도로 젊은 처녀들의 머리 너머 먼 곳만 바라보았다.

"할일이 많아요." 베이비가 말했다. "우선 집에서 소식이 왔어요—우리가 역 소유지라고 부르던 소유지 일이에요. 철도 회사에서는 처음에는 그 중심 부분만 샀어요. 그러다 이제 나머지도 샀는데, 그건 어머니 소유였어요. 이제 그 돈을 어디에 투자하느냐 하는 게 문제예요."

영국 남자는 대화가 이렇게 저속하게 방향을 튼 데에 역겨움을 느낀 척하며 플로어에 있는 젊은 여자 쪽으로 갔다. 베이비는 영원한 친영파의 손아귀에 사로잡혀 살아온 미국 소녀의 불안한 눈빛으로 잠시 그를 좇다가 도전적으로 말을 이어갔다.

"이건 큰돈이에요. 각각 삼십만 달러씩이니까요. 나는 내 돈의 투자상황을 지켜보고 있지만, 니콜은 증권에 관해서는 아무것도 몰라요. 아마 딕도 그럴 거고."

"역으로 마중을 나가봐야겠어요." 딕이 회피하듯이 말했다.

밖으로 나온 딕은 축축한 눈송이를 들이마셨다. 하늘이 어두워졌기 때문에 눈송이가 눈에 보이지는 않았다. 썰매를 타고 지나가는 아이 셋이 귀에 선 언어로 조심하라고 외쳤다. 그 아이들이 다음 굽이에서 내지르는 소리가 들렸고, 조금 더 멀리 어둠 속에서는 산을 올라오는 말이 끄는 썰매 종소리가 들렸다. 명절을 맞아 기차역은 기대감으로 반짝거렸고, 젊은 남녀들이 새로운 젊은 남녀들을 기다리고 있었다.

기차가 도착할 때쯤에는 딕도 그들의 박자가 몸에 익어, 프란츠 그레고로비우스를 만났을 때 마치 끝도 없이 펼쳐지는 쾌락에서 아깝지만 그를 위해 삼십 분을 잘라내어 마중나온 척할 수 있었다. 그러나 프란츠는 이 순간 상당히 강한 목적의식이 있었기 때문에, 딕이 아무리 다른 분위기를 덧씌우려 해도 계속 그 목적이 머리를 내밀었다. “하루 정도 취리히에 갈 수도 있네.” 딕은 전에 보낸 편지에서 그렇게 말했다. “아니면 자네가 로잔에 올 수도 있겠지.” 프란츠는 결국 크슈타트까지 먼길을 와주었다.

프란츠 그레고로비우스는 마흔이었다. 건강한 성숙함 위에 유쾌하면서도 격식 있는 태도가 편안하게 자리잡고 있었지만, 사실 그는 약간 답답한 느낌이 들 정도로 안전한 상황에서 가장 편안함을 느꼈으며, 그런 위치에서 자신이 재교육한 망가진 부자 환자들을 경멸할 수 있었다. 조상으로부터 물려받은 과학에 대한 재능 덕분에 더 넓은 세계로 나아갈 수도 있었겠지만, 그는 일부러 더 낮은 계급의 관점을 선택한 듯 보였으며, 이런 선택은 부인을 고르는 데서 대표적으로 드러났다. 호텔에서 베이비 워런은 짧은 순간에 그를 살폈으나 그녀가 존중하는 품질 증명, 즉 특권계급에 속한 사람들끼리는 서로 알아보지만 겉으로는 잘 드러나지 않는 미덕이나 예의를 전혀 찾아내지 못하자, 그때부터 그를 한 등급 소홀히 대하기 시작했다. 니콜은 늘 그를 약간 두려워했다. 딕은 친구들을 좋아하듯 무조건적으로 그를 좋아했다.

저녁에 그들은 베네치아의 곤돌라와 같은 용도로 이용되는 작은 썰매를 타고 산을 미끄러져내려가 마을로 들어갔다. 그들의 목적지는 구식 스위스 바를 갖춘 호텔이었다. 목재로 지어 소리가 울리는 바에는 시계, 작은 술통, 큰 맥주잔, 사슴뿔 들이 있었다. 많은 무리가 긴 탁자 여러 개에 자리를 잡고 있었지만 경계가 흐려져 하나의 커다란 무리로 뭉친 모습으로 퐁뒤—향이 강한 뜨거운 와인으로 맛을 순화한 일종의 치즈 토스트로, 묘하게 소화가 되지 않았다—를 먹고 있었다.

큰 방은 흥겨웠다. 젊은 영국인이 그런 표현을 사용하자, 딕도 그 말이 가장 적절하다고 인정했다. 자극적이고 센 와인으로 긴장이 풀리자 딕도 피아노에서 옛 합창곡을 외쳐대는 90년대 황금기 출신의 머리가 허연 남자들에 의해, 젊은 목소리나 소용돌이치는 담배 연기로 방과 색깔이 섞인 듯한 느낌의 밝은 옷에 의해 세상이 다시 하나가 된 척할 수 있었다. 잠시 딕은 그들이 육지 발견을 목전에 둔 배에 타고 있다는 느낌이 들었다. 젊은 여자들의 얼굴에는 하나같이 지금 이 상황과 밤에 담긴 가능성에 대한 순진한 기대가 있었다. 그는 그 특별한 여자애가 눈에 띌까 싶어 두리번거리다 그들 뒤의 탁자에서 그 아이를 본 것 같다는 느낌을 받았다—그러다가 그 아이를 잊고 두서없는 이야기를 꾸며내 그의 일행이 좋은 시간을 보내게 하려고 애를 썼다.

"자네하고 이야기를 해야겠네." 프란츠가 영어로 말했다. "내가 여기에 있을 수 있는 건 스물네 시간뿐이야."

"뭔가 하고 싶은 이야기가 있다고 생각했지."

"나한테 계획이 있는데—아주 멋진 거야." 그의 손이 딕의 무릎으로 내려왔다. "우리 둘에게 성공을 안겨줄 수 있는 계획이네."

"그래?"

"딕—우리가 함께 맡을 수 있는 병원이 있어—추크 호숫가에 있는 브라운의 낡은 병원일세. 몇 가지를 제외하면 시설은 모두 현대적이야. 브라운은 병이 들었어—오스트리아로 가고 싶어해. 아마 그곳에서 죽고 싶나봐. 정말이지 놓칠 수 없는 기회야. 자네하고 나—멋진 짝 아닌가! 아, 내 말이 끝날 때까지 아무 말 말게."

딕은 노랗게 반짝이는 베이비의 눈을 보고 그녀가 귀를 기울이고 있다는 걸 알았다.

"우리가 함께 맡아야 하네. 자네를 너무 심하게 묶어두지는 않을 거야—자네한테는 근거지, 실험실, 본부가 생기는 셈이지. 자네는 가령 일 년에 반 정도만 상주해도 돼. 날씨가 좋을 때 말이야. 겨울에는 프랑스나 미국에 가서 임상 경험을 바탕으로 새로운 글을 쓰게." 프란츠는 목소리를 낮추었다. "자네 가족의 요양을 위해 병원의 분위기와 규칙적인 생활을 마음대로 이용할 수도 있잖나." 딕의 표정으로 보아 이야기가 그쪽으로 나아가는 걸 달갑게 여기지 않는다는 것을 알아챈 프란츠는 입술을 빠르게 떠나는 혀를 붙들어 그 이야기를 끊어냈다. "우리는 파트너가 될 수 있어. 내가 관리자가 되고 자네는 이론가가 되는 거야. 뛰어난 자문의사 뭐 그런 거 말이야. 나는 나 자신을 알아—나한테는 천재성이 없고 자네한테는 있다는 걸 알아. 하지만 나도 나 나름으로 아주 유능하다는 이야기를 듣고 있네. 가장 현대적인 임상 요법에 아주 뛰어나지. 가끔 몇 달 동안 오래된 병원의 실질적인 원장 노릇도 해보았네. 교수님도 이 계획이 아주 훌륭하다며, 밀고 나가라고 조언하시더군. 자기는 영원히 살고, 마지막 순간까지 일을 할 거라면서."

딕은 판단을 내리기 전에 예비 단계로 프란츠의 계획을 머릿속으로 그려보았다.

"재정 쪽은 어떤가?" 딕이 물었다.

프란츠의 턱, 눈썹, 일시적으로 생겨난 이마의 주름, 두 손, 팔꿈치, 어깨가 한꺼번에 위로 올라갔다. 다리의 근육들이 긴장하는 바람에 바지의 천이 불거졌다. 심장은 목구멍으로, 목소리는 입천장으로 밀고 올라왔다.

"바로 그게 문제야! 돈!" 프란츠가 통곡하듯이 외쳤다. "나는 돈이 없네. 가격은 미국 돈으로 이십만 달러야. 새로운 설비—적—" 그는 자신이 만들어낸 이 말을 미심쩍은 표정으로 음미했다. "—조치에는, 자네도 필요하다고 동의하겠지만, 미국 돈으로 이만 달러가 들 걸세. 하지만 이 병원은 금광이야—솔직히, 아직 장부는 안 봤어. 이십이만 달러의 투자로 우리가 얻을 수 있는 확실한 수입은—"

베이비의 강렬한 호기심이 느껴졌기 때문에 딕은 그녀를 대화에 끌어들였다.

"이제까지 경험으로 볼 때, 베이비." 그가 따지듯이 물었다. "유럽인이 미국인을 아주 다급하게 보고 싶어할 때는 늘 돈과 관련된 일 아니던가요?"

"무슨 일인데요?" 그녀가 아무것도 모른다는 표정으로 물었다.

"이 젊은 객원 강사께서는 자기하고 내가 커다란 사업을 시작해서 미국 출신 신경쇠약 환자들을 끌어모아야 한다고 생각하고 있습니다."

프란츠는 걱정스러운 표정으로 물끄러미 베이비를 바라보았고, 딕은 말을 이어갔다.

"하지만 우리는 어떤 사람들일까, 프란츠? 자네는 명문가 출신이고 나는 교과서를 두 권 썼지. 그걸로 누군가를 끌어들이기에 충분할까? 게다가 나한테는 그런 큰돈이 없어—그 십분의 일도 없네." 프란츠가 냉소를 띠었다. "솔직히 없어. 니콜하고 베이비는 크로이소스*만큼 부자지만 나는 아직까지는 거기 의지하지 않고 살아왔네."

이제 모두 그 대화를 듣고 있었다—딕은 뒤 테이블의 여자도 듣고 있는지 궁금했다. 그는 그 구상에 마음이 끌렸다. 그는 베이비가 자신을 대신해서 말하도록 가만히 있어야겠다고 마음먹었다. 사람들이 종종 자신이 어쩔 수 없는 문제들에 관해 여자들이 목소리를 높이도록 허용하는 것처럼. 베이비는 갑자기 그녀의 할아버지처럼 냉정하고 실험적인 사람이 되었다.

"나는 이게 고려해봐야 할 제안이라고 봐요, 딕. 닥터 그레고리가 무슨 말을 하는 건지는 모르겠지만—내가 보기에는—"

뒤 테이블의 여자가 연기煙氣의 고리 안으로 몸을 기울여 바닥에서 뭔가 줍고 있었다. 탁자 건너 니콜의 얼굴이 그의 얼굴에 딱 겹쳐질 듯 정면으로 마주보고 있었다—머뭇머뭇 자리를 잡고 포즈를 취하고 있던 그녀의 아름다움이 그에게 흘러들어, 언제나 그 아름다움을 보호하려고 긴장을 늦추지 않고 있는 그의 사랑과 만났다.

"생각해보게, 딕." 프란츠가 흥분해서 다그쳤다. "정신의학에 관한 글을 쓰려면 실제 임상적 접촉이 있어야 한다고. 융도 글을 쓰고, 블로일러도 글을 쓰고, 프로이트도 글을 쓰고, 포렐도 글을 쓰고, 아들러도 글을 쓰지만—그 사람들은 동시에 늘 정신질환 환자들을 접해."

"딕한테는 내가 있잖아요." 니콜이 웃음을 터뜨렸다. "내 생각에 한 사람에게는 이 정도 정신질환이면 충분할 것 같은데요."

* 고대 그리스시대 리디아의 마지막 왕으로, 엄청난 부호로 알려져 있다.

"그건 다르지요." 프란츠가 조심스럽게 말했다.

베이비는 니콜이 병원 옆에 살면 늘 안심할 수 있을 거라고 생각하고 있었다.

"우리는 신중하게 고려해봐야 돼요." 그녀가 말했다.

딕은 그녀의 오만이 재미있었지만 부추기지는 않았다.

"결정은 내 문제입니다, 베이비." 그가 상냥하게 말했다. "물론 나한테 병원을 사주고 싶어하시다니 고마운 일이지만."

베이비는 자신이 주제넘게 간섭한 걸 알고 황급히 한 발짝 물러섰다.

"물론 이건 전적으로 딕의 일이죠."

"이처럼 중요한 일은 결정하는 데 몇 주가 걸릴 겁니다. 니콜과 내가 취리히에 닻을 내리는 그림이 과연 내 마음에 들지 어떨지 나도 궁금합니다—" 딕은 프란츠가 하려는 말을 예상하고 그에게 말했다. "—나도 알아. 취리히에는 가스와 수도와 전깃불이 있지—나도 거기에서 삼 년을 살았네."

"고려하는 일은 자네한테 맡겨두겠네." 프란츠가 말했다. "나는 자신 있네—"

5파운드짜리 장화 백 켤레가 문을 향해 쿵쿵거리기 시작했다. 그들도 그 소란에 한몫했다. 바깥의 서늘한 달빛 속에서 그 아이가 앞에 있는 큰 말 썰매에 자기 썰매를 묶는 것이 보였다. 그들은 각자의 말 썰매로 우르르 몰려갔고, 말들은 날카롭게 찰싹 소리를 내는 채찍에 긴장하며 어두운 공기를 헤치고 나아갔다. 사람 형체들이 그들을 지나 앞다투어 달려갔다. 어린아이들은 썰매와 활주부에서 서로를 밀치다 부드러운 눈에 나동그라졌다. 그러다 말을 쫓아 헐떡거리며 달리다 기진맥진하여 썰매 위에 쓰러지거나 눈 바닥에서 자기를 두고 가지 말라고 울었다. 양쪽으로 펼쳐진 들판은 자애롭게 고요했다. 행렬이 통과해간 공간은 높고 가없어 보였다. 시골 쪽은 소음이 한결 덜했다. 모두들 먼 조상들이 그랬던 것처럼 이 넓은 눈밭에 이리들이 돌아다니고 있지는 않은지 귀를 기울이기라도 하는 듯이.

그들은 자넨에서 시영 무도회장으로 쏟아져들어가, 소몰이꾼, 호텔 종업원, 상점 주인, 스키 강사, 가이드, 관광객, 농부들과 섞였다. 바깥에서 범신론적 본능에 몸을 내맡겼다가 따뜻한 공간에 들어오자 어떤 터무니없이 거창한 기사의 이름, 전쟁터의 박차 달린 장화처럼, 로커룸 바닥의 시멘트 위를 걸어가는 징 달린 축구화처럼 우레 같은 이름을 되찾은 듯한 기분이 들었다. 늘 부르는 요들송이 터져나왔다. 딕은 이 장면이 처음에는 로맨틱한 데가 있다고 생각했지만, 요들송의 귀에 익은 박자 때문에 그런 느낌에서 벗어나게 되었다. 처음에 딕은 자신이 그 아이를 의식으로부터 쫓아냈기 때문이라고 생각했다. 그러나 잠시 후에는 요들송이 베이비가 한 말의 형태로 다가왔다. "우리는 신중하게 고려해봐야 돼요—" 그리고 그 배후에 있는 말로 하지 않은 대사들. "우리는 너를 소유하고 있고, 너도 조만간 그걸 인정하게 될 거야. 계속 독립을 유지하는 척 허세를 부리는 건 우스운 짓이야."

딕이 어떤 사람을 향한 적의를 꽉꽉 눌러두는 것은 오랜만이었다—뉴헤이븐에서 일학년 때 '정신위생'에 관한 인기 있는 에세이를 우연히 보게 된 이후로 처음이었다. 지금 그는 베이비를 향해 화를 터뜨림과 동시에 안에 가두어두려 하고 있었다. 그녀의 부자다운 차가운 오만에 분개하고 있었다. 새로 등장한 아마존 여자들은 남자가 자존심

외에는 공격에 취약한 데가 없지만, 그 부분만큼은 한번 휘저어놓으면 험프티 덤프티* 달걀 모양의 땅딸보처럼 쓰러져서 다시 일어나지 못할 정도로 약하다는 사실을 이해하는 데 수백 년이 걸릴 것 같았다—물론 그 가운데 일부는 조심스럽게 말로는 그 사실을 이해하는 척하지만. 종류는 다르지만 어쨌든 달걀의 깨진 껍질을 정리하는 일이 직업인지라 닥터 다이버는 깨지는 걸 두려워하고 있었다. 그러나—

"사람들이 예의를 너무 심하게 갖춰 탈인 것 같습니다." 그는 부드럽게 미끄러지는 말 썰매를 타고 크슈타트로 돌아가는 길에 오히려 그렇게 말했다.

"뭐, 나는 그게 좋다고 생각해요." 베이비가 말했다.

"아니, 그렇지 않지요." 딕은 익명의 털뭉치처럼 보이는 상대를 향해 힘주어 말했다. "예의란 사람들은 모두 아주 약하기 때문에 장갑을 끼고 다루어야 한다는 사실을 인정하는 거지요. 그렇게 인간을 존중하자는 겁니다—그래서 사람을 겁쟁이나 거짓말쟁이라고 가볍게 부르지 않는 거지요. 하지만 사람들의 감정을 소중히 다루고 그들의 허영심을 채워주며 평생을 보내다보면, 그게 너무 심해져서 사람들 안에서 존중해주어야 할 것과 그렇지 않은 것을 구별할 수 없게 됩니다."

"미국 사람들은 자기네 예절을 좀 심각하게 받아들이는 것 같소." 나이든 영국인이 말했다.

"그런 것 같습니다." 딕이 말했다. "우리 아버지는 먼저 총을 쏘고 나중에 사과하던 시절로부터 물려받은 그런 예절을 갖고 있었지요. 무

* 영미권에서 구전되어온 자장가에 등장하는 달걀 모양의 땅딸보.

기를 든 사람들의 예절이라고나 할까—그래, 여러분 유럽인은 18세기 초 이래로 평상시에는 무기를 갖고 다니지 않았지요—"

"실제로 그랬을 겁니다, 아마도—"

"실제로 그랬지요. 정말 그랬어요."

"딕, 딕은 언제나 아름답게 예의를 갖추는 사람이에요." 베이비가 달래듯이 말했다.

여자들은 약간 불안을 느끼며, 동물원을 이루고 있는 듯한 모피 외투들 너머로 그를 바라보고 있었다. 젊은 영국인은 상황을 이해하지 못했기 때문에—그는 마치 배의 삭구라도 장착하고 있는 것처럼 늘 바쁘게 처마 돌림띠와 발코니 주위를 정신없이 뛰어다니는 축에 속했다—호텔까지 썰매를 타고 가는 길 내내 가장 친한 친구와 한 시간 동안 권투 시합을 하면서 계속 삼가는 태도로 서로 사랑하기도 하고 상처를 주기도 했다는 터무니없는 이야기를 늘어놓았다. 딕은 익살을 부리고 싶은 기분이 되었다.

"그래서 그 친구가 댁을 때릴 때마다 댁은 그 사람을 더 좋은 친구로 생각하게 된 거요?"

"더 존경하게 되었죠."

"나는 그 출발선 자체를 이해 못하겠소. 댁하고 댁의 가장 친한 친구가 사소한 일로 주먹다짐을 했다는 얘긴데—"

"이해하지 못하신다면 나도 설명을 못하겠네요." 젊은 영국인이 차갑게 말했다.

—이게 내 생각을 이야기했을 때 얻게 되는 결과지, 딕은 속으로 생각했다.

딕은 남자를 쿡쿡 찔러보듯이 괴롭힌 것에 창피함을 느끼는 동시에, 이야기 방법은 세련되었지만 태도가 성숙하지 못했기 때문에 그 이야기가 터무니없게 들렸다는 걸 깨달았다.

카니발 분위기가 한창이었다. 그들은 군중과 함께 호텔 안 구운 요리를 파는 음식점으로 들어갔다. 그곳에서는 튀니지인 바텐더가 대위법으로 조명을 조작하고 있었다. 그의 두번째 선율은 커다란 창문으로 내다보이는 아이스링크에 비치는 달이었다. 그 빛 속에서 딕은 그 여자아이가 활력을 잃었으며, 흥미를 일으키지 않는다는 걸 알았고—그는 아이로부터 고개를 돌려 어둠, 조명이 붉게 빛나면 녹색과 은색으로 바뀌는 담뱃불들, 바의 문이 열렸다 닫힐 때마다 춤추는 사람들을 가로지르는 하얀 띠를 구경했다.

"자, 말해주게, 프란츠." 그가 다그쳤다. "밤새 맥주를 마시며 앉아 있다가 환자들에게 돌아가 자네의 인품이 훌륭하다는 확신을 줄 수 있다고 생각하나? 환자들이 자네를 위 질환이 있는 사람으로 여길 거라고 보지는 않나?"

"나는 자러 갈래요." 니콜이 선언했다. 딕이 엘리베이터 문까지 그녀를 배웅했다.

"당신을 따라가고 싶지만 프란츠한테 내가 임상의를 할 사람이 아니라는 걸 보여줘야 해."

니콜이 엘리베이터 안으로 들어갔다.

"베이비는 상식이 풍부해요." 그녀는 생각에 잠긴 표정으로 말했다.

"베이비는—"

문이 휙 닫혔다—딕은 기계가 웅웅거리는 소리와 마주한 채 마음속

에서 문장을 마무리했다. '—경박하고 이기적인 여자야.'

그러나 이틀 뒤 딕은 프란츠와 함께 말 썰매를 타고 역으로 가면서 그 제안이 마음에 든다는 사실을 인정했다.

"우리는 제자리에서 맴돌기 시작했네." 그는 인정했다. "이 규모로 살면 불가피하게 일련의 긴장이 생겨. 니콜은 그걸 견디며 살아가지 못해. 어쨌든 저 아래 여름철 리비에라의 목가적인 분위기도 다 사라지고 있어—내년에는 거기에도 사람들이 몰려올 거야."

그들은 빈의 왈츠가 시끄럽게 울려퍼지고 여러 산악 학교의 깃발들이 연한 파란색 하늘을 배경으로 펄럭이는 산뜻한 녹색 아이스링크들을 지나갔다.

"—우리가 그걸 할 수 있으면 좋겠네, 프란츠. 자네 말고는 그런 일을 함께 시도해볼 사람이 없어—"

안녕, 크슈타트여! 안녕, 상큼한 얼굴들이여, 차갑고 달콤한 꽃들이여, 어둠 속의 눈송이들이여. 안녕, 크슈타트여, 안녕!

14

딕은 전쟁 꿈을 오래 꾼 뒤 다섯시에 잠에서 깨자 창가로 걸어가 바깥 추크 호수를 내다보았다. 그의 꿈은 음침하고 웅장하게 시작되었다. 군청색 군복을 입은 군인들이 프로코피예프의 〈세 개의 오렌지 사랑〉의 2악장을 연주하는 밴드의 뒤를 따라 어두운 광장을 가로질렀다. 곧 재난의 상징인 소방차들이 나타나고, 응급 치료소에서는 신체가 절단난 사람들이 무시무시한 봉기를 일으켰다. 그는 침대 램프불을 켜고 꿈 내용을 꼼꼼히 메모한 뒤 반쯤 아이러니가 섞인 구절로 마무리를 했다. '비전투원의 전쟁신경증.'

그는 침대 옆에 앉아 방과 집과 밤이 텅 비어 있다고 느꼈다. 옆방에서 니콜이 뭔가 쓸쓸하게 중얼거렸다. 딕은 그녀가 자면서 느낀 외로움이 무엇이든 몹시 안쓰러웠다. 그의 경우는 시간이 멈춰 있다가 몇 년마다 필름을 빠르게 되감는 것처럼 급속하게 가속을 했다. 그러나 니콜에게는 세월이 시계와 달력과 생일을 기준으로 미끄러져 사라졌으며, 거기에 그녀의 소멸할 수밖에 없는 아름다움으로 인한 아릿한 느낌까지 보태졌다.

심지어 추크 호수에서 보낸 지난 일 년 반도 그녀에게는 낭비한 시간인 것 같았다. 계절의 변화는 오직 도로변 노동자들의 작업복이 5월에는 분홍색, 7월에는 갈색, 9월에는 검은색, 봄에는 다시 흰색으로 변하는 데서만 느낄 수 있었다. 그녀는 첫번째 병에서 새로운 희망을 품고 살아나오면서 아주 많은 것을 기대했지만, 딕을 제외한 모든 생존수단을 박탈당했다. 아이들을 길렀지만 온화하게 사랑하는 척하기만 할 뿐이었다. 이끌어주는 이만 있다 뿐이지, 고아들인 셈이었다. 그녀가 좋아하는 사람들은 대부분 반역자들로, 그녀를 흔들어놓았으며 그녀에게 나쁜 영향을 주었다—그녀는 그들에게서 그들을 독립적이거나 창조적이거나 억센 인물로 만들어준 생명력을 찾아내려 했지만 소용없었다—그 비결은 그들 자신도 잊어버린 유년 시절의 투쟁 속에 깊이 파묻혀 있었기 때문이다. 그들은 니콜이 앓는 병의 이면인 외적인 조화와 매력에 더 관심을 가졌다. 그녀는 소유당하고 싶어하지 않는 딕을 소유한 채 외로운 삶을 살았다.

딕은 여러 번 그녀를 잡은 손을 놓으려 했으나 성공하지 못했다. 그들은 함께 수많은 멋진 시간을 보냈고, 백야의 사랑들 사이에 멋진 이야기를 나누었지만, 그가 그녀에게 등을 돌리고 그 자신의 내부로 들어갈 때면 그녀는 늘 두 손에 '무無'만 쥐고 그것을 바라보고 있어야 했다. 그녀는 그것을 여러 가지 이름으로 불렀지만, 사실은 그가 곧 돌아오리라는 희망에 불과하다는 걸 잘 알고 있었다.

그는 베개를 돌돌 뭉친 뒤 누워서, 혈액순환을 늦추려고 일본 사람들이 하는 것처럼 목덜미를 베개에 올려놓고 다시 한숨 잤다. 나중에 그가 면도를 하는 동안 잠에서 깬 니콜이 한 바퀴 돌면서 아이들과 하인들에게 불쑥불쑥 간결한 명령을 전달했다. 러니어가 들어와 아버지가 면도하는 모습을 지켜보았다—정신병원 옆에 살았기 때문에 아이는 아버지를 특별히 믿고 또 숭배하게 되었다. 여기에 다른 대부분의 어른에 대한 과장된 무관심이 결합되었다. 아이에게 환자들은 이상한 측면만 드러나는 사람으로 보였다. 아니면 생명력을 빼앗기고 과잉 교정된 개성 없는 인간이었다. 러니어는 잘생기고 전도유망한 아이였으며, 딕은 아이에게 많은 시간을 바쳤다. 둘은 공감을 품고 있지만 가혹한 장교와 존경심을 품은 사병 사이의 관계였다.

러니어가 물었다. "면도를 할 때 왜 늘 머리끝에 거품을 조금 남겨두시는 거예요?"

딕은 거품에 덮인 입을 조심스럽게 열었다. "나 또한 한 번도 답을 찾아낼 수가 없었단다. 나도 종종 궁금했어. 아마 구레나룻을 따라 거품으로 선을 그릴 때 첫번째 손가락에 비누가 묻어 있기 때문이 아닐까? 하지만 그게 어떻게 머리끝까지 올라가는지는 나도 모르겠는걸."

"내일은 처음부터 끝까지 지켜볼 거예요."

"그게 아침식사 전의 유일한 질문이야?"

"이걸 질문이라고 부르고 싶지는 않아요."

"아니, 질문 하나 한 거야."

삼십 분 뒤 딕은 행정 건물을 향해 출발했다. 그는 서른여덟 살이었다—아직은 턱수염은 사양했지만 그럼에도 리비에라에 있을 때보다 더욱 의사다운 분위기가 풍겼다. 그는 지금까지 열여덟 달 동안 병원—유럽에서 설비가 가장 훌륭한 곳으로 꼽히는—에서 살았다. 이곳은 돔러의 병원과 마찬가지로 현대적이었다—어둡고 불길한 하나의 건물이 아니라 흩어져 있으면서도 조화를 이루고 있다는 인상을 주는 작은 마을이었다—딕과 니콜은 취향의 영역에서도 많은 것을 보태, 병원은 아름다운 곳이 되었으며, 취리히에 들르는 모든 심리학자들이 찾아왔다. 캐디 하우스만 추가된다면 컨트리클럽이라고 해도 될 것 같았다. 영원한 암흑 속으로 가라앉은 사람들을 위한 집인 들장미관과 너도밤나무관은 작은 관목숲에 가려 본관에서는 보이지 않았지만, 위장된 중요 거점이었다. 그 뒤로는 시장 판매용 채소를 재배하는 커다란 농원이 있었는데, 환자들도 이곳에서 일을 했다. 자기自己 요법을 위한 작업실은 세 곳으로, 모두 한 지붕 아래 자리잡고 있었으며, 닥터 다이버는 그곳에서부터 아침 회진을 시작했다. 햇빛이 가득한 목공실은 달콤한 톱밥 향을 뿜어냈다. 사라진 목재 시대의 달콤함이었다. 그곳에서는 늘 대여섯 명이 망치질, 대패질, 톱질을 했다—말없이 일하던 사람들은 그가 지나가면 일을 하다 말고 엄숙한 눈을 들어올렸다. 딕 자신이 훌륭한 목수였기 때문에 그는 잠시 차분하고 친밀하고 관심이 담긴 목소리로 그 사람들과 이런저런 연장의 효율에 관해 이야기했다. 그 옆은 제본실로, 환자들 가운데 가장 활동적인 사람들을 위해 마련한 곳이지만, 그렇다고 그들이 늘 회복할 가능성이 가장 높은 사람들이라는 뜻은 아니었다. 마지막 방은 구슬 세공, 직물 작업, 황동 세공을 하는 곳이었다. 이곳 환자들의 얼굴은 마치 방금 깊은 한숨을 쉬어 해결할 수 없는 어떤 것을 내쳐버린 표정이었다—그러나 그들의 한숨은 또다른 쉼없는 추론의 출발점일뿐더러, 정상적인 사람들의 경우처럼 직선이 아니라 똑같은 원을 맴돌았다. 빙글, 빙글, 빙글. 영원히 맴돌았다. 그러나 그들이 작업하는 재료의 찬란한 빛깔 때문에 처음 보는 사람들은 순간적으로 마치 유치원에라도 들어온 듯 모든 것이 잘되어가고 있다는 착각에 빠졌다. 닥터 다이버가 들어오면 환자들의 얼굴은 밝아졌다. 그들 대부분은 닥터 그레고로비우스보다 그를 좋아했다. 한때 큰 세상에서 살아보았던 사람들은 어김없이 그를 더 좋아했다. 그가 그들을 무시한다거나, 그가 단순하지 않다거나, 그가 겉과 속이 다르다고 생각하는 사람은 소수였다. 그들의 반응은 딕이 직업 세계 바깥의 삶에서 마주치는 반응과 다르지 않았다. 다만 이곳에서는 왜곡되고 뒤틀려 있을 뿐이었다.

한 영국 여자는 늘 자기만의 것이라고 생각하는 어떤 주제에 관해 그에게 이야기했다.

"오늘밤에는 음악회가 있나요?"

"모르겠는데요." 딕이 대답했다. "닥터 라디슬라우를 못 봤거든요. 삭스 부인과 롱스트리트 씨가 어젯밤 연주한 음악은 어떠셨어요?"

"그냥 그랬어요."

"나는 좋다고 생각했는데요—특히 쇼팽이요."

"나는 그냥 그렇다고 생각했어요."

"언제 직접 연주해주실 거죠?"

그녀는 어깨를 으쓱했지만 몇 년 동안 그랬듯이 그 질문에 기뻐하고 있었다.

"언젠가는. 하지만 나는 그냥 그렇게밖에 못 쳐요."

그들은 그녀가 전혀 연주를 할 줄 모른다는 걸 알고 있었다—그녀에게는 뛰어난 연주자인 자매가 둘 있었지만, 어릴 때 함께 자랐음에도 그녀는 악보를 익힐 수가 없었다.

딕은 작업실을 나와 들장미관과 너도밤나무관으로 갔다. 겉으로 보기에는 이 집들도 다른 집들과 마찬가지로 쾌적해 보였다. 니콜은 격자나 쇠막대는 감추고 가구는 고정한다는 피할 수 없는 전제 아래 장식과 가구를 디자인했다. 그녀는 일하면서 아주 풍부한 상상력—그녀에게는 창조적인 특질이 결여되어 있었지만, 문제 자체에서 그것이 나왔다—을 발휘했기 때문에 교양 있는 방문객들은 창문의 가볍고 우아한 줄 세공이 실은 끊어지지 않는 강한 사슬의 끝 부분이라는 것, 튜브를 선호하는 현대적인 경향을 반영한 조각들이 실은 에드워드 시대의 육중한 작품들보다 튼튼하다는 사실을 꿈도 꾸지 못할 터였다—심지어 꽃도 쇠 손가락들이 꽉 쥐고 있었고, 모든 별것 아닌 장식과 붙박이 가구들이 마천루의 대들보처럼 필수적인 역할을 했다. 그녀는 지칠 줄 모르는 눈으로 각 방에서 최대의 효용을 끌어냈다. 칭찬을 받으면 그녀는 자신이 숙련된 배관공이라고 퉁명스럽게 대꾸하곤 했다.

정신의 나침반 바늘이 정상적으로 움직이는 사람들에게는 이 두 집에 이상한 일이 많은 것처럼 보였다. 닥터 다이버는 남자용 건물인 들장미관에서 종종 즐거움을 맛보았다—이곳에는 만일 자신이 에투알부터 콩코르드광장까지 방해받지 않고 나체로 걸어갈 수 있다면 많은 걸 해결할 수 있을 거라고 생각하는 묘하고 자그마한 노출증 환자가 있었다—딕은 어쩌면 그의 말이 정말 옳을지도 모른다고 생각했다.

그가 가장 흥미를 느끼는 환자는 본관에 있었다. 이 환자는 서른 살 여자로 여섯 달째 병원에 머물고 있었다. 그녀는 파리에 오래 산 미국인 화가였다. 그들은 그녀의 이력을 만족할 만큼 확보하지 못했다. 그녀의 사촌이 완전히 미쳐 제정신이 아닌 그녀를 우연히 보았으며, 도시 변두리에서 대체로 마약과 술 때문에 문제가 생긴 관광객들을 다루며 번성하던 당시 환영받던 치료소에서 잠깐 불만족스러운 경험을 한 뒤, 그녀를 스위스로 데려오게 되었다. 입원할 때 그녀는 놀랄 만큼 예뻤지만 지금은 살아서 고뇌하는 종기라고 할 만했다. 모든 피검사에서 양성 반응이 나오지 않았지만, 이곳에서는 일단 그녀의 증상을 아쉬운 대로 신경성 습진으로 분류해놓았다. 그녀는 '철제 처녀'*에 갇힌 듯 두 달 동안 그 병에 시달리고 있었다. 그녀는 특별한 환각의 범위 내에서는 일관성이 있었고, 심지어 총명하기도 했다.

그녀는 그가 특별히 돌보는 환자였다. 그는 그녀가 지나치게 흥분했을 때 '그녀를 어떤 식으로든 다룰 수 있는' 유일한 의사였다. 몇 주 전 그녀가 수많은 밤을 잠 못 이루고 괴로워할 때 프란츠가 최면으로 그

---

* 여성 형상의 관처럼 생긴 고문 도구. 안쪽에 못이 박혀 있다.

녀에게 몇 시간 동안 필요한 휴식을 주는 데 성공했지만, 그때 한 번뿐이었다.

최면은 딕이 신뢰하지 않아 거의 사용하지 않는 수단이었다. 자기 내부에서도 늘 필요한 분위기를 끌어내올 수 있는 게 아니란 걸 알았기 때문이다—니콜에게 한 번 시험해보았지만, 그녀는 경멸조의 웃음을 터뜨렸을 뿐이다.

그가 들어갔을 때 20호실 여자는 그를 볼 수 없었다—눈 주위가 너무 심하게 부어올랐기 때문이다. 그녀는 강하고, 풍부하고, 낮고, 섬뜩한 목소리로 말했다.

"이게 얼마나 오래갈까요? 영원히 계속되는 건가요?"

"이제 별로 오래가지 않을 겁니다. 닥터 라디슬라우 말이 전체적으로 깨끗해지고 있답니다."

"내가 무슨 짓을 했기에 이런 꼴을 당해야 하는지만 안다면 체념하고 받아들일 수 있을 거예요."

"신비주의적인 태도를 취하는 건 지혜롭지 못합니다—우리는 이걸 신경 현상으로 인식합니다. 홍조와 관련이 있죠—어렸을 때 얼굴이 쉽게 붉어졌나요?"

그녀는 얼굴을 천장으로 향한 자세로 누워 있었다.

"사랑니가 나고부터는 얼굴 붉힐 일이 없었어요."

"환자분도 누구나 저지르는 작은 죄나 실수를 저질렀을 것 아니에요."

"나 자신을 책망할 만한 건 없어요."

"운이 아주 좋군요."

여자는 잠시 생각에 잠겼다. 얼굴을 감싼 붕대 너머에서 지하의 선율이 섞인 듯한 목소리가 흘러나왔다.

"나는 우리 시대에 남자와 전투를 하자고 나선 여자들과 운명을 공유하고 있어요."

"환자분께는 아주 놀라운 일이겠지만 그건 다른 모든 전투와 비슷합니다." 그는 여자의 형식적인 말투를 흉내내고 있었다.

"다른 모든 전투와 비슷하다." 여자는 그 말을 곰곰이 생각했다. "정해진 걸 따라라. 아니면 피루스의 승리*를 거두거나 무너지고 망할 것이다—선생님은 무너진 벽에서 들려오는 유령의 메아리로군요."

"환자분은 무너지지도 망하지도 않았습니다." 그가 여자에게 말했다. "진짜 전투를 해보셨다고 자신하나요?"

"내 꼴을 보세요!" 그녀는 격분하여 소리쳤다.

"환자분은 고통을 겪으셨고 많은 여자들이 고통을 겪다보면 자신을 남자로 착각하게 되지요." 말싸움이 되어가고 있었기 때문에 그는 한 발 물러섰다. "어쨌든 한 번의 실패를 최종적인 패배와 혼동하시면 안 됩니다."

여자가 비아냥거렸다. "아름다운 말이네요." 고통의 껍질을 뚫고 발산된 그 말에 그는 겸허해졌다.

"우리는 그저 환자분이 여기 오시게 된 진짜 이유를 살펴보고 싶은—" 그가 입을 열었으나 그녀가 가로막았다.

"나는 뭔가의 상징으로 여기 있는 거예요. 그게 뭔지 선생님은 어쩌

* 막대한 희생을 치른 승리를 뜻한다.

면 아실지도 모른다고 생각했어요."

"환자분은 아픕니다." 그가 기계적으로 말했다.

"그럼 내가 거의 발견할 뻔했다가 놓친 게 뭐였죠?"

"더 큰 병이죠."

"그게 다인가요?"

"그게 답니다." 그는 자신이 거짓말을 하고 있다는 사실에 역겨움을 느꼈지만, 지금 이 자리에서 이야기의 주제가 지나치게 커지는 것은 거짓말로 억누를 수밖에 없었다. "그 외에는 혼란과 혼돈밖에 없습니다. 환자분한테 강의를 하지는 않겠습니다—우리는 환자분의 신체적 고통을 너무나 잘 알고 있으니까요. 하지만 오직 일상의 문제들에 대처함으로써만, 그것이 아무리 사소하고 지루해 보이더라도, 그렇게 함으로써만 환자분의 모든 게 다시 제자리를 찾아갈 수 있습니다. 그런 뒤에—어쩌면 다시—"

그는 자신의 생각이 불가피한 결말로 치닫는 걸 피하려고 속도를 늦추었다. "—의식의 경계를 살펴볼 수 있을지도 모릅니다." 예술가들이 탐사해야 하는 변경은 그녀가 갈 곳이 아니었다, 절대. 그녀는 섬세했다, 날 때부터. 따라서 결국 어떤 고요한 신비주의에서 안식을 찾을지도 몰랐다. 탐험은 시골뜨기 피가 어느 정도 흐르는 사람들, 허벅지가 널찍하고 발목이 굵어 빵과 소금을 먹듯이 육신과 정신의 모든 곳으로 벌을 감당할 수 있는 사람들의 것이었다.

—환자분이 할 일은 아닙니다만, 하마터면 그 말이 나올 뻔했다. 그건 환자분한테는 너무 힘든 게임입니다.

그러나 그녀의 고통이 무시무시하며 장엄해질 때는 그의 마음이 거

침없이 그녀에게로 움직였다, 거의 성적으로. 그는 니콜한테 수도 없이 그랬던 것처럼 그녀를 품안에 끌어안고, 심지어 실수들마저도 소중하게 품어주고 싶었다. 그것들도 그녀의 깊숙한 한 부분을 이루고 있었기 때문이다. 드리워진 블라인드 사이로 들어오는 주황색 빛, 침대에 누운 그녀의 석관처럼 보이는 형체, 얼굴의 반점, 병이라는 공허를 헤매다 고립되고 추상적인 것들만 찾게 되는 목소리.

그가 일어서자 눈물이 용암처럼 붕대 속으로 흘러들었다.

"뭔가를 위한 거예요." 그녀가 작은 소리로 말했다. "여기에서 뭔가가 나와야만 해요."

그는 허리를 굽혀 그녀의 이마에 입을 맞추었다.

"우리 모두 선해지려고 노력해야 합니다." 그가 말했다.

그는 그녀의 병실을 떠나면서 간호사를 들여보냈다. 만나야 할 다른 환자들이 있었다. 유년은 그저 재미있으면 된다는 전제에서 양육된 열다섯 살짜리 미국인 소녀—아이가 손톱 깎는 가위로 머리카락을 모두 잘라버렸다는 사실 때문에 찾아가지 않을 수 없었는데 해줄 수 있는 일은 별로 없었다—신경증 가족력이 있을 뿐 아이의 과거에는 기초로 삼을 만한 것이 없었다. 정상적이고 양심적인 아버지는 신경증에 걸린 가족을 삶의 고통으로부터 보호하려고 노력했지만 그들이 삶에서 찾아올 수밖에 없는 놀라운 일들에 적응할 힘을 갖추는 건 차단해버렸을 뿐이다. 딕이 할 수 있는 말은 거의 없었다. "헬렌, 의심이 들면 간호사한테 꼭 물어봐. 조언을 받아들여야 해. 그렇게 하겠다고 약속해줘."

머리가 병든 사람들에게 약속이란 무엇일까? 그는 캅카스 출신의 연약한 망명자를 잠깐 들여다보았다. 그는 일종의 해먹 같은 곳에 버클로 안전하게 묶여 있었다. 해먹은 따뜻한 의료용 욕조 장치 안에 잠겨 있었다. 또 매독성 진행 마비가 눈에 띌 듯 말 듯 미세하게 진행중인 포르투갈 장군의 세 딸도 들여다보았다. 또 그들의 옆방에 들어가, 정신이 무너져버린 정신과의사에게 나아졌다고, 늘 나아지고 있다고 말했다. 그러자 그 환자는 딕의 얼굴에서 확신을 읽어내려 했다. 닥터 다이버의 목소리의 울림 또는 울림의 결여에서 찾을 수 있는 어떤 보장이 그와 현실 세계를 연결하는 유일한 끈이었기 때문이다. 그뒤에 딕은 의욕이 없는 잡역부를 내보냈고, 그러고 나니 점심시간이었다.

15

환자들과 하는 식사는 귀찮은 일이라 그는 시큰둥하게 앉아 있었다. 들장미관이나 너도밤나무관의 거주자는 당연히 포함하지 않는 이 식사는 언뜻 보면 매우 평범했으나, 늘 무겁고 우울한 분위기였다. 참석하는 의사들은 대화를 계속했으나, 환자들은 대부분 아침에 힘을 쓰느라 지쳤다는 듯이, 아니면 옆에 있는 사람들 때문에 우울하다는 듯이 거의 말을 하지 않고, 접시만 들여다보며 식사를 했다.

점심식사가 끝난 뒤 딕은 빌라로 돌아갔다. 니콜이 응접실에서 묘한 표정을 짓고 있었다.

"읽어보세요." 그녀가 말했다.

그는 편지를 펼쳤다. 의사들의 회의적인 입장에도 불구하고 최근에 퇴원해버린 여자에게서 온 것이었다. 편지는 환자의 병의 중요한 단계에 옆에서 환자를 간호하던 딸을 딕이 유혹했다고 분명한 표현으로 비난하고 있었다. 그러면서 다이버 부인이 이 이야기를 듣고 남편이 '실제로 어떤' 사람인지 알게 되면 기뻐하지 않겠느냐고 덧붙였다.

딕은 편지를 다시 읽었다. 명료하고 간결한 영어를 사용하고 있었지만, 딕은 미친 사람이 쓴 편지라는 걸 알아보았다. 딱 한 번 딕은 그 딸이라는 여자, 교태를 부리는 작은 브루넷을 그녀의 요청에 따라 취리히까지 태우고 갔다가 저녁에 다시 병원으로 데려온 적이 있었다. 그는 별생각 없이, 마치 응석을 받아주듯이 그녀에게 키스를 했다. 나중에 그녀가 관계를 진전시키려 했지만 그는 관심이 없었고, 곧이어, 아마 그 결과로, 그녀는 그를 싫어하게 되었으며, 어머니를 데리고 떠났다.

"이 편지는 정상이 아닌 사람이 쓴 거야." 그가 말했다. "나는 이 여자와 어떤 관계도 없었어. 심지어 좋아하지도 않았어."

"그래요, 나도 그렇게 생각해보려고 했어요." 니콜이 말했다.

"설마 이걸 믿는 건 아니겠지?"

"나는 꼼짝도 않고 여기 앉아 있었어요."

그는 그녀 옆에 앉으며 질책하는 음조로 목소리를 가라앉혔다.

"이건 헛소리야. 정신병 환자에게서 온 편지라고."

"나도 정신병 환자였어요."

그는 일어서서 더 권위적으로 말했다.

"우리한테 엉터리없는 일이 생겨서는 안 될 것 같아, 니콜. 가서 애들을 불러와. 출발할 거야."

딕이 운전하는 차가 호수의 작은 곶들을 따라 달렸다. 앞유리로 타오르는 빛과 물의 그림자를 받아내며 폭포 같은 상록수를 뚫고 나아갔다. 지붕이 열린 르노는 마치 난쟁이 같아 아이들 말고는 모두 차 밖으로 삐죽삐죽 튀어나온 모습이었다. 뒷자리의 아이들 사이에 앉은 프랑스인 가정교사는 돛대처럼 우뚝 솟아 있었다. 그들은 이 도로를 구석구석 잘 알았다—어디 가면 솔잎냄새가 나고 검은 스토브 연기 냄새가 나는지 하는 것들을. 사람 얼굴이 그려져 있는 듯한 해가 높이 솟아 아이들의 밀짚모자를 사납게 때려대고 있었다.

니콜은 말이 없었다. 딕은 그녀의 똑바로 바라보는 냉랭한 눈길이 불편했다. 그는 그녀와 함께 있을 때 종종 외로웠다. 그녀는 오직 그만을 위해 감춰두었던 개인적인 이야기를 짧은 홍수처럼 쏟아내 그를 피곤하게 하기도 했다. "나는 이런 식이에요—나는 저런 쪽에 가까워요." 하지만 오늘 오후 같으면 그녀가 스타카토로 한동안 재잘거려 그녀의 생각을 조금이라도 들여다보게 해주는 게 오히려 반가울 듯했다. 그녀가 뒤로 물러나 자기 내부로 들어가 문을 닫아버릴 때가 늘 가장 위험한 상황이었다.

추크에서 가정교사가 내리자 그들만 남았다. 다이버 가족은 그들을 위해서 길을 내주는 거대한 스팀롤러 무리를 통과하여 아기리 축제에 다가갔다. 딕은 차를 세웠다. 니콜이 움직이지 않고 그를 보자 그가 말했다. "내려, 여보." 그녀의 입술이 벌어지며 갑자기 끔찍한 미소가 나타났다. 딕은 뱃속이 갑자기 꿈틀했다. 그러나 그는 그것을 보지 못한 것처럼 다시 말했다. "어서. 그래야 애들이 내릴 수 있지."

"아, 내리고말고요." 그녀가 대답했다. 그녀 내부에서 자아지고 있는 어떤 이야기, 너무 빨라 그는 이해할 수 없는 이야기로부터 말을 뜯어내 던지고 있었다. "걱정 말아요. 내릴 거예요—"

"그럼 어서 내려."

그가 옆으로 다가오자 그녀는 그에게서 몸을 돌렸지만 그녀의 얼굴에서는 여전히 미소가 깜빡거리고 있었다. 쌀쌀맞고 조롱하는 미소였다. 러니어가 몇 번이나 말을 건 뒤에야 그녀는 하나의 대상에, '펀치와 주디 쇼'에 간신히 관심을 고정시켰고, 거기에 닻을 내림으로써 방향 감각을 회복했다.

닉은 어떻게 할지 생각해보려 했다. 그녀를 바라보는 이원적 관점—남편의 관점과 정신과의사의 관점—때문에 그의 판단력은 점점 마비되고 있었다. 지난 육 년간 그녀는 몇 번 그를 이끌고 선을 넘어갔다. 감정적 동정심을 자극하거나 환상적이고 분열적인 재치를 계속 쏟아내 그의 무장을 해제해버린 것이다. 그래서 사건이 끝난 뒤에야 그는 자신이 긴장으로부터 이완되었다는 걸 의식하며, 그녀가 그의 현명한 판단을 누르고 그녀의 뜻을 관철하는 데 성공했다는 걸 깨닫게 되었다.

톱시와 손가락 인형에 관한 토론—펀치가 그들이 작년에 칸에서 봤던 그 펀치인가에 관한 토론—을 마치자 그들 가족은 다시 노천 매점들 사이를 따라 걸었다. 벨벳 조끼 위쪽에 자리잡은 여자들의 보닛, 스위스 여러 주의 아래로 갈수록 넓어지는 화려한 치마도 마차와 전시물의 강렬한 파란색과 주황색 페인트 때문에 점잖게 느껴졌다. 흐느끼고 짤랑거리는 벨리댄스 쇼 소리가 들렸다.

니콜이 느닷없이 달리기 시작했다. 너무 갑작스러워 딕은 잠시 그녀가 사라진지도 몰랐다. 저멀리 군중 사이에서 그녀의 노란 드레스가 비틀리는 것이 보였다. 현실과 비현실을 잇는 황토색 바늘땀 같았다.

그는 그녀를 쫓기 시작했다. 은밀히 그녀는 달렸고 은밀히 그는 쫓았다. 그녀의 도주로 더운 오후가 강렬해지고 혹독해졌으며, 그는 아이들을 잊었다. 그랬다가 방향을 틀어 아이들에게로 다시 달려가, 아이들 팔을 잡고 이쪽저쪽으로 끌고 갔다. 눈은 이 매점 저 매점을 다급하게 훑어보고 있었다.

"부인." 그는 하얀 회전식 복권 추첨기 뒤에 있는 젊은 여자에게 소리쳤다. "이 분만 이 아이들 좀 봐주시겠습니까? 아주 급한 일 때문에 그럽니다—십 프랑 드리겠습니다."

"그러죠."

그는 아이들을 데리고 매점 안으로 들어갔다. "자—이 친절한 아주머니와 함께 있어라."

"네, 딕."

그는 다시 쏜살같이 뛰어나갔지만 그녀의 모습은 보이지 않았다. 그는 회전목마가 돌아가는 속도에 맞추어 그 주위를 돌다가 자신이 계속 그 옆을 달리고 있다는 것, 계속 똑같은 말만 보고 있다는 것을 깨달았다. 그는 간이식당의 군중을 헤치며 나아가다, 니콜이 무엇을 좋아하는지 기억하고 점쟁이 천막의 가장자리를 잡아 젖히며 안을 살폈다. 억양이 없는 목소리가 그를 맞이했다. "나일강변에서 태어난 일곱번째 딸의 일곱번째 딸은—들어오세요, 손님—"

그는 천막 자락을 내려놓고 축제 장터가 끝나는 호수를 향해 달려갔다. 하늘을 배경으로 작은 회전식 관람차가 천천히 돌아가고 있었다. 그녀는 그곳에 있었다.

그녀는 그 순간 맨 위로 올라선 보트 모양 칸에 혼자 타고 있었다.

아래로 내려올 때 그녀는 즐겁게 웃음을 터뜨렸다. 그는 다시 군중 안으로 뛰어들었다. 관람차가 다시 돌아가자 사람들은 니콜이 완전히 히스테리에 사로잡혔음을 알아챘다.

"저것 좀 봐!"

"저 영국 여자 좀 봐!"

그녀가 탄 칸이 다시 아래로 내려왔다—이번에는 관람차와 음악이 느려졌고 여남은 명이 그녀의 칸 주위로 모여들었다. 모두 그녀의 독특한 웃음에 이끌려 어쩔 수 없이 공감하듯 멍청한 웃음을 지었다. 그러나 니콜은 딕을 보는 순간 웃음을 그쳤다—그녀는 그의 옆을 미끄러져 달아나려 했으나 그가 그녀의 팔을 잡았고, 그렇게 팔을 붙든 채로 그 자리를 떴다.

"왜 그렇게 자제력을 잃은 거야?"

"왜 그런지 잘 알잖아요."

"아니, 몰라."

"말도 안 되는 소리—이거 놔줘요—그건 내 지성에 대한 모욕이야. 내가 그 여자애가 당신을 보는 걸 못 봤다고 생각해?—그 작고 거무스름한 여자애가? 오, 이렇게 우스울 수가—어린아인데, 열다섯도 안 넘었을 텐데. 내가 못 봤다고 생각해?"

"잠깐 여기 앉아서 진정 좀 해."

그들은 탁자에 앉았다. 그녀의 눈은 깊은 의심에 잠겨 있었고, 손은 장애물이라도 걷어내는 듯 그녀의 눈앞을 가로질러 움직였다. "한 잔 하고 싶어—브랜디 마실래."

"당신은 브랜디 마시면 안 되잖아—마시고 싶으면 흑맥주를 마셔."

"브랜디는 왜 안 되는데?"

"그 얘기는 더 하지 말자고. 내 말 잘 들어—그 여자애에 관한 일은 망상이야. 무슨 말인지 이해하지?"

"당신이 내게 보여주고 싶지 않은 걸 내가 보면 그건 늘 망상이 되지."

그는 악몽—꿈에서는 범행 경험을 도저히 부인할 수 없어 인정하지만, 깨어나보면 저지르지 않았다는 것을 깨닫게 되는—에서 범죄를 저질렀다고 비난받을 때처럼 죄책감을 느꼈다. 그의 눈이 흔들리며 그녀의 눈을 피했다.

"아이들을 매점의 집시 여자한테 맡기고 왔어. 데리러 가야 돼."

"당신이 뭐라고 생각하는 거야?" 그녀가 다그쳤다. "스벵갈리*라도 돼?"

십오 분 전만 해도 그들은 가족이었다. 그러나 이제 내키지 않지만 어깨로 밀어 그녀를 구석에 몰아붙이게 되자, 그의 눈에는 그들 모두가, 아이와 어른 할 것 없이, 위험한 우연으로 한집에 모여 있는 것으로 보였다.

"집에 가야 돼."

"집이라고!" 그녀가 전혀 거리낌 없이 고함을 질렀기 때문에 목소리가 흔들리고 금이 갔다. "가만히 앉아서, 우리 모두 썩어가고 내가 상자를 열 때마다 애들의 유해가 썩어간다는 생각이나 하라고? 그 더러운 걸!"

---

* 조르주 뒤 모리에의 소설 『트릴비』에 나오는 최면술사.

그는 그 말이 그녀를 소독하는 것을 보며 거의 안도감에 가까운 감정을 느꼈다. 진피眞皮까지 예민해진 니콜은 그의 얼굴을 보고 그가 물러서는 걸 느꼈다. 그녀의 얼굴도 부드러워졌다. 그녀가 간청했다. "도와줘, 날 도와줘요, 딕!"

고뇌의 물결이 그를 삼켰다. 이렇게 훌륭한 탑이 혼자 서 있지 못하고, 의지하고 있다는 것, 그에게 의지하고 있다는 건 끔찍한 일이었다. 어느 선까지는 그것이 옳았다. 남자는 그래서 있는 것이었다. 기둥과 관념, 대들보와 대수對數로서. 그러나 어떻게 된 일인지 딕과 니콜은 나란히 놓여 서로 보완하는 게 아니라 하나가 되었고 같아졌다. 그녀는 딕이기도 했다. 그의 골수에서 말라버린 부분이었다. 그녀가 붕괴되는 것을 지켜보다보면 관여하지 않을 수가 없었다. 그의 직관이 부드러운 태도와 동정심이 되어 시냇물처럼 흘러나갔다—전형적으로 현대적인 수단에 중재를 맡길 수밖에 없었다—그는 취리히에 있는 간호사를 불러, 오늘밤에 그녀를 맡기기로 했다.

"당신은 나를 도와줄 수 있어요."

그녀의 달콤한 위협이 균형을 흔들며 그를 앞으로 잡아당겼다. "당신은 전에도 나를 도와줬어요—이번에도 도와줄 수 있어요."

"옛날과 똑같은 방식으로 도와줄 수 있을 뿐이야."

"누군가는 나를 도와줄 수 있어요."

"그럴지도 몰라. 하지만 당신 스스로가 가장 잘 도와줄 수 있지. 아이들을 찾아보자고."

하얀 회전식 추첨기가 있는 복권 매점은 한두 군데가 아니었다—딕은 첫 매점에서 물어보고 주인이 전혀 모른다는 얼굴로 부인하자 깜짝 놀랐다. 니콜은 독살스러운 표정을 지으며 떨어져 서 있었다. 아이들을 부정하고 있었다. 그녀가 무정형으로 만들고자 하는 아주 뻔한 세계의 일부로서 미워하고 있었다. 딕은 곧 아이들을 찾았다. 여자들이 아이들을 둘러싸고 훌륭한 상품이라도 되는 듯 즐겁게 살펴보고 있었으며, 시골 아이들도 빤히 바라보고 있었다.

"감사합니다, 손님, 아 정말 후하시네요. 재미있었어요, 손님, 부인. 또 보자, 애들아."

그들은 그들 위로 흘러내리는 뜨거운 슬픔에 싸여 집으로 돌아갔다. 차는 서로에 대한 불안과 고뇌로 묵직했으며, 아이들의 입은 실망으로 무거웠다. 비통함이 끔찍하고 어둡고 익숙지 않은 색깔로 모습을 드러냈다. 추크 호수 주변 어딘가에서 니콜은 발작을 일으키듯 힘을 쥐어짜 길에서 물러나 앉은 어렴풋한 노란 집, 아직 마르지 않은 그림처럼 보이는 집에 관해 전에 했던 말을 되풀이했지만, 그것은 아주 빠르게 움직이는 밧줄을 잡으려는 시도에 불과했다.

딕은 쉬려고 노력했다—집에 가면 곧 투쟁이 시작될 테고, 그는 앉아서 오랫동안 그녀에게 우주 전체를 다시 이야기하게 될 수도 있었다. '정신분열증schizophrêne'은 분열된 인격을 가리키는, 잘 지은 명칭이었다—니콜은 어느 때는 어떤 것도 설명할 필요가 없는 사람이었다가, 어떤 것도 설명할 수 없는 사람으로 변하기를 반복했다. 적극적이고 긍정적인 주장을 완강하게 밀고 나가 그녀를 상대하고, 현실로 가는 길을 늘 열어두고, 탈출로로 가는 길을 더 험하게 만드는 것이 필요했다. 그러나 광기의 총명함, 그 다재다능함은 둑 위와 주위에서 스며드는 물의 능란함과 비슷했다. 그것을 막으려면 많은 사람들이 연합

전선을 펼쳐야 했다. 그는 이번에는 니콜이 스스로를 치료할 필요가 있다고 느꼈다. 그녀가 전에 비슷한 일이 일어났던 때들을 기억하고, 거기에 스스로 반발할 때까지 기다리고 싶었다. 그는 일 년 전에 느슨해진 체제를 다시 조여 계속 이어가야겠다고 계획하며 피로를 느꼈다.

딕은 병원으로 가는 지름길을 타기 위해 언덕을 돌아 올라갔다. 산비탈과 평행으로 달리는 짧고 곧은 길에서 가속페달을 밟았을 때 차가 왼쪽으로 급하게 쏠리더니 다시 오른쪽으로 쏠리며 오른쪽 두 바퀴로만 달렸다. 딕이 귓속 가득 니콜의 비명을 들으며 운전대를 움켜쥐고 있는 미친 손을 꽉 누르자 차는 스스로 자세를 바로잡는가 싶더니 한 번 더 옆으로 쏠리며 도로 밖으로 튀어나갔다. 차는 낮은 관목숲을 돌파하며 다시 기울었다가 나무 한 그루에 직각으로 기대며 천천히 멈추었다.

아이들은 비명을 지르고 있었고, 니콜은 비명을 지르고 욕을 하며 딕의 얼굴을 잡아뜯으려 했다. 딕은 우선 차가 어느 정도나 기울었는지 생각해보았으나 가늠할 수가 없었기 때문에, 니콜의 팔을 구부려 떼어내고 위로 쑥 올라온 자동차 옆면을 넘어 먼저 기어나온 다음 아이들을 안아 꺼냈다. 그제야 차가 안정된 자세로 자리를 잡고 있다는 걸 알았다. 그는 그 자리에 서서 몸을 떨며 숨을 헐떡거릴 뿐 다른 행동으로 나아가지 못하고 있었다.

"당신—!" 그가 소리쳤다.

그녀는 즐겁게, 부끄러움 없이, 두려움 없이, 근심 없이 웃음을 터뜨리고 있었다. 현장에 달려온 사람이 보았다면 그녀가 사고의 원인이라고는 상상도 못했을 것이다. 그녀는 유년 시절 가벼운 일탈을 저질렀을 때처럼 웃음을 터뜨렸다.

"무서웠지, 그치?" 그녀가 그를 비난했다. "당신은 살고 싶어하던데!"

그녀가 워낙 강하게 말했기 때문에 딕은 충격을 받은 상태에서 자신이 정말 죽을까봐 겁을 먹었던 건지 의문을 품었다—그러나 아버지와 어머니를 번갈아 바라보는 아이들의 긴장된 얼굴이 눈에 들어오자 그녀의 싱글거리는 가면을 갈아 젤리를 만들어버리고 싶어졌다.

바로 머리 위에, 굽은 도로로 가면 반 킬로미터지만 기어올라가면 100야드밖에 안 되는 곳에 여관이 있었다. 산의 나무들 사이로 여관의 부속 건물 하나가 보였다.

"톱시의 손을 잡아." 딕이 러니어에게 말했다. "그렇게, 꽉, 그리고 이 비탈을 올라가—좁은 길 보이지? 여관에 도착하면 '다이버의 차가 망가졌어요' 하고 말해. 그럼 누가 바로 내려올 거야."

러니어는 무슨 일이 일어났는지 잘 몰랐지만 어떤 어둡고 전례 없는 일을 염두에 두고 물었다.

"여기서 뭘 할 거예요?"

"우리는 여기서 차를 지킬 거야."

아이들은 떠나면서 어머니를 쳐다보지 않았다. "올라가서 길 건널 때 조심해! 양쪽을 잘 살펴!" 딕이 뒤에 대고 소리쳤다.

딕과 니콜은 서로를 똑바로 보았다. 그들의 눈은 같은 집의 마당을 사이에 두고 환하게 밝혀진 창문들 같았다. 이윽고 니콜이 콤팩트를 꺼내 거울을 보며 관자놀이의 머리카락을 뒤로 넘겼다. 딕은 아이들이 비탈을 올라가 중간쯤에 있는 소나무들 사이로 사라질 때까지 잠시 지켜보다가 차 둘레를 걸으며 손상된 곳을 살피고 차를 다시 도로로 올려놓을 계획을 짰다. 흙에는 그들이 100피트 이상 비틀거리며 내려온 자취가 있었다. 그는 격렬한 혐오감에 사로잡혔다. 분노와는 다른 감정이었다.

몇 분 뒤에 여관 주인이 달려내려왔다.

"맙소사!" 그가 소리쳤다. "어쩌다 이렇게 된 겁니까? 과속하셨나요? 운도 좋아라! 저 나무가 아니었으면 산 아래로 굴러떨어졌을 겁니다!"

에밀의 현실적 태도, 검고 널찍한 앞치마, 얼굴의 튀어나온 곳마다 송골송골 맺힌 땀을 보며 딕은 지금이 기회다 싶어 사무적인 태도로 니콜에게 차에서 나오는 걸 돕겠다는 신호를 보냈다. 그러자 그녀는 차의 낮은 쪽 측면을 넘어 뛰어내렸다. 그녀는 비탈에서 균형을 잃고 무릎을 꿇었다가 다시 일어섰다. 남자들이 차를 옮기려고 애쓰는 것을 지켜보던 그녀의 표정이 도전적으로 변했다. 그런 분위기조차 반가워 딕이 말했다.

"가서 아이들하고 함께 기다려, 니콜."

그녀가 사라진 뒤에야 딕은 그녀가 아까 코냑을 원했다는 것, 위에 올라가면 코냑을 구할 수 있다는 생각을 했다—그는 에밀에게 차는 그냥 놓아두라고 말했다. 운전사가 큰 차를 몰고 와 도로로 끌어올려주기를 기다리자고 했다. 그들은 함께 서둘러 여관으로 올라갔다.

16

"좀 떠나 있고 싶네." 그는 프란츠에게 말했다. "한 달 정도, 아니 가능한 한 오래."

"그렇게 하게, 딕. 그게 우리의 원래 계획이었잖아—계속 있겠다고 고집한 건 자네였어. 만약 자네하고 니콜이—"

"니콜과 함께 떠나고 싶지 않아. 혼자 떠나고 싶네. 지난번 일 때문에 충격이 컸네—스물네 시간 가운데 두 시간이라도 잔다면 그건 츠빙글리의 기적 가운데 하나로 꼽아도 될 걸세."

"진짜 금욕abstinence 휴가를 원하는군."

"'부재absence'라고 해야겠지. 여길 보게. 내가 베를린의 정신의학 학회에 참석하러 가도 자네 혼자 이곳의 평화를 잘 유지할 수 있겠나? 니콜은 지난 석 달 동안 괜찮았고 간호사도 좋아해. 맙소사, 내가 이런 걸 물어볼 수 있는 인간은 이 세상에서 자네뿐이야."

프란츠는 툴툴거렸다. 자신이 늘 어떻게 하면 파트너에게 도움이 될까 하는 생각만 한다는 것을 딕이 과연 믿어주나 하는 생각이 들었기 때문이다.

딕은 다음주에 취리히에서 차를 타고 공항으로 가 뮌헨으로 가는 큰 비행기에 올라탔다. 비행기가 굉음과 함께 파란 하늘로 솟구치자 몸이 마비되는 느낌이었다. 그는 자신이 얼마나 피곤한지 깨달았다. 강한 설득력을 갖춘 거대한 고요가 슬그머니 그를 덮치자, 그는 병은 병자에게, 소리는 모터에게, 방향은 조종사에게 맡기고 모든 것을 잊어버렸다. 그는 학회에서 단 하나의 세션에도 참석할 생각이 없었다—학회가 어떨지는 충분히 상상할 수 있었다. 집에서 혼자 읽으면 훨씬 잘 소화할 수 있는 오이겐 블로일러와 오귀스트 포렐의 새 소책자들, 환자의 이를 뽑거나 편도선을 지져서 조발성치매*를 치료했다는 미국인의 논문. 오로지 미국이 매우 부유하고 강력한 나라라는 이유만으로 그런 발상을 존중하는 척하기는 하겠지만 실은 은근히 조롱할 게 뻔했다. 미국의 다른 대표들—우선 성자의 얼굴로 무한한 인내심을 발휘하며 두 세계에 걸터앉아 있는 붉은 머리의 슈워츠가 있고, 더불어 영리를 추구하는 비굴한 얼굴의 정신과의사 수십 명도 있을 터였다. 이들 영리를 추구하는 의사들은 한편으로는 지위를 높임으로써 범죄적인 진료행위라는 커다란 과실을 향해 손을 뻗으려 할 것이고, 또 한편으로는 자신의 장사 도구에 끼워넣을 수 있는 새 궤변을 익혀 결과적으로 모든 가치에 무한한 혼란을 가져오게 될 것이다. 그 밖에 냉소적인 라틴계도 있고, 빈의 프로이트 쪽 사람도 있을 터였다. 그 사이에서 분명한 이야기를 하는 사람으로 위대한 융, 엄청난 정력으로 인류학의 숲과 초등학교 남학생들의 신경증 사이를 왔다갔다하는 온화한 융이 있다. 처음에는 학회가 미국적인 색조를 띨 터였다. 그 형식과 예식은 거의 로터리클럽 비슷하리라. 그러다가 더 긴밀하게 조직된 유럽인들의 활력이 뚫고 올라올 것이며, 그러면 미국인들은 마침내 으뜸패를 내놓을 것이다. 엄청난 선물과 기부금을 내놓고, 훌륭한 새 설비와 전문가 훈련학교를 갖추겠다고 발표하는 것이다. 그 수치들의 존재 때문에 유

* 정신분열병의 옛 이름.

럽인들은 창백하게 질려 소심하게 걸어다닐 것이다. 하지만 그는 거기서 그것을 보고 있을 생각이 없었다.

비행기는 포어아를베르크 알프스를 에둘러 날아갔으며, 딕은 시골 마을들을 바라보며 목가적인 기쁨을 느꼈다. 시야에 늘 네댓 개 마을이 있었으며, 모두 교회를 중심에 두고 있었다. 멀리서 땅을 보니 단순했다. 인형과 병정들로 무자비한 게임을 하는 것만큼이나 단순했다. 이것이 정치가와 지휘관과 모든 은퇴한 사람들이 사물을 보는 방식이었다. 어쨌든 안도감만큼은 한껏 맛볼 수 있었다.

한 영국 남자가 통로 건너편에서 말을 걸어왔는데 딕은 최근 들어 영국인이 뭔가 비위에 맞지 않는다고 느꼈다. 영국은 집안을 말아먹을 만큼 방탕한 생활을 한 뒤에 집안사람들과 관계를 회복하려고 한 사람 한 사람 찾아다니며 말을 거는 부자와 비슷했다. 사실 집안사람들 눈에는 이 부자가 자존심을 되찾은 뒤 이전의 권력마저 다시 빼앗아오려고 노력하는 중이라는 사실이 빤하게 보임에도.

딕은 공항에서 구할 수 있는 잡지는 다 챙겨 왔다. 『센추리』 『모션 픽처』 『릴뤼스트라시옹』 『플리겐데 블레터』. 하지만 마을로 내려가 시골 사람들과 악수를 하는 상상에 빠지는 게 더 재미있었다. 그는 버펄로에서 아버지의 교회에 앉아 있듯이 마을 교회에 앉아 있었다. 교회에 오느라 차려입은 주위 사람들 옷에서는 풀냄새와 곰팡내가 동시에 났다. 그는 '근동'의 지혜에 귀를 기울였고, '십자가에 매달리고' '죽어서' 산뜻한 교회 묘지에 '묻혔다'. 그리고 뒤쪽 신자석에 앉은 소녀를 의식하여 헌금함에 오 센트를 낼지 십 센트를 낼지 고민했다.

영국인이 잡담을 조금 나누다 갑자기 잡지들을 빌려달라고 했고, 딕은 기꺼이 건네주며 다가올 여행을 생각했다. 털이 긴 오스트레일리아 양의 가죽을 걸친 이리처럼 쾌락의 세계를 생각했다—올리브나무들 속에 오래된 흙이 달콤하게 굳어가는 불후의 지중해, 얼굴이 채색된 미사 전서典書 색깔처럼 녹색과 장밋빛인 사보나 근처의 시골 소녀. 그녀를 두 손으로 낚아채 국경을 넘어가……

……그러나 거기서 그는 그녀를 버렸다—그는 그리스 제도諸島를 향해 계속 나아가야 했다. 낯선 항구의 탁한 물, 해변의 길 잃은 소녀, 대중가요에 나오는 달. 딕의 머릿속 한 부분은 소년 시절에 모은 값싸고 번지르르한 기념품들로 이루어져 있었다. 그러나 그 약간 너저분한 잡화점 같은 곳에서도 지성의 불이 높이 타오르지는 못하더라도 어떻게든 꺼지지는 않게 유지해왔다.

17

토미 바르방은 통치자였고, 토미는 영웅이었다—딕은 뮌헨의 마리엔플라츠에 있는 카페에서 그를 우연히 만났다. 소규모 도박꾼들이 '태피스트리' 매트에서 주사위를 굴리는 그런 카페였다. 공기는 정치 이야기와 카드 철썩이는 소리로 가득했다.

토미는 탁자에서 그 특유의 군인다운 웃음을 터뜨리고 있었다. "음-버—하-하! 음-버—하-하!" 그는 보통 술은 마시지 않았다. 용기가 그의 특기였으며, 함께 있는 사람들은 늘 그를 약간 두려워했다. 그러나 얼마 전 바르샤바의 한 외과의가 그의 두개골의 팔분의 일을 들어냈던 부분이 지금 머리카락 밑에서 접합되고 있었기 때문에, 카페에서 가장 약한 사람이라도 냅킨을 뭉쳐 던지기만 하면 그를 죽일 수 있었다.

"—여기는 칠리체프 대공—" 쉰 살의 야위고, 가루를 뿌린 듯 머리가 센 러시아인이었다. "—그리고 매키번 씨—또 해넌 씨—" 눈과 머리카락이 검은 마지막 사람은 탄력 있는 공 같은 느낌을 주었다. 그는 어릿광대였다. 그가 곧바로 딕에게 말했다.

"악수를 하기 전에 먼저—우리 고모하고 놀아나다니, 왜 그러는 거죠?"

"어, 나는—"

"나는은 무슨 나는이에요. 어쨌거나 여기 뮌헨에서 뭘 하고 있는 겁니까?"

"음-바—하-하!" 토미가 웃음을 터뜨렸다.

"댁은 고모가 없나요? 자기 고모하고 놀아나면 되잖아요."

딕은 웃음을 터뜨렸고, 그러자 남자는 공격 방식을 바꾸었다.

"자, 고모 얘기는 그만하기로 하죠. 댁이 다 꾸며낸 얘기인지 아닌지 내가 어떻게 알겠어요? 여기에서 댁은 삼십 분 이상 알고 지낸 사람조차 없는 완전한 외부인인데 나한테 와서 황당무계한 고모 이야기를 늘어놓다니. 자기 이야기 가운데 뭘 감추었는지 내가 어떻게 알겠어요?"

토미는 다시 웃음을 터뜨리더니, 온화하게, 그러나 단호하게 말했다. "그만해요, 칼리. 앉으세요, 딕—어떻게 지내요? 니콜은 어때요?"

토미는 어떤 사람도 별로 좋아하지 않았고, 사람이 옆에 있다는 것도 특별히 의식하지 않았다—그냥 전투에 대비해 완전히 긴장을 풀고 있었다. 어느 운동에서나 훌륭한 운동선수는 후방에 있을 때 많은 시간 마음놓고 휴식을 취한다. 반면 변변치 못한 선수는 쉬는 척만 할 뿐, 실제로는 지속적이고 자기 파괴적인 긴장 상태에 놓여 있다.

옆의 피아노로 옮겨간 해넌은 완전히 억제되지 않았기 때문에 딕을 볼 때마다 되풀이해서 얼굴에 분노를 띠며 코드들을 쳤고, 이따금 '자기 고모' 하고 중얼거렸으며, 마침내 스러져가듯 마무리를 지었다. "어쨌든 나는 고모aunts라고 하지 않았어. 팬티pants라고 했지."

"그래, 어떻게 지내요?" 토미가 다시 물었다. "얼굴이 전만큼—" 그는 애써 적당한 말을 찾았다. "—전만큼 명랑해 보이지는, 말쑥해 보이지는 않는데요. 무슨 말인지 알겠죠?"

그 말이 그의 시들어가는 활력을 꼬집는 말처럼 들리는 바람에 딕은 짜증이 나 반격으로, 토미와 칠리체프 대공이 입은 튀는 양복에 대해 한마디할까 하는 생각을 했다. 일요일에 빌 스트리트를 느긋하게 거닐어도 될 만큼 환상적인 재단과 패턴이었기 때문이다—그런데 그때 설명이 먼저 튀어나왔다.

"우리 옷을 보고 있구려." 대공이 말했다. "우리는 막 러시아에서 나왔소."

"이건 궁정 재단사가 폴란드에서 만든 겁니다." 토미가 말했다. "사실입니다—피우수트스키의 전속 재단사."

"여행을 하는 중인가?" 딕이 물었다.

그들은 웃음을 터뜨렸다. 대공은 토미의 등을 치며 과도하게 웃어젖혔다.

"네, 여행을 하는 중이죠. 그겁니다, 여행. 러시아 전체를 유람했지요. 당당하게."

딕은 설명을 기다렸다. 매키번 씨가 두 마디로 설명했다.

"이들은 탈출했습니다."

"러시아에서 갇혀 있었나?"

"내가 갇혀 있었지요." 칠리체프 대공이 설명했다. 그의 노랗게 죽은 눈이 딕을 바라보고 있었다. "사실 갇혀 있었던 건 아니고 숨어 있었소."

"나오느라 고생을 많이 하셨습니까?"

"좀 했지요. 국경에서 적군赤軍 경비병 세 명을 죽이고 나왔습니다. 토미가 둘—" 그는 손가락 두 개를 프랑스 사람처럼 들어올렸다—"내가 하나."

"그게 내가 이해할 수 없는 대목입니다." 매키번 씨가 말했다. "왜 그쪽에서 대공이 떠나는 걸 반대하느냐는 겁니다."

해넌이 피아노에서 고개를 돌리더니 모두에게 한쪽 눈을 찡긋하며 말했다. "맥은 마르크스주의자가 세인트 마크 학교를 나온 사람이라고 생각하지."

그것은 가장 훌륭한 전통에 속하는 탈출 이야기였다—귀족이 예전 하인과 함께 구 년 동안 숨어 지내며 정부에서 세운 제빵소에서 일을 한다. 파리에 있는 열여덟 살짜리 딸이 토미 바르방을 알게 된다…… 이야기가 진행되는 동안 딕은 이 바싹 마른 종이 인형 같은 과거의 유물이 젊은 청년 셋을 죽여서까지 살릴 만한 가치는 없다고 판단했다. 누군가가 토미와 칠리체프가 겁을 먹었었느냐 하는 질문을 던졌다.

"추웠을 때는." 토미가 말했다. "나는 추우면 늘 두려워집니다. 전쟁 때도 추우면 늘 겁을 먹었죠."

매키번이 일어섰다.

"가야겠습니다. 내일 아침에 차로 인스브루크에 가야 하거든요. 집사람과 아이들하고—또 가정교사도."

"나도 내일 거기로 가는데." 딕이 말했다.

"아, 그래요?" 매키번이 놀란 목소리로 말했다. "우리하고 함께 가시지 그래요? 커다란 패커드인데 집사람하고 아이들하고 나밖에 없어요—그리고 가정교사—"

"내가 끼기는 좀—"

"물론 사실은 가정교사가 아니죠." 매키번이 약간 애처로운 표정으로 딕을 보며 말을 맺었다. "사실 집사람은 댁의 처형, 베이비 워런을 압니다."

그러나 딕은 어떤 상황인지도 모르고 덜컥 따라갈 생각은 없었다.

"일행이 두 명 더 있어서요."

"아," 매키번의 얼굴이 침울해졌다. "그럼 작별인사를 해야겠군요." 그는 근처 탁자에서 순종 와이어헤어폭스테리어 두 마리를 풀어 떠날 채비를 했다. 딕은 인스브루크를 향해 쿵쿵거리며 나아가는 비좁은 패커드를 그려보았다. 매키번 부부와 아이들과 짐과 짖어대는 개들—그리고 가정교사.

"신문에서는 누가 그를 죽였는지 밝혀졌다고 하던데." 토미가 말했다. "하지만 그의 사촌들은 그 일이 신문에 나는 걸 원치 않았어요. 주류 밀매점에서 벌어진 일이었기 때문에. 어떻게 생각하세요?"

"그게 이른바 가문의 자존심이라는 거지."

해넌이 자신에게로 관심을 끌려고 피아노로 시끄럽게 코드를 쳤다.

"나는 그 사람의 첫번째 작품이 오래 버티지 못할 거라고 봐." 그가 말했다. "유럽인을 제외하고도 노스가 한 일을 할 수 있는 미국인은 여남은 명이나 있어."

그제야 딕은 그들이 에이브 노스 이야기를 하고 있었다는 걸 눈치챘다.

"유일한 차이는 에이브가 그 일을 처음으로 했다는 거지요." 토미가 말했다.

"나는 그렇게 생각하지 않아." 해넌이 고집스럽게 말했다. "그 사람은 훌륭한 음악가라는 평판을 얻었지만 그건 술을 하도 많이 마시니까 친구들이 어떻게든 변명을 해주려다보니 그렇게 된 거야—"

"에이브 노스가 어쨌다는 거지요? 그 친구가 뭐요? 그 친구가 곤란한 처지에 있나요?"

"오늘 아침에 〈헤럴드〉 안 봤습니까?"

"안 봤는데요."

"죽었어요. 뉴욕의 주류 밀매점에서 맞아 죽었지요. 간신히 라켓 클럽까지 기어가서 죽었죠—"

"에이브 노스가?"

"네, 분명해요, 사람들은—"

"에이브 노스가?" 딕은 일어섰다. "죽은 게 틀림없소?"

해넌은 매키번을 돌아보았다. "그 사람이 기어간 데는 라켓 클럽이 아니었어—하버드 클럽이야. 그 사람은 확실히 라켓 회원은 아니었어."

"신문에는 그렇게 나왔는데요." 매키번이 강하게 말했다.

"잘못 나온 게 분명해. 확실하다니까."

"주류 밀매점에서 맞아 죽었다고."

"공교롭게도 라켓 클럽 회원은 내가 거의 다 알거든." 해넌이 말했다. "하버드 클럽이었던 게 틀림없어."

딕이 일어섰고, 토미도 일어섰다. 칠리체프 대공은 창백한 얼굴로 아무 생각 없이 앉아 있다가 화들짝 놀랐다. 어쩌면 러시아에서 탈출할 방법을 찾고 있는지도 몰랐다. 너무 오랫동안 그 일에 몰두했기 때문에 실제로 탈출했다고 해서 그 즉시 그만둘 수 없었을 것이다. 그도 함께 자리를 떴다.

"에이브 노스가 맞아 죽다니."

딕이 어떻게 발을 옮기는지도 모르고 호텔로 가고 있을 때 토미가 말했다.

"파리에 가려고 재단사가 양복 몇 벌을 마무리하기를 기다리는 중입니다. 거기 가서 주식 중개업을 하려고 하는데 내가 이런 꼴로 나타나면 받아주지 않을 거예요. 선생님 나라 사람들은 모두 큰돈을 벌고 있어요. 정말 내일 떠나세요? 저녁도 한 번 못했잖아요. 대공은 뮌헨에 오래전 여자친구가 있었나봅니다. 전화를 했더니 오 년 전에 죽었대요. 우리는 대공의 두 딸과 저녁을 먹을 겁니다."

대공이 고개를 끄덕였다.

"내가 준비해서 닥터 다이버를 모실 수도 있는데."

"아니, 아닙니다." 딕이 서둘러 말했다.

딕은 깊이 잠들었다가 창밖을 지나가는 느린 애도의 행진에 잠을 깼다. 군복을 입고 눈에 익은 1914년 철모를 쓴 사람들, 프록코트에 실크해트를 쓴 뚱뚱한 사람들, 시민들, 귀족들, 평민들로 이루어진 긴 대열이었다. 죽은 자들의 무덤에 조화를 놓으러 가는 참전 용사들의 모임이었다. 대열은 사라진 당당함, 과거의 노력, 잊힌 슬픔을 향해 으스대듯이 천천히 행진했다. 그 얼굴들은 의례적인 슬픔을 보여주었지만, 딕은 에이브의 죽음, 그리고 십 년 전 자신의 젊음에 대한 안타까움 때문에 잠시 가슴이 터질 것 같았다.

18

그는 어스름에 인스브루크에 도착하여, 가방들을 호텔로 올려보내고 시내 쪽으로 걸어갔다. 석양을 배경으로 막시밀리안 황제가 황동 조객들의 머리 위에서 무릎을 꿇고 기도하고 있었다. 대학 정원에서는 예수회 수련 수사 네 명이 어슬렁거리며 책을 읽고 있었다. 해가 지면서 예전의 공성전, 결혼, 기념일을 새긴 대리석 기념비는 금세 흐릿해졌다. 그는 작은 소시지를 잘라넣은 완두 수프를 먹고 필스너 맥주 네 잔을 마시고, '황제 푸딩'이라고 알려진 감당하기 힘든 디저트는 거절했다.

불쑥 솟아오른 산들이 보였지만 스위스는 멀리 있었다. 니콜은 멀리 있었다. 나중에 깜깜해졌을 때 정원을 걸으면서 그는 그녀의 가장 좋은 면을 사랑하며 한 발짝 떨어져 그녀를 생각했다. 예전에 풀이 축축할 때 그녀가 서둘러 다가오던 순간을 기억했다. 얇은 슬리퍼는 이슬에 흠뻑 젖어 있었다. 그녀는 가까이 다가와 그의 구두 위에 올라서며 얼굴을 쳐들었다. 펼쳐진 책처럼 자신의 얼굴을 보여주었다.

"당신이 나를 어떻게 사랑하는지 생각해봐요." 그녀가 소곤거렸다. "늘 이렇게 나를 사랑해달라는 건 아니지만 기억해달라고는 하고 싶어요. 내 안 어딘가에 늘 오늘밤의 내가 있을 거예요."

그러나 딕은 자신의 영혼을 위해 떠나와, 지금 그 생각을 하기 시작했다. 그는 자신을 잃어버렸다—몇시인지, 며칠인지, 어느 주인지, 어느 달인지, 어느 해인지도 알 수 없었다. 한때 그는 어려운 상황을 헤쳐나갔고, 가장 복잡한 방정식을 가장 단순한 환자의 가장 단순한 문제처럼 해결했다. 그러나 취리히 호수의 돌 밑에서 꽃처럼 피어나던 니콜을 발견한 순간과 로즈메리를 만난 순간 사이의 시간 동안 창槍이 무뎌졌다.

가난한 교구에서 안간힘을 쓰는 아버지를 지켜보면서 기본적으로 탐욕이 없는 그의 천성에 돈을 향한 욕망이 결합되었다. 안정을 바라는 건강한 요구는 아니었다—그러나 그는 니콜과 결혼할 때만큼 자신에 대한 확신을 느낀 적이 없었고, 그때만큼 철저하게 자신을 소유했던 적이 없었다. 그럼에도 기둥서방처럼 삼켜져버렸고, 어떻게 된 일인지 자신의 무기들을 워런의 대여금고에 넣고 잠가버리는 것을 받아들여버렸다.

"대륙 스타일의 합의서를 써놓았어야 하는 건데. 하지만 아직 끝나지 않았어. 부자들한테 인간적 품위의 기초를 가르치느라 팔 년을 허비했지만, 아직 내가 끝난 건 아니야. 내 손에는 아직 펼쳐 보이지 않은 패가 너무 많아."

그는 연한 황갈색 장미 덤불과 한데 뒤엉켜 있는 축축하고 달콤한 양치식물 밭 사이를 배회했다. 10월치고는 따뜻했지만 묵직한 트위드 코트를 입고 목의 작은 고무줄로 단추를 채울 만큼은 추웠다. 나무의 거무스름한 형태로부터 어떤 형체가 떨어져나왔다. 딕은 그것이 호텔을 나설 때 로비에서 지나쳤던 여자라는 것을 알았다. 그는 이제 눈에 보이는 모든 예쁜 여자를 사랑했다. 멀리서 보이는 형태, 벽에 드리워진 그림자들을 사랑했다.

여자는 그에게 등을 보인 채 도시의 불빛들을 바라보고 있었다. 딕은 성냥을 그었다. 여자는 분명히 그 소리를 들었을 텐데도 꼼짝도 하지 않았다.

—유혹일까? 아니면 의식하지 못한다는 표시일까? 그는 단순한 욕망과 그것을 충족시키는 세계를 떠난 지 오래라 서툴고 자신이 없었다. 이름 없는 온천장을 찾는 방랑자들 사이에는 서로 빨리 찾아낼 수 있는 어떤 규약이 있을 것 같았다.

—어쩌면 이번에는 남자가 행동할 차례인지도 모르지. 처음 보는 아이들은 서로 웃음을 지으며 '같이 놀자' 하고 말해야 하잖아.

그는 가까이 다가갔고 그림자는 좌우로 움직였다. 어쩌면 어린 시절 들은 적이 있는 북을 치며 손님을 모은다던 성가신 방문판매원처럼 냉대를 당할지도 몰랐다. 탐사해보지 않고, 해부해보지 않고, 분석해보지 않고, 설명해보지 않은 것과 접하게 되자 가슴이 큰 소리를 내며 뛰었다. 갑자기 그는 방향을 틀어 여자에게서 멀어졌다. 그가 방향을 틀자 잎들과 함께 검은 벽화를 이루고 있던 여자도 그곳에서 벗어나 단호한 걸음으로 벤치를 돌아 호텔 쪽으로 향했다.

다음날 아침 딕은 가이드 그리고 다른 두 사람과 더불어 비르카르슈 피체를 오르기 시작했다. 가장 높은 목초지에서 들리는 워낭소리들 위로 올라서자 기분이 좋았다—딕은 오두막에서 보낼 밤을 기대하며 피로를 즐겼고, 가이드의 대장 노릇을 즐겁게 받아들였고, 익명성에서 기쁨을 맛보았다. 그런데 한낮이 되자 날씨가 변하면서 시커먼 하늘에서 진눈깨비와 우박이 내리고 천둥이 산을 뒤흔들었다. 딕과 다른 등산객 한 명은 계속 산을 오르고 싶었지만 가이드가 거부했다. 아쉽게도 그들은 힘겹게 인스브루크로 내려와 다음날 다시 출발하기로 했다.

손님이 거의 없는 식당에서 저녁을 먹으면서 독한 현지 와인을 한 병 비우고 나자 이유를 알 수 없이 마음이 들떴고, 결국 그는 정원을 생각하기 시작했다. 그는 저녁을 먹기 전 로비에서 그 여자를 지나쳤고, 이번에는 그녀도 그를 바라보며 받아들이겠다는 뜻을 전했다. 그러나 지금까지 계속 걱정이 되었다. 왜? 바라기만 하면 이 시대의 예쁜 여자들을 충분히 손에 넣을 수도 있었는데 왜 이제 와서 새삼스럽게? 내 과거의 욕망의 유령을 불러내서, 욕망의 파편을 끄집어내서? 이제 와서 왜?

그의 상상은 앞으로 밀고 나아갔다—그러나 결국 오래된 금욕주의, 현실적으로 익숙하지 않다는 사실이 승리를 거두었다. 맙소사, 차라리 리비에라로 돌아가 재니스 카리카멘토나 윌버헤이지 집안 여자와 자는 게 낫겠어. 이제 와서 값싸고 편한 걸로 그 모든 세월을 하찮게 만들어야 하나?

하지만 그는 여전히 들뜬 상태였다. 그는 베란다에서 몸을 돌려 방으로 올라가 생각을 하기로 했다. 몸과 정신이 홀로 있으면 외로움이 생겨나고, 외로움은 더 큰 외로움을 낳는다.

그는 위층에서 그 문제를 생각하며 돌아다니다 다음날을 위해 약하게 데워진 히터 위에 등산복을 펼쳐놓았다. 그는 아직 열어보지 않은 니콜의 전보와 다시 마주쳤다. 그녀는 전보로 매일 그의 여정에 동행하고 있었다. 저녁을 먹기 전에 그것을 열어볼까 하다가 뒤로 미루었다—정원에서의 일 때문인지도 몰랐다. 버펄로에서 보낸 해외 전신으로, 취리히를 거쳐 전달된 것이었다.

"자네 아버지가 오늘밤에 평화롭게 돌아가셨네. 홈스."

그는 충격 때문에 심하게 움찔했다. 충격에 저항하는 힘들이 모여들었다. 잠시 후 모인 힘들이 허리와 배와 목구멍을 통해 뺀어나왔다.

그는 전보를 다시 읽었다. 침대에 앉아 숨을 쉬며 물끄러미 바라보았다. 먼저 부모의 죽음과 함께 찾아오기 마련인 자식 특유의 오래되고 이기적인 생각이 떠올랐다. 이제 이 최초이며 가장 강한 보호막이 사라졌으니 나는 이 일로 어떤 영향을 받을까?

어린아이로서 받아야 할 충격은 지나갔지만, 그는 여전히 방을 어슬렁거리다 이따금 발을 멈추고 전보를 보았다. 홈스는 형식적으로는 아버지 밑의 부목사였으나, 사실상 십 년 동안 교구 목사 노릇을 해왔다. 아버지는 어떻게 죽었을까? 늙어서—일흔다섯이니까. 그만하면 오래 살았다.

딕은 아버지가 혼자 죽은 것이 슬펐다—아버지는 자신의 아내보다, 그리고 형제와 자매들보다 오래 살았다. 버지니아에 사촌들이 있었지만 가난해서 북부로 올 수가 없었으며, 전보에는 홈스가 서명을 해야 했다. 딕은 아버지를 사랑했다—아버지라면 아마 이렇게 생각하거나 행동했을 것이라고 수도 없이 추측하며 판단을 내리곤 했다. 딕은 어린 누나가 둘 죽고 나서 몇 달 뒤에 태어났으며, 아버지는 두 자식의 죽음이 딕의 어머니에게 주었을 영향을 짐작하고 아들의 도덕적 안내자가 됨으로써 아들이 응석받이가 되지 않도록 해주었다. 아버지는 기울어진 집안 출신이었지만, 자신을 일으켜세워 그런 노력을 기울였다.

여름이면 아버지와 아들은 시내까지 걸어가 구두를 닦았다—딕은 풀 먹인 즈크천 세일러복, 아버지는 늘 아름답게 재단한 성직자복을 입었다—아버지는 잘생긴 어린 아들을 아주 자랑스럽게 여겼다. 그는 딕에게 자신이 인생에 관해 아는 모든 것을 이야기해주었다. 해줄 이야기가 그렇게 많지는 않았지만, 대부분 사실이었다. 소박한 것들, 성직자의 테두리 안에서 파악되는 행동의 문제들이었다. "처음 목사가 되어 낯선 동네에 들어서자마자 사람이 많은 방으로 들어갔는데 누가 안주인인지 몰라 잠시 어리둥절했지. 내가 아는 몇 사람이 다가왔지만, 나는 그 사람들을 무시했어. 그전에 멀찌감치 방 건너편 창가에 앉은 머리가 하얗게 센 여자를 봤기 때문이지. 나는 그 여자한테 다가가 내 소개를 했어. 그뒤로 그곳에서 친구를 많이 사귀었지."

아버지는 선한 마음에서 그렇게 했다—아버지는 자신이 무엇을 하는 사람인지 확신을 갖고 있었으며, '선한 본능', 명예, 예의, 용기보다 우월한 것은 있을 수 없다고 믿도록 길러준 당당한 두 과부를 마음속 깊이 자랑스럽게 생각했다.

아버지는 늘 아내의 작은 유산이 아들의 것이라고 여겨, 대학과 의

대에 다닐 때 그 모든 학비를 일 년에 네 번씩 수표로 보내주었다. 도금鍍金 시대* 사람들 같으면 아버지를 두고 으스대면서 최종적으로 이렇게 평가했을 것이다. '대단한 신사였지만, 패기는 대단치 않았지.'

……딕은 신문을 가져오라고 사람을 보냈다. 책상 위에 펼쳐놓은 전보를 향해 여전히 왔다갔다하면서 미국행 배편을 골랐다. 그러다가 취리히에 있는 니콜에게 전화를 연결시켜달라고 했다. 전화를 기다리면서 아주 많은 것들이 기억났고, 자신이 그동안 쭉 의도했던 만큼 선하게 살아왔기를 바라는 마음이 되었다.

19

아버지의 죽음이 그의 깊은 곳을 흔들어놓았기 때문인지, 처음 한 시간 동안 고국의 웅장한 앞면이라 할 수 있는 뉴욕항이 딕의 눈에는 매우 슬프고 찬란해 보였다. 그러나 일단 상륙을 하자 그런 느낌은 사라져버렸으며, 거리에서도 호텔에서도, 그를 버펄로로 데려갔다가 다시 아버지의 시신과 함께 남쪽 버지니아로 데려가는 기차에서도 다시는 그런 느낌을 받지 못했다. 지방 철도의 기차가 비틀거리며 웨스트모어랜드 카운티의 숲이 낮게 펼쳐진 점토 지대로 들어섰을 때에야 그는 다시 주변 환경을 자신의 감정과 동일시했다. 역에서는 그가 아는 별을 하나 보았으며, 체서피크만 위에는 차가운 달이 빛나고 있었다.

* 미국에서 경제 확장과 금권 정치가 횡행하던 1870~1898년의 시대.

사륜 짐마차의 바퀴들이 삐걱거리며 돌아가는 소리, 예쁘지만 얼빠진 목소리들, 부드러운 인디언 이름을 달고 부드럽게 흐르는 굼뜬 원시의 강물 소리가 들렸다.

다음날 교회 묘지에서 아버지는 백 명 가까운 다이버, 도시, 헌터 집안 사람들 사이에 누웠다. 아버지를 그의 모든 친척들과 함께 있도록 놓아두고 오니 아주 마음이 편했다. 아직 자리를 잡지 못한 갈색 흙에 꽃이 뿌려졌다. 이제 딕은 이곳에 아무런 연이 없었으며, 앞으로 다시 오게 될 것 같지 않았다. 그는 단단한 흙 위에 무릎을 꿇었다. 여기 죽은 사람들, 그는 그들을 모두 알았다. 그들의 풍파에 시달린 얼굴과 파랗게 번쩍이는 눈, 난폭하게 움직이는 여윈 몸, 17세기의 빽빽한 숲의 어둠 속에서 새로운 흙으로 빚어진 영혼들.

"안녕히 계세요, 아버지—안녕히, 나의 모든 아버지들이여."

긴 지붕이 덮인 기선 선착장에 서면 더는 여기가 아닌, 그렇다고 아직 저기도 아닌 땅에 있게 된다. 흐릿한 노란빛을 띤 둥근 천장에는 메아리치는 외침들이 가득 들어차 있다. 트럭이 부르릉거리는 소리와 트렁크가 쿵쿵거리는 소리, 두루미의 귀에 거슬리는 수다도 들린다. 처음으로 짠 바다 냄새가 난다. 아직 여유가 있는데도 사람들은 서둘러 움직인다. 과거는, 대륙은, 뒤에 있다. 미래는 배의 측면에서 빛나는 입을 벌리고 있다. 너무도 곤혹스러운 일이지만, 침침하고 떠들썩한 이 좁은 길이 현재다.

배다리를 올라가면 세상을 보는 시야가 조정되며 좁아진다. 안도라*보다 작은 나라의 국민이 되고, 이제 그 어떤 것도 자신하지 못한다. 사무장 책상에 앉은 사람들은 선실과 마찬가지로 묘하게 생겼다. 항해하는 사람들과 그들 친구들의 눈에는 경멸이 담겨 있다. 이어 크고 애처로운 경적이 울리고, 불길한 떨림이 느껴지고, 배가, 인간의 관념이—움직이기 시작한다. 선착장과 그곳의 얼굴들이 미끄러져 지나가고, 잠시 배는 그들로부터 우연히 떨어져나온 조각처럼 느껴진다. 얼굴들은 멀어지고, 목소리가 사라지고, 이제 선착장은 해안 지구를 따라 번져 보이는 많은 것들 가운데 하나에 불과하다. 항구는 바다를 향해 빠르게 흘러간다.

항구와 함께 신문들이 가장 귀중한 화물이라고 딱지를 붙인 앨버트 매키스코도 흘러갔다. 매키스코는 인기를 모으고 있었다. 그의 소설들은 그의 시대에서 가장 훌륭한 사람들의 작업을 뒤섞어놓은 것으로, 이는 누구도 깔볼 수 없는 묘기였다. 게다가 그는 자신이 빌려온 것을 부드럽게 바꾸고 품질을 떨어뜨리는 재능을 소유하여, 쉽게 따라갈 수 있다는 점 때문에 많은 독자들이 그의 소설에 매료되었다. 성공 덕분에 그는 나아지고 겸손해졌다. 그는 자신이 할 수 있는 일을 정확히 알았다—그는 자신이 활력 면에서는 재능이 우월한 많은 사람들보다 앞선다는 걸 깨달았으며, 자신이 얻은 성공을 누리기로 마음먹고 있었다. "나는 아직 아무것도 하지 않았다." 그는 그렇게 말하곤 했다. "나한테는 진정한 천재성이 없다고 생각한다. 하지만 계속 노력하면 좋은 책을 한 권은 쓸 수 있을지도 모르겠다." 전보다 얄팍해진 구름판에서 훌륭한 다이빙이 몇 차례 이루어졌다. 과거에 받은 수많은 냉대는

* 프랑스와 스페인 사이의 아주 작은 독립 공화국.

잊혔다. 사실 그의 성공은 심리적으로는 토미 바르방과 결투한 사건에 기초를 두고 있었다. 사건 자체는 기억에서 시들어갔지만, 그는 그것을 기초로 다시 새로운 자존심을 창조해냈던 것이다.

항해 두번째 날 그는 딕 다이버를 발견하고는 주저하며 그를 바라보다가 친근한 태도로 자신을 소개하고 자리에 앉았다. 딕은 읽던 것을 옆으로 치웠으며, 몇 분이 지나 매키스코에게 변화가 생겼다는 것, 사람을 짜증나게 하던 열등감이 사라졌다는 것을 알고 어느새 기분좋게 그와 이야기를 나누게 되었다. 매키스코는 '해박하게' 이야기할 수 있는 주제의 폭에서만큼은 괴테를 능가했다—그가 자기 의견이라며 내놓는, 안이하게 짜깁기한 수많은 이야기에 귀를 기울이는 것은 흥미로운 일이었다. 그들은 친해지기 시작했고, 딕은 매키스코 부부와 몇 번 식사를 했다. 매키스코 부부는 선장의 테이블에 초대를 받았지만, 이제 막 생겨나기 시작한 속물적 태도로 딕에게 '그 패거리는 견딜 수 없다'고 말했다.

호화로운 양장점에서 치장해서 이제 아주 호화로워진 바이올렛은 교육을 잘 받은 여자들이 십대 때 발견하는 작은 것들에 매혹되어 있었다. 사실 그녀는 보이시에서 어머니한테 그런 걸 배울 수도 있었지만, 그녀의 영혼은 아이다호의 작은 영화관에서 음울하게 태어났으며, 그녀는 어머니를 좋아하지 않았다. 이제 그녀는 '소속감'을 맛보며—다른 수백만 명의 사람들과 함께—행복을 느꼈다. 남편은 그녀가 터무니없이 순진하게 굴 때면 여전히 쉬잇 소리를 내 입을 다물게 했지만.

매키스코 부부는 지브롤터에서 내렸다. 딕은 다음날 저녁 나폴리의 호텔에서 역으로 가는 버스에서 두 딸과 어머니로 이루어진 어찌할

줄 모르는 가엾은 가족을 보았다. 배에서 본 적이 있는 가족이었다. 돕고 싶은, 또는 존경받고 싶은 욕구가 그를 압도했다. 그는 그들에게 드문드문 쾌활한 모습을 보여주었다. 머뭇거리며 와인을 사주기도 했고, 그들이 적절한 자존심을 찾아가는 것을 기쁜 마음으로 바라보기도 했다. 그는 그들이 이러이러한 사람들일 거라고 지레짐작했으며, 자신의 플롯을 받아들였고, 그런 착각을 유지하려고 술을 너무 많이 마셨다. 그러는 동안 여자들은 내내 이것이 하늘에서 내린 횡재라고만 생각했다. 그는 밤이 끝날 무렵 기차가 카시노와 프로시노네에서 몸을 흔들며 콧김을 뿜을 때 그들에게서 물러났다. 딕은 로마역에서 괴상한 미국식 작별인사를 한 뒤 약간 지친 몸으로 퀴리날 호텔로 갔다.

프런트에서 그는 갑자기 앞을 물끄러미 바라보며 고개를 들어올렸다. 술기운이 오르는 것처럼, 위장의 안쪽을 따뜻하게 덥히는 것처럼, 뇌 안으로 홍조를 밀어올린 것처럼, 그는 자신이 보러 온 사람을 보았다. 그는 그 사람 때문에 지중해를 건너왔던 것이다.

동시에 로즈메리도 그를 보았고, 그를 정확히 알아보기도 전에 몸이 먼저 알은체를 했다. 그녀는 깜짝 놀라며 그를 마주보았고, 함께 있던 젊은 여자를 버려둔 채 서둘러 다가왔다. 딕은 똑바로 선 자세를 유지하고, 숨을 멈춘 채 그녀 쪽으로 몸을 돌렸다. 로비를 가로질러오는 그녀의 아름다움, 블랙시드 기름을 먹이고 발굽에 광택을 낸 젊은 말처럼 완벽하게 다듬어진 아름다움에 그는 충격을 받고 정신을 차렸다. 그러나 너무 빠르게 일이 벌어졌기 때문에 최대한 피로를 감추는 것 외에는 달리 할 수 있는 일이 없었다. 눈을 별처럼 빛내는 그녀의 자신감과 만나기 위해 그는 짐짓 '네가 여기에서 나타나다니—세상 모든 사람들 가운데 네가' 하는 뜻의 어설픈 무언극을 보여줄 수밖에 없었다.

장갑을 낀 그녀의 손이 데스크 위에 놓인 그의 손 위로 다가왔다. "딕—우리는 〈과거 로마의 장관壯觀〉을 찍고 있어요—어쨌든 그렇다고 생각하고 있어요. 하지만 언제 그만둘지 몰라요."

그는 눈에 힘을 주고 그녀를 보았다. 그녀가 약간 자의식을 느끼게 하려는 것이었다. 그래야 그녀가 자신의 면도하지 않은 얼굴, 입고 자는 바람에 구겨진 옷깃을 꼼꼼하게 관찰하지 않을 것 같았기 때문이다. 다행히도 그녀에게는 급한 일이 있었다.

"우리는 일을 일찍 시작해요. 안개가 열한시에 피어오르니까—두시에 전화주세요."

딕은 방에서 정신을 가다듬었다. 그는 정오에 깨워달라고 이야기해두고, 옷을 벗은 다음 말 그대로 무거운 잠으로 빠져들었다.

그는 전화벨소리도 못 듣고 계속 잤지만 두시에 상쾌한 기분으로 잠에서 깼다. 우선 가방을 풀고 양복과 세탁물을 내보냈다. 그런 다음 면도를 하고, 따뜻한 욕조에 삼십 분 누워 있다가 아침을 먹었다. 해는 나치오날레 거리로 고개를 들이밀었다. 그는 햇빛이 오래된 황동 고리들이 딸랑거리는 소리와 함께 칸막이 커튼 사이로 들어오도록 내버려두었다. 그는 양복을 다리는 동안 기다리다 〈코리에레 델라 세라〉지에서 '싱클레어 루이스가 소설 『월 스트리트』에서 미국 소도시의 사회생활을 분석했다'는 내용의 기사를 발견했다. 이윽고 그는 로즈메리를 생각하려 했다.

처음에는 아무 생각이 나지 않았다. 그녀는 젊고 마음을 끄는 힘이 있었지만, 그 점은 톱시도 마찬가지였다. 그는 지난 사 년간 로즈메리가 애인을 여럿 두었을 것이고 그들을 사랑했을 것이라고 짐작했다. 글쎄, 자신이 다른 사람들의 삶에서 얼마나 큰 공간을 차지하는지 절대 알 수 없는 노릇이었다. 그러나 이런 모호함으로부터 그의 애정이 떠올랐다—가장 좋은 접촉은 장애를 알면서도 계속 관계를 유지하고 싶을 때 이루어진다. 과거가 표류하듯 물러났고 그는 그녀가 웅변을 하듯 자신을 내어주는 것을 그 귀중한 껍질째 끌어안고 싶었다. 그것을 자신이 완전히 에워쌀 때까지, 그것이 그의 외부에는 더 존재하지 않을 때까지. 그는 그녀의 마음을 끌 수도 있는 것들을 모두 모으려 했다—그러나 그것들은 사 년 전보다 적었다. 열여덟은 서른넷을 사춘기의 피어오르는 안개를 통해 볼 수도 있었지만, 스물둘은 서른여덟을 이것저것 분별해가며 명료하게 볼 터였다. 더욱이 딕은 지난번에 만났을 때 감정적으로 정점에 있었지만, 그뒤론 의욕에 장애가 나타났다.

벨보이가 옷을 들고 돌아오자 그는 흰 셔츠와 칼라, 거기에 진주가 달린 검은 타이를 맸다. 독서용 안경이 달린 줄은 그 1인치 정도 밑에서 같은 크기의 다른 진주에 꿰어져 여유 있게 흔들리고 있었다. 잠을 자고 나니 리비에라에서 수많은 여름을 보내며 얻은 불그스름한 갈색이 얼굴에 다시 살아났다. 그는 몸을 풀려고 의자 위에서 물구나무를 섰다. 만년필과 동전들이 아래로 떨어졌다. 그는 세시에 로즈메리에게 전화를 걸었고, 올라오라는 이야기를 들었다. 곡예를 부린 탓에 잠시 어찔했기 때문에 그는 진토닉을 마시려고 바에 들렀다.

"안녕하세요, 닥터 다이버!"

오직 로즈메리가 호텔에 있다는 사실 하나 때문에 딕은 즉시 그 남자가 콜리스 클레이라고 판단했다. 그는 예전의 자신감을 그대로 갖고 있었으며, 잘나가는 분위기였고, 턱이 갑자기 크게 불거진 느낌이었다.

"로즈메리가 여기 있는 거 아세요?" 콜리스가 물었다.

"우연히 만났지."

"나는 피렌체에 있었는데 로즈메리가 여기 있다는 이야기를 듣고 지난주에 내려왔습니다. 엄마의 귀여운 딸이 어찌될지는 절대 모르는 일이거든요." 그러더니 자신의 말을 수정했다. "제 말은 로즈메리가 아주 세심한 어머니 밑에서 자랐기 때문에 이제 세상 물정을 아는 세련된 여자가 되었다는 겁니다—무슨 말인지 아시겠죠. 정말이지, 로즈메리는 여기 로마 남자애들 몇 명을 묶어서 가방에 넣고 다닌다니까요! 그걸 보면!"

"피렌체에서 공부를 하나?"

"저요? 그럼요, 거기서 건축을 공부하고 있습니다. 일요일에 다시 갈 겁니다—경마 때문에 여기 있는 거예요."

딕은 콜리스가 바에 보관하는 주식 시세표 같은 자신의 외상 장부에 그의 술값을 달려고 하는 걸 말리느라 애를 먹었다.

20

엘리베이터에서 내린 딕은 구불구불한 복도를 따라가다 마침내 불이 밝혀진 문밖까지 나지막이 들려오는 목소리를 향해 방향을 틀었다. 로즈메리는 검은 파자마 차림이었다. 방에는 아직 점심 식탁이 펼쳐져 있었다. 그녀는 커피를 마시고 있었다.

"여전히 아름답군." 그가 말했다. "전보다 조금 더 아름다워."

"커피 마시겠나, 젊은이?"

"미안하게도 오늘 아침에는 내 모습이 전혀 내보일 만한 상태가 아니었어."

"몸이 안 좋아 보이던데요—지금은 괜찮은 거죠? 커피 마실래요?"

"아니, 됐어."

"지금은 다시 좋아졌네요. 오늘 아침에 봤을 때는 무서웠어요. 어머니가 다음달에 오세요, 소속사가 여기 그대로 있어야 말이지만. 늘 여기서 선생님을 봤느냐고 물어보세요, 우리가 마치 이웃에 사는 것처럼요. 어머니는 늘 선생님을 좋아하셨어요—늘 내가 알고 지내야만 하는 사람이라고 생각하셨죠."

"그래, 지금도 나를 생각하신다니 기쁘군."

"아, 하고말고요." 로즈메리가 다짐하듯 말했다. "아주 많이 생각하세요."

"로즈메리는 여기저기 영화에서 봤지." 딕이 말했다. "한번은 나 혼자 보려고 〈아빠의 딸〉을 틀어달라고도 했어."

"이번 영화에서도 좋은 역을 맡고 있어요. 잘려나가지 않아야 하지만."

그녀는 그의 뒤쪽으로 질러가면서, 지나는 길에 그의 어깨를 어루만졌다. 그녀는 식탁을 치워달라고 전화하고 큰 의자에 자리를 잡았다.

"전에 만났을 때는 어린아이였죠, 딕. 지금은 어엿한 여자예요."

"로즈메리 이야기를 모두 듣고 싶어."

"니콜은 어때요—러니어하고 톱시는?"

"다 잘 있어. 종종 로즈메리 이야기를 하지—"

전화벨이 울렸다. 그녀가 전화를 받는 동안 딕은 소설 두 권을 살폈다—한 권은 에드너 퍼버, 한 권은 앨버트 매키스코가 쓴 것이었다. 웨이터가 식탁을 치우러 왔다. 식탁이 사라지자 검은 파자마를 입은 로즈메리는 더 외로워 보였다.

"……손님이 있어요……아니, 별로 좋지 않아요. 의상 담당자한테 가서 가봉한 옷을 오랫동안 입어봐야 해요……아니, 지금은 안 돼요……"

식탁이 사라지자 해방된 느낌인 듯 로즈메리는 딕을 보고 웃음을 지었다—그들 둘이서 세상의 모든 문제를 해결해버리고 이제 그들만의 천국에서 평화를 누리고 있는 듯한 그 웃음……

"이제 됐네요." 그녀가 말했다. "내가 지난 한 시간 동안 선생님을 맞을 준비를 하고 있었던 걸 아셨어요?"

그러나 다시 전화벨이 울렸다. 딕은 모자를 침대에서 짐 보관대에 옮겨놓으려고 일어섰다. 그러자 로즈메리가 깜짝 놀라 수화기를 손으로 막았다. "가는 거 아니죠!"

"아냐."

통화가 끝나자 그는 이 오후를 어떻게든 끌고 가려는 마음으로 말했다. "요새는 사람들한테서 좀 영양이 있는 걸 기대하게 돼."

"저도요." 로즈메리가 맞장구를 쳤다. "방금 전화한 남자는 예전에 제 육촌을 알고 지냈대요. 아무나 그런 이유로 전화를 한다고 상상해 보세요!"

그녀는 사랑을 나누기 위해 조명의 강도를 낮추었다. 그렇지 않고서야 왜 그가 그녀를 보는 걸 막고 싶어하겠는가? 그는 편지를 쓰듯이 그녀에게 말을 보냈다. 마치 말이 그를 떠난 후 시간이 좀 지나고 나서야 그녀에게 이르는 것 같았다.

"이렇게 가까이 앉아 있으면서 키스를 하지 않는 게 힘들구나." 그들은 방 중앙에서 정열적으로 키스했다. 그녀는 그를 몸으로 누르다 자기 의자로 돌아갔다.

방에서는 그냥 유쾌한 분위기가 이어질 수가 없었다. 앞으로 나아가든 뒤로 물러나든 둘 가운데 하나였다. 전화벨이 다시 울렸을 때 그는 침실로 어슬렁어슬렁 걸어들어가 그녀의 침대에 누워 앨버트 매키스코의 소설을 펼쳤다. 곧 로즈메리가 들어와 그의 곁에 앉았다.

"선생님 속눈썹이 세상에서 제일 길어요." 그녀가 말했다.

"중학교 댄스파티로 돌아간 것 같군. 참석자들 가운데 속눈썹을 좋아하는 로즈메리 호이트 양—"

그녀는 그에게 키스했고, 그는 그녀를 끌어당겨 나란히 누웠다. 그들은 둘 다 숨이 가쁠 때까지 키스했다. 그녀의 숨은 젊고 열렬하고 자극적이었다. 입술은 살짝 텄지만 양쪽 입술가는 부드러웠다.

그들의 팔다리와 발과 옷이 여전히 엉켜 있었을 때, 그의 두 팔과 등이 안간힘을 쓰며 그녀의 목과 젖가슴을 찾았을 때, 그녀가 소곤거렸다. "아니, 지금은 안 돼요—그런 건 리듬이 있어요."

자기 규율이 강한 딕은 열정을 마음 한구석으로 눌러넣었지만, 대신 그녀의 연약한 몸을 두 팔에 안아올렸다. 그녀는 그의 머리 위로 반 피트 정도 올라갔다. 그가 가볍게 말했다.

"귀여워라—그런 건 상관없어."

그가 쳐다보는 가운데 그녀의 얼굴이 변했다. 그 안에 영원한 달빛이 있었다.

"당신과 그렇게 된다면 그건 인과응보일 거예요." 그녀가 말했다. 그녀는 몸을 비틀어 그에게서 벗어난 뒤 거울로 걸어가 두 손으로 헝클어진 머리카락을 두드려 매만졌다. 이내 그녀는 침대 가까이 의자를 끌어당겨 그의 뺨을 쓰다듬었다.

"너의 진실을 이야기해줘." 그가 요구했다.

"나는 늘 얘기했어요."

"어떤 면에서는 그랬지—하지만 어떤 것도 일관성이 있지는 않았어."

그들은 함께 웃음을 터뜨렸지만, 그는 계속했다.

"진짜로 처녀야?"

"아-아-니-요!" 그녀가 노래를 불렀다. "나는 육백사십 명하고 잤어요—그게 당신이 원하는 대답이라면."

"그건 내가 상관할 바 아니야."

"나를 심리학 사례로 원하는 거예요?"

"1928년을 살아가는 완벽하게 정상적인 스물두 살의 아가씨로서 너를 바라보면, 네가 몇 번 사랑을 시도해봤을 거라고 짐작할 수 있지."

"전부 다—결실을 맺지 못했어요." 그녀가 말했다.

딕은 그녀의 말을 믿을 수가 없었다. 그녀가 일부러 둘 사이에 장벽을 쌓는 것인지, 아니면 장차 그에게 최종적으로 굴복하게 될 때 의미를 더 부여하려는 심산인지 판단이 되지 않았다.

"핀초 언덕으로 산책이나 가지." 그가 제안했다.

그는 몸을 흔들어 옷매무새를 다듬고 머리카락을 매만졌다. 어떤 순간이 찾아왔다가 어쨌든 지나갔다. 삼 년 동안 딕은 로즈메리가 다른 남자들을 재는 기준이었으며, 그 과정에서 그의 위상은 불가피하게 영웅적인 크기로 커져 있었다. 그녀는 그가 다른 남자들과 같기를 바라지 않았지만, 그에게도 다른 남자들과 똑같은 다급한 요구가 있었다. 그는 그녀의 일부를 챙겨가고 싶어하는 것 같았다. 호주머니에 넣고 가려는 것 같았다.

천사 케루빔과 철학자들, 목신과 폭포 사이의 잔디를 걸으면서 그녀는 편안하게 그의 팔을 잡았다. 그 팔이 영원히 그 자리에 있을 것이기 때문에 정확하기를 바라는 듯, 몇 번이나 조금씩 다시 조정해 가장 편한 자세를 잡았다. 그녀는 작은 가지를 꺾어 부러뜨려보았지만, 안에서 봄을 발견할 수 없었다. 그 순간 그녀는 딕의 얼굴에서 자신이 바라던 것을 보고, 장갑 낀 그의 손을 잡고 거기에 입을 맞추었다. 이어 그녀는 그를 위해 아이처럼 신나서 뛰어다녔으며, 마침내 그는 웃음을 짓고 그녀는 웃음을 터뜨렸다. 그들은 즐거운 시간을 보내기 시작했다.

"오늘밤에는 같이 못 나가요, 달링. 어떤 사람들하고 오래전에 약속을 해놨어요. 하지만 내일 일찍 일어나면 촬영장에 데려갈게요."

그는 호텔에서 혼자 저녁을 먹고, 일찍 잠자리에 들었다. 다음날 그는 여섯시 반에 로비에서 로즈메리를 만났다. 차 안에서 그의 옆자리에 앉은 로즈메리는 아침햇살을 받아 싱그럽고 새롭게 빛났다. 그들은 산세바스티아노 문을 통과해 아피아 가도를 따라가다 마침내 고대 로마의 공회가 열리던 광장 세트에 이르렀다. 진짜 광장보다 큰 거대한 세트였다. 로즈메리는 딕을 어떤 남자에게 넘겼고, 남자는 훌륭한 소품들을 구경시켜주었다. 그들은 아치와 층층이 올라가는 좌석과 모래가 덮인 격투장을 구경했다. 로즈메리는 기독교도 죄수들이 갇힌 감방을 재현한 무대에서 일하고 있었고, 그들은 곧 거기에 이르러 희망에 가득찬 수많은 발렌티노*가 되기를 바라는 수많은 배우들 가운데 한 명인 니코테라가 점잔 빼며 걸어가 여자 '포로' 여남은 명 앞에 자리를 잡는 걸 지켜보았다. 포로들의 눈은 마스카라 때문에 우울했고 보는 사람을 깜짝 놀라게 했다.

로즈메리가 무릎까지 오는 튜닉을 입고 나타났다.

"지금 찍는 걸 잘 보세요." 그녀가 딕에게 소곤거렸다. "당신 의견이 듣고 싶어요. 러시를 본 사람들은 모두—"

"러시가 뭐지?"

"전날 찍은 걸 트는 거요. 사람들 말이 거기에서 내가 처음으로 성적 매력을 보여줬대요."

"나는 눈치 못 채겠는걸."

"당신이야 그렇겠죠! 하지만 나한테도 그게 있다고요."

표범 가죽 옷을 입은 니코테라가 로즈메리와 정중하게 대화를 나누는 동안 전기 기술자가 감독에게 기대다시피 몸을 기울이고 이야기를 했다. 마침내 감독이 거칠게 기술자의 손을 밀어내며 이마의 땀을 훔쳤다. 딕의 안내인이 말했다. "다시 약을 하는군, 틀림없어!"

"누가요?" 딕이 물었으나, 남자가 대답하기도 전에 감독이 빠른 걸음으로 그들에게 다가왔다.

"누가 약을 해—너나 약을 하지." 그는 마치 배심원에게 하듯 딕에

---

* 루돌프 발렌티노. 이탈리아의 유명 영화배우.

게 열성적으로 말했다. "이 사람은 자기가 약을 하면 늘 다른 사람도 모두 약을 한다고 생각하지, 틀림없어!" 그는 안내자를 좀더 노려보다가 손뼉을 쳤다. "좋아—모두 세트로."

시끌벅적한 대가족을 찾아온 것 같았다. 한 여배우가 딕에게 다가오더니 딕이 그즈음 런던에서 도착한 배우인 줄 알고 오 분 동안 이야기를 했다. 그러다가 자기 실수를 깨닫고 당황해서는 종종걸음으로 자리를 떴다. 극단에 속한 다수는 자신들이 바깥 세계 사람들보다 훨씬 우월하거나 아니면 훨씬 열등하다고 느끼고 있었지만, 아무래도 우월감이 지배적이었다. 그들은 용감하고 근면한 사람들이었다. 십 년 동안 오직 오락거리만 찾아온 나라에서 탁월한 지위에 오른 사람들이었다.

빛이 안개처럼 뿌예질 때 세션이 끝났다—화가에게는 좋은 빛이었지만, 카메라에는 맑은 캘리포니아 공기에 댈 게 아니었다. 니코테라가 차까지 로즈메리를 따라와 무언가 소곤거렸다—그녀는 웃음기 없는 표정으로 그를 보며 작별인사를 했다.

딕과 로즈메리는 카이사리 성에서 점심을 먹었다. 언제인지는 모를 어떤 퇴폐의 시기에 폐허가 되어버린 광장을 굽어보는 높은 테라스가 있는 빌라 안의 훌륭한 레스토랑이었다. 로즈메리는 칵테일 한 잔에 와인을 조금 마셨다. 딕은 부족하다는 느낌이 사라질 만큼 마셨다. 그 후에 그들은 불그레하게 행복감에 젖어, 고양된 고요라고 할 만한 분위기 속에서 차로 호텔에 돌아왔다. 그녀는 그가 자신을 가지기를 원했고 그는 그녀를 가졌다. 이리하여 해변에서 어린아이처럼 홀딱 반한 사건에서 시작된 일이 마침내 완성된 것이다.

21

로즈메리는 또다른 저녁 약속이 있었다. 극단 단원의 생일 파티였다. 딕은 로비에서 콜리스 클레이를 우연히 만났지만, 혼자 저녁을 먹고 싶어 엑셀시어에서 약속이 있는 척했다. 그는 콜리스와 칵테일만 마셨고, 모호한 불만족이 초조감으로 응결했다—이제 그에게는 병원을 무단결근할 구실이 없었다. 이렇게 된 건 매혹 때문이 아니라 로맨틱한 기억 때문이었다. 니콜이 그의 여자였다—그녀 때문에 마음이 아픈 일이 너무 많았지만, 그래도 그녀는 그의 여자였다. 로즈메리와 있는 시간은 자기 방종이었다—콜리스와 있는 시간은 무無 더하기 무였다.

그는 엑셀시어 문간에서 베이비 워런과 마주쳤다. 구슬 같은 그녀의 크고 아름다운 눈이 그를 빤히 보며 놀라움과 호기심을 드러냈다. "미국에 있는 줄 알았어요, 딕! 니콜도 함께 있어요?"

"나폴리를 경유해서 돌아왔습니다."

베이비는 검은 완장을 보고 생각이 나서 말했다. "힘들었다는 얘기를 듣고 마음이 무척 안 좋았어요."

그들은 불가피하게 저녁을 함께 먹었다.

"다 얘기해줘요." 그녀가 요구했다.

딕은 사실을 나열했고 베이비는 얼굴을 찌푸렸다. 그녀는 동생의 삶에 벌어진 재앙을 두고 누군가에게 책임을 물을 필요가 있다고 생각했다.

"닥터 돔러가 애초에 그애 문제에서 올바른 방향을 잡았다고 생각해요?"

"이제는 치료법을 달리 선택할 여지가 많지 않습니다—물론 특정한 환자를 다룰 때는 그에 맞는 인물을 찾아내려고 노력해야 하지만요."

"딕, 주제넘게 조언을 하거나 아는 척을 할 생각은 없지만, 좀 변화를 주는 게 그애한테 좋을 거라고 생각하지 않아요? 병이 지배하는 그곳 분위기에서 빠져나와 다른 사람들처럼 바깥세상에서 살아가는 게?"

"하지만 병원을 강력하게 권한 건 베이비였잖습니까." 그가 지적했다. "아니면 니콜이 진짜로 안전하다는 느낌이 들지 않을 거라고—"

"그건 딕이 리비에라에서, 아무도 살지 않는 먼 언덕 꼭대기에서 은둔 생활을 할 때 얘기죠. 다시 그 생활로 돌아가라는 게 아니에요. 내 말은, 예를 들어, 런던은 어떠냐는 거죠. 영국인은 세상에서 가장 균형이 잘 잡힌 국민이니까요."

"그렇지 않습니다." 딕이 반대했다.

"그렇다니까요. 알겠지만, 내가 그 사람들을 알아요. 내 말은 봄철에 런던에 집을 한 채 얻으면 좋을지도 모르겠다는 거예요—탤벗광장에 딕이 얻을 만한 비둘기처럼 예쁜 집이 한 채 있어요. 가구도 다 있고요. 내 말은 제정신에 균형이 잘 잡힌 영국 사람들하고 살라는 거예요."

그녀는 계속해서 1914년의 낡은 선전물에 나오는 이야기를 죄다 할 심산이었겠지만, 그가 웃음을 터뜨리며 말했다.

"마이클 알렌이 쓴 책을 봤는데 만일—"

그녀는 샐러드 스푼을 한 번 저어 마이클 알렌을 지워버렸다.

"그 사람은 타락한 사람들 얘기만 써요. 내가 말하는 건 훌륭한 영국인들이에요."

그녀가 그렇게 그녀의 친구들을 화제에서 빼버리자, 딕의 머릿속에서 영국인들은 유럽의 작은 호텔에 바글거리는 이질적이고 둔감한 얼굴들로 대체되었다.

"물론 내가 상관할 일은 아니에요." 베이비가 더 깊이 뛰어들기 위한 예비 동작으로 그 말을 되풀이했다. "하지만 그애를 그런 분위기에 홀로 내버려둔다는 건—"

"내가 미국에 간 건 아버지가 돌아가셨기 때문입니다."

"그건 나도 알아요. 내가 얼마나 마음이 안 좋았는지 얘기했잖아요." 그녀는 목걸이의 유리 포도알을 만지작거렸다. "하지만 지금은 돈이 아주 많아요. 어떤 일을 해도 좋을 만큼 많아요. 니콜의 건강을 위해 그 돈을 써야 돼요."

"우선 나는 내가 런던에 있는 모습을 상상할 수 없습니다."

"왜요? 거기 있어도 다른 어디 있는 것 못지않게 일을 잘할 수 있을 것 같은데요."

그는 등받이에 등을 기대고 그녀를 보았다. 베이비는 그 썩은내가 나는 오래된 진실, 니콜이 아픈 진짜 이유를 생각해보았을지 모르지만, 그랬다 해도 스스로 인정을 하지 않기로 마음먹은 게 틀림없었다. 실수로 산 그림처럼 먼지 낀 옷장 안에 처박아두었을 것이다.

그들은 울피아에서 이야기를 계속했다. 콜리스 클레이가 그들의 탁자로 와서 앉았다. 재능 있는 기타 연주자가 와인통이 쌓인 지하실에서 기타를 튕기며 으르렁거리는 소리로 〈나의 팡파르를 울려라〉를 불렀다.

"내가 니콜한테 맞지 않는 사람이었을 수도 있지요." 딕이 말했다. "그렇다 해도 니콜은 아마 나 같은 유형의 사람, 의지할 수 있는—무한정 의지할 수 있는 사람과 결혼했을 겁니다."

"그애가 다른 사람과 살면 더 행복할 거라고 생각하세요?" 베이비가 갑자기 마음속 생각을 입 밖에 냈다. "물론 지금이라도 그렇게 할 수는 있죠."

그녀는 딕이 몸을 앞으로 숙이며 무력하게 웃음을 터뜨리는 걸 보고서야 자신의 말이 도리를 벗어났음을 깨달았다.

"아, 딕이야 이해해주겠죠." 그녀가 다독거렸다. "잠시라도 우리가 딕이 해준 모든 일에 감사하지 않는다는 생각은 말아줘요. 우리도 딕이 힘든 시간을 보냈다는 걸 알아요—"

"맙소사." 그가 항변했다. "내가 니콜을 사랑하지 않으면 얘기가 달라질지도 모르지요."

"하지만 딕은 니콜을 사랑하잖아요?" 그녀가 깜짝 놀라 다그쳤다.

콜리스가 이제 그들의 대화를 따라잡고 있었기 때문에 딕은 얼른 화제를 바꾸었다. "다른 얘기를 하지요—예를 들어 베이비 이야기라든가. 왜 결혼하지 않는 건가요? 로드 페일리하고 약혼했다는 얘기를 들었는데. 왜 그 사람의 사촌이—"

"아, 그만." 그녀는 수줍어하며 이야기를 피하려 했다. "그건 작년 일이에요."

"왜 결혼하지 않나요?" 딕이 고집스럽게 밀어붙였다.

"모르겠어요. 내가 사랑하던 한 남자는 전사했고, 다른 남자는 나를 찼어요."

"그 얘기를 해주세요. 사생활을 얘기해줘요, 베이비. 그리고 베이비의 의견들도. 베이비는 절대 안 그러잖아요—우리는 늘 니콜 얘기만 하죠."

"두 남자 모두 영국인이었어요. 나는 세상에 일급의 영국인보다 고귀한 유형이 있다고 생각하지 않아요, 안 그런가요? 있다 해도 나는 만나보지 못했어요. 이 남자—아, 얘기가 길어요. 긴 얘기는 싫어요, 안 그런가요?"

"그렇고말고요!" 콜리스가 말했다.

"뭐, 나는 아닌데요—얘기가 좋기만 하면 괜찮습니다."

"그건 딕이 아주 잘하는 거죠. 딕은 짧은 문장만으로도, 아니면 여기저기서 말을 찔러넣는 것만으로도 파티가 계속 흘러가게 할 수 있어요. 그건 놀라운 재능이라고 봐요."

"꼼수죠." 그가 부드럽게 말했다. 이로써 그가 반대한 그녀의 의견은 세 가지가 되었다.

"물론 나는 형식을 따지는 걸 좋아해요—딱 그렇게 되는 걸, 그것도 대규모로 그렇게 되는 걸 좋아하죠. 아마 인정해주지 않을 거라고 생각하지만, 그래도 그게 나의 견실함의 표시라고 인정해줘야 해요."

딕은 그 말까지는 구태여 반대하지 않았다.

"물론 나도 사람들이 하는 말은 알고 있어요. 베이비 워런이 유럽을 싸돌아다닌다, 새로운 것만 차례차례 쫓아다닌다, 인생에서 가장 좋은 것을 놓치고 있다. 하지만 나는 반대로 내가 가장 좋은 걸 쫓아다니는 소수 가운데 하나라고 생각해요. 나는 이 시대에서 가장 흥미로운 사람들을 사귀었어요." 그녀의 목소리가 다른 기타곡의 양철을 두드리는 듯한 소리와 섞였지만, 그녀는 목소리를 높여 기타 소리를 눌렀다. "나는 큰 실수는 거의 하지 않았어요—"

"—아주 큰 실수만 했죠, 베이비."

그녀는 그의 눈에서 익살기를 포착하고 화제를 바꾸었다. 두 사람이 공통된 어떤 것을 붙들고 있기란 불가능해 보였다. 그러나 그는 그녀 내부의 어떤 면에 감탄했고, 잇따라 칭찬을 늘어놓았다. 그러자 그녀는 은은하게 반짝였으며, 그는 그런 그녀를 엑셀시어에 놓아두고 자리를 떴다.

로즈메리는 다음날 딕에게 점심을 사겠다고 고집을 부렸다. 그들은 미국에서 일했던 이탈리아인이 관리하는 작은 음식점에 가서 햄과 달걀과 와플을 먹었다. 그러고 나서 호텔로 갔다. 자신이 그녀를 사랑하지 않고 그녀도 자신을 사랑하지 않는다는 걸 알게 된 딕은 그녀에 대한 열정이 줄어들기보다 오히려 늘었다. 이제 그녀의 삶으로 더 깊이 들어가지 않으리란 걸 알게 되자, 그녀는 그에게 낯선 여자가 된 것이다. 그는 많은 남자들이 사랑한다고 말할 때 그것은 그저 이 정도 의미일 거라고 생각했다—니콜을 사랑했을 때처럼 영혼이 격렬하게 침몰한다든가, 모든 색깔을 하나의 염료에 담가 지워버린다든가 하는 상황은 아닌 것이다. 니콜에 관한 어떤 생각들, 그녀가 죽는다든가, 정신적 어둠으로 가라앉는다든가, 다른 남자를 사랑할 것이라는 생각들 때문에 그는 실제로 몸이 아팠다.

니코테라가 로즈메리의 응접실에 있었고, 일 문제에 관해 이야기를 늘어놓았다. 로즈메리가 가라는 신호를 보내자 그는 익살맞게 항의를 하더니 딕에게 약간 무례해 보이는 윙크를 하고 떠났다. 평소처럼 전화가 시끄럽게 울렸고 로즈메리는 거기에 십 분 동안 붙들려 있었다. 딕은 점점 짜증이 났다.

"내 방으로 올라가지." 그가 제안했고, 그녀도 동의했다.

그녀는 커다란 소파에 앉은 그의 무릎에 누웠다. 그는 그녀의 어여쁜 앞머리 속으로 손가락을 집어넣었다.

"다시 너한테 호기심을 느껴도 될까?" 그가 물었다.

"뭘 알고 싶어요?"

"남자들. 집착까지는 아니지만 호기심을 느껴."

"당신을 만난 뒤로 얼마나 걸렸냐는 거죠?"

"아니면 그전이나."

"오, 없어요." 그녀는 충격을 받았다. "전에는 전혀 없었어요. 당신이 내가 관심을 가진 첫 남자였어요. 지금도 내가 정말로 관심을 갖는 유일한 남자고요." 그녀는 생각했다. "한 일 년쯤 걸린 것 같아요."

"누구였는데?"

"아, 그냥 남자."

그는 그녀의 답변 회피를 받아주지 않고 압박해 들어갔다.

"그 이야기는 내가 해줄 수 있지. 첫번째 연애는 불만족스러웠고 그다음에 긴 간격이 있었어. 두번째는 좀 나았지만, 애초에 그 사람을 사랑하지 않았지. 세번째는 괜찮았어—"

그는 자신을 괴롭히며 계속 내달렸다. "그러다가 자체의 무게 때문에 무너져버리는 한 번의 진짜 연애를 하게 되었고, 그때쯤에는 마침내 사랑하게 된 사람에게 줄 것이 아무것도 없을 거라는 사실을 두려워하게 되었겠지." 그는 점점 빅토리아시대 사람이 되어갔다. "그뒤에는 대여섯 번의 그냥 단순한 에피소드 정도만 있었겠지. 바로 지금까지. 비슷해?"

그녀는 재미있어해야 할지 울어야 할지 몰라 웃음을 터뜨렸다.

"틀려도 그렇게 틀릴 수가 없네요." 그녀가 그렇게 말했기 때문에 딕은 안도했다. "하지만 언젠가는 누군가를 발견해 사랑하고 또 사랑할 거고 절대 떠나보내지 않을 거예요."

이번에는 그의 전화벨이 울렸고, 딕은 니코테라의 목소리를 알아들었다. 로즈메리를 찾는 전화였다. 그가 손바닥으로 수화기를 막았다.

"전화받고 싶어?"

로즈메리는 전화기로 가더니 딕은 이해할 수 없는 빠른 이탈리아 말로 재잘거렸다.

"전화가 시간을 많이 잡아먹는군." 그가 말했다. "지금 네시가 넘었는데 나는 다섯시에 약속이 있어. 너는 가서 시뇨르 니코테라와 노는 게 좋겠어."

"멍청한 소리 말아요."

"그럼 내가 여기 있는 동안은 네가 그 사람을 계속 따돌리는 걸로 알고 있을게."

"그건 어려워요." 그녀는 갑자기 울고 있었다. "딕, 당신을 정말 사랑해요. 당신처럼 사랑한 사람은 없었어요. 그런데 당신은 나한테 뭘 줬어요?"

"니코테라는 누구한테 뭘 줬는데?"

"그건 다른 문제예요."

―젊음이 젊음을 부르기 때문이겠지.

"그놈은 남미 놈이야." 그는 질투심 때문에 미칠 것 같았다. 다시 상처받고 싶지 않았다.

"그 사람은 어린애일 뿐이에요." 그녀가 코를 훌쩍거렸다. "내가 애초에 당신 거라는 걸 알잖아요."

그는 그 말에 반응하여 그녀의 몸을 두 팔로 안았으나 그녀는 지친 듯 뒤로 몸을 늘어뜨렸다. 그는 그런 식으로 그녀를 잠시 안고 있었다. 그녀는 아다지오가 끝났을 때처럼 눈을 감고 있었다. 물에 익사한 여자처럼 머리카락이 뒤로 똑바로 흘러내렸다.

"딕, 놔줘요. 살면서 이렇게 혼란스러웠던 적이 없어요."

그는 거칠고 붉은 새였다. 그녀가 편안함을 느끼던 배려와 이해라는 측면을 그의 근거 없는 질투심이 눈처럼 뒤덮기 시작하자 그녀는 본능적으로 그에게서 물러났다.

"나는 진실을 알고 싶어." 그가 말했다.

"그래요, 그럼. 우리는 자주 함께하고, 그 사람은 나하고 결혼하고 싶어하지만, 나는 원치 않아요. 어때요? 나한테서 뭘 기대해요? 당신은 나한테 결혼해달라고 한 적 없잖아요. 내가 콜리스 클레이 같은 얼간이하고 평생 놀아나기를 바라는 거예요?"

"어젯밤에 니코테라와 함께 있었어?"

"그건 당신이 상관할 일이 아니에요." 그녀가 흐느꼈다. "미안해요, 딕, 당신이 상관할 일이 맞아요. 내가 세상에서 관심을 갖는 사람은 단 둘, 당신하고 어머니뿐이에요."

"그럼 니코테라는?"

"내가 어떻게 알아요?"

그녀는 답변 회피에 능숙했고, 이 때문에 전혀 의미 없는 발언에도 감추어진 의미가 부여되고 있었다.

"파리에서 나한테 느꼈던 것과 같아?"

"지금 당신하고 함께 있으면 편안하고 행복해요. 파리에서는 달랐어요. 하지만 당신도 과거에 어떤 느낌이었는지는 전혀 모르잖아요, 아니에요?"

그는 일어서서 저녁에 입을 옷을 챙기기 시작했다—이렇게 세상의 모든 원한과 증오를 마음에 집어넣어야 한다면, 다시는 그녀를 사랑하지 않을 것 같았다.

"니코테라한테는 관심 없어요!" 그녀가 분명하게 말했다. "하지만 내일은 극단과 함께 리보르노에 가야 돼요. 아, 왜 이런 일이 일어나야만 했을까?" 새로 눈물이 펑펑 쏟아졌다. "정말 안타까운 일이야. 여긴 왜 왔어요? 왜 그냥 추억으로만 끝날 수는 없었을까요? 꼭 어머니하고 싸우는 기분이에요."

그가 옷을 입기 시작하자 그녀는 일어서서 문으로 갔다.

"오늘밤에는 파티에 가지 않겠어요." 그것이 그녀의 마지막 노력이었다. "당신하고 함께 있을래요. 어차피 가고 싶지도 않았어요."

다시 조수가 밀려들기 시작했지만, 그는 거기에서 물러섰다.

"내 방에 있을게요." 그녀가 말했다. "안녕, 딕."

"안녕."

"아, 정말 안타까운 일이에요, 안타까운 일. 아, 정말 안타까운 일이야. 도대체 이게 다 뭐야?"

"오랫동안 궁금했어."

"하지만 왜 그걸 나한테 들이대는 거예요?"

"내가 흑사병인가보지 뭐." 그가 천천히 말했다. "나는 이제 사람들한테 행복을 주는 것 같지 않아."

22

저녁식사 후 퀴리날 바에는 다섯 명이 있었다. 스툴에 앉아 바텐더의 따분해하는 "네…… 네…… 네"에 맞서 집요하게 대화를 이어가려고 하는 이탈리아 고급 창부, 외롭지만 이 여자를 꺼리는 경박하고 속물적인 이집트인, 그리고 미국인 두 명이었다.

딕은 늘 주변을 분명하게 의식하는 반면, 콜리스 클레이는 흐릿하게 살아갔다. 아무리 예리한 인상이라도 이 일찌감치 위축되어버린 기록 장치에서는 그냥 스러져버렸다. 그렇게 딕은 이야기를 하고, 콜리스는 산들바람을 맞으며 앉아 있는 사람처럼 귀를 기울였다.

딕은 오후의 사건들 때문에 완전히 지쳐, 이탈리아 사람들에게 화풀이를 하고 있었다. 그는 이탈리아인이 그의 이야기를 듣고 분개하기를 바라기라도 하는 듯 바를 둘러보았다.

"오늘 오후에 엑셀시어에서 처형과 함께 차를 마셨지. 우리가 마지막 탁자를 차지했는데 남자 둘이 다가와서 빈자리를 찾았지만 하나도 없었네. 그러자 한 남자가 우리한테 오더니 이러는 거야. '이게 오르시니 공주한테 예약된 자리가 아닙니까?' 그래서 내가 그랬지. '아무것도 안 쓰여 있던데요.' 그러니까 그 남자가 이러는 거야. '하지만 내가 보기에는 오르시니 공주에게 예약된 자리 같습니다.' 나는 아무 대꾸도 할 수 없었어."

"그 사람이 어쩌던가요?"

"결국 물러섰지." 딕은 의자에 앉은 채 몸을 빙글 돌렸다. "나는 이 사람들이 마음에 들지 않아. 며칠 전에는 가게 앞에 로즈메리를 이 분 정도 혼자 두었는데 한 장교가 모자를 젖히며 인사를 하고는 로즈메리 앞을 왔다갔다하기 시작하더군."

"모르겠네요." 잠시 후 콜리스는 이렇게 대꾸했다. "그래도 나는 끊임없이 소매치기가 덤벼드는 파리보다는 여기 있고 싶은데요."

콜리스는 즐기고 있었으며, 무엇이든 그의 쾌락을 무디게 할 위험이 있는 것에는 저항했다.

"모르겠는데요." 콜리스가 끈질기게 말했다. "나는 여기가 싫지 않아요."

딕은 지난 며칠 동안 마음에 새겨진 그림을 떠올리고, 물끄러미 바라보았다. 나치오날레 거리의 향기로운 과자점을 지나 아메리칸 익스프레스를 향해 산책하던 일. 지저분한 터널을 통과하여 스페인 계단에 이르렀고, 꽃을 파는 노점상들과 키츠가 죽은 집 앞에서 그의 정신이 고양되었다. 그는 오직 사람들에게만 관심이 있었다. 장소는 날씨만 아니면 거의 의식하지 않았고, 결국에는 현실의 사건들이 장소에 색깔을 부여했다. 로마는 그가 꾸었던 로즈메리라는 꿈의 종착점이었다.

벨보이가 들어오더니 메모를 건넸다.

"파티에 가지 않았어요." 메모에는 그렇게 적혀 있었다. "지금 방에 있어요. 우리는 내일 아침 일찍 리보르노로 떠나요."

딕은 벨보이에게 팁과 함께 메모를 돌려주었다.

"호이트 양한테 나를 찾지 못했다고 말해주게." 그는 콜리스를 돌아보며 본보니에리에 가자고 제안했다.

그들은 바의 매춘부를 살피며, 그녀의 직업이 요구하는 최소한의 관심을 보여주었다. 그녀는 환하고 대담한 표정으로 마주보았다. 그들은 케케묵은 주름에 빅토리아시대의 먼지를 품고 있는 휘장으로 답답하게 둘러싸인 텅 빈 로비를 통과하며 야간 관리인에게 고개를 끄덕였다. 그는 야간 근무 직원들 특유의 비굴하면서도 왠지 가시가 돋친 듯한 태도로 마주 고개를 끄덕였다. 이어 그들은 택시를 타고 음산한 거리를 따라 눅눅한 11월의 밤을 달렸다. 거리에 여자는 없었고, 거무스름한 코트의 단추를 목까지 채운 창백한 남자들뿐이었다. 남자들은 차가운 돌이 깔린 길의 가장자리에 무리를 지어 서 있었다.

"맙소사!" 딕이 한숨을 쉬었다.

"왜 그러세요?"

"오늘 오후의 그 남자를 생각하고 있었네. '이 탁자는 오르시니 공주한테 예약된 자리입니다.' 자네 이 오랜 로마 가문들이 뭐하던 족속들인 줄 아나? 강도들이야. 로마가 박살난 뒤 신전과 궁을 손에 넣고 백성을 약탈한 사람들이야."

"나는 로마가 좋아요." 콜리스가 힘주어 말했다. "경마를 해보시는 게 어때요?"

"나는 경마 싫어."

"하지만 여자들이 다 나와서—"

"여기서는 뭐든 마음에 들지 않을 게 뻔해. 나는 프랑스가 좋아. 거기서는 모두 자기가 나폴레옹이라고 생각하잖나—여기에서는 모두 자기가 그리스도라고 생각해."

본보니에리에서 그들은 벽에 널을 댄 카바레로 내려갔다. 차가운 돌 사이에서 당장이라도 스러질 것처럼 보이는 곳이었다. 무기력한 밴드가 탱고를 연주하고 남녀 여남은 쌍이 미국인이 보기에는 아주 거슬리는 정교하고 고상한 스텝으로 넓은 바닥을 휩쓸고 있었다. 바쁘게 돌아다니는 남자 몇 사람만 있어도 뭔가 술렁거리고 법석대는 느낌이 들텐데 남아도는 웨이터들 때문에 그마저 찾아볼 수 없었다. 눈에 보이는 장면은 활기를 띤 듯 보였지만, 그 위로는 뭔가를 기다리는, 춤이, 밤이, 안정을 유지하는 힘들의 균형이 어서 끝나기를 기다리는 분위기가 웅크리고 있었다. 이 때문에 민감한 손님은 무엇을 찾든 여기에서는 얻을 수 없다는 걸 분명히 알 수 있었다.

딕에게는 뻔하기 짝이 없는 상황이었다. 그는 눈길을 끌 만한 것이 있기를 바라며 주위를 둘러보았다. 상상력은 그만두고 기분이라도 한 시간 동안 유지되어주었으면 했기 때문이다. 그러나 아무것도 눈에 띄지 않아 잠시 후 다시 콜리스를 돌아보았다. 그는 콜리스에게 요즘 그가 하고 있는 생각을 몇 가지 이야기했으나, 듣는 이의 짧은 기억력과 무반응에 곧 싫증이 났다. 콜리스와 삼십 분을 보내고 나자 자신의 활력이 손상되는 게 뚜렷이 느껴졌다.

그들은 이탈리아산 무쇠*를 한 병 마셨다. 딕은 창백해지고 약간 수

* 스파클링 와인.

다스러워졌다. 그는 오케스트라 책임자를 탁자로 불렀다. 그는 바하마 출신 검둥이였으며, 오만하고 행동거지가 불쾌했다. 몇 분이 지나자 소동이 벌어졌다.

"나더러 앉아달라고 했잖소."

"그래. 그래서 오십 리라를 줬잖아, 안 그래?"

"그래. 그래. 그래."

"그래, 오십 리라를 줬지, 맞지? 그런데 다가와서 나더러 호른에 돈을 조금 더 넣으라고 했지!"

"나더러 앉아달라고 했잖소, 안 그래? 안 그래?"

"앉아달라고 했지만 오십 리라를 줬잖아, 안 그래?"

"그래. 그래."

검둥이는 찌무룩한 표정으로 일어서서 가버렸고, 딕은 기분이 훨씬 나빠졌다. 그러나 방 건너편에서 그를 보고 웃음을 짓는 젊은 여자가 눈에 띄었고 그 즉시 그를 둘러싼 창백한 로마의 형체들은 품위 있고 겸손하게 원경으로 물러났다. 젊은 영국 여자로, 금발에 건강하고 예쁜 영국인의 얼굴이었다. 그녀는 다시 초대의 뜻을 전하는 웃음을 지었고 딕도 그 뜻을 파악했지만, 거기에서는 육체를 허락하면서도 그것을 부정하는 면이 느껴졌다.

"다 이긴 패예요. 내가 브리지*를 모를리가요." 콜리스가 말했다.

딕은 일어서서 건너편 여자에게 걸어갔다.

"춤추지 않겠습니까?"

---

* 카드놀이의 일종.

그녀와 함께 앉아 있던 중년의 영국 남자가 사과하듯이 말했다. "나는 곧 갑니다."

흥분 때문에 술이 깬 딕은 춤을 추었다. 여자에게서 영국의 모든 유쾌한 것들이 슬쩍슬쩍 느껴졌다. 그녀의 밝은 목소리에는 바다에 둘러싸인 안전한 정원들의 이야기가 담겨 있었다. 그는 그녀의 얼굴을 보려고 몸을 뒤로 젖혔다. 아주 진지하게 진심을 전달하려고 애를 쓰는 바람에 말을 하는 목소리가 떨렸다. 그녀는 지금 함께 있는 사람이 떠나면 그들이 있는 자리로 가서 함께 앉겠다고 약속했다. 영국 남자는 돌아온 그녀를 맞아들이며 사과를 되풀이하고 웃음을 지었다.

테이블로 돌아온 딕은 스푸만테*를 한 병 더 주문했다.

"영화에 나온 여자처럼 보이는데." 그가 말했다. "누구인지 생각이 안 나." 그는 초조하게 어깨 너머를 흘끔거렸다. "왜 얼른 오지 않는 거지?"

"나도 영화에 출연하고 싶어요." 콜리스가 생각에 잠긴 표정으로 말했다. "아버지 사업을 이어받아야 하지만 별 매력이 없는 일이에요. 버밍햄의 사무실에 이십 년 동안 앉아 있어야 한다는 건—"

그의 목소리가 물질주의적 문명의 압박에 저항하고 있었다.

"그러기에는 아깝다?" 딕이 말했다.

"아니, 그런 뜻은 아니에요."

"그런 뜻이지, 뭐."

"내 말이 무슨 뜻인지 선생님이 어떻게 아세요? 그렇게 일을 하고

* 이탈리아산 스파클링 와인.

싶으면 왜 병원을 열고 진료를 하지 않는 거예요?"

딕은 이번에는 두 사람을 모두 비참하게 만들었지만, 둘 다 술 때문에 정신이 흐릿한 상태라 곧 잊어버렸다. 콜리스는 자리에서 일어섰고, 두 사람은 따뜻하게 악수를 했다.

"잘 생각해보게." 딕이 현자처럼 말했다.

"뭘 잘 생각해요?"

"알잖나." 콜리스가 아버지 사업을 이어받는 것에 관한 이야기였다—훌륭하고 건전한 충고.

콜리스는 텅 빈 공간으로 떠나갔다. 딕은 술을 마저 마시고 영국 여자와 다시 춤을 추었다. 자신의 마음대로 움직이지 않는 몸을 제압하여, 대담하게 회전하고 플로어를 따라 엄격하고 단호하게 행진했다. 그때 갑자기 아주 놀라운 일이 벌어졌다. 여자와 춤을 추고 있는데 음악이 멈추더니 여자가 사라져버린 것이다.

"그 여자 봤습니까?"

"누굴 봐요?"

"나와 춤을 추던 여자. '갓'자기 사라졌어. 이 건물 안에 있을 텐데."

"아니! 안 됩니다! 거긴 여자 화장실이에요."

그는 바 옆에 서 있었다. 다른 남자 둘이 있었지만, 대화를 시작할 방법이 떠오르지 않았다. 그들에게 로마 이야기, 폭력으로 탄생한 콜론나 가문과 가이타니 가문 이야기를 할 수도 있었지만, 대화의 출발점으로서는 좀 느닷없다는 것을 깨달았다. 시가 진열장에 있던 옌치 인형 한 줄이 갑자기 바닥으로 떨어졌다. 이어 혼란스러운 상황이 벌어졌고 그는 자신이 그 원인이라는 느낌을 받았다. 그래서 카바레로 돌아가 블랙커피를 한 잔 마셨다. 콜리스는 사라졌고 영국 여자도 사라졌으니 호텔로 돌아가 심장이 시커메진 채 그대로 눕는 것 외에는 달리 할 일이 없을 듯했다. 그는 계산을 하고 모자와 코트를 집어들었다.

배수구와 거친 자갈들 사이로 더러운 물이 흘렀다. 늪지대의 느낌을 주는 캄파냐*의 습한 증기, 완전히 탈진한 문화의 땀이 아침공기를 더럽혔다. 택시 기사 네 명이 거무스름한 눈밑 지방이 불룩하게 늘어진 작은 눈을 홱홱 움직이며 그를 둘러쌌다. 딕은 집요하게 얼굴을 들이미는 한 명을 거칠게 밀어냈다.

"퀴리날 호텔까지 얼마요?"

"백 리라."

육 달러라. 그는 고개를 젓고는 낮시간 요금의 두 배인 삼십 리라를 제안했지만, 그들은 모두 하나같이 어깨를 으쓱하고는 멀어져갔다.

"삼십오 리라에 팁." 그가 단호하게 말했다.

"백 리라."

그는 영어로 바꾸었다.

"반 마일도 안 되는데? 사십 리라에 갑시다."

"아, 안 돼요."

그는 아주 피곤했다. 택시 문을 잡아당겨 열고 안에 탔다.

"퀴리날 호텔!" 그는 고집스럽게 창밖에 서 있는 기사에게 말했다. "얼굴에서 그 비웃음 좀 씻어버리고 퀴리날 호텔에 데려다주쇼."

"아, 안 돼요."

* 로마 부근의 넓은 평원.

딕은 내렸다. 본보니에리 문 옆에서는 어떤 사람이 택시 기사들과 논쟁을 벌이고 있었다. 이윽고 그 사람이 기사들의 입장을 딕에게 설명하려고 했다. 다시 기사들 가운데 한 명이 몸을 밀어붙이며 고집을 부리고 손짓을 해댔고, 딕은 그를 밀어냈다.

"퀴리날 호텔에 가고 싶소."

"'빽' 리라라고 하는데요." 통역을 맡은 사람이 설명했다.

"나도 알아. 오'습' 리라를 주겠소. 어서 갑시다." 마지막 말은 한번 더 다가왔던 집요한 기사에게 한 말이었다. 기사는 그를 보더니 경멸하는 얼굴로 침을 뱉었다.

한 주 내내 쌓여온 뜨거운 초조함이 딕의 내부에서 갑자기 솟구치더니 번쩍하며 폭력의 옷을 입었다. 폭력은 그의 조국의 명예로운, 또 전통적인 자원이었다. 그는 앞으로 나아가 남자의 따귀를 때렸다.

기사들의 몸이 사방에서 솟아오르며, 위협하고, 팔을 휘두르고, 별 효과도 없었지만 그를 포위하려 했다—딕은 벽에 등을 기댄 채 서툴게 주먹을 내지르고, 조금 웃음을 터뜨리고, 몇 분 동안 싸우는 시늉을 했다. 달려들면 피하기도 하고, 무딘 주먹이 스쳐가기도 했다. 문 앞에서 이런 서툰 공방이 오갔다. 이윽고 딕은 발이 걸려 넘어졌다. 어딘가 다쳤지만 다시 애써 일어나 여러 팔들 속에서 몸싸움을 벌였다. 갑자기 팔들이 흩어졌다. 새로운 목소리와 새로운 말다툼이 들려왔지만, 그는 벽에 등을 기대고 숨을 헐떡이며 자신의 볼품없는 자세에 분개했다. 공감하는 사람이 전혀 없다는 것은 알았으나, 그렇다고 자신의 행동이 틀렸다고 생각할 수는 없었다.

그들은 경찰서에 가서 해결을 보기로 했다. 그들은 모자를 찾아 돌려주었다. 누군가가 그의 팔을 가볍게 잡았다. 그는 택시 기사들과 함께 모퉁이를 돌아 아무 장식이 없는 막사로 들어갔다. 안에서는 헌병이 하나뿐인 침침한 조명 밑에서 어슬렁거리고 있었다.

책상에는 지서장이 앉아 있었고, 싸움을 지켜보다 참견하고 나선 사람이 지서장에게 이탈리아어로 길게 이야기하며 이따금 딕을 손가락으로 가리켰다. 설명하는 사람은 택시 기사들이 끼어들어 짧게 욕설을 퍼붓고 비난해도 가만히 있었다. 지서장은 짜증스럽게 고개를 끄덕이기 시작했다. 그가 손을 들어올리자 히드라 머리 같은 연설은 고별의 외침을 몇 번 내뱉고 죽어버렸다. 그러고 나서 지서장은 딕을 돌아보았다.

"이탈리아노 해?" 그가 물었다.

"아니요."

"프랑세 해?"

"네." 딕이 말하며 지서장을 노려보았다.

"그럼. 잘 들어. 퀴리날로 가. 게으름뱅이 같은 놈. 잘 들어. 당신은 취했어. 기사가 달라는 대로 줘. 알아들었어?"

다이버는 고개를 저었다.

"아니, 그렇게는 못합니다."

"왜?"

"사십 리라를 내겠습니다. 그걸로 충분해요."

지서장이 일어섰다.

"잘 들어!" 그가 거들먹거리며 소리쳤다. "당신은 취했어. 기사를 때렸어. 이렇게, 이렇게." 그는 흥분해서 오른손과 왼손으로 허공을 쳤다. "자유롭게 풀어주는 것만으로도 감사해야지. 말한 대로 돈을 줘—백 리라. 쿼리날로 가."

딕은 수치심에 격분하여 그를 마주 노려보았다.

"알았소." 그는 앞뒤 안 가리고 문 쪽으로 몸을 틀었다—앞에서 그를 경찰서로 데려온 남자가 곁눈질을 하며 고개를 끄덕이고 있었다. "나는 가겠소." 그가 소리쳤다. "하지만 이 애송이 먼저 손 좀 보고."

딕은 노려보는 헌병을 지나 싱글거리는 얼굴로 다가서서 왼손으로 있는 힘을 다해 턱 옆을 갈겼다. 남자는 바닥에 쓰러졌다.

잠시 딕은 야만적인 승리감에 젖어 그를 굽어보며 서 있었다—그러나 왠지 이게 아니다 싶은 생각으로 인한 첫 번민이 그를 꿰뚫고 지나가는 순간 세상이 휘청거렸다. 그는 곤봉을 맞고 쓰러졌다. 주먹과 장화가 그의 몸에 닿으며 야만적 문신을 새겼다. 코가 지붕널처럼 부러지고, 늘어났다가 제자리로 튕겨지는 고무줄에 묶인 듯 눈이 갑자기 머리 안쪽으로 쑥 들어가버리는 것 같았다. 짓밟는 발꿈치에 갈비뼈가 부서졌다. 그는 잠시 의식을 잃었다가, 누군가 앉는 자세로 일으켜 재빨리 손목을 함께 붙들어 수갑을 채울 때에야 정신을 차렸다. 그는 반사적으로 몸부림을 쳤다. 그가 쓰러뜨린 사복 부지서장이 일어서서 손수건으로 턱을 톡톡 두드리며 피가 묻어나는지 살폈다. 그가 딕에게 다가오더니 자세를 잡고 팔을 뒤로 잡아당겼다가 한 방에 딕을 바닥에 쓰러뜨렸다.

닥터 다이버가 가만히 누워 있자 누군가 그의 몸 위로 들통에 든 물을 퍼부었다. 손목을 잡힌 채 핏빛 아지랑이를 헤치며 끌려가는 동안 한쪽 눈을 벌리자 침침하게 앞이 보였다. 그는 택시 기사 한 명의 인간적이면서도 주검처럼 창백한 얼굴을 분간할 수 있었다.

"엑셀시어 호텔로 가주쇼." 그가 힘없이 소리쳤다. "워런 양한테 말하쇼. 이백 리라 줄게! 워런 양한테. 이백 리라! 오, 이 더러운—이 망할—"

그는 계속 핏빛 아지랑이를 헤치며 끌려갔다. 목이 메고 흐느낌이 터져나왔다. 모호하고 불규칙한 면들을 지나 어떤 작은 곳으로 들어가자 돌바닥 위에 내팽개쳐졌다. 사람들이 나가고 문이 덜컹거렸다. 그는 혼자 남았다.

23

베이비 워런은 한시까지 침대에 누워 메리언 크로퍼드의 묘하게 맥빠진 로마 이야기들 가운데 하나를 읽었다. 그런 뒤에 창가로 가서 거리를 내려다보았다. 호텔 건너편에 몸에 둘둘 두른 괴상한 망토 차림에 할리퀸 모자를 쓴 헌병 두 명이 마치 큰 돛이 바람을 받는 것처럼 육중하게 좌우로 몸을 흔들고 있었다. 그녀는 그들을 보며 점심때 자신을 맹렬하게 응시하던 위병장교를 생각했다. 그에게는 작은 종족 가운데 키가 큰 구성원이 내세우는 오만, 키가 큰 것이 자신의 유일한 의무라는 오만이 있었다. 그가 다가와 '함께 갑시다, 당신하고 나' 하고 말했다면 그녀는 '그러죠 뭐' 하고 대답했을 것이다—적어도 지금은 그런 것 같았다. 그녀는 여전히 익숙지 않은 배경 탓에 유체 이탈 상태였기 때문이다.

그녀의 생각은 위병으로부터 서서히 두 헌병에게로, 딕에게로 거슬러 흘러갔다—그녀는 침대로 들어가 불을 껐다.

그녀는 네시가 되기 조금 전에 난폭하게 문을 두드리는 소리에 잠을 깼다.

"네—뭐예요?"

"관리인입니다, 부인."

그녀는 기모노를 걸치고 졸린 눈으로 남자를 마주보았다.

"부인 친구 디버라는 사람 문제가 생겼습니다. 경찰하고 문제가 생겼습니다. 지금 감옥에 있습니다. 택시를 보내 말하라고 했습니다. 기사 말이 이백 리라를 주겠다고 약속했답니다." 그는 이 점을 확인받기 위해 조심스럽게 말을 끊었다. "기사 말이 디버 씨가 큰 문제 생겼답니다. 경찰하고 싸워 아주 많이 다쳤답니다."

"바로 내려갈게요."

옷을 입는데 불안하게 가슴이 뛰었다. 그녀는 십 분 뒤 엘리베이터에서 나가 어두운 로비로 들어섰다. 소식을 가져온 기사는 가버리고 없었다. 관리인이 다른 택시를 불러 기사에게 감옥의 위치를 말해주었다. 택시를 타고 가는 동안 밖의 어둠이 걷히며 조금씩 옅어졌다. 거의 깨어나지 않은 베이비의 신경은 밤과 낮 사이의 불안정한 균형 때문에 약간 움츠러들었다. 그녀는 밝아오는 날에 맞서 경주하기 시작했다. 가끔 넓은 길에서는 어느 정도 유리한 위치에 올라섰지만, 밀고 나아가던 차가 잠시라도 멈출 때면 여기저기서 짜증스럽게 질풍이 불고 빛이 다시 천천히 기어나오기 시작했다. 택시는 거대한 그림자 속에서 물을 튀기는 시끄러운 분수를 지나, 구불구불한 곡선을 따라 건물들마저 구부러지고 짜부라진 골목으로 들어서서, 자갈 위를 시끄럽게 덜컹거리더니 녹색의 축축한 담벼락에 초소 두 개가 밝게 빛나는 곳에서 급하게 멈추었다. 갑자기 아치 지붕이 덮인 길의 자줏빛 어둠에서 딕의 목소리가 들렸다. 큰 소리로 악을 쓰고 있었다.

"거기 영국 사람 없어요? 미국 사람 없어요? 영국 사람 없어요? 미국—오, 맙소사! 이런 더러운 이탈리아 놈들!"

목소리가 잦아들고, 문을 두드리는 둔탁한 소리가 들렸다. 이어 다시 목소리가 들려오기 시작했다.

"거기 미국 사람 없어요? 영국 사람 없어요?"

그녀는 목소리를 따라 아치를 통과하여 뜰로 뛰어들어갔다. 잠시 혼란에 빠져 빙글빙글 돌다가 외침이 들려오는 작은 감방을 찾아냈다. 헌병 두 명이 깜짝 놀라 일어섰지만 베이비는 그들을 그냥 지나쳐 감방 문으로 갔다.

"딕!" 그녀가 소리쳤다. "어떻게 된 거예요?"

"내 눈을 작살냈어요." 딕이 소리쳤다. "수갑을 채우고 두들겨팼어요. 염병할—그—"

베이비는 주위를 두리번거리다가 두 헌병에게 다가섰다.

"저 사람한테 무슨 짓을 한 거예요?" 작은 목소리였지만 아주 사납게 말했기 때문에 그들은 그녀의 커져가는 분노 앞에서 움찔했다.

"영어 못합니다."

그녀는 프랑스어로 그들에게 욕을 했다. 그녀의 거칠고 자신만만한 격분이 방을 가득 채우며 그들을 둘러싸자 마침내 그들은 그녀가 그들에게 입힌 비난의 옷 안에서 움츠러들며 꿈틀거렸다. "어떻게 좀 해봐요! 어떻게 좀!"

"명령이 없으면 아무것도 할 수 없습니다."

"좋아. 좋다고! 좋아!"

다시 베이비는 뜨거운 감정으로 그들 주위를 태웠고, 그들은 땀을 뻘뻘 흘리며 자신들의 무능을 사과했으며, 결국 뭔가 끔찍하게 잘못되었다는 느낌 때문에 서로를 마주보았다. 베이비는 감방 문으로 가 그곳에 몸을 기대고, 딕에게 자신의 존재와 힘을 느끼게 하려는 듯 문을 쓰다듬다시피 하며 소리쳤다. "대사관으로 가겠어요, 곧 돌아올게요." 그녀는 마지막으로 헌병에게 무한한 적의로 가득찬 눈길을 보내며 밖으로 달려나갔다.

그녀는 택시를 타고 미국 대사관으로 가 그곳에서 기사가 고집을 부리자 돈을 주었다. 아직 어두웠지만 그녀는 층계를 달려올라가 벨을 눌렀다. 세 번을 누르고 나서야 영국인 수위가 졸린 얼굴로 문을 열었다.

"사람을 만나러 왔어요." 그녀가 말했다. "누구라도—하지만 당장."

"아무도 일어나지 않았습니다, 부인. 아홉시가 되어야 문을 엽니다."

그녀는 짜증스럽다는 표정으로 손을 저어서 시간 이야기를 날려보냈다.

"중요한 일이에요. 한 남자—한 미국인이 심하게 얻어맞았어요. 지금 이탈리아 감옥에 있고요."

"아직 아무도 일어나지 않았습니다. 아홉시에—"

"기다릴 수 없어요. 눈이 작살났어요—내 제부인데 감옥에서 내보내주지 않으려고 해요. 누구하고든 얘기를 해야겠어요—모르겠어요? 제정신이에요? 거기 그런 표정으로 서 있다니, 당신 바보예요?"

"나는 아무것도 할 수가 없습니다, 부인."

"누구라도 깨워야죠!" 그녀는 수위의 어깨를 움켜쥐고 마구 흔들어 댔다. "생사가 걸린 문제예요. 가서 깨우지 않으면 당신한테 끔찍한 일이 일어날 거예요—"

"제발 손 좀 치우시지요, 부인."

수위의 뒤편 위쪽에서 피로에 젖은 그로턴 사투리가 천천히 떠내려왔다.

"거기 무슨 일이야?"

수위가 안도하며 대답했다.

"어떤 여자분인데, 저를 잡고 흔드네요." 그가 말을 하려고 한 걸음 뒤로 물러서자 베이비가 현관으로 밀고 들어갔다. 위쪽 층계참에 수를 놓은 흰 페르시아 가운으로 몸을 감싼 독특한 모습의 젊은이가 막 잠에서 깬 표정으로 서 있었다. 얼굴은 괴물처럼 부자연스러운 분홍색으로, 색깔 자체는 선명했지만 죽은 색이었으며, 입 위에는 재갈처럼 보이는 것이 달려 있었다. 그는 베이비를 보자 머리를 뒤쪽 어둠 속으로 숨겼다.

"무슨 일입니까?" 그가 다시 물었다.

베이비는 이야기를 하며, 흥분할 때마다 조금씩 층계로 다가섰다. 그녀는 이야기를 하면서 재갈은 사실 콧수염 주머니이고, 남자의 얼굴은 분홍색 콜드크림으로 덮여 있다는 걸 깨달았다. 이 악몽에 은근히 어울리는 사실들이었다. 당장 나하고 같이 감옥으로 가서 그 사람을 꺼내줘야 해요, 그녀가 뜨거운 감정을 담아 소리쳤다.

"안 좋은 일이군요." 그가 말했다.

"네." 그녀가 누그러지며 맞장구를 치다 되물었다. "네?"

"경찰하고 싸우려 든 거 말입니다." 그의 목소리에서 사람을 모욕하려는 의도가 느껴졌다. "안됐지만 아홉시까지는 아무것도 할 수 없습니다."

"아홉시까지." 그녀가 경악하여 되풀이했다. "하지만 뭔가 할 수 있는 일이 있을 거예요, 분명히! 나하고 함께 감옥에 가서 그 사람을 더 건드리지 못하게 할 수 있어요."

"그런 일을 하는 건 우리에게 허용되지 않습니다. 그런 일은 영사관이 처리하고, 영사관은 아홉시에 문을 엽니다."

수염 주머니를 묶는 끈이 방해가 돼 표정을 드러내지 못하는 그의 얼굴에 베이비는 격분했다.

"나는 아홉시까지 못 기다려요. 내 제부 말이 그 사람들이 눈을 작살냈대요—심하게 다쳤단 말이에요! 나는 제부한테 가야 해요. 의사를 찾아야 해요." 그녀는 말을 하면서 지금까지 억제해왔던 감정을 드러내고 치미는 분노 때문에 울기 시작했다. 그가 그녀의 말보다는 흥분에 반응하리란 걸 알았기 때문이다. "댁도 어떻게 좀 해보라고요. 문제가 생긴 미국 국민을 보호하는 게 댁의 일이잖아요."

그러나 그는 동부 출신이었고 그녀가 감당하기에는 너무 완강했다. 그는 그녀가 자신의 입장을 이해하지 못했음에도 참을성 있게 고개만 설레설레 젓더니 페르시아 가운을 여미면서 계단을 몇 개 내려왔다.

"이분에게 드릴 수 있도록 영사관 주소를 적게." 그가 수위에게 말했다. "그리고 닥터 콜라초의 주소와 전화번호를 찾아 그것도 적고." 그는 성난 그리스도의 표정으로 베이비를 돌아보았다. "잘 들으세요.

외교단은 이탈리아 정부에 미합중국 정부를 대표합니다. 국무부의 구체적 지침이 없는 한 미국민 보호에는 관여하지 않습니다. 댁의 제부는 이 나라 법을 어겨서 감옥에 갇혔습니다. 이탈리아 사람도 그런 식으로 뉴욕 감옥에 갇힐 수 있지요. 댁의 제부를 석방할 수 있는 건 이탈리아 법원뿐입니다. 물론 댁의 제부가 재판에 넘어가면 영사관의 지원과 조언을 얻을 수 있습니다. 영사관은 미국 국민의 권리를 보호하거든요. 영사관은 아홉시에 문을 엽니다. 설사 그 사람이 내 형제라 해도 나는 할 수 있는 일이 없—"

"영사관에 전화해줄 수 있나요?" 그녀가 끼어들었다.

"우리는 영사관 일에는 관여할 수 없습니다. 영사가 아홉시에 거기 도착하면—"

"영사의 집주소를 알려주실 수 있나요?"

남자는 순간적으로 멈칫하다가 고개를 저었다. 그는 수위에게서 메모지를 받아 그녀에게 주었다.

"이제 그만 실례하겠습니다."

그는 조심조심 그녀를 문까지 바래다주었다. 한순간 새벽의 자줏빛에 그의 분홍색 가면과 콧수염을 지탱하는 리넨 주머니가 선명하게 드러났다. 이윽고 베이비는 앞쪽 층계에 혼자 서 있게 되었다. 대사관에 온 지 십 분이 지났다.

대사관을 마주보는 광장은 못이 달린 지팡이로 담배꽁초를 모으는 노인을 제외하면 텅 비어 있었다. 베이비는 곧 택시를 잡아타고 영사관으로 갔지만 층계를 청소하는 가련한 여자 세 명 외에는 아무도 없었다. 아무리 말을 해도 그들은 그녀가 영사의 집주소를 알고 싶어한다는 걸 이해하지 못했다—그러다 갑자기 불안이 다시 엄습하는 바람에 그녀는 달려나가 기사에게 감옥으로 데려다달라고 했다. 기사는 감옥이 어디 있는지 몰랐지만 그녀는 똑바로, 오른쪽, 왼쪽 같은 말들을 사용하여 기사를 근처까지 안내할 수 있었고, 택시에서 내린 다음에는 눈에 익은 골목들로 이루어진 미로 탐험에 나섰다. 그러나 건물과 골목은 모두 똑같아 보였다. 어떤 골목에서 나와 스페인광장으로 들어서는 순간 그녀의 눈에 아메리칸 익스프레스 회사가 보였다. 간판의 '아메리칸'이라는 말에 그녀는 가슴이 뛰었다. 창에 불빛이 보였기 때문에 그녀는 서둘러 광장을 가로질러 문을 열어보았다. 그러나 문은 잠겨 있었고, 안의 시계는 일곱시를 가리키고 있었다. 그때 콜리스 클레이가 떠올랐다.

그녀는 그가 묵는 호텔 이름을 기억했다. 엑셀시어 건너편, 붉은 플러시천으로 밀봉된 답답한 빌라였다. 사무실에서 당직중인 여자는 그녀를 도와줄 생각이 없었다—그녀는 클레이 씨를 깨울 권한이 없었으며, 워런 양 혼자 그의 방으로 올라갈 수도 없다고 막아섰다. 그러다 마침내 이것이 연애 문제가 아니라는 걸 납득하고 함께 올라갔다.

콜리스는 벌거벗고 침대에 누워 있었다. 그는 취해서 들어왔으며, 잠을 깨서도 한참 지나서야 자신이 알몸이라는 걸 깨달았다. 그러고는 지나치게 겸손한 태도로 그것을 사죄하려 했다. 그는 옷을 욕실로 가져가 서둘러 입으며 혼자 중얼거렸다. "맙소사. 틀림없이 다 봤을 거야." 콜리스는 전화를 몇 통 건 뒤에 감옥을 찾아내 그곳으로 갔다.

감옥 문이 열렸고 딕은 감방 안의 의자에 늘어져 있었다. 헌병이 얼굴의 피를 약간 닦아내고, 머리를 빗긴 다음, 무언가를 감추려는 듯 모자까지 씌워놓았다.

베이비는 문간에 서서 몸을 떨었다.

"클레이 씨가 함께 있을 거예요." 그녀가 말했다. "나는 영사하고 의사를 불러올게요."

"알았어요."

"그냥 가만히 있어요."

"알았어요."

"다시 올게요."

베이비는 택시를 타고 영사관으로 갔다. 이제 여덟시가 넘었기 때문에 그녀는 대기실에 앉는 것을 허락받았다. 아홉시쯤 영사가 들어왔고, 베이비는 무력감과 피로로 인해 히스테리에 빠져 같은 이야기를 되풀이했다. 영사는 불안한 표정이었다. 그는 그녀에게 낯선 도시에서는 다툼을 벌이지 말라고 주의를 주었지만, 가장 하고 싶은 이야기는 밖에서 기다리라는 것인 듯했다—그녀는 그의 나이든 눈에서 이 재앙에 가급적 말려들고 싶어하지 않는다는 것을 읽어내고 절망했다. 그녀는 그가 조치를 취하기를 기다리는 동안 의사에게 전화를 걸어 딕에게 가보게 했다. 대기실에는 다른 사람들도 있었고, 그 가운데 몇 명은 영사 사무실로 안내되었다. 삼십 분 뒤 베이비는 어떤 사람이 나오는 틈을 타 비서를 지나쳐 방으로 밀고 들어갔다.

"이건 언어도단이에요! 미국인이 맞아서 반은 죽어 감옥에 내팽개쳐졌는데 영사님은 도울 생각은 않고 꼼짝도 하지 않는다니."

"잠깐만요—"

"이미 기다릴 만큼 기다렸어요. 당장 감옥으로 가서 그 사람을 꺼내줘요!"

"잠깐—"

"우리는 미국에서 상당한 지위가 있는 사람들이에요—" 말을 이어 가는 그녀의 입에 점점 힘이 들어갔다. "혹시 이게 무슨 추문이 되겠느냐 생각하실지 모르지만 우리는—내가 이 문제에 대한 영사님의 무관심이 적당한 곳에 반드시 알려지도록 손을 쓸 거예요. 만일 내 제부가 영국 국민이었다면 몇 시간 전에 풀려났을 거예요. 그런데도 영사님은 자신이 여기에 있는 목적보다는 경찰이 무슨 생각을 할까 하는 걸 걱정하는 거잖아요."

"잠깐—"

"어서 모자를 쓰고 나하고 가자니까요."

모자 이야기가 나오자 영사는 깜짝 놀라 황급히 안경을 닦고 서류를 아무렇게나 뒤적이기 시작했다. 그러나 아무 소용 없었다. '미국 여자'는 흥분해서 그를 굽어보며 서 있었다. 그는 한 국민의 정신적 등뼈를 꺾고 대륙 전체를 탁아소로 만들어버린, 그 압도적인 비이성적 기질을 감당할 재간이 없었다. 그는 부영사에게 전화를 했다—베이비가 이긴 것이다.

딕은 감방 창문을 통해 풍성하게 쏟아져들어오는 햇빛을 받으며 앉아 있었다. 콜리스와 두 헌병이 함께 있었다. 그들은 무슨 일인가 벌어지기를 기다리고 있었다. 딕은 한쪽 눈의 좁아진 시야로 헌병을 볼 수 있었다. 그들은 위쪽 입술이 짧은 토스카나 지방 농부 출신으로, 어젯밤의 잔혹한 행동을 한 사람들이라고는 도저히 믿을 수 없었다. 그는 그들 중 한 사람을 보내 맥주를 한 잔 가져오게 했다.

맥주를 마시자 머리가 어찔하면서, 순간적으로 이 사건에 냉소적인 유머의 빛이 비치는 느낌이었다. 콜리스는 영국 여자가 이 재앙과 관련이 있다는 인상을 받은 듯했지만, 딕은 일이 벌어지기 오래전에 그 여자가 사라졌다고 확신했다. 콜리스는 여전히 자신이 벌거벗은 채 침대에 누워 있던 모습을 워런 양이 보았다는 사실에 사로잡혀 있었다.

딕은 분노가 안으로 약간 물러나면서, 한심하다 할 정도로 엄청나게 무책임한 상태에 빠져들었다. 그에게 일어난 사건은 너무 끔찍해서 그 일을 목 졸라 죽이지 않는 한 다른 어떤 일이 생겨도 달라질 게 없었으나, 그렇게 죽이는 것은 가능한 일이 아니었기 때문에 그에게는 아무런 희망이 없었다. 그는 앞으로는 지금까지와 다른 사람이 될 것이었다. 그는 이런 맨살이 드러난 듯한 상태에서 자신의 새로운 자아가 어떤 모습일지 생각하며 괴상한 느낌에 사로잡혔다. 이 일에는 마치 신의 행동처럼 개인 따위는 고려하지 않는 면이 있었다. 성숙한 아리아인은 굴욕에서 이익을 얻을 수 없다. 용서를 하여 그 일이 삶의 일부가 되었을 때는 이미 자신을 모욕한 것과 자신을 동일시한 뒤이기 때문이다—그러나 이 경우에는 그런 결과가 불가능했다.

콜리스가 보복을 이야기했지만, 딕은 고개를 저으며 입을 열지 않았다. 옷을 다려 입어 번쩍거리고 활력이 넘치는 헌병 부지서장이 세 사람은 되는 것처럼 요란하게 방으로 들어오자 헌병들이 벌떡 일어나 차려 자세를 취했다. 그는 빈 맥주병을 보고 부하들을 향해 꾸지람을 쏟아냈다. 그는 전과는 완전히 다른 분위기였으며, 첫번째로 한 일이 맥주병을 감방에서 내보내는 것이었다. 딕은 콜리스를 보고 웃음을 터뜨렸다.

스완슨이라는 이름의 과로에 지친 젊은 부영사가 도착했고, 그들은 법원으로 출발했다. 콜리스와 스완슨이 딕의 양쪽에 자리잡았고 헌병 두 명은 바로 뒤에 있었다. 아지랑이가 피어오르는 노란 아침이었다. 광장과 아케이드는 사람들로 북적였고, 딕은 모자를 깊이 눌러쓰고 빠르게 걸어 일행을 선도했다. 마침내 다리가 짧은 헌병 한 명이 옆에서 뛰다시피 걸으며 불평을 했다. 스완슨이 상황을 정리했다.

"나 때문에 망신을 당했군요, 안 그래요?" 딕이 명랑하게 말했다.

"이탈리아 사람들과 싸우다가는 죽기 쉬워요." 스완슨이 겁을 내며 말했다. "아마 이번에는 보내주겠지만, 선생이 이탈리아 사람이라면 두어 달은 감옥에 있어야 할 겁니다. 틀림없어요!"

"감옥에 있어봤습니까?"

스완슨은 웃음을 터뜨렸다.

"이 사람 마음에 드는군." 딕이 클레이에게 말했다. "아주 호감이 가는 젊은이인데다가 사람들한테 훌륭한 조언을 해주거든. 틀림없이 감옥에 가봤을 거야. 아마 한 번 감옥에 들어가 몇 주를 보냈을 거야."

스완슨은 웃음을 터뜨렸다.

"내 말은 조심하는 게 좋을 거란 얘깁니다. 선생은 이들이 어떤 사람들인지 모릅니다."

"아, 어떤 사람들인지 알아요." 딕이 화가 나서 소리를 버럭 질렀다. "염병할 악취가 나는 놈들이지." 그는 헌병을 돌아보았다. "무슨 말인지 알아들었어?"

"나는 이제 가보겠습니다." 스완슨이 얼른 말했다. "선생의 처형 되는 분한테도 갈 거라고 말씀드렸습니다—위층 법정에서 우리 변호사를 만나게 될 겁니다. 조심하시는 게 좋아요."

"안녕히 가세요." 딕이 정중하게 악수를 했다. "정말 고맙습니다. 부영사님한테는 미래가 있다는 느낌이 드네요—"

스완슨은 다시 웃음을 짓고는 서둘러 자리를 뜨며, 영 못마땅하다는 공식적인 표정으로 돌아갔다.

그들은 사면의 바깥 계단이 모두 위에 있는 방으로 통하는 안뜰로 들어섰다. 깃발들을 가로지르는데 안뜰에서 서성거리는 사람들로부터 신음, 비난, 야유가 올라왔다. 분노와 경멸이 가득한 목소리들이었다. 딕이 두리번거렸다.

"뭡니까?" 그가 깜짝 놀라서 물었다.

헌병 한 명이 한 무리의 남자들에게 무언가 이야기하자 그 소리가 잦아들었다.

그들은 법정으로 들어갔다. 영사관에서 보낸 초라한 차림새의 이탈리아 변호사가 판사와 길게 이야기를 하는 동안 딕과 콜리스는 밖에서 기다렸다. 영어를 아는 사람이 뜰이 보이는 창에서 고개를 돌려 그들이 올 때 따라왔던 소리가 무엇인지 설명해주었다. 프라스카티 출신이 다섯 살짜리 아이를 강간하고 죽여 그날 재판을 받으러 올 예정이었다—사람들은 딕이 그 사람인 줄 알았던 것이다.

몇 분이 지나자 변호사는 딕에게 석방되었다고 말했다—법정은 그가 벌을 받을 만큼 받았다고 판단했다.

"받을 만큼!" 딕이 소리쳤다. "뭐에 대한 벌인데?"

"가요." 콜리스가 말했다. "지금은 할 수 있는 게 없어요."

"하지만 내가 무슨 짓을 했는데? 택시 기사들 몇 명하고 싸운 것 말고?"

"저쪽에서는 선생이 형사한테 악수를 할 것처럼 다가가다 때렸다고 주장합니다—"

"그건 사실이 아니에요! 나는 때리겠다고 말했어요—그 사람이 형사인지도 몰랐고."

"가는 게 좋겠습니다." 변호사가 재촉했다.

"가요." 콜리스가 그의 팔을 잡고 층계를 내려갔다.

"이야기를 하고 싶어." 딕이 소리쳤다. "이 사람들한테 내가 다섯 살짜리 여자애를 어떻게 강간했는지 설명하고 싶어. 어쩌면 내가 진짜로 그랬는지도 몰라—"

"갑시다."

베이비가 의사와 함께 택시에서 기다리고 있었다. 딕은 그녀를 보고 싶지 않았고 의사도 싫었다. 의사의 엄격한 태도는 그가 유럽인 가운데 가장 파악하기 힘든 유형, 즉 라틴계 도덕주의자임을 보여주었다. 딕은 이 재난에 관한 자신의 생각을 정리해서 이야기했지만, 아무도 할말이 많은 것 같지 않았다. 의사는 퀴리날에 있는 그의 방에서 남은 핏자국과 기름기 섞인 땀을 씻어내고, 코와 골절된 갈비뼈와 손가락을 맞추고, 작은 상처들을 소독하고, 기대감을 갖고 눈에 붕대를 감았다. 딕은 모르핀을 사분의 일 그레인* 달라고 했다. 여전히 정신이 말짱하고 신경이 곤두서 있었기 때문이다. 그는 모르핀을 맞고 잠이 들었다.

* 1그레인은 약 0.0648그램.

의사와 콜리스는 떠나고 베이비는 영국 개인 병원의 간호사가 도착할 때까지 기다렸다. 힘든 밤이었지만 그녀는 딕이 이전에 어떤 훌륭한 일을 했건, 앞으로는 그의 쓸모가 다하는 날까지 그들이 그에게 도덕적 우위를 점할 수 있다는 만족감을 맛보았다.

제3부

1

케테 그레고로비우스 부인은 그들이 사는 빌라의 좁은 길에서 남편을 따라잡았다.

"니콜은 어땠어요?" 그녀가 온화하게 물었다. 그러나 숨을 헐떡거리며 말했기 때문에 달려오는 동안 마음속에 그 질문을 챙겨두고 있었음이 드러나고 말았다.

프란츠는 놀란 표정으로 그녀를 보았다.

"니콜은 아프지 않아. 왜 그런 걸 묻는 거지, 여보?"

"당신이 니콜을 자주 만나잖아요—그래서 틀림없이 아픈가보다 생각했죠."

"집에 가서 이야기하자고."

케테는 순순히 동의했다. 그의 서재는 저 건너 행정 건물에 있었고,

아이들은 교사와 함께 거실에 있었다. 그들은 침실로 올라갔다.

"미안해요, 프란츠." 케테는 그가 입을 열기 전에 먼저 말했다. "미안해요, 여보, 내가 그런 말을 할 권리는 없는데. 나도 내 의무를 알고 있고 그게 자랑스러워요. 하지만 니콜하고 나 사이에는 나쁜 감정이 있어요."

"작은 둥지의 새들은 다투지 않아." 프란츠가 소리를 버럭 질렀다. 그는 그 말투가 감정에 어울리지 않는다고 생각하여, 사이를 두고 미리 계산된 박자로 명령이나 다름없는 그 말을 되풀이했다. 그의 옛 스승 닥터 돔러가 진부하기 짝이 없는 말에 의미를 부여할 때 쓰던 방법이었다. "작은—둥지의—새들은—다투지—않아!"

"나도 그건 알아요. 당신도 내가 니콜한테 예의를 지키지 않는 경우는 없다는 걸 알잖아요."

"당신은 상식에서 벗어난 행동을 하고 있어. 니콜은 반쯤 환자야—아마도 평생 그런 식으로 환자 비슷하게 살아갈 거야. 따라서 딕이 없으면 내가 책임을 져야 돼." 그는 머뭇거렸다. 그는 때때로 조용히 농담으로 얼버무리는 방식으로 케테에게 진실이 전해지는 걸 막으려 했다. "오늘 아침 로마에서 전보가 왔어. 딕이 인플루엔자에 걸려 내일 이쪽으로 출발한대."

안도한 케테는 개인적인 감정이 줄어든 말투로 애초에 작정한 길로 내처 나아갔다.

"나는 니콜이 사람들 생각만큼 아프지 않다고 생각해요—그냥 권력의 도구로 병을 소중히 품고 있을 뿐이에요. 니콜도 영화에 출연해야 해요, 당신의 그 노마 탈마지처럼—미국 여자들은 죄다 영화에만 나오면 행복해지잖아요."

"당신 노마 탈마지를 질투하는 거야, 영화를 보고?"

"나는 미국 사람들이 마음에 들지 않아요. 그 사람들은 이기적이에요, 이기적!"

"딕은 마음에 들어?"

"그 사람은 마음에 들어요." 그녀는 인정했다. "딕은 달라요. 다른 사람들을 생각하거든요."

—노마 탈마지도 마찬가지야, 프란츠는 속으로 중얼거렸다. 노마 탈마지는 어여쁜 생김새를 넘어선 훌륭하고 고상한 여자가 분명해. 사람들이 노마 탈마지에게 멍청한 역을 연기하도록 강요하는 거야. 노마 탈마지는 틀림없이 좋은 사람이고, 따라서 그런 여자를 안다는 것만으로도 큰 특권이라고 할 수 있어.

케테는 노마 탈마지를 거의 잊어버리고 있었다. 어느 날 밤 취리히에서 영화를 보고 나서 차를 타고 집으로 돌아올 때에는 살아 있는 그림자처럼 자리를 잡고 있는 그녀 때문에 독을 품고 안달복달하기도 했는데.

"—하지만 딕은 돈을 보고 니콜과 결혼했어요." 그녀가 말했다. "그게 그 사람 약점이에요—당신도 언젠가 밤에 그런 암시를 했잖아요."

"당신 지금 심술을 부리고 있어."

"네, 그 말은 하지 말아야 했네요." 그녀는 방금 한 말을 철회했다. "당신 말대로 우리 모두 새처럼 살아야 해요. 하지만 니콜이 그럴 때는 힘들어요. 마치 나한테서 악취라도 나는 것처럼 숨을 참고 뒤로 몸을 약간 뺄 때는!"

케테의 말은 구체적인 진실을 건드리고 있었다. 그녀는 모든 일을 대부분 직접 하고, 최대한 절약했으며, 옷을 거의 사지 않았다. 매일 속옷을 두 번 갈아입고 그것을 매일 밤 세탁하는 미국의 여점원이라면 케테의 몸에서 어제의 땀이 다시 깨어나 슬쩍 냄새를 풍기는 걸 눈치챘을 것이다. 그것은 냄새라기보다는 영원한 고역과 부패를 상기시키는 암모니아 같은 것이었다. 프란츠에게는 그것이 케테의 머리에서 나는 진하고 어두운 냄새만큼이나 자연스러웠고, 그 냄새를 놓치듯이 그녀의 땀냄새도 놓쳤을 것이다. 그러나 날 때부터 자신에게 옷을 입혀주는 보모의 손가락 냄새마저 싫어했던 니콜에게는 참고 견뎌야만 하는 불쾌한 냄새였을 것이다.

"그리고 애들도요." 케테가 말을 이어갔다. "니콜은 자기 아이들이 우리 애들하고 노는 걸 좋아하지 않아요—" 하지만 프란츠는 더 듣고 싶지 않았다.

"그만해—그런 종류의 이야기는 직업적으로 나한테 해를 끼칠 수 있어. 이 병원은 니콜의 돈으로 구한 거니까. 점심이나 먹읍시다."

케테는 자신이 그런 식으로 폭발한 것이 경솔한 행동이었음을 깨달았지만, 프란츠의 마지막 말을 듣자 미국인들은 돈이 있다는 생각을 떠올리게 되었으며, 일주일 뒤에 니콜에 대한 혐오를 다른 말로 표현했다.

딕이 돌아온 직후 다이버 부부에게 저녁을 대접하는 자리였다. 그들의 발소리가 집 앞에서 사라지기가 무섭게 그녀는 문을 닫고 프란츠에게 말했다.

"딕의 눈자위 봤어요? 주색에 빠졌나봐요."

"말조심해." 프란츠가 말했다. "돌아오자마자 딕이 나한테 얘기해줬어. 대서양을 건너는 배에서 권투를 했대. 미국 승객들은 대서양 항로에서 권투를 많이 해."

"나더러 그걸 믿으라고요?" 그녀가 코웃음을 쳤다. "한쪽 팔을 움직일 때마다 아픈 표정을 짓고 관자놀이에 아물지 않은 상처가 있는데—머리카락을 잘라낸 곳은 당신도 봤을 거 아니에요."

프란츠는 그런 세밀한 것까지는 보지 못했다.

"그래서 뭐예요?" 케테가 다그쳤다. "그런 게 병원에 도움이 된다는 거예요? 오늘밤에 딕한테서 술냄새가 났어요. 돌아온 뒤로 몇 번이나 그랬고요."

그녀는 이제 하려는 말의 무게에 어울리도록 말하는 속도를 늦추었다. "딕한테서는 이제 진지한 태도를 찾을 수 없어요."

프란츠는 어깨를 흔들어 층계 위쪽을 가리켜서 그녀의 집요함을 떨쳐냈다. 그는 침실에서 그녀를 공격했다.

"딕은 분명히 아주 진지한 사람이고 똑똑한 사람이야. 최근에 취리히에서 신경병리학으로 학위를 받은 모든 사람 가운데 가장 똑똑하다는 얘기를 듣고 있어—나는 도저히 따라가지 못할 정도로 똑똑해."

"창피해라!"

"사실이야—그걸 인정하지 않는 게 창피한 거야. 나는 환자의 상태가 아주 복잡할 때는 딕에게 의지해. 딕이 발표한 글들은 여전히 그 영역에서는 기준이 되고 있어—아무 의학 도서관에나 가서 물어봐. 학생들은 대부분 딕이 영국인이라고 생각해—그런 철저함이 미국에서는 나올 수 없다고 믿으니까." 그는 가정적인 남편의 얼굴로 돌아와 신음을 토하며 베개 밑에서 파자마를 꺼냈다. "당신이 왜 이런 식으로 얘기하는지 이해를 못하겠어, 케테—당신은 딕을 좋아하는 줄 알았는데."

"창피해라!" 케테가 말했다. "믿을 만한 사람은 당신이에요. 일은 당신이 다 하잖아요. 이건 토끼와 거북이 같은 경우라고요—토끼의 경주는 거의 끝났다는 게 내 생각이에요."

"쯧! 쯧!"

"아무튼 좋아요. 그게 사실이니까."

프란츠는 펼친 손으로 공기를 힘차게 내리눌렀다.

"그만!"

결과적으로 그들은 논쟁을 하는 사람들처럼 관점을 바꾸게 되었다. 케테는 속으로 자신이 딕에게 너무 심했다는 걸 인정했다. 그녀는 딕에게 감탄하고 경외심을 느꼈다. 딕은 늘 그녀를 고맙게 생각하고 이해해주었기 때문이다. 프란츠는 시간이 지나면서 케테의 생각이 마음속에 자리를 잡게 되었고 딕이 진지한 사람이라는 믿음이 사라져버렸다. 그리고 시간이 지나면서 자신이 한 번도 그렇게 생각한 적이 없다고 굳게 믿게 되었다.

2

딕은 니콜에게 로마의 재앙을 삭제판으로 이야기해주었다—이 판본에서 딕은 박애주의 정신이 넘쳐 술 취한 친구를 구하러 나섰다. 베이비 워런은 입을 다물 것이라고 믿을 수 있었다. 진실이 니콜에게 미칠 참담한 영향을 그가 미리 보여주었기 때문이다. 그러나 이 모든 것은 그 사건이 딕 자신에게 오랜 기간 동안 미친 영향에 비하면 별것 아니었다.

그 반작용으로 딕은 매를 더 맞는 심정으로 열심히 일했다. 그래서 그와 결별하려던 프란츠는 불화를 일으킬 만한 근거를 찾을 수가 없었다. 이름값을 하는 우정이 되면 살이 찢어지는 고통 없이는 짧은 시간에 깰 수 없는 법이었다—그래서 프란츠는 딕이 지적으로나 감정적으로 아주 빠른 속도로 움직이기 때문에 그 진동이 자신에게 거슬린다고 믿는 쪽으로 나아가게 되었다—전에는 그들의 관계에서 미덕으로 생각되던 차이였다. 조잡한 게 필요하면 작년에 남은 가죽으로 구두를 만들기도 하는 것과 마찬가지다.

그러나 5월이 되어서야 프란츠는 첫 쐐기를 박아넣을 기회를 찾게 되었다. 어느 날 정오에 딕이 창백하고 피곤한 얼굴로 사무실로 들어와 앉으며 말했다.

"흠, 그 여잔 가버렸네."

"죽었나?"

"심장이 멈췄어."

딕은 탈진하여 문에서 가장 가까운 의자에 주저앉았다. 사흘 밤 동안 그는 그간 사랑하게 된 보잘것없는 무명의 여자 예술가 곁을 지켰다. 형식적으로는 아드레날린을 투여하기 위한 것이었지만, 사실은 그녀의 앞에 깔린 어둠에 비록 희미한 빛이라도 그가 할 수 있는 만큼 던져넣으려는 것이었다.

프란츠는 그의 감정을 반쯤은 받아들이면서도 얼른 자기 의견으로 넘어갔다.

"신경성 매독이었네. 우리가 해본 모든 바서만 검사에서는 다른 결과가 나오지를 않아. 척수액은—"

"됐네." 딕이 말했다. "오, 맙소사, 됐어! 그 여자가 자신의 비밀을 무덤에까지 가져갈 만큼 조심한 것이라면, 그냥 그렇게 놓아두세."

"하루 쉬는 게 좋겠군."

"걱정 말게, 그럴 테니."

프란츠는 쐐기를 박을 준비를 했다. 그는 여자의 오빠에게 보낼 전보를 쓰다가 고개를 들고 물었다. "아니면 잠깐 여행을 다녀오겠나?"

"지금은 말고."

"휴가 얘기가 아닐세. 로잔에 환자가 있어. 아침 내내 어떤 칠레 사람과 전화로 이야기를 했는데—"

"그 여자는 정말 더럽게 용감했어." 딕이 말했다. "그리고 무척 오래 걸렸지." 프란츠는 고개를 저어 공감을 표시했고 딕은 마음을 다잡았다. "말을 끊어서 미안하네."

"이건 그저 기분 전환일 뿐이야—상황은 아버지가 아들하고 문제가 생긴 걸세—그런데 아버지가 아들을 여기에 데려오지를 못해. 그래서 누군가가 거기로 와주기를 바라네."

"왜 그러는데? 알코올중독? 동성애? 자네가 로잔이라고 말할 때는—"

"다 약간씩 있네."

"내가 가지. 돈은 생기는 일인가?"

"아주 많이, 아마도. 이삼일 거기 있게 될 거라고 생각하게. 지켜볼 필요가 있으면 아이를 이리로 데려오고. 어쨌든 천천히, 느긋하게 하게. 일도 하고 놀기도 하면서 말이야."

기차에서 두 시간을 자고 나자 딕은 새로워진 느낌이었다. 그는 기분좋게 파르도 이 쿠이다드 레알 씨를 면담했다.

이런 면담들은 대체로 한 가지 유형이었다. 종종 가족을 대표하는 사람의 심한 히스테리 상태가 심리학적으로 환자의 상태만큼이나 흥미롭기도 했다. 이 경우도 예외가 아니었다. 강철 같은 잿빛 피부의 잘생긴 스페인 남자 파르도 이 쿠이다드 레알 씨는 몸가짐이 우아하고 부와 권력이라는 장식까지 모두 갖춘 사람이었지만, 트루아 몽드 호텔의 스위트에서 격분한 표정으로 왔다갔다하며 술 취한 여자처럼 자제력을 잃고 아들 이야기를 해주었다.

"도무지 어찌해야 할 줄을 모르겠소. 내 아들은 타락했소. 해로 고등학교에서 타락했고, 케임브리지 대학 킹스 칼리지에서 타락했소. 돌이킬 수 없이 타락했소. 이제 이 음주 문제 때문에 그애가 어떤 인간인지 점점 분명해지고 있고, 계속 추문이 생기고 있소. 해볼 수 있는 건 다 해봤소—내 의사 친구와 계획을 짜서, 둘이 함께 스페인 여행을 가도록 하기도 했지. 저녁마다 프란시스코는 칸타리스* 주사를 맞고, 의사와 함께 유명한 매음굴에 갔소—일주일 정도는 효과가 있는 것 같았지만 결국 달라지지 않았소. 마침내 지난주에 바로 이 방에서, 아니 저 욕실에서—" 그는 손으로 욕실을 가리켰다. "—난 프란시스코의 상의를 벗기고 채찍으로 때리고 말았소—"

---

* 최음제.

그는 감정 소모로 지쳐 자리에 앉았고 딕이 입을 열었다.

"그건 어리석은 일입니다—스페인 여행도 쓸모없었고요—" 그는 웃음이 솟구쳐서 억누르려고 애를 썼다—누군지는 몰라도 평판이 있는 의사가 그런 아마추어 같은 실험에 달려들다니! "세뇨르,* 이런 사례에서는 아무것도 약속드릴 수 없다고 말씀드릴 수밖에 없습니다. 음주 같은 경우는 뭔가 해낼 수 있는 여지도 많습니다—적절한 협조를 받아서요. 우선 아드님을 만나보고, 어느 정도 신뢰를 얻은 다음 아드님이 이 문제에 관해 어떤 생각을 하고 있는지 확인하는 게 중요합니다."

—그와 테라스에 함께 앉게 된 아들은 스무 살 정도로, 잘생기고 기민해 보였다.

"자네 마음을 알고 싶네." 딕이 말했다. "상황이 점점 나빠진다고 느끼고 있나? 그걸 어떻게 해보고 싶나?"

"그런 것 같아요." 프란시스코가 말했다. "아주 우울해요."

"술 때문인 것 같나, 아니면 비정상적인 면 때문인가?"

"다른 것 때문에 술 문제가 생긴 것 같습니다." 그는 한동안 심각한 표정이었다—그러다 갑자기 억누를 수 없는 익살기가 터져나오며 웃음이 폭발했다. "가망 없어요. 킹스 칼리지에서 나는 '칠레의 여왕'으로 알려져 있었습니다. 그 스페인 여행—거기서 내가 얻은 거라고는 여자를 보면 구역질이 나게 된 것뿐이에요."

딕이 날카롭게 끼어들었다.

* 스페인에서 남자에 대한 존칭.

"자네가 이 엉망인 상태가 행복하다면 나는 자네를 도와줄 수 없고 시간 낭비만 하고 있는 걸세."

"아니요, 이야기를 했으면 좋겠어요—나는 다른 사람들 대부분을 몹시 경멸해요." 아이에게는 어느 정도 남자다운 면이 있었다. 지금은 그것이 뒤틀려 아버지에 대한 적극적 저항으로 나타나고 있었다. 하지만 그의 눈에는 동성애자들이 그 주제를 이야기할 때 나타나는 전형적인 장난기가 엿보이고 있었다.

"이대로라면 암만 잘해도 남의 눈을 피해 살 수밖에 없네." 딕이 말했다. "자네는 평생을 여기에, 그리고 그 결과에 낭비하게 될 거고, 다른 품위 있는 행동이나 사회적 행동을 할 시간이나 에너지는 남지 않을 거야. 세상을 마주하고 싶다면 우선 자네의 육욕을 제어해야 돼—그리고, 그 가운데서도 제일 먼저 그것을 자극하는 음주를—"

그는 십 분 전에 이미 이 환자를 포기했기 때문에 나오는 대로 이야기하고 있었다. 그들은 기분좋게 한 시간 더 칠레에 있는 청년의 고향과 청년의 야망에 대해 이야기했다. 딕으로서는 병리학적이지 않은 각도에서 한 인물을 파악하는 일에 이렇게 가까이 다가가본 것은 처음이었다—그는 프란시스코가 그 정도 매력이 있기 때문에 그런 무도한 일도 저지를 수 있는 거라고 생각했다. 딕에게 매력이란 늘 한 개인의 다른 면들로부터 독립적으로 존재하는 것이었다. 그것은 오늘 아침 병원에서 죽은 가엾은 사람의 광기 가득한 용기가 될 수도 있었고, 이 길 잃은 젊은이가 칙칙하고 낡은 이야기에 부여하는 용감한 우아함이 될 수도 있었다. 딕은 그런 매력을 잘게 쪼개 따로따로 챙겨두려 했다—삶의 전체란 그것을 이루는 부분들과 질이 다를 수도 있다는 것, 또 사십대의 삶은 부분들을 통해서만 관찰 가능하다는 걸 깨달았기 때문이다. 니콜과 로즈메리에 대한 그의 사랑, 에이브 노스와 나눈 우정, 전쟁이 끝나면서 무너진 우주에서 토미 바르방과 나눈 우정—그런 접촉에서는 각각의 개성이 그에게 너무 바싹 밀고 들어오는 바람에 그 또한 개성 자체가 되어버렸다—따라서 그때는 전부냐 전무냐를 선택해야 할 것 같았다. 그는 남은 인생 동안 몇몇 사람들, 일찍 만나 일찍 사랑했던 사람들의 에고를 짊어지고 가야 할 운명, 그들 자신이 완전해지는 만큼만 자신도 완전해질 수밖에 없는 운명인 것 같았다. 여기에는 외로움이라고 할 만한 요소가 끼어들 수밖에 없었다—사랑받는 것은 너무 쉽고—사랑하는 것은 너무 어렵기에.

젊은 프란시스코와 함께 베란다에 앉아 있을 때 과거의 유령이 그의 시야로 헤엄쳐 들어왔다. 키가 크고 묘하게 건들거리는 남성이 관목숲으로부터 몸을 떼어내 주저하며 딕과 프란시스코에게 다가왔다. 잠시 그가 활력이 넘치는 풍경의 한 부분을 이룬 채 미안해하는 듯한 표정을 짓고 있어 딕은 유심히 보지도 않았다—이윽고 딕은 일어나 멍한 상태에서 악수를 하며 생각했다. '맙소사, 귀찮게 되었군!' 그러면서 남자의 이름을 기억하려 했다.

"닥터 다이버시죠, 그렇죠?"

"이야, 이야—덤프리 씨, 그렇죠?"

"로열 덤프리입니다. 언젠가 저녁에 기쁘게도 선생님의 아름다운 정원에서 식사를 할 수 있었죠."

"기억하지요." 딕은 덤프리 씨의 열광에 가까운 흥분을 가라앉히려고 객관적인 연도 이야기로 들어갔다. "그게 천구백—이십사년—아니

이십오년이던가—"

로열 덤프리는 계속 서 있었다. 처음에는 수줍어하는 듯 보였지만, 그는 자신의 본령에 해당하는 영역에서는 그렇게 느린 사람이 아니었다. 그는 경박하고 친밀한 방식으로 프란시스코에게 말을 걸었지만, 프란시스코는 그를 창피해하며 딕과 힘을 합쳐 그를 차게 식혀서 쫓아 보내려 했다.

"닥터 다이버 떠나시기 전에 한 가지만 말씀드리고 싶습니다. 저는 선생님 댁 정원에서 보낸 저녁을 한 번도 잊은 적이 없습니다—선생님과 부인이 얼마나 훌륭하셨는지. 저에게 그건 제 인생에서 가장 멋진 순간, 가장 행복한 순간으로 꼽힙니다. 저는 늘 그게 제가 경험한 가장 교양 있는 모임이었다고 생각합니다."

딕은 계속 게처럼 옆으로 움직여 호텔의 가장 가까운 문 쪽으로 물러났다.

"그렇게 좋게 기억해주셔서 다행입니다. 이제 나는 만나야 할—"

"이해합니다." 로열 덤프리가 동정 어린 얼굴로 계속 말을 이어나갔다. "임종이 가까웠다는 얘기는 저도 들었습니다."

"누가 임종을?"

"하지 말았어야 할 얘기였나보군요—하지만 우리는 주치의가 같아서."

딕은 말을 끊고, 놀란 눈으로 그를 보았다. "누구 얘기를 하는 겁니까?"

"아, 선생님 장인께서—어쩌면 제가—"

"누구요?"

"혹시—그러니까 제가 처음으로—"

"내 장인이 여기 있단 말입니까, 로잔에?"

"아, 아시는 줄 알았습니다—그래서 여기 와 계신 걸로 생각했어요."

"어느 의사가 맡고 있습니까?"

딕은 수첩에 이름을 갈겨쓴 다음 실례한다고 말하고 서둘러 전화부스로 갔다.

닥터 당죄는 자기는 괜찮으니 당장이라도 자기집으로 오라고 했다.

닥터 당죄는 젊은 제네바 사람이었다. 그는 잠시 돈이 많이 나오는 환자를 잃을까 걱정했지만, 딕이 안심을 시켜주자 워런 씨가 실제로 임종이 머지않았다고 털어놓았다.

"나이는 이제 쉰에 불과하지만 간이 회복력을 상실했습니다. 촉진요인은 알코올중독이죠."

"차도가 없습니까?"

"환자는 액체 외에는 섭취를 못합니다—앞으로 사흘, 길어야 일주일 남았습니다."

"장녀도, 워런 양도 그런 상태를 알고 있습니까?"

"환자의 요구 때문에 하인 외에는 아무도 모릅니다. 나도 오늘 아침에야 환자한테 말해줘야겠다는 생각이 들었습니다—흥분하더군요. 병이 시작되었을 때부터 쭉 아주 종교적이고 체념적인 분위기였는데."

딕은 생각을 해보았다. "어—" 그는 천천히 결정을 내렸다. "어쨌든 가족 쪽은 내가 알아서 하겠습니다. 하지만 다른 의사의 의견을 구할 것 같다는 생각이 드네요."

"좋으실 대로."

"이건 가족이 틀림없이 원할 것 같아서 하는 말인데, 호수 주변에서 가장 저명한 의사로 꼽히는 분을 불러와주시면 좋겠습니다—제네바의 에르브뤼헤입니다."

"나도 에르브뤼헤를 생각하고 있었습니다."

"어쨌든 나는 적어도 하루는 여기 더 있을 겁니다. 계속 연락하겠습니다."

그날 저녁 딕은 파르도 이 쿠이다드 레알 씨를 찾아가 이야기를 나누었다.

"우리는 칠레에 큰 장원들이 있소—" 노인이 말했다. "내 아들이 그걸 관리해도 좋을 텐데. 아니면 파리에 있는 여남은 개 회사 가운데 어느 하나에 들어가게 할 수도 있고—" 그는 고개를 저으며 베란다로 통하는 유리문을 넘어 봄비에 몸을 맡겼다. 너무 상쾌하게 내려 백조들조차 피하려 하지 않는 비였다. "아들이라곤 하나뿐인데! 선생이 그 아이를 데려가줄 수 없겠소?"

스페인 사람은 갑자기 딕의 발치에 무릎을 꿇었다.

"내 외아들을 치료해줄 수 없겠소? 나는 선생을 믿소—선생은 아이를 데려갈 수 있고, 치료해줄 수 있소."

"그런 이유로 사람을 병원에 수용하는 건 불가능합니다. 가능하다 해도 하지 않겠습니다."

스페인 사람이 일어섰다.

"내가 성급했소—내가 마음이 급했소—"

딕은 로비로 내려가다 엘리베이터에서 닥터 당죄를 만났다.

"그렇지 않아도 선생 방으로 전화를 하려던 참이었습니다." 닥터 당죄가 말했다. "테라스에 나가 이야기 좀 할까요?"

"워런 씨가 사망했습니까?" 딕이 급하게 물었다.

"상태는 여전해요—진찰은 아침입니다. 그런데 딸을 보고 싶어해서—선생 부인 말입니다—아주 간절하게요. 다툼이 좀 있었던 것 같은데—"

"나도 그건 잘 알고 있습니다."

의사들은 서로 마주보며 생각에 잠겼다.

"결정을 내리기 전에 환자와 한번 얘기를 해보는 게 어떻겠습니까?" 당죄가 제안했다. "환자는 품위 있게 임종을 맞을 겁니다—그냥 약해지다가 가라앉는 식으로."

딕이 힘겹게 동의했다.

"알겠습니다."

데버로 워런이 품위 있게 약해지며 밑으로 가라앉고 있는 스위트는 파르도 이 쿠이다드 레알 씨가 묵고 있는 스위트와 같은 크기였다—이 호텔 전체에 걸쳐 몰락한 부자, 법망을 피해 달아난 사람들, 예속된 공국의 왕위 요구자들이 아편류나 바르비탈*에 취해 어디서든 흘러나와 도저히 피할 수 없는 라디오를 듣듯, 옛 죄의 조악한 선율에 끝없이 귀를 기울이며 살아가고 있는 방들이 많았다. 유럽의 이쪽 모퉁이에서는 사람들을 끌어온다기보다는 불편한 질문을 하지 않고 받아들인다. 길들은 이곳에서 만난다—산속의 사설 요양원이나 결핵 환자 요양지로

* 진정제 겸 수면제.

향하는 사람들, 이제 프랑스나 이탈리아에서 기피 인물이 된 사람들.

스위트는 어두웠다. 여윈 손으로 하얀 시트 위의 묵주를 주물럭거리는 남자를 거룩해 보이는 얼굴의 수녀가 돌보고 있었다. 남자는 여전히 잘생겼으며, 당죄가 둘만 남겨놓고 방을 나간 뒤 딕에게 말을 건네는 그의 목소리에는 개성 강한 굵은 후음喉音이 섞여 있었다.

"인생의 끝에서는 많은 것을 이해하게 되지. 이제야, 닥터 다이버, 그게 다 어찌된 것인지 깨닫게 되었네."

딕은 기다렸다.

"나는 나쁜 사람이었어. 내게 니콜을 다시 볼 자격이 없다는 건 자네도 틀림없이 알겠지만, 우리 둘보다 '큰 분'은 용서하고 동정심을 가지라고 말하시지 않나." 묵주가 그의 힘없는 두 손에서 미끄러져 매끄러운 이불을 따라 흘러내렸다. 딕이 그것을 집어주었다. "니콜을 십 분만 볼 수 있다면 행복하게 이 세상을 떠날 텐데."

"그건 제가 결정할 수 없는 일입니다." 딕이 말했다. "니콜은 강하지 않아요." 그는 이미 결정을 내렸지만 망설이는 척했다. "함께 일하는 동료한테 이야기해볼 수는 있습니다."

"자네 동료가 말하는 대로 하지—좋아, 닥터. 내가 자네한테 큰 빚을 졌다고 말하고 싶네—"

딕은 얼른 일어섰다.

"닥터 당죄를 통해 결과를 알려드리겠습니다."

그는 방으로 돌아와 추크 호수의 병원으로 전화를 했다. 한참 후에 케테가 자기집에서 전화를 받았다.

"프란츠하고 얘기를 하고 싶은데요."

"프란츠는 산에 올라갔는데요. 나도 올라갈 거예요—내가 대신 전할 수 있는 일인가요, 딕?"

"니콜 일입니다—장인이 여기 로잔에서 임종을 앞두고 계십니다. 프란츠한테 그 얘기를 해주세요. 그럼 중요한 일이라는 걸 알 테니까요. 산에서 나한테 전화를 하라고 해주세요."

"그럴게요."

"여기 호텔에 세시부터 다섯시까지 있을 거라고 말해주세요. 그리고 일곱시부터 여덟시 사이도. 그 시간이 지나면 식당으로 연락해서 나를 찾으라고 하고요."

그는 시간 이야기를 자세하게 하느라 니콜에게는 이야기하지 말라는 말을 덧붙이는 걸 잊었다. 그제야 생각나서 말을 시작했으나 전화는 이미 끊겨 있었다. 케테가 그 정도는 알아서 하겠지.

……케테가 딱히 니콜에게 전화가 왔다는 이야기를 할 의도가 있었던 건 아니다. 그녀는 기차에 몸을 실은 채 야생화로 뒤덮이고 은밀한 바람이 부는, 사람 없는 산을 올라갔다. 환자들이 겨울이면 스키를 타고 봄이면 등산을 하는 곳이었다. 그녀는 기차에서 내리다 니콜이 아이들을 데리고 어떤 규칙이 있는 놀이를 하는 걸 보았다. 그녀는 다가가 팔로 니콜의 어깨를 가볍게 감싸안으며 말했다. "아이를 잘 다루시네요—여름에는 아이들한테 수영을 더 가르쳐야 해요."

그들은 노느라 몸이 뜨거워져 있어, 니콜은 반사적으로 케테의 팔에서 몸을 빼내려 했다. 그러나 이 반사적인 행동은 무례한 느낌을 주었다. 케테는 손이 어색하게 허공에 떨어지자 그녀 나름으로 반응했다. 말로, 통탄할 만한 방식으로.

"내가 끌어안으려 한다고 생각한 거예요?" 그녀가 날카롭게 다그쳤다. "딕 때문일 뿐이에요. 딕하고 통화를 했는데 안쓰러워서 그만—"

"딕한테 무슨 문제가 있어요?"

케테는 문득 자신의 잘못을 깨달았지만, 그녀는 이미 분별없는 길로 들어섰으며, 니콜이 계속해서 "……그럼 왜 안쓰러웠다는 거예요?" 하고 따져묻자 대답을 할 수밖에 없었다.

"딕은 아무 일 없어요. 나는 프란츠하고 이야기해야 돼요."

"딕 때문이로군요."

니콜의 얼굴에 공포가 나타났고, 가까이에 있는 다이버 아이들의 얼굴에도 그에 상응하여 놀란 표정이 번졌다. 케테는 무너졌다. "애들 외할아버지가 로잔에 있는데 아프대요—딕이 그 문제 때문에 프란츠와 이야기를 하고 싶어해요."

"많이 아픈가요?" 니콜이 다그쳤다—바로 그때 프란츠가 병원에서처럼 따뜻한 태도로 다가왔다. 케테는 고마워하며 그에게 책임을 떠넘겼다—그러나 이미 돌이킬 수 없는 상황이었다.

"로잔에 가야겠어요." 니콜이 통보했다.

"잠깐만요." 프란츠가 말했다. "그게 권할 만한 일인지 모르겠네요. 먼저 딕에게 전화를 해봐야겠어요."

"그럼 시간이 늦어서 내려가는 기차를 타지 못할 거예요." 니콜이 항변했다. "그렇게 되면 취리히에서 출발하는 세시 기차도 타지 못할 테고요! 만일 아버지가 임종이 가까웠다면 나는 반드시—" 그녀는 마무리짓기가 두렵다는 듯 뒷말을 허공에 남겨두었다. "반드시 가야만 해요. 서둘러 기차를 타야만 해요." 그녀는 말하면서도 꼬리를 물고 헐벗은 산꼭대기에서 증기와 소리를 한꺼번에 터뜨리고 있는 납작한 열차들을 향해 달려가고 있었다. 그녀는 어깨 너머로 소리쳤다. "딕한테 전화할 때 내가 간다고 말해주세요, 프란츠!"……

……딕이 호텔 자기 방에서 〈뉴욕 헤럴드〉를 읽고 있을 때 제비 같은 수녀가 황급하게 들어왔다—그와 동시에 전화벨이 울렸다.

"임종했나요?" 딕이 희망 섞인 목소리로 수녀에게 다급하게 물었다.

"선생님, 그분은 떠났어요—떠나가버렸어요."

"네에?"

"그분은 떠났어요—사람도 짐도 다 떠나가버렸어요!"

믿을 수 없는 일이었다. 그런 상태에 있는 사람이 몸을 일으켜 떠나다니.

딕은 프란츠의 전화를 받았다. "니콜한테는 말하지 말았어야지." 그가 항의했다.

"케테가 말했네. 아주 어리석게도."

"내 잘못인 것 같군. 일이 다 끝나기 전에 여자한테는 절대 한마디도 하면 안 되는 건데. 하지만, 니콜을 만나겠네……그런데, 프란츠, 여기에서 정말 말도 안 되는 일이 벌어졌네—영감이 침대에서 일어나 떠나버렸어……"

"뭐? 뭐라고 한 거야?"

"떠나버렸다고, 워런 영감이—떠나버렸다고!"

"그게 뭐가 문젠데?"

"영감은 완전히 다 망가져서 죽어가고 있어야 할 사람이란 말일세……그런데 일어나서 떠나버렸어. 시카고로 돌아간 것 같네……모르겠어, 간호사가 지금 여기 와 있네……모르겠네, 프란츠—나도 방금 들은 이야기라서……나중에 전화하게."

그는 거의 두 시간 동안 워런의 행적을 추적했다. 환자는 주간 간호사와 야간 간호사가 바뀌는 틈을 이용해 바에 가서 위스키 네 잔을 들이켰다. 그리고 천 달러짜리 지폐로 그간의 계산을 하고, 거스름돈은 나중에 보내라고 말한 뒤 떠났다. 아마 미국으로 갔을 것이다. 딕은 역에서 그를 따라잡으려고 막판까지 당죄와 함께 뛰어다녔지만 환자도 찾지 못하고 니콜도 만나지 못하고 말았다. 마침내 호텔 로비에서 만났을 때 니콜은 갑자기 피곤을 느끼는 듯 보였다. 그녀가 입을 꼭 다물고 있었기 때문에 딕은 불안했다.

"아버지는 어때요?" 그녀가 물었다.

"많이 좋아졌어. 실제로 기운을 많이 아껴둔 것 같아." 그는 머뭇거리다 털어놓아버렸다. "사실 일어나서 떠나버렸어."

뒤를 쫓느라 저녁을 거른 터라 한잔하고 싶었기 때문에 딕은 어리둥절한 표정의 니콜을 데리고 호텔 안 식당으로 가서, 가죽 안락의자에 자리를 잡고 하이볼과 맥주 한 잔을 주문한 다음 말을 이어갔다. "장인을 치료하던 사람이 예후를 잘못 보았거나 뭐 그랬던 것 같아—잠깐, 나도 사실 생각을 해볼 여유가 없었어."

"아버지가 가버렸다고요?"

"파리로 가는 저녁 기차를 탔어."

그들은 말없이 앉아 있었다. 니콜에게서 비통하면서도 냉담한 느낌이 쏟아져나왔다.

"그건 본능이야." 딕이 마침내 말했다. "장인은 실제로 죽어가고 있었지만, 다시 리듬을 이어가려고 노력했어—사실 죽을 자리를 박차고 일어선 게 장인이 처음은 아니야—말하자면 오래된 시계 같은 거지—알잖아, 흔들어주면 어떻게 된 일인지 몰라도 순전히 습관의 힘에 의해 다시 가는 거. 당신 아버지도—"

"아, 그만해요." 그녀가 말했다.

"장인의 주요한 연료는 공포였어." 딕이 말을 이어갔다. "두려웠기 때문에 가버린 거야. 아마 앞으로 아흔 살까지 살 거야—"

"제발 이제 그만해요." 니콜이 말했다. "제발 그만—더 견딜 수가 없어요."

"알았어. 내가 보러 갔을 때만 해도 그 작은 악마는 가망이 없었어. 우리는 내일 돌아가는 게 좋겠군."

"왜 당신이 꼭—이 모든 일에 얽혀들어야만 하는 건지 모르겠어요." 그녀가 불쑥 말했다.

"아, 모른다고? 가끔은 나도 모르겠어."

니콜이 그의 손 위에 손을 얹었다.

"오, 그렇게 말해서 미안해요, 딕."

바에는 누군가 가져다둔 축음기가 있었다. 그들은 앉아서 〈채색 인형의 결혼식〉에 귀를 기울였다.

3

일주일 뒤 어느 날 아침, 딕은 우편물을 살피러 책상에 앉았다가 밖에서 평소와 다른 소동이 일어나고 있음을 알게 되었다. 환자 폰 콘 모리스가 떠나고 있었다. 오스트레일리아 사람인 그의 부모는 커다란 리무진에 열심히 짐을 싣고 있었고, 그들 옆에서 닥터 라디슬라우가 아버지 모리스의 격렬한 몸짓에 맞서 항의하고 있었지만 별 효과가 없는 듯했다. 젊은이는 자신의 퇴원을 초연하고 냉소적인 태도로 바라보고 있었다. 닥터 다이버가 다가갔다.

"이건 좀 갑작스럽지 않은가요, 모리스 씨?"

모리스 씨는 딕을 보고 깜짝 놀랐다—혈색 좋은 얼굴과 양복의 커다란 체크무늬가 전깃불처럼 꺼졌다 켜지는 느낌이었다. 그는 한 대 치기라도 할 것처럼 딕에게 다가왔다.

"떠날 때가 되었죠. 우리도 그렇고, 우리와 함께 온 사람들도 그렇고." 그는 숨을 쉬려고 잠깐 말을 멈추었다. "때가 되었습니다, 닥터 다이버. 아주 좋은 때죠."

"내 사무실로 좀 오시겠습니까?" 딕이 제안했다.

"나는 싫습니다! 나중에 이야기하겠지만, 당신도 이곳도 이제는 끝입니다."

그는 딕에게 손가락을 흔들었다. "여기 이 의사한테 그 이야기를 하고 있었습니다. 우리는 돈과 시간을 낭비했다고."

닥터 라디슬라우는 약한 부정의 뜻으로 몸을 들썩였다. 슬라브인 특유의 모호하게 회피하는 태도를 드러내는 신호였다. 딕은 라디슬라우를 좋아한 적이 없었다. 어쨌든 그는 이럭저럭 흥분한 오스트레일리아인과 함께 사무실 쪽으로 걸어갈 수 있었다. 그는 안으로 들어가자고 설득했다. 그러나 상대는 고개를 저었다.

"당신, 닥터 다이버, 바로 당신이 문제입니다. 내가 닥터 라디슬라우에게 간 건 당신을 찾을 수 없었기 때문입니다, 닥터 다이버. 게다가 닥터 그레고로비우스는 밤이나 되어야 올 거라는데, 나는 기다릴 생각이 없었습니다. 못 기다리지요, 선생! 내 아들이 진실을 말한 이상 나는 일 분도 못 기다립니다."

그는 위협적으로 딕에게 다가왔고, 딕은 필요할 경우 그를 쓰러뜨릴 수 있도록 두 손을 편하게 풀어놓고 있었다. "내 아들은 알코올중독 때문에 여기 왔어요. 그런데 아들 말이 당신 입에서 술냄새가 난다고 하더라고요. 그래요, 선생!" 그는 재빨리 코를 킁킁거렸지만 냄새를 맡지는 못한 것 같았다. "한 번이 아니라 두 번이나 폰 콘이 당신 입에서 술냄새를 맡았답니다. 나하고 마누라는 평생 술을 한 방울도 입에 댄 적이 없어요. 우리는 치료해달라고 폰 콘을 넘겼습니다. 그런데 한 달도 안 돼 당신 입에서 두 번이나 술냄새를 맡다니! 그게 도대체 무슨 치료법입니까?"

딕은 머뭇거렸다. 모리스 씨는 병원 진입로에서 얼마든지 난장판을 벌일 수 있는 사람이었다.

"그런데 말이지요, 모리스 씨, 댁의 아드님 때문에 평소에 음식이라고 여기던 걸 포기하지 않는 사람들도 있는 겁니다—"

"하지만 이보쇼, 당신은 의사잖소!" 모리스가 화가 나서 소리쳤다. "일꾼들이 맥주를 마시면 아무리 마셔도 그 사람들한테서 끝나지—하지만 당신은 치료하라고 여기 있는 거잖아—"

"말씀이 심하시네요. 아드님은 도벽 때문에 여기 온 겁니다."

"그게 다 뭐 때문인데?" 남자는 거의 악을 쓰고 있었다. "술—검은 술. 검은 게 어떤 색인지 알아? 검은색이라고! 바로 내 숙부가 그것 때문에 목이 매달렸어, 듣고 있어? 내 아들이 요양소에 왔는데, 의사 입에서 술냄새가 나다니!"

"떠나달라고 요청할 수밖에 없겠군요."

"요청이라니! 우리 발로 떠나는 거야!"

"조금만 자제하시면 지금까지 치료한 결과를 말씀드릴 수도 있습니다. 물론 지금 기분이 그러시다니, 우리도 아드님을 환자로 받고 싶지는 않습니다만—"

"감히 나한테 자제라는 말을 쓸 수 있어?"

딕은 닥터 라디슬라우를 불렀고, 그가 다가오자 말했다. "우리를 대표해서 환자와 가족에게 작별인사를 해주겠소?"

딕은 모리스에게 살짝 고개를 숙이고 사무실로 들어가, 바로 문안에서 잠시 뻣뻣하게 서 있었다. 그는 그들이 차를 몰고 떠날 때까지 지켜보았다. 상스러운 부모, 온화하지만 타락한 자식. 이 가족이 유럽 여기저기에서 활개를 치며 완강한 무지와 완강한 돈으로 자기보다 나은 사람들을 윽박지르리란 건 쉽게 예측할 수 있었다. 그러나 그들 일가족이 사라진 뒤에 딕을 사로잡은 문제는 자신이 어느 정도나 그들에게 구실을 제공했느냐 하는 것이었다. 그는 식사 때마다 클라레 와인을 마셨고, 자기 전에도 한잔했다. 보통은 뜨거운 럼이었다. 그리고 가끔 오후에 진을 마셨다—진은 냄새로 알아채기가 가장 어려웠다. 알코올을 하루 평균 반 파인트 마시는 셈이었다. 그의 몸이 바로 태워버리기에는 너무 많은 양이었다.

그는 자신을 합리화하려는 경향을 떨쳐버리고, 책상에 앉아 처방전을 쓰듯이 술을 반으로 줄일 계획을 세웠다. 의사, 운전사, 개신교 성직자는 화가, 중개인, 기병대장과는 달리 절대 술냄새를 풍길 수 없었다. 딕은 자신의 경솔함만 탓했다. 그러나 삼십 분 뒤 프란츠가 알프스에서 이 주를 보낸 뒤 생기 넘치는 모습으로 차를 타고 진입로를 따라 들어온 뒤에야 이 사건의 의미가 완전히 드러났다. 프란츠는 일을 다시 시작하고 싶은 의욕이 너무 앞선 나머지 사무실에 도착하기도 전에 벌써 일에 뛰어들었다. 딕은 사무실에서 그를 만났다.

"에베레스트산은 어땠나?"

"우리 속도라면 에베레스트산도 얼마든지 올라갈 수 있을 거야. 우리도 생각을 안 한 건 아니지. 다 어떻게 되어가나? 우리 케테는 어떤가? 자네의 니콜은 어떻고?"

"집안은 다 편안하네. 하지만 맙소사, 프란츠, 오늘 아침에 지독한 소동이 벌어졌네."

"어쩌다? 뭔데?"

딕은 방안을 서성였고 프란츠는 자신이 사는 빌라에 전화를 걸었다. 가족 간의 대화가 끝나자 딕이 말했다. "모리스를 데려가버렸네—그래서 소동이 벌어졌지."

프란츠의 명랑하던 얼굴이 침울해졌다.

"떠난 건 알고 있었네. 베란다에서 라디슬라우를 만났거든."

"라디슬라우가 뭐라던가?"

"그냥 모리스가 떠났다고만 하더군—자네가 말해줄 거라면서. 어떻게 된 거야?"

"언제나 그렇듯이 앞뒤가 맞지 않는 이유들 때문이지."

"어쩔 도리가 없는 애였어, 그 꼬마는."

"감각 마비 사례였지." 딕도 동의했다. "어쨌든 내가 갔을 때는 아버지가 라디슬라우를 두들겨패서 식민지 백성으로 만들어놓았더군. 라디슬라우는 어떻던가? 그 친구를 계속 데리고 있어야 하나? 나는 아니라고 봐—신통치 않은 사내야. 어떤 일에도 잘 대처하지 못하는 것 같아." 딕은 진실의 가장자리에서 머뭇거리다, 잠깐 여유를 갖고 다시 요점을 정리해야겠다고 마음먹었다. 프란츠는 여전히 리넨 더스터 코트와 여행용 장갑 차림으로 책상 가장자리에 엉덩이를 걸치고 있었다. 딕이 말했다.

"아들이 아버지한테 한 말 가운데는 여기 있는 자네의 고귀한 협력자가 술꾼이라는 것도 있었네. 그 사람은 광신자이고, 그 후손은 나에게서 이 지방 특산주의 희미한 냄새를 맡은 것 같더군."

프란츠는 자리에 앉아 아랫입술을 내밀고 생각에 잠겼다. "그건 자세히 얘기해줄 필요가 있을 것 같네." 그가 마침내 말했다.

"지금 하지 뭐." 딕이 제안했다. "자네는 내가 절대 술을 남용하지 않는 사람이라는 걸 분명히 알고 있겠지." 그의 눈과 프란츠의 눈이 서로 만나 반짝였다. 두 눈 대 두 눈. "라디슬라우가 방치해서 그 사람이 지나치게 흥분하는 바람에 내가 방어에 나섰네. 사실 환자들 앞에서 그런 일이 벌어질 수도 있었지. 자네도 그런 상황에서 자신을 방어하는 게 얼마나 힘들어질 수 있는지 상상할 수 있겠지!"

프란츠는 장갑과 코트를 벗었다. 그는 문으로 가서 비서에게 말했다. "아무도 들어오지 못하게 해." 그는 방으로 들어와 긴 탁자 쪽으로 몸을 내밀어 우편물을 만지작거렸다. 그런 자세를 취한 사람들이 이성적 추론을 하는 경우는 거의 없다. 오히려 해야 할 말을 하기 위한 적당한 가면을 쓰고 있는 중이라고 봐야 했다.

"딕, 나도 자네가 절제력 있고 균형 잡힌 사람이라는 건 잘 아네. 알코올 문제에서는 우리의 의견이 완전히 같지 않다 해도 말이야. 하지만 때가 왔네—딕, 솔직히 말해서 몇 번 자네가 적절하지 않은 상황에 술을 마셨다는 걸 알고 있었네. 무언가 이유가 있겠지. 하지만 다시 금욕abstinence 휴가를 내는 게 어떻겠나?"

"부재absence겠지." 딕이 반사적으로 말을 고쳐주었다. "어쨌거나 내가 떠나 있는 건 해결책이 아니야."

둘 다 화가 나 있었다. 프란츠는 자신의 복귀가 망쳐지고 더럽혀진 데에 화가 났다.

"가끔 자네는 상식에 맞지 않는 행동을 한단 말이야, 딕."

"나는 복잡한 문제에 상식을 적용하자는 게 도대체 어떻게 하자는 건지 이해할 수가 없네—그건 일반 개업의가 전공의보다 수술을 잘할 수 있다고 말하는 것과 같은 얘기지."

그는 이 상황에 대한 엄청난 혐오감에 사로잡혔다. 설명하고, 수습하고—그들 나이에 할 만한 자연스러운 일은 아니었다. 차라리 귓속에서 울려퍼지는 낡은 진실의 메아리를 계속 따라가는 편이 나았다.

"이건 아니야." 그가 갑자기 말했다.

"그래, 나도 그런 생각이 들었네." 프란츠가 인정했다. "자네 마음은 이제 여기에 없어, 딕."

"알아. 떠나고 싶네—니콜의 돈은 서서히 빼낼 수 있도록 우리가 이야기를 해나가면 되겠지."

"그것도 생각해봤네, 딕—이런 일이 올 거라고 생각했거든. 다른 후원자를 찾을 수 있네. 올해 말까지 자네 돈을 모두 빼줄 수 있을 거야."

딕은 이렇게 빨리 결정을 내릴 생각은 아니었고, 프란츠가 이렇게 쉽게 결별에 동의하는 것에도 마음의 준비가 되어 있지 않았다. 그러나 그는 안도했다. 오래전에 그의 직업윤리가 생명 없는 덩어리로 해체되어버리는 것을 느꼈고, 그때 절망하지 않을 수 없었기 때문이다.

4

다이버 부부는 리비에라로 돌아갈 생각이었다. 그곳이 그들의 집이었다. 빌라 디아나는 여름 동안 다시 세를 주었기 때문에 그들은 여름이 끝날 때까지 독일의 온천과, 성당이 있는 프랑스 소도시들에서 보내기로 했다. 그런 곳에 있으면 늘 며칠 동안은 행복했다. 딕은 특정한 방법론을 염두에 두지 않고 글을 약간 썼다. 인생에서 기다림이라고 부를 수 있는 그런 기간이었다. 그러나 여행을 하면 좋아질 것 같기는 했지만 니콜의 건강을 기다리는 것도 아니고, 일을 기다리는 것도 아니고, 그냥 기다리는 것이었다. 이 시기에 어떤 목적을 부여하는 요인은 아이들이었다.

아이들이 커가면서 아이들에 대한 딕의 관심도 늘었다. 이제 두 아이는 각각 열한 살과 아홉 살이었다. 그는 자식들에 대한 강요와 강요에 대한 두려움 어느 쪽도, 오랫동안 세심하게 지켜보고 장부를 확인하고 균형을 잡고 셈을 하여 아이들의 의무 이행이 어떤 수준 밑으로 떨어지는 걸 막는다는 목표 달성을 대신하기에는 부족하다는 원칙이 있었기 때문에, 피고용인들의 머리 너머로 아이들에게 손을 내밀 수 있었다. 그는 니콜보다 아이들을 훨씬 잘 알게 되었으며, 이 땅 저 땅의 와인을 마시며 개방적인 분위기에서 그들과 오랫동안 이야기하고 함께 놀았다. 그의 아이들에게는 그리움, 아니 거의 슬픔에 가까운 분위기를 풍기는 데서 나오는 매력이 있었다. 마음껏 울거나 웃지 말아야 한다는 걸 일찌감치 배운 아이들 특유의 매력이었다. 아이들은 극단적인 감정으로 치우치지 않고, 소박하고 규율 잡힌 삶에 만족했다. 거기서 맛볼 수 있는 소박한 기쁨 덕분에 가능한 일이었다. 그들은 서구 세계의 전통 있는 가문들의 경험 속에서 권장할 만하다고 확인된 평탄한 흐름에 따라 살았으며, 딕은 아이들에게서 안에 있는 뭔가를 끌어내려 하기보다는 위로 밀어올려 성장시키려 했다. 예를 들어 딕은 아이들 관찰력 발달에 침묵을 강제하는 것보다 도움이 되는 건 없다고 생각했다.

러니어는 초인적인 호기심을 지닌 예측할 수 없는 아이였다. "저, 사자를 때려잡는 데는 포메라니안이 몇 마리나 있어야 할까요, 아버지?" 같은 것이 딕을 괴롭히는 아이의 전형적인 질문이었다. 톱시는 그보다 수월했다. 톱시는 아홉 살이었으며 니콜과 마찬가지로 금발에 피부가 희고 아주 예뻤는데, 과거에 딕은 이 점을 걱정했다. 그러나 최근 들어 톱시는 여느 미국 아이 못지않게 튼튼해졌다. 딕은 두 아이 모두에게 만족했지만 아이들에게는 그 사실을 암묵적인 방식으로만 전해주었다. 아이들이 올바르게 행동하지 않으면 봐주는 법이 없었다—"집에서 예의를 배우지 않으면 세상이 채찍으로 가르쳐주는데, 그 과정이 많이 아플 수도 있어. 톱시가 나를 '흠모하든' 말든 나는 상관하지 않아. 나는 톱시를 내 아내로 키우는 게 아니니까." 그것이 딕의 말이었다.

다이버 가족에게 이 여름과 가을의 또하나의 특징은 돈이 충분하다는 것이었다. 병원의 지분 매매와 미국 쪽 상황 전개 때문에 이제 돈이 아주 많아 단지 그것을 쓰는 것, 소유물을 관리하는 것 자체가 신경을 빨아들이는 일이 되어버렸다. 그들이 여행하는 방식도 엄청났다.

예를 들어 그들이 이 주를 보내려고 찾아가는 볼차노에 기차가 천천히 다가갈 때 그들의 모습이 어떤지 한번 보라. 이탈리아 국경을 넘자 침대차에서 이동하는 일이 시작되었다. 가정교사의 하녀와 다이버 부인의 하녀가 이등칸에서 와 짐과 개들을 나르는 일을 도왔다. 벨루아 양이 수하물을 감독하면서, 실리엄테리어들은 한 하녀에게, 페키니즈 두 마리는 다른 하녀에게 맡겼다. 여자가 주변을 생명으로 둘러싸는 게 반드시 마음이 가난해서는 아니다—모든 것에 대한 관심이 너무 풍부해서 그럴 수도 있다. 니콜은 병이 도지는 시기가 아니면 그 모든 것을 관리할 수 있었다. 예를 들어 엄청난 양의 무거운 짐들도 그랬다—곧 수하물 칸에서 옷이 든 트렁크 네 개, 구두 트렁크 하나, 모자 트렁크 세 개, 모자 상자 두 개, 하인들의 트렁크가 든 궤짝, 휴대용 서류 캐비닛 하나, 의약품 상자, 알코올램프 보관함, 피크닉 세트, 죔쇠를 조여놓았거나 케이스에 들어가 있는 테니스 라켓 네 개, 축음기, 타자기를 내릴 터였다. 가족과 수행원들을 위해 확보해놓은 공간들에는 추가로 여행용 손가방, 학생 가방, 보따리가 스무 개 남짓 널려 있었으며, 지팡이 상자의 꼬리표에 이르기까지 모두 번호가 붙어 있었다. 그래서 어떤 역 플랫폼에서건 그 모든 것을 이 분이면 확인할 수 있었다. 그 가운데 일부는 보관해두고, 일부는 '가벼운 여행용 목록' 또는 '무거운 여행용 목록'에 따라 가지고 다녔는데, 늘 수정되는 이 목록은 니콜의 핸드백에 든, 가장자리가 금속인 판에 붙이고 다녔다. 그녀는 어린 시절 쇠약한 어머니와 함께 여행하면서 이런 체계를 고안했다. 이는 삼천 명이 사용할 배와 장비를 다루는 연대 병참 장교의 체계와 맞먹는 것이었다.

다이버 가족은 무리 지어 기차에서 내려 골짜기로 일찌감치 모여든 어스름 속으로 들어갔다. 마을 사람들은 백 년 전 바이런 경의 이탈리아 순례를 바라보던 것과 비슷한, 경외감에 사로잡힌 눈길로 그들의 도착을 지켜보았다. 다이버 가족을 맞이할 여주인은 얼마 전까지 메리 노스였던 밍게티 백작부인이었다. 뉴어크의 표구사 점포 위 어느 방에서 시작된 그녀의 여행이 이런 특별한 결혼으로 마무리된 것이다.

'밍게티 백작'은 그저 가톨릭교회에서 사용하는 호칭일 뿐이었다—메리의 남편의 부는 동남아시아의 망간 광산의 지배자이자 소유자라는 지위에서 나왔다. 그는 풀먼 열차*를 타고 메이슨딕슨선**의 남쪽으로 여행할 만큼 피부색이 밝지 않았다. 그는 북아프리카와 아시아를 가로지르는 카빌리-베르베르-사바-힌두 혈통이었지만, 항구에 흔한 잡종의 얼굴들보다는 유럽인에게 공감하는 쪽이었다.

이 왕족 같은 두 가족, 동쪽의 한 가족과 서쪽의 한 가족이 역 플랫폼에서 마주보자, 상대적으로 다이버 가족은 호화롭다기보다는 개척

---

* 고급 침대차.

** 예전 미국의 북부와 남부 경계선.

자처럼 소박해 보였다. 그들을 초대한 사람들은 지팡이를 든 이탈리아인 집사장과 터번을 쓰고 오토바이를 탄 하인 네 명을 데리고 나왔다. 베일로 얼굴을 반쯤 가린 두 여자는 예의를 지켜 메리의 약간 뒤에 서서 니콜에게 이슬람식으로 이마에 손을 대고 절을 하여 그녀를 깜짝 놀라게 했다.

다이버 가족만이 아니라 메리에게도 그 인사는 약간 희극적이었다. 메리는 신경쓸 일 아니라고 변명하는 것처럼 낄낄거렸다. 그러나 아시아식 호칭으로 남편을 소개할 때는 그녀의 목소리가 자랑하듯이 높이 올라갔다.

딕과 니콜은 저녁식사를 위해 방에서 옷을 갈아입으면서 질린 듯한 표정으로 마주보며 얼굴을 찌푸렸다. 남들 눈에 민주적으로 보이고 싶어하는 부자들은 자기들끼리 있을 때는 허세를 부리는 꼴에 정신을 못 차리는 척하기 때문이다.

"메리 노스라는 사람은 자기가 원하는 게 뭔지 알아." 딕이 면도 크림을 바른 채 중얼거렸다. "에이브가 교육을 시켰고, 그래서 이제 메리는 부처하고 결혼을 했어. 만일 유럽이 볼셰비키 쪽으로 기운다면 메리는 스탈린 부인이 되어 나타날 거야."

니콜은 화장품 가방에서 눈을 떼고 주위를 둘러보았다. "말조심해요, 딕, 알았죠?" 그러나 그녀는 웃음을 터뜨렸다. "둘 다 아주 굉장해요. 군함들이 저 사람들을 향해 예포를 쏘거나 경례를 하거나 하거든요. 메리는 런던에서는 왕실 버스를 타요."

"그래." 그가 맞장구를 쳤다. 니콜이 문간에서 핀을 좀 갖다달라고 부탁하는 소리를 들으며 그가 소리쳤다. "위스키를 좀 마실 수 있을지 모르겠군. 산의 공기가 느껴져!"

"챙겨준대요." 곧 니콜이 욕실 문틈으로 소리쳤다. "역에서 본 여자가 왔다 갔어요. 베일을 벗었네요."

"메리가 어떻게 사는지 당신한테 이야기를 하던가?" 그가 물었다.

"별 얘기 없었어요—메리는 전부터 상류사회 생활에 관심이 있었어요—내 혈통이니 뭐니 하는 것들을 잔뜩 물어보더라고요. 하지만 내가 그런 걸 뭐 조금이라도 알아야죠. 그런데 신랑은 이전 결혼에서 피부색이 아주 진한 자식 둘을 둔 것 같아요—한 명은 아시아에만 있는 어떤 병으로 아프다는데 의사들도 잘 모른대요. 우리 애들한테 주의를 줘야겠어요. 느낌이 별로 안 좋아요. 메리도 우리가 그런 문제를 어떻게 생각하는지 당연히 알겠죠." 그녀는 잠시 걱정하는 표정으로 우두커니 서 있었다.

"메리도 이해할 거야." 딕이 안심시켰다. "아마 그 아픈 아이는 침대에 있을 거야."

저녁에 딕은 호세인과 이야기를 했는데, 그는 영국 사립학교 출신이었다. 호세인은 주식에 관해서, 할리우드에 관해서 알고 싶어했고, 딕은 샴페인으로 자신의 상상력을 자극하며 터무니없는 이야기를 해주었다.

"수십억?" 호세인이 물었다.

"수조." 딕이 장담했다.

"정말로 미처 거기까지는—"

"글쎄, 어쩌면 수백만일 수도 있지요." 딕이 물러섰다. "모든 호텔 숙박객에게는 하렘이 할당됩니다—어쨌든 하렘에 준하는 게."

"배우와 감독 말고도?"

"모든 호텔 숙박객이요—심지어 출장온 영업사원한테도. 뭐, 나한테도 후보를 여남은 명 보내려 했지만, 니콜이 가만두지 않을 것 같아서."

니콜은 방에 돌아와 둘만 있게 되자 그를 책망했다. "왜 하이볼을 그렇게 많이 마신 거예요? 왜 그 사람 앞에서 스픽*이란 말을 쓴 거예요?"

"미안해, 스모크**라는 말을 하려고 했던 거야. 말이 잘못 나갔어."

"딕, 이건 어쩐지 당신답지가 않아요."

"다시 한번 미안해. 이제 난 별로 나답지가 않아."

그날 밤 딕은 욕실 창문을 열고 성城의 좁은 튜브 같은 뜰을 내려다보았다. 바깥은 쥐색이었지만, 그 순간 그곳에서 애처롭고 독특한 음악이 메아리쳤다. 플루트 소리처럼 슬펐다. 두 남자가 k와 l로 가득한 동양의 언어 또는 방언으로 뭔가 읊조리고 있었다—딕은 고개를 바깥으로 내밀어보았지만 모습은 보이지 않았다. 그 소리에는 종교적인 의미가 있는 게 분명했다. 지치고 감정이 메말라버린 딕은 그들이 자신을 위해서도 기도하는 것이기를 바랐다. 하지만 점점 깊어가는 우울한 기분에 빠져 헤매지 말게 해달라는 것 외에 무엇을 위해 기도해주기를 바라는 건지 스스로도 알 수가 없었다.

다음날, 그들은 나무가 듬성듬성한 산비탈에서 비쩍 마른 새 사냥을 했다. 자고새의 불쌍한 먼 친척이었다. 영국식을 어렴풋이 흉내내

---

* spic. 스페인계 미국인을 경멸하여 부르는 말.

** smoke. '검둥이'라는 뜻도 있다.

경험 없는 몰이꾼 부대를 동원한 사냥이었는데, 딕은 그들을 맞힐까봐 걱정되어 위쪽을 향해서만 총을 쏠 수밖에 없었다.

돌아오자 러니어가 그들의 방에서 기다리고 있었다.

"아버지, 우리가 아픈 아이 가까이 가게 되면 바로 말하라고 그러셨잖아요."

니콜이 몸을 빙글 돌리며 바로 경계하는 태도를 보였다.

"—그래서, 어머니." 러니어가 니콜을 향해 말을 이어나갔다. "그 아이는 매일 저녁 목욕을 하는데, 오늘밤에는 제가 하기 직전에 했어요. 그래서 저는 그애가 목욕한 물에 들어가야 했는데 물이 더러웠어요."

"뭐? 그래서?"

"토니를 거기서 꺼내는 걸 봤어요. 그런 다음에 저를 불러 들어가라고 했는데 물이 더러웠어요."

"그래서—목욕을 했어?"

"네, 어머니."

"맙소사!" 그녀가 딕에게 소리쳤다.

딕이 다그쳤다. "왜 루시엔한테 목욕물을 빼라고 하지 않았어?"

"루시엔은 그럴 수가 없었어요. 히터가 이상하거든요—어젯밤에 저절로 켜져서 팔을 데는 바람에 루시엔이 무서워해요. 그래서 그 두 여자 가운데 하나가—"

"이 욕실에 들어가서 당장 씻어."

"내가 말했단 말 하지 마세요." 러니어가 문간에서 말했다.

딕은 안으로 들어가 욕조에 유황을 뿌렸다. 그는 문을 닫으며 니콜에게 말했다.

"메리한테 말하거나, 아니면 떠나는 게 좋겠어."

그녀가 동의하자 그가 말을 이었다. "사람들은 자기네 애들이 체질적으로 다른 집 애들보다 깨끗하다고 생각하지. 자기네 애들 병은 전염성이 덜하다고 생각하고."

딕은 방으로 들어와 디캔터에 있는 것을 따라 마시고 욕실에서 쏟아지는 물의 박자에 맞춰 비스킷을 우적우적 씹었다.

"루시엔한테 그 히터를 사용하는 법을 배우라고 해—" 그가 말하는 순간 아시아계 여자가 문간에 나타났다.

"백작부인이—"

딕은 손짓으로 그녀를 안으로 부른 다음 문을 닫았다.

"아픈 아이는 좀 나아졌소?" 그가 상냥하게 물었다.

"나아졌습니다, 네, 하지만 아직도 자주 발진이 생겨요."

"정말 안됐군—안타까운 일이오. 하지만 우리 애들이 그 아이가 목욕한 물에서 목욕하지 않도록 해주시오. 그건 절대 있어서는 안 되는 일이오—댁이 그런 짓을 했다는 걸 알면 여주인이 틀림없이 몹시 화를 낼 거요."

"내가요?" 그녀는 벼락이라도 맞은 표정이었다. "어, 나는 그저 여기 하녀가 히터를 잘 못 다뤄서—그걸 가르쳐주고 물을 틀었을 뿐인데요."

"하지만 아픈 사람의 경우에 댁은 물을 완전히 빼고 욕조를 닦아야 해요."

"내가요?"

여자는 숨이 막힌다는 듯이 길게 숨을 들이켜더니 몸을 떨고 흐느끼면서 방에서 달려나갔다.

"우리를 희생해가면서 서양 문명을 배우려 들면 안 되는 거지." 딕이 모질게 말했다.

그날 밤 저녁식사 때 딕은 방문 일정을 불가피하게 줄여야겠다고 결정했다. 호세인은 자신의 나라에 산이 많고 염소와 염소 몰이꾼이 좀 있다는 사실밖에 모르는 것 같았다. 그는 과묵한 젊은이였다—그를 끌어내 이야기를 하게 하려면 딕이 지금 가족을 위해 아껴두고 있는 진지한 노력을 기울여야 할 터였다. 저녁식사 직후 호세인은 메리와 다이버 부부만 남겨두고 자리를 떴지만, 과거의 단합된 분위기는 깨진 상태였다—그들 사이에는 불안정한 사교적 공간이 놓여 있었고 메리는 그 땅을 정복하려 했다. 아홉시 반에 메리가 쪽지를 건네받아 읽고 자리에서 일어나는 걸 보고 딕은 안도했다.

"실례 좀 해야겠어요. 남편이 짧은 출장을 떠나서요—남편한테 좀 가봐야겠어요."

다음날 아침 커피를 들고 들어오는 하인들을 따라오듯 메리가 방으로 들어섰다. 그녀는 이미 옷을 차려입었고 다이버 부부는 아직 준비가 되지 않았다. 그녀는 오래전에 잠자리에서 일어난 듯했다. 고요하지만 불끈거리는 분노 때문에 얼굴이 단단하게 굳어 있었다.

"러니어가 더러운 물에 목욕을 했다는 게 무슨 말이죠?"

딕이 항변하려 했으나 그녀가 말을 잘랐다.

"내 시누이한테 러니어가 들어갈 욕조를 닦으라고 명령했다는 게 도대체 무슨 소리예요?"

그녀는 일어선 채 그들을 노려보고 있었고, 그들은 무릎에 놓인 쟁

반의 무게에 짓눌린 채 석상처럼 무력하게 침대에 앉아 있었다. 그들은 동시에 소리쳤다. "시누이!"

"내 시누이한테 욕조를 닦으라고 명령하다니!"

"우리는 그걸—" 그들의 목소리가 동시에 똑같은 말을 쏟아냈다. "—나는 원주민 하인한테 말한 건데—"

"내 시누이한테 말한 거예요."

딕은 "그 두 사람이 하녀인 줄 알았어요" 하고 말할 수밖에 없었다.

"그 사람들이 히마둔이라는 얘기를 들었잖아요."

"뭐라고요?" 딕이 침대에서 일어나 가운을 입었다.

"그저께 밤에 피아노 옆에서 설명했잖아요. 너무 즐거워서 이해 못했노란 말은 하지 마세요."

"그 말이 그런 거였어요? 앞부분은 듣지를 못해서. 나는 그걸 그렇게 연결은—사실 우리는 어떤 연관이 있다고는 생각하지 못했어요, 메리. 아, 우리가 할 수 있는 건 찾아뵙고 사과하는 것뿐이겠군요."

"찾아뵙고 사과한다고요! 집안에서 가장 나이가 많은 사람—가장 나이 많은 사람이 결혼을 하면, 그러면 가장 나이가 많은 여자 형제 둘이 몸을 바쳐 히마둔이 된다고, 그의 부인의 시녀가 된다고 설명했잖아요."

"그래서 어젯밤에 호세인이 집을 나간 건가요?"

메리가 머뭇거리다 고개를 끄덕였다.

"그럴 수밖에 없었어요—모두 다 떠났어요. 명예 때문에 그래야만 해요."

이제 다이버 부부는 둘 다 일어나서 옷을 입고 있었다. 메리가 말을 이어나갔다.

"그리고 그 욕조 물은 도대체 무슨 말이에요? 설마 이 집에서 그런 일이 실제로 일어날 수 있다고 생각하는 건 아니겠죠! 러니어한테 물어봐야겠어요."

딕은 침대 가장자리에 앉았다. 이제 니콜이 맡으라는 둘만의 신호였다. 메리는 문으로 가서 종자에게 이탈리아어로 무언가 말했다.

"잠깐만요." 니콜이 말했다. "그건 됐어요."

"그쪽에서 우리를 비난했잖아요." 메리가 대꾸했다. 전에 한 번도 니콜에게 쓴 적이 없는 말투였다. "나는 러니어를 만나볼 권리가 있어요."

"아이를 여기로 데려오는 건 안 돼요." 니콜이 사슬갑옷이라도 입는 것처럼 옷을 몸에 걸쳤다.

"괜찮아." 딕이 말했다. "러니어를 데려와요. 이 욕조 문제를 해결합시다—사실이든 꾸며낸 이야기든."

정신적으로나 신체적으로나 옷을 반만 걸친 러니어는 어른들의 화난 얼굴을 물끄러미 바라보았다.

"잘 들어, 러니어." 메리가 물었다. "어쩌다가 다른 사람이 사용한 물에 목욕을 했다고 생각하게 되었니?"

"어서 말해." 딕이 덧붙였다.

"그냥 더러워서요. 그게 다예요."

"새로 물을 튼 소리를 못 들었어? 네 방에서? 바로 옆인데?"

러니어는 가능성을 인정했지만 자신이 한 말을 되풀이했다—물이 더러웠다. 아이는 약간 겁을 먹었다. 그는 앞으로 어떻게 될 것인지 생각하려 했다.

"물을 틀었을 리가 없어요. 왜냐하면—"

그들은 아이를 압박했다.

"왜?"

그는 기모노를 입고 서서 부모의 동정심을 자극했고, 그보다 심하게 메리의 짜증을 자극했다—이윽고 그가 말했다.

"물이 더러웠어요. 비누 거품이 가득했어요."

"네가 하는 말에 확신이 없을 때는—" 메리가 입을 열었으나 니콜이 말을 잘랐다.

"그만해요, 메리. 물에 더러운 거품이 있다면 물이 더럽다고 생각하는 게 논리적이잖아요. 애 아버지가 애한테—"

"물에 더러운 거품이 있었을 리가 없어요."

러니어는 책망하는 눈길로 자신을 배신한 아버지를 바라보았다. 니콜은 아이 어깨를 잡아 돌려세워 방에서 내보냈다. 딕은 웃음을 터뜨려 긴장을 깼다.

그러자 그 소리에 과거가, 옛 우정이 생각난 듯, 메리는 자신이 그들로부터 얼마나 멀어져버렸는지 짐작하고 달래는 목소리로 말했다. "애들이야 늘 저렇지요."

메리는 과거가 기억나자 마음이 더욱 불편해졌다. "떠나는 건 바보짓이에요—호세인은 어차피 이번 출장을 가고 싶어했어요. 사실 두 분은 내 손님이고 그냥 실수로 이런 일이 생긴 것뿐이잖아요." 그러나 딕은 그런 에두른 표현 방식과 실수라는 말에 화가 나 몸을 돌려 소지품들을 정리하며 말했다.

"그 젊은 여자들 일은 참 안됐습니다. 여기에 왔던 분한테 사과하고 싶습니다."

"피아노 의자에서 내 이야기만 들었어도!"

"하지만 이야기가 더럽게도 지루했거든요, 메리. 나는 내가 들을 수 있는 한은 들었단 말입니다."

"조용히 해요!" 니콜이 딕에게 말했다.

"칭찬은 되돌려드리지요." 메리가 독을 품고 말했다. "잘 가요, 니콜." 그녀가 나갔다.

그런 일이 있었으니 그녀가 배웅을 나올 가능성은 없었다. 집사장이 출발 준비를 도와주었다. 딕은 호세인과 누이들에게 형식적인 메모를 남겼다. 떠나는 것 외에 달리 방법이 없었지만, 그들 모두, 특히 러니어는 마음이 많이 상했다.

"정말이에요." 러니어가 기차에서 힘주어 말했다. "욕조 물이 더러웠다고요."

"됐다." 아버지가 말했다. "잊어버리는 게 좋아—내가 너하고 의절하기를 바라지 않는다면. 프랑스에 자식하고 의절할 수 있는 새 법이 생긴 걸 아니?"

러니어는 기분이 좋아서 크게 웃음을 터뜨렸고 다이버 가족은 다시 하나가 되었다—딕은 궁금했다. 몇 번이나 더 이렇게 하나가 될 수 있을까?

5

니콜은 창문으로 가서 창턱 너머로 몸을 굽히고 테라스까지 솟아오르는 언쟁의 진원지를 보았다. 4월의 태양은 요리사인 오귀스틴의 성자 같은 얼굴에 분홍빛을 비추었고 그녀가 술 취한 손으로 흔드는 정육점용 칼에는 파란빛을 비추었다. 오귀스틴은 그들이 2월에 빌라 디아나로 돌아왔을 때부터 함께 있었다.

차일이 가렸기 때문에 딕의 머리, 그리고 꼭대기에 청동덩어리가 달린 무거운 지팡이를 쥔 손만 보였다. 서로 위협하는 칼과 지팡이는 검투사들이 사용하는 삼지창과 짧은 검 같았다. 딕의 말이 먼저 귀에 들어왔다.

"—주방 와인이야 얼마나 마시든 상관없지만 샤블리 무톤까지 가져다 마셔대는 걸 보면—"

"나한테 술 이야기를 하는 거예요!" 오귀스틴이 소리치며 자신의 무기를 휘둘렀다. "선생님도 술을 마시잖아요—언제나!"

니콜이 차일 너머로 소리쳤다. "무슨 일이에요, 딕?" 그러자 딕이 영어로 대답했다.

"이 늙은 여자가 고급 와인을 뚝딱 해치우고 있잖아. 해고할 거야—어쨌든 그렇게 하려고 노력하고 있어."

"맙소사! 어쨌든 그 여자 칼이 당신 몸에 닿지 않게 해요."

오귀스틴은 니콜을 향해 위쪽으로 칼을 흔들었다. 그녀의 늙은 입은 작은 체리 두 개가 엇갈리며 붙어 있는 것처럼 보였다.

"말씀드릴 게 있어요, 부인. 남편분이 저기 자기 농가에서 마치 날품

팔이처럼 술을 마시는 걸 아시면—"

"입다물고 여기서 나가요!" 니콜이 말을 끊었다. "아니면 헌병을 데려올 거니까."

"당신들이 헌병을 데려온다고! 내 동생이 그 부대에 있는데! 당신들—역겨운 미국인들이?"

딕이 영어로 니콜을 향해 소리쳤다.

"이 문제 해결할 때까지 애들 좀 집에서 나가 있게 해."

"—여기 와서 우리 최고의 와인을 마셔버리는 역겨운 미국인들이." 오귀스틴이 이 지방 특유의 억양으로 악을 썼다.

딕이 더 단호한 목소리를 냈다.

"지금 당장 떠나시오! 줄 돈은 줄 테니."

"당연히 줘야지! 내 한마디하지—" 그녀가 다가오며 칼을 사납게 휘두르자 딕은 지팡이를 들어올렸다. 그러자 오귀스틴은 주방으로 달려가더니 손도끼를 들고 왔다. 이미 들고 있던 정육점용 칼까지 무기가 둘이었다.

상황은 좋아 보이지 않았다—오귀스틴은 힘센 여자였기 때문에 무장 해제시키려면 그녀에게 심각한 상해를 입히는 것도 각오해야 했다—거기에 프랑스 국민을 괴롭힌 자가 피할 수 없는 운명인 심각한 법적 문제까지. 딕은 허세를 부리려고 니콜에게 소리쳤다.

"경찰서에 전화해." 그러고 나서 오귀스틴에게 그녀가 들고 있는 무기들을 가리키며 말했다. "이건 체포감이오."

"하-하!" 그녀는 악마처럼 웃음을 터뜨렸지만 더 가까이 다가오지는 않았다. 니콜은 경찰에 전화를 했지만 오귀스틴의 웃음소리가 메아리치는 듯한 소리만 들렸다. 이어 웅얼거리는 소리와 말이 이리저리 전해지는 소리가 들렸다—그러다 전화가 갑자기 끊겼다.

니콜은 창문으로 돌아가 딕에게 소리쳤다. "저 여자한테 돈을 좀더 줘요!"

"내가 그 전화까지 갈 수만 있다면 좋겠는데!" 그것이 실현 불가능해 보였기 때문에 딕은 굴복했다. 그녀를 서둘러 내보내야겠다는 생각에 굴복하여 오십 프랑을 백 프랑으로 늘리자 오귀스틴은 요새를 내주고 '개자식!'을 수류탄처럼 마구 던져 퇴로를 확보하며 물러났다. 그녀는 조카가 짐을 들어주러 와야만 떠나겠다고 했다. 딕은 주방 근처에서 조심스럽게 기다리다 코르크가 뽑히는 소리를 들었지만 그 문제는 이제 포기해버렸다. 골치 아픈 일이 더 생기지는 않았다—조카가 도착하여 연신 사과를 하자 오귀스틴은 기분좋게 취한 듯 딕에게 명랑하게 작별인사를 하고 위쪽 창가에 있는 니콜을 향해 "또 봐요, 부인! 행운을 빌어요!" 하고 소리쳤다.

다이버 가족은 니스로 가서 볼락과 작은 바닷가재에 사프란을 많이 넣은 스튜인 부야베스를 먹으며 차가운 샤블리를 한 병 마셨다. 딕은 오귀스틴에 대한 동정심을 드러냈다.

"나는 조금도 안쓰럽지 않아요." 니콜이 말했다.

"나는 안쓰러워—그럼에도 절벽에서 밀어버리고 싶지만."

요즘에는 그들이 용기를 내어 입 밖에 꺼내어 나눌 만한 이야기가 거의 없었다. 중요한 순간에 적당한 말이 찾아와주는 적이 거의 없었다. 늘 조금 늦게, 상대에게 전할 수 없을 때 찾아왔다. 그러다 오늘밤 오귀스틴의 폭발이 그들을 각자의 백일몽에서 흔들어 깨웠다. 그들은 양념이 강한 수프와 타는 듯한 와인에 뜨거워졌다 식었다 하며 이야기를 나누었다.

"계속 이렇게 지낼 수는 없어요." 니콜이 말을 꺼냈다. "아니면 그럴 수 있나요?—어떻게 생각해요?" 그녀는 딕이 그 순간 부인하지 않는 것에 깜짝 놀랐지만 말을 이어갔다. "어떤 때는 내 잘못이란 생각이 들어요—내가 당신을 망쳤어요."

"그러니까 내가 망쳐진 거로군, 응?" 딕이 명랑한 목소리로 물었다.

"그런 뜻은 아니에요. 하지만 당신은 전에는 뭔가를 창조하고 싶어했어요—그런데 지금은 부수고 싶어하는 것 같아요."

이런 노골적인 표현으로 그를 비판하는 것은 떨리는 일이었다—그러나 그의 늘어나는 침묵이 훨씬 두려웠다. 그녀는 그 침묵 뒤에서, 그 단호하고 파란 눈 뒤에서, 아이들에 대한 거의 부자연스러운 관심 뒤에서 뭔가가 전개되고 있다고 짐작했다. 딕이 그답지 않게 성질을 낼 때면 그녀는 깜짝 놀라곤 했다—그는 느닷없이 어떤 사람, 인종, 계급, 생활방식, 사고방식을 두고 길게 경멸의 두루마리를 펼치곤 했다. 그의 안에서는 뭔가 헤아릴 수 없는 이야기가 혼잣말을 하고 있는 듯했고, 그것이 표면을 뚫고 나오는 순간에만 그녀는 그 내용을 짐작해볼 수 있었다.

"사실 당신이 여기에서 뭘 얻겠어요?" 그녀가 물었다.

"당신이 매일 강해지는 걸 알 수 있지. 당신의 병이 수확체감의 법칙을 따른다는 사실도 알 수 있고."

그의 목소리가 멀리 떨어진 곳에서 그녀에게 다가오는 듯했다. 뭔가 현실과 동떨어진 학술적인 이야기를 하는 것 같았다. 그녀는 공포 때문에 소리를 질렀다. "딕!" 그녀는 테이블 위에 놓인 그의 손을 향해 손을 뻗었다. 딕의 손이 반사적으로 뒤로 물러났다. 그가 덧붙였다. "생각해야 할 전체 상황이 있잖아, 안 그래? 당신만 있는 게 아니라." 그는 손으로 그녀의 손을 덮으며 함께 쾌락, 장난, 이익, 기쁨을 공모하던 예전의 유쾌한 목소리로 말했다.

"저기 저 배 보여?"

T. F. 골딩의 모터 요트가 니스만의 작은 너울 사이에 평온하게 놓여 있었다. 실제로 움직이든 움직이지 않든, 늘 로맨틱한 항해를 하고 있는 배였다. "지금 저기 나가서 배에 탄 사람들에게 무슨 문제가 있느냐고 물어볼까? 저 사람들이 행복한지 확인해볼까?"

"골딩을 알지도 못하는데." 니콜이 반대했다.

"그 사람이 우리에게 꼭 와달라고 한 적이 있잖아. 게다가, 베이비가 그 사람을 알아—그 사람과 결혼한 거나 다름없잖아, 안 그래—그렇잖아?"

그들이 론치*를 빌려 타고 항구를 나섰을 때는 이미 여름의 어스름이 깔리고 마르쟁호號의 삭구를 따라 경련을 일으키듯 불이 들어오고 있었다. 가까이 따라붙자 니콜의 의심이 다시 고개를 내밀었다.

"배에서 파티를 열고 있잖아—"

"그냥 라디오 소리일 뿐이야." 딕이 짐작했다.

그들은 환영을 받았다—하얀 양복 차림에 머리가 희고 몸집이 거대한 사람이 아래를 내려다보며 소리를 질렀다.

* 모터가 달린 보트.

"이거 다이버 부부 아니오?"

"어어이, 마르쟁호!"

그들의 보트가 배에 올라타는 계단 밑으로 움직였다. 그들이 올라타자 골딩이 거대한 몸을 반으로 접어 니콜에게 손을 내밀었다.

"저녁 시간에 딱 맞춰 오셨구려."

고물 쪽에서는 작은 오케스트라가 음악을 연주하고 있었다.

"당신이 원한다면 나는 그대의 것—하지만 그전에는 나더러 얌전히 굴라고 말하지 마세요—"

골딩의 사이클론 같은 두 팔이 바람을 일으키며 몸에 손도 대지 않고 그들을 고물 쪽으로 데려갈 때 니콜은 이곳에 온 것을 더욱 후회하게 되었고, 딕에게 더 짜증이 났다. 딕의 일과 그녀의 건강 때문에 밖에 나다닐 수 없었을 때 이곳의 명랑한 사람들과 거리를 두는 초연한 태도를 취했기 때문에 그들은 사교를 거부하는 사람들이라는 평판을 얻었다. 그뒤 몇 년 동안 리비에라도 물갈이가 되면서 그들의 평판은 어쩐 일인지 인기가 없는 사람들이라는 쪽으로 바뀌어갔다. 그럼에도 니콜은 이왕 그런 태도를 보인 이상 순간적인 자기 방종과 값싸게 타협해서는 안 된다고 느꼈다.

그들은 중앙 살롱을 통과해 지나가다가 앞쪽 원형 고물의 불이 반쯤 밝혀진 곳에서 춤을 추는 듯한 형체들을 보았다. 그러나 사실은 매혹적인 음악, 익숙지 않은 조명, 주위의 물로 인해 생긴 착각이었다. 웨이터들만 분주하게 돌아다닐 뿐 손님들은 갑판의 곡선을 따라 배치해 놓은 낮고 넓은 의자에서 빈둥거리고 있었다. 그곳에 여자들의 흰 드레스, 빨간 드레스, 번져 보이는 드레스, 남자 몇 명의 세탁된 셔츠 가슴 부분이 보였다. 그 가운데 하나가 떨어져나와 정체를 드러내자 니콜에게서 좀처럼 듣기 힘든 기쁨의 외침이 터져나왔다.

"토미!"

니콜은 손을 흔들어 그녀의 손에 의례적으로 고개를 숙이는 프랑스식 인사를 떨쳐내고 자신의 얼굴을 그의 얼굴에 갖다댔다. 그들은 안토니니아누스 시대 스타일의 벤치에 함께 앉았다. 아니, 누웠다. 그의 잘생긴 얼굴은 너무 검어 짙은 황갈색이던 시절의 기분좋은 느낌을 잃었으나 그렇다고 검둥이의 푸르스름한 아름다움을 얻지도 못했다—그저 낡은 가죽에 불과했다. 미지의 태양에 탈색된 피부가 주는 이질적인 느낌, 낯선 땅의 영양분을 받은 몸, 많은 방언들을 비틀어 발음하느라 어색해진 혀, 시도 때도 없이 울리는 경보에 조율된 몸의 반응—니콜은 이런 것들에 매혹되면서 마음이 편해졌다. 그녀는 그를 만나고 나서 바로 그의 가슴에 기댔고, 정신은 밖으로, 밖으로 뻗어나갔다……그러다가 자기 보존 본능이 다시 머리를 내밀면서 그녀는 자신의 세계로 물러나며 가볍게 말했다.

"꼭 영화에 나오는 모험가처럼 보이네—그나저나 왜 그렇게 오랫동안 떠나 있었던 거예요?"

토미 바르방은 영문은 몰랐지만 그녀를 보며 긴장하고 있었다. 그의 눈동자가 번쩍였다.

"오 년이에요." 그녀가 목에서 나오는 독특하기 짝이 없는 소리로 말을 이어갔다. "너무 길었어. 그냥 인간 몇 명만 학살하고 돌아와 한동안 우리 공기를 마실 수는 없었나요?"

토미는 소중하기 짝이 없는 그녀의 존재를 앞에 두니 금세 유럽 사람이 되었다.

"하지만 우리 영웅들에게는," 그가 말했다. "시간이 필요해요, 니콜. 이제 영웅주의를 작게 실현하는 건 불가능해요—대규모로 해야 돼요."

"영어로 말해요, 토미."

"나하고는 프랑스어로 말해요, 니콜."

"하지만 의미가 달라—프랑스어로 하면 토미는 영웅적이고 여자한테 정중하면서도 위엄을 갖출 수 있고, 토미도 그걸 알아. 하지만 영어로 하면 토미는 영웅적이고 여자한테 정중하지만 약간 터무니없고, 토미도 그걸 알아. 그래서 내가 유리하지."

"하지만 결국—" 토미가 갑자기 낄낄거렸다. "영어로 해도 나는 용감하고 영웅적이고 그런 거잖아요."

그녀는 어이가 없어 맥이 빠지는 척했지만 토미는 당황하지 않았다.

"내가 아는 건 다 영화에 나와요." 그가 말했다.

"다 영화 같아요?"

"영화는 그렇게 엉터리가 아니에요—지금도 이 로널드 콜먼의 영화—북아프리카 부대에 관한 그의 영화 봤어요? 전혀 엉터리가 아니에요."

"좋아요, 이제 영화를 보러 갈 때마다 토미가 그 순간에 바로 그런 걸 경험하고 있다는 걸 알게 되겠네요."

니콜은 말하다가 금속 느낌이 나는 어여쁜 머리카락, 갑판 조명 때문에 거의 녹색으로 보이는 머리카락에 작고, 창백하고, 예쁘고, 젊은 여자를 의식하게 되었다. 니콜과 그녀는 토미를 사이에 두고 나란히 앉아 있었으며, 그들의 대화 또는 그들 옆에서 이루어지는 대화에 참여하고 있었던 것 같기도 했다. 하지만 예전 같으면 우아하지 못하다고 부를 만한 태도로 그의 관심을 끌 희망을 버리고, 부루퉁해서 초승달 모양 갑판을 가로질러 걸어가는 걸 보니, 그전까지는 토미를 독점하고 있었던 게 분명했다.

"사실 나는 영웅이죠." 토미가 차분하게 말했다. 반은 진담이었다. "나는 난폭하고 용맹스럽습니다, 대개는, 사자 같아요, 마치 술 취한 사람 같죠."

니콜은 그의 마음속에서 자랑의 메아리가 사그라질 때까지 기다렸다—그녀는 토미가 전 같으면 절대 그런 말을 하지 않았으리란 걸 알고 있었다. 이윽고 그녀는 낯선 사람들을 살피다가 평소와 마찬가지로 지독한 신경증 환자들을 발견했다. 차분한 척하고 있지만, 도시가 두렵고, 도시의 음색과 음높이를 규정하는 자신들의 목소리가 만들어내는 소리가 두려워 시골을 좋아하는…… 그녀가 물었다.

"하얀 옷을 입은 여자는 누구예요?"

"내 옆에 있던 여자요? 귀족인 레이디 캐럴라인 시블리비어스."—그들은 잠시 건너편에서 들려오는 그녀의 목소리에 귀를 기울였다.

"그 남자는 악당이지만, 줄무늬 고양이 같아요. 밤새 앉아 둘이 슈맹드페르*를 했어요. 나한테 천 스위스프랑을 빚졌죠."

토미가 웃음을 터뜨리며 말했다. "저 여자는 지금 런던에서 가장 사악해요—유럽에 돌아올 때마다 런던 출신의 가장 사악한 여자들이 새

* 카드 게임의 한 종류.

로 생겨나 있네요. 저 여자가 가장 최신이죠—지금은 거의 저 여자만큼 사악하다고 할 수 있는 다른 여자가 또 있다고 보지만."

니콜은 다시 갑판 건너편에 있는 여자를 흘끗 보았다—결핵에 걸린 것처럼 약해 보였다—저런 좁은 어깨, 저런 발육이 나쁜 두 팔로 데카당스의 깃발, 쇠퇴하는 제국의 마지막 깃발을 어떻게 높이 들 수 있는지 믿을 수가 없었다. 그녀는 전쟁 전부터 화가들과 소설가들 앞에서 포즈를 취했던 키 크고 나른해 보이는 금발머리 천사들보다는 존 헬드*가 그리는 납작한 가슴의 왈가닥과 닮은 모습이었다.

골딩이 거대한 몸집 때문에 울려대는 소리를 죽이려고 애쓰며 다가왔다. 그 몸집은 거대한 증폭기처럼 그의 의지를 전달했다. 니콜은 여전히 머뭇거리면서도 그가 되풀이하는 이야기를 받아들이기로 했다. 마르쟁호가 저녁식사 직후에 칸으로 출발한다는 것, 식사를 했다 해도 언제든지 캐비아와 샴페인을 챙길 수 있다는 것, 어쨌든 딕이 지금 전화로 니스에 있는 운전사에게 그들의 차를 칸으로 몰고 돌아가 다이버 부부가 나중에 타고 갈 수 있도록 카페 데 잘리에 앞에 두라고 이야기하고 있다는 것.

그들은 식당으로 들어갔고 딕은 레이디 시블리비어스 옆에 자리를 잡고 있었다. 니콜은 평상시에는 불그레한 그의 얼굴에서 핏기가 가셨다는 걸 알았다. 그는 교조적인 목소리로 이야기를 했으며, 니콜의 귀에는 그 이야기가 드문드문 들렸다.

"……댁 같은 영국인들에게는 괜찮지요. 영국인들은 죽음의 춤을

* 미국 삽화가.

추고 있으니까…… 패망한 요새의 세포이*들, 그러니까 정문의 세포이들, 그리고 요새 안의 명랑한 분위기니 뭐니 하는 것. 녹색 모자, 짓밟힌 모자만 있을 뿐이고, 미래는 없지요."

레이디 캐럴라인은 치명적인 '뭐라고요?'나 날이 선 '과연!'이나 늘 임박한 위험을 함축하고 있는 우울한 느낌의 '잘됐군요!'가 점점이 박힌 짧은 문장으로 대답했지만, 딕은 주의 신호를 알아차리지 못하는 듯했다. 갑작스레 딕이 유난히 열을 내며 이야기를 했다. 니콜은 그 의미를 파악하지 못했지만 젊은 여자의 얼굴이 어두워지고 힘줄이 불거지는 것을 보았고, 그녀의 날카로운 대답을 들었다.

"—그러니까 남은 남이고 친구는 친구인 거죠."

딕이 또 누군가를 불쾌하게 한 것이다—조금만 더 입을 다물 수 없을까? 얼마나 오래? 죽을 때까지.

오케스트라(드럼에 '에딘보로 래그타임 칼리지 재즈'라고 이름이 적혀 있었다)에 있던 금발의 젊은 스코틀랜드 청년이 피아노에 앉아 낮은 코드로 반주를 하며 대니 디버 같은 단조로운 음색으로 노래를 하기 시작했다. 그는 가사가 견딜 수 없을 정도로 감명깊다는 듯이 아주 정확하게 발음했다.

지옥에서 온 아가씨가 있었네
아가씨는 종소리를 듣고 깜짝 놀랐네
아가씨는 못됐거든—못됐거든—못됐거든

---

* 영국 동인도회사의 인도인 용병.

아가씨는 종소리를 듣고 깜짝 놀랐네
지옥에서 (**붐붐**)
지옥에서 (**툿툿**)
지옥에서 온 아가씨가 있었네—

"이게 다 뭡니까?" 토미가 니콜에게 소곤거렸다.

토미를 사이에 두고 니콜과 나란히 앉아 있는 여자가 대신 대답해주었다.

"캐럴라인 시블리비어스가 가사를 썼어요. 남자가 곡을 썼고요."

"유치하기는!" 다음 절의 가사가 시작되어 깜짝 놀란 아가씨가 또 어떤 것들을 좋아하는지 암시하자 토미가 중얼거렸다. "꼭 라신을 암송하는 것 같군!"

레이디 캐럴라인은 적어도 표면적으로는 자기 작품의 연주에 아무런 관심을 보이지 않았다. 니콜은 다시 그녀 쪽을 흘끗 보다가 자기도 모르게 감명을 받았다. 성품 때문도 인격 때문도 아니었고, 오로지 그녀의 태도에서 나오는 힘 때문이었다. 니콜은 그녀가 만만치 않다고 생각했으며, 그녀의 일행이 테이블에서 일어설 때 그 점을 확인했다. 딕은 묘한 표정으로 자리에 그대로 앉아 있었다. 이윽고 그는 거칠고 멍청한 말을 쏟아냈다.

"이 영국인들이 귀가 멍멍할 정도로 시끄럽게 소곤거리며 빈정대는 게 마음에 들지 않아."

방을 이미 반쯤 나갔던 레이디 캐럴라인이 몸을 돌리더니 딕에게 돌아왔다. 그녀는 낮은 목소리이기는 하지만 그 자리에 있는 모든 사람이 들을 수 있도록 일부러 또박또박 끊어가며 말했다.

"그건 자업자득이에요—댁이 우리 동포를 비방하고, 내 친구 메리 밍게티를 비방했잖아요. 나는 댁이 로잔에서 수상쩍은 사람들과 어울리는 게 눈에 띄었다고 말했을 뿐이에요. 그게 귀가 멍멍할 정도로 시끄럽게 소곤거린 건가요? 아니면 단지 댁의 귀만 먹게 했을 뿐인가요?"

"그러기에는 아직도 소리가 너무 작군요." 딕이 응수했지만 약간 늦었다. "그러니까 내가 사실 악명 높은—"

골딩이 목소리를 높여 뒷말을 뭉개버렸다.

"뭐야! 뭐야!" 그러면서 그는 자신의 막강한 몸으로 위협하여 손님들을 밖으로 몰아냈다. 니콜은 문의 모서리를 돌면서 딕이 아직 테이블에 앉아 있는 걸 보았다. 그녀는 터무니없는 소리를 한 여자에게도 격분했지만, 이리로 오자고 한, 제정신이 아닐 정도로 취해버린, 뚜껑을 씌워 보호해왔던 그의 반어법의 미늘이 뭉툭하게 변하도록 방치해버린, 그래서 결국 모욕을 당한 딕에게도 똑같이 격분했다—자신이 오자마자 토미 바르방을 차지해버린 것이 그 영국 여자의 화를 돋운 첫 번째 이유임을 알았기 때문에 거기에서 조금 더 화가 났다.

잠시 후 딕이 배다리에 서 있는 것이 보였다. 골딩과 이야기를 나누는 그는 완전히 자신을 통제하고 있는 듯 보였다. 그뒤 삼십 분 동안 갑판 어디에서도 딕을 찾을 수가 없었다. 그녀는 끈과 커피콩을 가지고 하는 말레이시아의 복잡한 게임을 하다가 일어서며 토미에게 말했다.

"딕을 찾아봐야겠어요."

저녁식사 시간 이후 요트는 서쪽으로 움직이고 있었다. 멋진 밤이 양옆으로 흘러갔고, 디젤 엔진은 부드럽게 쿵쿵거렸다. 이물에 이르자 봄바람이 느닷없이 니콜의 머리카락을 날렸다. 깃대 옆에 비스듬히 서 있는 딕을 보자 니콜에게 갑자기 아픈 상처처럼 불안이 찾아왔다. 그녀를 알아본 그의 목소리는 고요했다.

"멋진 밤이야."

"걱정했어요."

"아, 걱정했다고?"

"오, 그런 식으로 말하지 말아요. 뭔가 내가 당신한테 해줄 수 있는 작은 것이 생각날 때마다 나는 정말 기뻐요, 딕."

그는 그녀에게서 고개를 돌려 아프리카를 덮은 베일 같은 별빛을 보았다.

"그게 사실인 것 같아, 니콜. 그리고 가끔, 그게 작아질수록 당신의 기쁨은 커질 거라는 생각도 들어."

"그런 식으로 말하지 말라니까요—그런 말 하지 마요."

하얀 물살이 잡아챘다가 다시 찬란한 하늘로 던지는 빛에 드러난 그의 창백한 얼굴에서는 그녀가 예상했던 것과는 달리 곤혹스러움을 드러내는 주름을 찾아볼 수 없었다. 심지어 초연해 보였다. 그의 눈은 곧 움직일 체스의 말로 향하듯 서서히 그녀에게 초점을 맞추었다. 똑같이 느린 동작으로 그는 그녀의 손목을 잡아 가까이 끌었다.

"당신은 나를 망쳤어, 그렇지?" 그가 온화하게 물었다. "그럼 우리 둘 다 망한 거야. 그러니—"

그녀는 공포로 몸이 차가워졌다. 다른 손목도 그의 손아귀에 들어가 있었다. 좋아, 이이와 함께 가는 거야—남편에게 완전히 호응하여 자신을 버리는 순간 그녀는 다시 밤의 아름다움을 생생히 느낄 수 있었다—좋아, 그럼—

—그 순간 그녀의 두 손은 예기치 않게 자유로워졌으며, 딕은 등을 돌리며 한숨을 쉬었다. "쯧! 쯧!"

니콜의 얼굴에 눈물이 흘러내렸다—곧 누군가가 다가오는 소리가 들렸다. 토미였다.

"찾았군요! 니콜은 딕이 뱃전 너머로 뛰어내렸을지도 모른다고 생각했습니다." 그가 말했다. "그 조그만 영국 매춘부가 선생님을 모욕해서 말이죠."

"뛰어내리기에 좋은 설정인데." 딕이 부드럽게 대꾸했다.

"그렇죠?" 니콜이 얼른 맞장구를 쳤다. "구명조끼를 빌려 함께 뛰어내려요. 우리 뭔가 근사한 걸 해야 할 것 같아요. 지금까지 우리 삶이 모두 너무 옥죄여 있었다는 느낌이에요."

토미가 밤과 주변의 공기를 탐색해보려고 두 사람에게 번갈아 다가가며 코를 킁킁거렸다. "가서 레이디 비어-앤드-에일Beer-and-Ale에게 어떻게 하면 좋을지 물어보는 겁니다—최신 흐름을 알고 있을 테니까요. 그리고 그 여자의 노래 〈지옥에서 온 아가씨가 있었네〉를 외우는 거예요. 내가 그걸 번역할 테니까, 카지노에서 그 노래를 유행시켜 떼돈을 버는 겁니다."

"자네 부자인가, 토미?" 그들이 고물까지 되짚어 걸어갈 때 딕이 물었다.

"지금 형편으로는 그렇지 않습니다. 증권중개인 사업에 짜증이 나 그만두어버렸거든요. 하지만 친구들 손에 좋은 주식을 맡겨놓았고, 그 친구들이 그걸 나 대신 쥐고 있습니다. 다 잘되고 있어요."

"딕은 부자가 되고 있어요." 니콜이 말했다. 반작용으로 그녀의 목소리는 떨리고 있었다.

후갑판에서 골딩은 거대한 두 손을 휘두르며 남녀 세 쌍을 부추겨 춤을 추게 했다. 니콜과 토미도 거기 합세했다. 토미가 말했다. "딕이 술을 마시는 것 같네요."

"많이는 안 마셔요." 니콜이 의리 때문에 그렇게 말했다.

"술을 마셔도 되는 사람과 마시면 안 되는 사람이 있어요. 딕은 마시면 안 되는 사람인 게 분명해요. 딕한테 술을 마시지 말라고 해야 합니다."

"내가!" 그녀가 놀라서 소리쳤다. "내가 딕한테 어떤 걸 해라 마라 말한다고!"

딕은 칸의 방파제에 이르러서도 입을 꾹 다문 채 여전히 흐릿하고 졸린 표정이었다. 골딩이 그를 마르쟁호의 론치로 내려보내자 레이디 캐럴라인이 보란듯이 자리를 옮겼다. 선착장에서 딕은 과장되게 예의를 차려 잘 가라고 절을 했다. 잠시 그는 그녀에게 당장이라도 신랄한 경구를 날릴 것 같았지만, 토미의 팔뼈가 그의 부드러운 살을 파고드는 바람에 그냥 기다리는 차로 갔다.

"집까지 모셔다드리죠." 토미가 제안했다.

"괜찮아—택시를 타면 되네."

"내가 그러고 싶어서요. 재워주시기만 하면."

차 뒷좌석에 앉은 딕은 쥐앙만의 노란 비석을 지나고, 이어 늘 카니발이 열리는 쥐앙레팽을 지날 때까지 가만히 있었다. 그곳의 밤은 여러 언어로 귀에 거슬리는 음악소리를 냈다. 차가 산을 올라 타름을 향하자 딕은 차의 기울기에 자극을 받은 듯 갑자기 허리를 펴더니 장광설을 늘어놓았다.

"회사의 매혹적인—" 그는 잠시 말을 더듬거렸다. "—대표자—영국식으로 돌아버린 뇌를 가져와." 이윽고 그는 마음을 달랜 듯 잠으로 빠져들더니, 부드럽고 따뜻한 어둠에 대고 이따금 만족스럽게 트림을 했다.

6

다음날 아침 일찍 딕이 니콜의 방으로 들어왔다. "당신이 일어나는 소리가 들리기를 기다렸어. 말할 필요도 없지만 어제저녁 일에 기분이 좋지 않아—하지만 사후 분석은 하지 않는 게 어떨까?"

"동의해요." 그녀는 냉정하게 대꾸하고 얼굴을 거울로 향했다.

"토미가 우리를 집까지 데려다줬지? 아니면 내가 꿈을 꾼 건가?"

"토미가 그랬다는 걸 알면서."

"그런 것 같군." 그가 인정했다. "방금 그 친구가 기침하는 소리가 들렸거든. 그 친구한테 갔다 와야 할 것 같아."

니콜은 딕이 자신의 곁을 떠나는 게 기뻤다. 평생 거의 처음 있는 일이었다—늘 정답을 내는 그의 끔찍한 기능이 마침내 그를 저버린 것 같았다.

토미는 침대에서 꿈틀대다 카페오레를 마시고 싶어 잠을 깼다.

"기분은 괜찮은가?" 딕이 물었다.

토미가 목이 따끔거린다고 말하자 딕은 얼른 직업적인 태도를 드러냈다.

"가글을 하거나 하는 게 좋겠네."

"양치액은 있나요?"

"이상하게 들리겠지만 나는 없네—아마 니콜은 있을걸."

"니콜은 깨우지 마세요."

"이미 일어났어."

"어떻던가요?"

딕은 천천히 몸을 돌렸다. "내가 술에 취했다고 해서 니콜이 죽기라도 했을 것 같나?" 그의 말투는 유쾌했다. "니콜은 이제—이제 조지아 소나무로 되어 있네. 세상에 알려진 가장 단단한 목재지. 뉴질랜드의 유창목을 제외하면—"

니콜은 아래층으로 내려가다 그 말의 끝부분을 들었다. 그녀는 전에도 늘 그랬듯이 지금도 토미가 자신을 사랑한다는 걸 알았다. 그가 딕을 싫어하게 되었고, 딕은 토미보다 먼저 그걸 깨달았으며, 토미의 외로운 열정에 어떤 분명한 방식으로 반응하리라는 것도 알았다. 이런 생각은 잠시 순수하게 여성으로서의 만족감으로 이어졌다. 위층에서 두 사람이 그녀 걱정을 하는 동안 그녀는 아이들의 아침 식탁으로 몸을 기울여 가정교사에게 지침을 내렸다.

잠시 후 정원에서 그녀는 행복했다. 그녀는 어떤 일도 일어나기를 바라지 않았다. 다만 두 남자가 그녀를 이 마음에서 저 마음으로 던지는 상황이 지금처럼 어정쩡하게 유지되기를 바랐다. 그녀는 지금까지 오랫동안 사실상 존재한 적이 없었기 때문이다, 공으로서조차.

"좋지, 토끼들, 안 그래—아니면, 그래? 이봐, 토끼—어이 너 말이야! 좋지?—어이? 아니면 이게 너한테는 아주 이상하게 들려?"

토끼는 양배춧잎 외에는 달리 먹은 것이 거의 없었지만 코를 몇 번 머뭇머뭇 움직이다가 따랐다.

니콜은 정원의 일과를 계속해나갔다. 자른 꽃들은 나중에 정원사들이 집으로 가져오도록 정해진 곳에 갖다놓았다. 바다를 굽어보는 담에 이르자 누군가와 소통을 하고 싶은 기분에 젖어들었으나 소통할 사람이 없었다. 그래서 발을 멈추고 생각에 잠겼다. 다른 남자에게 관심이 생겼다는 생각에 약간 충격을 받았다—그러나 다른 여자들은 애인이 있다—나라고 왜 못할까? 멋진 봄날 아침에 남성 세계의 억제가 사라지고 그녀는 꽃처럼 명랑하게 추론해나갔다. 바람이 그녀의 머리카락을 날려 마침내 머리마저 바람을 따라 움직였다. 다른 여자들은 애인이 있었다—어젯밤 그녀가 죽음을 각오하기까지 딕에게 굴복하게 했던 똑같은 힘들이 이제 그녀가 바람을 따라 계속 고개를 끄덕이게 했다. 나라고 왜 못할까? 라는 논리에 만족하고 행복해하며.

그녀는 낮은 담에 앉아 바다를 굽어보았다. 그러나 눈앞의 바다가 아닌 다른 바다, 넓게 펼쳐지는 공상의 파도에서 손에 잡히는 뭔가를 건져 남은 전리품 옆에 놓았다. 만일 어젯밤 그녀의 눈에 보였던 딕과 정신적으로 영원히 하나일 필요가 없다면, 그녀는 단지 그의 마음에 있는 이미지, 메달의 둘레 주위를 무한히 행진하는 운명에 처한 이미지가 아니라, 다른 어떤 것이어야 했다.

니콜이 담의 이 부분을 골라 앉은 것은 절벽에 그늘이 지며 경작된 채소밭이 있는 비탈진 목초지로 이어졌기 때문이다. 얽힌 가지들 사이로 두 남자가 갈퀴와 삽을 들고 가며 니스 방언과 프로방스 방언을 대위법으로 엮어가며 이야기하고 있었다. 그녀는 그들의 말과 몸짓에 매혹되며 그 의미를 이해했다.

"그 여자를 여기에 자빠뜨렸는데."

"나는 저기 덩굴 뒤로 데려갔지."

"그 여자는 상관하지 않아—그 남자도 상관하지 않고. 하지만 그 거룩하신 개가 문제였지. 글쎄, 내가 그 여자를 여기 자빠뜨렸는데 말이야—"

"갈퀴는 가져왔어?"

"네 손에 있잖아, 이 멍청아."

"글쎄, 네가 그 여자를 어디에 자빠뜨렸든 상관 안 해. 결혼한 이후로, 십이 년 전에 말이야, 여자 젖이 내 가슴에 닿는 걸 느껴본 건 그날 밤이 처음이었어. 그런데 이제 자네가 하는 말은—"

"개 얘기나 좀 들어봐—"

니콜은 가지들 사이로 그들을 살폈다. 그들이 하는 말은 괜찮은 것 같았다—이 사람은 이런 걸 좋아하고, 저 사람은 저런 걸 좋아했다. 하지만 그녀가 엿들은 것은 남자의 세계였다. 집으로 돌아가면서 그녀는 다시 의심에 빠졌다.

딕과 토미는 테라스에 있었다. 그녀는 그들 사이를 지나 집안으로 들어갔다가, 스케치북을 가지고 나와 토미의 머리를 그리기 시작했다.

"두 손이 가만있지를 않아—실톳대가 움직이는 것 같아." 딕이 가볍게 말했다. 그의 뺨에는 여전히 핏기가 없어 턱수염의 적갈색 비누 거품이 그의 눈처럼 붉어 보이는데도 어쩌면 저렇게 경박하게 이야기를 할 수 있을까? 그녀는 토미를 돌아보며 말했다.

"나는 늘 뭔가를 할 수 있어요. 전에 착하고 활동적인 작은 폴리네시아 원숭이가 한 마리 있었는데 몇 시간이고 요리조리 데리고 다녔어요. 사람들이 아주 재미없고 거친 농담을 하기 시작해서 그만두기는 했지만—"

그녀는 단호한 태도로 딕을 외면하고 있었다. 곧 딕은 실례한다고 말하고 안으로 들어갔다—그녀는 그가 물을 두 잔 따라 마시는 걸 보고 더 굳어졌다.

"니콜—" 토미가 입을 열었으나 목이 아파 헛기침을 하느라고 말을 잇지 못했다.

"특별한 장뇌 연고를 갖다줄게요." 그녀가 말했다. "미제예요—딕이 믿고 쓰는 거예요. 금방 갔다 올게요."

"정말 가봐야 해요."

딕이 나와서 앉았다. "뭘 믿어?" 그녀가 단지를 가지고 돌아왔을 때 두 남자 모두 그 자리에 그대로 있었다. 그러나 그녀는 두 사람이 아무것도 아닌 것을 두고 흥분하며 대화를 나누었을 거라고 짐작했다.

운전사가 전날 밤 토미가 입었던 옷이 담긴 가방을 들고 문간에 서 있었다. 딕에게서 빌린 옷을 입은 토미를 보자 그녀는 마치 토미가 그런 옷을 살 여유가 없는 사람이기라도 한 것처럼 엉뚱하게도 가슴이 뭉클하며 슬퍼졌다.

"호텔에 가면 목과 가슴에 이걸 문지르고 숨을 쉬듯이 코로 들이마셔요." 그녀가 말했다.

"어이, 여보." 토미가 층계를 내려가자 딕이 중얼거렸다. "토미한테 단지를 통째로 주지 마—파리에서 주문해야 한단 말이야—여기에는 재고가 없어."

토미가 그들의 말소리가 들리는 거리까지 돌아왔고 그들 셋은 햇빛을 받으며 서 있었다. 토미는 차를 등지고 서 있었기 때문에 앞으로 몸을 기울이면 등으로 차를 밀어낼 수 있을 것 같았다.

니콜이 진입로로 한 걸음 내려섰다.

"자, 이걸 받아요." 그녀가 충고했다. "아주 귀한 거예요."

그녀는 딕이 옆에서 점차 입을 다무는 것을 느꼈다. 그녀는 그에게서 한 걸음 떨어지며 손을 흔들었고 차는 토미와 특별 장뇌 연고를 싣고 떠났다. 이윽고 그녀도 약을 먹으려고 몸을 돌렸다.

"그렇게까지 해줄 필요는 없었는데." 딕이 말했다. "여기에도 네 명이나 있어—오랫동안 누가 기침을 할 때마다—"

그들은 서로 마주보았다.

"우리는 언제든지 연고 단지를 더 구할 수 있잖아요—" 그러나 그녀는 기가 죽어 곧 그를 따라 위층으로 갔다. 그는 자기 침대에 누워 아무 말도 하지 않았다.

"점심을 이리로 가져오게 할까요?" 그녀가 물었다.

그는 고개를 끄덕이고 계속 조용히 누워 천장만 물끄러미 바라보았다. 그녀는 미심쩍은 표정으로 점심을 부탁하러 갔다. 그녀는 다시 위층으로 올라가 그의 방안을 들여다보았다—파란 눈이 탐조등처럼 어두운 하늘에 장난을 치고 있었다. 그녀는 자신이 그를 배신하고 저지른 죄를 의식하며 문간에 잠시 서 있었다. 안으로 들어가기가 조금 두려웠다…… 그녀는 그의 머리를 쓰다듬으려는 듯 손을 내밀었으나, 그는 의심 많은 짐승처럼 고개를 돌렸다. 니콜은 이 상황을 더 견딜 수가 없었다. 니콜은 식모라도 된 것처럼 공황에 빠져 아래층으로 달려 내려갔다. 저 위에서 괴로워하는 남자의 젖도 안 나오는 여윈 가슴을 자신이 계속 빨아야 하는데, 그 남자는 뭘 먹을 수 있을지 걱정이 되었기 때문이다.

일주일이 지나자 니콜은 토미에게 관심을 가졌던 걸 잊었다—그녀는 다른 사람들 일을 많이 기억하지 않았으며 쉽게 사람들을 잊었다. 그러나 6월의 뜨거운 돌풍이 처음 불어올 때 그가 니스에 있다는 이야기를 들었다. 토미는 그들 둘에게 짧은 편지를 보냈다—그녀는 파라솔 밑에서 집에서 가져온 다른 우편물들과 함께 그 편지를 뜯었다. 그녀는 그것을 읽은 다음 딕에게 넘겼다. 그러자 그는 교환을 하듯 전보 한 통을 그녀의 해변 파자마에 싸인 무릎에 던졌다.

안녕 내일 고스에 감 안타깝게도 어머니는 안 감 꼭 만나게 되기를 바람.

"나도 그애를 보고 싶네요." 니콜이 모진 목소리로 말했다.

7

그러나 그녀는 다음날 아침 딕과 함께 해변에 가면서 딕이 필사적으로 어떤 해법을 궁리하고 있다는 새로운 불안에 사로잡혔다. 골딩의 요트에서 저녁을 보낸 이후로 그녀는 무슨 일인가 벌어지고 있다는 느낌을 받았다. 그러나 그녀는 늘 그녀의 안정을 보장하던 낡은 발판, 그리고 피와 근육의 화학작용에 변화가 생겨 이제 감행할 수밖에 없는 임박한 도약 사이에서 아주 세심하게 균형을 잡고 있었기 때문에, 감히 그 문제를 의식의 맨 앞으로 가져올 수 없었다. 딕이든 그녀 자신이든 변화가 생기기는 했지만 아직 확정되지 않은 상태라 두 사람의 형체는 마치 환상적인 춤에 사로잡힌 유령들처럼 보였다. 몇 달 동안 모든 말이 어떤 다른 의미를 함축하고 있었는데, 이제 곧 딕이 상황을 규정함과 더불어 그 문제도 해소될 것 같았다. 어쩌면 이런 정신 상태가 더 희망적인지도 몰랐다. 그저 존재하기만 했던 긴 세월은 그녀의 본성 가운데 어린 시절의 병이 죽여버렸고 딕이 이르지 못했던 부분을 살려냈다—그건 딕의 잘못이 아니라, 단지 어떤 한 사람의 본성이 다른 사람의 본성 안에서 완전히 펼쳐질 수는 없기 때문이다. 그럼에도 여전히 불안했다. 그들 관계의 가장 불행한 측면은 딕의 무관심이 커지는 것이었으며, 그것이 지금은 지나친 음주로 나타났다. 니콜은 자신이 짓밟힐지 아니면 무사할지 알 수 없었다—신실하지 못하게 고동치는 딕의 목소리가 이 문제를 혼란에 빠뜨렸다. 고통스러울 정도로 느리게 펼쳐지는 카펫 위에서 다음에 딕이 어떻게 행동할지 짐작도 가지 않았다. 그리고 마지막에, 도약의 순간에 무슨 일이 벌어질지도.

그뒤에 일어날지도 모르는 일에 대해서는 불안하지 않았다—그렇게 되면 부담이 사라질 것이라고, 눈을 뜨게 될 것이라고 그녀는 생각했다. 니콜은 돈을 지느러미와 날개 삼아 변하고, 날도록 설계되어 있었다. 새로운 상황은 오랫동안 가족 리무진 차체 밑에 감춰져 있던 경주용 차대가 허물을 벗고 원래의 자아를 드러내는 것에 불과할 터였다. 니콜은 이미 신선한 바람을 느낄 수 있었다—그녀가 두려워하는 것은 그 뜯겨나감, 그것이 다가오는 어두운 방식이었다.

다이버 부부는 하얀 수영복과 하얀 반바지 수영복 차림으로, 그들의 피부 빛깔과 대조되는 새하얀 차림으로 해변으로 나갔다. 니콜은 딕이 수많은 파라솔의 어지러운 형태와 그림자들 사이에서 아이들을 응시하는 것을 보았다. 그의 마음이 일시적으로 그녀를 떠날 때면, 그녀를 움켜쥐는 것을 중단할 때면, 그녀는 거리를 두고 그를 보았고, 그가 보호하려는 게 아니라 보호받으려고 아이들을 찾는 것이라고 판단했다. 그가 두려워하는 것은 해변일지도 몰랐다. 옛 궁정을 몰래 찾아온 폐위된 통치자처럼. 그녀는 섬세한 농담과 예의를 갖춘 그의 세계를 싫어하게 되었다. 오랫동안 그녀에게 열려 있던 유일한 세계였음을 잊은 것이다. 그가 그것을 보게 하라—그의 해변, 이제 취향이 뭔지도 모르는 사람들의 취향에 맞춰 변질된 그의 해변을. 하루종일 찾아봐도 그가 전에 한때 그 둘레에 세웠던 만리장성의 돌 하나, 옛친구의 발자국 하나도 찾지 못할 터이니.

잠시 니콜은 그렇게 된 것이 안타까웠다. 그가 오래 쌓인 쓰레깃더미에서 갈퀴질로 유리를 골라내던 일이 기억났고, 니스의 뒷골목에서 산 해군 반바지와 스웨터—나중에 실크로 제작되어 파리의 양장점에서 인기를 끌게 된 옷이었다—가 기억났고, 새들처럼 '이보세요! 이보세요!' 하고 소리치면서 방파제를 오르던 소박하고 귀여운 프랑스 소녀들, 아침 시간의 의례처럼 바다와 태양을 향해 고요하고 편안하게 마음을 펼치던 시간이 기억났다—그의 많은 발명품들, 그렇게 짧은 세월에 모래보다 깊은 곳에 묻혀버리다니……

이제 헤엄치는 장소는 '클럽'이었지만, 그것이 상징하는 국제 사교계와 마찬가지로 받아들여지지 않는 사람이 과연 있는지는 알기 힘들었다.

니콜은 딕이 밀짚 매트에 무릎을 꿇고 두리번거리며 로즈메리를 찾는 걸 보고 다시 얼굴이 굳었다. 그녀의 눈은 그의 눈을 따라 새로운 장비들, 물위의 그네, 체조용 링, 휴대용 욕실, 물에 뜬 탑, 간밤에 벌어진 축제의 조명등, 하얀 바탕에 끝없이 이어지는 자전거 핸들이라는 진부한 모티프를 사용한 모더니즘 분위기의 식당 사이를 살폈다.

물은 그가 로즈메리를 찾으며 거의 마지막에 살펴본 곳이었다. 그 파란 낙원에서 헤엄치는 사람은 이제 거의 없었기 때문이다. 아이들과 50피트 높이 바위에서 멋진 다이빙을 하는 것으로 아침을 마감한 자기과시적인 호텔 직원 한 사람뿐이었다—고스의 투숙객들은 대부분 한 시에 축 늘어진 몸을 감추는 파자마를 벗고 숙취를 달래려고 잠깐 물에 들어갈 뿐이었다.

"저기 있네요." 니콜이 말했다.

그녀는 딕의 눈길이 뗏목에서 뗏목으로 로즈메리의 움직임을 좇는 걸 지켜보았다. 그녀의 가슴에서 흔들리며 나오는 한숨은 오 년 전에 남은 것이었다.

"헤엄쳐 가서 로즈메리하고 이야기나 나누자고." 그가 제안했다.

"당신이나 가요."

"우리 둘 다 가는 거야." 그녀는 그의 선언에 잠시 갈등했지만 결국 함께 헤엄쳐서, 송어 미늘에 달린 반짝거리는 스푼 같은 로즈메리에게 홀려 따라가는 작은 물고기떼 옆에서 로즈메리가 간 길을 따라갔다.

니콜은 물에 그대로 있었고, 딕은 몸을 위로 끌어올려 로즈메리 옆에 앉았다. 두 사람은 물을 뚝뚝 떨어뜨리며 앉아서 이야기를 나누었다. 마치 서로 한 번도 사랑하거나 어루만진 적이 없는 사람들 같았다. 로즈메리는 아름다웠다—그녀의 젊음은 니콜에게 충격이었다. 그러나 근소한 차이이긴 하지만 이 젊은 여자보다 자기가 약간 더 늘씬하다는 것이 기뻤다. 니콜은 작은 원을 그리며 헤엄치면서 재미, 기쁨, 기대를 연기하고 있는 로즈메리의 말에 귀를 기울였다—오 년 전보다 자신감에 차 있는 듯했다.

"어머니가 무척 보고 싶어요. 파리에서 만나기로 했지만요. 월요일에."

"로즈메리는 오 년 전에 여기 왔었지." 딕이 말했다. "얼마나 재미있고 귀여웠는지. 저 호텔의 가운을 입고 있었어!"

"정말 기억 잘하시네요! 늘 그랬죠—그것도 늘 좋은 것만."

니콜은 오래된 아첨 게임이 다시 시작된 것을 보고 물밑으로 들어갔다. 다시 나왔을 때 이런 말이 들렸다.

"오 년 전인 척할래요. 다시 열여덟 살이 된 것처럼. 늘 내가, 있잖아요, 좀, 있잖아요 왜, 좀 행복한 듯한 느낌이 들게 해주실 수 있어요—선생님하고 니콜은. 마치 두 분이 지금도 저기 해변에 있는 듯한 느낌이 들어요. 파라솔 밑에—두 분은 내가 만났던 가장 멋진 분들이에요. 아마 앞으로도 그럴 거예요."

니콜은 헤엄쳐 멀어지다가 딕이 로즈메리와 놀기 시작하면서, 변색된 예술품을 다시 꺼내들어 예전처럼 사람들을 상대하는 전문가다운 태도를 다시 드러내면서, 그에게 드리운 상심의 구름이 약간 걷히는 것을 보았다. 한두 잔 마셨더라면 그녀를 위해 체조용 링에서 묘기를 보여주기라도 할 것 같았다. 한때 수월하게 해내던 곡예를 서툴게나마. 니콜은 올여름 들어 그가 처음으로 하이 다이빙을 마다한다는 걸 눈치챘다.

잠시 후에 니콜이 뗏목에서 뗏목으로 재빨리 움직여 가자 딕이 따라왔다.

"로즈메리의 친구들 몇 명한테 모터보트가 있다는데. 저기 바깥에 있는 저거야. 수상스키 타볼래? 재미있을 것 같은데."

니콜은 한때 그가 수상스키 보드 끝에 놓은 의자를 손으로 잡고 물구나무를 설 수 있었다는 걸 기억하고 마치 러니어의 응석을 받아주듯이 그의 제안을 받아들였다. 지난여름 추크 호수에서 그들은 그 유쾌한 물놀이를 했는데, 딕은 보드 위에서 200파운드가 나가는 남자를 어깨에 메고 일어섰다. 그러나 여자는 남편의 모든 재능과 결혼하기 때문에, 나중에는 자연스럽게 그런 재능에 별 감동을 받지 않게 되는 법이다. 비록 감동을 받는 척하는 태도를 유지할 수는 있어도. 니콜은 감동을 받은 척까지는 하지 않았지만, 그래도 '네' 하고, 또 '네, 나도 그렇게 생각했어요' 하고 그에게 대답했다.

하지만 니콜은 그가 좀 피곤하다는 것, 그럼에도 로즈메리의 자극적인 젊음이 가까이 있다는 사실에 촉발되어 그런 절박한 노력을 하게 되었다는 걸 알고 있었다—그녀는 그가 자식들의 어린 몸에서도 똑같은 자극을 끌어내는 걸 보았으며, 차가운 마음으로, 저러다가 구경거리가 되지나 않을까, 하는 의문을 품었다. 다이버 부부는 보트에 있는 다른 사람들보다 나이가 많았다—젊은 사람들은 정중하고 예의를 지켰지만, 니콜은 저류에 깔린 '도대체 이것들은 뭐야?' 하는 태도를 느끼고는, 상황을 통제하고 모든 것을 괜찮게 만드는 딕의 능수능란한 재능이 아쉬웠다—그러나 그는 자신이 이제 하려고 하는 일에만 집중하고 있었다.

모터보트가 해안으로부터 200야드 떨어진 곳에서 속도를 낮추자 청년 하나가 가장자리를 넘어 수평으로 물에 뛰어들었다. 그는 방향을 잃고 몸을 뒤트는 보드로 헤엄쳐 가서 그것을 단단히 잡고 천천히 무릎을 올려놓았다. 이윽고 보트가 속도를 내자 그는 일어섰다. 청년은 뒤로 몸을 기울이고 가벼운 보드를 좌우로 무겁게 움직이면서 천천히 숨을 헐떡거리며 호를 그렸다. 몸이 한쪽으로 기울 때마다 옆쪽으로 파도가 퍼져나갔다. 청년은 보트의 바로 뒤 항적에서 밧줄을 놓고 잠시 균형을 잡고 있다가 뒤로 공중제비를 넘어 물속으로 들어갔다. 그렇게 영광의 조각상처럼 사라졌다가, 보트가 원을 그리며 그의 뒤로 다가가는 동안 이제는 대단해 보이지 않는 머리를 다시 내밀었다.

니콜은 자기 차례가 왔을 때 타지 않겠다고 했다. 그러자 로즈메리가 몸조심을 하면서도 깔끔하게 보드를 타 그녀를 사모하는 남자들로부터 농담 섞인 환호를 받았다. 그들 세 명이 그녀를 보트로 끌어올리는 명예를 차지하려고 앞뒤 재지 않고 다투는 바람에 그녀는 그들 사이에서 무릎과 엉덩이를 뱃전에 부딪혀 멍이 들었다.

"선생님 차례입니다, 닥터." 운전대를 잡은 멕시코인이 말했다.

딕과 마지막 청년이 뱃전 너머로 물에 뛰어들어 보드를 향해 헤엄을 쳤다. 딕이 청년을 들어올리는 묘기를 시도하려 하자 니콜은 경멸을 머금은 웃음을 지으며 지켜보기 시작했다. 이렇게 로즈메리에게 보여주려고 신체 능력을 과시하는 것이 그녀에게는 가장 짜증나는 일이었다.

균형을 잡을 만큼 보드를 타자, 딕은 무릎을 꿇은 채 목을 청년의 사타구니에 끼우고 그의 두 다리 사이로 밧줄을 찾아 잡은 다음 천천히 일어서기 시작했다.

배에 탄 사람들은 눈을 떼지 않고 지켜보다가 그가 어려움을 겪고 있다는 걸 알았다. 그는 한쪽 무릎을 꿇고 있었다. 요령은 무릎 꿇은 자세에서 벗어나는 그 동작으로 단번에 꼿꼿이 일어서는 것이었다. 딕은 잠시 쉬다가, 얼굴을 찌푸리며 한껏 몸에 힘을 준 다음 들어올렸다.

보드는 좁았다. 남자는 몸무게가 150파운드 정도밖에 나가지 않았음에도 자신의 무게를 잘 다루지 못하고 서툴게 딕의 머리를 잡았다. 딕이 마지막으로 안간힘을 쓰며 등을 세워 똑바로 서는 순간 스키가 옆으로 미끄러지며 두 사람은 바닷속으로 쓰러졌다.

보트에서 로즈메리가 소리쳤다. "멋져! 된 거나 다름없어."

그러나 그들이 수영하는 사람들에게 돌아왔을 때 니콜은 딕의 얼굴에서 어떤 표정을 찾아내려 했다. 예상대로 괴로움이 가득했다. 이 년 전만 해도 쉽게 해냈던 일이기 때문이다.

두번째는 더 신중했다. 약간 움직여 청년이 균형을 잘 잡는지 시험하며 다시 무릎을 꿇고 앉았다. 이어 "으라차차!" 하고 소리치며 일어서기 시작했다—그러나 제대로 몸을 펴기도 전에 두 다리가 푹 꺾였고, 딕은 쓰러질 때 부딪히지 않으려고 두 발로 보드를 밀어냈다.

이번에 베이비가르호가 그들에게 돌아갔을 때는 모든 승객들이 그가 화가 났다는 사실을 분명하게 알 수 있었다.

"한번 더 해봐도 괜찮겠나?" 그가 서서 헤엄을 치며 소리쳤다. "거의 해냈는데."

"그럼요. 해보세요."

니콜은 그의 혈색이 매우 안 좋아 보였기 때문에 그에게 주의를 주었다. "이제 할 만큼 했다고 생각하지 않아요?"

그는 대답하지 않았다. 첫번째 파트너는 할 만큼 해서 뱃전 위로 끌려올라왔기 때문에 운전을 하던 멕시코 청년이 순순히 그 자리를 대신했다.

그는 첫번째 청년보다 무거웠다. 보트가 속도를 내자 딕은 보드 위에 엎드려 잠시 쉬었다. 이윽고 남자 밑으로 들어가 밧줄을 잡았다. 일어서려 하자 근육이 팽팽하게 불거졌다.

그러나 일어설 수가 없었다. 니콜은 그가 자세를 바꾸고 다시 일어서려 애썼지만 그 순간 파트너의 무게가 있는 그대로 어깨를 누르자 꼼짝도 하지 못하는 걸 보았다. 딕은 다시 시도했다. 1인치, 2인치 위로 올라갔다. 니콜은 그와 함께 몸에 힘을 주다가 이마의 땀샘이 열리는 걸 느꼈다. 이윽고 그는 그냥 자기 자세만 유지하다가 쿵 하며 다시 무릎을 꿇은 자세로 주저앉았고, 이어 둘 다 넘어졌다. 하마터면 딕의 머리가 물 위로 튀는 보드에 부딪힐 뻔했다.

"얼른 돌아가요!" 니콜이 운전하는 청년에게 소리쳤다. 그렇게 말하는 동안에도 그가 물밑으로 미끄러지는 것이 보였기 때문에 그녀는 작게 비명을 질렀다. 그러나 그는 다시 올라와 물위에 누웠다. 멕시코 청년 샤토가 근처로 헤엄쳐 가 도와주었다. 아무리 빨리 가도 보트는 그들에게 영영 닿지 못할 것 같았다. 그러다 마침내 그들 옆으로 다가갔을 때 니콜은 딕이 탈진해서 무표정하게, 물과 하늘 사이에 혼자 둥둥 떠 있는 걸 보았다. 그 순간 공포가 갑자기 경멸로 바뀌었다.

"우리가 끌어올릴게요, 닥터…… 발을 잡아…… 그래…… 이제 전부……"

딕은 헐떡거리며 멍한 표정으로 앉아 있었다.

"그만하라고 했잖아요." 니콜은 그렇게 말하지 않을 수 없었다.

"처음 두 번 하면서 힘을 다 써버린 거예요." 멕시코 청년이 말했다.

"어리석은 짓이었어요." 니콜이 고집스럽게 말했다. 로즈메리는 요령 좋게 아무 말도 하지 않았다.

잠시 후 딕은 숨을 돌리며 헐떡거렸다. "아까는 종이 인형 들어올릴 힘도 없었어."

딕의 웃음이 터져나오면서 실패로 인해 생겨난 긴장이 풀렸다. 딕이 선착장에서 내리자 모두 그를 상냥하게 맞이했다. 그러나 니콜은 짜증이 났다—이제 그가 하는 모든 일에 짜증이 났다.

그녀는 로즈메리와 함께 파라솔 아래 앉아 있고, 딕은 마실 것을 사러 식당으로 갔다—그는 곧 그들에게 줄 셰리주를 들고 돌아왔다.

"내가 생전 처음 마신 술이 니콜과 마신 거였어요." 로즈메리가 말하더니, 마음이 뜨거워지는지 덧붙였다. "아, 두 분을 뵙고 두 분이 괜찮다는 걸 알게 되어서 다행이에요. 걱정했거든요—" 그녀의 말이 끊어지더니 방향을 약간 틀었다. "혹시 괜찮지 않을까봐요."

"내가 악화 단계로 들어섰다는 이야기를 들었어요?"

"아, 아니에요. 그냥—변했다는 얘기를 들었어요. 그런데 그게 사실이 아니란 걸 내 눈으로 보게 되어 다행이에요."

"사실이에요." 딕이 대답하며 그들과 함께 앉았다. "변화는 오래전에 찾아왔지—하지만 처음에는 드러나지 않았어요. 마음에 금이 간 뒤에도 행동거지는 한동안 말짱하게 남아 있는 법이거든."

"리비에라에서 진료하시는 거예요?" 로즈메리가 다급하게 물었다.

"그럴듯한 표본을 찾기에 적당한 땅이지." 그가 황금빛 모래사장에서 여기저기 몰려다니는 사람들을 향해 고개를 끄덕였다. "훌륭한 후보들이야. 우리의 오랜 친구 에이브럼스 부인이 메리 노스라는 왕비에게 공작부인 노릇을 하고 있는 걸 눈치챘어요? 부러워할 필요 없어요—에이브럼스 부인이 두 손과 무릎으로 리츠의 뒤쪽 계단을 오랫동안 기어올랐다는 거, 그러면서 그 카펫의 먼지를 죄다 마셔야 했다는 걸 생각해봐요."

로즈메리가 그의 말을 끊었다. "그런데 저분이 정말로 메리 노스예요?" 그녀는 어슬렁어슬렁 그들 쪽으로 걸어오는 여자를 바라보고 있었다. 그 뒤로 구경거리가 되는 데 익숙한 것처럼 행동하는 작은 무리가 따라왔다. 그들이 10피트쯤 떨어졌을 때 메리의 눈길이 다이버 부부에게 잠깐 스치듯 머물렀다. 그들이 보이기는 했으나 못 본 것처럼 넘어갈 것임을 알리는 불쾌한 눈길, 다이버 부부나 로즈메리 호이트라면 평생 누구에게도 차마 던지지 못할 그런 눈길이었다. 딕은 메리가 로즈메리를 보더니 계획을 바꾸어 다가오는 걸 보고 재미있다고 생각했다. 그녀는 유쾌하고 다정하게 니콜에게 말을 걸었으며, 딕에게는 전염병 환자라도 만난 듯 웃음기 없이 고개를 끄덕였다—딕은 아이러니를 섞어 예의바르게 고개를 숙였다. 메리는 로즈메리와 반갑게 인사를 나누었다.

"여기 있다는 이야기는 들었어요. 그런데 얼마나?"

"내일까지요." 로즈메리가 대답했다.

로즈메리 또한 메리가 자신과 이야기를 하려고 다이버 부부를 지나쳐 걸어오는 걸 보았고, 그들에 대한 의무감 때문에 시큰둥한 태도를 취했다. 아니, 오늘은 저녁식사를 함께 못해요.

메리가 니콜을 돌아보았다. 그녀의 태도에서는 동정심 섞인 애정이 드러났다.

"애들은 어때요?" 그녀가 물었다.

마침 그때 아이들이 다가왔다. 니콜은 수영하는 구역에 관한 가정교사의 지시를 무효로 만들어달라는 아이들의 요청에 귀를 기울였다.

"안 돼." 딕이 대신 대답했다. "선생님이 말하는 대로 해야 돼."

니콜도 권위를 위임했으면 계속 지지해주어야 한다고 생각했기 때문에 아이들의 부탁을 들어주지 않았다. 그러자 메리—사실 그녀는 애니타 루스* 소설 속 여주인공처럼 이미 완성된 것만 상대하지, 프랑스산 푸들조차 집에서 길들이지 못했다—가 딕을 극악무도한 아동 학대라도 저지른 사람처럼 쳐다보았다. 딕은 그 짜증나는 연기에 안달이나 배려를 가장하여 물었다.

---

* 미국 시나리오 작가, 소설가.

"그 집 애들은 어떻습니까—또 애들 고모들은요?"

메리는 대답하지 않았다. 그녀는 러니어의 머뭇거리는 머리 위에 동정 어린 손길을 드리운 뒤 자리를 떴다. 그녀가 간 다음에 딕이 말했다. "저 여자가 잘되기를 바라면서 궁리하며 보낸 시간을 생각하면."

"나는 메리가 좋아요." 니콜이 말했다.

로즈메리는 딕의 신랄함에 놀랐다. 딕이 모든 것을 용서하고, 모든 것을 이해하는 사람이라고 생각해왔기 때문이다. 갑자기 그녀는 그에 관해 들은 이야기들을 다시 돌이켜보게 되었다. 국무부 사람들—유럽화된 미국인들로, 어느 나라 소속도 아니라는 이야기, 비슷한 사람들로 이루어진 발칸 같은 나라라면 혹시 몰라도 적어도 강국 소속은 아니라는 이야기를 듣게 된 처지에 이르게 된 사람들이었다—과 배에서 대화를 나누다가 어디에서나 유명한 베이비 워런의 이름이 나왔고 베이비의 여동생이 방탕한 의사에게 자신을 내던져버렸다는 이야기가 나온 것이다. "그 사람은 지금은 어디에서도 받아주지 않아요." 대화를 나누던 여자는 그렇게 말했다.

그 말을 들은 로즈메리는 혼란스러웠다. 비록 다이버 부부가 그런 사실이, 그것이 사실이라면, 어떤 의미를 가질 수 있는 사회와 관련을 맺으며 살고 있다고 생각할 수는 없었지만. 그럼에도 적대적이고 조직적인 여론을 암시하던 그 말이 그녀의 머릿속에 울려퍼졌다. '그 사람은 지금은 어디에서도 받아주지 않아요.' 그녀는 딕이 저택의 층계를 올라가 명함을 내밀었다가 집사에게 '우리는 댁을 이제 받아주지 않습니다' 하는 말을 듣는 광경을 그려보았다. 딕은 계속 길을 따라 내려가 보지만 수많은 대사, 장관, 대리대사의 수많은 다른 집사들한테 똑같은 말을 듣는다……

니콜은 어떻게 달아날 수 있을까 궁리했다. 그녀는 딕이 자극을 받아 긴장하고, 매력을 발산하여 로즈메리가 그에게 반응하게 할 것이라고 짐작했다. 아니나 다를까, 그의 목소리가 그가 했던 모든 불쾌한 이야기의 강도를 약화시키는 말을 덧붙였다.

"메리는 괜찮은 사람이야—아주 잘해왔어. 하지만 자신을 좋아하지 않는 사람을 계속 좋아하는 건 어려운 일이야."

로즈메리는 딕에게로 기울어지며 그에게 동조하여 읊조렸다.

"아, 정말 멋지세요. 선생님이 무슨 일을 했든 선생님을 용서하지 못하는 사람은 상상할 수 없어요." 이어 감정을 심하게 드러내는 자신의 태도가 니콜의 권리를 침해했다고 느껴 그들 사이에 있는 모래를 바라보았다. "두 분한테 제 최근 영화들을 어떻게 생각하시는지 물어보고 싶었어요—보셨다면."

니콜은 아무 말도 하지 않았다. 한 편을 보았고 좋지 않게 생각했기 때문이다.

"말하려면 몇 분 걸리겠는걸." 딕이 말했다. "니콜이 로즈메리한테 러니어가 아프다는 이야기를 한다고 생각해보자고. 로즈메리는 무슨 일을 하지? 사람들은 무슨 일을 하지? 사람들은 연기해—얼굴, 목소리, 말—얼굴이 슬픔을 나타내고, 목소리가 충격을 나타내고, 말이 동정심을 나타내."

"네—이해했어요."

"하지만 극장에서는 그렇지 않아. 극장에서는 모든 최고의 여배우들이 정확한 감정적 반응, 공포와 사랑과 공감을 흉내내어 명성을 쌓아왔어."

"무슨 말인지 알겠어요." 그러나 그녀는 잘 알지 못했다.

니콜은 무슨 말인지 종잡을 수 없어 딕이 이야기를 계속하자 짜증이 심해졌다.

"여배우의 위험은 반응에 있어. 다시, 누가 로즈메리한테 '당신 애인이 죽었다'라는 말을 했다고 상상해보자고. 실제 삶에서는 아마 무너져버리겠지. 하지만 무대에서는 즐거움을 주려고 노력해야 돼—관객은 스스로 '반응'을 할 수 있으니까. 우선 여배우는 따라가야 할 대사가 있고, 그런 다음에 관객의 관심을 피살당한 중국인이든 무엇이든 거기에서 자신에게로 돌려야 돼. 따라서 예상치 못한 뭔가를 해야 돼. 관객이 보기에 인물이 단단하다면 여배우는 그들에게 부드럽게 접근해야 돼—관객이 부드럽다고 생각하면 단단하게 다가가고. 완전히 인물에서 벗어나서 가는 거지—이해하겠어?"

"잘 모르겠어요." 로즈메리는 솔직히 말했다. "인물에서 벗어난다는 게 무슨 말이에요?"

"관객을 객관적 사실로부터 다시 배우 자신에게로 유도할 때까지 예상치 못한 일을 하는 거야. 그런 다음 다시 인물로 들어가는 거지."

니콜은 더는 견딜 수가 없었다. 그녀는 짜증을 감추려 하지 않고 느닷없이 일어섰다. 몇 분 전부터 그것을 약간 의식하고 있던 로즈메리는 달래듯이 톱시를 돌아보았다.

"커서 여배우가 되고 싶니? 훌륭한 여배우가 될 것 같은데."

니콜은 차분하게 그녀를 바라보다가 자신의 할아버지와 같은 어조로 천천히 또박또박 말했다.

"그런 생각을 다른 사람 자식의 머리에 집어넣는 건 절대 안 되는 일이에요. 잊지 말아요, 우리가 우리 애들을 위해 완전히 다른 계획을 세우고 있을 수도 있다는 걸." 니콜은 딕 쪽으로 획 방향을 틀었다. "차를 타고 집에 가겠어요. 미셸을 보낼 테니 애들하고 오세요."

"당신은 몇 달 동안 운전한 적도 없잖아." 그가 막아섰다.

"운전하는 법을 잊어버리지는 않았어요."

니콜은 격렬하게 '반응'하고 있던 로즈메리의 얼굴에는 눈길 한 번 주지 않고 파라솔을 떠났다.

그녀는 샤워실에서 파자마로 갈아입었다. 표정은 여전히 동판처럼 딱딱했다. 그러나 아치를 이룬 소나뭇길로 접어들어 분위기가 바뀌자—다람쥐가 나뭇가지 위를 날아다니고, 바람이 잎을 흔들고, 멀리서 수탉이 울음소리로 공기를 갈라놓고, 햇빛이 움직이지 않는 세상으로 슬며시 기어들어와 모습을 드러내자, 해변의 목소리들이 뒤로 물러났다—니콜은 긴장을 풀었다. 새로워진 듯했고 행복했다. 그녀의 생각들은 깨끗한 종소리처럼 맑아졌고 치유되어 새로운 길로 접어들었다는 느낌을 받았다. 오랫동안 배회했던 미로들을 따라 안간힘을 써 되돌아가면서 그녀의 자아가 크고 풍성한 장미처럼 피어나기 시작했다. 그녀는 해변이 싫었고, 딕이라는 태양의 행성 노릇을 했던 장소들에 화가 났다.

"뭐, 나는 거의 완전해." 그녀는 생각했다. "나는 거의 혼자 서 있어, 딕 없이." 행복한 아이처럼 가능한 한 빨리 완전해지고 싶었기 때문에, 또 딕 또한 그녀가 그렇게 되도록 해줄 계획이었음을 막연하게나마 알고 있었기 때문에, 그녀는 집에 도착하자마자 침대에 엎드려 니스의 토미 바르방에게 짧고 도발적인 편지를 썼다.

그러나 그것은 낮 동안의 일이었다—저녁이 가까워오자 불가피하게 신경 에너지가 줄어들면서 그녀는 기분이 가라앉았고, 날려보낸 화살들도 어스름 속에서 조금밖에 날지 못했다. 그녀는 딕이 마음에 담아두고 있는 걸 두려워했다. 다시 그녀는 그가 하는 행동에는 어떤 계획이 깔려 있다고 느꼈으며, 그의 계획들이 두려웠다—그가 세우는 계획은 잘 먹혀들었으며, 거기에는 니콜이 마음대로 할 수 없는 모든 것을 포괄하는 논리가 있었다. 어떻게 된 일인지 그녀는 생각하는 일은 그에게 넘겨왔으며, 그가 없는 상태에서도 그녀의 모든 행동은 자동적으로 그가 좋아할 만한 것을 염두에 두고 있는 듯 보였다. 그녀는 이제 그의 의도에 맞서 자신의 의도를 내세울 능력이 없다고 느꼈다. 그러나 생각해야 했다. 그녀는 마침내 공상이라는 무시무시한 문에 적힌 번호를 알게 되었다. 그 문지방을 넘으면 탈출구가 나오지만 그것이 사실은 탈출구가 아님을 알게 되었다. 지금이나 앞으로나 자신에게 가장 큰 죄는 자신을 속이는 것임을 알게 되었다. 시간이 오래 걸렸지만 그래도 그것을 배웠다. 생각해라—아니면 다른 사람들이 네 대신 생각하며, 너에게서 힘을 빼앗아가며, 너의 타고난 취향을 왜곡하고 다스리며, 너를 교화하고 살균시켜버린다.

그들은 조용히 저녁을 먹었다. 딕은 어둑어둑한 방에서 맥주를 많이 마시고 아이들과 즐거운 시간을 만끽했다. 식사 뒤에 딕은 슈베르트의 노래 몇 곡과 미국의 새로 나온 재즈 몇 곡을 연주했으며, 니콜은 그의 어깨 위에서 거칠고 달콤한 콘트랄토로 콧노래를 흥얼거렸다.

고마워요 아버지이
고마워요 어머니이
두 분이 만나주셔서 고마워요—

"이건 마음에 안 드는데." 딕이 말하며 페이지를 넘기기 시작했다.

"아, 계속 연주해요!" 그녀가 소리쳤다. "내가 아무러면 '아버지'라는 말에 평생 움찔하며 살겠어요?"

—그날 밤 이륜마차를 끌어준 말도 고마워!
고마워요 두 분 모두, 그날 밤 술에 좀 취해주셔서—

나중에 그들은 무어식 지붕에 아이들과 함께 앉아서 두 카지노의 폭죽놀이를 구경했다. 멀리 저 아래 해변에 있는, 서로 멀리 떨어진 카지노였다. 서로를 향해 그렇게 텅 빈 마음이 되는 건 외롭고 슬픈 일이었다.

다음날 아침 칸에서 쇼핑을 하고 돌아온 니콜은 작은 차를 몰고 혼자 프로방스에 며칠 다녀오겠다는 딕의 메모를 발견했다. 그것을 읽고 있는데 전화벨이 울렸다—몬테카를로에서 토미 바르방이 전화를 한 것이다. 편지를 받았다며 차를 몰고 오겠다고 했다. 그녀는 수화기에서 그가 오는 걸 반기는 자신의 입술의 온기를 느꼈다.

8

그녀는 목욕을 하고 기름을 바르고 몸에 파우더를 한 겹 발랐다. 그녀의 발가락들이 목욕 수건 위에 있는 다른 파우더 덩어리를 밟아 부수었다. 그녀는 옆구리의 주름을 꼼꼼히 살피며 생각했다. 이 멋지고 늘씬한 건축물이 언제부터 땅을 향해 납작하게 가라앉기 시작할까? 한 육 년쯤 뒤일까? 하지만 아직은 괜찮아—사실 내가 아는 누구 못지않게 괜찮아.

과장이 아니었다. 현재의 니콜과 오 년 전 니콜 사이의 유일한 신체적 차이는 단지 그녀가 이제 젊은 여자가 아니라는 것뿐이었다. 그러나 그녀도 세상에 유행하는 젊음 숭배에 시달리다보니 젊음에 질투를 느끼기는 했다. 영화에서는 아이 같은 여자들을 수도 없이 보여주었으며, 이들은 세상의 일과 지혜를 담당하는 존재로 온화하게 표현되고 있었다.

니콜은 오래전부터 가지고 있던 발목까지 오는 첫번째 정장 드레스를 입고 경건하게 성호를 긋는 듯한 동작으로 몸에 샤넬 식스틴을 뿌렸다. 토미가 한시에 차를 몰고 도착했을 때 그녀는 자신의 몸을 정원에서도 가장 손질이 잘된 꽃으로 가꾸어놓았다.

이렇게 되니, 다시 숭배를 받고, 신비로운 척할 수 있으니, 얼마나 좋은가! 그녀는 예쁜 여자의 인생에서 위대한 오만의 시절 가운데 이 년을 잃어버렸으나 이제는 벌충할 수 있을 것 같은 느낌이 들었다. 그녀는 마치 그녀의 발치에 있는 수많은 남자들 가운데 한 사람인 것처럼 토미를 맞이했고, 정원을 가로질러 대형 파라솔로 갈 때는 옆이 아니라 앞에서 걸었다. 매력적인 여자는 열아홉이든 스물아홉이든 경쾌한 자신감이라는 면에서는 다르지 않다. 다만 이십대의 절박한 자궁은 구심력을 발휘하여 바깥 세계를 자기 주위로 끌어당기지 못한다. 십대는 오만한 나이로, 젊은 사관생도에 비유할 수 있으며, 이십대는 전투 후에 점잔 빼며 걷는 전투원에 비유할 수 있다.

그러나 열아홉의 여자는 과도한 관심에서 자신감을 얻는 반면, 스물아홉의 여자는 더 은근한 것에서 양분을 얻는다. 바라는 것이 있을 때에는 아페리티프를 지혜롭게 선택하며, 만족할 때에는 잠재력이 큰 캐비아를 즐긴다. 그러나 어느 쪽이든, 나중에 공황 때문에, 멈추는 것에 대한 두려움 또는 계속 가는 것에 대한 두려움 때문에 통찰이 종종 흐려지는 세월이 온다는 것은 행복하게도 예상하지 못하는 듯 보인다. 여자는 열아홉이나 스물아홉의 층계참에서는 현관에 곰이 없다는 걸 확신하고 있는 것이다.

니콜은 모호한 정신적 로맨스를 원치 않았다—그녀는 '정사'를 원했다. 변화를 원했다. 그녀는 딕의 사고방식으로 생각하여, 피상적인 관점에서 보면 아무런 감정 없이 모두를 위협하는 방종에 빠져드는 것은 천박한 일임을 깨달았다. 하지만 또 한편으로는 현재의 상황이 딕의 탓이라고 여겼으며, 또 이런 실험이 치료의 효과가 있을지도 모른다고 솔직하게 생각했다. 여름 내내 그녀는 사람들이 유혹에 이끌리는 대로 행동하면서도 아무런 벌을 받지 않는 것을 지켜보며 자극을 받았다—더욱이 이제 자신을 속이지 않겠다고 마음먹었음에도 불구하고, 자신이 단지 길을 더듬어 나아가는 것뿐이라고, 언제라도 물러설 수 있다고 생각하는 쪽을 택했다……

옆은 그늘에서 토미가 하얀 즈크천에 싸인 두 팔로 그녀를 붙들어 돌려세우고 그녀의 눈을 보았다.

"움직이지 말아요." 그가 말했다. "이제부터 당신을 한참 바라볼 생각이니까."

그의 머리에서는 어떤 향기가 났고, 하얀 옷에서는 희미하게 비누의 기운이 느껴졌다. 그녀는 입을 꼭 다물고 웃음을 짓지 않았다. 둘 다 잠시 마주보기만 했다.

"보이는 게 마음에 드나요?" 그녀가 속삭였다.

"프랑스어로 해요."

"좋아요." 그녀는 프랑스어로 다시 물었다. "보이는 게 마음에 드나요?"

그는 그녀를 더 끌어당겼다.

"당신에게서 보이는 건 뭐든지 마음에 들어요." 그가 머뭇거렸다. "나는 당신 얼굴을 안다고 생각했는데 내가 몰랐던 게 몇 가지 있군요. 언제부터 이렇게 사기꾼의 하얀 눈으로 바뀌었죠?"

그녀는 충격을 받고 분개하여 몸을 떼어내며 영어로 소리쳤다.

"그래서 프랑스어로 이야기하고 싶었던 거예요?" 집사가 셰리주를 가져왔기 때문에 그녀는 목소리를 낮췄다. "모욕적인 이야기를 더 정확하게 하려고?"

그녀는 자신의 작은 엉덩이를 은실로 짠 의자 쿠션 위에 거칠게 내려놓았다.

"여기에는 거울이 없어요." 그녀가 다시 프랑스어로, 그러나 단호하게 말했다. "하지만 눈이 변했다면 그건 내가 다시 건강해졌기 때문이에요. 그리고 건강하기 때문에 다시 진정한 나 자신으로 돌아간 걸 거예요—아마 우리 할아버지가 사기꾼이었기 때문에 나도 사기꾼 기질을 물려받아서 이렇게 된 거겠죠. 이제 당신의 논리적인 정신이 만족했나요?"

그는 그녀가 무슨 이야기를 하는지도 잘 모르는 것 같았다.

"딕은 어디 있죠—함께 점심을 먹는 게 아닌가요?"

토미의 눈 이야기는 별생각 없이 나왔다는 것을 알고 그녀는 갑자기 웃음을 터뜨려 그 말의 영향에서 벗어났다.

"딕은 여행을 떠났어요." 그녀가 말했다. "로즈메리 호이트가 나타났어요. 지금 둘이 함께 있거나, 아니면 딕이 로즈메리 때문에 너무 속이 상해 혼자 멀리 떠나 그 아이 꿈을 꾸고 싶어하는 것이거나 둘 중 하나겠죠."

"있잖아요, 니콜은 사실 약간 복잡한 사람이에요."

"오, 안 그래요." 그녀가 서둘러 그를 다독거렸다. "사실 그렇지 않아요—나는 그저—그저 단순한 사람들 여럿이 잔뜩 합쳐져 있는 것일 뿐이에요."

마리우스가 멜론과 얼음통을 내왔지만, 니콜은 사기꾼의 눈이라는 말이 자기도 모르게 다시 떠오르는 바람에 아무런 대꾸를 하지 않았다. 그는, 이 토미라는 남자는 까다로운 문제를 잘게 쪼개 알맹이를 주워먹게 해주는 대신, 어디 한번 깨보라고 호두알 통째로 던져주었다.

"왜 사람들은 니콜을 자연스러운 상태로 놓아두지 않은 거죠?" 토미가 곧 물었다. "니콜은 내가 아는 가장 극적인 사람인데."

그녀는 답을 몰랐다.

"여자를 길들이려는 그 모든 짓거리라니!" 토미가 비웃었다.

"어떤 사회든 어느 정도—" 그녀는 딕의 유령이 팔꿈치 곁에서 부추기는 것을 느꼈으나 토미의 말에 함축된 내용에 입을 다물고 말았다.

"나는 많은 남자한테 잔인하게 굴어 정신을 차리게 해주었지만 여자한테는 그 절반한테도 그런 모험을 하지 않을 것 같아요. 특히 이런 '친절한' 괴롭힘이라니—그게 누구한테든 무슨 도움이 되겠어요?—니콜이나 그 사람이나 어느 누구에게나?"

그녀의 심장이 펄쩍 뛰었다가 딕에게 빚진 것을 생각하며 힘없이 내려앉았다.

"아마 나는—"

"니콜은 돈이 너무 많아요." 토미가 조바심을 내며 말했다. "그게 문제의 핵심이에요. 딕은 그걸 극복할 수가 없어요."

멜론을 치우는 동안 그녀는 생각에 잠겨 있었다.

"내가 어떻게 해야 한다고 생각해요?"

십 년 만에 처음으로 그녀는 남편 아닌 다른 인격의 힘에 휘둘리고 있었다. 토미가 그녀에게 하는 말은 전부 영원히 그녀의 일부가 되었다.

그들은 와인을 마셨다. 희미한 바람이 솔잎을 흔들었으며 이른 오후의 관능적 더위가 체크무늬 점심 탁자보에 눈부신 반점을 만들었다. 토미가 그녀 뒤로 건너와 두 팔을 그녀의 두 팔 위에 얹으며 그녀의 두 손을 꼭 잡았다. 그들의 두 뺨이 닿았고, 이어 두 입술이 닿았다. 그녀는 반은 그를 향한 열정 때문에, 반은 그 열정의 힘이 갑작스럽고 놀라워서 숨을 헐떡였다……

"오후에 가정교사하고 아이들을 내보낼 수 없나요?"

"피아노 레슨이 있어요. 어쨌거나 나는 계속 여기 있고 싶지는 않아요."

"다시 키스해줘요."

잠시 후 니스로 가는 차 안에서 그녀는 생각했다. 그러니까 내 눈이 사기꾼의 하얀 눈이라는 거지, 그렇지? 그럼 좋아, 미친 청교도보다는 제정신을 가진 사기꾼이 되겠어.

그의 주장이 그녀에게서 모든 비난받을 거리나 책임을 면해주는 것 같았다. 새로운 각도에서 자신을 생각해보자 그녀는 기쁨에 몸이 떨렸다. 눈앞에 새로운 풍경이 펼쳐졌다. 그곳에 많은 사람의 얼굴이 나타났지만, 그녀가 복종하거나 심지어 사랑해야만 하는 사람의 얼굴은 없었다. 그녀는 숨을 들이마신 다음, 몸을 꿈틀거려 어깨를 웅크리고 토미를 돌아보았다.

"꼭 토미가 묵는 몬테카를로의 호텔까지 그 먼길을 가야만 하는 건가요?"

그가 차를 세웠고 타이어가 급하게 멈추는 소리가 났다.

"아니요!" 그가 대답했다. "그런데, 맙소사, 나는 평생 이 순간만큼 행복했던 적이 없어요."

그들은 파란 해안을 따라 니스를 통과하여 중간 높이의 낭떠러지 길을 오르기 시작했다. 이윽고 토미는 해안으로 급히 방향을 틀더니, 뭉툭한 반도로 달려나가, 작은 해안 호텔 뒤쪽에 차를 세웠다.

니콜은 호텔이 실체로 다가오자 잠시 겁을 먹었다. 데스크에서는 미국인이 환율 때문에 직원과 끝도 없이 다투고 있었다. 그녀는 겉으로는 평온했지만 속으로는 비참한 기분으로 서성거렸고, 토미가 숙박계를 썼다—그의 이름은 진짜로, 그녀의 이름은 가짜로. 그들의 방은 지중해를 바라보고 있었지만 거의 수도자의 방 같았으며 깨끗하다고 할 수 있었다. 바다의 강한 빛 때문에 어두워 보였다. 가장 단순한 쾌락—가장 단순한 공간. 토미는 코냑을 두 잔 주문했고, 웨이터가 나가고 나서 문이 닫히자 하나뿐인 의자에 앉았다. 거무스름하고, 흉터가 많고, 잘생긴 남자였다. 그의 곱슬곱슬한 눈썹이 아치를 그리며 위로 올라갔다. 싸우기 좋아하는 요정 퍽, 진지한 사탄.

그들은 브랜디를 다 마시기도 전에 갑자기 동시에 움직여 선 채로 만났다. 이내 그들은 침대에 앉았고, 그는 그녀의 단단한 무릎에 입을 맞추었다. 그녀는 여전히 목이 잘린 짐승처럼 약간 몸부림을 치고 나서야 딕과 자신의 새로운 하얀 눈을 잊을 수 있었다. 이어 토미조차 잊으며, 그 시간 속으로, 순간 속으로 깊이 더 깊이 가라앉았다.

……토미가 창밖이 왜 점점 시끄러워지는지 이유를 알아내려고 일어서서 셔터를 열자, 높은 곳에서 내려오는 빛이 밧줄처럼 엉킨 근육을 타고 흘러내려 그의 형체는 딕의 형체보다 어두워지고 강해졌다. 순간적으로 그도 그녀를 잊었다—그의 몸이 그녀의 몸으로부터 떨어져나가는 그 짧은 순간에 그녀는 앞으로 그녀의 예상과는 다르게 전개될 상황을 미리 맛보았다. 그녀는 기쁘든 슬프든 모든 감정에 앞서는, 폭풍에 앞서는 천둥의 콧노래처럼 불가피하게 찾아오는, 이름 없는 공포를 느꼈다.

토미는 발코니에서 조심스럽게 살피다가 말했다.

"아래층 발코니에 있는 여자 둘밖에 안 보이는데. 날씨 이야기를 하면서 미국식 흔들의자에 앉아 흔들거리고 있어."

"그런데 그런 소리가 나?"

"소리는 여자들보다 더 아래쪽 어딘가에서 올라오는 거야. 잘 들어봐."

아, 저 아래 남부 목화의 땅에서
호텔에서 빈둥빈둥 사업은 엉망
외면해라—

"미국인들이네."

니콜은 침대에서 두 팔을 활짝 펼치고 천장을 보았다. 파우더가 그녀의 피부 위에서 눅눅해지면서 우유 느낌이 나는 껍질로 변했다. 가구 없는 방이, 머리 위에서 파리 한 마리가 날아다니며 내는 소리가 마음에 들었다. 토미가 의자를 침대 쪽으로 가져와 옷을 쓸어내고 앉았을 때, 무게 없는 드레스와 에스파드리유 신발이 바닥에서 그의 즈크천과 섞여 있는 조합이 마음에 들었다.

그는 갑자기 갈색을 띠는 팔다리, 머리와 결합되어 있는 길쭉하고 하얀 몸통을 살피다, 묵직하게 웃음을 터뜨리며 말했다.

"당신은 아기처럼 모든 게 새롭군."

"눈은 하얗고."

"그건 내가 고쳐놓을게."

"하얀 눈을 고치는 건 아주 어려워—특히 시카고에서 만든 건."

"내가 옛 랑그도크의 민간요법은 다 알거든."

"키스해줘, 입술에, 토미."

"그건 정말 미국적인데." 그러면서도 그는 그녀에게 키스했다. "지난번에 미국에 갔을 때 입술로 상대를 찢어발기고, 자신들도 찢어발기는 여자들이 있더라고. 완전히 누더기가 된 입술 주위의 피가 반점처럼 겉으로 드러나 얼굴이 주홍색이 될 때까지 말이야—하지만 그걸로 끝이었어."

니콜이 팔꿈치에 기대 몸을 일으켰다.

"이 방이 마음에 들어." 그녀가 말했다.

"나는 좀 빈약한 것 같은데. 하지만 당신이 몬테카를로에 도착할 때까지 기다릴 필요가 없었으니 다행이지."

"왜 그냥 빈약하다고만 해? 아, 이건 멋진 방이야, 토미—세잔이나 피카소의 수많은 그림에 나오는 장식 없는 탁자들처럼."

"모르겠어." 그는 그녀의 말을 이해하려 하지 않았다. "다시 소리가 들리는군. 맙소사, 살인이라도 난 건가?"

그는 창문으로 가서 다시 알려주었다.

"미국 해군 두 명이 싸우고 여럿이 응원하고 있는 것 같은데. 해안에서 좀 떨어진 당신네 전함에서 온 사람들이야." 그는 타월로 몸을 감싸고 발코니 밖으로 몸을 더 내밀었다. "매춘부들을 데려왔네. 나도 소문을 들은 적이 있어—저 여자들은 배가 어디를 가든 군인들을 따라 이리저리 옮겨다닌다더라고. 대단한 여자들이야! 저자들이 받는 돈이면 더 나은 여자를 구할 수 있다는 생각도 드는데! 뭐야, 코르닐로프를 따라다닌 여자들인가! 뭐야, 우리는 발레리나 이하로는 쳐다본 적도 없는데!"

니콜은 그가 그렇게 많은 여자를 알았기 때문에 여자라는 말 자체가 그에게 아무런 의미가 없다는 것이 다행이다 싶었다. 니콜은 그녀 자신이라는 한 인간이 몸이 가진 보편성을 초월하는 한에서만 그를 붙들 수 있을 것 같았다.

"다친 데를 때려!"

"야-아-아-아!"

"이봐, 내가 하는 말을 제대로 알아들으라고!"

"어서, 덜슈미트, 이 새끼야!"

"야아―야아아!"

"야-예-야!"

토미는 고개를 돌렸다.

"이곳도 쓸모가 다한 것 같군, 그렇지?"

그녀도 동의했지만, 그들은 옷을 입기 전에 잠시 끌어안았다. 그러자 또 한동안 이곳이 여느 곳 못지않게 훌륭한 궁궐처럼 느껴졌다……

마침내 토미는 옷을 입으며 소리쳤다.

"맙소사, 우리 아래 발코니 흔들의자에 앉아 있는 여자들은 꼼짝도 안 했네. 이 일을 죽을 때까지 이야기하려고 할 거야. 저 여자들은 알뜰하게 휴가를 보내러 여기까지 왔는데, 미국의 모든 해군과 유럽의 모든 창녀들이 온다 해도 그걸 망칠 수는 없지."

그가 부드럽게 다가오더니 그녀를 감싸고, 슬립 어깨끈을 입으로 잡아당겨 제자리에 놓았다. 그때 밖에서 큰 소리가 공기를 갈랐다. 콰-**콰**―**쾅**-**콰**-앙! 전함이 집합을 알리는 신호였다.

이제 그들 창문 아래쪽은 그야말로 대혼란이었다―신호 전에 벌써 배가 해안으로 움직이고 있었기 때문이다. 웨이터들이 열띤 목소리로 값을 외치면서 계산할 것을 요구했고, 욕설과 부인하는 소리가 터져나왔다. 너무 많은 지폐와 너무 적은 잔돈이 건네졌다. 정신을 잃은 사람들은 부축해서 배로 데려갔다. 해군 헌병의 짧은 명령이 모든 목소리들을 잘라내며 들어왔다. 외침, 눈물, 비명, 약속이 뒤섞였다. 첫번째 론치가 해안을 떠났고, 여자들은 부두에서 앞으로 몰려나가 비명을 지르고 손을 흔들었다.

토미는 한 젊은 여자가 아래층 발코니에서 밖으로 달려나가며 냅킨을 흔드는 걸 보았다. 흔들의자에 앉아 수다를 떨던 영국 여자들이 마침내 굴복하여 입을 다물고 그 여자 구경을 하는지 그가 확인하기도 전에 그들의 방문을 두드리는 소리가 들렸다. 밖에서 흥분한 여자들의 목소리가 들렸기 때문에 그들은 문을 열어주기로 했다. 복도에는 두 젊은 여자가 서 있었다. 어리고, 여위고, 야하고, 탈선했다기보다는 아직 어떤 선에도 올라서지 않은 아이들 같은 모습이었다. 한 여자가 목이 메어 울었다.

"우리 여기 포치에서 손 흔들어도 돼요?" 다른 여자가 격정적인 미국식 영어로 애원했다. "제발 우리 좀? 남자친구들한테 손 좀 흔들게? 제발 우리 좀. 다른 방들 모두 잠겨 있어요."

"기꺼이." 토미가 말했다.

여자들이 발코니로 달려나갔고 곧 소음 위로 그들의 목소리가 크고 높은 소리를 냈다.

"안녕, 찰리! 찰리, 위를 봐!"

"니스에 유치 우편으로 전보를 보내!"

"찰리! 나를 안 보잖아."

한 여자가 갑자기 치마를 들어올리더니 분홍색 속옷을 잡아당겨 찢어서 상당한 크기의 깃발을 만들었다. 그녀는 "벤! 벤!" 하고 소리치며 그것을 힘차게 흔들어댔다. 토미와 니콜이 방을 떠날 때도 깃발은 여전히 파란 하늘을 배경으로 펄덕이고 있었다. 아, 당신 기억에 남아 있는 살의 부드러운 색깔이 눈앞에 보이는지 말해줄 수 있나요?—전함의 고물에서 경쟁하듯이 성조기가 솟아오르는 동안.

그들은 몬테카를로의 새로운 비치 카지노에서 저녁을 먹었다…… 한참 뒤에 볼리외의 하얀 달빛이 비쳐드는 지붕 없는 동굴에서 헤엄을 쳤다. 창백한 바위들이 자그마한 형광빛 물 주위에 원을 그린 곳으로, 모나코와 흐릿한 망통을 마주보고 있었다. 그가 동쪽이 보이는 그곳에, 바람과 물이 새로 솜씨를 발휘하는 곳에 데려와주어서 그녀는 좋았다. 그들이 서로에게 그랬던 것만큼 모든 것이 새로웠다. 상징적으로 말하자면, 그가 다마스쿠스에서 그녀를 낚아채 와 함께 몽골의 평원으로 나서기라도 한 듯 그녀는 그의 안장 앞가지에 단단히 자리를 잡고 몸을 뉘고 있는 것처럼 든든한 느낌이었다. 시간이 지날수록 딕이 그녀에게 가르친 모든 것이 떨어져나갔으며 그녀는 최초의 자신의 모습에 점점 다가갔다. 그녀 주위의 세계에서 벌어지는, 검들을 갖다 바치며 막연하게 굴복하는 태도의 원형原型에 다가갔던 것이다. 그녀는 달빛 속에서 사랑에 얽혀, 애인의 무정부 상태를 환영했다.

그들이 함께 잠에서 깼을 때 달은 지고 공기는 서늘했다. 그녀는 힘겹게 몸을 일으키며 시간을 물었고, 토미는 세시쯤이라고 대답했다.

"그럼 집에 가야겠네."

"몬테카를로에서 잘 줄 알았는데."

"아니. 가정교사하고 애들이 있어. 날이 밝기 전에 들어가줘야지."

"좋을 대로."

그들은 잠시 물에 몸을 담갔다. 토미는 니콜이 떠는 것을 보고 얼른 타월로 몸을 닦아주었다. 차에 올라탔을 때 그들은 아직 머리가 축축하고, 피부는 신선하게 빛을 발하고 있었다. 돌아가기가 너무 싫었다. 그들이 있는 곳은 아주 밝았다. 토미가 키스를 하자, 그녀는 그가 그녀의 흰 뺨과 하얀 이와 서늘한 이마와 그의 얼굴을 만지는 손길 속에서 자기 자신을 잃어버리는 걸 느꼈다. 그녀는 여전히 딕에게 맞춰져 있었기 때문에 해석을 하거나 평가를 해주기를 기다렸다. 그러나 아무것도 나오지 않았다. 그런 것이 나오지 않는다는 데에 마음이 놓이자, 그녀는 졸리고 행복한 마음으로 의자에 깊숙이 앉아 깜빡 잠이 들었다. 마침내 모터 소리가 바뀌고, 그녀는 그들이 빌라 디아나를 향해 올라가고 있음을 느꼈다. 문에서 그녀는 거의 자동적으로 작별 키스를 했다. 그녀의 발이 산책로에 닿는 소리가 바뀌었고, 정원에서 들려오는 밤의 소음이 갑자기 과거의 일이 되었다. 그럼에도 그녀는 돌아온 것이 기뻤다. 지난 하루 동안 스타카토의 속도로 움직였기 때문이다. 만족감에도 불구하고 그녀는 그런 긴장에는 익숙하지 않았다.

9

다음날 오후 네시에 역에서 온 택시가 대문 앞에 멈추고 딕이 내렸다. 갑자기 평정을 잃은 니콜이 테라스에서부터 그를 맞으러 달려나갔다. 자제하려고 애를 쓰느라 숨을 헐떡거리고 있었다.

"차는 어디 있어요?" 그녀가 물었다.

"아를에 두고 왔어. 더 운전하고 싶지가 않아서."

"메모를 보고 며칠은 걸릴 줄 알았는데."

"미스트랄이 불고 비도 와서."

"재미있었어요?"

"처한 상황으로부터 달아나는 사람이 재미있어할 만큼만. 로즈메리를 아비뇽까지 태우고 가서 기차에 태워 보냈어." 그들은 함께 테라스를 향해 걸어갔고, 딕은 그곳에 가방을 놓았다. "당신이 괜한 상상을 할 것 같아서 메모에 그 이야기는 적지 않았어."

"정말 사려 깊네요." 니콜은 이제 자신에 대한 확신이 더 강해졌음을 느꼈다.

"로즈메리가 제안하려는 게 없는지 알고 싶었어—그걸 아는 유일한 방법은 로즈메리가 혼자 있을 때 얘기를 해보는 거잖아."

"그래서 로즈메리가—제안을 하던가요?"

"로즈메리는 성장하지 않았어." 그가 대답했다. "어쩌면 그쪽이 더 나을지도 모르지. 당신은 뭐했어?"

그녀는 얼굴이 토끼처럼 떨리는 걸 느꼈다.

"어젯밤에는 춤추러 갔어요—토미 바르방하고. 우리는—"

딕이 움찔하더니 그녀의 말을 잘랐다.

"얘기하지 마. 당신이 뭘 하든 상관없어. 다만 나는 어떤 것도 분명하게 알고 싶지 않을 뿐이야."

"알 만한 게 없어요."

"알았어, 알았어." 그러다가 마치 일주일은 떠나 있다 온 사람처럼 물었다. "애들은 어때?"

집안에서 전화벨이 울렸다.

"나를 찾는 거면 없다고 해." 딕이 말하며 빠르게 고개를 돌렸다. "작업실에서 할 일이 좀 있어."

니콜은 딕이 우물 뒤로 사라질 때까지 기다렸다가 집안으로 들어가 전화를 받았다.

"니콜, 어때?"

"딕이 집에 있어."

토미가 신음을 토했다.

"여기 칸에서 만나." 그가 제안했다. "할 이야기가 있어."

"못 나가."

"사랑한다고 말해줘." 그녀는 말없이 수화기를 향해 고개를 끄덕였다. 토미가 되풀이했다. "사랑한다고 말해줘."

"오, 하고말고." 그녀가 다독거렸다. "하지만 지금은 할 수 있는 일이 없어."

"당연히 있지." 그가 조바심을 냈다. "딕은 두 사람 사이가 끝났다는 걸 알아—딕은 끝낸 게 분명해. 그러면서 당신더러 어쩌라는 거야?"

"모르겠어. 나는—" 그녀는 '—딕한테 물어볼 수 있을 때까지 기다려야 돼' 하는 말이 나가려는 걸 멈추었다. 대신 '편지하고 내일 전화할게'라는 말로 끝을 맺었다.

그녀는 자신이 성취한 것에 의지하여, 다소 만족스러운 기분으로 집 주위를 돌아다녔다. 그녀로 인해 피해가 발생했고, 그것이 만족스러운 부분이었다. 이제 그녀는 우리 안에 있는 사냥감을 잡는 사냥꾼이 아니었다. 어제 있었던 일이 끝도 없이 자세히 떠올랐다—그 자세한 부분들은 비슷한 순간들, 딕에 대한 그녀의 사랑이 싱싱하고 흠 없었던 순간들에 대한 기억과 겹쳐지기 시작했다. 그녀는 그 사랑을 경멸하기 시작했다. 그러자 그 사랑이 처음부터 습관적인 감상에 물들어 있었던 것처럼 보이기 시작했다. 그녀는 여자들의 기회주의적 기억법으로, 결혼 전 몇 달 동안 세상의 구석에 있는 여러 은밀한 장소에서 딕과 서로를 소유했을 때 자신이 어떤 느낌이었는지는 떠올리지 않았다. 어젯밤에도 바로 그런 식으로 토미한테 거짓말을 했다. 그에게 맹세를 한 것이다. 전에는 단 한 번도 이렇게 완전하게, 이렇게 온전하게, 이렇게 전적으로……

……그러다 이 순간 그녀는 배신, 그렇게 오만한 태도로 자신의 삶의 십 년을 하찮게 취급한 배신 행위에 대한 가책 때문에 방향을 틀어 딕의 성소를 향해 걸어가기 시작했다.

그녀는 소리 없이 다가가다 오두막 뒤에 있는 딕을 보았다. 그는 절벽 옆의 갑판 의자에 앉아 있었다. 그녀는 잠시 말없이 그를 바라보았다. 그는 생각에 잠겨 있었다. 그는 완전히 자신의 것인 세계를 살고 있었다. 얼굴의 작은 움직임들, 올라갔다 내려오는 이마, 가늘어지다 크게 뜨는 눈, 다물었다 다시 다무는 입, 손의 움직임을 보고 그녀는 그의 내부에서 그 자신의 이야기가 이 단계에서 저 단계로 넘어가는 것을 알 수 있었다. 그것은 그의 이야기이지 그녀의 이야기가 아니었다. 한번은 주먹을 꽉 쥐고 몸을 앞으로 기울이기도 했고, 한번은 얼굴에 고통과 절망의 표정이 나타나기도 했다—그것이 지나갔을 때도 눈에 그 자취는 남아 있었다. 거의 평생 처음으로 그녀는 그가 안쓰러웠다—정신이 아팠던 사람이 건강한 사람에게 안쓰러움을 느끼기는 어려운 일인데도. 니콜은 자신이 이미 빼앗겼던 세계로 다시 인도해주었다며 종종 그에게 입에 발린 감사의 말을 하기도 했지만, 사실 그가 무궁무진한 에너지의 소유자이며, 피로를 느끼지 못하는 사람이라고 생각했다—그녀는 자신의 고통 때문에 그를 괴롭혔지만, 자신의 고통을 잊은 그 순간에 자신이 그에게 준 고통도 함께 잊은 것이니. 그가 이제 그녀를 통제하지 못한다는 것—그가 그것을 알까? 이 모든 것이 그의 의도일까?—그녀는 가끔 에이브 노스와 그의 비천한 운명을 안쓰러워했던 것처럼, 갓난아기나 노인의 무력함을 안쓰러워하는 것처럼, 딕에게 안쓰러움을 느꼈다.

그녀는 다가가 그의 어깨에 팔을 두르고 그의 머리에 자신의 머리를 살며시 갖다대며 말했다.

"슬퍼하지 말아요."

그가 차가운 눈으로 그녀를 보았다.

"건드리지 마!" 그가 말했다.

그녀는 혼란을 느끼며 몇 걸음 물러섰다.

"미안해." 그가 멍한 표정으로 말을 이어갔다. "그냥 내가 당신을 어떻게 여겼는지 생각해보고 있었을 뿐이야—"

"당신 책에 새 분류 항목으로 덧붙이지 그래요?"

"그것도 생각해봤어—'정신병과 신경증을 넘어선—'"

"난 싸우려고 온 게 아니에요."

"그럼 왜 온 거야, 니콜? 이제 나는 당신을 위해 아무것도 해줄 수 없어. 나는 나 자신을 구하려 애쓰고 있어."

"나에게서 오염된 상태로부터요?"

"직업이 직업인지라 가끔 미심쩍은 사람과 접촉하게 되거든."

그녀는 그 독설에 화가 나서 울음을 터뜨렸다.

"당신은 겁쟁이예요! 당신 삶을 망치고 나서 그게 내 탓이라고 생각하고 싶어해요."

그는 대답하지 않았지만 그녀는 예전처럼 그의 지성이 최면을 걸어오는 걸 느끼기 시작했다. 가끔 별 위력을 발휘하지 못하는 경우도 있었지만, 거기에는 늘 진실보다 깊은 진실이 있었으며, 그녀는 그것을 부술 수도, 심지어 금이 가게 할 수도 없었다. 그녀는 다시 그것과 씨름을 했다. 작고 아름다운 눈으로, 승자의 사치스러운 오만으로, 이제 막 다른 남자에게 옮겨가고 있는 마음으로, 오랜 세월에 걸쳐 축적된 원한으로 그와 싸웠다. 그녀의 돈으로, 언니가 그를 싫어하며 지금 자신의 뒤를 받쳐주고 있다는 믿음으로 싸웠다. 그의 신랄함 때문에 생겨나는 그의 새로운 적들에 대한 생각으로, 그의 마셔대고 먹어대는 느릿느릿함에 맞서는 그녀의 재빠른 간계로, 그의 신체적 쇠퇴에 맞서는 그녀의 건강과 아름다움으로, 그의 도덕성과 맞서는 그녀의 뻔뻔스러움으로 싸웠다—이 내적인 투쟁에서 그녀는 심지어 자신의 약점까지 이용했다—낡은 캔과 도자기와 병, 이미 씻어버린 죄, 무도한 행위, 실수가 담긴 그 텅 빈 그릇들을 들고 씩씩하고 용감하게 싸웠다. 갑자기, 불과 이 분 만에 그녀는 승리를 거두고 거짓말이나 핑계 없이 자신에게 자신을 정당화할 수 있었다. 영원히 끈을 끊어버릴 수 있었다. 이윽고 그녀는 힘 빠진 다리로 차분하게 흐느끼며 마침내 그녀의 것이

된 가정으로 걸어갔다.

딕은 그녀가 사라질 때까지 기다렸다가 몸을 굽혀 난간에 머리를 기댔다. 이 환자의 진료는 끝났다. 닥터 다이버는 자유를 얻었다.

10

그날 밤 두시에 전화벨이 니콜을 깨웠다. 그녀는 딕이 옆방에서, 그들이 잠 못 이루는 침대라고 부르는 침대에서 전화를 받는 소리를 들었다.

"네, 네……그런데 말씀하시는 분은 누구신지?……네……" 그의 목소리가 놀라 잠에서 깨어났다. "하지만 내가 그 여자들 중 한 명과 이야기할 수 없습니까, 경찰관? 둘 다 아주 신분이 높은 부인들, 아주 심각한 정치적 문제를 일으킬 수도 있는 연줄이 있는 부인들인데…… 사실이죠, 맹세합니다…… 좋습니다, 두고 보시죠."

그는 일어났다. 상황을 받아들이면서, 자신을 잘 알았기 때문에 이 일을 잘 처리할 수 있을 것이라고 안심할 수 있었다—오래된 운명적 붙임성, 오래된 강력한 매력이 다시 몰려오며 "나를 사용해!" 하고 소리치고 있었다. 그는 조금도 관심 없는 일이지만, 그래도 이 일을 처리하러 가야 할 것이다. 사랑받는 것이 일찌감치 습관이 되었기 때문이다. 어쩌면 자신이 몰락해가는 가문의 마지막 희망임을 깨달았던 순간부터. 전에 취리히 호수의 돔러 병원에 있을 때도 이와 거의 비슷한 경우에 그는 자신의 힘을 깨닫고 선택을 했다. 오필리아를 선택했고, 달콤한 독을 선택하여 그것을 마셨다. 무엇보다도 용감하고 친절해지고 싶었지만, 그것보다도 사랑받고 싶은 마음이 훨씬 강했다. 그렇게 살아왔다. 또 앞으로도 그럴 것이다. 그는 전화를 끊을 때 전화부스에서 느릿느릿 딸랑거리는 예스러운 소리를 들으며 그렇게 생각했다.

긴 정적이 흘렀다. 니콜이 소리쳤다. "뭐예요? 누구예요?"

딕은 전화를 끊으면서 벌써 옷을 입기 시작했다.

"앙티브의 경찰서야—메리 노스와 그 시블리비어스를 구금하고 있대. 심각한 일인가봐—전화를 건 사람은 나한테 제대로 얘기해주려고 하지 않아. 계속 '살인 사건은 아닙니다—교통사고도 아닙니다'라고만 하는데, 그건 그 외 다른 모든 것이 될 수도 있다는 뜻이지."

"그런데 대체 왜 당신한테 전화한 거예요? 내가 보기에는 아주 이상한데요."

"체면을 지키려면 보석으로 나와야 하는데 알프마리팀 지구의 토지 소유자만 보석금을 낼 수 있대."

"뻔뻔스럽네요."

"상관없어. 하지만 호텔에서 고스를 데려갈 거야—"

니콜은 딕이 떠난 뒤에도 그들이 무슨 죄를 지었을까 궁금하여 잠을 이루지 못했다. 세시가 조금 지나 딕이 들어오자 그녀는 완전히 잠을 깨 일어나 앉아 있다가 꿈속의 인물에게처럼 "뭐예요?" 하고 물었다.

"특이한 이야기야—" 딕이 말했다. 그는 그녀의 침대 발치에 앉아, 알자스인답게 혼수상태에 빠진 것처럼 잠에 빠져 있던 늙은 고스를 깨워, 금고에 있는 돈을 다 꺼내오라고 한 다음, 함께 차를 타고 경찰서로 간 이야기를 해주었다.

"그 영국인을 위해서라면 아무것도 해주고 싶지 않은데." 고스가 툴툴거렸다.

프랑스 해군 복장의 메리 노스와 레이디 캐럴라인은 더러운 두 감방 바깥 벤치에 누워 있었다. 레이디 캐럴라인은 당장이라도 지중해 함대가 자신을 도우러 달려올 것이라고 기대하는 영국인 특유의 격노한 분위기를 드러내고 있었다. 메리 밍게티는 공황에 빠져 쓰러져 있었다—그녀는 둘을 연결하는 가장 중대한 지점이라도 찾아낸 것처럼 딕의 배에 말 그대로 몸을 던지며 어떻게든 해달라고 애원했다. 경찰서장은 고스에게 상황을 설명했다. 고스는 내키지 않는다는 표정으로 그 한마디 한마디에 귀를 기울였다. 한편으로는 서장의 이야기 솜씨를 제대로 평가하고 감상하는 태도와 완벽한 하인으로서 그 이야기가 자신에게 아무런 충격을 주지 못한다는 걸 보여주는 태도 사이에서 갈등하고 있었다. "그냥 장난 좀 쳤어요." 레이디 캐럴라인이 경멸스럽다는 표정으로 말했다. "우리는 휴가 나온 수병 흉내를 내고 있었을 뿐이라고요. 그래서 멍청한 여자애 둘을 골랐죠. 그애들이 겁이 나서 하숙집에서 지독한 소동을 일으킨 거라고요."

딕은 심각하게 고개를 끄덕이며, 고해소의 사제처럼 돌바닥을 내려다보았다—그는 아이러니 섞인 웃음을 터뜨리고 싶은 마음과 그들의 몸에 채찍으로 고양이 줄무늬 쉰 개를 만들어준 다음 이 주일 동안 빵과 물만 먹이고 싶은 또다른 마음 사이에서 갈등하고 있었다. 그는 겁쟁이 프로방스 소녀들과 멍청한 경찰이 저지른 악행 외에는 아무런 악을 느끼지 못하는 레이디 캐럴라인의 얼굴 때문에 당황했다. 사실 그는 영국의 어떤 계급 사람들은 반사회적인 것들을 농축한 진액을 먹으며 살아가기 때문에, 그에 비하면 뉴욕의 폭음 폭식은 아이스크림을 많이 먹어 소화불량에 걸린 아이 수준에 불과하다고 결론을 내린 지 오래였다.

"호세인이 이 일을 알기 전에 나가야 해요." 메리가 애원했다. "딕, 딕은 언제나 어떤 일이든 처리할 수 있잖아요—늘 그랬잖아요. 저 사람들한테 우리가 바로 집으로 갈 거라고, 돈은 얼마가 되든 내겠다고 말해줘요."

"나는 안 내요." 레이디 캐럴라인이 경멸 어린 표정으로 말했다. "단 일 실링도 못 내요. 칸의 영사관이 이 일을 두고 뭐라고 하는지 기쁜 마음으로 확인하고 말 거예요"

"아니, 아니에요!" 메리가 힘주어 말했다. "오늘밤에는 여기서 나가야 돼요."

"내가 어떻게 해보죠." 딕이 말하고 나서 덧붙였다. "하지만 틀림없이 돈이 필요할 겁니다." 그는 아닌 줄 뻔히 알면서도 마치 그들이 순진한 사람들인 양 쳐다보며 고개를 저었다. "아무리 제정신이 아니라고 해도 할 일이 있고 안 할 일이 있지!"

레이디 캐럴라인이 득의양양한 웃음을 지었다.

"댁은 제정신이 아닌 사람을 고치는 의사 아닌가요? 댁이 우리를 도울 수 있겠네요—고스도 반드시 도와줘야 하고!"

딕은 고스와 함께 옆으로 가 노인이 알아낸 것에 관해 이야기를 나누었다. 일은 언뜻 내비쳤던 것보다 심각했다—그들이 데려간 여자아이 가운데 한 명은 품위 있는 집안 출신이었다. 그 가족은 그런 척했다. 그래서 그들과 합의를 보아야 했다. 또 한 아이, 항구의 아이는 그보다는 쉽게 처리할 수 있었다. 프랑스 법에는 유죄일 경우 수감 또는 최소한 나라에서 공식적으로 추방하는 벌을 내릴 수 있게 해주는 조항들이 있었다. 이런 어려움 외에도 외국인 거주 덕에 이익을 보는 도시 사람들과 그에 따른 물가 상승으로 괴로움을 겪는 사람들 사이에 점점 외국인에 대한 관용의 격차가 생기고 있다는 점을 고려해야 했다. 고스는 그렇게 상황을 요약한 뒤 딕에게 다음 일을 맡겼다. 딕은 경찰서장을 불러 이야기를 나누었다.

"서장님도 프랑스 정부가 미국인의 관광을 장려하고 싶어한다는 걸 아시겠지요—그런 의지가 아주 강해서 파리에서는 올여름에 아주 심각한 범죄를 저지른 경우가 아니면 미국인을 체포하지 말라는 명령을 내렸습니다."

"이건 충분히 심각한 일입니다, 맙소사."

"하지만 이보세요—저 사람들 신분증을 갖고 계십니까?"

"소지하지 않았던데요. 아무것도 없었습니다—이백 프랑하고 반지 몇 개 외에는. 자기들 목을 매달 구두끈도 없었어요."

딕은 신분증이 없었다는 사실에 안도하고 말을 이어나갔다.

"저 이탈리아 백작부인은 아직 미국 국민입니다. 저분의 증조부가—" 그는 천천히, 엄숙하게 일련의 거짓말을 풀어나갔다. "존 D. 록펠러 멜런입니다. 그 이름은 들어보셨지요?"

"네, 오 맙소사, 그럼요. 나를 아무것도 모르는 사람으로 보는 겁니까?"

"게다가 헨리 포드 경의 조카딸이고, 따라서 르노와 시트로앵사하고도 관련이 있습니다—" 여기서 멈추는 게 좋을 것 같았다. 그러나 그의 신실한 목소리가 서장에게 영향을 주기 시작하자 중단할 수가 없었다. "저 여자를 체포하는 건 영국 왕족의 중요한 인물을 체포하는 것과 같습니다. 여차하면—전쟁이 벌어집니다!"

"그럼 저 영국 여자는요?"

"이제 그 이야기를 하겠습니다. 저 여자분은 영국 왕세자—버킹엄 공의 동생과 약혼한 사이입니다."

"그에게 꽤나 어울리는 신부가 되겠군요."

"이제 우리는—" 딕은 얼른 계산을 했다. "그 여자아이들에게 각각 천 프랑씩 줄 준비가 되어 있습니다—그리고 '심각한' 아이의 아버지에게는 추가로 천을 지급할 것입니다. 또 추가로 이천을 드릴 텐데, 그것은 서장님이 적당하다고 생각하시는 대로 나누어주십시오—" 딕은 어깨를 으쓱했다. "—체포를 한 사람들, 하숙집 주인 등등 말입니다. 오천을 드릴 테니 즉시 협상을 시작해주시면 좋겠습니다. 그러면 저분들은 소란죄나 그런 혐의로 처리되어 보석으로 풀려날 수 있겠지요. 벌금이 얼마든 내일 치안판사 앞에 낼 겁니다—사람을 보내서."

서장이 입을 열기도 전에 딕은 그의 표정을 보고 일이 잘될 것을 알았다. 서장이 머뭇거리며 말했다. "신분증이 없어서 입건은 하지 않았습니다. 어디 봅시다—돈을 주시지요."

한 시간 뒤 딕과 고스는 여자들을 머제스틱 호텔 옆에 내려주었다. 레이디 캐럴라인의 운전사가 소형 랜도 자동차 안에서 자고 있는 곳이었다.

"잊지 마세요." 딕이 말했다. "두 분은 고스 씨에게 각각 백 달러씩 빚을 졌습니다."

"알았어요." 메리가 말했다. "내일 수표를 드릴게요—그보다 더."

"나는 싫어요!" 그들은 깜짝 놀라 모두 레이디 캐럴라인을 보았다. 그녀는 이제 완전히 회복되어 독선적 태도에 사로잡혀 있었다. "이 모든 것이 잔인무도해요. 나는 결단코 그 사람들한테 백 달러를 줄 권한을 당신에게 위임한 적이 없어요."

차 옆에 서 있던 작은 고스의 눈에서 갑자기 불길이 타올랐다.

"나한테 돈을 안 주겠다는 겁니까?"

"당연히 줄 겁니다." 딕이 말했다.

갑자기 런던 시절 웨이터 보조로서 견뎌야 했던 학대의 기억이 확 타올라 고스는 달빛을 헤치고 레이디 캐럴라인에게 다가갔다.

그는 비난하는 말들을 그녀 주위에 채찍처럼 휘둘렀다. 그녀가 얼어붙은 웃음을 터뜨리며 등을 돌리자 그녀를 따라 한 걸음 다가가더니 얼른 작은 발을 가장 유명한 과녁이라고 할 수 있는 그녀에게 내리꽂았다. 기습을 당한 레이디 캐럴라인은 총에 맞은 사람처럼 두 손을 치켜들었고, 이어 그녀의 몸은 해군 복장 그대로 보도에 고꾸라졌다.

딕의 목소리가 길길이 뛰는 그녀의 고함을 갈랐다. "메리, 저 여자 좀 진정시켜요! 아니면 두 사람 모두 십 분 뒤에 족쇄를 차게 될 거예요!"

호텔로 돌아가는 길에 늙은 고스는 한마디도 하지 않았다. 마침내 아직도 재즈가 흐느끼고 기침을 해대는 쥐앙레팽 카지노를 지나갈 때 그가 한숨처럼 내뱉었다.

"나는 이런 부류의 여자들은 본 적이 없어요. 세상의 위대한 창부들을 많이 알았고, 또 그 여자들을 존경한 적도 많지만, 이런 여자들은 본 적이 없어요."

11

딕과 니콜은 함께 미용실에 가서, 나란히 놓인 두 방에서 머리를 자르고 감는 버릇이 있었다. 니콜은 딕이 있는 쪽에서 가위가 싹둑거리는 소리, 잔돈을 세는 소리, 네와 미안합니다 하고 말하는 소리를 들을 수 있었다. 딕이 돌아온 다음날 그들은 선풍기의 향기로운 바람을 맞으며 머리를 자르고 감으러 내려갔다.

여름을 맞이하여 감방 문처럼 창문들이 고집스럽게 텅 비어버린 칼턴 호텔 앞을 차 한 대가 지나갔고, 토미 바르방이 그 안에 타고 있었다. 니콜은 순간적으로 그의 표정을 보았다. 말없이 생각에 잠겨 있었다가 그녀를 본 순간 눈이 크게 벌어지며 긴장했다. 그녀는 마음이 크게 흔들렸다. 그가 가는 곳으로 가고 싶었다. 미용실에서 머무는 시간은 그녀의 인생을 이루는 낭비되는 휴지기 가운데 하나로, 또하나의 작은 감옥으로 여겨졌다. 하얀 제복을 입고 희미하게 립스틱과 화장수 냄새를 흘리는 여자 미용사를 보고 그녀는 수많은 간호사들을 떠올렸다.

옆방의 딕은 에이프런을 두르고 비누 거품을 바른 채 졸고 있었다. 니콜 앞의 거울은 남자 구역과 여자 구역 사이의 통로를 비추었는데 니콜은 토미가 들어와 남자 쪽으로 확 꺾어지는 걸 보고 깜짝 놀랐다. 곧 어떤 파국이 벌어질 것임을 알게 되자 기쁨이 확 밀려왔다.

그 서두가 조각조각 들렸다.

"보세요, 이야기 좀 하고 싶습니다."

"……심각하군."

"……심각합니다."

"……전적으로 동의하네."

잠시 후 딕이 니콜의 칸으로 들어왔다. 서둘러 닦아낸 얼굴을 가렸던 타월 뒤에서 성가시다는 얼굴이 나타났다.

"당신 친구가 무척 흥분했더군. 우리를 함께 보고 싶어해서 어서 끝내버리기로 했어. 갑시다!"

"하지만 머리가—반밖에 안 잘랐는데."

"괜찮아—가자고!"

그녀는 성이 났지만, 물끄러미 구경하는 미용사에게 타월을 걷으라고 했다.

자신이 꾸미지도 않아 너저분한 상태라고 느끼며 그녀는 딕을 따라서 호텔을 나갔다. 밖에서 토미가 그녀의 손 위로 허리를 굽혀 인사를 했다.

"카페 데 잘리에로 가지." 딕이 말했다.

"어디든 우리끼리만 있을 수 있으면 됩니다." 토미가 동의했다.

여름의 한가운데서 아치를 그리는 나무들 밑에서 딕이 물었다. "뭐 마실 생각 있어, 니콜?"

"레몬 스쿼시."

"나는 맥주 한 잔." 토미가 말했다.

"블래큰와이트에 소다 사이펀 한 병." 딕이 말했다.

"블래큰와이트는 다 떨어졌습니다. 조니 워커는 있는데요."

"좋소."

그 여자는—입이 가볍지—않아
조용한 편이지
꼭 확인해봐—

"선생님 부인은 선생님을 사랑하지 않습니다." 토미가 갑자기 말했다. "나를 사랑합니다."

두 남자는 묘하게도 표정을 지을 능력이 사라진 사람처럼 서로 바라보았다. 이런 상황의 남자들 사이에는 말이 있을 수가 없었다. 그들의 관계는 간접적이며, 문제가 되고 있는 여자의 얼마나 많은 부분을 각자가 소유해왔는지 혹은 앞으로 소유할 것인지로 이루어져 있기 때문이다. 그래서 그들의 감정은 연결이 잘 되지 않는 전화선을 통과하듯이 그녀의 나뉘어 있는 자아를 통과한다.

"잠깐," 딕이 말했다. "진하고 소다 사이펀 좀 주시오."

"네, 손님."

"됐네, 계속하게, 토미."

"내가 보기에 선생님과 니콜의 결혼생활은 끝에 이른 게 분명합니다. 니콜은 이미 끝냈습니다. 나는 이렇게 되기를 오 년 동안 기다렸습니다."

"니콜은 뭐라나?"

그들 둘 다 니콜을 쳐다보았다.

"나, 토미를 무척 좋아하게 됐어요, 딕."

딕은 고개를 끄덕였다.

"당신은 이제 나를 좋아하지 않아요." 그녀가 말을 이어갔다. "모두 그냥 습관일 뿐이에요. 로즈메리가 나타난 뒤로는 완전히 달라졌어요."

토미는 그런 각도에서 접근하는 것이 마음에 들지 않아 날카롭게 끼어들었다.

"선생님은 니콜을 이해 못합니다. 전에 아팠다는 이유로 늘 니콜을 환자처럼 대합니다."

사악하게 생긴 미국인이 나타나 뉴욕에서 막 날아온 〈더 헤럴드〉와 〈더 타임스〉를 집요하게 팔려고 하는 바람에 이야기가 끊겼다.

"없는 게 없소, 친구들." 미국인이 말했다. "여기 오래 살았소?"

"그만해! 얼른 꺼져!" 토미가 소리치더니 다시 딕을 바라보았다. "어떤 여자도 견디지 못할 겁니다. 그런—"

"친구들," 미국인이 다시 말을 끊었다. "여러분은 내가 시간 낭비를 한다고 생각하지만—다른 많은 사람들은 그렇게 생각하지 않아요." 그는 지갑에서 잿빛 신문 조각들을 꺼냈다—딕은 그것이 뭔지 알아보았다. 미국인 수백만 명이 황금 가방을 들고 정기선에서 쏟아져내리는 광경을 그린 만화였다. "내가 이 황금 가운데 일부를 얻지 못할 거라고 생각하쇼? 아니, 얻을 거요. 나는 투르 드 프랑스*를 노리고 방금 니스에서 넘어왔소."

토미는 사납게 "어서 꺼져" 하고 외쳐 그를 떼어냈다. 딕은 그가 생

---

* 프랑스 전역을 일주하는 사이클링 대회.

트장주 거리에서 자신에게 말을 건 적이 있는 남자라는 걸 알아보았다. 오 년 전 일이었다.

"투르 드 프랑스 행렬이 언제 여기 오지요?" 딕이 남자 등에 대고 소리쳤다.

"곧 올 거요, 친구."

그가 마침내 명랑하게 손을 흔들며 떠나자 토미가 딕을 돌아봤다.

"니콜은 선생님보다 나하고 함께할 필요가 있습니다."

"영어로 하게! '필요가 있다'니 무슨 뜻인가?"

"'필요가 있다?' 나하고 더 행복할 거란 뜻입니다."

"두 사람은 서로 새롭겠지. 하지만 니콜과 나는 함께 많은 행복을 누렸네, 토미."

"가족의 사랑," 토미가 코웃음을 쳤다.

"자네가 니콜과 결혼하면 그것도 '가족의 사랑' 아닐까?" 소란이 점점 커지는 바람에 그는 말을 끊었다. 곧 그 소란은 산책길에 뱀 머리 형태로 나타났다. 낮잠을 자느라 안 보이던 사람들이 몇 명 튀어나와 갓길에 늘어섰고, 그들은 곧 군중을 이루었다.

남자아이들이 자전거를 타고 역주했고, 정교한 술 장식을 단 스포츠팬들로 가득찬 자동차들이 거리를 미끄러져 지나가며, 경적을 높게 뚜뚜 울려 경주 행렬이 다가온다고 알렸고, 소식을 늦게 들은 속옷 차림의 주방장들이 레스토랑 문간에 나타났다. 굽이를 도는 행렬이 시야에 들어왔다. 선두에서는 빨간 저지를 입은 선수가 혼자 자전거를 타고 있었다. 서쪽으로 지는 해로부터 빠져나와, 열심히 자신 있게 온 힘을 쏟으며 높고 재잘거리는 환호의 선율에 맞추어 길을 지나갔다. 다음에는 색이 바랜 옷을 입은 어릿광대처럼 보이는 선수 세 명이 함께 나타났다. 다리에는 먼지와 땀으로 노란 더께가 앉았으며, 얼굴에는 표정이 없었고, 눈은 무겁고 한없이 피곤해 보였다.

토미가 딕을 마주보며 말했다. "니콜은 이혼을 원한다고 봅니다—선생님이 장애물 노릇을 하지는 않으시겠죠?"

쉰 명 이상의 무리가 선두 자전거 경주자들 뒤를 쫓아 몰려왔다. 전체적으로 200야드 이상 늘어서 있었다. 몇 명은 시선을 의식하며 웃음을 지었고, 몇 명은 탈진한 것이 분명했고, 대부분은 무관심하고 피곤해 보였다. 조그만 소년들로 이루어진 수행원들, 뒤처졌지만 굴하지 않는 선수들 몇 명, 사고와 좌절로 나가떨어진 자들을 실은 소형 트럭도 지나갔다. 그들은 탁자로 돌아왔다. 니콜은 딕이 주도권을 쥐기를 바랐으나, 그는 반쯤 감은 그녀의 머리에 어울리는 반쯤 면도한 얼굴로 앉아 있는 것에 만족하는 듯했다.

"당신이 이제 나하고 행복하지 않다는 건 사실 아닌가요?" 니콜이 말을 이어갔다. "내가 없으면 당신은 다시 일을 할 수 있어요—내 걱정을 안 하면 일을 더 잘할 수 있어요."

토미가 조바심을 내며 몸을 움직였다.

"그런 건 아무 의미 없어요. 니콜과 나는 서로 사랑합니다. 그게 가장 중요한 거예요."

"뭐 그렇다면." 닥터 다이버가 말했다. "다 정리가 되었으면, 우리는 미용실로 돌아가는 게 좋겠군."

토미는 소동을 원했다. "몇 가지 남은 게 있습니다—"

"니콜하고 내가 이야기하겠네." 딕이 공정한 태도로 말했다. "걱정

말게—나는 원칙적으로 동의하네. 그리고 니콜과 나는 서로 이해하네. 삼자 토론을 피하면 불쾌한 일이 생길 가능성도 줄어들지."

토미는 내키지 않았지만 딕의 논리를 인정하면서도 어떻게 해서든 우위에 서려는 저항할 수 없는 인종적 경향에 따라 움직였다.

"이 순간부터 세부 사항들이 정리될 때까지 내가 니콜의 보호자 위치에 선다는 걸 이해해주었으면 좋겠습니다." 그가 말했다. "선생님이 혹시라도 같은 집에 계속 함께 산다는 사실을 어떤 식으로든 악용한다면 엄하게 책임을 묻겠습니다."

"나는 한 번도 메마른 사타구니와 사랑을 나누려고 한 적이 없네." 딕이 말했다.

딕은 고개를 끄덕이고 호텔로 걸어갔고, 니콜의 희디흰 눈이 그 뒤를 따랐다.

"그만하면 딕도 공정했어." 토미도 인정했다. "니콜, 우리 오늘밤에 함께 있는 거지?"

"그럴 것 같아."

이렇게 정리가 되었다—최소한의 드라마로. 니콜은 모든 것을 간파당한 느낌이었다. 그녀는 장뇌 연고 사건으로 딕이 모든 것을 예상했음을 깨달았다. 그러나 동시에 행복하고 마음이 들떴다. 딕에게 그 모든 이야기를 할 수 있었으면 하는 묘한 작은 소망은 빠르게 희미해졌다. 그러나 그녀의 눈은 그의 형체가 점이 되어 여름 군중 속의 다른 점들과 섞일 때까지 그 뒤를 좇았다.

12

닥터 다이버는 리비에라를 떠나기 전날 내내 아이들과 시간을 보냈다. 그는 이제 자신의 앞날을 두고 멋진 생각을 하거나 꿈을 꾸는 젊은 사람이 아니었기 때문에 아이들을 잘 기억하고 싶었다. 아이들은 올겨울은 런던에서 이모와 함께 보내고, 곧 미국에 가서 아버지를 보게 될 것이라는 이야기를 들었다. 가정교사는 그의 동의 없이는 내보내지 않기로 했다.

그는 자신이 그동안 어린 딸에게 아주 많은 것을 주어서 다행이라고 생각했다—아들에 관해서는 자신이 없었다—늘 기어오르고, 늘 달라붙고, 젖가슴을 찾는 아이에게 무엇을 주어야만 하는가 하는 생각에 항상 불편했던 것이다. 그러나 딕은 아이들에게 작별인사를 하면서 아이들의 목에서 그 아름다운 머리를 떼어내 몇 시간이고 꼭 안고 있고 싶은 마음이었다.

그는 육 년 전 빌라 디아나에 처음으로 정원을 만든 늙은 정원사를 끌어안았다. 아이들을 돌봐준 프로방스 소녀에게 입을 맞추었다. 그녀는 거의 십 년을 아이들과 함께 있었으며, 딕이 일으켜서 300프랑을 줄 때까지 주저앉아 울었다. 니콜은 미리 이야기한 대로 늦잠을 잤다—그는 그녀를 위한 메모, 그리고 막 사르데냐에서 돌아와 집에 머물고 있는 베이비 워런을 위한 메모를 남겼다. 딕은 누군가 그들에게 선물한 10쿼트가 들어가는 3피트 높이의 브랜디 병에서 술을 잔뜩 따라 마셨다.

그런 뒤에 칸역驛 옆에 짐을 놓아두고 마지막으로 고스의 해변을 보기로 했다.

니콜과 언니가 그날 아침 해변에 갔을 때 그곳에는 선발대로 나선 아이들만 가득했다. 하얀 하늘 때문에 윤곽을 빼앗긴 하얀 태양은 바람 없는 한낮 위로 기세 좋게 내리쬐고 있었다. 웨이터들은 바에 얼음을 추가로 집어넣고 있었다. AP통신에서 일하는 미국인 사진기자가 언제 해가 들지 모르는 그늘에서 장비를 만지다가 돌계단을 내려오는 발소리가 들릴 때마다 얼른 고개를 들었다. 그의 피사체가 될 사람들은 새벽에 느지막이 먹은 아편이 든 진정제 때문에 호텔의 어두운 방에서 늦잠을 잤다.

니콜은 해변으로 나갔을 때 위쪽 바위에 앉아 있는 딕을 보았다. 수영복 차림이 아니었다. 그녀는 옷을 갈아입는 텐트의 그늘 안으로 움츠러들었다. 곧 베이비가 그녀 옆으로 와서 말했다.

"딕이 아직도 저기 있는데."

"나도 봤어."

"여기 있는 사람들을 배려해서 떠나줄지도 모른다고 생각했는데."

"여기는 저 사람의 해변이야—어떤 면에서는 저 사람이 이곳을 발견했지. 고스 영감은 늘 모든 게 딕 덕분이라고 말해."

베이비는 차분한 눈으로 동생을 보았다.

"저 사람이 자전거 여행이나 다니는 걸로 만족하도록 놔두었어야 했어." 그녀가 말했다. "사람들은 자기 키를 넘는 깊은 곳에 들어가면 정신을 못 차려. 아무리 매혹적으로 허세를 부린다 해도 말이야."

"딕은 나한테 육 년 동안 좋은 남편이었어." 니콜이 말했다. "그 시간 내내 나는 단 일 분도 저 사람 때문에 고통을 겪은 적이 없어. 저 사람은 내가 어떤 것으로도 절대 상처받지 않도록 늘 최선을 다했어."

베이비는 아래턱을 약간 내밀며 말했다.

"저 사람은 교육받은 대로 한 거야."

자매는 말없이 앉아 있었다. 니콜은 피곤한 머리로 여러 가지 생각을 하고 있었다. 베이비는 그녀의 손과 돈을 함께 잡으려는 최신 후보자와 결혼을 할지 말지 고민했다. 진짜라는 것이 확인된 합스부르크 왕족이었다. 그러나 딱히 그 문제를 생각하는 건 아니었다. 그녀의 연애에는 오래전부터 한 가지 공통점이 있었는데, 그녀의 마음이 식으면 남자들은 그들 자체로서가 아니라 이야깃거리로서 중요해진다는 것이었다. 그녀의 감정은 그들에 관해 이야기할 때 가장 진실하게 존재를 드러냈다.

"갔어?" 니콜이 잠시 후에 물었다. "기차가 정오에 떠나는 걸로 알고 있는데."

베이비가 살펴보았다.

"아니. 테라스로 더 높이 올라갔는데. 어떤 여자들하고 이야기를 나누고 있어. 어쨌거나 지금은 사람들이 아주 많으니 우리가 꼭 딕의 눈에 띄란 법은 없지."

그러나 그는 쭉 그들을 보고 있었다. 그들이 큰 천막을 떠날 때부터. 그는 그들이 다시 사라질 때까지 눈으로 그들을 좇았다. 그는 메리 밍게티와 앉아 아니스 술을 마셨다.

"우리를 도와주던 날 밤에 선생님은 예전과 같았어요." 그녀가 말하고 있었다. "다만 마지막에 캐럴라인 때문에 몹시 불쾌한 표정이었지만. 왜 늘 그렇게 친절하지 않으신 거예요? 그럴 수 있으면서."

딕은 자신이 메리 노스가 이런저런 이야기를 할 수 있을 만한 상대가 되었다는 사실이 아주 멋지다고 느꼈다.

"선생님 친구들은 여전히 선생님을 좋아해요, 딕. 하지만 선생님은 술을 마시면 사람들한테 끔찍한 말을 하죠. 올여름에 나는 선생님을 변호하느라 대부분의 시간을 보냈어요."

"그 말은 엘리엇 박사의 고전에 나오는 건데."

"진짜예요. 선생님이 술을 마시든 말든 그건 아무도 상관 안 해요—" 그녀가 머뭇거렸다. "심지어 에이브가 술을 가장 심하게 마셨을 때도 선생님처럼 그렇게 사람들을 불쾌하게 만든 적은 없어요."

"다들 아주 따분하군요." 그가 말했다.

"하지만 선생님 옆에 있는 사람은 우리가 다예요!" 메리가 소리쳤다. "친절한 사람들이 마음에 들지 않으면 어디 한번 친절하지 않은 사람들을 사귀어보세요. 선생님이 그 사람들을 얼마나 좋아할지 한번 보자고요! 사람들이 원하는 건 즐거운 시간을 보내는 것뿐이에요. 따라서 사람들을 불행하게 만드는 건 스스로 영양 공급을 차단하는 거라고요."

"내가 그동안 영양을 공급받았던가요?" 그가 물었다.

메리는 처음에 오직 두려운 마음 때문에 그의 옆에 앉았고, 스스로는 몰랐지만 사실 즐거운 시간을 보내고 있는 중이었다. 다시 그녀는 술을 거절하며 말했다. "그 이면에는 자기 방종이 있는 거예요. 물론 에이브를 겪은 뒤로 내가 자기 방종을 어떻게 보는지 상상하실 수 있겠죠—선한 사람이 알코올중독으로 나아가는 것을 지켜본 뒤에 말이에요—"

레이디 캐럴라인 시블리비어스가 극적인 태도로 통통거리며 경쾌하게 층계를 내려갔다.

딕은 기분이 좋았다—그의 하루는 이미 한참 진행되어, 보통 때 좋은 저녁식사가 끝날 무렵 도달하는 상태에 이르러 있었다. 그럼에도 메리에게 훌륭하고, 사려 깊고, 억제된 관심만 보여줄 뿐이었다. 잠시 아이의 눈처럼 맑아진 그의 눈이 그녀의 공감을 요구했다. 그는 자기도 모르게 예전처럼 그녀에게 자신이 이 세상 마지막 남자이고 그녀가 마지막 여자라는 사실을 확신시켜줄 필요성을 느꼈다.

……그러면 저 다른 두 사람의 형체를 볼 필요가 없겠지. 한 남자와 한 여자를. 금속성을 띤 흑과 백으로 하늘에 각인된 형체를……

"한때 나를 좋아했죠, 그렇죠?" 그가 물었다.

"좋아했냐고요—사랑했죠. 모두가 선생님을 사랑했어요. 선생님은 말만 하면 원하는 누구나 얻을 수 있었어요—"

"메리하고 나 사이에는 늘 뭔가가 있었어요."

그녀가 미끼를 꽉 물었다. "있었어요, 딕?"

"늘 있었죠—나는 메리의 어려움을 알았고 메리가 그 점에서 얼마나 용감한지 알았어요." 그러나 속에서 오래전부터 자리잡고 있던 내밀한 웃음이 터져나오기 시작하는 바람에 그는 이것을 오래 더 끌고 갈 수 없으리라는 걸 알았다.

"늘 선생님이 많은 걸 알고 있다고 생각했어요." 메리가 열띤 목소리로 말했다. "나에 관해서 다른 누구보다 많이. 어쩌면 그래서 우리 사이가 별로 좋지 않았을 때 내가 선생님을 그렇게 두려워했던 건지도 몰라요."

그의 눈길이 부드럽고 친절하게 그녀의 눈에 머물며, 그 밑에 깔린 감정을 슬쩍 드러냈다. 그들의 눈길이 갑자기 결합하여, 함께 자고, 서로 끌어안았다. 그러다가 그의 속에서 터지는 웃음이 너무 커지는 바람에 꼭 메리가 그 소리를 들을 것 같은 느낌이 들어 딕은 불을 꺼버렸고, 그들은 다시 리비에라의 태양 속으로 돌아왔다.

"가야겠어요." 그가 말했다. 그는 일어서다 약간 비틀거렸다. 이제 몸이 좋지가 않았다—피가 느리게 흘렀다. 그는 오른손을 들어올려, 높은 테라스에서 교황처럼 성호를 그어 해변을 축복했다. 파라솔 몇 군데서 사람들이 고개를 쳐들고 위를 보았다.

"저 사람한테 갈 거야." 니콜이 일어나 앉았다.

"아니, 안 돼." 토미가 말하며 단호하게 그녀를 끌어앉혔다. "혼자 놔두는 게 좋아."

13

니콜은 새로 결혼한 뒤에도 딕과 연락을 했다. 사업적인 문제, 그리고 아이들 일로 편지가 오갔다. 그녀가 종종 '나는 딕을 사랑했고 앞으로도 절대 잊지 않을 거야' 하고 말하면 토미는 '당연히 잊지 말아야지—왜 잊어야 해?' 하고 대꾸했다.

딕은 버펄로에 진료실을 열었지만, 성공하지 못한 게 분명했다. 니콜은 문제가 뭔지 알 수 없었지만, 몇 달 뒤 그가 뉴욕주의 바타비아라는 작은 읍에서 일반 개업의가 되었다가, 나중에 록포트에서 같은 일을 한다는 이야기를 들었다. 우연이었지만, 다른 곳보다 그곳에서 그가 어떻게 살았는지 이야기를 많이 듣게 되었다. 자전거를 많이 타고, 많은 여자들의 사모를 받으며, 어떤 의학적 주제에 관한 중요한 논문, 마무리 단계에 들어간 논문을 늘 책상에 잔뜩 쌓아두고 있다는 이야기. 그는 아주 예의바르다고 알려져 있었으며, 공중보건 회의에서 마약 문제에 관해 훌륭한 연설을 하기도 했다. 그러나 식료품점에서 일하는 소녀와 얽혔고, 의료 문제에 관한 소송에 말려들기도 했다. 그래서 록포트를 떠났다.

그뒤로 그는 아이들을 미국으로 보내라고 하지 않았고, 니콜이 돈이 필요하냐고 묻는 편지를 보내도 답장을 하지 않았다. 니콜이 마지막으로 받은 편지에서 딕은 뉴욕주 저니바에서 개업을 했다고 말했다. 그녀는 그가 집안일을 돌봐줄 만한 사람과 정착을 했다는 인상을 받았다. 그녀는 지도책에서 저니바를 찾아보았고, 핑거레이크스 지역 한가운데서 찾아낼 수 있었다. 쾌적한 곳일 것 같다는 생각이 들었다. 어쩌면 그의 경력은 아직 꽃피울 때를 기다리는 중인지도 모른다고, 이 또한 걸리나 시절의 그랜트*와 같다고 그녀는 생각하고 싶었다. 가장 최근에 보낸 편지에는 뉴욕주 호넬의 소인이 찍혀 있었다. 그곳은 저니바로부터 약간 떨어진 곳이고 아주 작은 읍이다. 어쨌든 그가 미국의 그 지역 어느 읍에 살고 있는 것만큼은 틀림없는 듯하다.

* 그랜트 장군은 미국 남북전쟁에서 무공을 세우기 전에 일리노이주 걸리나에 머물렀다.

재즈 시대를 떠나보내는 엘레지

F. 스콧 피츠제럴드는 1925년 서른 살을 코앞에 두고 『위대한 개츠비』의 출간 직후 새로운 장편을 구상하기 시작하여 거의 10년이 흐른 뒤인 1933년에 완성했는데, 이 작품이 존 키츠의 시 「나이팅게일에게 부치는 노래Ode to a Nightingale」 가운데 한 구절을 따서 제목을 붙인 장편 『밤은 부드러워라』다. 이 작품은 피츠제럴드가 네번째이자 마지막으로 완성한 장편이며(다섯번째 장편 『마지막 거물의 사랑』은 완성하지 못했고, 사후에 출간되었다) 스스로 자신의 작품들 가운데 가장 뛰어나다고 꼽은 것이기도 하다.

지금은 피츠제럴드 하면 『위대한 개츠비』가 떠오를 정도로 세번째 장편이 그의 대표작으로 여겨지지만 그렇게 된 것은 그가 죽은 뒤의 일이었다. 그가 전업 작가로 살아보겠다고 결심하게 해주고, 또 돈 때문에 헤어져야 했던 젤다 세이어와 결국 결혼할 수 있게 해준 작품은 첫 장편 『낙원의 이쪽』이었다. 1920년에 출간된 이 작품은 나오자마자 큰 성공을 거두어 첫해에만 4만 부 넘게 팔렸고 피츠제럴드는 단숨에 큰 명성을 얻었다. 이후 1921년에 장편 『아름답고도 저주받은 사람들』, 잠시 간격을 두고 1925년에 『위대한 개츠비』를 내놓았지만 '성공'이라는 면에서는 첫 장편을 따라가지 못했다. 그리고 그로부터 십 년 가까운 공백 끝에 『밤은 부드러워라』가 나온 것이다. 이 십 년 동안 무슨 일이 있었던 것일까?

그 십 년이란 곧 피츠제럴드의 삼십대 전부이지만, 그가 마흔다섯 살까지도 가지 못하고 생을 마감한 것을 생각하면 생의 후반 거의 전부라고 할 수도 있다. 마흔다섯이라면 어떻게 보아도 짧은 생이기는 하나, 죽기 얼마 전 의사가 이대로라면 일 년을 더 못 살 것이라고 경고하기도 했으니 그의 짧은 생애는 어느 정도는 예측된 것이기도 했다. 피츠제럴드가 건강을 해친 원인은 대학 시절부터 시작된 알코올중독이었다. 자신이 최고작으로 꼽은 『밤은 부드러워라』가 나온 뒤 평단과 대중의 미지근한 반응에 피츠제럴드는 몹시 괴로워했고 왜 그런지 끝까지 이해하지 못했다고 하는데, 이 또한 술을 매개로 그의 죽음을 재촉하는 데 한몫했을 것이다(실제로 1930년대 중반부터 알코올 의존 문제가 점점 심각해졌다).

과연 문장만이 아니라 술에 관해서도 일가견이 있는 작가답게 『밤은 부드러워라』도 술 이야기가 나오는 대목은 대개 강렬하게 실감되고, 꼭 술 이야기가 나오지 않는다 해도 전체적으로 술냄새가 물씬 풍긴다. 게다가 뒤로 갈수록 주인공 다이버와 함께 한잔하고 싶은 마음이 점점 간절해져서, 독자가 술을 마시느냐 안 마시느냐에 따라 이 작품에 대한 평가가 달라질 것이라는 느낌마저 든다—라고 말하면 농담이 되겠지만, 그럼에도 술로 인생이 망가지고 망가지는 인생을 술에 의탁하는 과정을 피츠제럴드보다 잘 그린 작가는 많지 않을 것이라는 이야기는 정색을 하고도 할 수 있을 듯하다(그도 그럴 것이 자기 인생을 바쳐 얻어낸 부분 아닌가). 대표작으로 일컬어지는 작품들을 육십대에 써내고 그후에도 여든 살 즈음까지 작품을 꾸준하게 써온 필립 로스는 자신은 술을 그렇게 심하게 마시지 않아 그것이 가능했다는 말을 하기도 했는데, 그때 그가 염두에 둔 작가 가운데는 분명히 피츠제럴드도 있었을 것이다.

어쨌거나 금주법이 시행되던 시기에 젊은 시절을 보낸 작가가 결국 알코올중독으로 죽은 것은 아이러니다. 물론 이것은 피츠제럴드의 아이러니라기보다는 미국의 아이러니다. 제1차세계대전 후 급속한 호황기의 흥청망청한 분위기에 금주법이라니! 사실 미국은 전후 경제적 번영, 테크놀로지의 발전, 문화적 풍요, 세계무대의 주역 등극에 취해 자신의 상황을 어떻게 감당해야 할지 모르는 형편이었다. 피츠제럴드는 아내 젤다와 함께 번영의 밝은 빛을 온몸으로 받아내면서 시대의 아이콘으로 등장했지만, 동시에 그 빛 뒤의 어둠을 느끼고 또 그것을 자신들의 이면으로, 즉 알코올중독으로, 정신분열로, 긴 국외 생활로, 일탈적 행동으로 드러내기도 했다. 거기에서 그치지 않고 그 이면을 소설로 더 깊이 파고들어가는 동시에 어느 정도 거리를 두고 더 전면적으로 포착하기에는 피츠제럴드의 작가로서의 삶이 너무 짧았다고 할 수도 있다. 사실 이 시기 미국은 롤러코스터를 탄 듯 변화가 극심했다. 자신의 부에 취해 아직 정신을 차리지도 못한 상태에서 어느새 대공황이 닥치고 이어 제2차세계대전까지 덮쳤으니까.

피츠제럴드가 한 작가로서 미국인들로부터 사랑을 받는 것은 이 급변의 시기에 스스로 롤러코스터에 올라 빛과 어둠을 자기 몸으로 살아내고, 또 그 자체를 작품으로 절묘하게 드러냈기 때문일 것이다. 사실 "재즈 시대"—"광란의 20년대", "무법의 십 년"이라는 말도 비슷한 시기를 가리킨다—라는 말을 만들어낸 사람이 바로 피츠제럴드 아니던가. 미국에는 양상은 약간 다르지만, 역시 전후 호황기라는 점에서 공통점을 갖는 "도금 시대"—재즈 시대보다 불과 한두 세대 전으로 이 작품 내에서도 언급된다—도 있었다. 이 시대는 19세기 미국 내전이 끝난 뒤에 급속한 산업화와 함께 찾아온 호황기—재즈 시대 테크놀로지의 상징이 자동차라면 이때의 상징은 기차라고 할 수 있을 것이다—였다. 이 "도금 시대"라는 말을 만들어낸 사람도 작가—마크 트웨인—였는데, 중요한 차이가 있다면 "도금"이라는 말 자체가 보여주듯이 이 말에는 풍자의 의도가 있었던 반면 "재즈 시대"라는 표현에서는 풍자의 느낌보다는 오히려 덩달아 흥분하는 느낌이 강하다는 것이다. 두 작가가 기질도 다르고 명명할 때의 나이도 달랐기 때문에 이런 일이 생겼겠지만, 여기에는 아무래도 비판의 자원資源 문제도 있었을 듯하다. 어쨌든 피츠제럴드에게도, 미국에게도 이렇게 한껏 흥분해 있을 수 있는 시기는 오래가지 않았다. "재즈 시대"가 "도금 시대"의 많은 문제들을 자체적으로 상당 부분 해결하고 얻어낸 시대라기보다는 전후의 양적 팽창으로 문제들을 덮어버린 시대였기 때문이다.

어떤 기준에서 보느냐에 따라 다르겠지만, '잘나간다'는 기준에서 보자면 피츠제럴드의 황금기는 첫 장편을 냈던 1920년대 초라고 할 수 있을 것이다. 첫 장편에서 '대박'이 터지고, 그 덕분에 그는 거의 놓칠 뻔했던 좋은 집안의 딸과 결혼하고, 곧 자식도 낳고, 아내와 함께 유행의 첨단을 걸으며 문화계를 이끌고, 명성과 호황기에 어울리는 호화로운 생활을 했다. 게다가 이 모든 것을 이십대 중반이라는 젊은 나이에 이루었다. 그러나 이후는 이 절정의 상태, 꿈의 상태를 유지하거나 다시 그곳으로 돌아가려는 노력과 그 좌절로 점철된 시기, 그러면서 끝없이 추락해가던 시기였다. 피츠제럴드 자신은 알코올중독이 점점 심해지고, 생활수준을 유지하기 위해 매문賣文을 하고, 꿈이 실현되는 환각을 찾아가듯 할리우드와 인연을 맺곤 했으며, 아내 젤다는 정신분열증이 심해져 1930년부터 입원과 퇴원을 거듭하다 결국 피츠제럴드가 죽고 나서 팔 년 뒤 병원 화재로 사망했다.

그러나 많은 작가가 그렇듯이 피츠제럴드의 경우도 개인적 고통의 심화가 곧 작가로서의 쇠퇴를 의미하지는 않는다. 물론 돈을 위해 대중적인 단편을 쓰고 할리우드와 시나리오 작업을 하는 일은 내내 계속되었다(피츠제럴드는 평생 160편 정도의 단편을 썼는데, 그의 작가 인생을 이십 년으로 본다 했을 때 한 해 여덟 편 꼴이니 단편이 그에게 얼마나 중요한 생계수단이었는지 알 수 있고, 또 겉보기와는 달리 그가 꽤나 열심히 일하는 사람이었다는 것도 알 수 있다). 나이는 세 살밖에 차이 나지 않지만 피츠제럴드가 먼저 문명을 떨친 선배의 입장에서 여러모로 뒤를 봐주었던 후배 헤밍웨이와의 우정이 결정적으로 깨진 계기가 바로 매문을 비판한 헤밍웨이의 편지였다는 것은 유명한 이야기다. 굳이 헤밍웨이의 지적이 없어도, 피츠제럴드 본인이 괜찮은 단편을 쓰고도 잡지에 팔기 위해 대중용으로 고쳐썼다고 이야기했을 정도이니, 이것이 그에게 얼마나 아픈 지점이었을지 짐작이 간다.

그런 피츠제럴드에게 이 단점을 상쇄해줄 수 있는—적어도 심리적으로는—것이 장편 작업이었다. 그렇게 『위대한 개츠비』 이후 십 년에 가까운 세월 동안, 괴로운 영락의 기간 동안 준비해서 내놓은 작품이 『밤은 부드러워라』였으므로, 피츠제럴드에게는 이 작품이 자신의 최고 걸작이 아니면 안 되었을 것이다—불행히도 이 작품에 대한 헤밍웨이의 평가는 박했지만(나중에는 약점만 지적했을 뿐 장점에 제대로 눈을 돌리지 못했다고 물러선다). 평단 전체에서도 엇갈린 반응이었고, 판매도 기대만큼은 아니었다. 어쨌든 이 작품이 그를 이전의 위치로 되돌려주지 못한 것은 분명하며, 이후 그는 알코올 의존이 더 심해지고 돈을 위해 할리우드와 더 밀착하게 된다.

그러나 피츠제럴드에게 얼마나 위로가 될는지는 알 수 없지만, 『밤은 부드러워라』는 그가 죽은 뒤 생전에 비해 지위가 계속 상승하여, 대중적으로는 『위대한 개츠비』에 미치지 못하지만 평단의 평가에서는 우열을 가리기 힘들 정도가 되었다. 피츠제럴드 자신의 평가가 억지만은 아니었음을 뒷받침해주는 셈이다. 왜 처음에는 그렇게 좋은 평가가 나오지 않았을까? 대중이 미지근한 반응을 보인 것은 『밤은 부드러워라』가 나온 시기가 대공황기이기 때문이라는 의견이 있다. 대공황의 시기에 피츠제럴드의 이미지, 또 『밤은 부드러워라』에 나오는 상류층 미국인의 호화로운 생활은 대중의 호의적인 관심을 끌기 힘들었을 것이라는 이야기다. 『밤은 부드러워라』의 주요 등장인물들이 대부분 외국에서 장기간 호화 생활을 하는 사람들이라는 점에서 그런 지적도 일리는 있지만, 사실 이 작품은 그런 생활의 이면과 긴 붕괴의 과정을 그리고 있기 때문에, 차라리 미국인들이 재즈 시대의 몰락을 굳이 눈으로 확인하고 싶지 않았다고 말하는 것이 더 나을지도 모른다. 그만큼 피츠제럴드는 시대의 아이콘답게 당시 미국의 흐름과 밀착되어 살았고, 그 흐름을 소설로 그려냈던 것이다. 그리고 나중에는 바로 이 점, 당시에는 홀대받는 이유가 되었던 점 때문에 거꾸로 높은 평가를 받게 되었다고 말할 수도 있다.

흔히 『위대한 개츠비』를 '미국의 꿈'과 연결시켜 이야기한다. 미국의 꿈을 부와 성공에만 한정시키는 것은 꿈의 '변질'이며, 『위대한 개츠비』는 그 점을 확인하면서 미국의 꿈의 의미를 다시 묻는다고 볼 수 있다는 것이다. 사실 다른 곳에서는 이루기 힘든 다수 인간의 소망을 미국에서는 실현할 수 있다는 의미로 받아들인다면, 미국의 꿈의 기원은 계몽주의적 이상을 당대에 가장 진보적으로 구현한 미국 건국에서부터 찾아야 할 것이다. 거기에, 물론 과장되기는 했지만, 청교도적 이상향의 건설이라는 꿈 또한 빼놓을 수 없을 것이다. 그러나 피츠제럴드가 민주주의적 이상에 헌신한다거나 시민의 입장에 굳게 뿌리를 내린 사람이라고 할 수는 없고, 그런 점에서 민주주의라는 꿈과 부라는 꿈 사이에 괴리가 일어났을 때 그가 대중의 관심에서 멀어진 것은 당연하다고도 할 수 있다. 또 "재즈 시대"라는 말을 만들어낸 사람과 청교도적 이상향은 전혀 어울리지 않을 것처럼 보이기도 한다.

그럼에도 『밤은 부드러워라』에서 주인공 다이버의 아버지를 조그만 도시의 평범한 목사로(피츠제럴드 자신의 아버지는 기업에 근무했고, 집안은 중간계급 상층에 속했다), 또 다이버를 그런 미미한 집안 출신이지만 자신의 재능을 바탕으로 정신분석학자의 길을 가던 전도유망한 청년으로 설정한 것은 흥미롭다. 피츠제럴드가 미국의 꿈의 '변질'을 비판한다고 할 때 어떤 입장에 서서 그렇게 하는지 생각해볼 수 있는 대목이기 때문이다. 또 이런 면에서 다이버가 아버지를 자신의 도덕의 기준점으로 회상하고 그의 죽음(피츠제럴드의 아버지도 이 작품을 쓰던 기간에 죽었다)으로 "모든 아버지들"을 잃었다고 생각한다는 점 또한 흥미로운 대목이다. 사실 이것은 다이버의 도덕적 뿌리가 뽑힌 것, 나아가 미국의 도덕적 뿌리가 뽑힌 것을 상징한다고 받아들일 수 있기 때문에, 이 작품에서 묘사된 가장 큰 상실이라고 말해도 좋을 것이다.

이 대목은 『밤은 부드러워라』에서 『위대한 개츠비』의 화자 닉 캐러웨이에 해당하는 인물이 등장하지 않는 이유를 설명해주기도 한다. 피츠제럴드는 『위대한 개츠비』에서 닉을 화자로 내세움으로써 개츠비 또는 당대에 실현된 것으로 보이던 미국의 꿈과 어느 정도 거리를, 말하자면 비판적 거리를 유지할 수 있었다. 아마 피츠제럴드는 『밤은 부드러워라』에서도 처음에는 그런 식으로 거리를 유지하려 했던 듯한데, 그것 때문에 이 소설에서는 시점視點의 병존이 나타나게 되었다. 처음에 이 소설은 할리우드의 신성新星인 로즈메리(피츠제럴드가 결혼 후에 사귄 여배우가 모델이며, 이 경험 때문에 처음에는 남자였던 인물이 여배우 로즈메리로 바뀌었다)의 시점에서 시작하며, 다이버는 로즈메리의 눈으로 관찰된다. 그러다가 후반부로 가면 다이버의 시점으로 소설이 진행된다.

이것은 이 소설이 장기간에 걸쳐 쓰이고 또 피츠제럴드가 초기에 쓴 원고까지 모두 재활용하려고 하는 바람에 생긴 구조적인 문제로 생각할 수도 있을 것이고, 실제로 이 작품은 구성에 결함이 있다고 비판을 받기도 했다. 이 때문에 『밤은 부드러워라』에는 처음 출간된 판본 외에 1948년에 피츠제럴드의 친구이자 비평가인 맬컴 카울리가 피츠제럴드의 수정 메모를 기초로 플래시백을 없애고 시간 순서에 따라 내용을 재배열해서 낸 수정판이 있다(이 번역본은 초판본을 따랐다). 그러나 수정판에서도 시간 순서에 따른 재배열은 이루어졌지만 시점은 달라지지 않았는데, 이것은 결함이든 아니든 피츠제럴드가 『위대한 개츠비』의 세계에서 그다음으로 이동하는 과정을 보여주는 흔적이 그대로 남은 것이라고 받아들일 수도 있을 듯하다. 원래 『위대한 개츠비』의 구조처럼 다이버를 바라보는 관찰자의 시점이 존재했는데, 중간에 이 관찰자의 시점이 사라져버렸다는 것이다.

이렇게 본다면 다이버는 흔히 개츠비와 비교되지만, 사실 닉과 개츠비가 합쳐진 인물이라고 생각할 수 있다. 이런 식으로 합쳐놓았다는 것은 피츠제럴드가 『위대한 개츠비』와는 달리 비판적 거리를 유지할 방법을 잃어버렸다는—다이버의 자기비판 또는 자책이 아니라면—뜻이 된다. 하지만 과거의 도덕적 기준, 원래의 미국의 꿈이 이제 비판의 무기 노릇을 할 수가 없는 상황이라면, 마음 깊이 애도는 할지언정—다이버가 아버지를 애도하듯이—없는 것을 있는 것처럼 꾸미지 않는 것이 솔직한 태도일 수 있다. 그런 점에서는 『밤은 부드러워라』가 『위대한 개츠비』보다 외려 한 걸음 나아간 것이라고 말할 수도 있다. 다이버의 아내 니콜로 대변되는 전통적 부의 세계는 자멸적일 뿐 아니라 젊고 건실한 다이버마저 함께 부수어버리는 소용돌이일 뿐이고(젤다 피츠제럴드는 자신을 모델로 한 니콜이 그려진 방식을 불쾌하게 여겼다), 로즈메리로 대변되는 할리우드는 스쳐가는 환각일 뿐인 상황, 그렇다고 미국의 꿈을 갱신할 만한 새로운 토대는 눈에 들어오지 않는 상황에서 다이버는 디딜 곳을 잃고 추락해가는 것이다. 이렇게 『밤은 부드러워라』는 자기비판의 능력을 상실한 재즈 시대를 떠나보내는 엘레지가 되었다. 그리고 그 엘레지 속에서 모든 꿈을 잃고 술과 함께 전락해가는 다이버의 마지막은 작가 자신의 여생에 대한 예언이 되고 말았다.

정영목

1896년	9월 24일, 미국 미네소타주 세인트폴에서 아버지 에드워드 피츠제럴드와 어머니 메리 매퀄런 사이에서 프랜시스 스콧 키 피츠제럴드 태어남.
1898년	세인트폴에서 가구 사업에 실패한 아버지가 프록터 앤드 갬블사의 영업사원으로 취직하면서 뉴욕주 버펄로로 이사함. 이후로 가족은 회사의 발령에 따라 뉴욕주 각지를 떠돈다.
1908년	아버지가 해고당해 가족은 다시 세인트폴에 돌아오고, 피츠제럴드는 지역 명문학교인 세인트폴 아카데미에 입학.
1909년	그가 쓴 글 중 처음으로 단편 「레이먼드 저당抵當의 미스터리The Mystery of the Raymond Mortgage」가 세인트폴 아카데미의 문예집에 실림.
1911년	9월, 뉴저지의 가톨릭 기숙학교인 뉴먼 스쿨에 입학.
1913년	9월, 프린스턴 대학교에 입학. 프린스턴 대학교 유머 잡지인 〈프린스턴 타이거〉에 단편, 희곡, 시 등을 발표.
1915년	부유한 사교계 여성 지니브러 킹을 파티에서 만나 사랑에 빠짐. 3학년 때 질병을 핑계로 휴학.
1916~1917년	다시 학교에 돌아오지만 졸업하지 못하고 1917년 미 육군 소위로 임관. 자신의 프린스턴 시절 이야기를 그린 미출간 소설 '로맨틱 에고이스트*The Romantic Egotist*'를 쓰기 시작.
1918년	'로맨틱 에고이스트'의 초고를 스크리브너 출판사에 보냄. 7월에 몽고메리 카운티 클럽 댄스파티에서 대법관 앤서니 세이어의 딸 젤다 세이어를 만남. '로맨틱 에고이스트' 원고

가 반송되어 돌아옴.

1919년 2월, 제대하고 젤다와 약혼. 뉴욕의 광고회사에서 일자리를 얻음. 6월, 젤다가 파혼을 선언. 피츠제럴드는 광고회사를 그만두고 세인트폴에 돌아와 '로맨틱 에고이스트'를 확장하여 다시 씀. 스크리브너 출판사는 제목을 『낙원의 이쪽*This Side of Paradise*』으로 바꾼 이 작품을 출간하기로 함.

1920년 『낙원의 이쪽』이 출간되고, 일주일 뒤 젤다와 결혼. 첫 소설집 『말괄량이들과 철학자들*Flappers and Philosophers*』 출간.

1921년 9월, 〈메트로폴리탄〉에 장편소설 『아름답고도 저주받은 사람들*The Beautiful and Damned*』을 연재하기 시작. 젤다 역시 〈뉴욕 트리뷴〉의 북섹션에 리뷰를 기고하기 시작함. 10월, 딸 프랜시스 스콧 피츠제럴드가 태어남.

1922년 『아름답고도 저주받은 사람들』이 출간되고, 워너브러더스사에 판권이 팔려 영화화됨. 두번째 소설집 『재즈 시대 이야기들*Tales of the Jazz Age*』(한국어판 『벤자민 버튼의 시간은 거꾸로 간다』) 출간.

1924년 파리와 니스를 떠돌다가 부유한 미국인 부부를 만나 생라파엘의 빌라 마리에 머무름. 그곳에서 장편소설 『위대한 개츠비*The Great Gatsby*』에 매달려 가을에 초고인 '황금 모자를 쓴 개츠비'를 탈고. 가족이 이탈리아와 스페인에서 겨울을 나는 동안 원고를 고쳐씀.

1925년 4월, 『위대한 개츠비』 출간. 장편소설 『밤은 부드러워라 *Tender Is the Night*』의 아이디어를 구상하기 시작함.

1926년 『위대한 개츠비』가 브로드웨이 무대에 오르고, 세번째 소설집 『모든 슬픈 청년들*All the Sad Young Men*』이 출간됨.

1930년 4월, 젤다가 파리에서 첫 발작을 일으킴.

1931년 9월에 젤다가 퇴원한 뒤, 가족은 미국으로 귀국. MGM사의 요청으로 할리우드에서 시나리오 작업을 시작.

1932년 두번째 발작을 일으켜 존스 홉킨스 대학 정신병원에 입원한 젤다가 6주 만에 장편소설을 완성함. 10월, 젤다의 첫 장편소설 『나와 왈츠를 춰요』 출간.

1934년 젤다가 세번째 발작을 일으켜 메릴랜드의 정신병원에 입원함. 4월, 『밤은 부드러워라』 출간.

1935년 3월, 네번째 소설집 『기상 시간에 소등나팔을*Taps at Reveille*』 출간. 에세이집 『신경쇠약*The Crack-Up*』을 준비함.

1937~1939년 할리우드로 다시 초청받아 MGM사와 계약을 맺고 여러 편의 시나리오를 손질하기 시작함. 장편소설 『마지막 거물의 사랑*The Love of the Last Tycoon*』의 집필에 착수.

1940년 12월 21일, 심장마비로 사망. 메릴랜드 로크빌 유니언 묘지에 묻힘.

1941년 친구인 에드먼드 윌슨이 편집한 미완성 장편소설 『마지막 거물의 사랑』 출간.

1945년 에세이집 『신경쇠약』 출간.

1948년 입원해 있던 하일랜드 병원에 불이 나 젤다가 사망함. 피츠제럴드와 함께 로크빌 유니언 묘지에 묻혔다가 1975년 세인트메리 가톨릭교회 묘지로 함께 이장됨.

문학동네 세계문학전집 발간에 부쳐

세계문학은 국민문학 혹은 지역문학을 떠나 존재하는 문학이 아니지만 그것들의 총합도 아니다. 세계문학이라는 용어에는 그 나름의 언어와 전통을 갖고 있는 국민문학이나 지역문학의 존재를 인정하면서 그것을 넘어서는 문학의 보편적 질서에 대한 관념이 새겨져 있다. 그 용어를 처음 고안한 19세기 유럽인들은 유럽문학을 중심으로 그 질서를 구축했지만 풍부한 국민문학의 전통을 가지고 있는 현대의 문학 강국들은 나름의 방식으로 세계문학을 이해하면서 정전(正典)의 목록을 작성하고 또 수정한다.

한국에서도 세계문학 관념은 우리 사회와 문화의 변화 속에서 거듭 수정돼왔다. 어느 시기에는 제국 일본의 교양주의를 반영한 세계문학 관념이, 어느 시기에는 제3세계 민족주의에 동조한 세계문학 관념이 출현했고, 그러한 관념을 실천한 전집물이 출판됐다. 21세기 한국에 새로운 세계문학전집이 필요하다는 것은 명백하다. 우리의 지성과 감성의 기준에 부합하는 세계문학을 다시 구상할 때가 되었다.

문학동네 세계문학전집은 범세계적으로 통용되는 고전에 대한 상식을 존중하면서도 지난 반세기 동안 해외 주요 언어권에서 창작과 연구의 진전에 따라 일어난 정전의 변동을 고려하여 편성되었다. 그래서 불멸의 명작은 물론 동시대 세계의 중요한 정치·문화적 실천에 영감을 준 새로운 작품들을 두루 포함시켰다.

창립 이후 지금까지 한국문학 및 번역문학 출판에서 가장 전문적이고 생산적인 그룹을 대표해온 문학동네가 그간 축적한 문학 출판 경험을 바탕으로 새로운 세계문학전집을 펴낸다. 인류가 무지와 몽매의 어둠 속을 방황하면서도 끝내 길을 잃지 않은 것은 세계문학사의 하늘에 떠 있는 빛나는 별들이 길잡이가 되어주었기 때문이다. 우리가 자부심과 사명감 속에서 그리게 될 이 새로운 별자리가 독자들의 관심과 애정에 힘입어 우리 모두의 뿌듯한 자산이 되기를 소망한다.

지은이 **F. 스콧 피츠제럴드**
1896년 미네소타주 세인트폴에서 태어났다. 1920년 장편소설 『낙원의 이쪽』으로 큰 성공을 거두며 작가의 길에 들어섰다. 단편소설집 『말괄량이들과 철학자들』 『재즈 시대 이야기들』 등과 장편소설 『아름답고도 저주받은 사람들』 『위대한 개츠비』 『밤은 부드러워라』 『마지막 거물의 사랑』을 남겼다. 1940년 심장마비로 사망했다.

옮긴이 **정영목**
서울대학교 영문학과와 동 대학원을 졸업했다. 전문번역가로 활동하며 현재 이화여대 통역번역대학원 교수로 재직중이다. 지은 책으로 『소설이 국경을 건너는 방법』 『완전한 번역에서 완전한 언어로』가 있고, 옮긴 책으로 『미국의 목가』 『에브리맨』 『네메시스』 『달려라, 토끼』 『킬리만자로의 눈』 『제5도살장』 『바다』 『하느님 이 아이를 도우소서』 등이 있다. 『로드』로 제3회 유영번역상을, 『유럽문화사』로 제53회 한국출판문화상(번역 부문)을 수상했다.

세계문학전집 165
밤은 부드러워라

1판 1쇄 2018년 6월 5일
1판 5쇄 2022년 7월 29일

지은이 F. 스콧 피츠제럴드 | 옮긴이 정영목

책임편집 손예린 | 편집 김영수 황도옥 이현정 오동규 | 모니터링 이희연
디자인 김선미 신선아 최미영 | 저작권 박지영 형소진 이영은 김하림
마케팅 정민호 이숙재 박치우 한민아 이민경 박지영 안남영 김수현 정경주
브랜딩 함유지 함근아 김희숙 박민재 박진희 정승민
제작 강신은 김동욱 임현식 | 제작처 영신사

펴낸곳 (주)문학동네 | 펴낸이 김소영
출판등록 1993년 10월 22일 제2003-000045호
주소 10881 경기도 파주시 회동길 210
전자우편 editor@munhak.com | 대표전화 031)955-8888 | 팩스 031)955-8855
문의전화 031)955-3578(마케팅), 031)955-1916(편집)
문학동네카페 http://cafe.naver.com/mhdn
인스타그램 @munhakdongne | 트위터 @munhakdongne
북클럽문학동네 http://bookclubmunhak.com

ISBN 978-89-546-5138-7 04840
978-89-546-0901-2 (세트)

잘못된 책은 구입하신 서점에서 교환해드립니다.
기타 교환 문의 031) 955-2661, 3580

www.munhak.com

1, 2, 3 안나 카레니나 레프 톨스토이 | 박형규 옮김
4 판탈레온과 특별봉사대 마리오 바르가스 요사 | 송병선 옮김
5 황금 물고기 르 클레지오 | 최수철 옮김
6 템페스트 윌리엄 셰익스피어 | 이경식 옮김
7 위대한 개츠비 F. 스콧 피츠제럴드 | 김영하 옮김
8 아름다운 애너벨 리 싸늘하게 죽다 오에 겐자부로 | 박유하 옮김
9, 10 파우스트 요한 볼프강 폰 괴테 | 이인웅 옮김
11 가면의 고백 미시마 유키오 | 양윤옥 옮김
12 킴 러디어드 키플링 | 하창수 옮김
13 나귀 가죽 오노레 드 발자크 | 이철의 옮김
14 피아노 치는 여자 엘프리데 옐리네크 | 이병애 옮김
15 1984 조지 오웰 | 김기혁 옮김
16 벤야멘타 하인학교 - 야콥 폰 군텐 이야기 로베르트 발저 | 홍길표 옮김
17, 18 적과 흑 스탕달 | 이규식 옮김
19, 20 휴먼 스테인 필립 로스 | 박범수 옮김
21 체스 이야기 · 낯선 여인의 편지 슈테판 츠바이크 | 김연수 옮김
22 왼손잡이 니콜라이 레스코프 | 이상훈 옮김
23 소송 프란츠 카프카 | 권혁준 옮김
24 마크롤 가비에로의 모험 알바로 무티스 | 송병선 옮김
25 파계 시마자키 도손 | 노영희 옮김
26 내 생명 앗아가주오 앙헬레스 마스트레타 | 강성식 옮김
27 여명 시도니가브리엘 콜레트 | 송기정 옮김
28 한때 흑인이었던 남자의 자서전 제임스 웰든 존슨 | 천승걸 옮김
29 슬픈 짐승 모니카 마론 | 김미선 옮김
30 피로 물든 방 앤절라 카터 | 이귀우 옮김
31 숨그네 헤르타 뮐러 | 박경희 옮김
32 우리 시대의 영웅 미하일 레르몬토프 | 김연경 옮김
33, 34 실낙원 존 밀턴 | 조신권 옮김
35 복낙원 존 밀턴 | 조신권 옮김
36 포로기 오오카 쇼헤이 | 허호 옮김
37 동물농장 · 파리와 런던의 따라지 인생 조지 오웰 | 김기혁 옮김
38 루이 랑베르 오노레 드 발자크 | 송기정 옮김
39 코틀로반 안드레이 플라토노프 | 김철균 옮김
40 어두운 상점들의 거리 파트릭 모디아노 | 김화영 옮김
41 순교자 김은국 | 도정일 옮김
42 젊은 베르테르의 슬픔 요한 볼프강 폰 괴테 | 안장혁 옮김
43 더블린 사람들 제임스 조이스 | 진선주 옮김
44 설득 제인 오스틴 | 원영선, 전신화 옮김
45 인공호흡 리카르도 피글리아 | 엄지영 옮김
46 정글북 러디어드 키플링 | 손향숙 옮김
47 외로운 남자 외젠 이오네스코 | 이재룡 옮김
48 에피 브리스트 테오도어 폰타네 | 한미희 옮김
49 둔황 이노우에 야스시 | 임용택 옮김
50 미크로메가스 · 캉디드 혹은 낙관주의 볼테르 | 이병애 옮김

51, 52 염소의 축제 마리오 바르가스 요사 | 송병선 옮김
53 고야산 스님·초롱불 노래 이즈미 교카 | 임태균 옮김
54 다니엘서 E. L. 닥터로 | 정상준 옮김
55 이날을 위한 우산 빌헬름 게나치노 | 박교진 옮김
56 톰 소여의 모험 마크 트웨인 | 강미경 옮김
57 카사노바의 귀향·꿈의 노벨레 아르투어 슈니츨러 | 모명숙 옮김
58 바보들을 위한 학교 사샤 소콜로프 | 권정임 옮김
59 어느 어릿광대의 견해 하인리히 뵐 | 신동도 옮김
60 웃는 늑대 쓰시마 유코 | 김훈아 옮김
61 팔코너 존 치버 | 박영원 옮김
62 한눈팔기 나쓰메 소세키 | 조영석 옮김
63, 64 톰 아저씨의 오두막 해리엇 비처 스토 | 이종인 옮김
65 아버지와 아들 이반 투르게네프 | 이항재 옮 s김
66 베니스의 상인 윌리엄 셰익스피어 | 이경식 옮김
67 해부학자 페데리코 안다아시 | 조구호 옮김
68 긴 이별을 위한 짧은 편지 페터 한트케 | 안장혁 옮김
69 호텔 뒤락 애니타 브루크너 | 김정 옮김
70 잔해 쥘리앵 그린 | 김종우 옮김
71 절망 블라디미르 나보코프 | 최종술 옮김
72 더버빌가의 테스 토머스 하디 | 유명숙 옮김
73 감상소설 미하일 조셴코 | 백용식 옮김
74 빙하와 어둠의 공포 크리스토프 란스마이어 | 진일상 옮김
75 쓰가루·석별·옛날이야기 다자이 오사무 | 서재곤 옮김
76 이인 알베르 카뮈 | 이기언 옮김
77 달려라, 토끼 존 업다이크 | 정영목 옮김
78 몰락하는 자 토마스 베른하르트 | 박인원 옮김
79, 80 한밤의 아이들 살만 루슈디 | 김진준 옮김
81 죽은 군대의 장군 이스마일 카다레 | 이창실 옮김
82 페레이라가 주장하다 안토니오 타부키 | 이승수 옮김
83, 84 목로주점 에밀 졸라 | 박명숙 옮김
85 아베 일족 모리 오가이 | 권태민 옮김
86 폭풍의 언덕 에밀리 브론테 | 김정아 옮김
87, 88 늦여름 아달베르트 슈티프터 | 박종대 옮김
89 클레브 공작부인 라파예트 부인 | 류재화 옮김
90 P세대 빅토르 펠레빈 | 박혜경 옮김
91 노인과 바다 어니스트 헤밍웨이 | 이인규 옮김
92 물방울 메도루마 슌 | 유은경 옮김
93 도깨비불 피에르 드리외라로셸 | 이재룡 옮김
94 프랑켄슈타인 메리 셸리 | 김선형 옮김
95 래그타임 E. L. 닥터로 | 최용준 옮김
96 캔터빌의 유령 오스카 와일드 | 김미나 옮김
97 만(卍)·시게모토 소장의 어머니 다니자키 준이치로 | 김춘미, 이호철 옮김
98 맨해튼 트랜스퍼 존 더스패서스 | 박경희 옮김
99 단순한 열정 아니 에르노 | 최정수 옮김

100 열세 걸음 모옌 | 임홍빈 옮김
101 데미안 헤르만 헤세 | 안인희 옮김
102 수레바퀴 아래서 헤르만 헤세 | 한미희 옮김
103 소리와 분노 윌리엄 포크너 | 공진호 옮김
104 곰 윌리엄 포크너 | 민은영 옮김
105 롤리타 블라디미르 나보코프 | 김진준 옮김
106, 107 부활 레프 톨스토이 | 백승무 옮김
108, 109 모래그릇 마쓰모토 세이초 | 이병진 옮김
110 은둔자 막심 고리키 | 이강은 옮김
111 불타버린 지도 아베 고보 | 이영미 옮김
112 말라볼리아가의 사람들 조반니 베르가 | 김운찬 옮김
113 디어 라이프 앨리스 먼로 | 정연희 옮김
114 돈 카를로스 프리드리히 실러 | 안인희 옮김
115 인간 짐승 에밀 졸라 | 이철의 옮김
116 빌러비드 토니 모리슨 | 최인자 옮김
117, 118 미국의 목가 필립 로스 | 정영목 옮김
119 대성당 레이먼드 카버 | 김연수 옮김
120 나나 에밀 졸라 | 김치수 옮김
121, 122 제르미날 에밀 졸라 | 박명숙 옮김
123 현기증. 감정들 W. G. 제발트 | 배수아 옮김
124 강 동쪽의 기담 나가이 가후 | 정병호 옮김
125 붉은 밤의 도시들 윌리엄 버로스 | 박인찬 옮김
126 수고양이 무어의 인생관 E. T. A. 호프만 | 박은경 옮김
127 맘브루 R. H. 모레노 두란 | 송병선 옮김
128 익사 오에 겐자부로 | 박유하 옮김
129 땅의 혜택 크누트 함순 | 안미란 옮김
130 불안의 책 페르난두 페소아 | 오진영 옮김
131, 132 사랑과 어둠의 이야기 아모스 오즈 | 최창모 옮김
133 페스트 알베르 카뮈 | 유호식 옮김
134 다마세누 몬테이루의 잃어버린 머리 안토니오 타부키 | 이현경 옮김
135 작은 것들의 신 아룬다티 로이 | 박찬원 옮김
136 시스터 캐리 시어도어 드라이저 | 송은주 옮김
137 고독한 산책자의 몽상 장자크 루소 | 문경자 옮김
138 용의자의 야간열차 다와다 요코 | 이영미 옮김
139 세기아의 고백 알프레드 드 뮈세 | 김미성 옮김
140 햄릿 윌리엄 셰익스피어 | 이경식 옮김
141 카산드라 크리스타 볼프 | 한미희 옮김
142 이 글을 읽는 사람에게 영원한 저주를 마누엘 푸익 | 송병선 옮김
143 마음 나쓰메 소세키 | 유은경 옮김
144 바다 존 밴빌 | 정영목 옮김
145, 146, 147, 148 전쟁과 평화 레프 톨스토이 | 박형규 옮김
149 세 가지 이야기 귀스타브 플로베르 | 고봉만 옮김
150 제5도살장 커트 보니것 | 정영목 옮김
151 알렉시 · 은총의 일격 마르그리트 유르스나르 | 윤진 옮김

152 말라 온다 알베르토 푸겟 | 엄지영 옮김
153 아르세니예프의 인생 이반 부닌 | 이항재 옮김
154 오만과 편견 제인 오스틴 | 류경희 옮김
155 돈 에밀 졸라 | 유기환 옮김
156 젊은 예술가의 초상 제임스 조이스 | 진선주 옮김
157, 158, 159 카라마조프가의 형제들 표도르 도스토옙스키 | 김희숙 옮김
160 진 브로디 선생의 전성기 뮤리얼 스파크 | 서정은 옮김
161 13인당 이야기 오노레 드 발자크 | 송기정 옮김
162 하지 무라트 레프 톨스토이 | 박형규 옮김
163 희망 앙드레 말로 | 김웅권 옮김
164 임멘 호수 · 백마의 기사 · 프시케 테오도어 슈토름 | 배정희 옮김
165 밤은 부드러워라 F. 스콧 피츠제럴드 | 정영목 옮김
166 야간비행 앙투안 드 생텍쥐페리 | 용경식 옮김
167 나이트우드 주나 반스 | 이예원 옮김
168 소년들 앙리 드 몽테를랑 | 유정애 옮김
169, 170 독립기념일 리처드 포드 | 박영원 옮김
171, 172 닥터 지바고 보리스 파스테르나크 | 박형규 옮김
173 싯다르타 헤르만 헤세 | 권혁준 옮김
174 야만인을 기다리며 J. M. 쿳시 | 왕은철 옮김
175 철학편지 볼테르 | 이봉지 옮김
176 거지 소녀 앨리스 먼로 | 민은영 옮김
177 창백한 불꽃 블라디미르 나보코프 | 김윤하 옮김
178 슈틸러 막스 프리슈 | 김인순 옮김
179 시핑 뉴스 애니 프루 | 민승남 옮김
180 이 세상의 왕국 알레호 카르펜티에르 | 조구호 옮김
181 철의 시대 J. M. 쿳시 | 왕은철 옮김
182 카시지 조이스 캐럴 오츠 | 공경희 옮김
183, 184 모비 딕 허먼 멜빌 | 황유원 옮김
185 솔로몬의 노래 토니 모리슨 | 김선형 옮김
186 무기여 잘 있거라 어니스트 헤밍웨이 | 권진아 옮김
187 컬러 퍼플 앨리스 워커 | 고정아 옮김
188, 189 죄와 벌 표도르 도스토옙스키 | 이문영 옮김
190 사랑 광기 그리고 죽음의 이야기 오라시오 키로가 | 엄지영 옮김
191 빅 슬립 레이먼드 챈들러 | 김진준 옮김
192 시간은 밤 류드밀라 페트루셉스카야 | 김혜란 옮김
193 타타르인의 사막 디노 부차티 | 한리나 옮김
194 고양이와 쥐 귄터 그라스 | 박경희 옮김
195 펠리시아의 여정 윌리엄 트레버 | 박찬원 옮김
196 마이클 K의 삶과 시대 J. M. 쿳시 | 왕은철 옮김
197, 198 오스카와 루신다 피터 케리 | 김시현 옮김
199 패싱 넬라 라슨 | 박경희 옮김
200 마담 보바리 귀스타브 플로베르 | 김남주 옮김
201 패주 에밀 졸라 | 유기환 옮김
202 도시와 개들 마리오 바르가스 요사 | 송병선 옮김

203 루시 저메이카 킨케이드 | 정소영 옮김
204 대지 에밀 졸라 | 조성애 옮김
205, 206 백치 표도르 도스토옙스키 | 김희숙 옮김
207 백야 표도르 도스토옙스키 | 박은정 옮김
208 순수의 시대 이디스 워턴 | 손영미 옮김
209 단순한 이야기 엘리자베스 인치볼드 | 이혜수 옮김
210 바닷가에서 압둘라자크 구르나 | 황유원 옮김
211 낙원 압둘라자크 구르나 | 왕은철 옮김
212 피라미드 이스마일 카다레 | 이창실 옮김
213 애니 존 저메이카 킨케이드 | 정소영 옮김

● 문학동네 세계문학전집은 계속 출간됩니다